國家古籍整理出版專項資助項目

況周頤全集

七

況周頤 著
鄧子勉 編輯校點

人民文學出版社

續眉廬叢話

四卷

《續眉廬叢話》原連載於《東方雜志》一九一五年第十二卷十一、十二號，以及一九一六年十三卷一、二號，凡四期。收入本編時，每期爲一卷，釐爲四卷。各卷頭下注明期刊及卷號。

自序

況周頤

癸丑、甲寅間，蕙風賃廬眉壽里，所譔《叢話》以眉廬名。乙卯四月移居迤西青雲里，客問蕙風：『《叢話》殆將更名耶？』蕙風曰：『客亦知夫眉壽之誼乎？眉於人之一身，爲至無用之物，此其所以壽也。蕙風之居可移，蕙風之無用，寧復可改？』抑更有說焉，《洪範》五福，一壽二富。蕙風之恉，將使二者一焉，其如青雲非黃金何？孔子曰：『富而可求也，雖執鞭之士，吾亦爲之。』如不可求，續吾《叢話》。（《東方雜志》第十二卷十一號）

續眉廬叢話卷一《東方雜志》第十二卷十一號

咸豐初年，太考翰詹詩題『半窗殘月夢鶯啼』，萬文敏青藜時官編修，有句云：『九重開曙色，萬戶動春聲。』拔置第一，蓋題近衰颯，而句殊興會也。

臨川李小湖侍郎聯琇著有《好雲樓集》，嘗集經句爲試帖，絕工巧。『賣劍買牛』題句云：『又求其寶劍，誰謂爾無牛。』『善旌諫鼓』題句云：『見羽毛之美，毋金玉爾音。』

前話載水洗水之法，謂水之上浮者輕清，下沈者重濁。桉：《水經》唐人譔，闕名云：『太宗朝，李季卿刺湖州，至維揚，遇陸處士鴻漸。李曰：「陸君善茶蓋天下，揚子江南零水又殊絕，今者二妙，千載一遇，何曠之乎？」命軍士信謹者挈瓶操舟，詣南零取水，陸挈器以俟。俄水至，陸以杓揚水，曰：「江則江矣，非南零，似臨岸者。」使曰：「某棹舟深入，見者累百人，敢紿乎？」陸不言。既而傾諸盆至半，陸遽止，又以杓揚之，曰：「自此南零者矣。」使大駴，馳下曰：「某自南零齎至岸，舟盪半，懼其尠，挹岸水以增之。處士之鑒，神鑒也，其敢隱欺乎？」』據此，則又以下沈者爲佳。二說未知孰是，然而陸說古矣。

常州府屬縣八，唯靖江介在江北。清之初年，某親貴出守常州，聲勢烜赫，僚屬備極嚴憚。一日，以壽演劇，七邑皆來稱祝。靖江令獨後至，懼甚，屬閽者爲畫策，遂重賂伶人。時方演《八仙上壽》劇，七人者先出，李鐵拐獨後，七人問曰：『來何暮也？』鐵拐曰：『大江風阻，故爾來遲。』閽人即於是時以靖江令手版進，太守大喜延入，盡歡而罷。桉：八仙姓名見《潛確類書》，拐字見唐韻。

常俗有搖會之說，其法：數人醵錢，取決於瓊畟骰子也，見古詩注；又名穴骼，見房千里《骰子選格序》，色勝者得之。相傳莊殿撰存與，將計偕入都，苦乏資斧，不得已，糾合一會。屆期戚友咸集，僕告主人有疾，不可以風，請諸客先擲，而主人於帳中擲之。蓋殿撰昉狄武襄兩面錢故智，預置一骰盆同式者，布置六赤見《李洞集》，俟移盆帳中，故爲一擲，俾眾聞聲，則亟易預置之盆，出以示客，弗疑也，咸稱賀，遂得貲。洎客散，視頃間故擲之盆，則亦六色皆緋，殊自喜，是科以第一人及第。

萍鄉文道希學士廷式夙負盛名，壬辰廷對，誤書『閶闔』爲『閶面』，經讀卷大臣簽出。而常熟翁叔平協揆言：『「閶面」二字，碻有來歷。』或猶稍爭曰：『殆筆誤耳。』協揆曰：『曩吾嘗以閶面對簷牙，詎誤耶？』廷式竟以第二人及第。

寧波招寶山爲淛海形勝地。中法之役，敵艦來犯，知府杜冠英、參將吳杰施鉅礮擊中之，並有殲其大將孤拔之說。當是時，朝命旌二臣功，得畫像紫光閣。未幾，吳爲某營統領，而提督歐陽利見竟劾罷之。適寧紹台道薛福成奉召入都，將出使，力言吳之功，得旨送部引見，賞還遊擊，洊升總兵，終於管帶寧波礮臺之任，不竟其用。時論惜之。杜亦未聞通顯。

瓷器之有窯變，舊矣。曩北京倉場有廒變之說，亦異聞也。南漕供各官食俸，而京倉紅朽實多。相傳御膳房所供玉食，或爲某廒某倉所變，則一廒之米悉成潔白圓勻。倉丁白坐糧廳，糧廳白倉督，取以進御。而各官於此廒中演劇稱慶，相沿爲故事。蓋廒之變夥矣，非若窯變之偶然也。或曰直隸玉田縣所產米，較南漕所運實更粲美，先期儲峙廒中也。

世傳張文敏照晚年右臂不能書，易以左臂，書尤遒勁。又高西園能左手書，大氏皆行草耳。唯張涇南司寇方奉敕書《落葉倡和詩》，俄墜馬傷右臂，遂用左手作小楷，極端凝藴藉之致。張南華學士贈以詩云：『驟馬天街一蹶中，險將折臂兆三公。翻身學士疑成瓦，擘掌仙人不是銅。漫笑莊生虛攫右，早誇杜老妙書空。斷碑半截渾難補，天遣重完賴國工。』時得蒙古良醫，百日全瘉。

萬文敏官尚書時，自起宅第，高其閈閎。其對門旂人某所居殊卑隘，惑於風水之說，嫉萬宅軒峻，勢若凴陵己也，日必詈於其門。公子輩欲與校，文敏則設几門內而坐鎮焉，諭闔宅人等毋許出外與人爭。久之，詈益肆，語侵及所生，公子曰：『至是，寧尚可忍乎？』文敏曰：『彼所詈者若而人，我非若而人，則彼非詈我也，何不可忍之有？』公子輩聞之釋然。所謂非義相干，可以理遣者也。

吾廣右灌陽唐氏，薇卿景崧、文簡景崇、禹卿景崶當同治朝，同懷昆季，先後入翰林。其封翁懋功猶應禮部試，屢下第，輒憤懣無已。每值考試試差，封翁則几於門而坐焉，尼公子輩毋許赴試，恐獲分校會闈，則親父須迴避也。未幾，遇覃恩，膺誥命，封翁則盛怒清制，凡膺封誥者，毋得鄉、會試，索大杖，杖三太史，亟走避，並浼同鄉數輩爲之緩頰再三，廑乃得免。

朝邑相國閻文介，光緒初年告歸里門，屢徵不起。其謝摺中有云：『宋臣王安石，小官則受，大官則辭，況臣不及安石萬一乎？』名臣引退，在昔多有，乃以拗相公自況，絕奇。校：宋人稱王安石爲拗相公。

明初，秀才襴衫，飛魚補，騎驢，青絹繖。永樂朝，教習庶士甚嚴，曾子啓等二十八人不能背誦《捕蛇者說》，令拽大木。何秀才之幸，而翰林之不幸也見《香東漫筆》。校：明祝允明《猥談》云：『諺語起於今時者，永樂中取庶吉士，比二十八宿已具，周文襄公乞附列，時稱挨宿，遂乞今名彊附麗者。曾子啓等二十八人，殆即上應列宿者非耶？乃拽大木，何前榮而後辱也？彼附列之周文襄，容亦不得免焉，不甚悔多此一乞耶？」

比年滬上衙衕中人競傚男裝。桉：《路史·後紀》云：『帝履癸伐蒙山，得妹嬉焉，一笑百媚，而色厲少融，反而男行，弁服帶劍。』此女子男裝之初祖也。

洪北江《外家紀聞》：『甌香館爲穎若字啓宸從舅氏宅中臨溪小築，惲南田居士貧時常賃居之，故所作書畫多署甌香館。余幼時曾於外祖父亂書帙中，得南田居士《乞米帖》，今尚存。字昉褚河南，古秀入骨，故世傳南田三絕云云。』據此，則甌香館並非南田所自有。近人江浦陳亮甫譔《匋雅》，謂『館名甌香，是甌香甌是香瓷，非茶香』，殆未必然也。《乞米帖》可與雅宜山人借銀券並傳，惜未得見。桉：北江外家姓趙氏。

王仲瞿以烟霞萬古名所居樓，樓無梯，飲饌皆縋而上。客至，則仲瞿躍而下，與立談，稍不入耳，聳身遽上，不復顧客，客逡巡自去。或片言契合，則揺臂挾與俱升，必傾談婁日夕，然後得去，去亦仲瞿挾與俱下。仲瞿之興未盡，客欲去，末由也。相傳顧梁汾貞觀詣納蘭容若成德，登樓去梯，深談婁日。兩事皆可憙。容若款深，仲瞿豪宕。

小姐非宦女之稱，說見前話。以小姐稱宦女，不知始自何時。桉：明楊循吉《蓬軒吳記》：『孟小姐，校官澄女，嘗過慧日庵訪某女冠，書其亭曰：「矮矮圍牆小小亭，竹林深處晝冥冥。紅塵不到無餘事，一炷香消兩卷經。」此詩殊雅』云云。則明時有此稱矣。

咸豐戊午科場案，諸家記述詳略不一，茲貫穿其說如左：戊午順天鄉試，監臨梁矩亭同新、提調蔣霞舫達，甫入闈，即以供應事，議論不合，互相詆諆。八月初十日，頭場開門，蔣貿然出。各官奏參，蔣褫職，梁降調，識者已知其不祥。榜發，謠諑紛起。天津焦桂樵祐瀛時以五品卿充軍機領班章京，爲其太夫人稱壽湖廣會館，大僚太半在座。程楞香庭桂，本科副主考也，談及正主考柏公葰有改換中卷事，載垣、端華、肅順，皆不滿於柏，思中傷之，以蜚語聞。適御史孟傳金奏，第七名舉人平齡，素係優伶，不諳文理，請推治後瘐死獄中。上愈疑，飭侍衛至禮部，立提本科中式硃墨卷，派大臣覆勘，簽出詩文悖謬之卷甚多。載垣等乘間聳動，下柏相家人靳祥於獄，旋褫柏職。特派載垣、端華、全慶、陳孚恩會訊，又於案外訪出同考官浦安與新中式主事羅鴻繹交通關節，鴻繹對簿，吐供不諱，而居間者，乃鴻繹鄉人兵部主事李鶴齡也，於是並逮鶴齡。時羅織頗嚴，都城內外無敢以科場爲言者。未幾，察出程楞香子炳采有收受熊元培、李旦華、王景麟、潘敦儼並潘某代謝森墀關節事，程父子亦入獄。訊程時，程面語孚恩曰：『公子即曾交關節在我手。』孚恩嗒然。翌日具摺檢舉，並請迴避。得旨逮孚恩子景彥，孚恩勿庸迴避全案。孚恩以兒子事甚不樂。潘某者，侍郎某之子，孚恩知潘與程往來密，遂以危詞挾侍郎自首。侍郎恐，如其教，而某亦赴獄中矣。李古廉侍郎清鳳告病在籍，程供牽連其子旦華，解京審辦，古廉憂懼，病劇死。己未二月，會訊王大臣等，請先結柏與鴻繹等一案。上御勤政殿，召諸王大臣入，皆惴惴，麟公魁竟至失儀。旨下，柏與浦安、鴻繹、鶴齡同日棄西市。刑部尚書趙光偕肅順監視行刑。是日，柏相坐藍呢後檔車，服花鼠皮褂，戴空梁帽，在半截胡同口官廳坐候諭旨。浦安等皆坐葦棚中，項帶大如意頭鎖，數番役夾視之。肅順自圓明園內閣直廬登輿，大聲曰：『今日殺人了。』錢揆初中翰勗在直廬親聆之，抵菜市，下輿，至官廳，與柏攜手寒暄數語。出，會同趙公宣旨，意氣飛揚，趙唯俛首而已。先是，是年彗星見，長亙天，肅順等建言必殺大臣以塞天變，及獄成，文宗流涕曰：『宰執重臣，豈能遽殺耶？』肅順言：『此殺考官，非殺宰相也。』陽湖呂定子編修耀斗乃道光丙午科，柏相與趙蓉舫尚書光同典江南鄉試所取士也。趙告呂曰：『皇上昨日問我：「曩與柏葰同爲考官，柏之操守如何？」光對：「柏葰身充軍機大臣，何事不可納賄，必於科場舞弊、身犯大辟乎？」』文宗頷之，方冀柏之可邀末減也。詎談次，忽接孚恩密柬，言某人騈首，朱革職鳳標，副主考，缺明日放。趙持柬慟哭，即屬定子往爲料理云云。秋七月，庭桂父子案結。載垣等以刑部定擬未平允，奏稱：『送關節，無論已未中，均罪應斬決。』孚恩先乞憐於兩王，乃先開脫送關節之陳、潘、李諸人，而以程父子擬斬決。旨下，決庭桂子炳采或云：庭桂次子程秀所爲。後秀中式丁卯鄉榜，甲戌會榜，官戶部主事，爲朝邑相國閻文介所劾。部堂劾罷本部司員亦廑見，蓋深惡其人，發庭桂軍臺效力。庭桂出獄，暫寓彰儀門外華嚴寺。孚恩飛輿來候，一見，即伏地哭不起，庭桂曰：『勿庸，勿庸，你還算好，肯饒這條老命。』孚恩赬顏而去。此案主考柏正法，程發遣，唯朱僅褫職，旋即以侍講學士銜仍直書房，蓋清名素著也。同考監試及收掌、彌封、謄錄、對讀等官處分殆徧。自是孚恩一意諂事肅順，及文宗升遐，端、肅等僞詔顧命，逆謀叵測。俄兩宮內斷，雷霆驟驚，肅順大辟，孚恩遣戍。肅之就戮也，趙尚書仍爲監斬官，遣人邀柏相之子、侍郎鍾濂載諸車中，同往菜市，俾目睹元惡授首，少紓不共戴天之恨。事之相去廑二年耳。其陳孚恩新疆遣戍之日，即程庭桂軍臺賜環之日，天道好還如此。

陳孚恩之入直樞廷也，江寧何慎恪汝霖嘗汲引之。某日同儤直，何步履稍龍鍾，行時偶觸銅鑪，鏘然作響。孚恩於慎恪固誼託師門，徐曰：『老師，只有人讓火鑪，火鑪不能讓人也。』何知陳將排己，遂伊鬱遘疾。昔人有句云：『直到天門最高處，不能容物衹容身。』嘅乎其言之已。

近人所譔新小說有名《九尾龜》者，書中某回章回體自述命名所由，蓋託誼罕譬。不知九尾龜固碻有是物。明吳郡陸粲《庚己編》云：『海寧百姓王屠與其子出行，遇漁父持巨龜，徑可尺餘。買歸，係著柱下，將羹之。鄰居有江右商人，見之，告其邸翁，請以千錢贖焉。翁怪其厚。商曰：『此九尾龜，神物也，欲買放去，君縱臾成此，功德一半，是君領取。』因偕往驗之。商踏龜背，其尾之兩旁露小尾各四。便持錢乞王，王不肯，遂烹作羹，父子共啖。是夕，大水自海中來，平地高三尺許，牀榻盡浮，十餘刻始退。明日及午，翁怪王屠父子不起，壞戶入視之，但見衣衾在牀，父子都不知去向。人咸云：「害神龜，爲水府攝去殺卻也。」吳人仇寧客彼中，親見其事。』

鳥名絕韻者，如綠毛幺鳳、桐花鳳，詞賦家嚮來豔稱。又桃花鷄出儀徵，桃花盛開，輒來翔集見《選巷叢談》。又有鳥，長尾，五色，如錦雞而小，每於盛夏菱葉冒水時，因叢葉之凹，伏卵出雛，人謂之菱雛見明鄭仲夔《耳新》。

明清末季皆禁烟，特烟之品類不同耳。明王逋《蚓菴瑣語》：『烟葉出自閩中，邊上人寒疾，非此不治，關外人至以馬一匹易烟一斤。崇禎癸未下禁烟之令，民間私種者問徒。法輕利重，民不奉詔。尋令犯者斬，然不久因邊軍病寒無治，遂停是禁云云。』

長洲徐侯齋枋《居易堂集》有《討蟣蝨檄》，典贍可誦，移錄如左：『爾膺蟲蟣蝨者，身憇蚊睫，質細蟭螟。夤緣線索以爲生，依附豪毛而自大。聚族而處，豈知蛾子之君臣遷徙不常？詎有蜂王之國邑。

紀昌善射，懸之而貫心；王猛雄談，捫之以揮麈。固垢穢之滋孽，實鋒鏑之餘生。將軍有血戰之功，汝依甲胄；窮士貴螻藏之用，爾處褌襠。厥有常居，毋宜越境；苟爲曼衍，必致侵漁。故設湯鑊之嚴刑，重捕獲之功令。十日大索，五丁窮追。爾無捍茲三章，人亦寬其一面。爾乃頭足方具，便爾鴟張；耳目未定，胡然作孽。慘人肌膚以爲樂，吮人膏血以自肥。腹既果然，貪饕未已；形同混沌，蹣跚可憎。投隙抵巇，無微不入；呼朋引類，實煩有徒。時尋蠻觸之爭，罔睹蜉蝣之旦。以鶉衣爲兔窟，高枕安眠；望毛孔爲屠門，朵頤大嚼。但知口腹，不畏死亡。爾常噬臍，人猶芒背。遂使緼袍之士，手不停搔；伏枕之夫，臥難帖席。不耕而食，徒知膏吻磨牙；剝牀以膚，自侈茹毛飲血。猶恨天衣之無縫，生憎荀令之薰香。噆膚比於割鮮，矢口矜其食肉。蠕蠕蠢動，曾玷叔夜之龍章；點點殷紅，時汙麻姑之鳥爪。朗誦《阿房》之賦，正如蒼蠅之泄赦文；僭登宰相之鬚，何異妖狐之升御座。罪維滿貫，惡極滔天。誠罄竹難書，續髮莫盡者也。茲者渠魁既獲，斧鉞將施。事急求生，乞憐恨其無尾；計窮就戮，大患以我有身。或憤爇其臍，或戲切其舌。或咀其肉以雪恨，若劉邕之嗜痂；或數其罪而甘心，若張湯之磔鼠。然而未爲合律，不足蔽辜。乃選五輪以爲兵，排左車以爲陣。斂衽成甲，褰裳作旗。巨擘若博浪之椎，利齒同斬蛇之劍。雷碕電擊，風掃雲馳。夫以槐安國之蕞城，猶然鹹醜；兜離國之形勝，尚爾犁廷。況乎烏合一旅之師，羣居四戰之地。裸身無蜣甲之蔽，脆弱無螗臂之搏。將視斬級功多，衆擬長楊之獻獸；血流漂杵，慘同雲夢之染輪。仗我爪牙，窮其巢穴。無易種於新邑，必殄滅之無遺。提湯趣烹，殺之無赦。』

都門三間地方，雖在輭紅塵中，饒有水鄉風趣。每值春光明媚，遊女如雲。其地有靈官廟，香火稱盛。道光時，住持女冠廣真者，姿首修嫮，幽扃梵唄，徒侶綦繁。其居室則繡幙文茵，窮極侈麗。往還多達官貴人，而莊邸與容貝子過從尤密，物議頗滋。往往鉅公宅眷入廟燒香，輒留飫香積，羅列珍羞，咄嗟而辦。尤奇者，其酒易醉，醉必有夢。廟中器具，率容貝子喜捨。相傳有榻名幻仙，機括靈捷，殆出鬼工，則醉者憩焉。事祕，弗可得而詳也。廣真又交通聲氣，賄結權要，朝士熱中干進者，日奔走其門，冀繫援致通顯。或師事母事之，勿恤也。有御史馮某久困烏臺，亦竭蹶措貲，屬廣真爲道地。某日通謁，適廣真以事它出，其徒二尼留御史飯，意殊慇懇。酒數行，尼忽愀然曰：『以君清豒令名，而顧爲是齷齪行，詎倚吾師爲泰山耶？幸不可長，恐冰山弗若耳。』馮愕眙，亟請其說。尼曰：『君爲言官，寧不能擿姦發伏，以直聲邀主知，致卿相耶？』遂舉廣真姦狀及賄賂各節，均有記錄，悉以付之，且曰：『止此已足。君幸好自爲之，毋瞻顧。幸得當，毋相忘。』御史果幡然變計，促駕歸，炳燭屬稿，待旦封奏。事聞，上震怒，有旨派九門提督、順天府尹拏問廣真情實，立正典刑。莊王褫爵，容貝子圈禁高牆。御史馮某以直言敢諫，不避親貴，得晉秩躋九列，亟輾轉爲二尼營脫，置少房焉。

滬上藥肆輒大書其門曰『杜煎虎鹿龜膠』。或問余『杜煎』之誼，弗能答也。滬尹言：『杜煎，猶杜譔，卽自煎，吳語也。蘇州蹋科菜有二種，本地自種曰杜菜，自常州來曰客菜。客菜佳於杜菜，以「杜」對「客」而言，可知與「自」同誼。』

臺灣志言，其地產金沙，然金沙出，則地必易主。曩邵筱村撫臺時，金沙徧地，土人淘金者赴撫署領照，每人納制錢二百文，歲可贏十餘萬云。

蜀友某言：『四川省城外有隙地數十畝，附近居民專以金葉鍛紅，搥成金箔，計金一兩，可成金箔闊如三畝。無論何官鹵簿經過，砰訇之聲未嘗或輟；唯總督過，則停讓三搥以致敬。』此嫥門工業也，亟記之。

蜀南產墨猴，大如拳，毛如漆，性嗜墨，置之案頭，硯有宿墨，則舓咂淨盡，可代洗滌。

相傳閩縣王可莊修撰仁堪會館課，賦題『輔人無苟』，押『人』字韻云：『危不持，顛不扶，焉用彼相；進以禮，退以義，我思古人。』觸閱卷者之忌，以竟體工麗，得置一等末云云詳見前話。按：錢唐梁晉竹紹壬《兩般秋雨盦隨筆》『四書偶語』一則，有《拄杖銘》云：『用之則行，舍之則藏，惟我與爾有是夫；危而不持，顛而不扶，則將焉用彼相矣。』晉竹，道光朝人，時代在可莊之前。可莊賦句，殆構思闇合耶？又某說部云當時閱卷者爲吳縣沈文定桂芬，頗賞其寄託遙深，並無觸忌之說。可莊之一麾出守，蓋別有爲。

閱四川《巴州志》載一事絕豔異：『巴州，隋之恩陽縣也，縣治有恩陽山，山有高低三峯，其最高峯上建一閣，環閣植梅，因名曰紅梅閣。巴州刺史王有子名鶚，讀書山下，每課餘遊覽，步至閣前。忽見閣上窗櫺悉啓，有一紅衣女郎俛眺山下，蓋絕代姝也。鶚以此閣終年扃鐍，四無居人，心頗異之。潛謀移居閣中，了無所見；唯閒步山坳回時，每於窗畔見女郎在焉；及入室，則闃無其人。值梅盛開，鶚流連樹下，見梅一樹，花獨繁密，鶚因折取插於瓶中。一日偶自外歸，見案上素紙題句云：「南枝向暖北枝寒，一樣春風有兩般。頻上高樓莫吹笛，大家留取倚闌干。」下署款「張笑桃」，墨瀋未幹，袖香猶裛。鶚諷誦再三，極意豔羨，爇香禱之。越日薄暮，鶚自外歸，躡跡登樓，果見女郎拈豪伏案。鶚突前抱持，極道愛慕，女郎亦不避匿，自道姓名爲張笑桃，由是兩情歡洽，再易庚蟾。某日，鶚與笑桃攜手遊行，俛眠山下。笑桃神色忽異，顧謂鶚曰：「君知黑霧瀰漫者，何也？」鶚謂此或雲氣使然。笑桃曰：「嘻，吾兩人情緣殆將盡矣。」鶚亟問其故，笑桃曰：「此山有洞，名爲巴洞，蛇精名巴澘者居之，修鍊數百年矣。能幻形爲人，覬覦妾貌，彊委禽焉。以彼蘊毒之尤，純陰之類，實生深山大澤，習居豐草長林。妾誠蒲柳之姿，亦何至爲蔦蘿之託？巴澘涎甚滋恚，必欲得妾而甘心。今知侍君巾櫛，益復妒媢，以故噴薄妖氛，冀墮君五里霧中，因而攝妾。君以血肉文弱之軀，萬不能當其狂燗，宜速下山謹避。明年大比，君必連捷成進士，外授峨嵋縣令。儻不忘故劍，氏峨嵋時，暫緩赴官，迂道峨嵋山下，見鐵冠道人趺坐蒲團，君以情哀告，當得援手，或使我兩人破鏡重圓也。」言次，霧益騰湧蔽山谷，笑桃促鶚速行。鶚攜淚下山，數十步間，回首瞻戀，猶見笑桃凝顰竚立，淒黯如霧中花也。逾日再至，則林壑依然，人面不知何處去矣，懊喪垂絕。爰謝絕人事，閉幃攻苦，翌歲登第授官，悉如笑桃言。往訪峨嵋山下，果道人鐵冠者在焉。鶚陳意敦懇，道人曰：「巴澘何敢乃爾？吾念汝至誠，今付汝寶劍一，靈符三。汝即至恩陽山下，斬荊闢萊，覓得巴洞，以一符寘洞門，又一符焚化吞之，仗劍入洞，必得與意中人相見也。」鶚如其教，入其洞，緜亙數里，豁然閫朖，有屋舍華美，珠簾四垂，則笑桃在焉。相見之下，悲憙交集。問知巴澘外出，亟挈笑桃以行。之官四年，燕好綦篤。一日晨興，笑桃忽謂鶚曰：「妾近婁心悸，若有奇警，恐巴澘詗知所在，未能漠然於懷也。」屬鶚劍勿去身，戒閽人：「有巴澘者來，務拒勿納。」無何，鶚在典室，有投刺者未及置詞，而客已闖然入，厲聲語鶚曰：「吾巴澘也，王鶚何人，敚人之室而據爲己有，久而不歸，直是理乎？」鶚急起索劍與鬭，而巴澘已入內室，指顧腥霾四合，只赤不辨面目，雖傔衛畢集，舉徨惑無能爲力。頃之，霧消客去，而笑桃亦杳矣。鶚竟棄官，再訪峨嵋，則空山無人，曩道人鐵冠者，亦無復蹤跡。雖真真萬喚，唯有空谷應聲，泉咽雲荒，悵惋而已。』右據州志元文，潤色十之四五。竊意笑桃，其殆仙乎？其於王鶚，殆有前緣，緣到則合，緣盡則離。巴洞蛇精，峨嵋道人，舉非真有，大氐仙家幻化之妙用，所以濬鶚之感戀，而拒拔之情網之中也。不然，巴濳之初攝笑桃，何必待二年之後？再攝笑桃，何必待四年之後？矧笑桃固有道者，素紙題句，不昧慧根，登第授官，更能預決。何獨對於巴濳略無自衛之力，欲攝則竟攝之耶？是皆可尋之間也。夫笑桃知鶚之必感戀，而預示幻化以濬之，何情之一往而深也！事具志乘，未必爲無稽之談。梅閣之遺阯尚存乎？殊令人低徊欲絕已。

光緒中葉吏部有二雷：一名天柱，陝西人；一名祖迪，廣西人，皆官文選司主事。陝西雷之夫人奇妒，常恐外子或有藏嬌謬舉，別營金屋，爰是外而僕御，内而婢媼，日必婁諄飭；稍有可疑，必詷以聞，僕媼輩夙嚴憚之，微特罔敢徇隱，或猶欲因緣以爲功。廣西雷蚤斷絃，不復續，一妾隨侍京邸，寓城西羊肉胡同。都門舊習，曹司揭紅櫛於門，題曰某署某寓，二雷之門則皆曰吏部雷寓也。陝西雷之僕某，不知其主同官別有廣西雷也，偶過羊肉胡同，見門櫛而疑焉，亟詢諸比鄰，則曰：『吏部雷老爺亦太太之居也。』則亟歸報夫人。夫人震怒，趣駕車往。廣西雷之如夫人，以謂女賓至也，亟整衣出迎，詎來者一見卽痛摑之《韻會》：『摑，掌耳也』，重之以辱詈，絕愕眙不知所爲。來者益敎谿詬呶，弗容辯，辯亦弗聞，沸騰久之。俄廣西雷自署歸，來者覺有異，稍鎮靜，因諮白得其情，始自知誤會，偣怍幾無所容。如夫人者徐曰：『夫人幸息怒，主人固在是，請畧敘伉儷情，繼自今賤妾不敢當夕。』則垂首至臆弗能仰，汗出如瀋，繼之以泣。廣西雷尤局促難爲情。俄陝西雷衣冠至，蓋亦甫自署歸，門者以告，遽踉蹌奔赴，欲更衣未遑也。二雷寅好，故款洽，而是時相見不無彊顏。道歉仄者，覺嚮來無此歉仄；致遜謝者，覺茲事難爲遜謝。情至不平，不能怒，不怒，何以堪？事堪發噱，不能笑，不笑，不可忍。幸如夫人者謹而愿，客至，斂抑遽入。夫人者亦爲傭嫗掔輓登車。陝西雷稍從旁促之行，第聲色弗敢厲也。既媾解，二雷復枝梧數言，洎客去，廣西雷仍門送如儀焉。尤足異者，陝雷妻之始肆也，粵雷妾頗順受。蓋粵雷妾固量珠燕市者，性又近溫婉，頗疑粵雷舊有嫡室，嚮或匿不以告，今乃至自南中。其忍辱弗與較，蓋亦由於誤會。然而賢矣，儻並事白之後，揶揄之數言而亦無之，詎不更厚而莊乎？唯是綠衣抱衾之儔，何能以純特之行爲責備也？此事絕新奇，當時傳播殆徧，輭紅香土中，往往茶餘酒半，資爲譚柄云。

同治朝吳文節可讀直諫垣，以烏魯木齊提督成祿縱兵戕戮平民數千，具摺嚴劾，有『請斬成祿之頭，以謝無辜百姓；並斬臣頭，以謝成祿』等語。廷議以謂訐刺時政，飭回原衙門行走。而此摺爲時傳誦，朝野想望風采。同時有雲南舉人謝煥章，年逾六十，甫捷鄉闈，入都會試，其覆試題『性相近也』二句。謝文理境深奧，閱卷者李某幾不能句讀，以爲文理欠通，竟坐褫革。謝固滇中名宿，有及門八人，同上公車，咸憤不與試，羣起揭控。事聞於朝，特派大臣覆閱，謝得開復，作爲本應罰停會試一科，而開復已後試期應無庸再議。然謝之文名由是盛傳日下。人言李某誠疏陋，適以玉之於成焉。而菊部名伶十三旦者，亦於是時以色藝特聞，時人爲之語曰：『都門有三絕：吳侍御之摺，謝煥章之文，十三旦之戲也。』

清文宗之季年，東南淪胥於太平，京津見偪於英艦，內憂外患，宵旰靡寧，駕幸熱河，以且樂道人自號。帝王處境一至於斯，自古罕有。

清時宮門鈔有『某日推班』云云。攷舊制，部院衙門當直日，堂官各將銜名書牌進呈牌，木質，長九寸，寬一寸，厚不及半分，綠頭粉身，揩以油，使光澤，謂之膳牌，以牌隨膳上也。是日召見何人，即將其牌提出，奏事處即遵照名次宣入。直日次序：首吏部翰林院侍衛處，次戶部通政司詹事府，次禮部宗人府欽天監，次兵部太常寺、太僕寺當時戲稱兵太太也，次刑部都察院大理寺，次工部鴻臚寺，次內務府國子監，次理藩院鑾儀衛光祿寺。每九日一轉，若奉旨推班，則本日當直者推下一日。翰林院直日，侍讀學士遞牌，緣掌院學士，乃兼官也。滿稱翰林院爲筆帖黑衙門，稱侍讀學士爲筆帖黑答，翰林院之長也。

同治初年，丁文誠寶楨撫山東。俄內監安得海由都南下，在德州登陸，儀從吅赫，並有女樂一部，載之以行。時德州知州爲趙晴嵐新，具稟以聞。時安已過東昌，文誠飛檄截留，並專摺糾參，有『查例載，凡內監出京六十里，即斬罪。該太監如此吅赫，水陸登程，公然南下，顯違祖制，必矯詔所爲。可否由臣拏獲，就地正法？抑解回內府，請旨辦理』等語。時恭邸暨相國文忠文祥枋樞要，奏入，亟請示慈宮。玉音第云『如所奏』，殆竟欲殺之耶？則遽出擬旨：『著山東巡撫及江督、蘇撫一體截拏，就地正法。如有疏虞，惟該撫等是問。』旨下，安已行氐泰安，知縣何毓福詭詞誘之到省，其輜重凡大車八輛，轎車十二輛，均留泰安。安至省，謁文誠，麈立談數語，文誠曰：『吾已具奏，汝第歸寓所候旨可耳。』文誠以月之初八日拜摺，十五日奉批，中間一來復，寢不安席，食不甘味，慮或奉諭解京，則安固側媚工讒，充其造刱之陳，切膚之愬，其爲禍殆不可測。時德州趙牧密晉省，夕詣節轅，爲文誠謀：『安若奉諭解京，則文誠三月內必乞退，萬不可留。』文誠曰：『汝將奈何？』趙言：『新一小知州，渠未必介意，唯是除惡務盡。寧我謀人，任彼跋扈飛揚？不容越山東一步。』蓋趙已決策，不即梟者，必鴆之矣。文誠嘉其能斷，與趙約爲舅季，迨就地正法之旨下，則亦以僥天之幸交相慶也。初，安之至德州也，索供張無厭，且呵庰官吏。趙稟有云：『其在舟中，品竹傳歌，連宵達旦。尤敢陳設龍衣，招搖震炫，兩岸觀者如堵。其自泰安至省，何令躬伴送之，在逆旅中按牙譜曲，讌飲甚歡，並言回京後當令超遷不次。』又言：『渠曾求帝御書，帝書「女」字與之，「女」乃「安」字無頭，意者非佳讖耶？』而不知即應於目前也。安正法後，文誠並令暴屍三日，途人好事者輒褫其下裳觀之，則信蠶室之刑餘也。其輜重車輛押至省城，文誠派委員八人在濟南府署查點，寶器珍翫，多目所未睹。有良馬日行六百里，身純黑而四銀蹏，其尾閭別生毛一簇，以紅絲綰之，步視神駿，據稱得自內廄。及其女樂一部，小內監四名，悉解回京。保鏢者八人按：《集韻》：『鏢，紕招切，音漂。』《說文》：『刀削末銅也。』《集韻》：『卑遙切，音猋，與鑣同，刀鋒也。』北方健兒好身手，受顧長途，保衛商旅，謂之保鏢，其薈萃處曰鏢局，京津多有之，不知何自始也，當地發落。是役也，文誠丰采動宇內，同時曾、李諸賢尤極意推重云。

謚法『襄』字最隆重。咸豐三年十月壽陽祁相國文端面奉諭旨：『文武大臣或陣亡，或軍營積勞病故，而武功未成者，均不得擬用「襄」字。』自是無敢輕擬矣見歙鮑康《謚法攷》。同光重臣如曾忠襄、岑襄勤、左、張二文襄，皆美謚也，攷《謚法・臣謚》：『闢地有德曰襄，甲胄有勞曰襄，因事有功曰襄。』

嘉慶朝强克捷河南滑縣知縣，贈知府，謚忠烈子逢泰之妻徐氏，道光朝方振聲福建嘉義縣縣丞方振聲、臺灣鎮標千總馬步衢、臺灣北路協把總陳玉威，殉節臺灣，均特旨賜謚，並有覽奏墮淚之諭，振聲謚義烈、步衢謚剛烈、玉威謚勇烈，凡特旨予謚，悉出睿裁，不由閣臣譔擬之妻張氏，陳玉威之妻唐氏均蒙特旨，予謚節烈，有清一代婦人得謚止此。方麈佐萃，陳尢未弁，夫婦雙烈，誠佳話也。

清制：內閣擬謚，舊隸典籍廳。咸豐初，卓相國秉恬改歸漢票籤，祇遵飾終，諭旨褒嘉之語，每謚譔進八字，選用二字，唯文正不敢擬，悉出特旨，得者以爲殊榮焉。凡圈出之二字，列第一第三者居多，亦故事也。

朝鮮國王謚號嚮由內閣譔擬，後因所擬之字有誤用該國王先代名諱者，改由該國自行譔擬八字進呈，恭候欽定校：朝鮮國王賜謚，凡十二世，至同治朝，李昪謚忠敬止，安南國王，唯乾隆朝阮光平謚忠純，餘無考。又凡誥敕文字，嚮亦閣臣所司。光緒甲午，萬壽覃恩，總稅務司赫德英國人頻年宣力，婁晉崇階，至是依例具呈，請領誥軸。內閣以無故事可循，其制詞由典籍廳移請總理衙門譔擬，取其槃敦素嫺，篇中命意遣詞易合客卿性質，於恩禮之中寓懷柔之恉焉。

清制：大學士及翰林授職之員始得謚文；至庶吉士、繙譯翰林，並由部郎改官翰林者，亦不謚文，蓋隆重之至。校：《謚法考》：『康熙朝賜號巴克式式，一作什領侍衛內大臣、一等公索尼謚文忠。』有清二百數十餘年，文臣謚武多有，武臣謚文，廑此一人，誠異數也。巴克式卽筆帖式，爲滿人進身之初階。然索尼以上公之尊而膺此賜號，則亦鄭而重之矣。又順治朝文館大學士達海、額爾德尼皆謚文成本遊擊副將世職，以精通國書，追贈巴克式，後改筆帖式，亦見《謚法考》。其筆帖式夷爲末秩，大約自雍、乾後矣。

相傳純廟於歲暮偶微行至內閣，見一典籍官獨宿閣中，寒瘦如郊島。彼不識聖顏也。問：『何不回寓度歲？』對曰：『薄宦都門，妻子均未至；重以檔案填委，職掌乏人，懼萬一疏虞，因留宿閣中耳。』純廟頗重之，詳詢其籍貫科分，並誌其年貌，於次日召見。某趨入，天顏溫霽，知卽昨與接談者，屏營之下，蒙賜一封口函，諭云：『速持至吏部大堂，但有堂官在，卽傳旨面交。』某叩頭遽出，亦未喻何意。將出東華門，俄腹痛奇劇，僵仆道旁，曳揞拄，弗能興，慮封函關機要，脫遲誤干未便也。徬徨無策間，適同官某經過，呼而告之，託其將封函投交，千萬毋誤。及部堂啓視，乃硃諭：『本日如有知府缺出，卽著來員補授。』於是吏部遵旨銓注。越日謝恩，乃並非其人，問之，始據實陳奏，純廟喟然曰：『語云君相不能造命，其信然耶？』右據近人筆記潤色入《叢話》，竊意茲事未必盡然，召見面交之欽件，何能付託於同官？典籍雖末曹，亦嘗簪豪中祕，何至模棱乃爾？當雍、乾全盛時，此等事容或有之，中間情節或傳聞異詞，無庸丁確而求其必是也。

翰林院例於編檢中奏派四人辦理院事修撰亦與其選，謂之辦事翰林，遇京察，皆保列一等，此道府之基也。每議派既定，掌院以名柬延請，使者曰：『請赴清祕堂，不以公牘。』尊而重之也。清祕堂，辦事處也。有高尚其志、不屑外任者，則先事辭之。又道、咸以前，翰林傳御史，亦薄爲小就。其志趣高邁者，雖掌院保送，往往考試屆期，謁假弗與。晚季四五十年絕不聞此高風。至於清祕堂，尤百計營謀不可得，亦斷無不營謀而得者。

《池北偶談》載歸熙甫與門人一帖云：『東坡《書》、《易》二傳，曾求魏八，不與，此君殊俗惡。乞爲書求之，畏公作科道，不敢祕也。』漁洋山人以借書亦須勢力爲嘆。鄙意竊不直借書者，昔人有豪奪，此非豪借耶？

續眉廬叢話卷二《東方雜志》第十二卷十二號

阮文達嘗教習庶吉士，大課詩題『天下太平』，皆不知出處。納卷後，方悟是《禮記》『孔子答子張問政』：『君子力此二者，以南面而立，夫是以天下太平也。』又某年，金臺書院開課，詩題『冰與水精比玉』，亦無知出處者。詩皆類於詠物，不知出《孟子序說》。程子曰：『且如冰與水精，非不光，比之玉，自是有溫潤含蓄氣象，無許多光耀也。』六經之文甚非祕笈，讀者往往忽略，自不記省耳。

世俗祀神，案上正中設鑪焚香，鑪之兩旁設臺爇燭，不知何自昉也。宋人小說載『司馬溫公在永興，一日，國忌行香，幕中客某有事欲白公，誤解燭臺，倒在公身上。公不動，亦不問』，知北宋時已然矣。

前話載北京節慎庫有大銀，自注：『卽俗所謂元寶。』以元寶字俗不入文。按：《續通考》：『至元三年楊湜上言，平准行用白金，出入有偷盜之弊，請以五十兩鑄爲錠按：此錠字，通俗爲文。《說文》：「錠，鐙也。豆有足曰錠，無足曰鐙。」《廣韻》：「訓錫屬」，無它誼，文曰元寶。』元寶之名始此，亦已古矣。

海棠木瓜出南京明孝陵衛，花如鐵梗海棠，實較尋常木瓜大者約十分之二。香澹永，微酢𧿹，以熏鼻烟陳乾者良見《選巷叢談》，與楊花蘿蔔屬對。比閱摶沙拙老《日記》不具譔人姓名，據稱彭文勤爲從祖，知其爲南昌彭氏：『木瓜必偕鐵梗海棠對栽方茂，否則結實不繁，且易隕落，聞之曹州人說。』據此則木瓜之於海棠，信有氣類相需之雅，乃至舊京嘉植，能兼華實於春秋，幾與化工而競巧。世謂草木無知，草木無情，殆猶格致之學有未至耳。

康熙朝有兩于成龍，一字北溟，山西永寧人，官至兩江總督，謚清端。一字振甲，漢軍旗人，官至河道總督，加兵部尚書，謚襄勤。桉：清初總督加尚書，皆出特旨；巡撫亦加尚書，罕加侍郎者。乾、嘉後，總督加尚書，巡撫加侍郎，始定爲例。又雍正朝，江南河道總督孔毓珣加禮部尚書，山東巡撫袁懋功加工部尚書，則某部亦不拘定也。古今同姓名者夥矣，兩公時代、官位並同，殊廑見。

清時各直省軍府例稱綠營，緣其旗纛通用綠，唯於邊際以紅繒飾之。

同治甲子克復金陵，曾文正建議開科。於十一月中舉行鄉試，上下江士子北闈下第者悉赴試南旋。有人于台兒莊旅店見題壁詩云：『萬山叢裹駕雙贏，斷澗危梁次第過。落日牛羊西下急，秋風鴻雁北來多。霜餘邨屋留紅葉，穫後田園覆絳莎。此去果然歸故土，年華且喜未蹉跎。』十一月初五六等日，和煦如仲春，至初八日，羣集龍門下，則漸聞淅瀝聲，知已雨雪，至初十日晴霽。是時貢院新修，朱闌彔曲，明蟾炤映，多士角逐文壇，復睹承平景象。雖嚴寒砭骨，亦欣欣若挾纊焉。則五十年前之天時人事固如是也。

同治癸酉順天鄉試，都下叩傳『熒惑入文昌，科場有不利』。是科中式第十九名徐景春以策內不識《公羊》爲何書，竟將『公羊』二字拆開，爲廣東梁伯器僧寶所磨勘。梁初籤出，禮部查則例，徐景春應罰停會試三科，主考官降二級留任，同考官革職留任。照此辦理，片咨吏部，詎吏部咨行禮部，必欲將徐景春褫革，禮部覆稱如革徐景春，則主考皆應降調。時吳縣潘文勤署吏部右侍郎，一日，文勤到署，司官持稿回堂。潘怒，投稿於地曰：『吾知有人圖全小汀缺耳。』蓋其時全文定慶爲協辦，而寶文靖鋆官吏尚也。方齟齬間，文靖適至，問司官因何遺稿在地，司官以潘語質告，文靖默然。未幾，景春竟庴革，同考陸編修林亦革職景春出林宗房，主考全文定、胡總憲家玉、童華、潘祖蔭兩侍郎皆降二級調用。適潘文勤管戶部三庫，三庫印忽失落。事覺，文勤革職留任。至是又得降調處分，遂無任可留，因而革職。旋特旨賞編修，仍在南書房行走。胡小蘧總憲降調後，又因與江西巡撫劉忠誠坤一以田賦事互揭，部議劉革職，胡再降四級調用，終鴻臚寺少卿。

徐景春既因磨勘褫革，內簾各官降革有差，是科各直省試卷磨勘綦嚴。於是江南則革去舉人楊楫，以其《春秋》題集經爲文，語欠聯貫，謂爲文理荒謬。而江西全榜中式墨卷，其第二開首行之首、末行之末皆各塗改一字，若人之名號拆開者然，謂是筆誤，何以每卷皆同，以文理論，則又必無誤書此二字之理，情弊顯然，無可徇隱。因請旨暫行庴革。一面行文確查，實則士子與謄錄生爲識別，屬其加意精寫，唯恐目迷五色故也。然此事頗難斡旋，兼值功令森嚴，幾無復保全之策。嗣監臨撫臣覆稱：『該省試卷紙質最薄，其紅格兩面一式，而印卷官關防在卷後幅。士子入闈，怱遽之中往往反寫，故領卷後，卽各於第二開寫此二字，以別正反。歷屆相沿，亦不自本科始，實屬無關弊竇』云云。奏入，事乃得解。是由撫署司章奏者善於厝詞，否則一榜皆占澤火之象矣。

光緒朝，揚州陳六舟京兆彝巡撫安徽，條陳便民如干事，有『令民稱貸公家，春借秋還』一條，得旨申飭，謂直是宋臣王安石青苗法矣，以是改任浙江學政。當是時，合肥伯府族人某擅殺人，知縣宋某必欲置之法，伯府大譁，宋竟罷庴。太丘適於是時改官，人咸謂得罪巨室使然，而不知其別有爲也。施內轉順天府尹，稱疾南歸，頗極林泉頤養之樂。

都門各衙署舊有小禁忌，三十年前落拓輭紅，猶及聞之。内閣大堂有泥硯一方，相傳爲嚴分宜物，胥役人等般弄無妨，唯官僚切忌入手，新到閣者，前輩輒申誡焉。翰林院衙門大門外有壘培，高不踰尋，環柵以衛之，置隸以守之。相傳中有土彈，形如卵，能自爲增減，適符闔署史公之數。或有損敤其一，則必有一史公赴天上修文者。又有井名劉井，新到館庶常，或俛而照影，則必無留館之望。刑部衙門有『順天無縫，直隸不直』之説：順天司中門終年扃閉，司務廳每日必以紙黏之，如稍漏縫，則印稿必獲處分。直隸司嚮不設公座，設則必興大獄。又刑部大堂爲白雲亭，亭前影壁有一方孔，每蚤晚司務必躬自埽除之。據云其中或留纖芥，則不利於堂官。又刑部當月司員監筦堂司各印，印各緘縢，千萬不可啓眡，如啓眡，則必有監犯病斃，屢經試驗，其理殊不可解。

合肥龔芝麓尚書女公子卒，設醮慈仁寺。一士人寓居僧寮，僧倩作挽對，集梵夾二語曰：『既作女子身，而無壽者相。』公詢知作者，卽並載歸，面試之。時春聯盈几，且作且書，至溷廁聯云：『吟詩自昔稱三上，作賦於中可十年。』乃大咨賞，許爲進取計見前話。校：《兩般秋雨盦隨筆》：『魏善伯徵士題范覲公中丞廁上對云：「成文自古稱三上，作賦而今過十年。」』卽僧寮士人之作，廑有數字不同耳。校：廁屋，《漢書·李膺傳》曰『溷軒』，名頗雅，坿記。

無錫鄒壯節鳴鶴初授廣西桂林知府，洊擢巡撫，以髮逆之亂罷歸，掌教東林書院，偶因細故與諸生齟齬。某日，忽見廳事題一聯云：『部院難爲爲掌院，桂林不守守東林。』公曰：『是不可一日居矣。』遂出而從戎，後殉難。易名壯節，並開復原官，人謂諸生一激之力也。

咸豐間有廣東運使鍾建霞者，起家寒微，以賣油爲業。時漕運方盛，日必擔油赴糧艘沽售零賣也。一日，以索值往，適司帳者方句稽款目，盤珠格格不已。鍾覘其旁久之。司帳者問何人，以索油值對，並謂君帳某某等處有誤，故不符合。司帳屬鍾代算，其數悉符，則大喜，詢其姓名里居，留之舟中，相助爲理，月酬辛金，視擔油豐且逸矣。數年後糧艘裁撤，司帳者言：『吾今亦無所事，我二人盍業賈？』遂託以三千金往來販運，贏利倍蓰。其人欲與均分，鍾不可，但計月取辛貲，固與而固辭焉。因爲納粟得巡檢，選授湖北斛底司。未幾，胡文忠駐兵新隄，饟糈支絀，鍾以隨辦捐輸，保升沔陽州同，旋擢知州，積官至廣東運使，養尊移體，以精明綜覈見稱。其餘事尤兼工染翰，新隄州同署中有所書『無愧我心』四字，筆力遒勁，非尋常俗吏克辦，而謂出自錐刀競貿者流，鮮不目爲齊東野人之語矣。

武進劉葆楨檢討可毅，光緒戊子會元，於會試前自更此名，同人莫之知也。及榜發首捷，報錄至青廠武陽會館。館人曰：『吾武陽無此劉可殺也。』由是人輒以『可殺』戲呼之。劉每忽忽不樂，常攬鏡自照曰：『吾名詎真成讖耶？』庚子拳匪亂作，葆楨先已出京，俄復折回。亂後蹤跡杳如，傳聞於通州遇害矣。

同邑王半塘侍御，光緒庚辰應禮部試，詩題『靜對琴書百慮清』，得『清』字，乃末聯用離、塵二字叶韻。卷經房薦出廖穀似壽豐房，而堂批謂此卷擬中。三日，覆閱詩末出韻，擯之，可惜。半唐雅擅倚聲，夙擘宮律，四聲陰陽，剖析精審，乃至作試帖詩而真庚混淆，詎非咄咄怪事耶？半唐嘗曰：『進士者，器之貴重而華美者也。是有命焉，不可倖而致也。』

李文忠於曾文正爲年家子，甫通籍，卽赴曾營。文正每言李志盛氣銳，思有以挫抑之，俾成大用。

洎削平髮逆，文正由直督調兩江，文忠竟代其任。文正之督直隸也，因法教士豐大業一案，以天津守令遣戍，頗不滿於衆望。湘籍京官聯名致書詆諆，並將湖南全省會館中所有文正科第官階扁額悉數庰卸，文正鬱鬱無如何。及調任兩江，與知交書有『内疚神明，外慙清議』語。值六旬壽誕，方演劇稱觴，忽遞到一封口文書，亟拆閱之，廑詩一首云：『笙歌鼎沸壽筵開，丞相登壇亦快哉。誰念黑龍江畔路，漫天風雪逐人來。』文正亦不究所從來，亟納諸袖以入。自是目疾增劇，俄薨於位。文正筆記曾力辨泰西教堂中刳眼剖心之事之誣，著爲論説，惜其稿失傳，當時亦以豐大業案有爲而發也。

宋雲州觀察使楊業，戲文中稱楊繼業，又稱業妻曰佘太君，不知何本。桉：《遼史·聖宗紀》及《耶律斜軫傳》俱作『楊繼業』。鎮洋畢秋帆尚書沅《關中金石記·折武恭公克行神道碑跋》云：『折太君，德扆之女桉：德扆，周永安軍節度使，楊業之妻也。墓在保德州折窩村。』折、佘，殆音近傳誤。又《續文獻通考》云：『使槍之家十七，一曰楊家三十六路花槍。』《小知録》曰：『槍法之傳始於楊氏，謂之曰梨花槍。』小説家盛稱楊家槍法，蓋亦有本。

無錫朱氏，相傳其先世業農，偶掘地，得一人頭，乃金所鑄成，不知何代物也。古時武臣效命疆埸，或喪其元，往往以重寶爲首，配合軀體禮葬，鑄金琢玉皆有之，朱氏所得，其殆是耶？朱氏因居積致富，族姓綦蕃，號爲金頭朱家云。

回教之初入中國也，所訂教規曰『諸肉不食』，嗣徒黨不能遵守，乃改爲『豬肉不食』。或駁是説，謂回語名彘，不曰與『諸』同音之『豬』。然對於中國教徒而言，固宜作中國語矣。曩嘗詢回教某友以不食豬之故，彼曰：『厭其穢耳』。凡由回籍服官者，洊擢至三品，即須出教，以例得蒙賞喫肉，不能辭也。桉：回教始興之地名阿剌伯，古條支國也。彼教稱爲派罕巴爾者，名摩哈麥，陳宣帝大建元年生於麥加，著書曰《可蘭》，即所誦之經也。唐高祖武德四年爲彼教風行之始，即以是年爲元紀，年以三百六十日計，距今約一千三百年。派罕巴爾，華言『天使』也。

朱竹垞《靜志居琴趣》繡韉詞云：『假饒無意與人看，又何用描金擫繡。』語意刻深，令人無從置辯。羅泌《詠釣臺》詩云『一著羊裘便有心』，通於斯恉矣。

九言詩，昔人間有作者，長句勁氣，於古體爲宜。若作九言律體，亦如七言律之妥帖易施，則求之名人集中，殆亦廑見。明楊升庵慎《詠梅花》云：『元冬小春十月微陽回，綠萼梅蘂早傍南枝開。折贈未寄陸凱隴頭去，相思忽到盧仝窗下來。歌殘水調沈珠明月浦，舞破山香碎玉淩空臺。錯認高樓三弄𨄮雲笛，無奈二十四番花信催。』是詩，余舊喜誦之。

相傳趙次山尚書爾巽開藩皖省時，訪聞有僞造關防者，以象箭合併鍥刻成文，無繭髮跡釁。箭凡二十一，不用，則二十一人分藏之，亦防其敗露也。尚書偵得其鈐用之頃，掩捕之，無一脫者，皆自知罪重，涕泣莫敢仰視。尚書第令立焜其箭，其人則發往書局，供剞劂之役，皆巧工也。

浭陽托活絡尚書忠敏生平譔著，以攷訂金石爲大宗，其它有韻妃孋之文間見一二，率工整熨帖，甚似詞流藻構，不類屏臣政暇之作。《遊盤山》詩云：『十萬松聲夕吹哀，稠雲大霧一時開。方知雨後淒涼絕，悔不花時次第來。壘石成碁天景巧，結松如笠化工才。田盤仙去田疇老，空見巋然般若臺。』黃鶴樓集句楹聯云：『我輩復登臨，昔人已乘黃鶴去；大江流日夜，此心吾與白鷗盟。』桉：忠敏漢姓陶，故一字陶齋。光緒年間於西山之麓築陶氏家塾。蓋托活絡，卽陶字之三合音也。

康熙十六年，內廷始設南書房，凡供奉之員，不論官職崇卑，統稱南書房翰林。內廷供奉，唯南書房翰林稱之。上書房行走者，不得同此稱也。

清制：各直省儒學廩膳生員歲支廩餼；翰林院庶常館，月之所支亦曰廩餼。雍正十年張相國文和議奏：『庶吉士廩餼銀每人每月四兩五錢。』蓋庶常未經散館，官未真除，其隸翰林院亦猶夫肄業生也。

友人廣德李曉暾世由，原藉湖南奉其先德忠壯公家傳書後，屬節要入《叢話》：公諱臣典，先是從曾忠襄吉安軍轉戰數省，每上功輒首列，婁拯忠襄於危。從攻江寧，圍合，久不下。時蘇、常俱復，忠襄恥獨後，憤欲死之，再鑿龍膊子地道，募死士先登，公與諸將誓如約。地道火發，城揭二十餘丈，公冒烟火甎石直進，傷及要害，城克而病，遂死。去城破廑十許日，曾文正上公首功。奉諭：『李臣典誓死滅賊，從倒口首先衝入，眾軍隨之，因而得手。實屬謀勇過人，著加恩封一等子爵，賞穿黃馬褂，並戴雙眼花翎。』而公已先殞，不及拜命。忠襄咨於文正，奏請優卹，有旨將戰功宣付史館，並於吉安、安慶、金陵建立專祠。一時公私記載咸無異同。雲南鶴麗鎮總兵朱公洪章者，先登九將之一也，後諸將死，濩落不偶。與劉公聯捷，爲忠襄檄留江南防營，陰以報之。劉死，朱留營如故。甲午，張文襄權江督，令朱募十營守吳淞，以創發，卒於軍。朱在江南久，鬱鬱不自得，念昔與李公誓死登城，李獨膺懋賞，身猶錄錄與偏裨伍。所奉主帥及同列諸將無一在者，思傾李爲己地，昌言於人，謂：『曩者之役，余實先登。李資高，適猝死，主帥與朝廷務張之，以勵將士，故李獨尸大名。李克城次日傷殞，忠襄慰已，以李列首。後謁忠襄，語稍不平，忠襄出鞘刀授之曰：「奏名易次，吾兄主之，實幕客李某所爲，盍刃之？」』又言『王氏闓運《湘軍志》乖曾氏恉，後屬王氏定安改訂，亦沿官書未改』云云。其盡屏文正原奏，及公私紀載，爲此繫風捕影之詞，甚可駭怪。夫攻金陵，提鎮效命者甚夥，何獨於公以死旌伐？文正手書《日記》云：『至信字營，見李臣典，該鎮爲克城第一首功。日内大病，甚爲可憫。』又云：『聞李祥雲病故，沅弟傷感之至。蓋祥雲英勇絶倫，克復金陵，論功第一。』據此，則奏名列首，固忠襄意。幕客李者，中江李鴻裔也，論功之奏，覈及殿最，李安敢以私見撓之？又王氏定安修《湘軍記》時，忠壯子孫不在顯列，無所顧忌。湘潭之志既乖曾旨，本非官書。東湖覬再起，一意媚曾，又何不可改正之有？凡此，皆不考情實之過也。蕙風桉：薛福成《庸庵筆記》：『曾威毅之圍金陵也，既克僞天堡城，即所謂龍膊子者，在太平門外，高踞鍾山之巔，俛瞰城中。提督李臣典與曾公密商，排巨礮三層於其上，晝夜對城轟擊，此發彼貯，無一息停，城堞皆頽，賊不能立足。始下令軍士各持柴草一束，擲之城下，高與城齊，若爲恃此登城者。賊併力嚴備，不暇他顧。又隔於柴草，不能瞭望。山下舊有隧道，乃前數月所開，被賊覺察而中廢者，至是賊不復防此道。派遣千人接續開掘，至於城下，實火藥三萬斤於其中。築完以土，封固以石。口門留一穴，以大布若干匹，包火藥入麤竹爲導線，竹長數丈，貫穿穴中。及期，各軍嚴陣以待。火始入時，但聞地中隆隆若殷雷；俄而寂然，衆以爲不發矣；頃之，砰訇一聲，震撼坤軸，城垣二十餘丈隨烟直上。大石壓下，擊人於二三里外，死者數百人，諸軍由缺口衝入』云云。據此，則掘隧轟城，發策實由忠壯，何止奮勇先登而已。故朝廷亦有謀勇過人之諭，推爲功首，孰曰非宜？

桉：忠壯先授河南歸德鎮總兵，見《謚法攷》。

曉暾嗜歌，歌者樂得而從之遊，遂亦善歌。某夕，興之所至，竟結束而登滬濱張園之歌臺。余愧非知音，幸此曲《硃砂痣》之得聞焉。寧鄉程子大頌萬賦長句贈之，有云：『有時舉酒歌莫哀，酒酣還上海邊臺。天吳象罔作儔侶，乃自驚濤落日之中來。』曉暾之歌之聲情激越，吾得而聞之，而其中之所蘊蓄，則吾子大知之矣。

閱近人某筆記，有『二百四十年前之孫文』一則，略云：『水月老人姓孫，名文，字文若，水月，其號也，會稽人，明末諸生餘不贅。』蓋隱逸者流，而狷介之士也。見王文簡《池北偶談》及吳穀人《祭酒詩集》。桉：《明外史·俞孜傳》：『孫文，餘姚人，幼時，父爲族人時行箠死。長欲報之而力不敵，乃僞與和好，時行坦然不復疑。一日，值時行於田間，卽以田器擊殺之，坐戍。未幾，遇赦獲釋。』此又一孫文，嘉靖間人也。見《圖書集成》『氏族典』。

又《圖書集成》引《陝西通志》：『黃種，隆德人。永樂中貢士，除戶科給事中。資性鯁介，不苟合，久居清要。及歸，行李蕭然。』桉：今日所稱黃種之隴切，明朝人心目中斷無此等詞誼，當是讀作種植之種之用切耳。

晚季春明鉅公往往有戲癖，光緒庚寅、辛卯間，戶部有小吏曰魏耀庭，能演劇去花旦俗謂之客串也，或戲呼魏要命。似聞其人年近不惑，及掠削登場，演《鴻鸞禧》等劇，則嫣然十四五闖娃也，惜齒微涅不瓠犀耳。南皮張相國文達極賞之，相國書畫至不易求，有人見其贈魏耀庭精箑，一面蠅頭小楷，一面青綠山水，並工緻絕倫。

光緒初年，朝邑相國閻文介、南皮相國張文達同入軍機。閻字丹初，年六十八；張字子青，年七十二。時尚書烏拉布、孫毓汶查辦江皖贛豫事件未歸，烏字少雲，孫字萊山。有人集杜詩爲聯云：『丹青不知老將至，雲山況是客中過。』絕渾成工巧。

冬月所鬻之牡丹、碧桃等，宋周公謹密《癸辛雜識》謂之『馬塍塘花』，今都門名曰唐花。『唐』卽『塘』之本字，可通也。

癸丑、甲寅間，余客滬上，始識長沙葉奐彬德輝。素心晨夕，一見如故，窮不見疑，狂不爲忤，是在氣類，弗可彊爲謀也。奐彬有書癖，書在長沙，其收藏如何美富，余未得見也。所著《藏書十約》，無一語不當行。又有《書林清話》尤贍博精審。稿將及寸，余曾叚觀。當時尚未卒業，刻未審鍥行否矣。閱近人某筆記載有《奐彬買書行》一首，書癡面目，刻畫妙肖，余憙誦之，遂錄如左：『買書如買妾，美色自怡悅。妾衰愛漸弛，書舊香更烈。二者相翃頏，妄念頗相接。有時妾嫥房，不如書滿篋。買書如買田，連牀抵陌阡。田荒防惡歲，書足多豐年。二者較得失，都在子孫賢。它日田立券，不如書易錢。吾年已半百，終日爲書役。大而經史子，小者名家集。二十萬卷奇，宋元相參積。明刻又次之，嗜古久成癖。道藏及佛經，儒者偶乞靈。藏本多古字，佛說如座銘。百川匯巨瀾，不擇渭與涇。朅來海舶通，日本吾元功。時有唐卷子，橅刻稱良工。新法傾黎版，貌似神亦同。俾我肆饕餮，四庫超乾隆。又有燉煌室，千年藏祕密。忽然山洞崩，光爓爥天日。魯殿絲竹遺，汲冢科斗跡。疆吏誠瞶聾，坐令懷寶失。西儒力搜求，傳鈔返趙璧。此事頗稀聞，朝士言紛紜。輶軒使者出，殘篇稍得分。我友王幹臣柯鳳孫輩，持贈殊殷勤。列架充遠物，豈是坊帕羣？譬如豪家子，戀色拚一死。粉黛充後庭，復重西方美。更變東都姬，愛聽橐橐履。書中如玉人，真真呼欲起。又如多田翁，槁臥鄉井中。一朝發奇想，乘槎海西東。胡麻獲仙種，玉樹來青葱。不問誰耕種，倉廩如墉崇。買書勝買妾，書淫過漁色。朝夕與之俱，不聞室人謫。買書勝買田，寢饋在一氈。祈穀長恩神，報賽脈望仙。吾求仙與神，日日居比鄰。有棗必先祀，有酒必先陳。導我瑯環夢，如此終其身。一朝隨羽化，洞犬爲轉輪。世亂人道滅，處富不如貧。買書亦何樂，聊以酬癡人。』

相傳吴淞間有巨蜃吐珠之異。崇明與吴淞相隔百里，一水相望，海上婁見珠光，見則數日内必有風雨。其色紫赤，上燭霄漢，倏忽開闔，不可名狀。其光若此，珠之大不知凡幾，蜃之巨更不知凡幾也。海舟篙師，長得見之，見光而已，不見珠與蜃也，謂之野火。見則三二年中其地必有漲沙，成沃壤焉，婁驗不失。攷之志乘，唐武德中，海上巨蜃吐氣成紫雲，卽有漲沙，名以天賜，實爲崇邑所自始。夫蜃樓海市，皆幻境也，乃至漲沙，因而置邑，則真而非幻矣。龍之靈可以興雲雨，蜃之氣更能拓幅員，充類至義，則夫鼇戴四維，知非謬悠之說矣。

昔人以詩得名，如崔鸚鵡、鄭鷓鴣之類〔二〕，載籍多有，唯閨秀殊廑見。長洲李紉蘭佩金著有《生香館集》，其《秋雁》詩最佳，名『李秋雁』，見錢唐陳雲伯文述《頤道堂詩》自注。《秋雁》詩二首云：『無端燕市起悲歌，帶得商聲又渡河。千里歸心隨月遠，一年愁思入秋多。水邊就夢雲無影，天際驚寒夜有波。屈宋風流零落盡，那堪重向洞庭過。』又：『誰倚高樓一笛横，憑空吹落苦吟聲。能鳴未必真爲福，有跡多嫌累此生。入世豈容矰繳避，就人終覺羽毛輕。越鳧楚乙從題品，識字何曾爲近名。』見完顔惲珠《閨秀正始集》。又長洲陳琳簫筠湘《秋雁》二首云：『洞庭昨夜逗微霜，回首天涯合斷腸。瞥眼無非黄葉渡，安身除是白雲鄉。流年逝水催何速，病翮西風怯乍涼。一宿荒池菱芡密，雙棲猶得傲鴛鴦。』又：『一行秋影渡銀河，又向滄江尾棹歌。矰繳有人何太急，稻粱昔歲已無多。忽驚葭葦花如雪，正是關山月始波。早識天南蕭瑟甚，回峯斗絕悔經過。』其第二首，用紉蘭第一首韻，當是紉蘭屬和之作，詩亦工力悉敵。

【校記】

〔一〕鴣：底本脱。按：鄭谷，字守愚，唐僖宗時進士，官都官郎中，人稱鄭都官。又以《鷓鴣詩》得名，人稱鄭鷓鴣。據補。

《正始集》撰録錢唐汪允莊端詩，有《秦溝粉黛甎硯歌》，序云：『皖涇某氏藏古硯，澄泥也。紅白青翠，斑剝錯落若珠璣，上有「建業文房」印，余忠宣銘注，以爲秦阿房宫溝，宫人傾粉澤脂水所成，誠異物也。紀之以詩』句云：『四圍錯落珠璣細，粉暈斑斑黛痕翠。臨波想見卷衣人，玉姜豔逸文馨麗。』曩余藏《絶妙好詞》初印本，每詞皆用脂粉相和圈斷句，自始至終不遺一闋。蓋出閨人手筆，香豔絶倫。惜不獲與此硯並陳几案間也。汪允莊，陳雲伯子裴之室，著有《自然好學齋詩集》，曾選《明人三十家詩》。

秦淮古佳麗地，樓臺楊柳，門巷枇杷，丁明季稱極盛。李香君以碧玉華年能擇人而事，抗卻欻之義，高守樓之節，俠骨柔情，香豔千古。康熙間曲阜孔東塘譔《桃花扇》院本以張之。唯其兼通詞翰，則嚮來記載，未之前聞。《正始集》有香君詩一首，亟録如左，《題女史盧允貞寒江曉泛圖》：『瑟瑟西風淨遠天，江山如畫鏡中懸。不知何處烟波叟，日出呼兒泛釣船。』

唐王之渙《出塞》詩，可作長短句讀見前話。彼特七絶，隨意讀作長短句，詞譜固無是調也。《正始集》有張芬《寄懷素窗陸姊》七律一首，回文調寄《虞美人》詞，聲調巧合，尤見慧心。詩云：『明窗半掩小庭幽，夜靜燈殘未得留。風冷結陰寒落葉，別離長望倚高樓。遲遲月影移斜竹，疊疊詩餘賦旅愁。將欲斷腸隨斷夢，雁飛連陣幾聲秋。』詞云：『秋聲幾陣連飛雁。夢斷隨腸斷。欲將愁旅賦餘詩。疊疊竹斜，移影月遲遲。　樓高倚望長離別。葉落寒陰結。冷風留得未殘燈。靜夜幽庭，小掩半窗明。』芬字紫蘩，號月樓，江蘇吳縣人，著有《兩面樓偶存稿》。

紅閨吟詠，大都穎慧絶倫，故凡雜體之作尤爲可憙。《正始集》吳學素小傳云：『字位貞，江蘇婁縣人，編修顧偉權室，著有《蔭綠閣詩草》。位貞詩才敏捷，相傳徐澹園尚書雅集東山，以《閨怨》命題，限溪、西、雞、齊、嘶韻，中用一、二、三、四、五、六、七、八、九、十、百、千、萬、兩、丈、尺、半、雙等十八字。一時名宿均多棘手。顧太史以語位貞，援筆伸紙，立就一律，藝林傳誦。詩云：『百尺樓頭花一溪，七香車斷五陵西。六橋遥望三湘水，八載空驚半夜雞。風急九秋雙燕去，雲開四面萬山齊。子規不解愁千丈，十二時中兩兩嘶。』又《正始續集》載藍燕同題同體一首，自注『見茅應奎《絜吳羹》』，詩云：『六七鴛鴦戲一溪，懷人二十四橋西。半生書斷三秋雁，萬里心懸五夜雞。蠶作百千絲已盡，烏生八九子初齊。誰憐方寸愁盈丈，刀尺拋殘雙玉嘶。』

又許琛《和閨詞八音體》云：『金烏乍墜到窗西，石徑清幽碧草萋。絲管誰家風細細，竹牀深院月低低。匏尊燈下三更酒，土鼓聲敲半夜雞。革得塵心無一事，木棉花底聽鵑嘶。』琛字德瑗，號素心，福建侯官人，著有《疏影樓稿》。

又張嗣謝《擬閨情用花名》云：『躑躅閒庭思悄然，合歡無計祇高眠。夜殘子午迷蝴蝶，花謝長春怨杜鵑。流水空傳桃葉渡，歸人何處木蘭船。抽將碧玉簪頭鳳，卜當金錢問遠天。』嗣謝字詠雪，號小韞，安徽桐城人，著有《藹松閣遺稿》，見《正始續集》。

又汪紉蘭《曉起》五平五仄體云：『木落野鳥散，天高寒風鳴。遠樹日未出，重樓山初晴。塞外雁影亂，江邊蘆花聲。曉起有靜趣，凭闌新詩成。』紉蘭字佩之，號畹芬，江蘇吳縣人，著有《睡香花室詩稿》，見《正始續集》。

又黄卣《詠愁》一字至七字體云：『愁。旅館，吟樓。閒處惹，冷相勾。曲傳心孔，重壓眉頭。鵑啼黄葉雨，蟲語碧梧秋。篳篥軍中按拍，琵琶江上停舟。金釵暗卜人千里，玉杵敲殘月半鉤。』卣字秬香，浙江富陽人，見《正始續集》。

又無名氏《閨怨》以霜、飄、枝、結、淚、花、落、蝶、含、愁十字昉離合體，選錄其二云：『雨滴空階落井梧，木蘭枝上咽啼烏。目中愁見清秋景，霜染楓林落葉枯。木樨花發奈秋何，十幅鸞箋寫恨多。又向紅闌閒處立，枝頭風露濕輕羅。』見《正始續集》，自注：『見女史完顏兑《花埭叢談》。』

又女史楊繼端《口占漫成》云：『十二闌干水半溪，千紅萬紫六橋西。兩峯黛黯三春夢，一院花飛五夜雞。鶴到九霄雙翮健，書分四體八行齊。道人殷七歸何處，百尺高枝鶯又啼。』此詩亦限溪、西、雞、齊、啼韻，中用一、二、三、四、五、六、七、八、九、十、百、千、萬、兩、半、雙、尺等十七字，視前吳學素、藍燕兩媛之作，廑少用一丈字耳，見《雜體詩鈔》先世父雨人比部輯。繼端字古雪，四川遂寧人。

又范姝閨怨詞調寄《夏初臨・集藥名和周羽步》云：『竹葉低斟，相思無限，車前細問歸期。織女牽牛，天河水界東西。比似寄生天上，勝孤身，獨活空閨。人言郎去，合歡不遠，半夏當歸。徘徊鬱金堂北，玳瑁牀西。香燒龍麝，窗飾文犀。稿本拈來，緗囊故紙留題。五味慵調，懨懨病、沒藥能醫。

從容待，烏頭變黑，枯柳生稊。』姝字洛仙，江蘇如臯人，著有《貫月舫集》。此詞見《眾香集》。校：清初王漁洋、陳其年諸名輩撰錄閨秀詞，名《眾香集》，分禮、樂、射、御、書、數六冊。

又湯萊春閨詞調寄《滿庭芳·集美人名》云：『曉霧非烟，朝雲初霽，枝頭開徧紅紅。莫愁春去，梨雪未飛瓊北音讀若奇雄切。誰控雙鉤碧玉，見小小，簷雀窺籠。傷情處，無知小妹，琴操弄焦桐。東東。卻渾似，琵琶褎月，簫管翾風。奈鶯鶯語澀，燕燕飛慵。欲寫麗春無計，正桃葉、飛下花叢。紅橋畔，芳姿灼灼，清照碧潭中。』萊字萊生，江蘇丹陽人，著有《憶蕙軒詞》。見《眾香集》。

芝草無根，醴泉無源，卽閨秀何莫不然。吳荔娘，字絳卿，福建莆田人。本庖人女，幼敏慧，有潔癖，著有《蘭陂賸稿》。《春日偶成》云：『曈曈曉日映窗疏，荏苒韶光一枕餘。深巷賣花新雨後，閒門插柳嫩寒初。鶯兒有語遷喬木，燕子多情覓舊廬。那用踏青郊外去，芊芊草色上階除。』見《正始集》。又蔣氏，安徽和州人，《水曹清暇錄》稱氏父業縫皮匠，夫業箍桶，而氏獨通文墨，殆天授也。《昭關懷古》云：『潰楚復親仇，當年氣吐不。英雄知父子，臣道失春秋。山自無今古，祠誰定去留。不知經此者，又白幾人頭。』見《正始續集》。

《三峯集》：『李固言未第前，行古柳下，聞彈指聲，問之，曰：「吾柳神九烈君也。以柳汁染子衣矣，科第無疑。得藍袍，當以棗糕祀我。」固言許之。未久狀元及第。』《正始集》周瑤小傳云：『瑤字蕖卿，浙江嘉善人，尚書姚文田室，文田，嘉慶己未狀元。蕖卿未笄時，嘗夢柳汁染衣袂，于歸後，姚果大魁，與古事合，亦佳話也。』蕖卿《寄外》詩云：『香撥金猊冷，春深子夜中。一襟楊柳月，雙鬟杏花風。鴛繡此時倦，魚箋幾日通。嬌兒方睡穩，緘意託飛鴻。』殊婉麗可誦，末聯尤情景逼真。

詩題有絕豔絕新者。《正始集》錄丘卷珠詩，有題云『拾花瓣砌情字忽被東風吹去』詩云：『爲情顢頇孏言情，聊把閒情付落英。香雨團成絲一縷，雪泥證到夢三生。芳菲已謝空憐惜，飄泊難禁易變更。寄語封姨更吹聚，前生元是許飛瓊。』卷珠字荷香，福建閩縣人，著有《荷窗小草》。

張船山夫人林氏性奇妒，事見前話。據《正始集》，夫人名佩環，順天宛平人，布政使儁女，有《夫子爲余寫照戲題》絕句云：『愛君筆底有烟霞，自拔金釵付酒家。修到人間才子婦，不辭清瘦似梅花。』曩余讀《蕙風簃二筆》，一則云：『嘗記某說部云，毛西河夫人絕獷悍。西河藏宋元版書甚夥，摩挱不忍釋手。夫人病焉，謂此老不卹米鹽生計，而般弄此花花綠綠者胡爲也？一日，西河出，竟付之一炬。』又云：『西河五官並用，嘗右手改門生課作，左手撥算珠，耳聽門生背誦，目視小僮澆花，口旋畣門生問難，旋與夫人詬誶。夫人告門生曰：「汝輩謂毛奇齡博學乎？渠作二十八字詩，輒獺祭滿几，非出自心裁也。」又西河姬人曼殊爲夫人淩虐致死，此事尤於記載中屢見之。比閱《閨秀正始集》，乃有夫人詩二首。夫人姓陳，名何，蕭山人。《子夜歌》：「一去已十載，九夏隔千山。雙珥依然在，如何不得環。」又：「白露收荷葉，清明種藕枝。君行方歲暮，那有見蓮時。」夫人既能詩，何至爲焚琴鬻鶴之事？各說部所云，殆未可盡信耶？抑西河不止一夫人，有元妃、繼室之殊耶？當再詳攷。』《二筆》止此茲以張夫人事例之，大氐能詩自能詩，妒自妒，妒者非必不能詩，容或能詩乃益妒，未可以常情衡論耳。

《眾香集》顧媚小傳云：『媚字眉生，號橫波，秦淮名校書，歸合肥龔尚書芝麓。尚書雄豪蓋代，視金玉如泥沙，得眉娘佐之，益輕財好客，憐才下士，名譽盛於往時。丁酉歲，尚書挈橫波重過金陵，寓市隱園。值夫人生辰，張燈開宴，召賓客數十輩，命老梨園郭長春等演劇。酒客丁繼之、張燕筑及二王郎串《王母瑤池宴》。夫人垂珠簾，召舊日同居南曲呼姊妹行者與讌。時尚書門人楚南嚴某赴浙監司任，逗遛居尊下，褰簾長跪捧卮，稱賤子上壽，坐客皆離席伏。夫人欣然，爲罄三爵，尚書意甚得也。陳其年、吳薗次、鄧孝威、余曼翁並作長歌紀其事，藝林傳爲佳話。桉：朱遠山夫人中楣有《千秋歲》詞，題云『別橫波龔年嫂南歸』，據此詞題，知橫波當日儼然敵體端毅龔尚書謚端毅，嚴某之艁厀稱觴，蓋禮亦宜之矣。遠山，南昌宗媛，侍郎李元鼎室，尚書振裕母，著有《鏡閣新聲》。

在昔閨秀譔述，有但聞其名而其書不可得見者，殊令人作滄海明珠之想。據《正始集》小傳，如皋董小宛白有《奩豔》，滿洲完顏悅姑兌有《花堁叢談》，並裒集古今閨幃軼事。金匱楊蘂淵芸曾輯古今閨閣詩話，爲《金箱薈說》。安岳蔡玉生觀成選錄古才媛百人，各系以詩，名《百玉映》。已上各書，世間容有傳本，亦可遇不可求。比歲冒鶴亭廣生刻《冒氏一家集》，亦未能得《奩豔》付諸手民也。董小宛爲冒辟疆少房。

曩嘉、道、咸、同間，往往湖山勝處，名流雅集，有西泠七子、明湖四客、[木黏]湖十子等名目。《正始集》林以寧小傳：『以寧字亞清，錢唐人，與同里顧啓姬姒、柴季嫺靜儀、馮又令嫺、錢雲儀鳳綸、張槎雲昊、毛安芳媞倡蕉園七子之社，執騷壇之牛耳，傳綵筆於蛾眉，尤藝林佳話也。』

續眉廬叢話卷三《東方雜志》第十三卷一號

古今閨秀以材武著稱者，間見載籍；若能詩而兼有勇，則尤罕覯。《正始集》小傳云：『畢著，字韜文，安徽歙縣人，布衣王聖開室。韜文年二十，隨父宦薊丘。父與流賊戰死，屍爲賊擄。韜文身率精鋭劫賊營，手刃其渠。衆潰，輿父屍還，葬金陵之龍潭。于歸後，夫婦偕隱。』沈來遠序其詩稿，有『梨花槍萬人無敵，鐵胎弓五石能開』云云。又許氏，奉天鐵嶺人，鎮平將軍一等男謚襄毅徐治都夫人，精韜鈐，善騎射。偕襄毅出兵，每自結一隊，相爲犄角，以故戰功居最。康熙十三年，吴逆犯湖南，襄毅往援彝陵，夫人駐防江口。十五年，鎮將楊來嘉叛應譚洪，夫人脱簪珥犒師，曉以大義，沿江剿殺，屢卻之。八月，猝犯鎮署，夫人中礮殁。將軍蔡毓榮等具狀以聞，特旨優卹，予雲騎尉世職，以次子永年襲。桉：廕襲自母氏得之，殊僅見。又高氏，四川華陽人，大將軍威信公謚襄勤岳鍾琪夫人，嫻弓馬，善理軍政，亦能詩。襄勤著有《薑園蛩吟》二集，多與夫人唱和之作。攷《正始集》二十二卷《續集》十二卷，著錄閨秀，最一千五百二十六家，據小傳所稱，兼精韜略，厪此三人。其碻有事實可紀，尤畢、許二氏而已。蓋才兼文武，求之鬚眉猶難，況巾幗乎？畢韜文以綠鬢韶年，手刃悍賊，輿返忠骸，孝女奇才，尤不可及。其自作紀事詩云：『吾父矢報國，戰死於薊丘。父馬爲賊乘，父屍爲賊收。父讎不能報，有愧秦女休。乘賊不及防，夜進千貔貅。殺賊血漉漉，手握讎人頭。賊衆自相殺，屍横滿阬溝。父屍輿櫬歸，薄葬荒山陬。相期智勇士，慨然賦同仇。蛾賊一掃盡，國家固金甌。』讀之凜凜有英氣。徐夫人《馬上吟》云：『快馬輕刀夜斫營，健兒疾走寂無聲。歸來金鐙齊敲響，不讓鬚眉是此行。』蜀錦征袍，桃花駿馬，亦復英姿颯爽，不可一世。

閨秀王瑤娟汝琛，漢軍人，有《斷炊日讀書歌》，悅其風味與余略同也，亟錄如左：『塵世渾渾兮俗眼茫茫，乾坤浩大兮各有行藏。至人存誠兮不在色莊，大道昭昭兮修之吉祥。我心自許兮坦然順適，冰霜貞潔兮堪比圭璋。蓮葆馥郁兮名方君子，不染污泥兮豈並羣芳。誰能識我兮與我無與，不是知音兮於我何傷。恕人責己兮能耕方寸，去短存長兮何用不臧。境之不足兮惟富與貴，志不在此兮飢餓何妨。包函宇宙兮人天莫測，樂我詩書兮發其古香。』詩境沖澹，求之閨閣中未易多得。

閨人幼慧者，多靈秀之所鍾毓也。陽湖惲清於冰年十三卽作畫，花卉翎毛，能傳南田翁家學，作已，輒題小詩，風韻蒼秀。桐廬殳墨姑默七歲通《孝經》，九歲能詩。年十五隨父母入九峯山，製《步虛詞》，有『多緣誤折瓊枝樹，謫下瓊臺十五年』句。興化李韞奩國梅九歲賦《落花》詩，有『鶯聲喚轉夢中人』句。錢塘陸纘任莘行七歲《同父母兄姊送吳公錦雯司李吳郡》絕句云：『自憐嬌小不知詩，執手臨行彊置詞。盼煞歸鴻傳錦字，吳江楓落正愁時。』按：纘任，陸麗京之女公子，麗京緣史案係累，晚歲祝髮爲僧，雲遊不知所終，纘任作《老父雲遊始末記》，以誌哀慕。錢塘顧重楣長任號霞笈仙姝，年十二卽能應聲詠梅花云：『小閣月初斜，東風透碧紗。枝頭應有信，春意在梅花。』太原張羽仙學典十歲爲《採蓮賦》，兼工繪事。按：太原貢生張佚有才女五人：學雅、學典、學象、學聖、學賢，皆工吟詠，亦佳話也。桂林劉智圓如珠十歲能背誦《全唐詩》千首有集唐遊仙詩，婁縣王蕙田芬七歲作《夜坐偶成》詩，有『月上千峯靜』句。錢塘周吉媛歸妹年十二呈其戚某公歸林下者云：『久辭榮祿賦歸田，瀟灑林泉志渺然。一路雲山尋勝景，小園燈火話當年。消寒最好三杯酒，掃雪剛逢二月天。窗外梅花開徧否，草堂今夕臥詩仙。』常熟蘇紉香季蘭，知州去疾女。去疾字園公，有文名。紉香幼而穎悟，九歲時，值中秋夜月，園公抱置膝上，命即景賦詩，應聲成絕句云：『秋宇極高迥，月華明且清。瓊樓在何處，昨夜夢瑤京。』錢塘孫碧梧雲鳳年八歲，父春巖出對云：『關關雎鳩。』即應聲曰：『雝雝鳴雁。』大奇之。德州宋素梅，乾隆十六年聖駕南巡，素梅年甫十二，迎鑾獻詩。召入內帳，又面試一律，賚賜甚厚。《迎鑾》詩云：『海晏河清代，堯天舜日時。不辭川路遠，肯慰士民思。紫氣欽皇輦，黃雲護聖騎。迎鑾來獻頌，萬壽浩無涯。』《應詔》詩云：『山左羣情切，江南望幸頻。九重深保大，五載舉時巡。浩蕩韶光麗，葱蘢物色新。彩雲晴有象，瑞靄靜無塵。淑氣迎儒仗，祥風繞御輪。衢歌欣擊壤，共祝萬年春。』吳縣董綺琴國容十歲時，塾中以『闌中蘭』屬對，即應聲曰：『簾外蓮。』頃之，又曰：『籬外梨。』錢塘汪允莊端著有《自然好學齋詩》，其卷首十六章，皆十歲已前作。七歲《賦春雪》云：『寒意遲初燕，春聲靜早鴉。未應吟柳絮，漸欲點桃花。微濕融鴛瓦，新泥殢鈿車。何如謝道韞，羣從詠芳華。』吳縣戈如芬馥華，諸生載女。桉：載字順卿，嗜長短句，守律最嚴，著有《詞林正韻》，其《翠薇花館詞稿》篇帙繁富，與《湖海樓》相若。獨惜偏重聲律，詞華非所措意耳。《詠鳳仙花九歲作》云：『鳳在丹山穴，仙尋碧海家。如何謫塵世，偏作女兒花。』臨桂況月芬桂珊，蕙風詞隱之女兒也。年十二三，作楷昉率更，手鈔《爾雅》全部，秀勁可憙。嘗秋日侍先母疾，夜半起瀹茗，仰見綵雲如摺疊扇，繞月不周半輪，賦詩云：『冰輪皎潔綵雲開，疑是嫦娥倚扇纔。我欲筆花分五色，瓣香低首祝瑤臺。』

閨秀擅清才者夥矣，而唯具卓識者廑見。蔡琬，字季玉，漢軍人，尚書謚文良高其倬夫人，著有《蘊真軒詩草》。夫人才識過人，魚軒所至，幾半天下。文良名重一時，奏疏移檄，每與夫人商定，閨閣中具經濟之才者。《隨園詩話》載文良與某要津不合，婁爲所撼，嘗詠白燕至第五句云『有色何曾相假借』，沈思未對。夫人至，代握筆云『不羣仍恐太分明』，蓋規之也。

明徐文長渭譔《四聲猿》院本四折，其第三折《替父從軍》演木蘭事。據曲中關目，木蘭立功寧家，與王司訓之子（但稱王郎，無名）成婚。王中賢良、文學兩科，官校書郎云云。桉：嘉興沈向齋（可培）《濼源問答》云：『問：「《木蘭詞》，說者謂唐初人記六朝事，別有事績可徵否？」答曰：「少聞之吾鄉前輩諸草廬先生云：木蘭，隋煬帝時人，姓魏，本處子，亳之譙人也。時方徵遼募兵（桉：院本云姓花，世住河北魏郡，父名弧，字桑之，曾爲千夫長。因黑山賊首造反，大魏拓跋可汗下郡徵兵。與草廬之說不同。）木蘭痛父耄，弟妹皆稚騃，慨然代行。服甲胄，操戈躍馬而往，歷十二年，閱十有八戰，人莫之識。後凱旋，天子嘉其功，除尚書郎，不受，奏懇省視。及還，釋戎服，衣女衣，同行者駴然。事聞，召赴闕，煬帝欲納之。對曰：「臣無媲君之禮。」拒迫不已，遂自盡。帝驚憫，贈孝烈將軍，土人立廟，以四月八日致祭，蓋其生辰也。』據此，則院本云云，唐突已甚矣。惜沈氏所引草廬之說，未詳何本。

吳槎客《拜經樓詩話》引初白盦主云：『高郵露筋祠本名鹿筋梁，相傳有鹿至此，一夕爲白鳥所嘬，至曉見筋，故名。事見《酉陽雜俎》及江德藻《聘北道記》。不知何時始譌爲女郎祠也。初白詩曰：「古驛殘碑幼婦詞，飛蚊爭聚水邊祠。人間多少傳譌事，河伯年年娶拾遺。」詩見《敬業堂手稿》。』桉：露筋祠有米海嶽所書碑（余藏有拓本，絕精整），則茲事沿譌亦已久矣。

明時自稱香光居士者有二：一董文敏，夫人知之矣。《拜經樓詩話》云：『明明秀上人，號雪江，嗣法於海鹽天寧寺，嘗與朱西村、陳句溪諸老結社唱和。予嘗得其手蹟《蘿壁山房圖詩並記》，略云：「《蘿壁山房圖》，迺香光居士爲元津濟公所繪，筆法精妙，國初諸老宿皆賦詠之。若干年，爲西宗意公所得，亦有紀識。復若干年，傳於大雲慶公。今歸東啓昕公，昕因號之曰蘿壁，蓋有慕於昔人者也。嗚呼！未百五十年，此卷不知幾易主，嘅時異世殊，而人生猶夢幻也。然則此卷閱人，誠一傳舍耳。東啓聊亦坐香光之境，觀諸老之言，而進於清淨法性中，則斯卷之功不爲少矣。嘉靖七年三月題於嘉會堂。」記中所謂香光居士者，王叔明也。』節《詩話》止此。校：元王蒙，字叔明，吳興人，號黃鶴山樵，趙松雪之外孫也。素好畫，師巨然、王維，秀潤深至，以黃鶴山樵著稱。其一號香光居士，世殆尠有知者。

《拜經樓詩話》云：『唐詩人李蠙，本名虬，將赴舉，夢名上添一畫成「虱」字校：「虬」改「虱」，不止添一畫。然俗書虫旁往往作「虫」，「虬」若寫作「虱」，則添一畫成「虱」字。又《篇海》：「虱作虱」，亦「虬」字添一畫。及寤，曰：「虱者，蠙也。」乃更名，果登第，可補《唐詩紀事》之遺。』桉：昔人命名，取用麟、鳳、龍、虎等字夥矣。卽龜字，宋已前人猶多用之，不以爲諱。至降而用幺眇之昆蟲，若蚳鼃、范蠡、田蚡，大都近古朴質之風，卽亦不甚多見。唐則僅有高蟾、韋蟾皆詩人。宋有劉蛻亦詩人，蛻从虫旁，非蟲名也，此外無聞焉。更名必託誼於虱，詎非奇絕？且必更名與『虱』同訓之字，乃得登第，其理尤不可解。攷今字書，蠙亦無虱訓，《玉篇》云『珠名』，《書・禹貢》『淮夷蠙珠暨魚』疏：『蠙，是蚪之別名，字又作蚍。』《韻會》又作『玭』。《廣韻》、《集韻》竝同《玉篇》，無它訓《佩文韻府》注云『珠母』，未詳所本。李蠙，唐人，當時所據字書，容有訓蠙爲虱者，今其書已佚矣。

在昔科舉之世，士子因夢兆更名，往往擢高第，記載非一，絕無理解可言。意者適逢其會，因而故神其説，藉驚世駴俗耶？吾邑陳哲臣先生繼昌嘉慶癸酉以第一人舉於鄉，名守叡古文叡字。迨庚辰春更名繼昌，亦以夢，是科遂捷會狀。有清一代，三試皆元者，唯先生與長洲錢棨二人而已。邑故因山爲城，東北曰伏波門，有山曰伏波，山下有洞瀕江曰還珠。明正德二年，雲南按察司副使包裕石刻詩云：『巖中石合狀元徵，此語分明自昔聞。巢鳳山鍾王世則，飛鸞峯毓趙觀文。應知奎聚開昌運，會見臚傳現慶雲。天子聖神賢哲出，廟廊繼步策華勳。』後注云：『伏波巖即還珠洞有石如柱，向離石二尺許。讖云：「巖石連，出狀元。」先生大魁之歲，石果相連，蓋滴乳積漸黏屬也。』先生名與字之四字，見於包詩後四句者凡三，亦奇。又先生初應童子試，縣、府、院試皆第一，時謂大小三元云。

王昭平先生寄内書見《拜經樓詩話》，樸而雅，語淺而情深，讀之令人增伉儷之重、離合之感。書云：『深秋離家，今又入夏，京中酷暑，五月如伏。每出門灰汗相併，兩鼻如烟，黏塗滿面。冷官苦守，殊可嘆，殊可笑。屈指歸期，尚須半載。日望一日，月望一月，身則北地，夢則家鄉，言之則又可悲也。你第二封書久已收，第一封目下纔到，寄物尚未收。每欲寄你書，動筆增淒楚，勉彊數字，真不知愁腸幾迴？故不多寄，非忙也，非忘也。你當家辛苦不必言，況未足支費。我一日未歸，遺你一日焦心耳。新兒安否？善視之。計我歸，已周歲，可想離别之感。老孃常接過，庶慰我念。衹簡慢不安，夜間失被，且念及新兒之母，何況于兒，不能相顧，奈何？我自拜客應酬、彊親書籍之外，唯有對天凝思，仰屋浩嘆而已。近來索書者甚多，案頭堆積，總心事不舒，皆成煩擾。幸我身如舊，不必念我。唯願你善攝平安，勝於念我。八姑好否？常隨你身伴，勿嬉笑無度，勿看無益唱本。』先生少俶儻，脱略邊幅，攻詩古文，能書，嗜詞曲，雅擅登場，舉天啓辛酉經魁。榜發，方雜梨園演《會真記》『草橋驚夢』齣，去張君瑞闕目未竟，移宮換羽間，促者婁至，遂著戲衣冠，周旋賀客，時目爲狂。見查東山《浙語》。

韓冬郎《香奩》詩：『蜂偷崖蜜初嘗處，鶯啄含桃欲嚥時。』槎客謂卽古樂府『寧斷嬌兒乳，不斷郎殷勤』意，思之，思之，誠豔絕、膩絕、緻絕，非三生閱歷，半生熨帖不能道。

嚮來豔體詩無過束皙《補白華》『鮮侔晨葩，莫之點辱』二語。描摹美人姿態，無過曹子建《洛神賦》『動無常則，若危若安；進止難期，若往若還』四語。

馬雞出秦州，大倍於常雞，形如馬，徧體蒼翠，耳毛植豎，面足赤若塗朱。宋荔裳觀察在北平時，署中嘗畜之，爲之賦詩。錢塘李考叔穎和作云：『珍禽元不產龍城，隴右攜來司五更。種立岐陽丹鳳出，名同天廏血駒生。耳毛削竹青驄立，距汗夭桃赤兔行。我亦不甘終伏櫪，披星擁劍待伊鳴。』桉：『馬雞』可對『麋鳥』。郭璞《翡翠讚》：『翠雀麋鳥，越在南海。』

雜劇、傳奇之屬，元人分若干折，後人作齣。明王伯良驥德校注《古本西廂記》『凡例』謂：『元人從「折」，今或作「出」，又或作「齣」。「出」既非古「齣」。復杜譔字書從無此字。』近《詅癡符傳》以爲「齣」蓋「齝」字之誤，良是。其言謂牛食已，復出嚼曰齝，音笞。傳寫者誤以「台」爲「句」。齣、出，聲相近，至以「出」易「齝」；又引元喬夢符云「牛口爭先，鬼門讓道」語，遂終傳皆以齝代折，不知字書齝本作齥，又作呞，以齥作齣，筆畫誤在毫氂，相去更近，非直「台」、「句」之混已也。卽用齣，元劇亦不經見。故標上方者亦止作折』云云。蓋元、明人製曲以通俗爲得體，遣詞且然，何論用字？必欲一一訂正之，或詞意轉不可曉，聲調亦復失腔，大氐梨園傳讀之本，詎可與若輩談小學耶？

東鄉羅提督思舉戰功見於魏默深源《聖武記》詳矣，相傳羅公臨陣不避鎗礮，所服戰袍爲鉛丸火燒圓孔無數，然卒不死。嘗云：『自顧何人官爵至此？若得死於疆場，則受恩當更渥，苦我無此福分耳。』以不能死於兵爲無福，誠忠勇之言也。富陽周芸皋凱述其逸事一則：『公嘗率兵入南山搜餘賊。村人苦猴羣盜食田糧，晨發火器驚之。公問故，令獲一猴來，薙其毛，畫面爲大眼，備諸醜怪狀，銜其口。明晨，俟羣猴來，縱之去，皆驚走。猴故其羣也，急相逐，益驚，越山數十重，後竟不復至。』茲事頗涉遊戲，然亦足徵智計云。

同、光朝狀元：戊辰洪鈞，辛未梁耀樞，甲戌陸潤庠，丙子曹鴻勳校：曹名鴻勛，勛、勳雖同誼，借用微嫌彊合，丁丑王仁堪。都門有人出對云：『五科五狀元，金木水火土。』或對云：『四川四等位，公侯伯子男。』蜀人膺爵賞者，威信公岳鍾琪，昭勇侯楊遇春，壯烈伯許世亨先封子爵，子爵鮑超，男爵未攷。

查伊璜識吳順恪於風雪中，迨後因史案罹禍，順恪爲之昭雪，廑乃得免，茲事豔稱至今。然據伊璜所作《敬修堂同學出處偶記》，似乎並無是說，豈當日以其既貴，而故爲之諱耶？記云：『己亥，余客長樂，潮鎮吳葛如以厚幣邀余至其軍，爲語南鄙夙昔艱難諸狀。方在席無所指顧，而境內不軌，猝縛至階下。告余曰：「吾徵發而彼遁矣，吾密行內間，不失一矢。」未幾，而不軌之所恃豪爲戢，它不靖幾圍，奉飛符報命。葛如曰：「是又內間之轉行也，吾左右尚不知之。」葛如能詩，自比武侯，故以六奇爲名。大率用兵以計勝，顧名知之矣。時令其長君啓晉、晉弟啓豐，偕侍余座。晉字長源〔一〕，啓豐字文源。長源已登丁酉賢書生，而韶秀玉立，工詩，所至輒流連興懷古昔，疾行五指，篇什繁富，不勝舉也。余嘗敘其爲文，有關戢安之大者，嗣余《詩可》之選，凡仕宦遊歷所賦無不及之，專帙東粵，遂入葛如《湞陽峽》一詩。別久之，投余遠間，則葛如病而長君晉已修文去矣。葛如隨物故。世相傳余初有一飯之德，葛如方布衣野走，懷之而思厚報，其實無是事也。』查記止此。順恪字葛如，爲它書所未見。按：某說部清初人譔云：『吳興莊某作《明史》，以查伊璜列入校閱姓氏，伊璜知，卽檢舉，學道發查存案。次年七月，歸安知縣吳某持書出首，累及伊璜。伊璜辯曰：『查繼佐係杭州舉人，不幸薄有微名。莊某將繼佐列入校閱，繼佐一聞，卽出檢舉，事在庚子十月。吳令爲莊某本縣父母，其出首在辛丑七月。若以出首早爲功，則繼佐前而吳某後，繼佐之功當在吳某上。若以檢舉遲爲罪，則繼佐早而吳某遲，吳某之罪不應在繼佐下。今吳某以罪受賞，而繼佐以功受戮，則是非顛倒極矣。諸法臺幸爲參詳。』各衙門俱以查言爲是，到部對理，竟得昭雪。遂與吳某同列賞格，分莊氏籍產之半。據此，則伊璜連繫，緣庭辨得脫，信無順恪爲力之説矣。竊意當時文網峻密，奉行者尤操切，苟非彊有力者爲之斡旋，雖欲置辯，詎可得乎？矧英石峯巋然尚存，是其一證矣。

【校記】

〔一〕字：底本作『守』，當誤，此據文意改。

續眉廬叢話卷四《東方雜志》一九一六年第十三卷二號

閨秀陳翠君筠，海鹽馬青上室青上工填詞，有《蓬萊閣詩餘》，工長短句，《蝶戀花》過拍云：『郎似東風儂似絮，天涯辛苦相隨處。』爲吳兔牀所擊賞。曩閱清初人詞，有《減字浣溪沙》换頭云：『妾似飛花郎似絮，東風攬起卻成團。』語非不佳，惜風格落明已後，視翠君詞句，渾成不逮也。

前話錄閨秀詩，有限溪、西、雞、齊、嗁韻，嵌用數目、丈、尺等字，作者極見巧思。檢《雜體詩鈔》又有徐兆奎《閨怨》二首，亦昉此體：『萬里三州百粵溪，樓臺六七畫橋西。八千書寄九秋雁，十二腸迴五夜雞。何日半簾雙膝並，幾時一案兩眉齊。纖纖丈室尋刀尺，散四愁懷嬌淚嗁。』又：『兒童六七戲前溪，二八佳人住閣西。尺素夢來千里鯉，半牀愁絕五更雞。九秋十稔期難定，四達三條路不齊。百萬迴腸繞丈室，一擡兩眼淚雙嗁。』

明餘姚朱先生之瑜，字魯璵，號舜水，謚文恭當是私謚。系出玉牒，避地日本，客於水府以歾殁。遺命必糇清室運終，然後歸骨中土。比歲癸丑，克踐斯言，卜佳城於杭之西湖。翌歲甲寅，日人猶有來拜祠墓者。北總原善公道號念齋者，彼都績學士也，著《先哲叢談》，慱錄日東耆宿嘉言懿行，先生與焉，所錄凡十三條，節錄如左：『舜水家世宦於明，父正，字存之，號定寰，爲總督漕運軍門。舜水生萬曆二十八年，早喪父，及漸長，從朱永祐、張肯堂、吳鍾巒學，遂擢恩貢生。尋妻徵不就，以故被劾，乃避之舟山，而始來此邦。移交趾，復還舟山。是時國祚既蹷，舜水知事不可爲，將之安南，而風利不便。再來此邦，不久又還舟山。其意素在得海外援兵以舉義旗，乃三來此邦，而援兵不可得。去復至安南，欲尋歸故國，以察民情。時清既混壹四方，義不食其粟，四來此邦，終不復還，時萬治二年也。』桉：相傳甲申鼎革，舜水避地東瀛，據此，則明之季年，舜水之東數矣，特甲申已後，乃居留不返耳。又云：『至安南日，館人供張甚盛，舜水從容不撓。安南王召見，欲令拜，而長揖不屈。其人或以爲不解事至此，畫沙作一「拜」字以見之，舜水卽加「不」字於其上，於是怒囚之，遂將殺，而守死自誓。王終感動，赦死，以嘉其義烈。此事舜水自錄之，名《安南於役紀事》。』又云：『舜水冒難而輾轉落魄者十數年，其來居此邦，初窮困不能支，柳河安東省庵師事之，贈祿一半。久之，水戶義公聘爲賓師，寵待甚厚，歲致饒裕。然儉節自奉無所費，至人或詬笑其嗇也，遂儲三千餘金，臨終盡納之水戶庫內。嘗謂曰：「中國乏黃金，若用此於彼，一以當百矣。」新井白石謂舜水縮節積餘財，非苟而然矣，其意蓋在充舉義兵以圖恢復之用也，然時不至而終，可憫哉！』又云：『在彼與經略直浙兵部左侍郎王翊同志，偕謀恢復，而翊與清兵戰敗而死，實八月十五日也。數年後，舜水聞之於邑，作文祭之。從是，每歲中秋，必戢門謝客，抑鬱無聊。《答田犀書》曰：「中秋爲知友王侍郎完節之日，慘逾柴市，烈倍文山。僕至其時備懷傷感，終身遂廢此令節。」』又云：『舜水有二男一女，長大成，字集之；次大咸，字咸一，共殉節不事清，而先舜水卒。大成亦舉二男，曰毓仁，曰毓德。延寶六年桉：當康熙十七年，毓仁慕舜水而來長崎，義公遣今井宏濟往通消息，然終不得與舜水相見而歸。』又云：『安澹泊《湖亭涉筆》曰：「文恭酷愛櫻花，庭植數十株，每花開賞之，謂覺等曰桉：安積覺，字子先，號老圃，又號澹泊齋，常陸人，仕水府：『使中國有之，當冠百花。』迺知或者仞爲海棠，可謂櫻花之戹。義公環植櫻樹於祠堂旁側，存遺愛也。』又云：『舜水居東歷年所，能倭語，然及其病革也，遂復鄉語，則侍人不能了解。』又：『安東守約』桉：守約字魯默，號省庵，筑後人，仕柳河侯一條云：『歲在乙未，朱舜水來長崎，時人未及知其學，唯省庵往師焉。時舜水貧甚，乃割祿之半贈之，至今稱爲一大高誼。其詳見舜水《與孫男毓仁書》，中曰：「日本禁留唐人已四十年，先年南京七船同往長崎，十九富商連名具呈懇留，累次不準。我故無意於此，乃安東省庵苦苦懇留，轉展央人，故留駐在此，是特爲我一人開此厲禁也。既留之後，乃分半俸供給我。省庵薄俸二百石，實米八十石，去其半，止四十石矣。每年兩次到崎省我，一次費銀五十兩，二次共一百兩。苜蓿先生之俸盡於此矣。又土宜時物，絡繹差人送來，其自奉敝衣糲飯菜羹而已。或時豐腆，則魚鰯數枚耳。家止一唐鬴，經時無物烹調，塵封鐵鏽。其宗親朋友咸共非笑之，諫沮之，省庵夷然不顧，唯日夜讀書樂道已爾。我今來此十五年，稍稍寄物表意，前後皆不受，過於矯激，我甚不樂，然不能改。此等人中原亦自少有，汝當銘心刻骨，世世不忘也。此間法度嚴，不能出境奉候，無可如何。若能作書懇懇相謝甚好，又恐汝不能也。」』

武林陳元贇，字義都，號既白山人。丁明清之間，亦避地日本，客於尾藩。《叢談》云：『元贇，不詳其履歷，生於萬曆十五年，崇禎進士弗第。及其國亂，逃來此邦，遂應徵至尾張，乃後時時入京。又來江戶，與諸名人爲文字交。初，萬治二年桉：當順治十六年於名古屋城中，與僧元政始相識，契分尤厚。其平生所唱酬者，彙爲《元元唱和集》行於世。』又云：『元贇能嫻此邦語，故常不用唐語。元政詩有「人無世事交常澹，客慣方言譚每齬」句。』又云：『元贇善拳法。當時世未有此技，元贇創傳之，故此邦拳法以元贇爲開祖矣。正保中於江戶城南西久保國正寺教授生徒。盡其道者，爲福野七郎左衛門，三浦與次右衛門，礒貝次郎左衛門。國正寺後徙麻布二本榎，多藏元贇筆跡，燬於火，無復存者。』夫日本以其所謂武士道雄環瀛，不圖其武技有創傳自我者，出於彼都儒者之記載，是誠信而有徵矣。我則放廢所自有，歷久而並不自知，則夫積彊弱之勢，匪伊朝夕之故矣。

嚮來劬學嗜古之士大都矻矻孜孜，唯日不足，其心力有所專營，其精神無暇旁騖，乃至人情物曲輒惛然若無所知，當時傳爲笑談，後世引爲佳話。比閱《原氏叢談》，不圖中東耆宿乃有異地同符者。趙鼎卿《鷃林子》云：『嘗聞莆田學士陳公音終日誦讀，脫略世故。一日往謁故人，不告從者所之，竟策騎而去。從者素知其性，乃周迴街衢，復引入故舍。下馬升座曰：「此安得似我居？」其子因久候不入，出見之曰：「渠亦請汝來耶？」乃告以故舍，曰：「我誤耳。」又嘗考滿，當造吏部，乃造戶部，見徵收錢糧，曰：「賄賂公行，仕途安得清？」司官見而揖之曰：「先生來此何爲？」曰：「考滿來耳。」曰：「此戶部，非吏部也。」乃出。』《原氏叢談》云：『仁齋自幼挺發異羣兒桉：伊藤維楨，字原佐，號仁齋，平安人，始習句讀已，欲以儒焜耀一世。稍長，堅苦自勵，而家素業賈，故親串以爲迂於利，皆沮之，而其志確乎不變。嘗過花街，娼家使婢邀入，仁齋不肯。婢曰：「小憩而去，於事無害，郎君其勿辭。」直牽袂上樓。仁齋固不知爲娼家，心中私揣：「是非內交於吾，又非要譽於鄉黨朋友，蓋輕財敷德，施及路人也。」啜茶喫烟，厚致謝而去。渠亦見其狀貌，殊不類冶郎，不彊留也。仁齋歸，謂弟子曰：「今日偶過市，一家使小女迎余途。延上其樓，則綺窗繡簾，殆爲異觀。書幅琴箏，陳設具趣。而婦女六七人盛妝豔服，不知其內人耶？將其閨愛耶？出接余，頗款洽。臨去，瞯其庖中亦美酒嘉肴，備辦宴席。不意今之世有樂善好施如此者。』又云：『東涯經術湛深按：伊藤長允，字原藏，號東涯，平安人，行誼方正，粹然古君子也。嘗謂集會弟子曰：「昨買一匣於骨董肆，置之几側，以藏鈔冊甚爲便。」乃使童子取之，陳於前，曰：「余欲令工新製如是器者有年，不意既有鬻者也。」弟子眂之，則藏接柄三絃之匣也。元注：接柄三絃，隨其用舍而折接之。於是互相目而不答。奥田三角進曰：「先生未知耶？此物娼妓藏三絃之匣，請卻。」東涯正色曰：「小子勿妄語，三絃柄長，奈何藏此短匣？」』原氏所述兩伊藤先生逸事如此，則吾國陳先生之流亞矣。之三君者，時代不甚相遠，模稜闊疏亦復相類。設令雲萍遇合，晤對一堂，則夫周旋酬答間，必有奇情妙論，超軼耳目恆蹊者。其在如今，此風已古，凡號爲惺惺者，其瞶瞶乃滋甚，卽彼都亦何莫不然？

雍、乾間，漕督施公世綸，靖海侯施襄壯琅之次子也。先是歷守揚州、江寧，子諒正直，不侮鰥寡，不畏彊禦，所至民懷。將去任，士民遮道乞留，不得請，乃人投一錢，建雙亭以誌去思，名一文亭坊間所傳《施公案》小說，卽坿會公事。又大興朱竹君編修筠督學福建，於使院西偏爲小山，號筍仙山，諸生聞之，爭來，人致一石，刻名其上，凡九府二州五十八縣咸具，刻名者三百餘人，因名其山之亭曰三百三十有三亭，而爲之記。兩事相類，皆可傳也。

光緒季年，閩人某太史督學中州，卸任回京，道出保定，讌於某方伯衙齋。太史與方伯舊交也，酒閒，方伯笑問：『此行宦囊幾何矣？』太史則據實以二萬金對，蓋應得之數，無庸諱者也。又問：『將何所用之？』對曰：『冷官清苦，回京後十年樵米資取辦於此。十年之內或冀續放差，否則比其罄也，亦去開坊不遠矣。』方伯覺怫然，搖其首者再，仍笑謂曰：『幸勿責冒昧，吾兄殆無志於大有爲也。』言之，又重言之。太史瞿然請問：『如尊恉奚若？』方伯曰：『一言以蔽之，曰花常言費用之謂，且以速爲貴。』太史曰：『奚爲繼矣？』方伯曰：『公獨未知花之爲道與其效耳。舉二萬而花之，則四萬至；又花之，則八萬至。循是有加無已，花無盡，數亦無盡。則推行盡利，左右逢源，得心應手之妙，有非可意計言詮者，第患花不勝花耳，而於爲繼乎何有？』語畢，仍搖其首而笑謂曰：『吾兄殆無志於大有爲也。』太史生於世家，才具發皇，襟抱開展，而方伯顧不滿之若是。方伯由七品官五年而灖陟兼圻，凡其所言皆得自躬行實踐，而非漫爲閎議也。唯是壺觴談讌間，片言而心傳若揭，雖曰微舊交之誼弗及此，要猶有直諒之風焉。曩張相國文襄督鄂日，嘗考官僚月課，策題『問理財之道開源與節流孰優』，試卷中凡注重開源、力闢節流者悉高第，是亦以花爲宗恉者也。

乾隆時，海寧故相陳氏之安瀾園桉：園在海寧縣拱辰門內，初名隅園，大學士陳元龍別業也。乾隆二十七年，純廟親閱海塘，駐蹕於此，賜名安瀾園，圓明園中曾昉其景而搆造之。迨後圓明園被外兵焚掠，安瀾園亦蕪廢，房廊樹石爲其後人庼賣幾盡。論者謂園囿之興廢關家國之盛衰，觀於兩園之已事，有若銅山西傾，雒鐘東應，是亦奇矣。又鄞縣范氏《天一閣書目》阮元序云：『其藏書在閣之上，閣通六間爲一，而以書廚間之。其下乃分六間，取「天一生水，地六成之」之義。乾隆間詔建七閣桉：乾隆朝命儒臣編輯《四庫全書》，凡三萬六千冊，特建文淵、文溯、文源、文津四閣藏庋，又於揚州大觀堂之文匯閣、鎮江口金山寺之文宗閣、杭州聖因寺行宮之文瀾閣各繕一分安貯，參用其式。』乾隆三十九年六月奉上諭：『浙江寧波范懋柱家所進之書最多，聞其家藏書處曰天一閣，純用甎甃，不畏火燭，自前明相傳至今，並無損壞，其法甚精。著諭寅著杭州織造親往該處看其房間制造之法若何，是否專用甎石，不用木植，並其書架款式若何，詳細詢察，燙具準樣，開明丈尺，呈覽』云云。當時尚方營繕，取裁於閥閱舊家，蓋建築胥關學術，丘壑別具胷襟，乃至縹緗藏弆之精，尤非悉心研究不辦。若夫名園如夢，傑閣廑存，則右文稽古之流澤孔長也。

古今人命名絕奇，無過兩宋宗室。嘗閱《宋史·宗室世系表》，其命名所用字屬字書所無，不可識、無音義者，尤觸目陸離，指不勝僂矣。卽以其命意審之，亦多反常觸諱，微特無當於雅訓，抑且大拂乎世情。姑略舉如左，不具十之一二也。如希瑩、希怨、希僞、希吝、希褥、伯迫、師仆、師裙、師桌、師鎗、師辱、師崽、與駝、與擠、與拚、與謚、善詛、善訃、善眚、善俘、善拐、善彪、善斫、善終、孟逝、崇俘、崇堊、崇扒、崇掠、必跛、必扯、必滾、必堊、汝坑、汝惛、汝花、汝皃、汝臭、汝懟、汝扑、僵夫、鄙夫、否夫、鬧夫、誑夫、怒夫、溷夫、詛夫、莠夫、若溲、若逃之類，皆甚足異也。蓋當時玉牒宗親子生，則入告宮府而錫之名，大氏幡帒字書，隨檢一字與之，而於字義奚若，未經斟酌選擇耳。

宋葉夢鱻，建安人，應聘赴臨安。少帝北行，遂隱於西甌。以講學爲事，有《經史旨要》及文集見《尚友錄續集》。明董轟，字文雷，奉化人。博通經史，永樂朝爲承天門待詔，有集三卷見《千頃堂書目》。此二名亦甚新。按：《廣韻》：『鱻，魚怯切，音業。』《玉篇》：『魚盛貌。』

《玉茗堂四夢》，明臨川湯若士顯祖撰，曰《牡丹亭》、曰《紫釵記》、曰《邯鄲記》，曰《南柯記》，蜚聲曲苑久矣。明上虞車柅齋任遠亦有《四夢》，曰《高唐》、曰《邯鄲》、曰《南柯》、曰《蕉鹿》見元鍾嗣成《錄鬼簿》，特玉茗《四夢》係傳奇，而柅齋所作則雜劇耳。

日本有所謂倭歌者，彼都人士能爲之。《源氏叢談》中不一見〔一〕，而曾經自譯者二首，『鳴鳳卿』一條云按：鳳卿字歸德，號錦江，又號芙蓉道人，陸奥人：『錦江又善倭歌，傳自冷泉公，其集名曰《密郁訥捺密》，言三代波也，蓋歷泉家三代點定，故以名云。屋木欹獨木，盼篤訥轒虁昵轒，葛及栗遏栗，質葛刺屋速謁郁，遏蔑貲質訥葛密自注：譯曰：有涯人做業，呵護仰神祇。斯枯捺兒屋，傛木兒篤吉結跋。捺暱趪篤木，葛密暱傛葛斯兒，密轂速鴉斯結列自注：譯曰：聞神與正直，一任作身安。』遂錄如右，備洽聞者參考焉。

【校記】

〔一〕源氏叢談：前作『原氏叢談』。

在昔狹斜才女，銅街麗人，其香匳中物流傳至今，令人撫挲想望不置。據余所見聞，以馬湘蘭之物爲最多。一阿翠像硯，高六寸七分宋三司布帛尺，寬四寸四分，厚一寸五分。背面刻阿翠像，左方題『咸淳辛未阿翠』六字，分書校：阿翠，樂籍，工分、隸、墨竹，姓蘇氏。咸淳辛未，宋度宗七年。；右側題云：『「綠玉宋洮河，池殘歷劫多。佳人留硯背，疑妾舊秋波。」己丑三月得此硯，墨池魚損去之，背像眉目似妾，面右頰亦有一痣，妾前身耶？阿翠疑蘇翠，果爾當祝髮空門，願來生不再入此孽海，守貞記。』『馬』字朱文橢圓小印，余藏有拓本。一薰鑪，銘曰：『薰透鴛衾，香添鳳餅，一點春犀管領。』迴環刻於蓋側，貴池劉蔥石藏，余有詞詠之，調《綠意》見《二雲詞》。一『聽鸝深處』印，石方徑一寸弱此依今尺，高一寸七分彊，白文，邊款：『王百轂先生索篆贈湘蘭仙史，何震。』今年五月，吳遯盦購得於杭州，余有詞詠之，調《眉嫵》見《餐櫻詞》。一星星硯，硯背有雙眼，并王百轂小篆『星星』二字，湘蘭自銘云：『百轂之品，天生妙質。伊以惠我，長居蘭室。』錢唐項蓮生廷紀《憶雲詞乙稿》有《高陽臺》詠之。一『浮生半日閒』印，壽山石，方徑寸四五分，厚三分餘，瓦紐，白文，邊款：『壬子穀日，偕藍田叔、崔羽長、董元宰、梁千秋社集西湖舟中，女史馬湘蘭索刊，雪漁桉：何震字。』見南昌彭介石《搏沙拙老筆記》。一牙印，佘侶梅文植以唐蘭陵公主碑宋拓本，就趙晉齋魏易馬湘蘭牙印，錢唐陳雲伯文述有詩賦其事，見《頤道堂集》。至湘蘭所畫蘭花，近人書畫記著錄非一，茲不具述。

南陵徐積餘得小銅印，文曰『石家侍兒』，白文方式，以拓本見貽，報之以詞，調《四字令》：『石家侍兒。綠珠宋禕。當年畢竟阿誰。捺銀楡紫泥。　香名未知。鄉親更疑綠珠，廣西博白人。余舊有「綠珠紅玉是鄉親」小印。紅玉，陳簡侍兒，墓在臨桂棲霞山麓。願爲宛轉紅絲。繫帬腰恁時。』

宋陳無己宿齋宮，驟寒，或送緜半臂，卻之不服見吳旦生景旭《歷代詩話》。桉：宋子京不敢著半臂事，人皆知之。此事罕有知者。

餐櫻廡隨筆

十卷

《餐樱廡随笔》分别连载于一九一六年上海商务印书馆出版的《东方杂志》第十三卷三号至第十三卷十二号，录入本编时，每期作一卷，共得十卷。

餐櫻廡隨筆卷一

《東方雜志》第十三卷三號

清制：凡廕生及歲者，經考試然後授官。一品廕生，内用員外郎，外用同知；二品廕生，内用主事，外用通判；三品廕生，内用七品小京官，外用知縣。此項考試，非倩人鎗替不可。其代價綦微，僅百金而已。曩廕生某自恃文理優長，毅然赴試。俄朝旨下，竟以程式踐盭，錫命弗及，得要津爲之斡旋，廑乃外用。在昔文法之世，公府積弊難返，若斯之類，殆指不勝僂。

鯫生不第進士，而曾聞臚唱。臚凡五唱：第一甲第一名某，第二名某，第三名某；二甲第一名某等；三甲第一名某等。其聲凝勁以長。自科舉廢後，遂成《廣陵散》矣。臚唱之日，榜眼、探花送狀元歸第，探花送榜眼歸第，探花自歸第，無人送。某省人歸某省會館，非歸私第也。其會館先已召集梨園演劇，張盛筵待賀客。歷科鼎甲在京邸者畢至，循故事也。

每屆鄉科之年，京曹典試各直省。命下之日，鄉年寅好薦僕從者，沓來紛至，應接不暇，而尤以師門函屬爲誼不可卻；兼錄用之後，駕馭匪易，蓋隱有挾持以爲重也。宛平陳冠生修譔冕，光緒己丑恩科，拜湖南主考之命。適同年某君來賀，談次出名條夾袋中，自言深知人浮於事，無可位置，緣某友轉託，弗獲辭，幸損覆寸椾，俾報命前途可耳。修譔亦極言竿牘填委，重以情貌，卽簡言善辭，亦筆舌俱困。語未終，門者以緘進，啓眂之，則南皮張相國文達薦僕之書也。文達於修譔屬座師兼同鄉，不可卻之尤者也。修譔蹙頞久之，勉令來僕進見，則衣屨樸野，長揖而外，木立不知所云。修譔殊忻慰，亟獎藉之，留侍左右，加青垂焉。夫長揖之僕之未易多遘，信矣。輓近世風不古，士夫號爲賢達，往往矜情飾貌，不惜疲敝其筋骨，囚垢其冠裾，窮極矯揉，以鳴高立異，震駴庸俗耳目，非深求之幽獨隱微之地，固確見爲艱苦卓絶之操；非有爇犀鑄鼎之特識，鮮不受其欺罔而神明奉之者〔一〕，則夫彼僕安知其非揣摩風氣而託爲樸鈍以覬售也？則當考其後之事修譔者，能如修譔所蘄否也。

【校記】

〔一〕罔：底本作『网』，據文意改。

鉛山蔣苕生太史士銓譔《桂林霜傳奇》，演康熙朝廣西巡撫馬文毅殉吳逆之難事。校：馬公諱雄鎮，字錫蕃，號坦公，漢軍鑲紅旗人。康熙九年，巡撫廣西；十三年，吳三桂反，將軍孫延齡私與通，公被囚土室；十六年，三桂遣其孫世倧收兩粵，斬延齡，誘公降，不屈，遂被害。清制：非翰林出身不得謚文。公父鳴佩，官至兩江總督，公以大臣子選用起家，得謚文毅，亦異數也。編入《九種曲》全帙中，流傳頗廣；又有《桂林雪》院本，爲高郵薛冬樹先生名待考所譜，演明臣瞿、張二公殉國事。校：瞿公諱式耜，字起田，常熟人。張公諱同敞，字別山，江陵人。明永曆建國桂林。瞿公由桂撫入內閣，張公爲兵部尚書。清兵破全州，諸將焦璉、丁魁楚等戰死。永曆奔梧州，以瞿公爲留守，張公副之。未幾，北兵至，二人力持月餘。城破，同被執。主將定南王孔有德欲降之，不屈，幽於一室。二公相對賦詩酌酒，不異平時。孔屢勸降不可回，遂同日俱殉。世罕知者，亟記之。

兩湖自彊學堂建設於武昌，爲中國第一中西學堂。經始光緒中葉，丁酉、戊戌以還，規模燦然大備。遵守當時著各省改書院設學堂諭旨，以中學爲主，西學爲輔。注重中文，每日上課時間，中文訂一時，自餘各門功課，均訂半時。其外國語言文字，有英、法、俄、德、東五文。文各有堂，軒敞閎闊，聘外國士人教習。有助教，有繙譯，非一知半解者得濫竽充數。此外唯體操、算學。教科不煩，而教法仞真。學生考取入堂，無庸繳學費，齋房整齊，餐膳豐絜。凡所需用中外書籍、筆墨紙張、操衣韡帽（每季一換）等，悉公家辦給。中文及外國五文、體操、算學，各有領班、幫領班學生，由各教習憑分數薦補。領班每名每月薪水紋銀十六兩，幫領班每名每月薪水紋銀八兩，各八名。每月考課一次（中文論說）。第一名獎龍銀十圓，以次遞減，至第三十名猶得二圓，第五十名猶得一圓。學生中程度稍高、眷屬不多者，兼可無內顧憂矣。張文襄督鄂十數年，此自彊學堂之設，不可謂非育才恤士之實政也。余於戊戌、己亥間，充自彊學堂中文教習。辛丑自鄂之蜀，甲辰返自蜀，則已改文方言學堂，非復曏日章程矣。

吳昌碩言：安吉有貢生張之銃（音充，去聲），壽逾八豑，行輩在文襄相國之前。嘗謂樸質之風，今人不及古人，中國人不及外國人。日本原善公道《先哲叢談》「山崎嘉」一則云（桉：山崎嘉號闇齋，平安人）：『闇齋天性峭厲，師弟之間儼如君臣。其講書音吐如鐘，面容如怒，聽徒凜然，無敢仰見。諸生每竊相告曰：「吾儕未得伉儷，情欲之感時動，不能自制，則瞑目一想先生，欲念頓消，不寒而慄。」』吾中國人譔述，斷不作此等語。矧對於師門，尤必謂近褻而非所敢出。彼都人士，顧夷然不以爲諱，是其任真近情處，未可談笑道之也。

日本岡本監輔著《西學探源》，亹亹清言，頗寓哲理。其『言論』第十三有云：『恥於下問，不欲聞己過，是古今爲政者之通病也。西諺所謂「傲慢之人，以它人之譽爲自己之恥」者，不其然乎？偶有一二解禮讓者，亦止記同量之美，而忘異量之美，忽致拾小過掩大德，與孔子所謂「宥小過舉賢才」者異譔校：東國經籍傳本多有異文，當是岡本所據《論語》「赦小過」句「赦」作「宥」。賢才不能無小過，小過而不宥，焉得有賢才可舉者？』《魯論》『赦小過』二句，如此詮釋，誼亦甚精。

錢牧齋易節事清，以纂修《明史》爲詞，亦不得志，以禮部侍郎内弘文院學士還鄉里。嘗遊虎丘，見有題詩寺壁者曰：『入洛紛紜意太濃，蓴鱸此日又相逢。黑頭早已羞江總，青史何曾惜蔡邕。昔去尚寬沈白馬，今來應悔賣盧龍。可憐北盡章臺柳，日暮東風怨阿儂。』或云是雲間陳臥子所作。又順治三年十二月，清兵總鎮李成棟以精騎三百下廣州，舊輔何吾騶投誠，校：吾騶，崇禎朝宰相，與黃士俊同相永曆，未久告歸，家貲三百萬。乞修《明史》，門署『纂修明史』扁額，廣東人有『吾騶修史，真堪羞死』之謠。大凡易姓改玉之世，前朝史事，關係綦重，彼號爲文學舊臣，千鈞一髮之頃，必不能引決，而又不能無一詞自解免，則回跡之門在是矣。《西學探源》有云：『法人安格的爾以修史著，不肯臣事拿破倫，年老貧甚，家有麵包、牛乳二味繫命，日計不過三蘇烏錢。其友勸之受養於拿破倫，安氏曰：「余豈畏死自辱乎？」年九十四而終。臨終語其友曰：「請視死有生氣之人。」』雖歐人主利，亦有如此者，可不謂偉哉？綜三事衡論之，中外士夫，何遽不相及若是？

《西學探源》又云：『亞理斯德嘗有記事曰：「某國王枚達士，遇其臣捕拔甲士神來投諸獄，心憐而釋之。神大德之，因告王聽其所欲報之。王性貪而無度，乃謂之曰：『使予手所觸，悉變爲黃金。』神曰：『無復志願過此者耶。』再三言之，王答如前。神乃授王得金之力，悠然昇天去。王喜溢於面眉，欲試其力。下庭，仰攀樹，觸果，樹果皆化爲金；俛觸瓦礫，亦化爲金；指端所及，無一非金者。偶際午餐，就坐對食，將舉手食之，食皆化爲金；將啜茗，戛有聲，不堪啜。如此數日，王苦飢渴，將死於黃金堆積中，則仰天號哭，呼拔甲士神，請去其力，塵乃解免。自是，王皤然省悟，謂國家之富不必在擁多金，一意獎勵事業，遂致民阜國强。」』桉：此寓言耳，尤涉滑稽，然確有至理，爲吾中國嚮來書說所未發。亟記之，爲當世之枚達士告。

《西學探源》又云：『英人斯格的爲詩文鉅匠，而終身服吏務，不害學習。』桉：宋史邦卿達祖，汴人，相傳爲開禧堂吏，所著《梅溪詞》，同時張功甫鎡爲之序，稱其『分鑣清真，平睨方回，紛紛三變行輩，不足比數』。斯格的殆其流亞歟？

武林南山磨崖，梁蕭《心印銘》見丁敬《武林金石記》末書『天宋皇祐癸巳歲』。嚮來金石紀年，弁一字於國號之上，有曰大、曰鉅、曰皇、曰聖者，而『天』字則唯宋用之。獨惜徽、欽南渡，天虧西北，無復女媧煉石補之耳。又政和中，禁中外不許以龍、天、君、玉、帝、上、聖、皇等爲名字，於是毛友龍但名友，句龍如淵但名句如淵，餘各等字例引。見宋洪邁《容齋二筆》〔一〕。四川雲陽龍脊石，宣和乙巳人日周明叔、曹嘉父等兩題名，並改寫龕脊見況周頤《鹵底叢談》，亦甚可笑。

【校記】

〔一〕邁：底本作『适』，據史實改。

咸豐朝，卽補副將雷風雲，謚威毅見《謚法考》。光緒中葉，鄂人張翼軫工行草書，嘗遊京師，有潤格在廠肆，其姓名三字皆星名，與雷風雲屬對絕工。

吳江徐電發釚《詞苑叢談》卷十『辨證』有云：王銍《默記》載歐陽公《望江南》雙調：『江南柳，

葉小未成陰。人爲絲輕那忍折，鶯憐枝嫩不勝吟。留取待春深。十四五，閒抱琵琶尋。堂上簸錢堂下走，恁時相見已留心。何況到如今。』初，歐公有盜甥之疑，上表自白云：『喪厥夫而無託，攜幼女以來歸。』張氏此時年方七歲。錢穆父素恨公，笑曰：『正是學簸錢時也。』愚按：歐公詞出《錢氏私誌》。蓋錢世昭因公《五代史》中多毀吳越，故詆之，此詞不足信也。《叢談》止此。按：周淙《輦下紀事》云：『德壽宮劉妃，臨安人。入宮爲紅霞帔，後拜貴妃。又有小劉妃者，以紫霞帔轉宜春郡夫人，進婕妤，復封婉容。皆有寵，宮中號妃爲大劉孃子，婉容爲小劉孃子。婉容入宮時年尚幼，德壽賜以詞云：「江南柳，嫩綠未成蔭。攀折尚憐枝葉小，黃鸝飛上力難禁。留取待春深。」』《紀事》止此。德壽之詞與《默記》所傳歐公之作廑小異耳。錢世昭《私誌》稱彭城王錢景臻爲先王。景臻追封，當建炎二年，世昭爲景臻之孫，愐景臻第三子之猶子。以時代考之，蓋亦南宋中葉矣。《四庫全書提要》於錢世昭、王銍時代並未考定詳碻。竊疑後人就德壽詞衍爲雙調以誣歐公，世昭遂錄入《私誌》，王銍因載之《默記》。唯錢穆父固與歐公同時，然公詞既可假託，即自白之表、穆父之言，亦何不可造作之有？竊意歐陽文集中未必有此表也。

要離墓殘碣，文曰：『漢梁伯，烈士要。』石高二尺，據《匋齋藏石記》，依工部營造尺。寬一尺四寸五分，厚三寸二分，二行，行三字，字徑四寸彊至六寸不等，正書。乾隆時出土於吳門專諸巷後城下，光緒十二年丙戌歲朝，石門李嘉福笙魚得之。有題字刻石右方，分書。宣統紀元，歸浭陽托活洛尚書忠敏。《匋齋藏石記》編入《梁石》。殘碣書勢信勁偉，唯定爲梁刻，蒙意竊未安也。按：明信州鄭胄師仲夔《耳新》云：『姑蘇要離墓，其形如阜，不及城堞者，廑尺許耳。相傳初甚低，其後歲高一歲。至萬曆間，好事者爲之豎碑墓上，墓隆起竟高於城，一時城外往往白晝殺人，咸怪異之，因仆碑，乃止。』據此，則乾隆時出土之殘碣疑即萬曆間所豎之碑，碑仆後乃斷殘耳，以其地考之，亦合。

秦印多玉，多朱文。漢印多銅，多白文，其實非白文也。漢鈐印用紫泥，印入泥中，篆文凹入者凸出，則亦朱文矣。間有金印，王侯已上用之。元王元章用花蘂石刻印，而石印乃盛行。其先有用石者，不甚著，蓋亦廑矣。此外尚有銀印、鐵印、瓷印、水晶、瑪瑙、象牙、犀角、澄泥、燒料、黄楊、竹根等印。又有碧霞髓印髓或作玜，至堅，不受刀，雖晶玉非其比。在昔印人某能刻之，其姓名偶失記矣。歙縣汪氏飛鴻堂啓淑，字訒葊，號繡峯，世業鹺，擁高訾。剖巨珠爲小印，侈麗極矣。

鰥生窮餓海濱，蓋五年於兹矣。乙卯六月，大風爲災之前數日，室人以無米告。戲占《減字浣溪沙》云：『逃墨翻教突不黔。瓶罍何暇恥罏鹽。半生辛苦一時甜。　傳語枯螢共寧耐，每憐飢鼠誤窺覘。頑夫自笑爲誰廉。』

文筆貴簡，『逸馬斃犬於道』，作『有犬臥於街中，逸馬蹶而斃之』則贅矣。明《祝氏猥談》云：『一守禁戴帽不得露網巾，吏草榜云：「前不露邊，後不露圈。」守曰：「公文貴簡，何作對偶語？」吏曰：「當如何？」守曰：「前後不露邊圈。」』斯恉可以喻大。《新唐書》、《新五代史》，其較勝舊史，亦事繁文簡耳。

相傳彭剛直作秀才時，與鄰媛名梅者有婚嫁約，事忽中變。迨後剛直通顯，故劍不復可求，剛直惘焉。中年已還，酷耆畫梅，所作詩亦十九詠梅，意有託也。臨川李梅庵方伯未第時，有長沙余公器重其才品，以長女字之，未婚卒；復字以次女，又卒；更字以三女名梅者，婚未久亦卒。梅庵賦潘岳之

《悼亡》，感謝公之風義，因自號梅癡，終身不謀膠續。國變後，黃冠野服，賣字滬濱，署其門曰『玉梅花盦李道士』，蓋情之入人至深。武達文通，其揆一也。曩余亦自號玉梅詞人，則辛卯客蘇州得句云：『玉梅花下相思路，算而今不隔三橋。』《高陽臺》又云：『玉梅不是相思物，不合天然秀。』《探芳信》此等句殊無當於風格，而當時謬自憙，遂以名詞，並以自號，無它恉也。

南海潘繹庈衍桐緝《雅堂詩話》，卽其所編《兩浙輶軒續錄》之詩人小傳，亦猶《靜志居詩話》卽《明詩綜》小傳也。其體例於談詩而外，備載嘉言懿行。如歸安姚鏡塘先生學塽，居官端謹，不履要津，部曹每月有印結銀，先生獨不受。清制：中外大小官員引見驗看，須同鄉京官出印結。結費之多少，視品位之崇卑。京曹五六品有印官，得出結，分結費。軟紅薄宦，恃此爲樵米資矣。某省印結省務，由本省出結官分年輪管，結費卽庄管結官部分致送。仁和高月坨先生鳳臺學深品潔，在中書以兄喪去官，有韋義、楊仁之風。夫京官之分結費，儼然分所應得，取不傷廉者矣。世固有貪多務得於印結之外者，乃至俗情貪戀祿位，雖三年之喪，或猶有奪情之舉，矧在齊衰已下，則夫兩先生之所爲，固皆輓近所未聞，可以風世勵俗者矣。

《眉廬叢話》據崑山朱厚章《多師集》有賦得『三才萬象各端倪』七言十二韻詩，自注『江南三院考取博學鴻詞科，知乾隆時特科諸徵士，當其薦舉之初，須由本省考試，則亦未極隆重。曰考取，殆猶有考而不取者矣』云云。比閱《樊榭山房集》末坿軼事，記當時試事綦詳。雍正甲寅、乙卯，浙江總督程元章三次省試，薦舉博學鴻詞十人：嚴遂成、厲鶚、周玉章、杭世駿、沈炳謙、齊召南、張懋建、周長發、汪沆、周炎。正試題：《河清海晏頌》，《萬寶告成賦》，杜氏《通典》、鄭氏《通志》、馬氏《通考》總論，賦得『沖融和氣洽』；補試題：《玉燭醴泉頌》、《鵬奮天池賦》、《九法五政論》，賦得『禾比君子』；續試題：《景陵瑞芝賦》、《春雪詩》、《兩浙通志序》、《評二十一史》。厲先生應正試，名列第二。程制軍批云：『頌體俊偉，賦材麗則。論該洽而當理，詩雅正以和聲。誠爲於越含香，浙河韞秀。』帥文宗批云：『辭挹羣言，體苞衆制。以質緯文，以文被質。殆昔人所云無一字空設者。』張方伯加批云：『高華之氣，典麗之詞，春容之節，加以骨幹堅凝，根極理要，扶質垂條，兼擅其美。』據此，知《多師集》所云三院卽制軍、文宗、方伯矣。又王茨檐先生《靜便齋集·送杭大宗北行序》云：『吾友厲鶚、杭世駿博覽精覈，所爲文，詞高旨深。顧自壯盛，麈充秋賦。仁廟御極之十七年，特闢大科，浙省郡邑薦者，前後合六十人，呈試大憲，掇什之二三。二君以瑰麗卓越，炳乎十八人之列。』據此，知考試不取者多於得取之數。太鴻、大宗、次風諸先生，當時已負盛名，而猶瀆考如是，可見先輩醇朴之風，而全盛之世之科名至足重也。

黄子久自號『大癡哥』，見樊榭詩自注。人皆知『大癡』，罕知『大癡哥』者。太鴻方聞，必有所本。

餐櫻廡隨筆卷二《東方雜志》第十三卷四號

《樊榭山房集》有幼魯桉：姓符第五女生，命名曰卻盜，爲賦詩。此女名絕奇。

樊榭詩《吳山詠古》二首，其一《麻曷葛剌佛》，序云：『在寶成寺石壁上，覆之以屋。元至治二年，驃騎衛上將軍左衛親軍都指揮使伯家奴所鑿，志乘不載，故詩以著之。』句云：『何年施斧鑿，幻作梵相奇。五采與塗飾，黯慘猶淋漓。一軀儼箕踞，努目雪兩眉。赤腳踏魔女，二婢相夾持。玉顱捧在手，豈是飲月支？有來左右侍，騎白象青獅。獅背匪錦幪，薦坐有人皮。髑髏亂纍頸，珠貫何纍纍。其餘不盡者，復置戟與鈹。』又云：『來觀盡毛戴，香火誰其尸。陰苔久凝立，想見初成時。』桉：此佛像今不知尚存否？以詩句繹之，何醜怪獰惡一至於是？其二《鐵四太尉》，序云：『在東獄廟廡下，像凡四軀，皆擘拳瞋目，奇醜可怖。相傳江中浮來，郡人有忿爭凶隙等事，輒迎而詛之，俗名鐵哥而。曩甄眘『而』字典故，惜未及此。元至正末重鑄，其朔弗可考，大率皆淫祀也。』

北齊造名無量聲佛像，佛座拓本，高今尺二寸彊，寬二尺四寸彊，十四行，行二字，字徑八分，正書，銘曰：『天保七年，敬造名無量聲佛，若有文名者禮拜供養，滅無量罪，德無量福。』桉：德、得二字，古通用。此拓本絕難致，殊可寶。惜未拓佛像，俗工往往如此。又希臘女神名謬司，媰司文藝者，則是彼都人士，所當馨香以祝者也，附記於此。『謬司』蓋譯音，不如作『妙師』爲協。

光緒初年，都門以富、貴、貧、賤、威、武六字分帖六部，謂吏貴、戶富、禮貧、工賤、刑威、兵武也。蓋他部司員見堂官皆長揖，唯工部鞠曆爲禮，故或又以《孟子》『天下之賤工也』句相嘲。未幾而兵部效之，戶部繼效之。癸未七月，詔各部院司員見該管堂官，不准屈膝請安，以御史文海疏言也。

清制：百官進內，東華門止燈，景運門止繖扇。光緒中葉已還，往往甚雨之日，有攜燈入景運門者，有持繖上乾清門臺階者。而乾清宮侍衛，皆戴雨帽班直門下，大臣或持繖至養心殿門，蓋非復從前嚴肅矣。

清制：大臣謚法，除特旨予謚外，例由內閣譔擬八字，圈用二字。光緒辛巳正月，吳縣沈相國桂芬卒，內閣擬謚文清、文勤、文端、文恪，因諭旨稱桂芬清慎忠勤，老成端恪，是以依此譔擬。及旨下，乃謚文定，既非特旨，亦非圈用。考謚法，純行不爽曰定，亦美謚也。

日本櫻花，五大洲所無，有深紅、淺絳，綠者尤娟倩，一重至八重，爛漫極矣。三月花時，公卿百官，舊皆給假賞花，今亦香車寶馬，士女征逐，舉國若狂也。花枝或插於帽，或裹於袖，或繫於帶，遊客歸來，滿城皆花矣，名曰櫻花狩。蓋雖遊樂之事，亦寓講武之意云。

中國以牡丹爲花王，日本以櫻花爲花王。牡丹以濃豔勝，櫻花何其娟倩也。余謂花王中之櫻花，甚似人王中之李重光，高出庸主萬萬。

《大戴禮記·五帝德》第六十二：『孔子曰：「吾欲以顔色取人，於滅明耶改之；吾欲以語言取人，於予耶改之；吾欲以容貌取人，於師耶改之。」』今人第知『以貌取人，失之子羽』云云。

光緒庚子，拳匪變起，余適在鄂，條呈兩湖防守情形於督部張文襄，有云『隨州所屬之武勝、平靖等關，爲由汴入鄂門戶。平靖、百鴈、武陽，卽所謂義門三關。明正德中，流寇入境，三關皆要地。今湖北鐵路幹路，武勝關適當其衝，並宜急駐重兵扼守，以固邊圉而保要工』云云。『義門三關』之說，據《讀史方輿紀要》。比閱烏程溫鐵華曰鑑《〈魏書·地形志〉校錄》云：『義陽三關，謂平靖、武陽、黄峴也。《元和郡縣志》：「武陽在應山縣東北一百三十里，黄峴在應山縣界。」《地理通釋》：「《左傳》：大隧卽黄峴，今名九里關，在信陽軍南百里。」』溫氏所云三關，有黄峴無百鴈，與顧說不同。

《新唐書·藝文志》著錄蘇涣詩，注云：『涣少喜剽盜，善用白弩，巴蜀商人苦之，號曰白跖，以比莊蹻。後折節讀書，進士及第。湖南崔瓘辟從事，瓘旋遇害，涣走交廣，與哥舒晃反，伏誅。』詩人而爲盜，盜而第進士，絕奇，矧晚節弗終。不圖風雅中，乃有此敗類。顧其詩見錄於正史，詎以其事奇而故傳之耶？抑其詩固猶在可傳之列也？

遼王述律好睡，國中目爲睡王。見宋彭百川《太平治跡統類》。大興王楷堂比部廷紹高談雄辨，都人稱爲嚷王。長於詩，倚馬可待，署中公暇口號云：『司中呼小馬，堂上坐長麟。』時牧庵協揆長麟爲大司寇，或譖之。一日，協揆語王：『聞近作對聯佳甚。』王應聲曰：『司官曾有句：名醫唯扁鵲，良相是中堂。』協揆大笑，意深賞之。譖者聞之爽然。見定遠方士淦《蔗餘偶筆》。睡王、嚷王並新雋，顧嚷王捷才若此，未可以嚷概之矣。宋荊南節度使高保融弟保勖，體瘠而口吃，保融甚愛之，雖盛怒，見之，必釋然而笑，荊南人謂之萬事休郎君，見《太平治跡統類》。是誠親愛而辟，然兄弟孔懷，固當如此，視交爲痛者，有厚薄之殊矣。

王禹偁嘗爲李繼遷草制，送馬五十匹，備濡潤，禹偁卻之。見《太平治跡統類》卽後世文人潤筆，亦云厚矣。宋陳藏一《話腴》云：『退之欲人輟一飯之費以活己。』而文起八代，上闚至聖，亦濡潤之說，斷非乞借。

宋太祖性嚴寡言，獨喜觀書，雖在軍中，手不釋卷，人間有奇書，不吝千金購之。周顯德中從世宗平淮甸，或譖太祖於世宗曰：『趙某下壽州，私所載，凡數車，皆重寶器也。』世宗遣使驗之，盡發籠篋，唯書數千卷，無它物。見《太平治跡統類》。古開創之英辟，丁龍猶未飛，蠖不妨屈，其襟抱所藴蓄，要不啻一日萬幾，而顧留意載籍若是，知郅治本原在是矣。若漢蕭何爲高帝收秦丞相府圖籍，事又稍異。

蘭陵先生言：『《四書》中有二怪、一妖、三女子，五龍、九虎、十先生。又九館、十先生。』二怪：『素隱行怪』，『怪力亂神』。它仿此，急切記憶，殊難全備。

都下某名宿好清談雅謔，一日，讌客於陶然亭，某學究與焉。俄添酒，頃語次，漫引《中庸》『其至矣乎』句，讀若『豈止一壺』，學究瞿然避席曰：『侮聖人之言。』言之，色綦莊，四座愕眙久之，主人末如何也。學究乃所延西席，授公子讀者。

春夏之交，壁間懸名人書畫，恐燕泥飄墮染損，於幪首作兩綾帶下垂，令時時搖動，俾燕不敢近，名曰驚燕。蕙風曩有詞詠之，調寄《浣溪沙》刻入《新鶯詞》：『四壁琳瑯好護持。畫簾風影亂烏衣。飛近金題才小立，卻教回。　娟素乍同飄繡帶，襟紅時見涴香泥。儻是雙飛來對語，莫驚伊。』校：此調名《浣溪沙》。前後段各七字三句者，名《減字浣溪沙》。據宋賀方回《東山寓聲樂府》，俗以七字三句兩段爲《浣溪沙》，而以此調爲《攤破浣溪沙》，誤也。

金、元已還，名人製曲，如《西廂記》、《牡丹亭》之類，平側互叶，幾於句句有韻，付之歌喉，聲情極致流美。溯其初哉肇祖，出於宋人填詞。詞韻平側互叶，丁北宋已有之，姑舉一以起例。賀方回《水調歌頭》云：『南國本瀟灑，六代浸豪奢。臺城遊冶，襞椾能賦屬宮娃。雲觀登臨清暇，璧月留連長夜，吟醉送年華。回首飛鴛瓦，卻羨井中蛙。訪烏衣，尋白社，不容車。舊時王謝，堂前雙燕過誰家。樓外河橫斗挂，淮上潮平霜下，檣影落寒沙。商女蓬窗罅，猶唱《後庭花》。』蕙風舊作間有合者，《蝶戀花·甲午展重陽日，邃父招同半唐登西爽閣，子美因病不至》刻入《錦錢詞》云：『西北雲高連睥睨。一抹修眉，望極遥山翠。誰向西風傳恨字。詩人大抵傷顦顇。有酒盈尊須拚醉。感逝傷離，端木子疇前輩於數日前謝世。何況登臨地。愳好秋光圖畫裏。黃花省識秋深未。』西爽閣在京師土地廟下斜街山西會館，可望西山。

清初鴻詞諸徵士，當其薦舉之初，本省瀆考情形，甚非隆重之道，稍有崖岸者弗爲也。相傳康熙己未科取中者五十人，授職後，爲同僚所排詆，目爲野翰林，且譏以詩曰：『自古文章推李杜，而今李杜亦稀奇。李高陽相國霨，杜寶坻相國立德，馮益都相國溥，葉掌院學士方靄，皆試官。葉公懞懂遭龍嚇，馮婦癡獃被虎欺。宿構零軿衡玉賦，失黏落韻省耕詩。是科題爲《璇璣玉衡賦》、《省耕詩二十韻》。若教此輩來修史，取中者俱令纂修《明史》。勝國君臣也皺眉。』而鴻博之詆甲科，亦不遺餘力，尤展成檢討侗《題鍾馗像》曰：『進士也，鬼也；鬼也，進士也。一而二，二而一者也。』以筆墨爲報復之具，若水火不相下，揆之古君子彥聖能容之度，則彼此胥失焉。降而至於乾隆丙辰，而風格視前輩益遠矣，兩次特科，吾廣右皆無人。考仁和杭大宗世駿《詞科掌錄》，乾隆丙辰科，廣西巡撫金鉷薦舉錢塘廩生袁枚。是時適遊桂林。嶺嶠白屋之士閉戶自精，姓名不出里閈，對於令聞廣譽之隨園先生，何能望其肩背於萬一耶？

尤展成自《秋波詞》進御，才子名士之目，受兩朝特達之知，所著《讀離騷》、《鈞天樂》等傳奇數種，教坊內人鏤之管絃，爲《霓裳羽衣》之曲。洪昉思昇雖以《長生殿》得罪，而此曲卽亦流傳禁中。蓋清廷當全盛時，九天歌管，猶有雅音。嘉、道而後，遂岑寂無聞焉。乃至今日，風雅掃地，瓦釜雷鳴，雖日星河漢之文字，不惜弁髦棄之，矧選聲訂均之末技，夫孰過而問者？則章掖賤而琴書苦矣。

閱歙縣程春海侍郎恩澤所譔《湖南提督楊君繼室龍夫人墓誌序》，校：楊君名芳，一等果勇侯，謚勤勇。及武進張翰風先生琦《記楊軍門龍夫人事》，事絕瑰瑋。兩家敍述互有詳略，茲參綜綴錄如左：

夫人姓龍氏，四川華陽縣人。幼讀書，洞曉大義，溫淑而敏斷。年二十二歸軍門，時軍門已貴顯爲總兵。嘉慶十一年春，以寧陝鎮總兵攝固原提督，夫人留寧陝署。先是，鎮所轄兵六千名，例月給米折銀三錢。遭匪賊蹂躪，物值益昂，所領不給食。軍門白經略某，具疏申請，部議權加二錢，俟三載後再定議。及是，執事者停支待報，兵忍飢兩月。夫人知將有變，使謂署總兵參將楊之震：『速借給，以安其心。慮有它者，吾家當代償之。』之震曰：『衆兵恐我耳，烏敢反？且釁非由我，何懼？』更以威脅之，衆益怒。七月六日，頭人陳先能、陳大順等請見，曰：『吾輩將反，顧受大人恩至重，願送太太去，乃發。』夫人以義曉之，且曰：『汝等造反，而先免我，疑知情，無以白。且我一婦人，去何爲？寧死此耳。』揮衆出。外委王清山，公之親隨也。賊令入衛，又分數十人守大門，約餘人不得入。而公前所釋教匪二百人，爲之室家者，知有變，悉入守中門，曰願以死報。是夜，賊遂殺參將及中軍遊擊、城守營都司，焚南北二城，鎗礮號哭之聲不絕。婦女多從睡夢起，知賊不犯鎮署，多就避，廊室爲之滿。時未叛者譁於內曰：『夫人勿死，我輩受主帥恩，賊入，當以死拒。脫不敵，主帥歸，見我輩屍，見我輩心。』已叛者譁於外曰：『夫人勿驚，我輩受主帥恩，今迫而叛，不與夫人。卽仇怨有避夫人側者，亦不報也。』

夫人端坐後堂，戒奴婢曰：『死生有命，敢號泣者，懲之。』嚮明，陳先能等又請見，避難者皆繞夫人哭，乞勿納。夫人曰：『愚哉！若輩欲入卽入，孰能禦之？請見則見，何懼爲？』命啓門。叛首數十人手血淋漓，環伏堂下，痛哭曰：『我輩罪大惡極，將欲竄身山谷，緩須臾死。恐去後有驚及夫人者，求夫人行。』夫人大聲謂曰：『若輩雖戕官，爲首誠不可逭，於多人何尤？主帥旦夕歸，且爲若輩白其事於朝，非盡殲也。可各罷歸伍。不然，斬我首去。』衆曰：『我輩血誓同死生，能聚不能散。』乃舁輿以俟。夫人將升輿，避難者千數百人齊慟曰：『我輩死矣。』夫人復諭叛衆：『此總總者須隨我出，毋傷殘。』衆皆唯唯。於是出婢子衣履，與在官婣屬結束先行，乃肩輿殿其後。出署，賊傳呼立隊，賊在五郎城者悉來。夫人叱之曰：『止，何等狂悖，而猶循此規制耶？』始退。賊凡送二十里，至石泉縣，縣令陳某聞警惶懼，民人驚竄者衆。知夫人來，賊不敢逼，請夫人留。而總兵王兆夢至，夫人謂兆夢曰：『寧陝兵二千餘，非盡反，首事者百餘人耳。速馳諭，令縛頭人來，事可定。』兆夢怯，不敢往。夫人留六日，乃之興安兄太守龍君署。越十有四日，公子承注生。會軍門自固原策單騎，馳千二百里入叛軍，收降撫逸，籠束歸伍，乃誅其尤兇横者，而衆情洶洶，有悔降意。於是叛首蒲大方等請於軍門，往迎夫人，以測軍門心。軍門推誠待之，不介一奴，許其咸往。夫人方乳公子，未滿百日，卽冒雪抱公子，泰然登程。中途，蒲大方與其徒王鳳爭，刀傷鳳手。是日宿漢陰，夫人命借官刑具，坐中庭，召大方，駡曰：『汝反叛，幸宥不死，更弄刀杖，又待反耶？杖子四十，加桎梏焉。』從者惶懼終夕。未至寧陝二十里，十九人偕大方固請，乃釋之。初，夫人之行也，署中物不暇顧。後四日，石泉民請往取之，門洞開，闃無人，而一匕一筯無失者。有庖人朱子勇者，爲賊所怨，夫人匿之複壁中。夫人已去，子勇入上房攜銅盆出，遇賊，將殺之，子勇曰：『夫人命取盥具，汝殺我，汝自齎往耳。』摔銅盆於地。賊信之，竟得免。吁！亦奇矣。當軍門撫叛卒時，自謂功足以贖過，且已革翎頂，宜無慮。夫人曰：『朝廷事自有法度，兵叛大案，不容無任其咎者，非君而誰？』已而，公果遣戍伊犁。後公自川返貴州，或勸帶鹽，可獲利三千金，已積之舟畔矣。夫人曰：『以氣機觀之，未必能享多金，盍卜之？』公卜，不吉，遂辭焉。行六十里，過黃瓜槽險灘，舟幾覆，載重者皆溺，其才識固不可及也。夫人教子極嚴，善鼓琴，工畫蘭，時時爲之不倦。居恆謂軍門曰：『方寸靜潔，則理勝欲；念慮牽縈，則欲勝理。人生最忌情流爲欲。』斯言非尋常閨媛能道。

番禺有李星輝者，詠眼鏡云：『白髮幾人非借力，紅顏對爾獨無情。』見倪鴻《桐陰清話》。今日風氣一變，凡繡閫仙姝，絳帷高足，莫不以晶片金絲之麗，製爲春山秋水之美。觀李詩對句，改『無情』爲『多情』，庶幾切當。

餐櫻廡隨筆卷三《東方雜志》第十三卷五號

賀縣于晦若侍郎式枚客歲自青島移寓滬上，月前於旅次病歿。侍郎庚辰通籍後，以兵部主事居李文忠幕府有年，海内知名，嗣乃洊躋卿貳。丁未充出使考查憲政大臣，曾自使署兩上封奏，力糾憲政編查館之失，一時傳誦。國變後，叱咤悲憤，形容顣頞，日抱故國之思，有張蒼水之忠忱，而無其事實。素與項城大總統交際甚深，芸臺公子嘗受業於侍郎者也。去夏項城專使齎書青島，聘其就參政一席，侍郎辭焉。兹得見其答書元稿，節錄如左：

參政一席，於鄙人性質甚不相宜。前承公推舉爲考查憲政大臣，前後奏章，均可覆案，然亦不欲顯有辭避，致負公知愛之深。嘗託菊相代達私衷。事前已先與芸臺有秋後來京之約，積病之後，尤畏炎蒸，一切情形，知蒙鑒及，良覿有日，統容面陳。承致食品多珍，拜領飽德。並惠川資優厚，本不敢當，謹留以爲證行之券。回憶十年門館，千尺深潭，受惠已多。大德不謝，本不應自外也。

其書首稱『慰庭四兄大人』，末又別附數行，有云：『封題是官樣文字，自應從同。函内是平日私交，不敢改二十餘年布衣之舊。』抗節不移，於言外見之矣。

顧云美苓撰《河東君傳》，有云：『宣德之銅，果園廠之髹器。』桉：果園漆器，明永樂時製。《桐陰清話》云：『臨川李薌甫觀察秉銓在京師琉璃廠，購得髹漆木盌一進，面徑七寸有奇，底口坦平，周身作連環方勝紋，琱鏤工細，作深赤色。盌底有「沆瀣同甌」四字，正書，陽文，濃金填抹，古色繽紛，係明代貢珍無疑。成果亭中丞思以漢玉盤易之，不可得。同人賦詩歌以寵異之。』

古美人香匳中物，流傳至今，以馬湘蘭爲獨多。《眉廬叢話》所述猶有未盡。歙縣程春海侍郎恩澤家藏馬湘蘭小硯一方，背鐫湘蘭像，一時名流題詠甚夥。祥符周稺圭中丞之琦《三姝媚》詞云：『蟾蜍清淚灑。暈脂痕猶新，粉香初研。翠斷妝樓，想鏡中眉樣，半蛾偷借。鬬葉閒情，偕象管鸞箋宵夜。悄炙紅絲，沈水濃薰，棗花簾下。　仿佛冰姿妍雅。恰手撚蘭枝，練帬歌罷。舊匣空尋，甚石橋新月，尚矜聲價。過眼雲烟，隨夢影銅臺飄瓦。認取南朝遺墨，青溪恨惹。』桉：詞云『手撚蘭枝』，則必非《叢話》所述阿翠像硯，與湘蘭面貌巧合者，彼像手不執蘭也。周稺圭著有《金梁夢月詞》、《懷夢詞》，合刻爲《心日齋詞》，自命得南宋人嫡傳，此詞非其至者。

『枇杷黃，醫者忙。橘子黃，醫者藏。』宋陳藏一《話腴》引《世說》語。今人第知『槐花黃，舉子忙』云云，斯語罕有知者。

九宮仙嬪，蠶神也，見《蜀郡圖經》。今人但知馬頭孃。

南陵徐積餘乃昌小檀欒室藏漢西王母鏡，徑漢尺七寸五分，背文六乳。分六格：一格，畫女仙，題『西王母』三字。一格，一女鼓琴。一格，一女折旋而舞，腰肢纖長，手據地而足騰起。一格，龍。一格，獸，獨角而馬蹏。一格，一女，羽衣，若擊球。桉：《漢武帝內傳》：『西王母命諸侍女董雙成吹雲和之笙，許飛瓊鼓震靈之簧，石公子擊昆庭之金，桉：上言『命諸侍女』，且與董雙成、許飛瓊同列，則石公子當是女人，男名。婉淩華拊五靈之石。』此女所擊物圓形，鉦鐲之屬，後世樂器中有雲鑼，即小鑼也。疑即所謂昆庭之金矣。其舞女騰起之足，纖削若菱，拓本絕朗晰，雙翹宛然，尖鋭穎脱，非廑作弓式而已。可爲漢時已有纖足之證。昔人或云始自唐，或云始自五代，殆不然矣。鏡銘：『尚方作竟真大巧，上有山人不知老，渴飲玉泉兮』十九字。山，『仙』省。

得宋蘇文忠《麥嶺題名》拓本，字徑二寸彊，四行，行四字，正書，左行。文曰：『蘇軾、王瑜、楊傑、張璹同遊天竺，過麥嶺。』文忠書，無論碑版磨崖，方宋黨禁嚴時，悉數剷削。其後禁弛，悉依拓本覆鐫，乃致癡肥臃腫，盡失廬山面目。據余所見，唯《麥嶺題名》、《雪浪盆銘》及《宣城縣北門外雙塔寺石刻如意輪經》，庚戌秋訪獲，石凡二。皆未經剷削真蹟，書勢秀勁絕倫，其它殆不多覯。

清之末季，雀嬉風行，達乎諸侯大夫及士庶人，名之曰看竹，何可一日無此君？跡其窮泰極侈，有五萬金一底者矣。一底猶言一局，某貝子過滬時事。會稽陶心筠濬宣作長篇詠之，託恉鑑誡，迻錄如左：

罡風吹鳥名鵂鶹，無晝無夜號啾啾。飛向人間啄大屋，賓客歡笑妻孥愁。一啄再啄金屋破，啾啾唧唧號未休。初翔江之右，倏忽騰九州。問制何自始，易竹乃廢紙。非簺亦非蒲，無廬亦無雉。索長矩方規以圓，自一至九環無端。馬融六簙賦所遺，李翺五木經久刪。呼龍喝鳳揣梅竹，四座鳴對聲闘闘。鵂鶹來，歡顔開。蒲桃美酒夜光杯，犀筯饜飫鸞刀催。金瑲翠鈿名姝陪，簫筦哀韵纏叩㕩。賓極歡，主大醉，華燈四照開博臺。鵂鶹去，雞號曙。勝者忻忭負皇遽，面色如土不敢怒。脱下鷫鸘裘，低首長生庫。到門踟躕慚婦孺，誓絕安陽舊博侶。明朝見獵眉色舞，梟化爲狼蝮爲蠍。破人黃金吮人血，枯魚過河泣何及。自言我本不祥物，方將取汝子，弗廑毀汝室。吾聞東晉陵夷銅駝沒，大地五胡亂羌羯。士夫飲博供清譚，牧豬奴輩亡人國。桓桓我祖長沙公，取投簿簺江流中。天地鼎沸人消搖，千年時局將毋同。沈沈大夢真竹醉，白晝黄昏爲易位。咨余往射豈得已，自注：用韓句。梟鷙墮梁魂破碎。血其爪肉貫翎翅，焚滅觳卵斷噍類。君不見萬國人人習體操，彊身彊國五禽戲。

吴縣潘申甫侍郎曾瑩，大學士文恭之仲子，學有根柢，尤長於史學，著有《小鷗波館文鈔》、《詩鈔》、《詞鈔》，最二十卷；《畫識》三卷，《畫品》、《畫寄》、《墨緣小録》各一卷。畫以青藤白陽爲宗；書則初學吴興，晚學襄陽，尤得其神髓。配陸夫人，亦知書，工書畫。校：夫人名韻梅，字琇卿。曩見侍郎《鸚鵡簾櫳詞鈔》有同夫人連句雨後坐月《清平樂》一闋。《閨閣詩鈔》小傳：『琇卿工畫花卉。』同時女史汪小韞端鐫小印以贈，文曰『潘江陸海』。夫人性仁恕，每大雨初霽，聞門前衒瓜果者，曰：『清涼如此，誰與售者？徒赬其肩耳。』命盡買之。偶有兩甌墮地，一碎一否，顧諸子曰：『汝曹識之，薄者破，厚者完也。』晚年頗信佛法。光緒戊寅二月既望，夫人已示疾，猶誦經禮佛如平時。時侍郎亦寢疾，與夫人異室而處，得南中所寄金橘，呼次公子使奉其母，夫人猶問：『汝父寢未？』明日雞鳴時，夫人遽卒，侍郎未之知也。俄而曰：『天明耶？』公子祖同對曰：『尚蚤。』命進飲，飲已，復睡。日加巳，亦卒。侍郎生於嘉慶戊辰十一月，夫人生於是年七月，至是歲皆七十有一。生同年，死同日，士大夫以爲美談。相傳侍郎之兄功甫舍人曾沂中歲已還，就所居鳳池園，構一椽曰船盦，鍵關謝人事，終日焚香讀書，究心内典。俗所用署名小紅榆，擯不具者二十餘年，其後亦預知化去之期。若而人者，夙具慧根，而又生長閥閲，養尊處優，無所爲謀生之計，束縛馳驟之，得以涵養性靈，習虚靜而成通照，雖曰得天獨厚，抑亦所處之境有以玉之於成焉。世有蘭清玉夐之質，日消磨風塵，奔走米鹽淩雜中，對於身心性命之大原，欲稍稍自料檢，而苦乏清暇。青春荏苒，白髮駸尋。樂萇楚之無知，與草木而同朽。乾坤清氣得來難，寧不自愛惜若是？天之厄我，謂之何哉？

石襄臣少寇贊清，貴州人。先是，知天津府數年，勤以敷政，嚴以持躬，吏懾其威，民懷其惠。咸豐戊午英吉利犯天津，直督某走，太守以巨甕二，貯水置堂階，曰：『彼入脅，則吾與妻死此。』未幾，相國桂良與議和去。庚申，英吉利、法蘭西入天津，督部以次橫被侮辱。其將卒分駐官廨，贊清堅持不爲動，揮令去，曰：『斷吾頭可，衙署不讓也。』一日，英將以五百人持兵入署，扶贊清坐肩輿，導入舍館，曰：『非敢相難，聞有兵欲燒吾船，姑假君爲鎮耳。』贊清憤不食。僅數日，民情洶洶，重失贊清，蘄與英將拚命。英將懼，命之去。贊清不可，曰：『吾如何來，當如何歸耳。』復命五百人前導，具肩輿送之。則豎其將指，偁之曰：『真好官也。』天津擾數月，贊清迄未離府署。事聞，不次遷擢，官至刑部左侍郎。

霍山吳彥甫少寇廷棟，爲咸、同間理學名臣。母葉太夫人，博通書史，公四歲，即能授以經籍，過目成誦。有過，手撻之，公泣，太夫人曰：『汝頭有鯁骨，痛吾手矣。』公捧母手拊摩再四，曰：『母再撻兒，可用絓紬裹也。』太夫人爲之霽顏。公每欲著好衣，又欲以功名顯，太夫人訓之曰：『人以衣服愛汝慕汝，是汝徒以衣服重矣。功名者，儻來之物，無學問濟之，何貴乎功名耶？』公恍然曰：『兒知之，天爵爲貴。』太夫人曰：『然。』鄰有質庫，公嘗嬉戲其中，司事某欲試之，聞公來，以碎金散置於地，自匿帳中。公入門見，即揚聲止步不入。某起詢之，公謂：『金在而不見人，脫遺失，豈能自白？』某大驚歎。其後敭歷中外四十餘年，清操絕俗。引疾後，歸無一椽，日食不給，處之晏然。時曾文正督兩江，念公貧，值史秋節，欲以三百金贈，攜以往，晤對良久。微詢公近狀，公答以：『貧，吾素也，不可干人。』文正唯唯，終不敢出金而去。公之亮節清風若此。育德培材，攸關母教，詎不然歟？自富貴利祿中於人心，雖世家劭族，父詔其子，兄勉其弟，唯高官厚祿是計，甚且以夤緣奔競，脅肩諂笑，爲家傳祕密之心法。『功名者，儻來之物』云云，求之士夫猶難，矧在闈闥，而葉太夫人倜虖遠矣。

平湖朱茮堂漕帥為弼，道光四年由順天府丞擢府尹。有蝗孽，單騎馳視，屬官供張備，公曰：『吾爲蝗來，若乃蝗我耶？』斯言頗近雅謔，卻有至理。

王湘綺賦紙煤詞調寄《一萼紅》，楚、蜀人士多和之。紙煤之製，捲徑寸紙作長條，紙相屬成側理，如筯稍細，中通外直，吸淡巴菰者用以爇火。大約有淡巴菰，卽有紙煤，託始於明末，盛行於清初，多出閨人纖手。歲在甲辰，吳門柴瓊問字於余，素心晨夕，香初茶半，清事如昨。嘗以紙煤三條，其一元式無變，其一曲其一端約寸許，其一曲其兩端各寸許，屬余集合成一字。審諦良久，忽然得之，則『乃』字也。元式無變之紙煤爲第一筆，曲其一端者爲第二筆，曲其兩端者爲第三筆。離神得似，極見惠心。

曩嘗甄萅『而』字故事矣。見《眉廬叢話》。『乃』字故事不及『而』字之多，其尤雋穎可憙者，乾隆某年翰林館課題《痀瘻丈人承蜩賦》，以『用志不紛，乃凝於神』爲韻，時獻縣大宗伯紀文達昀方入詞垣，課作押『乃』字官韻，云：『沈幾觀變，聳肩第覺其成山；定息凝神，拄杖休嘲其似乃。』校：唐無名氏《嘲傴僂人詩》：『拄杖欲似乃，插笏還肖及。』又韓愈撰《董公行狀》：『汴州自大曆來多兵事，劉元佐死，子士寧代之，其將李萬榮逐之。萬榮爲節度使三年，病風，其子乃復欲爲，士寧之故監軍使俱文珍執之歸京師。』以『乃』爲名，亦廑見。

明古吳劉晉充撰《天馬媒》傳奇，演唐人黃損事。損字益叔，連州人。先是，與妓女薛瓊瓊有嚙臂盟，瓊因謝客，牾權姦呂用之。損家傳玉馬墜一枚，絕寶愛；氤氳使者，幻形爲道人，詣損乞取，損慨贈之。未幾，損應襄陽張誼之招，別去。用之以瓊善箏上聞，卽日召入後宮。損途次薢茩賈人裴成女玉娥，娥亦善箏，損聞箏，頃賦詞，極道愛慕，乘間擲與之。詞云見『締緣』齣：『生平無所願，願作樂中箏。得近佳人纖手子，砑羅裙上放嬌聲。便死也爲榮。』娥與損約，中秋夜繼見於涪州，以父成是夕當往賽神，舟無人，得罄衷臆。損屆期往，得娥船。娥屬移纜近岸，甫解維，纜忽斷，船流遽覆，娥溺焉。會瓊母馮送女歸，道涪，拯娥舟次，相待如母女也者〔一〕。俄損狀元及第，上疏劾用之誤國，用之因劾損交通瓊宮掖中。適張誼內轉官京朝，旨付用之、誼會審，誼伸損，得直，欽賜與瓊畢婚，用之罷歸田里。用之憤怒，其門客諸葛殷、張守一獻計，謂：『入宮之瓊，贋鼎也，真瓊固猶在母所，盍往劫取？』蓋誤以娥爲瓊也。氤氳使者知娥有急，託募化贈娥玉馬，娥佩不去身。用之敀娥，馬則見形，奔奮嚙用之。闔府大擾，羣以妖孽目娥。仍用葛、張計，以娥贈損，冀嫁禍損，損拒不納，送女者委損門外而去。娥入見損，成眷屬焉，玉馬遂騰空而去。傳奇關目大略具此。桉：《御選歷代詩餘》載損此詞，調《望江南》，據《傳奇》：損，咸通朝人；《詩餘》損詞列溫庭筠之後、皇甫松之前。『生平無所願』作『平生願』，『纖手子』作『纖手指』。《詩餘廣選》云：『賈人女裴玉娥善箏，與黃損有婚姻約，損贈詞』云云首句作：『無所願，纖手子』，『子』不作『指』，與傳奇合。後爲呂用之劫歸第，賴胡僧神術復歸損。此云胡僧，傳奇則云氤氳使者，幻形爲道人也。又《粵東詞鈔》第一首卽損此詞，則傳奇所演，未可以子虛烏有目之矣。

【校記】

〔一〕女也：底本作『也女』，據文意改。

日本人作韻語，始於大友皇子。《侍宴》詩曰：『皇明光日月，帝德載天地。三才並泰昌，萬國拜丹墀。』『地』字讀若平聲耶？抑平側通叶耶？曩閱海王邨，見高麗國《試錄》，詩題如『南山之壽』得『壽』字，五言六韻，有詩，惜未錄存。

曩寓金陵，某日於東牌樓匢董攤購書二冊：一，九峯書院本《中州樂府》，比漚尹據以覆刻；一，寫本《長隨論》，前序略云：『《偏途福》又名《仕途軌範》，俗曰《長隨論》。曩余寄跡漣水官廨，見有《長隨福》一書，友人置之案頭。據載，國朝莊友恭先生所作，相傳已久。開卷瀏覽，撥冗迻錄。其篇之語易解，所載之法易明，所述之言頗有淺俗之句，難登大雅之堂。唯是初入長隨諸君子，不可不加意溫習。類如卷中「十要」一節、「十不可」一節、「呈詞分別刑錢」一節、「用印信條款」一節、「禮部鑄印局」一節、「國家喜詔、遺詔」一節，皆文墨之要訣。又「梆點金鼓」一節、「朝賀祭祀」一節、「柬帖偁呼」一節，皆典禮之要訣。又「接詔迎官」一節、「驛遞差徭」一節、「綵鷁宴會」一節、「鋪墊親隨」一節，皆差務之要訣。至於監獄班管，紅衣督護，尤爲防範攸關，不可稍涉疏忽。是書條分縷析，理明詞達，令讀者觸目會心，易於倣法者也。同治戊辰六月，北平劉炳麟錄於祝其捐局。』序後一則略云：『莊先生諱友恭，廣東人。乾隆己未科狀元。未第時，父爲蘇州府司閽。及第後，仍執司如故。經太守婉謝，不肯歸。嗣先生督學江蘇，太守親送江陰使署，爲封翁焉。』桉：清制，長隨之子，毋許應試。據余所知，光緒丙子科，某省有捷秋闈者，計偕入都，同鄉官不肯出印結，竟不得覆試。而莊先生不然，詎當時尚可通融，眡輓季稍忠厚耶。是書於州縣衙門公事程式記載綦詳，可作掌故書觀。自比歲變法已還，裂冠毀冕，舊制蕩然無存，一二三十年後，或欲從事研究而苦無憑藉。長隨者，官之臂指也。蒞事出治，實左右之，其品其識其才，如莊先生之封翁。凡所敘述，皆得之半生閱歷，耳聞目見，信而有徵。芟夷其蕪薉，稍修飾潤色之，卽刻入叢書，可也。繆筱珊、徐積餘兩君，今之藏書家也，各借抄一通，知其爲有用之書矣。桉：是書莊封翁所作，託名殿譔以爲重耳。

日本女子設肆賣曲者，呼爲楊花。所奏曲多男女怨慕之辭，有薩摩、土佐各派，竹本氏一派最盛行。貧家多業此覓食，玉琢錦纏，役使其母如奴婢。諺曰：『生女勿吁嗟，盼汝爲楊花。』吾廣右人呼婢曰蕉葉，其恉不可知。某大家一婢絕慧，一日，主人與客談次，偶及植物之葉何者最大。客未對，婢適擎茶至，儳言曰：『蕉葉最大。』竟無以難也。楊花、蕉葉，屬對絕工。

餐櫻廡隨筆卷四《東方雜志》第十三卷六號

武進余幼冰比部光倬，道光丁未進士，授主事，升郎中。總辦秋審處，慮囚詳慎，不輕罹人於法。同治壬戌，江督何桂清始就逮至京，光倬實司審讞。據《大清律》，地方大吏逃奔蹶事，比照守邊將帥失守城寨斬監候律，擬斬監候。情罪重，則擬斬立決，仍請上裁。時朝中大僚多爲桂清故舊，謂不當加重，冀緩其死；而給事中郭祥瑞等復交章論劾，請速正典刑。大學士六部九卿翰詹科道議覆，刑部主稿，光倬草奏曰：『已革兩江總督何桂清，身膺疆寄，受國厚恩，豈不知軍旅之事，有進無退，守土之責，城存與存？況其時常州有兵有餉，並非不可固守，乃首先棄城逃避，致令全局潰散。望亭爲無錫至蘇州要衝，業經奏明，截留長龍船紮營於此。乃並未身經一戰，命殺一賊，忽于蘇州失陷之前一日，率師船退駐福山海口，是其撤兵遠遁，縱寇殃民，尤罪跡之昭著者。至刑部歷年審辦軍營失事成案，均視此爲輕，唯余步雲係由斬候加至斬決，情罪相等。雖帶兵提督與統兵總督稍有不同，然論疆寄，則文臣視武臣爲重；論軍法，則逃官與逃將同誅；論情節，則聞警屢逃，非被攻被圍、變出不測者可比；論地方，則全省糜爛，非一城一寨偶致疏防者可比。請仍照原擬從重，擬以斬立決。』六月十三日奏上，得旨，改爲斬監候，秋後處決。十月，竟奉特旨立決。論者謂光倬執法之力，有以致之。光倬困簿領久，殊⿱艹⿱若⿰若若⿱艹磋，不屑修邊幅，都人士戲以糟余呼之余、魚音同。顧生平伉爽重然諾，承鞫斯案，始終持正，尤踔躒可傳。先是獄方急時，桂清之私昵或輦鉅金置光倬榻，謀少通融；或怵光倬以危辭，皆不爲動。蓋當時鉅公大僚經彊有力者爲之道地，業已什九轉圜。第光倬一瞻徇，其究軍臺效力而已。其卒能罪人斯得，上伸國法，而下快人心，俾繼此守土握兵之臣知所戒儆，則光倬一夫當關也。明年，給事中博桂以部有劇盜越獄，復牽涉桂清讞案，劾光倬苛刻鍛鍊，下部案治，皆不得實。旋因屢被參劾，撤銷京察一等及御史記名。未幾，以內艱歸，遂不復出。

《隨園詩話》載西林相國文端鄂爾泰四十生日句云：『看來四十猶如此，便到百年已可知。』道光時英吉利搆禍，左文襄深憤國兵之不競，當事之洩沓恇怯，顧不肯苟出。年且四十，顧謂所親曰：『非夢得復求，吾殆無幸。』言爲心聲，文襄第急於用世，文端尤頹然自放矣，其後日鸞書翠軸，玉鉉金甌，儼然出乎意計之外。窮通失得，政復何常？所謂世事茫茫難自料也。相傳文襄授東閣大學士，是日盤旋室中，足不停趾，口中作念『東閣大學士』至於再四，蓋當拜命之始，不免受寵若驚，久乃習爲固然耳。

蕭山何允彪中丞煊，道光中葉任雲南巡撫。爲諸生時，嘗假館武林山村小庵中，四顧荒寂，衆數相驚以走，公居之坦然。忽夜聞敂門聲，則一青衣麗婦再然入。公咄之，對曰：『夫久出，今忽得書，不識字，請先生爲我誦之。』公擲不閱，曰：『村中豈無識字人？何必乘夜求我？爾可來，則可去，毋稍延。』婦慚而出。玆事近怪，麗婦何人？山村安得有是？設蒲留仙聞之，殆必狐鬼之矣。顧中丞而外，絕無知者，誠能祕而不宣，不尤渾然無跡耶？

咸豐朝，曾文正創立湘軍，軍制：四哨爲營，營凡五百人，諸軍遵用之。獨王壯武鑫不用，別爲營制。左文襄初出，以四品京堂從文正治軍，所募五千人，參用壯武法，有營有旂，旂凡三百二十人，不稱湘軍，別自號爲楚軍，楚軍名由此起。近人輒以湘軍、淮軍對舉，罕知湘與楚之各別者。

左文襄總制陝甘，並授欽差大臣，督辦軍務。上疏曰：『臣維西北戰事，利在戎馬；東南戰事，利在舟楫。觀東南事機之順，在礮船練成後；可知西北事機之轉，亦必待軍營馬隊練成後也。春秋時，晉侯乘鄭之小駟以禦秦，爲秦所敗，是南馬不能當西馬之證。漢李陵提荊湖步卒五千，轉戰北庭，爲匈奴所敗，是步隊不能當馬隊之證。』援據經史，讀書得間。

昌黎魏麗泉元烺，道光壬辰官閩浙總督。英吉利船至閩之五虎，要求貿易，元烺檄將弁逐走之。是年復平臺灣匪民張丙、陳辦等之亂。戊戌疏請試習礮陣，略言：『閩省爲濱海巖疆，武備最要，而火器爲先。火器中有速戰陣者，於軍尤利。能合衆志爲一心，統全軍爲一伍。其布陣式，如額兵一千，酌選其半，以五人爲伍，五伍爲排，爲小隊；兵百人，爲大隊。遴用外委把總、千總管領。積五隊，計兵五百，爲一旅，以將弁統之；數十旅，統以提鎮。由伍而排而隊，使將皆識弁，弁皆識兵。如臂之於身，指揮如意。其操演之法，兵分兩翼立。每大隊百兵礮二，每旅前列礮十，繼以鳥鎗，接以矛刀弓箭，如牆而進。對壘交鋒，又以馬隊立於陣之兩翼爲遊兵，四隅關顧，聯絡相維。其進退疾徐，則分旗色以爲號令。法既簡明，用又敏捷，無論營之大小，兵之多寡，皆可遵循練習，以寒敵膽而壯軍威。』奏入，報可。桉：元烺所陳操演之法，巨礮護前，鎗隊繼之，短兵又繼之，視今日新式兵操，其規制不甚相遠。唯鳥鎗皆窳易以後膛快鎗，則利鈍迥殊耳。

壎箎之壎，《集韻》、《韻會》並許元切，音暄，俗讀若熏，誤也。嘉慶朝，上元秦尚書文慤承業直上書房最久。宣廟在潛邸，承業盡心啓沃，每陳説大義，根據經訓，即音讀務求詳覈。宣廟嘗語侍臣：『壎字讀暄音，不讀薰音。曩秦師傅所授。』承業嘗進見，帶扣墮，斷爲二，侍臣皆失色，承業從容拾起，叩頭退。上命將斷鉤呈視，承業奏：『此係燒料，非玉質。』上命侍監取御用金鑲貓兒眼黄色線絛扣帶賜繫，並命無庸繳還。清制，唯宗室用黄帶子。漢大臣得拜賜者，二百數十年間，文慤一人而已，其承寵遇如此。

日本人賞櫻花，名曰櫻花狩見前，此聞之東友，彼都人凡郊行皆謂之狩。

曩譔《臼辛漫筆》，有辨《茶餘客話》記雲郎事一則。比又得一碻證，可補《漫筆》所未盡。因並《漫筆》元文，纚述如左：《客話》云：『雲郎者，冒巢民家僮紫雲，徐氏子字九青，儇巧善歌，與陳迦陵狎。迦陵爲畫雲郎小照，徧索題句。王貽上、陳椒峯、尤悔菴詩皆工絶。相傳迦陵館冒氏，欲得雲郎，見於詞色，冒與要約。一夕，作《梅花詩》百首，詩成，遂以爲贈。余曾於寶華盦得見九青小像，亟屬同人工畫者臨橅一本，今猶在行篋，跣足坐菭石，憨韻殊絶。一日，雲郎合巹，迦陵爲賦《賀新郎》詞，有「努力做藁砧模樣。只我羅衾渾似鐵，擁桃笙，難得紗窗亮」之句，又《惆悵詞》云：「城南定惠前朝寺，寺對寒潮起暮鐘。記得與君新月底，水紋衫子捕秋蟲。」相憐相惜，作爾許情態，可見髯少年風致。冒子萇原嘗語予云：「雲郎後隨檢討，始終寵不衰。晚歸商丘家，充執鞭之役，昂藏高軀，黄鬚如蝟，儼幽并健兒。或燭灺酒闌，客話水繪園往事，輒揞耳汍瀾，如瀉瓶水也。』《漫筆》引《客話》止此。比余收得陽羨任青際繩隗《直木齋全集》，有《摸魚兒》詞《爲陳子其年弔所狎徐雲郎》云：『想當然，徐娘老去，再生還是情種。深閨變調爲男子，偏向外庭恩寵。花心動。曾記得、蹋歌玉樹娱張孔。紅絲又控。愛叔寶風流，元龍湖海，夙世定同夢。　誰知道，才把餘桃親捧。玉容一旦愁重。從今省識蓮花面，生怕不堪供奉。直惏悚。趁寒食清明，金盌薤青冢。髯公休慟。從古少年場，回頭及早，傲煞侍中董。』吴天石評：『李夫人蒙面不見武皇，此有深意，非彌子瑕所曉。人皆爲鬚唁，君獨爲雲幸，是禪機轉語。』桉：據此詞，則是徐郎玉賈，尚在苕齡，何得有執御商丘之事？任、吴並與迦陵同時，其詞與評，可爲碻證。冒子甚原之言，殊唐突無據，決不可信也。且任詞後段及吴評『獨爲雲幸』云云，若對鍼甚原之言而發，是亦奇矣。《漫筆》止此。偶閱迦陵《湖海樓詞》卷二十有《瑞龍吟》一闋《春夜見壁間三絃子，是雲郎舊物，感而填詞》云：『春燈灺，拚取歌板蛛縈，舞衫塵灑。屏間乍見檀槽，與秋風扇，一般斜挂。簾兒罅。幾度漫將音理，冰絃都啞。可憐萬斛春愁，十年舊事，慳慳倦寫。記得蛇皮絃子，當時妝就，許多聲價。曲項微垂流蘇，同心結打。也曾萬里，伴我關山夜。有客向潼關店後，昆陽城下。一曲琵琶者，月黑楓青，輕攏細砑。此景堪圖畫。今日愴、人琴淚如鉛瀉。一聲聲是，雨窗閒話。』此詞迦陵自作，視任詞、吴評尤爲碻證，誠如冒甚原所云，詎猶作爾許情語耶？大氐刻谿之士好爲翻成案、殺風景之言，往往莛可以楹，西施可以厲，此猶無關輕重者耳。雲郎一稱阿雲，迦陵有留別阿雲《水調歌頭》詞，《惆悵詞》凡二十首，爲別雲郎作『城南定惠前朝寺』云云，其第十二首。句云『一枝瓊樹天然秀，映爾清揚照讀書』，又云『柳條今日歸何處，衹賸寒雲似昔年』，又云『寄語高樓休挾彈，鴛鴦終是一心人』。審此二句之意，則迦陵別雲郎，殆有所故而然，非得已也。蔣大鴻譔《惆悵詞序》：『徐生紫雲者，蕭郢州尚幼之年，李侍郎未官之歲。技擅平陽，家鄰淮海。託身事主，得侍如皋大夫，極意憐才；遂遇潁川公子，分桃割袖。於今四年，雖相感微辭，不及於亂。若乃棄前魚而不泣，弊軒車而彌愛，真可謂寵深綠鞲，歡逾絳樹者矣。維時秋水欲波，玄蟬將咽。公子乃罷祖帳而言旋，下匡牀而引別。江風千里，詎相見期？厥有怊悵之篇，曲盡離憂之致。僕豈無情？何以堪此！傷心觸目，曾無解恨之方；拊節和歌，翻作助愁之句』云云。以詩及序攷之，當日清揚照讀，實祇四易葛裘。萁原云『相隨始終，迄於晚健』，灼然非事實矣。迦陵又有《題小青飛燕圖詩》，序云：『婁東崔不凋孝廉，爲余紈扇上書《小青飛燕圖》，花曰小青，開豔者有九，一春燕斜飛其上，題曰：「爲其年題九青小照寶華盦所藏九青小像，即崔不凋曾題之本後一日作，意欲擬九青於飛燕也，因題一絕詩不錄。」』又有《書小徐郎扇》詩，自注：『雲郎姪也。』詩云：『旅舍蕭條五月餘，菖蒲花下獨躊躇。筵前忽聽鶯喉滑，此是徐家第幾雛。』又馬羽長最愛雲郎，見《惆悵詞》自注。

《茶餘客話》云：『北齊許散愁，自少不登孌童之牀，不入季女之室。』桉：二語曾於明人某説部見之，不能舉其名矣，《客話》未載明出處。夫以不登孌童之牀爲卓行可表見，不幾以分桃割袖爲人之恆情耶？諦審斯言，殊有語病。

小紅，姜白石侍兒，范文穆所贈也。白石《過垂虹》詩有『小紅低唱我吹簫』之句。湯玉茗侍兒亦名小紅，烏程張秋水鑑《冬青館甲集·過臨川懷玉茗》詩，句云：『唯有《牡丹亭》院本，尊前重聽小紅歌。』自注：『小紅，玉茗侍兒。』

陽曆有月盡二十八日者。明謝肇淛《五雜俎》引《景龍文館記》云『景龍四年正月二十八日晦』，以二十八日晦，詎亦月盡二十八日耶？

正月十九日爲燕九，昔人詩詞多用之。《五雜俎》云：『閩中以正月二十九日爲窈九，謂是日天氣常窈晦然也，家家以糖棗之屬作糜餔之。』『窈九』字入詩詞，絕韻，顧前人未有用者，殆限於閩之一隅耳。在杭肇淛字閩人，故能言之。

黄彭年譔《刑部員外郎何君願船秋濤墓表》：『咸豐初年罷安徽撫幕，還京師，益究心經世之務。嘗謂俄羅斯地居北徼，與我朝邊卡相近，而諸家論述，未有塼書，乃采官私載籍，爲《北徼彙編》六卷，復增衍圖説，爲八十五卷。陳尚書孚恩言於上，命以草藁進。上覽而稱善，更命繕進，賜名《朔方備乘》。召見，由主事晉員外，懋勤殿行走。庚申之變，書亡，上詢副本，黄侍郎宗漢盡取君所藏稿，將繕寫重進，而侍郎寓齋不戒於火，是書遂不復存』云云。桉：《朔方備乘》一書，見今碻有傳本，滬上有石印縮本凡八冊，密行細字，當是庚申亡失之書，爲收藏家所得，付之剞氏耳。

泰興吴和甫少宰存義，道光壬寅任雲南學政，邊徼士惇樸而信，公翼翼以慎，校藝至丙夜不休。諸生悦教，于于日親。人囿方音，多不能辨四聲，公於音韻貫穿今古，乃以李氏《音鑑》教之，歲月改觀。是時回民煽亂，公巡試永昌，竣事啓行，出郭數里，城中火燭天，駭詢左右，則曰：『回人構兵，既期矣，使者清德不敢犯，俟出城而後舉火也。』咸豐乙卯簡雲南鄉試正考官，留任學政。其視學也益誠，士民益親學使如家人。顧回亂益烈，至偪省城圍之。城中兵又鬨掠各牙門及富家，獨不入學政廨一步。民攜婦孺藜藿就匿者數千人，號舍皆滿。夫先後二十年間，一人之身，督某省學政者再，求之科舉之世，殆復未必有二。學使者非親民之官，顧乃得民心若彼，則夫士者，民之秀也，士論歸之，卽輿論莫不翕然。《詩·甫田》章云『烝我髦士』，斯恉也。李氏《音鑑》爲卷凡六，首卷釋字、聲、音、韻，五聲、五音之類，二卷釋字母、反切、陰陽、粗細之類，三卷釋初學入門，四卷釋南北方音，五卷釋空谷傳聲，六卷『字母五聲圖』，分字母三十有三，以同母二十二字爲訣。其無字空聲，悉詳注翻切，統以同母，叶以本均，隨字呼之，其音無不啓齒而得，於音均之學不啻瞭若指掌。若閩、粵人不諳官音，得是書以研求，蓋事半功倍云。李氏名汝珍，字松石，大興人。

又和甫少宰以內艱在籍，是歲道光戊申，江北大水，泰興饑。知縣張興澍，公同年生，相善也，一以荒政聽公。公倡士大夫議賑，募富人貲至踸，曰：『吾爲數十萬人屈也。』昔顧梁汾爲營捄吳漢槎，屈厀於納蘭容若，汪訒菴爲欲得漢楊惲印，屈厀於錢梅溪見《眉廬叢話》，未若少宰一屈厀，爲尤可傳矣。

餐櫻廡隨筆卷五《東方雜志》第十三卷七號

金烈女，休寧人。父雲門，髮逆之亂，以黄州知府殉節。賊之攻黄州也，太守先奉檄防守通城，而賊由蒲圻入，烈女隨母及姊困危城中。城陷，將自裁，叔父瑾畲止之。女大言曰：『叔父何說也？吾第與賊一面卽辱矣。』乃爲母與姊整冠服，皆縊，然後從容自縊于旁，咸豐壬子十二月四日也，年二十二。夫烈女面賊卽辱一言，所謂充類至義之盡。昔某貞婦腕爲人握，輒以利刃自斷其腕，而烈女尤嚴絜有加焉，可以愧世之隳節易操而曲爲之辭以自恕者。烈女幼慧能詩，激烈有英氣。太守嘗以『吟風弄月』戲命其孫屬對，女適旁侍，應聲曰：『立地頂天。』太守亟歎賞之，謂夫人曰：『惜哉！女子也。』所著詩曰《紉蘭集》。

《五雜俎》一書典麗賅博，多述異聞。其一則云：『相傳永樂中，上方燕坐樓上，見雲際一羽士駕鶴而下，問之，對曰：「上帝建白玉殿，遣臣於陛下索紫金梁一枝，長二丈，某月日來取。」言畢，騰空而去。上驚異，欲從之。獨夏原吉曰：「此幻術也，天積氣耳，安有玉殿金梁之理？卽有之，亦不當索之人間也。」狐疑不決。數日，道士復至，曰：「陛下以臣爲誑乎？上帝震怒，將遣雷神示警。」上謝之，又去。翌日，雷震謹身殿，上大懼，括內外金，如式製之。至期，道士復至，稽首偁謝，梁逾千斤，而二鶴銜之以去。上語廷臣，原吉終不以爲然，迺密遣人訪天下金賤去處，則蹤跡之。至西華山下，果有人鬻金者甚賤。乃隨之至山頂，見六七道士，方共斲梁，見人卽飛身而去。使者持半梁復命，上始悔悟。』桉《明外史》：『夏原吉，字維喆，湘陰人。永樂朝官戶部尚書，加太子少傅，進少保，卒謚忠靖。』夫索金梁弗獲，卽遣雷神示警，有若是顓頊之上帝乎？茲事不經至極，亦成祖之慙德有以致之。稍通達事理者類能察其誕妄，卽如原吉所見，亦未爲卓絶高深，顧何以師濟盈廷而能辨僞破惑者，原吉而外無聞焉？詎親近者不敢直言，疏逖者不獲進言歟？雖然，譸張爲幻，自昔恆有。漢武帝之文成、五利，唐玄宗之羅公遠、葉法善，何一非道士者流？此道士尤鶻突耳。

《淮南子》曰：『水生木，木生火，火生土，土生金，金生水。』五行生尅之説由來舊矣。謝在杭以己意推演之，欲窮生尅之變，以破生尅之説，俾世知子平家言不足深信，其言曰：『五行有生中之尅，有尅中之用，有反恩而成仇，有化難以爲恩。如火生於木，而焚木者火；水生於金，而沈金者水。火本克金，而金得火迺成器；金本尅木，而木得金迺成材。』又曰：『水生木矣，而木中有液，謂木生水亦可；火生土矣，而石中有火，謂土生火亦可桉：石，土之類也，以金擊石，則火迸出，石不能離金以生火，猶水不能離土以生木也。此兩相生者也。水尅火矣，而火爇則水乾，謂火尅水亦可；土尅水矣，而水浸則土潰，謂水尅土亦可。此兩相尅者也。水不能離土而尅土，土不能離水而尅水，此相親而相尅者也；火燎木而生於木，土遏火而生於火，此相憎而相生者也。』又曰：『洱海水面，火高十餘丈；蜀中亦有火井，是水亦能生火也。火山地中不生草木，鋤钁所及，應時烈燗，是土亦能生火也。至於陽燧火珠，向日承之，皆可得火，火固不獨生於木也。』又曰：『五行唯金生水，頗不可解。説者曰：「金爲氣母，在天爲星，在地爲石，雲自石生，雨從星降。故星動搖而占風雨，石礎潤而占雨水，故謂金生水也。」予謂金體至堅，而有時融液，是亦生水之義也。至周興嗣《千文》謂金生麗水，則水反生金矣。』桉：沙金自水中淘出，是水生金之碻證。夫生尅之變若彼，則生尅之説，庸可泥乎？世論以生尅斷吉凶，孰能神明變化而觀其會通也，而顧可深信乎？謝氏碩學方聞，淹貫羣籍，《五雜俎》一書分天、地、人、事四部，多有獨到之處、心得之言。明人中若胡應麟、曹能始堪伯仲，以視楊用修、陳眉公輩，相去不可道里計矣。蕙風曰：鐘彝出土多剝蝕，土何嘗不尅金？戶址帖地積朽腐，土何嘗不尅木？地經耰耡坎窞，金何嘗不尅土？刃遇堅節恆齒缺，木何嘗不尅金？

徐仲可舍人珂以其女公子新華山水書稿二幀見貽。冰雪聰明，流露楮墨之表，於石谷麓臺勝處，庶幾具體。仲可屬作題詞，調寄《玉京謠》云：『玉映傷心稿，鳳羽清聲，夢裏仙雲幻。用徐陵母夢五色雲化爲鳳事。故紙依然，韶年容易淒晼。乍洗淨金粉春華，澹絕處山容都換。瑤源遠。湘蘋染墨，昭華擒管。徐湘蘋、徐昭華皆工書。 茸窗舊掃烟嵐，韻致雲林，更楷模北苑。陳跡經年，蟫匳分貯緗繭。黯贈瓊風雨蕭齋，帶孺子泣珠塵濽。簾不捲。秋在畫圖香篆。』桉：此調爲吳夢窗自度曲，夷則商犯無射宮腔。今四聲悉依夢窗，一字不易。余之爲詞，二十八歲以後，格調一變，得力於半唐；比歲守律綦嚴，得力於漚尹，人不可無良師友也。

曩自集句爲楹聯云：『余唯利是視見《左傳》『晉侯使呂相絕秦』，民以食爲天見《通鑑》賈閏甫謂李密語下句『而有司曾無愛惜屑越』。所謂喫飯主義也。

偶於友人處見集句楹聯，上句『舊詩改處空留韻』，下句未佳，余易以『好書到手莫論錢』，斯願未易償耳。

牽牛去織女，隔銀河七十二度，見宋陳藏一《話腴》。

《大戴禮記·公符》第七十九：『推遠稚免之幼志，崇積文武之寵德。』注：『免，猶弱也。』蕙風曰：『當作「子生三年，然後免子父母之懷」之「免」字解。』

伞，《字彙》：『作甸切，音薦，屋斜用伞。』墊，音簟。《廣韻》：『徒念切，支也。』《集韻》：『揩也。』《字彙》：『支物不平，一作磹。』此類通俗需用之字，或有記憶弗及，故著之。

康熙七年七月，禮部題爲『恭請酌復舊章，以昭政典事』，覆左都御史王熙疏内開：一，順治十八年以前，民間之女，未禁裹足。康熙三年，遵奉上諭，議政王、貝勒、大臣、九卿、科道官員會議：元年以後，所生之女禁止裹足，其禁止之法，該部議覆等因，於本年正月内，臣部題定。元年以後，所生之女若有違法裹足者，其女父有官者，交吏兵二部議處，兵民交付刑部責四十板流徙，其家長不行稽察，枷一個月，責四十板。該管督撫以下文職官員有疏忽失於覺察者，聽吏兵二部議處在案。查立法太嚴，或混將元年以前所生者，捏爲元年以後，誣妄出首，牽連無辜，受害亦未可知，相應免予禁止可也。一，康熙元年以前，考取鄉會試，做八股文章。二年八月内因上諭：『八股文章，實於政事無涉，自今以後，將浮飾八股文章永行停止，唯於爲國爲民之策論表判中出題考試，欽此。』自甲辰改制科，歷丁未至康熙八年己酉，禮部題定。嗣後照元年以前例，仍用八股文章考試，俱奉旨依議。夫禁纏足、廢八股，皆清之末季所謂新政也。蓋二百數十年前，而其幾已動矣。天下事由斂抑入寬舒易，由寬舒復斂抑難，纏足、八股，皆束縛人之具，禁之廢之，所謂由斂抑入寬舒也，則其事易行也。

宋宣和六年十二月，都城有賣青果男子，有孕而誕子，坐蓐不能收，換易七人，始分娩而逃去。茲事絕怪，殆未之前聞，其分娩奚自耶？ 又豐樂樓酒保朱氏子，其妻年四十餘，忽生髭鬚，長六七寸，疏秀甚美，宛然一男子之狀。京尹以其事聞於朝，詔度朱氏妻爲女道士已上兩事見《宣和遺事》。 明時有婦人生鬚，事出大家閨閫，尤奇。仁和孫夫人楊氏，名文儷，工部員外郎應獬女，禮部尚書餘姚孫文恪公陞之繼室。諸子登進士榜者四人：太保吏部尚書清簡公鑨、禮部尚書鋌、太僕卿錝、兵部尚書鑛，皆夫人教之。《四庫提要》稱『有明一代以女子而工科舉之文者，文儷一人而已。』夫人髦而有鬚，年過百齡，有詩集，刻入《武林著述叢編》，丁丙跋云云。

《心經》偈云：『如夢幻泡影，如露亦如電。』明唐寅一號六如，用此。宋靖康元年遣李鄴使金軍求和，鄴歸，盛誇虜彊我弱，謂虜人如虎，使馬如龍，上山如猿，下水如獺，其勢如太山，中國如累卵，時號鄴爲六如給事，見《宣和遺事》。

《神異經》漢東方朔譔云：『西方深山有獸焉，面目、手足、毛色如猴，體大如驢，善緣高木，皆雌無雄，名綢順。人三合而有子，要路彊牽男人。』今滬上流妓俗名雉妓，丙夜邀客於路，三五爲羣，奚啻數百十輩，當以綢順名之。《神異經》又云：『西方日宮之外有山焉，其長十餘里，廣二三里，高百餘丈。皆大黃之金，其色殊美，不雜土石，不生草木，上有金人，高五丈餘，皆純金，名曰金犀。入山下一丈有銀，又一丈有錫，又入一丈有鉛，又入一丈有丹陽銅，似金，可鍛以作錯塗之器。』桉：此誠佳礦，殆五大洲所無，設令礦學家得而有之，其人必化爲金犀。

仁和陳小魯行《一窗秋影盦詞》題山外看山圖《減字浣溪沙》云：『踞虎登龍心膽寒。上山容易下山難。幸君已過一重山。 前面好山多似髮，一山未了一山環。問君何日看山還。』桉：唐李肇

《國史補》載韓退之游華山，窮極幽險，心悸目眩，不能下，發狂號哭，投書與家人別。華陰令百計取之，方能下。此事可作小魯詞第二句注腳。

平湖葛詞蔚以其尊人毓珊部郎遺像屬題，因檢《尚友錄》，甄葛姓事，列名廑七人，而其五以神仙稱。周葛由，羌人也，成王時，好刻木羊賣之。忽一日，騎羊入蜀中，王侯貴人追之，上綏山。山在蛾嵋西北，最高無極，隨之者不復還，皆得仙。諺曰：『若得綏山一桃，雖不得仙亦豪。』吳葛元、字孝先，初從左慈授九丹液、仙經，後得仙，號爲仙翁。晉葛洪、事見《晉書》。葛璝、亦稱仙翁，彭州有葛仙山，因璝得名。宋葛長庚、瓊州人，母以白玉蟾呼之，應夢也。後隱於武夷山，號海瓊子。事陳翠虛九年，得道。嘉定中，詔封紫清明道真人。靈蹟蟬嫣，它姓殆未曾有。漚尹題《臨江仙》詞，余亦寄此調云：『家世列仙官列宿，才名小集丹陽宋葛勝仲，著《丹陽集》二十四卷。當湖雅故在青箱部郎輯《當湖文繫》。太沖原卓犖，叔度自汪洋。三十六年回首憶，共攀蟾窟天香己卯同年。幾人寥廓遂翺翔。《瘗鶴銘》：「天其未遂吾翔寥廓耶？」滄州餘病骨，辛苦看紅桑。』歇拍云云，所謂鮮民之生，不覺詞之淒抑也。

近人作壽序、墓誌等文，對於科第失意者，輒用『目迷五色，坡失方叔』語。桉：宋葉夢得《石林詩話》：『李廌，陽翟人。少以文字見蘇子瞻，子瞻喜之。元祐初知舉，廌適就試，意在必得廌以冠多士。及得章援程文，以爲廌無疑，遂以爲魁。既拆號，殊悵惘。以詩送廌歸，其曰：「平時謾識《古戰場》，過眼終迷《日五色》。」』蓋道其本意桉：《弔古戰場文》、《日五色賦》，皆唐李華作，子瞻蓋以華比廌，『目迷五色』作『看朱成碧』解，亦非。廌自是學亦不進，家貧，不甚自愛，嘗以書責子瞻不薦己，子瞻後稍薄之，竟不第而死。據此，則李方叔事，以不用爲宜。

今人但知『槐花黃，舉子忙』，不知『枇杷黃，醫者忙』見前。桉：《石林詩話》云：『前輩詩材亦或預爲儲蓄。余嘗從趙德麟假子瞻所閲淵明集，末手題兩聯云：「人言盧杞是姦邪，我覺魏徵殊媚嫵。」』又：『槐花黃，舉子忙。促織鳴，嬾婦驚。』或將以爲用也。據此，則『槐花黃』云云，斯語亦已舊矣，顧亦未詳所出。

蜀姬薛濤之名見於記載夥矣，未見作薛陶者。宋李濟翁《資暇録》有一則，辨以松花箋爲薛濤箋之誤，凡言薛濤，並改『濤』作『陶』，意者其家諱耶？

《資暇録》云：『代呼驢爲衛，於文字未見。謂衛地出驢，義在斯乎？一説以其有軸有槽，譬如諸衛士胄曹也，因目爲衛。』校：《資暇録》凡應用『世』字處，並作『代』，疑亦避家諱也。校：《北魏關勝誦德碑》凡『鴻臚』字並作『鴻驢』。攷鴻臚，卽秦典客之官，掌諸侯及蠻夷降者。鴻驢云者，謂凡屬附之國，舉有保衛之責歟？《正字通》云：『驢鳴以正午及五更初，不舛漏刻。』鴻臚之職，主傳聲贊導；曰鴻驢者，取其宣達以時歟？亦作『鴻盧』，見《唐書·和逢堯傳》。

『三才天地人，四始風雅頌』〔一〕、『五行金木水火土，四位公侯伯子男』，皆相傳以爲絶對。明陸粲《説聽》載一聯云『五事貌言視聽思，七音宫商角徵羽』校：琴七絃，一宫、二商、三角、四徵、五羽、六少宫、七少商，卽此七音之名，亦謂不能有二。蕙風幼時曾以『五子周程朱張』對『四傑王楊盧駱』。

【校記】

〔一〕頌：底本作『誦』，據《詩經》改。

《説聽》云：洞庭葉某商於大梁，眷妓馮蝶翠，罄其貲，迨凍餒爲磨傭。一日在街頭曬麥，馮適騎驢過，下驢走小巷中，使驢夫招葉，葉辭以無顔相見，彊而後至。馮對之流涕曰：『君爲妾至此乎？』出白金二兩授葉，屬更衣來訪。如期而往，馮以五十兩贈之，曰：『行矣，勉爲生計。』葉戀戀不捨，隨罄其資，仍傭於磨家。久之，蘚苔如初，馮謂葉：『汝豈人耶？』要之抵家，重與十鎰，且曰：『速作行計，儻更留，必以一死絕君念。』葉遂將金去，貿易三載，貨贏數千，以其千取馮歸老焉。夫蝶翠者，能與人十鎰，其聲價可知。顧猶騎驢，蓋大梁近北省，丁明之世，猶有樸質之風焉。十年前，滬上征曲戶轎捐，諸妓出應徵召，則坐傭奴之肩以行，虞或墜也，則一手據其顱，雖年逾花信者亦然。奴若意甚得者，腰腳挺勁而趨風。又浙省江山船妓，凡登岸上船，皆傭奴作鐘建之負，亦甚不雅觀，不如騎驢之爲愈矣。

王右軍郗夫人戒其二弟愔、曇曰：『王家見二謝來，傾筐倒庋；見汝輩來，平平爾，可無煩復往。』見《世説新語》桉：二謝謂安、萬也。萬，字萬石，安弟，《晉書》謂其器量不及安，而善自衒曜，則其爲人蓋淺甚。其後受任北征，矜豪慠物，嘗以嘯詠自高，未嘗撫衆。兄安深憂之，謂萬曰：『汝爲元帥，諸將宜數接對，以悦其心，豈有慠誕若斯而能濟事也？』萬乃召集諸將，都無所説，直以如意指四坐云：『諸將皆勁卒。』諸將益恨之。未幾，率衆入渦潁援洛陽，會北中郎將郗曇以疾病退還彭城，萬以爲賊盛致退，便引軍還，衆遂潰散，狼狽單歸，廢爲庶人。斯人材器亦復爾爾，安在高出愔曇輩上？矧曇之退師，猶因疾病，雖未能力疾致果，以視萬疑賊遽退、潰衆敗名，猶爲彼善於此。觀人難於未然，郗夫人之精鑒，容猶有未至歟？

《竹坡詩話》：或問坐客：『淵明有侍兒否？』皆不知所對。一人曰：『「一雍端年十三，不識六與七」《責子詩》，雍名份，端名佚。雍、端皆小名，此豈非有侍兒耶？」《嬾真子》亦謂：「雍端年十三，則固非一母，其爲庶出可知。」蕙風曰：「安知其孿生也？」

白香山詩《同諸客嘲雪中馬上妓》，句云：「雪裏君看何所似，王昭君妹寫真圖。」後人據此遂謂昭君有妹。蕙風曰：「昭君有妹，事無足異。唯是昭君曾經出塞，故有雪中馬上之説。詎其妹亦曾出塞耶？是詩殆比況之詞，謂夫畫中情景與昭君出塞相同，則馬上之人竟似昭君之妹耳。」

白樂天《修香山寺記》曰：「予與元微之定交生死之間。微之將薨，以墓誌文見託。既而元氏之老，狀其臧獲、輿馬、綾帛洎銀鞍、玉帶之物，價當六七十萬，爲謝文之贄。予念平生分，贄不當納，往反再三，訖不得已，回施茲寺，凡此利益功德，應歸微之」云云。桉：一墓誌文而以七十萬爲贄，唐人重潤筆至是，可以爲侈矣。杜少陵詩《聞斛斯六官未歸》云：「故人南郡去，去索作碑錢。本賣文爲活，翻令室倒懸。荊扉深蔓草，土銼冷疏烟。老罷休無賴，歸來省醉眠。」白、杜二公時代相距不數十年，胡豐嗇迥殊若是？意者斛斯藻翰，遠遜香山，唯是少陵故人固宜健者，抑或屬其作碑之人家世不逮元氏。然既有泐碑刻銘之舉，卽亦非甚簡陋之家。昔人嘗謂唐宋文人爲鉅公捋，湮沒不彰者，不知凡幾。以此觀之，卽其及身遭際，已有窮達之不同，可知聲氣之習入人甚深，而寒士謀生之大不易矣。

太倉陳言夏瑚所著《確庵集》，版式昉錢牧翁《列朝詩集》，傳本絶少，繆筱珊、傅沅叔及余所藏皆不全。余所得之本，書心尚未刻字，當是剞劂甫竟送校之樣本。確庵與毛子晉交契甚深，文稿中有《爲毛潛在隱居乞言小傳》一首，攷牧翁《有學集》有《子晉墓誌》，羌無故實，不足資尚論。此小傳敘述綦詳，凡藏書家所快睹也，亟錄如左，以廣其傳。《傳》云：「今海內皆知虞山有毛子晉先生云，毛氏居昆湖之濱，以孝弟力田世其家。祖心湖，父虛吾，皆有隱德。而虛吾彊力耆事，尤精於九九之學。佐縣令楊忠烈隄水平振，功在鄉里者也。子晉生而篤謹，好書籍。父母以一子，又危得之，愛之甚。而子晉手不釋卷，篝燈中夜，嘗不令二人知。弱歲爲諸生，有聲邑庠。已而入太學，屢試南闈，不得志，乃棄其進士業，一意爲古人之學。讀書治生之外，無它事事矣。江南藏書之富，自玉峯菉竹堂、婁東萬卷樓後，近屈指海虞。然庚寅十月，絳雲不戒於火，而歸然獨存者，唯毛氏汲古閣。登其閣者，如入龍宮鮫肆，既怖急，又踴躍焉。其制上下三楹，自子迄亥，分十二架。中藏四庫書及釋道兩藏，皆南北宋內府所遺，紙理縝滑，溪潘流瀋。又有金元人本，多好事家所未見。子晉日坐閣下，手繙諸部，讎其譌謬，次第行世。至滇南官長不遠萬里遺厚幣以購毛氏書。一時載籍之盛，近古未有也。蓋自其垂髫即好鋟書，有屈、陶二集之刻，客有言於虛吾者曰：「公拮据半生，以成厥家。今有子不事生產，日召梓工弄刀筆，不急是務，家殖將落。」母戈孺人錢牧齋《初學集》有《毛母戈孺人序》，亦空文，不具事實解之曰：「即不幸以鋟書廢家，猶賢于樗蒲六博也。」迺出橐中金助成之。書成，而雕鏤精工，字絕魯亥，四方之士，購者雲集。於是向之非且笑者，轉而歎羡之矣。其所鋟諸書，一據宋本，或戲謂子晉曰：「人但多讀書耳，何必宋本爲？」子晉輒舉唐詩「種松皆老作龍鱗」句爲證，曰：「讀宋本，然後知今本『老龍鱗』之爲誤也。」子晉固有鉅才，家畜奴婢二千指，同釜而炊，均平如一。躬耕宅旁田二頃有奇，區別樹藝，農師以爲不逮。竹頭木屑，規畫處置，自具分刌。即米鹽瑣碎，時或有貽一詩、投一劄者，輒舉筆屬和，裁答如流。其治家也有法，旦望則率諸子拜家廟，以次謁見師長，月以爲常。以故一家之中，能文章，嫺禮義，彬彬如也。生平無疾言遽色，凝然不動，人不能窺其喜慍。及其應接賓朋，等殺井井。顧中庵嘗笑曰：「君胷中殆有一夾袋冊耶？」崇禎壬午、癸未間，徧搜宋遺民《忠義二錄》、《西臺慟哭記》與月泉吟社《河汾》、《谷音》諸詩，刻而廣之。未幾，遂有甲申、乙酉南北之事，每自歎人之精神意思所在，便有鬼物憑依其間，卽予亦不知其何謂也。變革已後，杜門卻掃，著書自娛，無矯矯之跡，而有淵明、樂天之風。與耆儒故老、黄冠緇衲十數輩爲佳日社，又爲尚齒社，烹葵翦鞠，朝夕唱和以爲樂。間或臨眺山水，當其得意處，則留連竟日。遇古碑文碣志，急呼童子摩搨數紙，然後去。嘗雨後與予探烏目諸泉，窮日之力，予飢且疲矣，回顧子晉，方行步如飛，登頓險絶，樂而忘返，其興會如此。居鄉黨好行其德，篤於親戚故舊。其師若友，如施萬頼、王德操輩，或槖饘終其身，或葬而撫其子。建黄涇諸橋，亙一十八里，無望洋褰涉之苦。歲大饑，則振穀代粥，周鄰里之不火者。司李雷雨津嘗賦詩贈之曰：「行野漁樵皆拜賜，入門僮僕盡鈔書。」人謂之實錄云。所著有和古人詩、和今人詩、和友詩、埜外詩若干卷，題跋若干卷，《虞鄉雜記》若干卷，《隱湖小識》若干卷。所輯有《方輿勝覽》若干卷，《明詩紀事》若干卷，《國秀》、《隱秀》、《弘秀》、《閨秀》等集，《海虞古文苑》、《今文苑》各若干卷。予與子晉交閱數年矣，久而敬之，如一日也。明年丁酉改歲之五日，爲其六十初度之辰，其子褎、表、扆，猶子天回、象謙、雲章，暨其倩陳錯、張溯顔、馮長武輩，請予一言介壽，予因作一小傳，以乞言於綴文之家，亦書予之所及知者而已。子晉初名鳳苞，字子九，後更名晉；字子晉，潛在，其別號也。』桉：據《小傳》，子晉六十生辰，歲在丁酉，爲順治十四年，則是生於萬曆二十四年丙申。甲申入清朝，年四十七。確庵《婁江集》有《和陶挽歌辭哭毛子晉并序》云『子晉棄我先逝在己亥之秋七月』，蓋年六十二也。又桉：繆、傅二君所藏《確庵集》皆無《子晉小傳》。

餐櫻廡隨筆卷六《東方雜志》第十三卷八號

《確庵詩稿・淮南集・蘭陵美人歌示辟疆》云：『辟疆豪氣今人獨，客來便肯開醽醁。生平杯勺未能勝，勸客千觴歡不足。筍輿迎我向園亭，夜夜紛紛奏絲竹。妒殺楊枝鸜鵒歌，惱亂秦簫鳳凰曲。徐郎窈窕十五六，髮覆青絲顔白玉。昔之紫雲恐不如，滿座猖狂學杜牧。』注：楊枝、秦簫、紫雲，皆歌者。桉：歌者三人，紫雲最知名。陳其年《湖海樓詩集》有《楊枝曲》七言長篇及《贈楊枝》七言絶句。阮文達《廣陵詩事》云：『冒巢民歌童紫雲，色藝冠流輩，陳迦陵畫其小影，同人題詠甚多。又有楊枝，亦極妍媚。後二十年，楊枝已老，其子尤豐豔，因呼小楊枝。』邵青門題其卷云：『唱出陳髯絶妙詞，鐙前認取小楊枝。天公不斷消魂種，又值春風二月時。』而唯秦簫未聞品題，賴確庵詩以傳矣。確庵有《秦簫歌》云：『堂上醉葡萄，堂下奏雲璈。左盼舞徐纂，右眄歌秦簫。秦簫秦簫調最高，當筵一曲摩雲霄。邯鄲盧生横大刀，磨厓勒銘意氣豪。漁陽撾鼓工罵曹，曹瞞局蹐如猿猱。長安市上懸一瓢，義聲能激□元缺一字家獒自注：歌邯鄲、漁陽、義盧獒諸曲。一歌雨淙淙，再歌風蕭蕭。三歌四座皆起立，欲招鳴鶴驚潛蛟。喜如蘇門歗，思如江潭騷。怒如秦廷筑，哀如廣武號。引我萬種之愁腸，生我一夕之二毛。淚亦欲爲之傾，心亦欲爲之搖。吁嗟乎秦簫，爾居楚地但解作楚歌。胡爲乎悲壯慷慨，乃能爲燕趙之長謠。我愛秦簫聲，不惜秦簫勞。願將議士忠臣曲，偏付秦簫緩拍調。君不見，黃幡綽，敬新磨，嘲笑詠諧何足慕？唯有千秋雷海青，凝碧嗁痕感行路。』又《和有仲觀劇斷句十首贈別巢民》其二云：『十五徐郎舞袖垂，秦簫歌罷又楊枝。魏公未是知音者，但有新詞付雪兒。秦簫北曲響摩天，刻羽流商動客憐。擬譜唐宮凝碧恨，海青心事倩伊傳。』就詩意審之，當日秦簫按歌，殆必擅場生淨，以彼銅琶鐵板，非不渢渢移人，未如低唱曼聲，尤爲靡靡入聽。此題詠所以弗及，而名字爲之翳如也。確庵有心人，其所感觸，出於徵歌顧曲之外，不惜長言詠歎之耳。

光緒間，某京卿督學福建，值秋試，巡撫別有要公，學使代辦監臨，闈中戲占小詞，調《減字木蘭花》云：『冷官風調。半外半京君莫笑。文運天開。體制居然學撫臺。盡人撮弄。綫索渾身牽不動。何物相侔。請看京師大肘猴。』都門影戲有所謂大肘猴者。『肘』字不可解，疑『種』之聲轉。出闈後，示諸幕友，並先與約：如有一人不笑，則學使特設爲此君壽；或二人三人不笑，亦如之；如皆笑，則幕友醵貲讌學使。稿出，竟無一人不笑者，迺公同置酒，極歡而罷。

同治丁卯科四川鄉試，將軍某代辦監臨。頭場發題紙，每百張率九十五張，洎不敷分佈，考生譁索，僅迺補發。又供給所循例奉監臨院門包銀壹千兩，歷屆皆然，蓋陋規也。是科門包入，因成色不足，退換至於再三。無名氏譔聯云：『題紙發來九五扣，門包退換兩三回。』

曩歲在甲辰譔《蘭雲菱夢樓筆記》時客常州，記王半唐侍御諫園居事甚悉，其摺稿當時悤悤一讀，以未經錄存爲惜。比由漚尹輾轉乞借得之，亟錄如左，並筆記亦節述焉。

掌江西道監察御史王鵬運奏：爲時事多艱，園居侍養，請暫緩數年，恭摺仰祈聖鑒事。竊自今年入春以來，皇上恭奉皇太后駐蹕頤和園，誠以聽政之暇，皇上得以朝夕承歡；而事機之來，皇太后便於隨時訓迪，聖慈聖孝，信兩得也。況御園駐蹕，祖宗本有成憲，如臣檮昧，尚復何言？然毣毣之忱，以爲皇太后園廷駐蹕，順時頤養，以迓祥和，誠天下臣民所至願。若皇上六飛臨駐，揣時度勢，有不得不稍從緩圖者。臣職在進言，苟有所知，何敢安於容默？謹爲我皇上敬陳之。自和議既成之後，財匱民離，敵驕國辱，固久在聖明洞鑒之中，無俟微臣贅述。恭讀去年四月硃諭：『我君臣當堅苦一心，力圖自强之策。』至哉王言！今日非力持堅苦之操，難策富强之效。聖言及此，真天下之福也。昔齊頃公之敗於鞌也，歸而弔死問疾，七年不飲酒食肉，而汶陽之田以歸。夫飲酒食肉，誠何礙於政？史臣特舉人所至近易忽之處，以狀其日不暇給之忱。是以風聲所樹，不必戰勝攻取，鄰國畏沮之心自生。實效先聲，理固相因而至。夫人情不遠，援古可以知今；而環伺綦嚴，返觀能無滋懼？臣非不知我皇上宵衣旰食，在宮在園，同此勵精圖治。然宸衷之艱苦，左右知之，海內臣民不能盡悉也；在廷知之，異域旅人不能盡見也。恐或以溫凊之晨昏，誤以爲宸遊之逸豫。其何以作四方觀聽之新、杜外人覬覦之漸也哉？臣又聞前次皇上還宮，乙夜始入禁門，不獨披星戴月，聖躬無乃過勞？而出警入蹕之謂何，亦非慎重乘輿之道。又今之頤和園，與圓明園情形迥異。其時承平百年，各署入直之廬與百官待漏之所，規模大備，相習忘勞。今則蕪廢已逾三十年，一切辦公處所悉皆草創，俱未繕完。大臣雖僅有憩息之區，小臣之踟躕宮門，露立待旦者，不知凡幾；而綴衣趣馬後先奔走於風露泥淖之中，更無論矣。體羣臣爲九經之一，亦願皇上垂鑒之也。又近讀邸鈔，立山奉命管理圓明園，皇上兩次還宮，皆至園少坐。外間訛傳，遂疑有修復之舉。臣愚，以爲值此時艱，斷不致以有限之金錢，興無益之土木。且借貸業已不貲，更何從得此鉅款？此不足爲聖明慮，然臣因之竊有進者。當同治改元之始，其時御園甫經兵燹，興葺匪難，乃竟聽其蕪廢者，豈憚勞惜費哉？蓋欲使深宮不自暇逸之心，昭示於薄海內外。是以數年之內，海宇敉平，武功克蕆。前事具在，聖謨孔彰。伏願皇上念時局之艱難，體垂簾之德意，頤和園駐蹕，請暫緩數年，俟富強有基，經營就緒，然後長承色笑，侍養湖山，蓋能先天下之憂而憂，自能後天下之樂而樂。其所謂以天下養者，不且比隆虞帝哉！臣愚昧之見，是否有當云云光緒二十二年三月十三日。

《筆記》云：『半唐諫駐蹕頤和園事，時余遠在蜀東，未聞其詳。及晤半唐揚州，乃備悉始末。先是，內廷卽逆料言官必有陳奏者，越日而張侍御仲炘上封事，樞臣咸相趨動色，曰：「來矣。」及啓眡，非是，則額手偁慶。蓋侍御亦以直諫名也。不三日而半唐之疏上，時恭邸、高陽相國同直，相國謂恭邸：「此事大臣不言，而外廷小臣言之，吾曹滋愧矣。此人不可予處分，少遲入對，唯王善言保全之。」蕙風曰：半唐乃得力於高陽，絕奇，亦天良發見，不能自已耳。恭邸亦謂然，而顧難其詞。及入對，上欲加嚴譴，恭邸以相國言婉切陳論。上曰：「寇某何爲而殺也？」內監寇某以妄奏正法，所奏卽此事。恭邸覆奏：「寇某內臣，不應干外事，所奏無當否，皆有辠。御史諫官，詎可一例而論？」上意稍解，徐曰：「朕亦何意督過言官，重聖慈或不懌耳。汝曹好爲之地，但此後不准渠等再說此事耳。」於是樞臣於元摺內夾片附奏，略謂「該御史冒昧瀆奏，亦屬忠愛微忱，臣等公同閱看，尚無悖謬字樣，可否籲恩免究」云云，意在聲敘寬典之邀，出自臣下乞請也。疏留中，旋車駕恭詣請安，面奉懿旨：「御史職司言事，余何責焉？」王大臣面奉諭旨：「此後如再有人妄言及此，僥倖嘗試，卽將王鵬運一併治罪，王大臣欽遵傳諭知悉。」蓋自是不聞駐蹕頤和園，聖駕還宮亦較早矣。半唐允錄此摺稿寄余常州。別後，半唐悤悤之鎮江，之杭州、蘇州，遭兩廣會館之變，竟不果寄。』《筆記》止此。余甚欲得此摺稿，十一年於茲矣。秋陰積雨，漚尹攜來共讀，俛仰陳跡，銷魂黯然。

道光丁酉科，順天鄉試，二場春秋題『楚屈完來盟于師盟於召陵僖公四年』，某中式卷，文中牽涉魯事，與題跡盭。磨勘官以文理荒謬欽出，部議總裁降級留任，同考官革職，舉人褫革。同考某，官部曹，謁其座師某公，極言簿領清寒，積資匪易，一旦罷庤，殆將無以爲生。某公殊憫念之，謂之曰：『子姑少安，試代求穆相穆彰阿。』磨勘官某，穆之門生也。越日，穆相入直，爲言于祁寯藻、湯金釗兩文端。二公亦云茲事可從寬典，第部議已定，恐難挽回。穆退直，商之于某太史。太史稍躊躇，對曰：『某卷云云，固有所本，蓋唐人啖助之說也。』穆曰：『得之矣。』明日入對玉音，及磨勘事，卽以是說陳奏，得加恩，改爲總裁、同考皆罰俸，舉人某罰停三科。其實啖氏所著書，今日絕無存者，顧安得有是說？穆氏相業無得而稱，茲事獨能保全士類。相傳曾文正簡在伊始，頗得穆相汲引之力。見《眉廬叢話》。蓋猶有愛才恤士之雅，未可以其碌碌無奇節，遂並其可傳者而亦沒之也。

女子纖足不自南唐窅娘始，比余攷辨之，數矣。見《眉廬叢話》及前筆。茲又得一碻證。唐段成式《酉陽雜俎》載葉限女金履事云：『陁汗國主得之，命其左右履之，足小者履減一寸。乃令一國婦人履之，竟無一稱者。』諸皋固屬寓言，可見當時婦女以足小爲貴，其不始於五代可知。

妓之筦領者名瑟長。《霞箋記》傳奇元無名氏譔，演李玉郎、翠眉娘事。第十三齣訪求佳麗科白云：『不免在教坊司，喚瑟長來問它。』殆卽綠巾跨木見前筆者之流亞歟？

《金史·忠義傳》：『烏古論黑漢爲唐鄧元帥府把軍官，權刺史，行帥府事。城中糧盡，殺其愛妾唊士。』此又一張睢陽，千古忍人，不圖無獨有偶。

《元史·英宗紀》：『至治二年閏五月癸卯，禁白蓮佛事。』即今所謂白蓮教也。

陸放翁《老學庵筆記》云：『永康軍導江縣迎祥寺，有唐女真吳彩鸞書佛《本行經》六十卷，多闕唐諱，今人但知彩鸞書《唐韻》矣。』女真即女冠，謂爲女仙，亦屬附會。

《宣和遺事》：『崇寧二年夏四月，詔毁《唐鑑》、蘇、黄等集，又削景靈宫元祐臣僚畫像。是秋九月，蔡京與其子攸並其客强俊明、葉夢得，將元符末忠孝人分正上、正中、正下，姦邪人分邪上、邪中、邪下，爲六等，凡五百八十二人，詔中書省籍記姓名。又將先朝大臣司馬光、文彦博、范祖禹、程明道、程伊川、蘇軾、蘇轍、吕公著、吕誨等，凡一百一十九人籍爲姦黨，御書刻石，立於端門。又詔書頒行天下，立石刊刻元祐黨籍。』按：《豫章漫鈔》云：『宋有兩葉夢得，俱號石林。吴縣石林字少藴，官至宰執。貴溪石林，南渡朝進士，官至祕書丞，知撫州。今《性理大全》所引石林葉氏，次西山真氏後者，非少藴也。』《漫鈔》止此。據《宋史》少藴本傳，貴溪石林，不見史傳。『徽宗朝自婺州教授召爲議禮武選編修官，用蔡京薦召對』云云，則《遺事》所稱蔡氏之客，決爲少藴無疑。少藴爲有宋名臣，列傳文苑，而乃託足權門，抑且參預黨籍，名德之累，孰大於斯？詎《遺事》近於稗官家言，未足盡信耶？然而自是宋人之筆，去少藴之世，若此其未遠也。其書尤流傳有緒，未可以齊東之語目之也。

友人至自京師，持贈膠州女柯稚筠劭慧《楚水詞》，偶一幡帑，《減字浣溪沙》和鳳孫二兄起調云：『疊疊山如繡被堆。盈盈水似畫裙圍。』頗有思致。近人某詞句云：『裏衾如繭學紅蠶。』意與柯詞近似。又柯詞《虞美人》過拍云：『夕陽一線上簾衣。正是去年遊子憶家時。』則漸近渾成矣。

明嘉靖中，周公相，由天文生，歷官欽天監監正，洞曉曆算占候之術。嘗與唐荊川先生反覆辨難，其言曰：『候占星宿，不但知其分野度數而已；　星之光色，各各不同，要須隔紙窗穿隙觀之，一見其光，便知爲某星，百不失一，方可言占候耳。』見明顧起元《客座贅語》。　此論爲西國天學家所未及。

明陸粲《説聽》載大梁妓馮蝶翠騎驢事見前，比閲《客座贅語》引《四友齋叢説》：『前輩服官乘驢者，在正、嘉前，乃常事，不爲異。』又云：『頃孫冢宰丕揚嘗對人言，其嘉靖丙辰登第日，與同部進士騎驢拜客，步行入部。』據此，則明之中葉，雖達官新貴往往騎驢，何論妓女。《贅語》又云：『景前溪中允爲南司業時，家畜一牝羸，每詣監，輒乘之，旁觀者笑之，亦不顧。』凡此質樸之風，蓋至明末而已漓矣。

齊武帝時，有小史姓皇名太子，帝易名爲犬子。斯人命名絕奇。

近人來雪珊鴻瑨《綠香館稿》有制體文一首，題曰《墨匣》，殊雋穎可誦，移錄如左：『置墨以匣，適於用矣。夫墨有用之時，卽有不用之時，不可無以置之也。有此匣焉，不已適於用哉？且昔人有磨穿鐵硯者矣。夫墨而至磨以硯，且以臨時而磨墨於硯，蓋不勝予手之拮据焉。乃有獨運匠心，特設一器以預爲備，而爲開爲閉，有不必耗以鐵，而直須製以銅者，則有如墨匣。是謀安置之方者，有墨牀以爲之所。然墨牀者，閒寄之時，非應用之時也。苟無濃汁以待涵濡，臨穎不免研求之苦。具浸淫之瀋者，有墨池以設其旁。然墨池者，傾儲之用，非舒寫之用也。苟無善貯以資帖妥，揮豪誰收明試之功？必待用墨而始調治乎？　則倚馬千言之會，臨書猝辦，或乞靈鸜鵒而太勞。抑或濇墨而輕揮寫乎？　則塗鴉萬點之餘，著紙無光，縱筆走龍蛇而減色。遂乃有墨匣之制。匣所以善護藏，麝丸螺點之清芬，其勢不容以暴露。使漫置之，其塵將聚而封也，墨匣則護藏有法。而文機勃發，應手而物便取攜；佳句推敲，撚髭而時堪耐久。匣之宜常宜暫者，覺墨花揮灑，起訖無斷續之痕矣。至於嚼墨一噴，可以横掃千人軍者，尤見文人慧業也已。匣所以供多蓄，蘇海韓潮之抒寫，其汁正藉乎加增；使淺置之，其涸可立而待也。墨匣則多蓄能容，而預備不虞，落紙而雲烟如染；逢源自得，題箋而風月常新。匣之爲圓爲方者，覺墨采飛騰，羅列皆濃酣之氣矣。至於磨墨數斗，羣將號爲一筆書者，無非才人樂事也已。且不第此也，凡物之以乾而舍者，則終事易棄其餘，而墨匣則有蓋相連，既成急就之章，而移時仍可開而染翰。硯匣筆牀之處，不啻未雨而爲之綢繆矣。濕則曬以微陽，定見飛花濃蘸；燥則滋以涓滴，遂令枯管春生。況冰甌雪盌之旁，光明拂拭，有藉此爲觀美之資矣，不且重厥位置也哉！凡物之與石相攻者，則豪芒易致其損，而墨匣則以緜最輭，不恃輕膠之忤，而濡豪較更快於臨池。筆酣墨飽之餘，居然垂露而彌形沆瀣矣。時而供之几案，不令滴水之它沾；時而取便舟車，無患傾筐而遽倒。況寸晷風簷之地，伸紙直書，且利此爲場屋之用矣，不尤貴於調和也哉！其在寒士生涯，終歲以石田爲活，而墨匣則價非甚貴，而力透紙背，具見大筆之淋漓。抑在豪家習氣，大都以金玉飾觀，而墨匣亦緟而增華，而磨異盾頭，益見文房之寶貴。』墨匣爲用如此。又平湖錢起隆《制藝》一卷，名《采芳集》，皆摘《四書》中豔麗字句，遊戲成文，妁之言文有云：『宿瘤也以爲仙姬，姣童也以爲驕客。在媒或以眾見共聞，尚存廉恥，而妁乃備極其形容。優隸也以爲俊秀，貧窶也以爲豪華。在媒早以甘言溫語，任意相欺，而妁乃更從而點綴。』又云：『本以婦人輕信之耳，妁復鼓彼如簧，遂使母氏專權，父雖欲禁之而不得。本以深閨獨處之嬌，妁竟誘諸覿面，遂使高堂未許，女先遙慕之而如迷。妁之巧者，意僅切於肥囊；妁之拙者，幻亦生於閲歷。儻以彼列諸冠蓋，卽是蘇、張遊説之儔。妁之老者，口舌既堪惑女；妁之少者，容貌並可悦男。故以彼略試逢迎，遂諧秦晉婚姻之好。』精警圓澈，亦當收入《制藝叢話》。

魁星承塵，分詠詩鐘，膾炙人口之聯云：『曾將綵筆干牛斗，不許空梁落燕泥。』又一聯云：『文章自古須錢買，魁星右手執筆，左手持元寶。臺閣而今半紙黏。』尤爲超以象外，得其環中，顧此聯罕聞稱述者。

乙未、丙申間，京師宣武門外繩匠胡同，某學士宅門署春聯云：『但將酩酊酬佳節，孤負香衾事早朝。』歲朝後數日，易而去之矣。

托活絡忠敏藏唐時錠銀錠字通俗爲文，厚約今尺一寸弱，長五寸許，兩端圓闊而腰斂，闊處約二寸五分，狹處一寸七八分當時未記尺寸，茲仿佛其大略，重量亦未詳也。上有『開元八年』字。忠敏戲問余：『君愛此銀否？』余笑應曰：『余是銀皆愛，微特愛唐朝銀，卽清朝銀，尤愛之甚，恨不多得耳。』忠敏爲之听然。當日清談雅謔，如在目前，詎意桑海晌遷，山河遽邈，雨窗記此，感愴交並矣。

大興李松石汝珍精擘音均之學，著《李氏音鑑》六卷，有三十三字母《行香子》詞云：『春滿堯天。溪水清漣。嫩紅飄，粉蝶驚眠。松巒空翠，鷗鳥盤翾。對酒陶然。便博個，醉中仙。』桉：三十三字母，卽本華嚴字母，參以時音，別爲攷訂者：昌茫陰平陽陰平○梯秧切羌商槍良陰平囊陰平航陰平○批秧切方○低秧切江○鳴秧切桑郎康倉○安岡切娘陰平滂陰平鄉當將湯瓤陰平○兵秧切幫岡臧張廂。三十三字，分八句讀，前七句，句四字，末句五字。松石《行香子》詞，以雙聲求之，與字母恰合，次序亦順，作爲字母讀，可也，詞句亦復工麗。

府君之稱，託始隋、唐碑誌，取家人嚴君之誼，爲子對於父之通稱。明楊循吉《蓬軒別記》載袁某景泰中遊京師，爲石駙馬行降筆法，決某月某日復官；豐城侯李公母目盲，袁召天醫行治，輒得復明；又爲總兵石亨作遊仙夢法，致玉黄子王瓜。末云：『三事皆予伯兄武略府君所目擊。』則兄亦稱府君矣。

《古今注》：『莫難珠，色黄，出東方。』蕙風曰：莫難卽木難，木、莫，一聲之轉。《南越志》：『木難，金翅鳥沫所成碧色珠也。』當作沫難，莫難、木難，皆同聲傳譌。

餐櫻廡隨筆卷七《東方雜志》第十三卷九號

清朝八旗人名上不具姓，元人亦間有之。康里巙巙，桉：巙巙，巙字，从山，从夒，或作猱巎。《說文》：『夒，奴刀切。』與夔龍之夔不同，見《金石屑》第四冊。元文宗『永懷』二字，北平翁氏跋：『世傳从夔作巙，誤。』筆劄流傳者，只書巙巙，不著康里。明解大紳縉《春雨雜述》『學書法』一則云：『巙子山平章每日坐衙罷，寫一千字纔進膳。』亦如近人稱旗人，竟以名之上一字爲姓矣。

古碑誌中，年號間有不可攷者。《唐大泉寺新三門記》稱：『劉宋開明二年，邑令顔繼祖捨宅移寺。』攷宋無開明之號。又《宋開寶六年重書龍池石塊記》，首稱『大漢通容元年歲在甲辰，其年大旱』，陽湖陸氏曰：『甲辰，後晉出帝改元開運之歲。後漢高祖以開運四年二月即位，仍稱天福十二年，六月改國號曰漢。明年正月，改元乾祐。終漢二世，無以「通容」紀年者。』又托活絡忠敏所藏黄丙午葬甎文曰：『政通三年三月黄丙午葬。』政通年號無攷，且有三年，非僭號爲日無多者比，殊不可解。又《唐趙夫人墓誌》，亦忠敏藏石誌，云以『元和十五年少帝即位，二月五日改號爲永新元年』。所謂少帝者，自指穆宗而言，但穆宗初改號永新，攷新舊《唐書》並無其事。已上各年號，爲嚮來記載所未有，詎皆出自杜譔耶？又《元泰定五年贈寧海州知州王慶墓表文》云：『父生於擴慶庚申，妣生於擴慶丙辰。』桉：丙辰，慶元二年也；庚申，慶元六年也。古碑刻追述亳社之年多矣，直庿帝諱擴字，宋寧宗諱，而配以年號上一字，廑見此一碑，亦新奇可紀也。

近人但知老蘇稱老泉，而不知子瞻亦稱老泉。葉少蘊云：『蘇子瞻謫黃州，因其所居之地，號東坡居士，又號老泉山人，以眉山先塋有老人泉也。子瞻嘗有「東坡居士，老泉山人」八字共一印，見於卷冊；其所畫竹，或用「老泉居士」朱文印。歐陽文忠作《明允墓志》，但言人號老蘇，而不言其自號老泉。』葉、蘇同時，當不謬也，見《茶餘客話》。校：據此，則老蘇並無號老泉之說矣。又子瞻一字子平，世人亦罕知者。同時與子瞻往來詩，常有稱子平者。文與可《月嵒齋》詩有云：『子平一見初動心，輦致東齋自磨洗。』又云：『子平謂我同所嗜，萬里書之特相寄。』詩題下注云：『詩中子平，卽子瞻也。』見《黃嬭餘話》。

《茶餘客話》云：『清文對音七字，乃歌、麻、支、微、齊、魚、虞七韻之音，字頭中又以阿、厄、衣、窩、烏五字喉聲爲主。凡聲皆出於喉，傳於鼻脣齒之間，而又收聲於喉。』校：日本字母首五字：アイウエオ母音，喉音，ア讀若阿，イ讀若衣，ウ讀若烏，エ讀若阿耶切此切音之『耶』字，須讀若『葉』字之平聲，不讀若『鴉』，音近厄。オ讀若窩，上聲，與清文字頭略同。蓋清、日皆東土，其元音不甚相遠也。

世俗以秦、晉稱姻家。據《春秋傳》，秦、晉世爲婚姻，而世尋干戈。今人甫聯姻，則仇釁漸開，嫌隙無已，用『秦晉之好』語，最是的切耳，詎可用爲稱美之詞？亦若對於科名偃蹇者，不當以李方叔事爲比，例也。說見前筆

偶閱書肆，有常熟瞿夢香紹堅《吹月填詞館賸稿》、瞿子雍鏞《鐵琴銅劍樓詞草》合裝一冊，以其爲藏書家之作，亟購之。《賸稿》有詩題云《曹梧岡三妹蘭秀，字澧香，幼學詩於令姊墨琴夫人，工詞，並善

書，才名藉甚。松江沈生聞而慕之，請鐵夫蹇修獲成，納素珠、名帖爲聘。女以玉潁十枚、珍書一部答焉。吳之人豔其事，賦詩以傳之。時戊辰歲正月下浣，予與艮甫有西湖之櫂，出示新詠，並述此事屬和，口占四絕，即示梧岡》。詩云：『幼婦詞稱絕妙才，問名親繫色絲來。牟尼百八如紅豆，顆顆圓勻貯鏡臺。』『筆自簪花抵佩琚，寋帷爭說女尚書。鴛鴦兩字郎邊去，寫到鷗波恐不如。』『東風一綫判冰華，昨夜春燈燦玉葩。倚袖漫題紅葉句，定情詩早賦梅花。』『春帆水急待雲軿，端整催妝賦錦箋。一付吟匳蘭一朵，載花端合米家船。』曹艮甫琳堅，著有《曇雲閣詩集》元作云：『新來妝閣試羊裙，坦腹應知是右軍。不獨鷗波傳墨妙，劉家三妹總能文。』『玉管銀豪裹十枝，緘題珍重射屏時。阿兄替與安排好，半待簪花半畫眉。』『異書幾卷付新裝，絕勝它家百兩將。料得金蓮花燭下，雙聲先擬賦催妝。』『鶯簾春靜費吟哦，巧奪天孫鳳字梭。點檢柳金梨雪句，它時留付小紅歌。』桉：墨琴女史，爲王鐵夫芑孫夫人名貞秀，長洲人，著有《寫韻軒集》。以書法聞於時，尤工小楷，所臨十三行石刻，士林推重。茲據瞿詩，知其妹亦工詩詞，精繪事。雙璧雙珠，允爲玉臺佳話。至於嘉禮互答，率用文房珍品，尤爲雅故可傳云。

英人斯賓塞爾所著《羣學肄言》，侯官嚴幾道復譯本有云：『摩閼伯斷碑，出土於亞西之大阪。桉：據此，則非洲亦有大阪，譯音與日本地名同。係腓尼加古文，語與希伯來大致相似。所紀者，鄂摩黎征服摩閼伯，自阿洽之死，及攻以色列種人，皆中國周初時事。今其石在法國魯維省。』桉：吾中國石刻，以周宣獵碣爲最古，後於此斷碑，殆猶數百年。然埃及諸石刻，則尤敻乎邈矣。托活絡忠敏藏埃及碑數十石，多象形字，若禽魚亭臺雲物之屬。又有古王及后像，王像長軀、巨目、隆準，軒昂而沈鷙；后亦隆準，短小而權奇。王像高今尺一尺二寸五分，后像高八寸三分，皆半身像，陽文。忠敏題云：『五千年外物也。』

贛友某言：『新建勒少仲方伯方琦未達時，癖阿芙蓉甚深，率竟日臥不起，於枕邊稍進飲食，亦不少溲，並不轉側，如是者或三五日以爲常。一日，有友過訪，值委臥三晝夜矣。呼之不起，彊拉之，直其躬，懷中有物墮地，厥聲嗤然。亟眂之，一巨鼠驚而跳踉，數乳鼠蠢蠢動，蓋鼠免身於其懷，而彼惛不知也。』此事似乎言之已甚，而贛友則云當時固碻有目擊者。其公子名深之，字省旃，亦能詩，踈落無檢局。嘗客吳門，眷妓張少卿，製聯贈之云：『少之時，戒之在色；卿不死，孤不得安。』可謂有是父有是子矣。

淛友某言，其鄉人施旭初孝廉浴昇工制舉藝，淹雅可談，顧癖嗜阿芙蓉，芻狗塵事，不屑自潔治。曩春闈下第留京，同寓會館。某日，施約閱市，歸塗購爆羊肉，爲下酒計，裹以荷葉，索而提之。肉浮於葉，俄迸出，墜於地。方相助掇拾，仍納葉中。施曰：『勿庸。』時屆秋末，施已絮其袍，緞製也，且新製。則擧其前幅，若爲袱，左手攝衣兩角，右匊肉而兜之，夷然灑然，意若甚得者。既入其室，則抖而委之於榻，狼藉而咀嚼之，且以屬客，客謝弗遑也。客嘑館人以盤至，則朶頤者泰半矣。客不嘑館人者，殆將寢其皮，不止食其肉矣。卽如其人，政復非俗。其著著苴者，形骸耳，烏知其非有託而狂也。

明山陰張宗子岱《陶菴夢憶》云：『吾鄉搢紳有治沅堂者，人不解其義，問之，笑不答；力究之，搢紳曰：「無它意，亦止取三台三元之義云爾。」聞者噴飯。』蕙風避地海上，皆樓居，客歲得元版書三種大德本《爾雅》、天曆本《楚辭》、五卷本《圖繪寶鑒》，名所寓曰三元樓，裘葛甫更，三元已易米，卽樓亦易主矣易所主也。

《花村談往》二卷，不著譔人名氏，有『古玩致禍』一則：『萬曆末年，婁東有一白定鑪，下足微損，鄉村老媪佛前供養。偶有覓古者，一金易之，則爲拂拭，碾去損處，錦襲以藏，售雲間大收藏家顧亭林，得四十金。亭林又售董宗伯，價已鶨至一百二十金』云云。此顧亭林，時代在崑山先生之前。

長洲汪苕文琬，號鈍翁，順治乙未進士，官刑部郎中，緣事謫北城兵馬司指揮。鈍翁夷然赴官，不謂塵溽不屑也。吾粵桂平陳鹿笙方伯璚，先是官浙江同知，受知於巡撫蔣果敏益澧，擢杭嘉湖道。未幾，牾果敏，被劾，降同知原官。鹿翁卽以同知需次浙垣，隨班聽鼓，絕無憤懣不平之態，有鈍翁之遺風焉。其後年踰古稀，開藩四川，護任總督。俄卸督篆，仍回藩司本任，遂引疾歸。論者謂才猷如鹿翁，設不經盤錯，則指晉疆圻，殆可與曾、左諸公分鑣平轡。鹿翁宦浙，丁洪、楊亂事方劇，以防堵悉[illegible]機宜見重於蔣果敏。卒以意氣牾觸上官，致名位坎坷，卽事功亦未竟展布，未嘗不佩仰其節介，而惜其涵養稍未臻至也。又汪鈍翁小字液仙，程可則小字佛壯。王阮亭有詩云：『佛壯談詩登祕閣，液仙趨府算錢刀。』鈍翁先除戶部一佛一仙，天然對偶。

梁任昉《述異記》云：『武陵源在吳中，山無它木，盡生桃李，俗呼爲桃李源，源上有石洞，洞中有乳水。世傳秦末喪亂，吳中人於此避難，食桃李實者皆得仙。』桉：此卽淵明所記桃花源也，而曰桃李源者，任昉時代距淵明未遠，當別有所據。後人或云陶此記屬寓言，並無所謂桃花源者。今以任記證之，而知其非然矣。又據陶記，入桃源者，武陵捕魚人，是謂源在武陵，而任記則云源在吳中，第名武陵爾，亦與陶說異。

棗、梨皆堅木也，世人以爲刻書所用。《述異記》云：『北方有七尺之棗，南方有三尺之梨，凡人不得見。或見而食之，卽爲地仙。』此棗、梨之又一故事，特彼言其材，此言其實耳。

《陶菴夢憶》云：『沈梅岡先生啎相嵩，在獄十八年，讀書之暇，旁攻匠藝。嘗以粥鍊土，凡數年，範爲銅鼓者二，聲聞里許，勝暹羅銅。』桉：鍊土爲銅，殆僅亞於點石成金一等。銅可範鼓，即可鑄錢，此法若傳，則鄧氏銅山不能嫥美於前矣。設令泰西人得之，不將詡爲新發明耶？

光緒乙未，南皮張文襄相國總督兩湖，值六十壽辰，門下士姚汝說集《漢書》句，爲製錦之文，比事屬辭，如天衣無縫，求之嚮來壽言中，殆未必有二，移錄如左：『自古受命及中興之君恩澤侯傳，必有非常之人司馬相如傳，待以不次之位東方朔傳。所與共成天功者功臣表，成周郅隆司馬相如傳，周召是輔郎顗傳；孝宣承統公孫弘傳，丙魏有聲魏丙傳。莫不賴明哲之佐崔寔傳，爰作股肱傳毅傳，受任方面馮異傳。外攘四夷武五子傳，內親附百姓王陵傳。洪亮鴻業班固傳，國以富强食貨志。是故四方仰望柱石之臣郎顗傳，延頸跂踵揚雄傳，相與嗟歎元德班固傳，翼宣盛美徐穉傳，雍容揄揚班固傳，著於竹帛東方朔傳，所從來遠矣司馬遷傳。今皇帝仁聖王吉傳，即位二十二年禮樂志，盛日月之光終軍傳，化於陶鈞之上鄒陽傳。尊養三老鼂錯傳，表章六經武紀，丙申律曆志秋八月安紀三日文紀，南皮地理志張公古今人表，德爲國黃耇師丹傳，春秋六十郊祀志，耆老大夫搢紳先生之徒司馬相如傳，大眾聚會五行志，皆奉觴上壽司馬遷傳。於是綴學之士楚元王傳，僉爾而進曰班固傳：尚書百官公卿表歷金門，上玉堂揚雄傳，職在太史律曆志，身爲儒宗蕭望之傳，甚得名譽於朝廷尹翁歸傳，方見柄用谷永傳。不知敘傳鄉者張耳傳，專心墳典馬援傳，博貫六藝章紀，通古今之誼儒林傳，以揆當世之變劉向傳，努力爲諸生學問翟方進傳，未有高焉者也韋賢傳。起家劉歆傳甲科匡衡傳，當天下多事西域傳，德器自過杜周傳，不希旨苟合孔光傳。時有奏記朱博傳，手自牒書薛宣傳。居無何李廣傳，天子有詔匈奴傳；使持節荀彧傳東遊會稽，渡浙江項羽傳，選豪俊，舉孝廉武紀，崇化厲賢儒林傳，稱述品藻揚雄傳，彬彬多文學之士矣儒林傳。

是歲溝洫志，乘軺傳申公傳，入楚項羽傳，察風俗魏相傳，修經學儒術宣紀，增博士弟子員儒林傳。文章爾雅儒林傳，角材而進賈誼傳。其有茂才異等武紀、卓行殊遠者霍去病傳，莫不拔擢揚雄傳，以厲其餘朱雲傳。間不一歲伍被傳，至於蜀都司馬相如傳，未及下車，而先訪儒雅儒林傳，興廉舉孝武紀，遣詣京師成紀。又修起學官於成都市中文翁傳，能通一藝以上儒林傳，得受業如弟子儒林傳。士有被容接者，名爲登龍門李膺傳。於是諸儒始得修其經學儒林傳。是後，外事四夷食貨志，自敦煌至遼東，萬一千五百餘里趙充國傳，以與戎界邊匈奴傳；北夷頗未輯睦武紀，使外國者西域傳，頗增其約匈奴傳。公曰五行志：「朔方食貨志最爲彊國西域傳，非可以仁義說也匈奴傳贊。然不可使隙匈奴傳，定地犬牙相入者趙佗傳，其勿許而辭之匈奴傳條對梅福傳。」天子遣使食貨志，除前事，復故約匈奴傳。晉陽地理志，股肱郡季布傳，被山帶河婁敬傳，據勢勝之地諸侯王表。歲比不登成紀，赤地數千里夏侯勝傳，元元困乏翼奉傳。公至循吏傳，轉旁郡錢穀以相救元紀，數下恩澤黃霸傳，蠲削煩苛王尊傳，舉錯曲直元紀，信賞必罰宣紀，壹切治理，威名流聞趙廣漢傳。當是之時徐樂傳，西南外夷敘傳便於用舟朱買臣傳，通商賈之利匈奴傳，船交海中郊祀志。百粵高紀爲九州膏腴地理志，處近海，多犀象毒冒珠璣地理志，異方珍怪梁冀傳，四面而至西域傳，南海番禺地理志，咸樂開市匈奴傳。朝議盧植傳以公可屬大事當一面張傳，天子詔匈奴傳浮海從東方往西南夷傳，宣國威澤皇甫規傳，問民所疾苦循吏傳，爲民興利，務在富之召信臣傳。其於技巧工匠宣紀，便器械，積機關藝文志，運籌算貨殖傳，窮智究慮藝文志，伐材治船嚴安傳，雲合電發揚雄傳，以通溝洫志殊鄰絕黨之域揚雄傳。有越裳南蠻傳爲樓蘭所苦西域傳，殺屬國吏民段熲傳，唐突諸郡段熲傳，三邊震擾楊震傳。此誠忠臣竭思之時也朱邑傳。公運獨見之明王莽傳，遠撫長駕司馬相如傳，爲諸軍節度西羌傳，更選有勇略仁惠任將帥者南蠻傳，軍士皆言願屬大樹將軍馮異傳，識邊事王霸傳若馮馮岑賈傳論建節銜命寇恂傳，即率所屬馳赴之段熲傳，身當矢石段熲傳，戰一日數十合李陵傳，殺傷大當霍去病傳。於是樓蘭西域傳怖駭，交臂受事司馬相如傳，即西北遠去匈奴傳，厥功茂焉宣紀。粵與楚接比地理志，久之龔遂傳，調補匡衡傳於湖郊祀志南北地理志，亦善其政教衛颯傳，表賢顯善王尊傳，觀納風謠循吏傳。諸儒往歸之儒林傳，傳業者寖盛儒林傳。乃更修黌宇儒林傳，立精舍包咸傳，凡所造構二百四十房儒林傳，修道橋南蠻傳，受南北湖地理志，水圜宮垣郊祀志，醴泉流其唐揚雄傳，臺閣周通梁冀傳，高明廣大董仲舒傳，費以億萬計司馬相如傳。既成京房傳，立五經博士儒林傳，選高才生翼奉傳明經飭行者文翁傳，褒衣博帶程不識傳，委它乎其中儒林傳。所以網羅遺佚儒林傳，宣明教化黃霸傳，皇皇哉斯事司馬相如傳。惟念夷狄之爲患匈奴傳贊，通難得之貨貨殖傳，利於市井貨殖傳，泉刀布帛之屬食貨志，鮮能及之宣紀。浸淫日廣食貨志，靡敝國家嚴安傳，憂慮不二三歲而已趙充國傳，其已事可知也賈誼傳。故善爲天下者食貨志，備物致用貨殖傳，因時之宜西域傳，立成器以爲天下利貨殖傳，諸作有租及鑄食貨志，盡籠天下之貨食貨志，以追時好而取世資貨殖傳，而萬物不得騰躍食貨志。天子聞之李廣利傳，欣欣以爲然張騫傳。江南地廣地理志，民殷富竇融傳，東濱大海東夷傳，南近諸越嚴安傳，有三江五湖之利地理志，亦一都會也地理志。先是揚雄傳，朝鮮民犯禁地理志，東夷橫畔揚雄傳，有倭人地理志習于水鬬朱買臣傳，發兵數萬匈奴傳，爲寇災不止西南夷傳，天下騷動李廣利傳，朝廷憂之朱暉傳。公循吏傳督軍皇甫規傳，把旄杖鉞五行志，乘江東下班固傳，廣設方略皇甫規傳，重其購賞西南夷傳，激揚吏士吳漢傳，以羽檄徵天下兵高紀，義憤甚矣逸民傳。於時言事者元紀，以爲海內虛耗明紀，而外累遠方之備嚴安傳，又恐他夷相因並起趙充國傳，非所以安邊也嚴安傳。議羈縻之匈奴傳，使曲在彼匈奴傳，豈古所謂懷遠以德者哉西南夷傳？楚地方五千里西南夷傳，公之所居韓彭傳，仍歸總擥刑法傳，以鹽鐵緡錢之故食貨志，山澤之利未盡出也鼂錯傳，迺更請郡國食貨志，卽鐵山鼓鑄貨殖傳，冶鎔炊炭食貨志，有機有樞敘傳，自造白金食貨志鑄錢鄧通傳，其文龍食貨志直千食貨志，直五百王莽傳，直三百食貨志，二百地理志，直百地理志，直五十王莽傳，是爲銀貨食貨志，費數十百鉅萬食貨志。常以此爲國家大務揚雄傳，所以制四夷，安邊足用之本食貨志。朝有所聞，則夕行之張衡傳。習算事宣紀，興功利食貨志，月異而歲不同賈誼傳，運情機物張衡傳論，民得利益焉衛颯傳。公五行志才兼文武盧植傳，忠清直亮陳蕃傳，國家重臣也張湯傳，朝廷每有四夷大議趙充國傳，常佐天子興利除害鼂錯傳，宣布恩澤董卓傳，懷柔異類宋宏傳，改制度，與天下爲更始司馬相如傳，設誠於內而致行之董仲舒傳。然束脩萬節袁紹傳，不可干以私尹翁歸傳，歲時但共紙墨後紀，扶微學章紀，延天下士儒林傳能通一經者儒林傳，稱之皆不容口袁盎傳，訓辭深厚儒林傳。及揆事圖策王褒傳，夙夜思惟當世之務蓋寬饒傳，小心翼翼安紀，展無窮之勳敘傳，立功名於天下司馬遷傳，聲聞鄰國司馬遷傳，天子甚尊任之王商傳，故能惠此黎民韋賢傳，躋之仁壽之域王吉傳。《詩》云：『宜民宜人，受祿於天。』刑法傳《泰誓》曰：『立功立事，可以永年。』郊祀志，盛矣哉蕭曹傳贊，慶流子孫樊酈傳贊，聲施後世蕭曹傳贊，雖皋夔衡旦密勿之輔班固傳，殆無以過也孔融傳。生等宣紀甕牖繩樞之子賈誼傳，不能褒揚萬分谷永傳。比年宣紀肆業筦絃之間禮樂志，摳衣登堂王式傳，說師法魯丕傳，廣異義章紀，被風濡化揚雄傳，幸得遭遇其時王吉傳，誠思畢力竭情班固傳，以揚鴻烈而章緝熙揚雄傳。書不能文也張敞傳，謹就所聞見言之司馬相如傳，撮其旨意藝文志，以述《漢書》敘傳而爲之敘藝文志。

劉蕙石屬校宋本《景德傳燈錄》『睦州陳尊宿』章次云桉：陳尊宿，唐咸通時人：『師喚焦山近前來，又呼童子取斧來。童子取斧至，云：「未有繩墨，且斲麤。」師喝之，又喚童子云：「作麼生是你斧頭。」童子遂作斲勢。師云：「斲你老爺頭不得。」』老爺之稱謂，自唐時已有之。

曩寓京師，嘗讌集宣武門外半截胡同江蘇會館。院落絕修廣，徧地纖草如罽，名鋪地錦。時屆暮春，著花五色，每色又分濃澹數種，或一花具二色、三色，或併二色、三色爲一色；如茶綠、雪湖之類，殆不下數十色。風偃縠紋，蹙繡彌望，當時絕愛賞之。《景德傳燈錄》『涿州紙衣和尚』章次云（桉：和尚亦唐人）：『初問臨濟：「如何是奪人不奪境？」臨濟曰：「春煦發生鋪地錦，嬰兒垂髮白如絲。」』此草絕佳，自唐時已有之，不見於題詠與記載，何也？

餐櫻廡隨筆卷八《東方雜志》第十三卷十號

又《傳燈錄》『壽州紹宗禪師』章次云：問：『如何是西來意？』師曰：『好事不出門，惡事行千里。』又『千年田，八百主』，見『靈樹如敏禪師』章次。桉：兩禪師皆唐人。世俗常言，由來舊矣。

又《傳燈錄》『裴休傳心法要』云：『菩薩心如虛空，一切俱捨。所作福德，皆不貪著。然捨有三等：內外身心，一切俱捨，猶如虛空，無所取著，然後隨方應物，能所皆忘，是謂大捨；若一邊行道布德，一邊旋捨，無希望心，是謂中捨；若廣修衆善，有所希望，聞法知空，遂乃不著，是謂小捨。』桉：南朝陳後主時，有女學士袁大捨，取名用此義也。又毛西河姬名曼殊，厲太鴻姬名月上，亦皆用佛語。《西域記》云曼殊室利，唐言妙吉祥。《傳燈錄》云：『舍利弗尊者，因入城，遙見月上女出城，舍利弗心口思維：「此姊見佛，不知得忍不得忍否？」』桉：元好問《臺山雜詠》：『對談石室維摩在，珍重曼殊更一來。』『曼』字作平聲讀。

清朝自康熙已還，東三省每年奏報『並無福建人私行入境』云云，冬夏各一次。當時因鄭成功負固臺灣，設此禁例，防偵諜混跡也。相沿直至光緒季年，適張元奇巡撫吉林，見此奏報，怫然曰：『我卽福建人，何云並無福建人入境也？』迺罷之。

劉晨、阮肇入天台山遇仙女事，嚮來豔稱。顧天台豔跡猶不止此。鹽官談孺木遷《棗林雜俎》云：

『天台二仙女，宋景祐中，□元缺一字明炤采藥，見金橋跨水，光華炫目，有二女戲於水上，殆水仙洞府也。』又：『天台縣桃源，萬壑千巖，人烟斷絕，其中古桃樹年深化爲精魅，常迷人。宋王介甫夜坐讀《易》，月照軒窗，忽有一姝，容態娟麗，見介甫，自言知《易》，遂相與談論畫前妙理，實能發人所未發，介甫喜甚。俄報司馬君實來訪，介甫出迎至軒中，彼姝卽隱身不見。及司馬出，彼姝復來，介甫怪而問之，對云：「妾乃此山花月之妖，司馬公正人，妾不敢相見。」介甫爽然。』

再世玉簫，重逢城武，事見《雲谿友議》，嚮來亦豔稱之。明時亦有玉簫，《棗林雜俎》云：『閩人周玉簫，武弁方輿妾，輿上議撫紅夷，忤大帥，繫獄七年，遣玉簫，玉簫誓不去。及事解詣闕，遇國變，又不得歸。玉簫感慕痛沒，有詩一百三十首行世。』此玉簫亦以情殉，獨惜其無隔世緣耳。

閩荔枝有名翰墨香者，產銅山黃氏圃中。陸丹扆《小知錄》云：『林檎，一名文林果。』可屬對。『了』，《廣韻》：『都了切。』《集韻》：『丁了切，鳥懸也。』鄭樵《通志·六書略》：『訓童子陰。』

蘇州江艮庭聲精鄦學，工篆籀，兼習越人術。每爲人治疾，輒以篆字書藥方，藥肆人以不識故，往往致舛誤。先生則恚甚曰：『彼旣開藥肆，烏可不識篆隸耶？』其迂僻如此。又德州田山薑雯癖好新奇，凡病，醫以方進，必書藥別名，如人參曰琥珀孫、黃耆曰英華庫、甘草曰偷蜜珊瑚之類。按：唐進士侯寧極撰《藥譜》一卷，盡出新意，改立別名，凡一百九十品。宋陶穀《清異錄》亦有之，蓋逡述侯譜。書俗名者，不飲也。設令艮庭先生爲山薑先生診眡，則以篆字書藥別名，尤爲別開生面矣。

醫家性癖，猶有可記者。相傳太原傅青主山善醫而不耐俗，病家多不能致。然素喜看花，置病者於有花木寺觀中，令善先生者誘致之。一聞病人呻吟，僧卽言羈旅貧人，無力延醫，先生卽爲治劑，無不應手而愈也。又雍、乾間，吳縣葉天士名桂，以醫名於時。有木瀆富家兒，病痘閉，念非天士莫能救。然距城遠，恐不肯來。聞其好鬬蟋蟀，乃購蟋蟀十盆，賄天士所厚者，誘以來，出見求治。天士初不視，所厚者曰：『君能治兒，則蟋蟀皆君有也。』乃大喜，促具新潔大桌十餘，裸兒臥於上，以手展轉之，熱卽易，如是殆徧。至夜，痘怒發，得不死。兩名醫之軼事如此。好樂而辟，賢者不免，毋亦先翫好而後疾病矣乎？傅先生尤通人，未可僅以名醫目之。

有知府馬姓，知縣盧姓，會銜出示，幅小而字多，兩姓相並，府先縣後，距離絕近。一鄉人閱示者，卒然曰：『「驢」字何反寫也？』旁觀者莞爾而笑曰：『它日者，吾邑侯不次超遷，官階在太守上，則「驢」字當改正矣。』

清制：各直省府州縣缺，槪歸酌補。某大吏桑梓情深，對於鄉人多所遷就，僚屬爲之語曰：『酌則誰先？』曰：『先酌鄉人。』

徐容者，山陽陳某之孌童也，餘桃之愛甚深。爲之納婦，成婚未久，値徐婦歸寧，陳卽蹈隙乘間，往爲墜歡之拾。詎婦因忘攜奩具，折回，有所見，則恚憤填膺，竟取廚刀自刎死。論者謂婦人因男子失身而羞忿自盡，殆未之前聞。此婦節烈，可以風矣。陳、徐故事，前有迦陵、雲郎雲郎，徐姓，藝林播爲美談。迦陵亦爲雲郎娶婦，爲賦《賀新郎》詞，有句云：『只我羅衾渾似鐵，擁桃笙、難得紗窗亮。』當時雲郎之婦，萬一解此，當復何如？

合羣結社之風莫盛於武林，由來舊矣。《月令廣義》云武林社有曰：『錦繡社，花繡也；緋綠社，雜劇也；齊雲社，蹴踘也；角觝社，相撲也；清音社，音樂也；錦標社，射弩也；英略社，拳棒也；　雄辯社，小説也；　翠錦社，衎衎也。』明山陰張宗子岱嘗結絲社，月必三會之，有小檄曰：『中郎音癖，《清溪弄》三載乃成；　賀令神交，《廣陵散》千年不絶。器繇神以合道，人易學而難精。幸生山水清都，共志絲桐雅奏。清泉磐石，援琴歌水仙之操，便足怡情；　澗響松風，三者皆自然之聲，政須類聚。偕我同志，爰立琴盟』云云。又設鬭雞社於龍山下，倣王子安《鬭雞檄》檄同社。其從父字葆生，善詼諧，在京師，與漏仲容、沈虎臣、韓求仲輩結噱社，唼喋數言，必絶纓噴飯。噱亦有社，蓋無乎不社矣。厲樊榭詩自注云：『明嘉靖間西湖有詩社八：　曰紫陽社，曰湖心社，曰玉岑社，曰玉岊社，曰南屏社，曰紫雲社，曰洞霄社，曰飛來社。社友祝九山時泰、高穎湖應冕、王十岳寅、劉望湖子伯、方十洲九敘、童南衡漢臣、沈青門仕分主之。』詩社固常有，然而同時並起，如斯其盛，殆亦僅見。

王獻之妾名桃葉，見《古今樂録》。白香山妾亦名桃葉，香山詩有云：『太湖石上鐫三字，十五年前陳結之。』結之，桃葉字。

王漁洋《香祖筆記》云：『康熙乙丑夏，余遊廬山，宿開元寺，觀陽明先生石壁大書紀功碑，末云「嘉靖我邦國」，若前知世宗入繼大統者。』桉：《碧里雜存》載：『王文成習靜陽明洞，預知門人朱白浦、蔡我齋入山事。』詎陽明能前知，故於紀功碑中用『嘉靖』二字爲將來之讖耶？吾邑陳蓮史先生繼昌爲嘉慶二十五年庚辰科會狀，其廷試策首頌揚處，有『道光宇宙』字，逾年爲道光元年，是則無心巧合，亦可謂幾之先見者矣。

相傳經生黷財，名士好色，爲有清一代風氣。王西莊未第時，嘗授讀某富家，每自館歸，必兩手作摟物狀。人問之，曰：『欲將其財旺氣摟入己懷也。』及仕宦後，以貪墨聞。或諷之曰：『昔賢清畏人知，先生不清不畏人知，獨不爲名節計乎？』王曰：『貪婪第騰謗一時，文章足增重千古。吾自信文名必可傳世，迨百年後，譏評久息，而著作常存，吾之令聞廣譽固無恙也。既取快於一時，仍無損於千古，計烏有得於此者？』梁山舟家世品學冠絶時流，即書法亦並世宗仰。顧有紫標黄榜之癖，嘗以阿堵故，受生平未受之辱。先是，謝少宰墉，捐館於京師，諸子均在籍，唯第三子視含斂，遺貲萬五千金，平均分授五子。均寄存山舟處，隨時付給，以其名高望碩爲可恃也。詎後於其第四子應分之數，竟屢索不給，勢將乾沒。謝之長子恭銘乃至批山舟之頰，登門坐索，詬詈萬端，當時致有『鍾王石刻中，多一老拳帖』之嘲山舟工書，故云。王固經生，梁則名士也。經生與名士，容亦互爲風氣歟？今之名士黷財者多，好色者少，蓋好色之風亦已古矣。

仁和龔定庵嘗詈其叔不通，父僅半通。子孝拱，初名公襄，屢更名曰刷刺，曰橙，曰太息，曰小定，曰昌匏，晚號半倫，自言無君臣、父子、夫婦、昆弟、朋友，而尚愛一妾，故曰半倫也。以父爲半通者，宜其有半倫之子矣。

古人命名猥怪可笑者，見於載籍，指不勝僂，略記如左：《左傳》：衛有史狗，鄭有堵狗。《史記》：韓有公子蟣蝨。《漢書·古今人表》中中有司馬狗師古曰：衛宣公臣也，見魯連子。又：下上有榮駕鵝師古曰：駕音加。又酈食其子名疥，梁冀子名胡狗，魏元乂本名夜叉，弟羅本名羅刹，北齊有顔惡頭，南唐有馮見鬼。《宋史》：劉繼元子名三豬，遼皇族西郡王名驢糞。《金史·海陵紀》有刑部郎中海狗，《宣宗紀》有李瘸驢、唐括狗兒；《哀宗紀》有完顔豬兒，又兀朮之孫名羊蹄，胡沙虎之子名豬糞，封濮王；《忠義傳》有郭蝦蟆。又紇石烈豬狗，見《西夏傳》；耶律赤狗兒，見《盧彦倫傳》。《元史》

有郭狗狗、石抹狗狗、寧豬狗，又伯答沙次子名潑皮，皇慶中有駙馬醜漢，江浙行省黑驢。

俗諺『朝朝寒食，夜夜元宵』，以爲巨室富家歌舞酣嬉景象。自海澨甿通，滬濱繁華，衎衎霧合，垂鞭側帽，揮金易而點石難，於是乎有所謂『朝朝除夕，夜夜元宵』者，謂夫豪竹哀絲，玉鐘綵袖，無夕不然；而實則債主鴈行，謻臺高築，亦五日不然。只此二語形容盡致，彼紈絝少年，流連忘返，悍然不顧者，未見其苦樂均也。

歐洲風俗與吾中國迥殊，女子及歲，率以己意相攸，對於男子美髯者，輒欣屬焉。吾中國古時亦有以鬚爲美者，《晉書·桓溫傳》：『眼如紫石稜，鬚作蝟毛磔，尚南康公主。』是尚主時已有鬚也。桉：古人鬚不經鬄，未弱冠即已有鬚。《金罍子》：『晉王彪之年二十，鬚鬢皓白，時人謂之王白鬚。』《漢書·昌邑哀王傳》云：『故王年二十六七，爲人青黑色，小目，鼻末鋭卑，少鬚眉。』蓋以少鬚爲病。宋山陰公主夜就褚淵，淵不敢從，公主曰：『褚公鬚髯如戟，何無丈夫氣？』是公主愛其有鬚也。唐武后時，朱敬則上疏曰：『近聞尚食柳模，自言子良賓，潔白美鬚眉，堪充宸御。』是鬚眉之好者可進御於武后也。桉：《釋名》：『口上曰髭，髭，姿也，爲姿容之美也。頤下曰鬚，鬚，秀也，物成乃秀，人成而鬚生也。』髭鬚有美秀之訓，由來舊矣。

鑄銅像以旌功績，或誌哀慕，亦歐俗也。吾中國古亦有之，《山堂肆考》：『翁仲姓阮，身長一丈二尺。秦始皇併天下，使翁仲將兵守臨洮，聲振匈奴，秦人以爲瑞。翁仲死，遂鑄銅像，置咸陽司馬門外。』《北史》：『魏崔挺除光州刺史，威恩並著，風化大行，後爲司馬，景明四年卒。光州故吏聞挺凶問，莫不悲感，共鑄八尺銅像於城東廣固寺，赴八關齋追冥福。』翁像近於旌功績，而崔像則誌哀慕也。《棗林雜俎》云：『蒲州田千秋好學，善擊劍，嘗鑄銅像，鐫己名氏葬之。語人曰：「使千百年已後人得之，卽神仙也。」』此則自鑄己像，且藏之幽壤，非寘之通衢也。

前話記婦人生鬚事，茲又得二事。趙崇絢《雞肋》：『唐李光弼母有鬚數十莖，長五寸許，封韓國太夫人。』《偃曝談餘》：『鄭陽一婦人美色，生鬚三綹，約數十莖，長可數寸許，人目爲鬚娘』云。

前話記男子生子事，茲又得二事。《庚巳編》曰：『齊門臨殿寺，一僧年少美姿容，痛死，其師建齋會衆荼毗之。忽爆響，腹開，中有一胞，胞內一小兒，長數寸，而目、眉、髮俱備。』又：嘉靖四年乙酉正月，吳縣民孔方腹痛，穀道出血，產下一胞。妻沈氏割開，有一男，長一尺，髮長二寸許，五官俱全。

相傳年大將軍羹堯盛時，威重不可一世，事無大小，令出惟行。一日大雪，肩輿出府，材官輩以手攀轅而行，手背雪積寸許，將軍憫焉，下令曰：『去手。』材官誤會意指，竟各引佩刀自斷其腕。將軍亟訶止之，則已筋骨摧殘，雪爲之赤矣。其積威之勢，一至於此，欲不蹈震主之危，得乎？

《棗林雜俎》云：『良鄉妓冬兒善南曲，入外戚左都督田弘遇家。弘遇卒，都督劉澤清購得之，以教諸少四十餘人，其最姝麗者，登兒也。甲申，澤清欲偵二王存否，冬兒請自往田氏探之，遂男飾而北，知二王已絕，遂南。澤清鎭淮安，書佐某無罪殺之，收其妻。澤清降北朝，攝政王贈宮女三人，皆嘗御者，澤清不辭而嬖之。亡何，內一人告變，攝政王錄其家，及所奪書佐之婦，澤清供書佐有罪，故殺之。婦明其非罪，且云：「澤清私居，冠角巾，謂事若迫，不如反耳。」澤清誅，冬兒下刑部。尚書湯□□元缺二字嘗飲澤清所，出侑酒，故識冬兒。因曰：「爾非劉家人。」遂免籍，更嫁吳駿公，作《臨淮老妓行》：「臨淮將軍擅開府，不鬪身彊鬪歌舞」』云云。按：詩見《吳梅村集》，字句與談氏所錄小異。吳翌鳳注引尤侗《宮閨小名錄》云：『冬兒，劉東平歌妓。吳梅村作《臨淮老妓行》。』又引陳維崧《婦人集》云：『臨淮老妓，某戚畹府中淨持也，後爲東平侯家女教師，其事實弗能詳也。』亦不言嫁梅村。《茶餘客話》云：『壬癸間，淮妓姜楚蘭色藝傾一時，有吳生者，善鼓琴，無志仕進，屏棄人事，嗜飲酒，家日益困。蘭一見稱賞音，每至輒沽酒盡歡，金盡，典衣釵以繼。會劉澤清開藩於淮，有以蘭名聞者，吳生莫知所爲。蘭曰：「小别耳，毋恨。」遂入後堂，歌曲奏藝，擅專房之寵。劉雖武人，亦知愛文墨，聚書籍，園亭花木水石，窮極幽勝，而牙籤錦軸，插架連牆。以蘭容辭閒雅，有林下風，令典清祕之藏。吳生待之，杳無消息，侯門深海，自分蕭郎。一日，澤清率師渡河，幕府空虛，蘭捲席珠玉玩好及奇書名畫，挾數婢妾汎舟射陽，以簡密招吳生，往還海曲，遊寓浙西數年。事定返淮，伉儷終身，家以素封。』冬兒、楚蘭，皆東平故姬，皆得事雅流，幸矣。所事皆吳姓，亦奇。楚蘭濡潤於東平，何其甚似近日名妓之所爲也；而能預知東平必敗，其識鑒非碌碌者比矣。

餐櫻廡隨筆卷九《東方雜志》第十三卷十一號

漢毛亨作《詩訓詁》，以授毛萇，作《小序》，故曰《毛詩》。世稱亨爲大毛公，萇爲小毛公。清時亦有二毛，蕭山毛大可奇齡與兄萬並知名，人呼萬爲大毛子，大可爲小毛子。《施愚山集》有《毛子傳》。

中國人愛花；泰西人愛葉，往往層樓傑閣，萬綠環之，謂綠色於目爲宜，資裨益也。近人某說部云：『錢塘蔡木龕布衣，居於武林門内之斜橋，性愛草，沿牆上階，一碧無隙。湘簾棐几間，盆盎羅列，皆草也。凡草經其栽植灌漑，輒芊緜娟蒨，迥殊凡品。有翠雲草，尤所珍惜。』亦嗜好之特別者。朱柏廬《四時讀書樂》句云『綠滿窗前草不除』，第不除云爾，非所好在是也。

康熙間，山西布政使王顯祚風雅好客，尤愛重朱竹垞。一日讌竹垞，出玉盌爲飲器，蓋曾藏晉恭王邸者，盌高五寸，深四寸七分，徑七寸許，瑩潔逾羊脂，昔人所稱一捧雪，弗逮也。綴黃點數十如金粟，相映益璀璨。竹垞霑醉，持盌幾墜地，每罄一醻，碗輒觸案有聲。它座客相顧色動，或移置王前，王笑曰：『何見之小也？盌信珍祕，與其完於它人手，何如瓶於竹垞乎？』先是，某鉅公願以千金易之，王弗許。至是，遂以贈竹垞，並諭庖丁，月致佳釀二甕焉。此事若在竹垞未試鴻博已前，則尤可傳，弗可攷。

明鎮國中尉朱睦㮮，字灌甫，鎮平王諸孫隆、萬間人，世偁西亭先生。有《萬卷堂書目》見貝簡香《千墨龕精鈔七家書目》，蒐羅閎富。桉：《明外史·諸王傳》：『睦㮮家故饒，逐十一利，資益大起。因訪購圖籍，當時藏書之富，推江都葛氏、章丘李氏，睦㮮不惜高貲致之。』據此，則萬卷堂博極羣書，得力於貨殖者深矣。

藏書家族姓多有敗德偭行、不恤摧殘雅道者。錢遵王曾，牧齋從孫之子也，編《也是園述古堂書目》，多藏宋元版書，鑒別不在牧翁下。牧翁逝世，族中亡賴烏合百人，託言牧翁舊有所負，叩閧於堂。故柳夫人畢命，遵王實爲之魁率，《荊駝逸史》載此事綦詳。葉林宗奕，石君樹廉從兄也。《愛日精廬藏書志》：『《孫覿大全集》，葉石君跋：「此書爲從兄林宗借去，幾十年矣。乙巳之春，林宗卒，爲之整書，始得檢歸。」』《皕宋樓藏書志》：『《沈下賢集》，葉石君跋：「崇禎戊寅得《沈亞之集》，爲林宗乾沒。近來林宗物故，書籍星散，宋、元刻本，盡廢於狂童敗婦之手。予生平不欺其心，自信書籍必不若林宗死後之慘云云。」』張子謙承渙，月霄金吾之從子也，月霄《言舊錄》：『道光六年七月二十九日，從子承渙取愛日精廬藏書十萬四千卷去，償債也。憶渙爲予作《詒經堂銘》曰：「達士曠懷，豈計長久？空諸一切，詒於何有？」不竟成此舉之讖耶？先是，承渙婁以資假月霄，蓄預爲要挾敓攘計，至是遂罄其所藏，捆載以去，月霄浩嘆而已。』之三人者，何嘗不好古操雅，顧其所爲，詎士君子所忍出耶？《汲古閣刻板存亡攷》：『相傳毛子晉有一孫，性嗜茗飲，購得洞庭山碧蘿春茶，虞山玉蟹泉水，患無美薪，因顧《四唐人集》板而歎曰：「以此作薪，其味當倍佳也。」遂按日劈燒之。』此舉誠奇特，然而視彼三人爲猶愈矣。鄞縣范氏天一閣藏書，自明迄今，垂三百年，未經散佚。今春被人盜出數千本，售於滬上坊肆六藝書局、來青閣兩家，價僅數百金耳。其中宋、元本無多余僅得見宋小字本《歐陽文忠集》、元本《朱淑真詩集》，明初精鈔居十之八九，如明太祖、成祖《實録》之類，皆有關係不經見之書。頃之，爲舶販金頌清者一人所得，價則騰至舒鳧萬翼，以不分售故，乃至一鱗片甲，靡有孑遺。俄范氏後裔某來滬訴訟，簽符甫下，雷厲風行。未幾，不知若何媾解，其事遽寢，書則穩度重瀛，永無歸國之期矣。惜哉！

康熙間，太倉吳元朗暻，梅村子，有《西齋集》，海寧查聲山昇，有《澹遠堂集》，仁和湯西厓右曾，有《懷清堂集》，爲戊辰進士同年，並負詩名。同官京師，恆唱酬竟日夕。某夕，社集聲山寓齋，時值初春，天寒雪甚，因下榻焉。漏已三商，聲山、西厓同榻先寢，元朗猶推敲未已，聲山戲於枕上屬對云：『孤吟午夜，文章有性命之憂。』元朗應聲云：『雙宿春宵，朋友得夫妻之樂。』聲山聞之，戲拍西厓肩云：『湯婆子，吾儕速睡休，勿令若人攪清夢也。』三人皆爲之軒渠。

東南爲鶯花藪澤。丁明清之間，復社之流風未沫，士夫知重氣節。卽衎衎亦留意風雅，其出類拔萃者，恆欲附託名流以自增重。以視今之名妓，所爲容悦，不出薰香傅粉、輕身便體之浮薄少年，乃至辱身非類，而亦悍然勿恤。其智識相遠，奚翅萬萬？柳如是嘗之松江，以刺投陳卧子。陳性嚴厲，且視其名帖自稱女弟子，意滋不悦，遂不之答。柳恚甚，洎遇錢牧翁，乃昌言曰：『天下唯虞山學士始可言才，我非才如學士者不嫁。』牧翁聞之，大喜曰：『天下有憐才如此女子者乎？我亦非如柳姬者不娶。』又夏麗貞，珠湖伎，有殊色，工翰札，與諸貴人唱酬，意無所屬。崇禎癸酉，閻古古相遇於水閣，拈花分韻，遂定盟焉。别既久，夏以手書及詩寄古古，促其來。時閻以身世飄零，中原多故，答書中止。麗貞怨不自勝。夫陳、閻當日，必非慘緑翩翩矣。卽錢亦髮如柳之膚，膚如柳之髮，柳、夏皆明慧，萬不至誤用其情，其微尚所寄，詎尋常兒女子可與知耶？若夫李香君之委身侯公子、董小宛之傾心冒辟疆，則迴乎非其它少年之比矣。

托活絡忠敏生平不蓄姬侍。督兩江日，夫人至自京師，攜垂髫婢二，聞將出京時，物色得之者，意在屬之抱衾之列，忠敏略不措意。未幾，其一以贈觀察任某；其一贈某京卿，辭焉，則以儷某材官。蓋忠敏於金石書畫而外，絕無它嗜好也。唯觀察者殊龍鍾，尤非能惜玉憐香者。校：錢牧翁有『惜玉憐香』小印，爲河東君作。小紅之贈，未經倖色揣稱，讀玉茗堂『姹紫嫣紅』一曲，不能無感。

宛平查蓮坡爲仁夫人金氏，名至元，字載振，一字含英，山陰人。有《芸書閣賸稿》附《蔗塘外集》後，鍥板絕精，泰半閨房唱酬之作。趙秋谷爲之序，稱其清麗孤秀，無綠窗綺靡之習。當其結褵伊始，蓮坡賦《催妝詩》云：『十年香靄攬情塵，留得霜華百鍊身。此夕星光盈錦幄，向來春色阻花晨。誰言蔗境甘無比，久識蓮心苦有因。差喜高堂稱具慶，鹿門偕隱莫辭貧。紅燭雙行照玳筵，鳳簫吹徹下瑤天。璧存敢詡連城貴，珠在還欣合浦圓。賦就桃夭期覺後，迎來鵲駕路爭先。夢中欲乞生花筆，待寫春山滿鏡妍。』夫人和元韻云：『句好如仙絕點塵，青蓮原是謫來身。詩傳綵筆歌偕老，籍記丹臺署侍晨元注引《松陵集》注：『執蓋侍晨，仙官貴侶』。四照花開融瑞色，九微燈颭締良因。牽蘿補屋休嫌陋，得貯珠璣敢道貧。百和香濃結綺筵，雲璈如奏大羅天。龍泉那肯豐城掩，冰彩依然桂殿圓。此日授綏休論晚，它時委畚計當先。試看歐碧鞓紅種，留取春光分外妍。』錦字聯吟，功力悉敵，誠玉臺佳話也。

《棗林雜俎》云：『山陰朱燮元總督雲貴、川廣。石砫宣撫司女土官秦良玉，雅度侃議，傔從俱美少年。朱公子壽宜訪之，酒間微諷。良玉笑引南宋山陰公主「陛下後宮百數，妾唯駙馬一人」云云以答。』蕙風按：此說誣也。竹垞《詩話野紀》亦謂良玉有男妾數十人，夔州李長祥力辯其誣，謂川撫嘗遺陸錦州遜之按行諸營，良玉冠帶飾佩刀出見，設饗禮，酒數行，論兵事，遜之誤曳其袖，良玉引佩刀亟斷之，其嚴肅若是。烏程董祝有《詠良玉》詩曰：『追奔一點繡紅旗，夜響刀環匹馬馳。製得鐃歌新樂府，姓中肯入玉臺詩？』良玉手握兵符，儼然嫥閫，誠如《雜俎》、《野紀》所云，則令不肅而氣且靡，何能捍賊立功乎？無論尊俎讌談之間，對於向少晉接之人，而爲蕆褻不經之語。良玉亦奇女子，斷乎不至如是。矧遐方閨秀雖有出類拔萃之才，亦決不能諳悉史事，至於倉卒之間，輒能舉似山陰公主之言也。竹垞時代距良玉已遠，《野紀》云云，殆沿明人記載之譌耳。

相傳康熙時一老侍衛，直乾清門三十年，俄外簡荊州將軍，舉室慶忭。某獨愀然，繼之以泣。或怪而問之，則曰：『荊州形勝之地，爲敵國所必爭，智勇如關瑪法桉：瑪法者，清語貴神之稱尚不能守，我何人斯，而得免於東吳之手乎？』親友爲之解釋勸慰，某固執成見，弗之悟也。乾隆末，福文襄征廓爾喀時，有刑部滿郎中某，以阿文成薦擢召見。上問福康安、海蘭察二人外間聲名如何，某應聲曰：『外間咸服二人將略，以比羅成、尉遲恭也。』上笑，遣之出。文成悔之，告於人曰：『老夫以某相貌豐偉，故登薦牘，孰意爲熟諳小說人也。』人傳爲笑柄云。此二事絕相類。咸豐季年，石達開竄四川，滿御史某上言：『川南瀘州一帶，必須嚴重設防，恐賊衆渡瀘，勾結諸蠻洞，聯絡一氣，稱兵內嚮，則爲患不堪設想。今日安得七擒七縱之才如諸葛亮者而征服之』云云，此奏亦流傳爲笑柄。曩閱某說部云：『滿人初入關，得《三國志演義》，奉爲韜鈐祕笈，故有滿漢合璧絕精刻本。』當時凡識字之滿人，殆無不熟讀是書，乃至錮蔽如某侍衛，猶無足異。不圖二百數十年後，聲明文物，同化已久，猶有中《演義》之毒如某御史其人者，則誠匪夷所思矣。

咸豐己未朝考論題『二子之心，非夫子孰能知之』，見《論語》『不念舊惡』章程子注。當時以不知題解，失翰林者夥矣。有清二百數十年，士子以《四書》藝進身，然不讀朱注者有之，讀外注者，百無一二焉。卽如『二國之俗，唯夫子爲能變之』，見《論語》『齊一變』章程子注。儻以命題，大約知者亦廑。雖句中有變字，較易觸悟，而殿廷考試決無攜帶《四書》者，卽亦何從幡帑而證其必是耶？它如『天下無不是底父母』，見《孟子》『天下大悅』章李氏注；『膝下』，見『小弁』章趙氏注；『膠柱調瑟』，見『任人』章外注；桉：膠柱調瑟，常語『調』作『鼓』，亦猶《莊子》注，對牛鼓簧，常語『鼓簧』作『彈琴』，語之有本而小變者也。『不相干』，見《論語》『如有博施於民』章程子注。皆習見常語，儻問出處安在，亦未必能舉注以對也。

《孟子》『仁也者，人也』章外注：『或曰外國本「人也」之下有「義也者，宜也；禮也者，履也；智也者，知也；信也者，實也」，凡二十字。』桉：所云外國，疑卽日本。日本自唐時通中國，繼此齎書之使絡繹於道涂。彼國經籍刊本容亦有流傳中土者，而其初祖，或屬秦燔已前古本，亦未可知，而宋人遂據以入注耳。它日當訪求和文《孟子》印證之。

婦人生鬚，前筆兩見，茲又得三事：弘治六年某月，應山人張本華婦崔氏，生鬚長三寸許見《明孝宗實錄》。又嘉靖癸丑，青浦魑魍鎮桉：魑魍二字，各字書所無，不可識，此鎮名絕奇。有婦人忽生髭鬚，時縣差以事攝其夫，從壁間窺之，以爲男也。夫亦無獲，攜婦以歸，邑市聚觀甚眾，明年遂有倭變見《青浦縣志》。又萬曆二十一年，嘉興包彥平館華亭佘塘宋氏，其鄰有婦人，鬚長五六寸，二十餘莖，時年六十，自三十三歲始生鬚，拔去，仍出，至五十歲而止見《包彥平集》。

七律限溪、西、雞、齊、嚬五韻，中嵌一、二、三、四、五、六、七、八、九、十、百、千、萬、丈、尺諸字，《眉廬叢話》所載夥矣。惜諸作或未盡妥帖穩成。茲又得一首，爲春明詩社冠軍之作，題爲《閨怨》，詩云：『六曲圍屏九曲溪，尺書五夜寄遼西。銀河七夕秋填鵲，玉枕三更冷聽雞。道路十千腸欲斷，年華二八髮初齊。情波萬丈心如一，四月山深百舌啼。』清詞麗句，妙造自然，允推合作。

近人某氏筆記有云：『阮文達撰《金石索》，屬汪容甫輩助之搜羅。一日，汪以片石進，古色斑連，隱約似有款識，篆勢奇古。文達問所自來，汪曰：「是卽公所訪求之某石器也。吾竭數月之力，僅乃得此，雖殘破，價兼金矣。」文達審諦久之，曰：「良是。」竟償容甫鉅貲，而據以入《石索》。它日容甫又問：「曩爲公訪獲之某石器佳否？」文達曰：「良佳。」容甫曰：「公曷更往求之？」因相約同詣濱河某茶肆，指臨流亂石問文達：「視曩石器奚若？」文達注視有頃，愕然曰：「奈何戲我？」容甫笑曰：「庸何傷，留爲金石家一噱耳。」文達喻其指，復厚餽容甫，屬祕勿宣焉。』蕙風桉：今通行之《金石索》，南通州馮雲鵬撰；阮文達亦有《金石索》，未之前聞。某筆記云云，殆未必可信耶？容甫本寒素。《廣陵詩事》：『江都汪明經中，幼年孤貧，家無書籍，於書肆中借閱，過目能記。既而販賣書籍，且販且誦，遂博覽古今文史。』父舸，字可舟，亦工詩，生平坎壈特甚。《廣陵詩事》：『可舟性不諧物，偃蹇貧病。杭堇浦與沈沃田書，盛稱其《和丁隱君貝葉經歌》、《長春觀老子像絕句》，有《㠣崌山人集》八卷。』容甫中年已還，處境頗豐，力能收藏金石，羅致賓客。馬氏小玲瓏山館或曰後歸汪雪礓本，或曰歸容甫，且增飾崇麗焉。漢射陽畫像石刻，亦以資致之。蓋遭遇承平，風雅未墜，寒士謀生，未若今日之困難，而其接物涉世，殆亦圓通於名父多矣。

《板橋雜記》：『顧喜，一名小喜，性情豪爽，體態豐華，趺不纖妍，人稱爲顧大腳，又謂之肉屏風。然其邁往不屑之韻、淩霄拔俗之姿，則非籬壁間物也。』漢武帝《悼李夫人賦》有云「佳俠含光」，余題四字顏其室』云云。當時纖足之風盛行，不圖枇杷門巷猶有參玉版禪者，則亦不纏足之雅故矣。

托活絡忠敏《匋齋藏石記》中有非石刻二種：一北齊高僑爲妻王江妃造木版，墨蹟，字猶朗晰，唯背面稍模黏。一唐麗山府果毅都尉梁君妻李氏墓誌甎，朱漆書，未經鐫刻，凡五百九十七字，模黏者僅九字。木版於高僑妻殁迺曰：『爲戒師等所使，與佛取花。』蓋佞佛已甚者，下云：『書者觀世音，讀者維摩大士。』語尤荒誕不經，殆其它石刻所未有。

《楚辭》：『夕餐秋鞠之落英。』後人或駮其非誼，謂菊花雖殘，不落。宋羅大經《鶴林玉露》云：『落，始也。』校：《爾雅·釋詁》：『俶落權輿，始也。』如《詩·訪落》之『落』，謂始英也。據此，則屈自不誤，後人誤會爲墜落之落耳。又芙蓉雖落，不散漫，蓋秋花稟貞肅之氣，非春花可同日語矣。校：宋閨秀朱淑真《菊花詩》：『寧可抱香枝上死，不隨黃葉舞秋風。』亦謂其雖殘不落。又宋姚寬《西溪叢語》引《宋書·符瑞志》云：『英，葉也。《離騷》「餐落英」，言其食秋菊之葉也。』校：《神農本草》：『菊三月上寅采葉，名曰玉英。』是英亦謂葉也。《唐韻》：『葉亦謂之英，于良切，讀若央。』《毛詩本音》：『舜英、重英，俱叶央。』《離騷》『夕餐』句下云：『苟余情其信姱以練要兮，長顑頷以何傷？』政與央叶。校：《九歌·雲中君》：『浴蘭湯兮沐芳華，采衣兮若英；靈連蜷兮既留，爛昭昭兮未央。』華，花也；英，葉也。下與央叶，是亦一證。《符瑞志》云云，似較羅說爲優。總而言之，必非花之墜落者。今人以麥屑裹菊嫩葉，和以鹽茶，入沸油煎，極脆，而食之。每年重陽前後，讌席間多具此品。

《史記·趙世家》：『武靈王十六年，王遊大陵。它日，王夢見處女鼓琴而歌詩曰：「美人熒熒兮，顏若苕之榮。命乎命乎，曾無我嬴。」異日，王飲酒樂，數言所夢。』想見其狀，與楚襄王遊雲夢之浦，夢與神女遇，以白宋玉事絕類。

《太平廣記》：『隋末有督君謨者，善閉目而射，志其目則中目，志其口則中口。有王靈智者，學射於謨，以爲曲盡其妙，欲射殺謨，獨擅其美。謨執一短刀，箭來輒截之，唯最後一矢，謨張口承之，遂齧其鏑，笑謂王曰：「汝學射三年，吾未教汝齧鏃之法。」』此事與逢蒙殺羿絕類。

盼盼有二。《詞苑叢談》：『山谷過瀘，帥有官妓盼盼，帥嘗寵之，山谷戲以《浣溪沙》贈之云：「脚上鞵兒四寸羅。脣邊朱麝一櫻多。見人無語但回波。料得有心憐宋玉，低徊無奈楚襄何。今生有分向伊麼。」』此燕子樓外，別一盼盼。鶯鶯有三。《隨隱漫録》：『錢唐范十二郎有二女，爲富室陸氏侍姬，長曰鶯鶯，次曰燕燕。』此雙文外別一鶯鶯。羅虯《比紅兒》詩：『何似前時李丞相，枉抛才力爲鶯鶯。』此又一鶯鶯也。

唐歙州李廷珪，父超，子承浩，以製墨世其家，見晁氏《墨經》。又李義山子亦名廷珪，進士及第，以司勳員外郎知制誥，遷中書舍人，累遷尚書左丞。朱全忠兼四鎮，廷珪以官誥使汴，客將先見，諷其拜，廷珪佯不曉，曰：『吾何德，敢受令公拜。』及見，竟不肯加禮。見《懷慶府志》。

顧亭林有二，見前筆。桉：《居易録》云：『顧野王讀書處，名顧亭林，在華亭，由來邈矣。』康熙己未薦舉博學鴻詞，亭林不肯赴試，常熟吳龍錫詩云：『到底不曾書鶴板，江南唯有顧圭年。』亭林元名絳，見《明詩綜》『詩話』。漁洋《感舊集》小傳，其一字圭年，則未見著録，近人罕有知者。

曩讀《蕙風簃隨筆》有云：《列子·湯問篇》：『韓娥鬻歌雍門，既去，而餘音繞梁欐，三日不絕。』欐，或作麗。《莊子》：『梁欐可以衝城。』殷敬順曰：『皁梁也。』今人但云『餘音繞梁』，不知下有『欐』字。某說部引之，謂繞梁爲樂器之名，尤誤。今校：《文選》張景陽《七命》：『音朗號鐘，韻清繞梁。』李善注引《尸子》曰：『繞梁之鳴，許史鼓之，非不樂也。』則但云繞梁亦自有本，前筆未審，應訂正之。校：許、史二氏皆漢貴戚；此許史，則善鼓琴者，猶秦之蕭史。

余畣《玉篇》：古文『本』字，字生生，號鈍菴，四川青神人，有《增益軒草》。閻爾梅，號古古字調鼎，江南沛縣人，有《白耷山人》、《汧罝草堂》等集。以疊字爲字號，此外殆不多見。

常熟孫扶桑曙爲諸生時，好昉駢儷爲制藝，所選丁亥房書名曰《了閒》，大率妃黃儷白、薰香掬豔之作，家絃戶誦，風氣爲之一變。會滿大臣某彈駮文體，乃與進士胥廷清等同被逮，扶桑緣是褫衿，後更名承恩，順治戊戌，以第一人及第。《了閒》首篇『學而時習之』全章題文，雖署名它氏，實扶桑自作，講首云：『且自芸吹擷古之香，杜隕求聲之草，桂殘招隱之花。』以此三句括全題三節。見《柳南隨筆》。惜其全篇不可得見矣。曩讀王農山廣心『莫春者至詠而歸』題文『鄭人芍藥，樂此姬姜。爾女柔桑，言思公子』等句，掞藻摛華，其《了閒》之喤引歟？

餐櫻廡隨筆卷十《東方雜志》第十三卷十二號

《常昭合志稿·物産志》『蟲豸之屬』：曰蜨，注云：『大而具五色者，俗呼梁山伯。』曰蜻蜓，注云：『黑而小者，俗名爲祝英臺，即北方之黑琉璃。』桉：《山堂肆攷》：『俗傳大蜨必成雙，乃梁山伯、祝英臺之魂，又曰韓憑夫婦之魂。』《四明志》：『吳中有花蝴蝶，橘蠹所化也。婦孺以梁山伯、祝英臺呼之。今土人呼黑而有綵彩者曰梁山伯，純黄色者曰祝英臺。』是謂梁、祝皆化蜨也。《常昭志》以蜨與蜻蜓分隸梁、祝，與舊説異，不知所本。

又《祥異志》引《虞山雜記》云：『順治三年正月，吳中有人面鳥，鳴如鼓鐘，或如牛聲，在蘆葦中，各縣皆然。』注云：『桉：光緒壬辰都城亦有此異，故記之，天津人呼爲土牯牛。』蕙風桉：都門南下窪烟水空闊，蘆葦彌望。壬辰春夏間，有異聲略如牛鳴，每江亭讌集，輒聞之陶然亭，一名江亭。人皆云在水中，或欲竭澤窮跡之，不云在蘆葦中。亦無知人面鳥、土牯牛之名者市井人妄繪其形，名之曰大老妖。

北京午門門洞凡五，外向者，中三門正開，兩邊兩門側開；内向者，五門皆正北開。其内向東第二門口石階上有舊刻，昉祕戲圖，大徑二寸彊，著筆不多，殊栩栩饒畫意。此必守門將士物諳繪事者，以錐刀劃成。往來蹴蹋，漸就夷漫，當是明季人所爲，亦三百年外陳跡矣。

宋人《貴耳録》載孝宗朝有川知州某，當陛辭，預結宦者求爲地。宦者密奏：『明日有川知州上殿，官家莫要笑。』上問何故，曰：『其人素被口號，有「裏上襆頭西字臉」之稱，蓋面方橫闊故也。』明日上殿，方陳奏間，上便大笑不已。其人退謂人：『天顔今日大悦，深自慶幸。』宦者遂因以爲功。雍正時，有江位初者，面長方而黧黑，稜層板摺，人呼爲『舊字面孔』。凡識江面者，每開卷遇『舊』字，無不失笑。此皆以字形容人之面貌也。又有以字形肖人全體者。清制：大挑舉人，相傳以同、田、貫、日、身、甲、氣、由八字爲衡，『同』方長，『田』方短，『貫』頭大身直長，『日』肥瘦長短適中而端直，皆中選；『身』體斜不正，『甲』頭大身小，『氣』單肩高聳，『由』頭小身大，皆不中選。校：每屆大挑，欽派王大臣在内閣舉行，每二十人爲一班。既序立，先唱三人名，蓋用知縣者；三人者出，繼唱八人名，乃不用者，俗謂之八仙，亦皆出；其餘九人不唱名，皆以教職用，自出，更一班進。

康熙辛未奉旨開局專修《尚書》，華亭王司空頊齡爲總裁，纂協修皆特簡，一時薈萃名流，支給官物，按卷進呈。夏秋則封達熱河行在，東華珥筆，中禁蜚聲，稽古之榮，不可一世。唯《尚書》卷帙無多，竣事易而撤局速。又司空頗蓄姬侍，皆有所出，平日堅持雅操，雖洊躋清要，而宦橐顧不甚豐。其長君圖炳，官春坊庶子，恆以分產不給爲憂。或戲爲譔聯云：『尚書祇恨《尚書》少，庶子惟嫌庶子多。』巧對天然，事實脗合。

康、雍間，蘇州有張氏者，其先富甲一郡，繼而子孫多占仕籍，其富遂衰。一人獨矜有祕術，富轉增益，舉族求其術不已，則大言曰：『若曹讌九賓，陳百劇，吾當授方略。』衆如言。畢饗，揖某就座説法，衆環立屏息拱聽，則曰：『吾術只六字訣耳：「沒甚不好意思。」』衆閧然散，既而思之，實無以易也。

太倉唐實君考功孫華別號東江，最愛其次子頤。康熙戊子省試，東江屬望綦殷，而頤以違式不終場，遂逗撓白門不敢歸。有吳孝廉樞者調之曰：『前有項王，後有唐郎。一個百戰無功，羞見江東父老；一個三場不利，惱煞老父東江。』語末四字，回文巧合，可謂善戲謔兮。

清時國史館總纂，閱定纂協修功課，以多刪爲貴，其流弊有當詳而略者。

雍正乙巳十月初三日申時，京師忽有虎突入齊化門，登城，人噪逐之。行至宣武門下西米巷，入年遐齡家，就擒。遐齡，太保大將軍羹堯之父也。其後羹堯以驕蹇敗，賜死之地，卽虎就擒之地，此其先兆也。又年大將軍賜第在宣武門內右隅，其額書『邦家之光』，及年驕汰日甚，有識之士過其第，哂曰可改書『敗家之尢』，蓋以字形相似也。未幾，年果僨事。

趙秋谷以丁卯國喪赴洪昉思寓觀劇，被黃給事疏劾落職。相傳黃給事家豪富，欲附名流。初入京，以土物並詩稿徧贈諸名下，至秋谷，時方與同館爲馬弔之戲，適家人持黃刺至，秋谷戲云：『土物拜登，大稿璧謝。』家人不悟，遂書柬以覆。秋谷被劾後，始知家人之誤也。見阮吾山《茶餘客話》。謂『大稿璧謝』云云，屬秋谷戲言，家人誤會，非秋谷本意也。桉：洪北江《詩話》：『康熙中葉，大僚中稱詩者，王、宋齊名。宋開府江南，遂有漁洋緜津合刻。相傳趙秋谷宮贊罷官南游，過吳門，宋倒屣迎之，以合刻見貽。秋谷歸寓後，書一柬覆宋，云：「謹登漁洋詩鈔，緜津詩謹璧。」宋銜之刺骨。』秋谷恃才輕薄，雖經蹉跌，未嘗稍稍改悔，其對於黃給事也，猶之對於宋緜津也，而謂非其本意耶？吾山云云，屬在氣類之雅，不惜曲說爲之回護耳。桉《詩話》又云：『時王已爲大司寇，宋以千金貽之，乞賦一詩，作王、宋齊名之證。王貽以一絕云：「尚書北闕霜侵鬢，開府江南雪滿頭。誰識朱顔兩年少，王揚州與宋黃州。」』蕙風曰：緜津之風，亦已古矣，乃至今日，風雅何物，每斤直錢幾何？其孰以性命相切之千金購一王、宋齊名耶？

雍正朝，平湖陸侍郎清獻乾隆元年追贈內閣學士兼禮部侍郎，由靈壽知縣徵授四川道監察御史，累疏陳捐納事，牾觸津要，放歸。疏中有云：『夫保舉者，保其清廉也；保舉而可捐，然則清廉亦可捐乎？』尤爲破的之語。桉：軍興已還，捐例愈推愈廣，凡捐納京外各官，當引見驗看前，必須繳捐免保舉銀兩，唯由正途加捐者得免。揆之事理，誠至不可通也。

康雍已還，承平日久，輦下簪裾，讌集無虛日。瓊筵羽觴，興會飈舉，凡豪於飲者各有名號，雖諧談，亦雅故也：長洲顧俠君嗣立曰酒王，武進莊書田楷曰酒相，泰州繆湘芷沅曰酒將，揚州方覲文覲曰酒后未留鬚，太倉曹亮疇彝曰酒孩兒年最少。五君之外，如吳縣吳荊山士玉、侯官鄭魚門任鑰、惠安林象湖之濬、金壇王篛林澍、常熟蔣檀人漣、蔣愷思洄、漢陽孫遠亭蘭苾，皆不亞於將相。荊山尤方駕酒王，每帬屐之會，座有三數酒人，輒破甕如干，罄爵無算，然醉後則羣叩競作，弁側屢僛，形骸放浪，杯盤狼藉。唯荊山飲愈卺，神愈惺，醻酢語默，不失常度，夷然洒然，並無矜持抑制之跡，其閎量非同時儕輩所及，而欿然不以善飲之名自居。荊山一寒士，弱不勝衣，貌癯瘠無澤，而享盛名，躋右豒。昔人云：『魏元忠相，貴在怒時；李嶠相，貴在寐時。』荊山之相，必貴在醉時也。

裙本作帬，《說文》：『下裳也。』《類篇》作裙。《釋名》：『連接裾幅也。』《韻會》：『中裙，親身衣也。』《急就篇》注：『一作帔，一作襬，不嫥指婦女之裙。』半唐老人好雅謔，嘗曰：『裙屐之裙當作裙、作裠，屬男子言；釵帬之帬當作帬，屬女子言。帬：上从尹，篆文象帬腰帬帶形；下从巾，象帬幅曳垂；中从口，亦象形。』

康熙庚子順天鄉試，特命十二貝子監外場，露索搜檢也，見《大金國志》綦嚴。朱竹垞之孫稻孫預試，披襟而前，鼓其腹曰：『此中大有夾帶，盍搜諸？』體貌瑰偉，意氣礌落，衆皆目屬，邸亦爲之粲然。平定張月齋穆少有奇士之目，道光己亥由優貢應順天鄉試，入闈，當搜檢如例，是年，曾望顔爲順天府尹，搜檢加嚴。則盡脱上下衣，裸而立，王大臣無如何。檢其篋，得白酒一瓶以爲言，則立飲盡，甀其瓶，益逢怒，竟奏劾褫革。月齋所爲，視稻孫滋侮慢，未免令人難堪，仲尼不爲已甚，其得既也亦宜。校：光緒朝鄉會試概不搜檢，雖其例未廢，而並不實行，當自咸同間始。

王石谷初謁王烟客，以巨瓠四枚爲贄，或議其薄，石谷笑曰：『昔侯芭載酒問奇字，我且不止一壺矣，何薄爲？』見《鄰蔬園偶筆》張芑堂少時曾受業于丁敬身，初及門，囊負南瓜二枚爲贄，各重十餘斤，丁先生欣然受之，爲烹瓜具飯焉見《鷗陂漁話》。瓜壺雅故，無獨有偶。

漚尹以所著《彊邨詩餘》六卷屬爲讉定。卷中豔詞絶少，唯《南鄉子》六首粵東作其一云：『雲磴滑，霧花晞。西樵山上揀茶歸。山下行人偏借問，朦朧應。半晌臉潮紅不定。』語豔而味厚，得《花間》之遺，雖兩宋名家，鮮能辨此。

外國銀錢有肖像絶娟倩者，或曰自由神，亦有其國女王真像。蕙風得見友人所藏，有詞賦之，調《醉翁操》：『嬋媛。苕顔。蓬仙。渺何天。何年。如明鏡中驚鴻翩。月娥妝映蟾圓。凝佩環。典到故衫寒，得楚腰掌擎幾番。 泛槎怕到，博望愁邊。玉去聲容借問，風引神山夢斷。冠整花而端妍。鬟彈雲而連蜷。東來蘭絮緣，西方榛苓篇。此豸秀娟娟。倩誰扶上輕影錢。』此調本琴曲，用蘇文忠譜。辛忠敏亦有一闋，字句與蘇詞小異。文忠填詞信不爲宫律所縛，有時亦矜嚴特甚，即如此詞，固無一字不按腔合拍也，今四聲悉依之。

清時京朝各官以傴直內廷爲榮，然亦有不勝其苦者，天顏咫尺，垂手伺立，久則氣血下注，十指欲腫。若派寫進呈書籍，終日伏案而坐，兩腳不得屈伸。康熙間王宮詹圖炳直南書房有年，嘗奉命書《華嚴經》全部。出，語人曰：『伺候時立得手痛，鈔錄時寫得腳痛，此苦豈外廷所知聞？』聞者絕倒。光緒時，滇人繆素筠女史以繪事供奉慈寧宮，亦伺立時多，憩坐時少，繆因纖足，其苦尤甚。同時金閨諸彥，方豔羨其榮遇矣。

康熙辛卯，副憲左必蕃、編修趙晉典江南鄉試，左空洞而不識文字，趙知文而大通關節，吳人爲之語曰：『左丘明兩目無珠，趙子龍一身是膽。』

雍正丁未，曹亮疇權知浙江安吉州事。某年冬，藩司發下時憲書數百本，令散賣繳價。禮房吏慮其難銷，議弗受，擬稿詳覆，呈上判行，中有『卑州僻在山陬，從來不奉正朔』云云。亮疇大駭，呼入責之，猶爭云：『此語有出處。』此州書吏皆布衣赤腳，不敵它州之皁隸也。

明牛存喜，字汝吉，聰穎多藝能。天寧寺碑刻成，在階墀間，或命移置閣簷下，碑高與簷齊，眾皆難之，乃召存喜至。見役者數百人，紿曰：『眾餒乎？若第歸食，食後，與我會寺門下。』比眾至，存喜業與僧人數輩，以機法推挽閣下矣。見《河內縣誌·藝術傳》。此卽西洋起重機之嚆矢。又袁簡齋《新齊諧》云：『江愼修永置一竹筒，中用頗黎爲蓋，有鑰開之，開則向筒說數千言，言畢卽閉，傳千里內，人開筒側耳，其音宛在，如面談也，過千里，則音漸漸散不全。』其法在留聲機、電話之間，惜未能精益求精而底於成耳。

偶得對聯云：『四時春夏秋冬，五聲平上去入。』平聲有陰、陽平也。周九烟星，後改姓黃，冠於本姓之上云：『三仄應須分上去，兩平還要辨陰陽。』上去入亦分陰陽。凡填詞，須分陰、陽平；若製曲，尤非四聲悉分陰陽不能入律。陰，清聲；陽，濁聲。

《北齊書·方伎傳》：『張子信隱居白鹿山，少以醫術知名，又善《易》筮及風角之術。武衛奚永洛與子信對坐，有鵲鳴於庭樹，鬭而墜焉。子信曰：「鵲言不善。今夜有人喚，必不得往，雖敕，亦以病辭。」子信去。是夜，琅琊王五使切召永洛，且云敕喚，永洛欲起，其妻以子信言苦遮留之，稱墜馬腰折不堪動。詰朝，難作，永洛乃免。』此公冶長後，能通鳥語者。

相傳明誠意伯臨歿時，以一篋密呈太祖，扃鐍甚固，屬貽繼體，丁至急乃可開。其後燕師故近畿，建文將遜國，徊徨無策間，開其篋，得僧衣、戒刀、度牒，因易裝遯荒焉。王文簡《池北偶談》云：『鄭端清世子讓國，自稱道人，精邵康節之學。宮中有一櫝，手自緘鐍，歲輒易一封識，遺令遇急乃開。及其孫壽平值河北流寇之亂，發櫝，得破衫五，一闊大，四稍窄小。王軀幹偉碩，其弟四人則短小也。遂衣而逃，得免於難。』與誠意伯事絕類。

南海曾勉士先生釗湛深經術，博稽古籍，粵人治漢學者未能或之先也。著《面城樓集》十卷，集中之文核證典禮，辨訂經傳，深微奧衍。其諸書後跋尾亦攷據精碻，無空騁議論之詞。生平抱用世志，治經外，農田水利，戰守兵法，無不研究。道光辛丑、壬寅間，海氛孔棘，制府高平祁公檄令修砌築壩，募勇團守，旋已議款，敵兵不至，而所支帑不能報銷者，至三十二萬餘金，傾家不償，坐此免官。藏書數萬卷，並質於人。徐鐵孫觀察由浙中寄詩懷之，有『誤人豈有陰符書』之句，蓋傷之也。其《答翟茂堂都司書》詳言蚺蛇山礮臺，當日建築防堵情形，瞭若指掌。書長，難於具錄，茲節錄其所言築臺用礮之法如左云：『向來臺形或圓或橢或方，其礮路皆散而不聚，足以破賊舟，而不足以洞敵艦。釗乃創爲之字形，使臺曲如蚓縈，敵艦出山足，則第一、第二、第三、第四、第五及第二十五、二十六、二十七、二十八之礮，集擊船頭爲正；其第二十九、第三十、第三十一之礮，集擊船尾爲奇。儻敵艦冒死闖入臺前，則第十一至三十一之礮，迎擊爲正；第六至第十三之礮，横擊爲奇。』又云：『至於用礮之法，以礮口照星瞭左右，人所共知也。以句股算彈子所出高低，人所不知也。譬如礮身長八尺，礮口高一分，則彈子至一百丈，高一尺二寸五分矣。若礮口高一寸，則彈子至一百丈，竟高一丈五寸，其能中船乎？釗乃以朱線識礮身之右，從礮口通至礮尾，以求地平之線，使礮勇瞭頭平視，度礮口之朱線，不過高礮尾一二分而止，則礮彈高下尺寸可自操矣。礮垛既曲，礮彈必聚，人所共見也。一發之後，裝瞭不及，人所無如何也。釗乃分礮位爲三班，譬如十礮同擊一處，以一、四、七、十等礮爲一班，二、五、八等礮爲一班，三、六、九等礮爲一班。第一班礮已發，卽趕裝藥，推歸原位，迨第三班礮發，而第一班礮可復發矣，此卽連環鎗法。唯連環鎗直行進退，礮則横列迭發耳。』元書節錄止此它如相度地勢，絜量礮線，測水之深淺，分風之上下，蒲囊夜扛，以出不意；剛溝掘坎，以阻衝突；設土垛，置噴礮，以護前臺；屯壯勇，扼田塍，以防後路。立不敗之地，出萬全之策。其經營布置，書所能詳；其因應變通，書容猶有未盡矣。集中又有《虎門礮臺形勢條議》、《記沙鑽》等篇，桉：沙鑽一器，投之勁流中，能倚立水底，旋轉不停。遇有厚沙，隨鑽隨起，水行沙去，弗復淤積，濬河善後之良器也。記後附圖。皆經世有用之文。有志之士，當條貫而尋繹者也。

康熙朝，宛平黃崑圃叔琳，年十九，官至浙江巡撫。疆臣持節，殆無蚤於此者。慈谿姜西溟宸英，年七十，以丁丑一甲第三，授編修，詞臣珥筆，殆無遲於此者。叔琳亦辛未第三人及第。

天春樓瑣語

一卷

《天春樓瑣語》數則，原連載於民國時出版的《小說月報》第十一卷第十一至第十二號『補白』處，署名『秀盦』，今據以錄入。第十號目錄標示有『天春樓瑣語』一項，正文中未見。

天春樓瑣語

某相國開府江南，某年，奏請閱勘東西梁山礮臺。數幕僚隨節往，舟行無俚，命仿金聖歎評《西廂記》『拷紅』齣各作四言四句，末綴『豈不快哉』云云。幕僚應命唯謹，選詞莊雅之間，稍涉風趣而已。相國搦管疾書『孤客遠行，共僧首途』二句，笑問幕僚：『以下當作何語？』咸相顧，未有以對，則遽續書曰：『夜半同榻，乃是尼姑，豈不快哉！』書畢，掀髯笑樂，幕僚忍笑，弗敢縱也。

光緒初，京師名伶梅巧玲，與尚書桑春榮，同日逝世，某名士爲譔輓聯云：『隴首一枝先折，成都八百同凋。』

滬上女伶張文豔，藉甚盛名，友人某君製聯贈之云：『文君送酒來，綠珠捧琴至』、『豔錦安天鹿，新綾織鳳凰』，摘庾蘭成《春賦》句，自然妙造，雅麗無倫。

會稽趙撝叔大令之謙書畫擅盛名，尤工刻印。嘗輯《仰視千七百二十九鶴齋叢書》，自序略云：『某夕，夢竚立水濱，仰觀天空，凡如干鶴，俛而察之，則鱗介昆蟲之屬耳。自畿輔洎各直省知縣缺，最千七百二十九，撝叔需次章貢，殊偃蹇不自聊，託爲斯言，紓憤懣耳。』又嘗譔楹言自嘲云：『上相大猷，《論語》半部；司空家法，籬落一聲。』自注『幼誤讀書，遂困場屋，老廁俗吏，骨節不媚，緝此楹語，永志吾悔，豈能易性？聊以解嘲』云云。『籬落一聲』，用南宋趙師睪故事。近人筆記載撝叔未仕時，嘗爲黄巖令客，兼閲書院課卷。諸生書『奮』字多誤下『田』爲『臼』，屢經示正不改，撝叔乃嘲以詩曰：『奮到黄巖亦怪哉，將田換箇臼擡回。豈從佃戶收租後，卻使工人舂米來。送舅定然男變臉，養兒防是鬼成胎。畜生下體雖無恙，日久終須要鑿開。』此則謔而虐矣，詩亦無甚風趣，何如『豈有尚書兼麯部，漫勞明府續糟丘』、『須向九秋尋菊有，莫從五月問瓜生』等句較爲方雅。（以上四則，《小說月報》第十一卷第十一號）

在昔科舉時代，往往有軼聞故事，足資笑談。同治甲子科順天鄉試，詩題『月中桂』，得『中』字，某省某生詩首聯云：『靈桂何人種，生來兔窟中。』是科宗室薌生相國靈桂典試，同考官某適將此卷薦呈相國，相國閲詩大怒，必欲面見此生，痛訶責之。繼思非中式，無從得見，則竟將此卷批中，並其文之優劣，亦未經審諦也。揭曉後，某生來謁，相國見之，忽霽顔謂之曰：『汝詩荒謬失檢太甚，余本欲面責汝，卽今姑置勿責，汝試自思，生平有何陰德，乃能致是？抑亦所謂命中注定耶？』某生無詞以對，主臣無量而已。又是科順天鄉試孟藝題『二老者，天下之大老也』，元墨中有句云：『等老也，而貴賤分焉矣。』揭曉後，某日某處公讌演劇，典試及各同考均在座。劇有《雙搖會》者，開場二鄰叟出，一珊珠孔翠，一黄冠野服，打諢亦云：『等老也，而貴賤分焉矣。』座客聞之，莫不相視而笑，甚賞伶人之妙於語言也。（《小說月報》第十一卷第十一號第十四頁）

名士某君，製謎最工，典雅雋巧之作，不勝僂指。友人稱述其二：『五經無雙。』（戲名一：《三上吊》）『錯認王八叫跟班。』（《西廂記》一句：『疑是玉人來』）尤爲別有風趣，令人解頤。

有以通俗小說中語對經句者，『黄髮鮐背』對『青臉獠牙』；有以常語對經句者，『胥甲趙穿』對

『張冠李戴』。上聯極工，下聯尤靈活可喜。

宋有雙十節，一稱天寧節。徽宗生五月五日，以俗忌，改十月十日。滕秀穎茂實詩云：『節逢雙十慶天寧，古殿焚香祝帝齡。身在北方金佛刹，眼臨南極老人星。千官花覆常陪宴，萬里雲遥阻在廷。松柏滿山聊自壽，小臣孤操亦青青。』此詩蓋作於徽宗北狩後。見元吳正傳師道《敬鄉録》。

元鄭采，字季亮，溫之平陽人。《題復古秋山對月圖》云：『天⿱⿰天天⿰天天⿱⿰天天⿰天天兮月朤朤，山⿱⿰山山⿰山山⿱⿰山山⿰山山兮水𣸣𣸣。木森森兮竹⿱⿰竹竹⿰竹竹⿱⿰竹竹⿰竹竹，勢⿱⿰寒寒⿰寒寒⿱⿰寒寒⿰寒寒兮墨鱻鱻。』見《清河書畫舫》。此詩絕奇，⿱⿰天天⿰天天字、⿱⿰山山⿰山山字，字書不載。朤，音義與朗同，出《西江賦》。𣸣，音漫，大水也，又音㬥，義同，並見《字彙補》。⿱⿰竹竹⿰竹竹作⿱竹⿰竹竹，音色，又音煞，見《五音篇海》。⿱⿰寒寒⿰寒寒，音稟，又音祿，見《海篇》。

光緒戊子科，趙寅臣主事亮熙，同某檢討典試四川。某性忮刻，差次與趙積不相能，趙亦不能隱忍，乃至互相詆諆。是科趙仲瑩修撰以炯典試貴州。主事貴州人，修撰四川人。主事回京後，戲出聯語云：『黔趙使蜀，蜀趙使黔，等是六品官，一部曹，一殿撰。』約有能屬對者，則罄如干爵酬之。某日席間，舉似座客，某君應聲曰：『正考罵副，副考罵正，同行萬里路，兩夥計，兩冤家。』主事爲軒渠，如約罄爵，且有加焉。（以上五則，《小說月報》第十一卷第十二號第二頁）

文網之密，莫甚於明初，高廟時士夫以文字受禍者：高季迪以作上梁文，王常宗以作文，孫西菴以題藍玉畫，王叔明以往藍玉家觀畫，蘇平仲以表箋忤旨。王弇州云：洪武間三司衛所進表箋，皆令教官爲之，當時以嫌疑見法者不少。浙江府學教授林元亮，爲海門衛譔《增官吏俸謝表》，用『作則垂憲』誅；北平府學訓導趙伯寧，爲都司譔《賀萬壽表》，用『垂子孫而作則』誅；福州府學訓導林伯璟，爲按察司譔《賀冬節表》，用『儀則天下』誅； 桂林府學訓導蔣質，爲布按二司作《正旦賀表》，用『建中作則』誅； 常州府學訓導蔣鎮，爲本府作《正旦賀表》，用『睿性生知』誅； 澧州學正孟清，爲本府作《賀冬節表》，用『聖德在秋』誅； 陳州學訓導周冕，爲本府作《萬壽賀表》，用『壽域千秋』誅； 懷慶府學訓導呂睿，爲本府作《謝欽賜馬匹表》，用『遙瞻帝扉』誅； 祥符縣學教諭賈翥，爲本縣作《正旦賀表》，用『取法象魏』誅； 亳州訓導林雲，爲本府作《賜燕謝東宮箋》，用『式君父以班爵祿』誅，尉氏縣學教諭許玄，爲本府作《萬壽賀表》，用『雷震天下』誅； 德安府訓導汲登，爲本府作《賀冊立太孫表》，用『永紹億年』誅； 德安府訓導吳憲賀冊立表，用『永紹億年』誅。 又有以『天下有道』及『望拜青門』誅者。『則』嫌於『賊』也，『生知』嫌於『僧』也，『帝扉』嫌於『帝非』也，『有道』嫌於『有盜』也，其他則不可曉矣。 李文達《日錄》云： 有張翰林者，以直諫謫蒲州學正，表詞有『天下有道』、『萬壽無疆』句，上怒曰： 『謗我是强盜。』卽嚴逮殿鞫，張仰首曰： 『陛下有旨，表文不許杜撰，務出經典。「天下有道」乃《四書》聖言，「萬壽無疆」乃《國風》頌語，何云謗誹？』上良久曰： 『還犟强。』釋之，左右相謂曰： 『數年以來，惟容此一人。』當時有『廣文御囚，譔表誌墓』之謠，哀哉！ 明祖性情暴戾，因《孟子》『土芥寇讎』語，欲罷其祀，幸錢塘力諫乃止。 今鄒縣孟廟有碑，詳載其事。（《小說月報》第十一卷第十二號第十六頁）

先世父雨人比部輯《雜體詩鈔》八鉅帙，凡一百二十八體，集經，集句，集字，集古今成語，集星名、六府、干支、八音、十二辰、建除、數目、易卦、將軍百姓人名、郡州縣名、道里宮殿屋名、車船鳥獸草木藥名、詞曲名、龜兆鍼穴相名，各體悉備。 比閱近人筆記，有集崑、弋戲名七律一首，得未曾有，詩亦妥帖工雅，亟錄如左。鄭瘦山孝廉璜《送友人赴試北闈》云：『別妻訓子《奈何天》，逼試秋江《萬里緣》。飯店茶坊《十五貫》，求籤拆字《一文錢》。西樓題曲《桃花扇》，南浦吟詩《燕子箋》。看榜別巾《三報喜》，榮歸夜宴《永團圓》。』

雨人世父七夕集《葩經》一章，凡七十六句：『今夕何夕，月出皎兮。明星有爛，湛湛露斯。彼姝者子，寤寐無爲。蠨蛸在戶，雞棲于塒。我心蘊結，言緡之絲。卜云其吉，美人之貽。跂彼織女，在河之湄。河水瀰瀰，秋日萋萋。瞻望弗及，好人提提。憂心悄悄，諒不我知。睆彼牽牛，中心有違。愛而不見，惄如調飢。莫往莫來，道阻且躋。休其蠶織，棄予如遺。自詒伊阻，女心傷悲。誰謂河廣，有鳥高飛。造舟爲梁，鳥覆翼之。二人從行，爾牛來思。見此粲者，螓首蛾眉。亦既覯止，云胡不夷。倡予和女，親結其縭。如鼓瑟琴，如取如攜。我有旨酒，式飲庶幾。以永今夕，罄無不宜。爰笑爰語，備言燕私。終日七襄，不愆于儀。或負其餱，豈曰不時。維此良人，彼美淑姬。黽勉同心，則具是依。言之長也，夜如何其。子興視夜，顛倒裳衣。雞既鳴矣，東方未晞。執子之手，言旋言歸。睠睠懷顧，行道遲遲。昊天曰明，自東自西。曰爲改歲，秋以爲期。及爾偕老，振古如茲。我心悠悠，作爲此詩。』

世父好爲諧體詩文，嘗戲作《偷狗賦》，有句云：『《論語》曰則民不，《毛詩》曰惟我無。』蓋歇後語。余幼時見之，惜僅記此二□□。宋人《偷狗賦》：『搏飯引來，猶掉續貂之尾；索綯牽去，難回顧兔之頭。』視此微嫌喫力，尤無跌宕之致。

□戲作俗語試帖詩『叫化三年嬾做官』，得『官』字，句云：『入市吹簫易，趨衙聽鼓難。』（以上四則，《小說月報》第十一卷第十一號第二十六頁）

天春樓漫筆

一卷

《餐櫻廡漫筆》云：『歲辛酉，譔《天春樓漫筆》。』又：『《天春樓漫筆》印行無多，前作未留稿，印本亦失之久矣。』辛酉爲民國十年（一九二一）。又《申報》『短訊』（一九三一年三月二十八日）云：『筆記十餘種，先用鉛字印行，陸續出版，《天春樓漫筆》、《玉棲述雅》二種，先行付梓云。』知《天春樓漫筆》曾出版，今印本未見。按：《天春樓漫筆》，曾於《四民報》十五版上連載，見一九二一年十月至十二月間，每次登載，或一則，或數則。而筆者所見《四民報》（一九二一年十月至十二月）已不全，此就所見，合爲一卷，錄入本編中。原有著重號，茲不復加。

天春樓漫筆《四民報》一九二一年

《升庵詩話》：『唐盧延遜詩：「樹上諮諏批頰鳥，窗間壁剝叩頭蟲。」韓致光《春恨》詩：「殘夢依依酒力餘，城頭批頰伴啼烏。」王半山詩：「翳林窺搏黍，藉草聽批頰。」元人《送春》詩：「批頰穿林叫新綠。」批頰，蓋鳥名，但不詳爲何形狀耳〔二〕。或曰即鵯鵊也，催明之鳥，一名夏鷄。』按：鵯鵊，即杜鵑。歐陽文忠詩：『紅紗蠟燭愁夜短，綠窗鵯鵊催天明。』鵯，僻吉切，音匹。鵯鵊作『批頰』，聲近，傳寫異字。

《湘社集》者，光緒辛卯春夏間，湘野諸子唱酬乘興之作，詩才絕豔，不可一世。其用全韻諸長篇，尤徵藻采富贍。《嶽麓山行連句，五平五仄體，次十二吻全韻》云：『塵情俄離胷，韻語迫出物。中實晴初人攜囊，雨後蝶散粉。伯璣諸峯霞皆明，一艇翠欲蘊。子大揚帆招湘靈，擊楫感楚憤。叔由。以下並同村花紅如然，渚樹綠漸隱。沙平船脣顫，徑窄屐齒謹。遙聞飛泉鳴，漸與講舍近。思尋從松良，待訪種豆惲。啼春鶯初嬌，吠客犬不忿。山童俯吹蘆，野女鬢插槿。籬初垂青藤，圃或種苦堇。行歌驚狂傖，霽色絕祲坋。青林深逶迤，碧瓦并隱貧。魚鳴知經香，犢叱識十墳。飢因懷餐盤，渴亦覓酒吞。談防樵夫嘲，辨畏賦客聽。終游期頭童，始終憶齒齔。題橋誰相知，荷鍤匪代刎。茲晨遊難窮，翌日目共牧。歸途應偕鴉，怨曲儻和蠵。』其全用他韻之作，亦悉依元次，妙造自然。篇幅視此，或猶不止倍之，斯人

斯才，庶幾一時之盛矣。（以上二則，十月二十七日）

【校記】

〔一〕形：底本作『須』，據文意改。

湘社諸子唱酬，近於調場角逐，期濬發於巧心，題涉尖新，不爲嫌也。倚聲之作，尤極鉤心鬬角之妙。《二郎神》賦調名第二字云：『風流第一。卻略小、智瓊年紀。看媚眼中分，秋波如隔，白鷺洲邊水鏡裏。添來春人影，聽黛語、眉山成四。怕神女十峯，夢雲遮了，僅留丫髻。　還似。花花葉葉，相當相對。更荳蔻梢頭，初過正月，畫出揚州影事。繡枕雙雙，羅衣□□，都是並頭連理。問密約應在，初三彩衣，橫添一字。』宋人賀人生第二子贈妓崔廿四，詞工巧，容猶不逮。（十月二十八日）

世俗呼婦翁爲丈人，考其原始，以《史記》『漢天子，我丈人行』云云爲最古。《三國志》：獻帝舅車騎將軍董承，裴松之注謂：『古無丈人之名，故謂之舅。』松之，宋元嘉時人，亦已古矣。又丈人爲長老之通稱。《易經》：丈人。程子謂尊嚴之稱。《淮南子》云：『老者杖於人爲丈人。』《篆書》：丈字，象人曳杖形。婦人亦稱丈人，《古詩爲焦仲卿妻作》：『三日斷五疋，丈人故嫌遲。』此仲卿妻蘭芝謂其姑也。《論衡》云：『人形以一丈爲正，故名男子爲丈夫。』尊翁嫗爲丈人，《漢書·宣元六王傳》所云：『丈人，謂淮陽憲王外王母，卽張博母也。』《顏氏家訓》曰：『吾嘗問周弘讓曰：「父母中外姊妹，何以稱之？」周曰：「亦呼爲丈人。」』〔一〕或改丈爲大，陋甚。又乾隆時，和珅子尚公主，未下嫁，帝命公主呼珅爲丈人，詳近人說部。此稱謂尤奇新。

《西廂記》『賴簡』齣『香美娘處分花木瓜』句注謂中看不中用也，未詳其出處。按：宋周必大《遊山録》：『汪彦章肄業太學，與王黼同舍，黼貌美中空，彦章戲以花木瓜呼之。其後彦章罷符寶郎，黼正當國，出彦章爲宣倅，宣州產花木瓜。』蓋寓報怨之意。（以上二則，十一月一日）

【校記】

〔一〕爲：底本作『於』，據文意改。

天台桃源，在瓊臺下，中隔溪水，曰惆悵溪，爲仙女送劉阮處。溪中礪石大小不一，翠苔深尺許，可涉而過。左右兩村，劉、阮二姪，世爲婚姻。齊次風侍郎爲建劉、阮祀二仙女，見《頤道堂詩》小序。惆悵，溪名，絶韻。

《逸老堂詩話》：『東坡在儋耳，以詩別黎秀才，詩後批云：「新釀佳甚，求一具理。」即瓶甖是也。』『具理』之名，視五經三雅尤新。

《輟耕録》引《漫浪野録》云：『蘇子瞻泛愛天下士，無賢不肖，懽如也。嘗自言，上可以陪玉皇大帝，下可以陪卑田院乞兒。』於長公語得玉皇大帝出處，絶奇。

友人談次，以珍聞餉余，謂此共賞之奇也，述如左：

某年某日入穗垣，大肆劫掠，稍有宿儲，無得幸免。某嫗挈雌女以居，有銀幣紙幣各若干，蓋勤儉之積，爲數非鉅，即亦無祕藏處，度劫將及，女忽出之筩而置之榻，囑母仰臥其上，冪之以衾，若爲甫蛻化者。女則披髮躃踊，而哭之慟。劫者入，輒不顧而唾，竟以是獲保全，此女可不謂智乎？唯是置母死地，雖曰僞爲，亦豈孝子仁人所忍出，然而處變之道，又當別論。幣如被劫，重傷母心，女不得已而爲是狡獪耳。（以上四則，十一月三日）

汴北某縣署幕客某，公暇出訪友，瀹茗深談，夜逾丙矣。友有名畫，乞某題辭，遂攜歸。蓋鉅軸也，荒山月黑，犬吠聲如豹，心膽恇怯。俄見長人，幾與檐齊，彳亍而來，某震駭之餘，想來想去返奔非計，則賈勇直前，距離愈近，以所攜畫猛擊之，噭然一聲，長人仆地，某不敢回顧，踉蹌返署，驚魂猶未定也。越翼日，飭僕召鬍髮者，則平日同應者不至，詢代者，曰：『彼遇鬼，被打，病矣。』蓋縣俗僻陋，所謂高蹻者，值迎神賽會，飾神怪戲劇，爲輿仗前驅，非嫻習者。須先期試演，試演必以夜。避嘲笑也。是夕，鬍髮者試演高蹻，謂某追風而來，被擊顛仆，遂亦以某爲鬼。蓋彼此皆誤會也。某聞之，笑而不言而已，古今鬼神之說，大率類是矣。

某日，鎮不戒于火，延燒百數十家。某藥肆當其衝，巋然獨存，斯肆固以售贋藥聞於時，或疑天道無知矣。未幾鎮人某，扶鸞請仙，舉斯事禱而問焉。乩答曰：『斯鎮羣醫，謬妄荒率。爲人診疾，當攻者補之，屬溫者寒焉，設令藥皆道地，人命草菅夥矣。幸賴斯肆贋藥，服之無效，每年保全實多，其得免於回祿，職是之故，詎不善降殃之說，不足憑耶？』衆聞之，始恍然。（以上二則，十一月四日）

元好問《五歲德華小女》詩：『牙牙姣女總堪誇，學念新詩似小茶。』注：『唐人以茶爲小女美稱。』未詳其取義安在。古茶、荼字通，《詩・鄭風》『有女如荼』，當其秀而輕也。小茶之稱，或取如荼之義。《七修類稿》：『種茶下子不可移植，移植則不復生。故女子受聘謂之喫茶。』與茶疏之說同以茶名女，象物貞一，於義較優。

環瀛彊國，以製造爲專門之學。殫精覃思，不底於成不止，不造其極亦不止。吾中國自古有之：重華之璿璣玉衡，其俶落權輿矣。其次，黃帝之指南車，周公之欹器。又次，公輸之雲梯，武侯之木牛流馬。自茲以還，巧工哲匠所爲，載籍不勝縷指，姑就幡帤所及，迄之於篇，資攷鑒焉。

《五雜組》：諸葛武侯在隆中，時客至，屬妻治麪，坐未溫而麪具。侯怪其速，後密覘之，見數木人斫麥，運磨如飛，因求其術，演爲木牛流馬云。自武侯有此製，而後世有巧幻之器，如自沸鐺、報時枕之類，皆托之諸葛，有無不可知也。木牛流馬之製，受之夫人，此說絕新可喜。又北齊胡太后使沙門靈昭造七寶鏡臺，三十六戶各有婦人，手各執鎖，才下一關，三十六戶一時自閉，若抽此關，諸戶皆啓，婦人皆出戶前。又唐馬登封爲皇后製妝臺，進退開合，皆不須人巾櫛香粉，次第迭進，見者以爲鬼工。又元順帝自製宮漏，藏壺匱中，運水上下，匱上設三聖殿，腰立玉女，按時捧籌，二金甲神擊鼓撞鐘，分毫無爽。鐘鼓鳴時，獅鳳在側飛舞應節，匱兩旁有日月宮，前飛仙六人，子午之交，仙自耦進度橋，進三聖殿。已，復退立如常。神工巧思，千古一人而已。近代外國琍瑪竇有自鳴鐘，其遺意也。（以上三則，十一月十九日）

楊光輔《淞南樂府》自注：『吳壽夢始築華亭，爲停宿所。由越而楚，爲春申君食邑，遂開黃浦。晉安帝隆安三年，孫恩入寇，內史袁山松始修滬瀆，壘築東西蘆子城於吳淞江。』又云：『今吳淞北岸柵橋地方有虯江，而引祥港有虯江口。吳淞之下流自虯江口入海。』又云：『蘆子城旁有東西蘆子渡，今野雞墩迤西有西蘆浦，疑卽遺址。』又云：『志稱文翬洲，廣數十畝，王逢登此，適鳴雉羣集，故名。逢詩所謂「吾家初避地，黃浦漸生洲」、「可信文翬雉，能盟嬾性鷗」者也。陳金浩《松江衢歌》「蘆子城高靖海氛」』云云。東西蘆子城、蘆子渡、蘆浦、虬江、文暈洲，皆上海古地名，較典雅，可入文。

先太母朱太夫人諱鎮，字靜媛，有《澹如軒詩》梓行。手稿末附《壽花神啓》，未經付梓。每句嵌人花名，藻思綺句，工麗無倫。茲錄如左：『維神望隆金谷，名重洛陽。寶相莊嚴，瓊姿綽約。晚節彌堅，宜晚香之比玉；夜光難掩，或夜落以名錢。任隨時而示現，分爲鳳翼龍鬚；常因物以託形，幻出鷄冠虎耳。遊杏園而人欣及第，對萱庭而婦喜宜男。茲者，金錢罷會，錦帶儲芥。值桂輪初滿之時，正蓂砌就盈之際。金燈照耀，玉燭瑩煌。八仙萃以合歡，王母臨而含笑。鼎調芍藥之羹，史君子至；觴進荼蘼之酒，虞美人來。聲喧羯鼓，殊鼓子之無聲；響振金鈴，豈鈴兒之不響？某某，才匪結香，能如散沫。淩霄望切，向日情殷。幸依桃李之門，冀入芝蘭之室。緬旌節以徘徊，豔誇仁壽；企優曇而躑躅，欣頌吉祥。用啓青箱，爰拈木筆。抒寫葵衷，敢擬芙蓉出水；敷陳絮語，難云荳蔻含香。願長樂以無涯，祝長春於勿替。（以上二則，十一月二十日）

《後趙錄》：尚方令解飛機巧，若神妙思奇，發造指南車，就賜爵關內侯〔一〕。

《南齊書》：祖沖之〔二〕，字文遠，范陽薊人。少稽古有機思。爲婁縣令，謁者僕射。初宋武平關中得其指南車，有外形而無機巧，每行，使人於內轉之。昇明中，太祖輔政，使沖之追修古法，沖之改造銅機，圓轉不窮，而司方如一。時有北人索馭驎者，亦云能造指南車。太祖使與沖之各造，使於樂遊苑對共校試，而頗有差僻，乃毀焚之。永明中，竟陵王子良好古，沖之造欹器獻之〔三〕。以諸葛亮有木牛流馬，乃造一器，不因風水，施機自運，不勞人力。又造千里船於新亭江，試之日，行百餘里。

《南史》：祖沖之之子暅之，字景爍〔四〕。少傳家業，究極精微，亦有巧思入神之妙，般倕無以過也。

當其詣微之時，雷霆不能入。嘗行遇僕射徐勉，以頭觸之，勉呼，乃悟。按：西國某儒覃思之，頃誤以時表爲雞子，入沸水煮之，見某書。與晅之事略同，蓋不如是，曷克精義入神也。沖之父子名並用之，與義、獻同。（以上三則，十一月二十一日）

【校記】

〔一〕此期載二條當屬一九二一年十一月一九日載『環瀛彊國』條所附巧工哲匠事，詳前文。下文若干則亦是。

〔二〕之：底本脫，據《南齊書》補，下同。

〔三〕欹：底本作『歌』，據《南齊書》改。

〔四〕爍：底本作『鑠』，據《南史》改。

《陳書》：徐世譜，字興宗，巴東魚復人。性機巧，諳解舊法，所造器械並隨機損益，妙思出人。侯景之亂，領水軍，從司徒陸法和討景，與景戰於赤亭湖。世譜乃別造樓船、拍艦、火舫、水車，以益軍勢。《唐書》：曹王皋性多巧思，常爲戰艦，挾以二輪，令蹈之。遡風澎浪，其疾如挂帆席。按：據此，則輪船之製，託始於吾中國久矣，不審其利用之閎遠，未嘗研究擴充之，其人往而遂失其傳，以迄於今，詫爲彼都人士所創獲，所謂數典忘祖，非歟？

《眉廬叢話》：宋有神弩弓，亦曰克敵弓，立於地而踏其機，可三百步外貫鐵甲。元滅宋，得其式，曾用以取勝。至明，乃失傳。《永樂大典》載其圖說。又紀文達《筆記》載前明萬曆時，浙江戴某有巧思，好與西洋人爭勝，嘗造一鳥銃，形若琵琶，凡火藥鉛丸皆貯於銃脊，以機輪開閉。其機有二，相銜如牝牡，扳一機，則火藥鉛丸自落筒中，第二機隨之並動，石激火出，而銃發矣（此與後膛毛瑟略同），計二十八發，火藥鉛丸乃盡。據此，則製造鎗砲之法，吾中國舊亦有之。戴某曾官欽天監，以忤南懷仁坐徙。（以上三則，十一月二十二日）

《野記》：『永樂中，征安南黎季犂降，其三子，皆隨入朝。其孟曰澄，賜姓陳，官爲戶部尚書。澄善製鎗，爲朝廷造神鎗神銃，創設神機營。』

《事物紺珠》：佛郎機銃，銅爲管，大者千餘斤，中者五百餘斤，小者百餘斤，彈子內鐵外鉛，重數斤，嘉靖間造。

《河內縣志·藝術傳》：明牛存喜，字汝吉。聰穎多藝能。天寧寺碑刻成，在階墀間。或命移置閣脊下。碑高與脊齊，眾皆難之。乃召存喜至，見役者數百人，紿曰：『眾餒乎？若第歸食，食後與我會寺門下。』比眾至，存喜業與僧人數輩以機法推挽閣下矣。按：此卽西洋起重機之嚆矢。

《餐櫻廡隨筆》：袁簡齋《新齊諧》云：『江慎修（永）置一竹筒，中用頗黎爲蓋〔一〕，有鑰，開之，開則向筒說數千言也，言畢卽閉，傳千里內，人開筒側耳，其音宛在，如面談，過千里，則音澌澌散不全〔二〕。』其法在留聲機、電話之間，惜未能精益求精而底於成耳。（以上四則，十一月二十三日）

【校記】

〔一〕頗：底本脫，據《新奇諧》補。

〔二〕澌：底本作『澎』，據文意改。

明徐杲以木匠起家，官至工部尚書。又有蒯義、蒯剛、蔡信、郭文英俱以木匠官至工部侍郎。杲嘗爲內殿易一棟，審視良久，於外另作一棟。至日斷舊易新，分毫不差，都不聞斧鑿聲。又魏國公大第傾斜，欲正之，計非數百金不可。徐令人囊沙千餘石置兩旁，而自與主人對飲。酒闌而出，則第已正矣。兩事非精於算學、重學不辦，見《五雜組》。

西國史書有所謂寡頭政治，猶言獨攬政權，頭卽人也。項峻《始學篇》曰：『天皇十二頭，號曰天靈，治萬八千歲。』《洞冥記》曰：『天皇十二頭，一姓十二人也。』徐整《三五曆記》曰：『歲起攝提，元氣肇啓。有神靈人十三頭，號曰天皇。有神聖人十二頭，號地皇。有神聖人九頭，號人皇。』天皇、地皇、人皇。爲太古。《洞真記》曰〔二〕：『古人質以頭爲數，猶今鳥獸數以頭計也。若云十頭鹿，非一鹿有十頭也。』西國當寡頭政治時代，亦近古質□興中國無異。又汝陰、弋陽二郡，蕭衍置雙頭郡，見《魏書·地形志》。錢竹汀曰：『雙頭郡者，郡同，治一人，帶兩郡守也。此本汝陰郡地，又僑立弋陽郡，《宋志》所謂帖治。』

世俗婦稱夫兄曰伯，弟曰叔，妹曰大小姑，皆從子。《詩·鄭風·伯兮》，婦人思其夫而作，伯，其夫也。『自伯之東』、『誰適爲容』、『願言思伯，甘心首疾』，言之親切，殆蔑以過，所謂『我不卿卿，誰當卿卿』，卿卿，伯之稱，與卿略同，何得以稱夫兄？不如從浙雅稱兄公爲叶。

池州九華山，江南勝地。山中有奇花，歲發則有護花鳥鳴焉。遊人欲折者，鳥則盤旋其上鳴聲云：『莫損花，莫損花。』見明李詡《戒庵漫筆》。此禽言絕□，前人未有聞□及之者。

宋陳郁《話腴》云：『昌黎伯《和裴晉公東征詩》云：「旗穿曉日雲霞雜，山倚秋空劍戟明。」蓋以我之旗況彼雲霞，以彼之山況我劍戟，回鸞舞鳳格也。』余世父雨人比部公輯《雜體詩鈔》，刻行於咸豐初元，凡八鉅帙，體百二十八，唯此格未備。

宋葛立方《韻語陽秋》云：老杜當干戈騷屑之時，間關秦隴，於是入蜀，始有草堂之居。觀其乞樹本於何少府，乞果栽於徐少卿，以至詰王錄事許修草堂貲不到，蓋其流離貧寠，不能自給，皆因人成也。賢如老杜，而顧瑣瑣于人若是，吾知何、徐、王三君，必非今日所能有。（以上六則，十一月二十四日）

【校記】

〔一〕真：底本脫，據書名補。

孟東野詩：『花嬋娟，泛春泉。竹嬋娟，籠曉烟。雪嬋娟，不長妍。月嬋娟，真可憐。』以花當春、竹當夏、月當秋、雪當冬也。明人改『竹嬋娟』爲『妓嬋娟』，雅俗相差遠矣。竊謂東野詩四嬋娟下『泛春泉』等句，未能傳出嬋娟之神，妄爲貂續，甚愧沈著不逮前人，卽云傳神，亦未足爲當也：『花嬋娟，影自憐。竹嬋娟，媚疏烟。雪嬋娟，姑射仙。月嬋娟，月長圓。』

古歲時名，有近人罕知者，或尤絕韻可喜。正月一日謂之三朝，見《漢書》師古注：『歲之朝，月之朝，日之朝，故謂之三朝。』正月二十九日爲窮九，謂是日天氣常常窮晦然也。家家以糖棗之屬，作糜餔之。戚夫人侍兒賈佩蘭云：『在宮中時，以正月上辰出池邊盥濯，食蓬餌，以辟妖邪。』不但上巳有戲，上辰亦有戲，並見《五雜組》。四月八日浴佛灌佛之誤，見《宋書》。劉敬宣八歲喪母，四月八日見眾人灌佛，乃下頭上金鏡爲母灌佛，卽鑄金佛像也。《文選·七命》：『乃錬乃鑠，萬辟千灌。』蓋鑄之義。

四月十九日謂之浣花日，見《老學庵筆記》。七月七日名雙蓮節，見《娜嬛記》，一曰綺節，見《類函》。八月十五日爲月夕，見《提要錄》。又爲牡丹生日，見《花譜》。秋分後遇壬日，謂之入霑，見《升庵詩話》。九月九日曰上九，見《風記》。後一日曰小重陽，見《歲時記》。立冬後遇壬日，名入液，小雪出液，得雨名液雨，見《小知錄》。（以上二則，十二月六日）

高麗國人詩詞，於前人載籍，間一見之。文尤罕見。武進湯大奎《炙硯瑣談》有云〔一〕：吳人有航海至朝鮮國者，譯不盡曉，以箋素通，紙墨精良，書法亦大類董文敏，錄之，以諗熹事。札云：「初來獲睹盛範，足使海外管見聳慰。方言有殊，雖不得亹亹承話，筆墨淋漓，亦能照人肝肺，感仰曷已。俄聞二位尊侯，一啬穩頓否。第想行中所供饌羞，多乖於嗜好，鄙國陬陋，或蒙容恕耶？謹以生猪一頭，魚卵一升，蝦卵小許汙呈。蝦卵醢是弊邦所產，中自珍者，謂以味人，四海同然。故意其宜口，而敢此覓伴，如其可於所嘗，則亦更求繼給一二位，可更俯示也。俄語間有未盡者，復此複煩貴。秋風節舉帆，固已聞命矣。來月十四前後，則港口潮水尤盛大，隻船未易連動，故欲趕潮盛時，以來初三四日內，移繫外洋，候風至，其果然否？幸望示破，爲申報上司之便，如何？蓋弊邦于貴舶進退動靜，一皆具啓于國王，故敢此瀆聽。恭惟崇亮不宣，謹候帖。己亥七月二十五日，朝鮮國臨瀛宰兼署萬頃縣事曹允亨頓首。」此文句法簡勁近古，情誼敦篤，流漁楮墨之表，可以觀彼都人士之學問性情，非虛忮憍刻之俗可同日語。兩『俄』字作頃用，覓伴屬品物言，文法之小異者。（十二月七日）

【校記】

〔一〕瑣：底本作『璜』，據書名改。

梁山伯、祝英臺事，千古豔稱。《鄞縣志・職官表》：晉梁處仁，鄞令。《壇廟志》：義忠王廟，一名梁聖君廟，在縣西十六里接待寺西，宋大觀中郡守李茂誠譔記，載梁祝事，皆信史，非虞初九百之言也。略云：神諱處仁，字山伯，姓梁氏，會稽人。母夢日貫，懷孕十二月，東晉穆帝永和壬子三月一日，分瑞而生。幼聰慧有奇，長就學，篤好墳典，嘗從名師。過錢塘，道逢一子，容止端偉，負笈渡航，相與坐而問曰：『子爲誰？』曰：『姓祝，名貞，字信齋。』曰：『奚自？』曰：『上虞之鄉。』『奚適？』曰：『師氏在邇。』從容與之討論旨奥，怡然相得，神乃曰：『家山相連，予不敏，攀鱗附翼，望不爲異。』於是樂然同往。肄業三年，祝思親先返。後二年，山伯亦歸省，之上虞，訪信齋，無識者。一叟笑曰：『我知之矣，善屬文者，其祝氏九娘英臺乎？』踵門引見，詩酒而別。山伯悵然，始知其爲女子，慕其清白，告父母求姻，奈何已許鄮城廓頭馬氏，弗克。簡文帝舉賢良，郡以神應召，詔爲鄮令，嬰疾弗瘳，囑侍人曰：『鄮西清道源九壠墟，爲地葬。』瞑目而殂。寧康癸酉八月十六日晨時也。郡人不日爲之塋焉。明年乙亥暮春丙子，祝適馬氏，乘流西來，波濤勃興，舟航莫進，駭問篙師，指曰：『無他，乃山伯梁令新塚，得非怪與？』英臺遂臨塚奠，哀慟地裂，而埋璧焉。從者驚，引其裙，風裂若雲，飛至董谿西嶼，而墜之。馬氏言官，開槨，巨蛇護塚，不果。郡以事異聞於朝，丞相謝安奏請〔一〕，封義婦塚，勒石江左。至安帝丁酉秋，孫恩寇會稽，及鄮妖黨棄碑於江，太尉劉裕討之，神乃夢裕以助，夜果烽燧熒煇，兵甲隱見，賊遁入海，裕嘉奏聞，帝以神功，褒封義忠神聖王，令有司立廟焉。越有梁王祠，西嶼有前後二黃裙會稽廟，民間旱澇疫癘，商旅不測〔二〕，禱之輒應。宋大觀元年季春，詔集九域圖誌及十道四蕃誌，事實可考，以紀其傳不朽云。《冢墓志》云：俗傳以墓土置竈上，則蟲蟻不生。惟不言化蝶事，今上海有梁山伯廟，在貝勒路迤北。（十二月十三日）

【校記】

〔一〕丞：底本作『亟』，據文意改。

〔二〕不：底本作『大』，據文意改。

《山堂肆攷》：『俗傳大蝶必成雙，乃梁山伯、祝英臺之魂。又曰韓憑夫婦之魂。』《寧波府志》：『吳中有花蝴蝶，橘蠹所化也。婦孺以梁山伯、祝英臺呼之。黑而有彩者曰梁山伯，純黃色者曰祝英臺。』曩年□風任調護者見前，政黑質彩章，安定令君之靈歟？三生情種，何韻如之。

某太史官京師，屋浮於人。其姻家某君新除內閣舍人，絜眷北上，途次馳書，謀假餘屋以居。太史得書，爲之汛掃裝垔，凡棲屑所需，布置殊井井。並集句爲聯，題其寢室之門，曰：『天下有道，我黻子佩。』『空山無人，水流花開。』舍人甫卸裝，見之軒渠不已，旋曰：『是非觥罸，不可。』太史曰：『本當置酒，爲君洗塵也。』

太史又言：曩督學某省，偶試事值歲杪，經義以『曰爲改歲』命題，一生試藝起句云：『黯然消魂者，度歲而已矣。』以下數百餘言，皆跅弛牢騷語，信極寒酸況味，而不涉乞憐，氣息尤近淹雅，非徒工帖括者能道。太史賞異之，而擯之某山之外，程式乖也。欲招致而濡煦之，甚惜其無從也。（以上三則，十二月十四日）

五七言排律，別人多有之。六言排律殊僅見，歙人潘之恆《京師燕九節作六言詩以紀所見》云：『燕市重逢燕九，春遊載選春朝。寒城旭日初麗，暖谷微陽欲嬌。公子高褰錦障，侍中齊插金貂。書傳海外青鳥，箭落風前皂雕。翟茀烟塵驟合，馬蹄冰雪全消。張羅釋兔求雉，投博呼盧得梟。劍說荊卿匕首〔一〕，舞憐蠻女纖腰。鬪蛾人勝爭貼，怖鴿天花亂飄。臺上試聽蕭史，峯頭方駕玉喬。寶幢星斗斜挂，仙樂雲璈碎敲。高輔少年任俠，倡樓大道相邀。寄言洛社豪舉，莫笑春光不饒。』燕九節者，丘真人名處機，生於金皇統八年戊辰正月十九日，自元以來歷數百禩，京畿黎庶每於是日致酒漿祠下，不啻歸市，於時松下多玄門，結圜室十餘所，趺坐說法。至於冶郎遊女，紛紜蘿杳，則又謔浪無忌，恬然不以爲怪也，京師人謂之燕九節，之恆詩纂組麗密，如古蕃錦，極玉戛金鏗、縟節繁音之妙。（十二月十五日）

【校記】

〔一〕匕：底本作『卿』，據文意改。

昔人禁體詩，禁用某某等字，如歐陽文忠公在潁州詩《雪》，勿用玉、月、梨、梅、練、絮、白、舞、鵝、鶴、銀等字是也。坡公聚星堂《雪》詩仿之，亦有限用某某等如干字者。武進徐尚之書受《教經堂談藪》云：『予在洛陽，與諸子約爲詩課，務極巧思，如閨情，限溪、西、雞、齊、啼爲韻，中用一、二、三、四、五、六、七、八、九、十、百、千、萬、半、雙、兩、丈、尺、重，共十九字，本前人曾有此作，予因廣之，爲四首。《春》詩曰：「千迴萬轉隔花溪，四照屏連六曲西。歸夢一雙梁上燕，牟尼百八枕邊雞。重三下九春情亂，五兩輕帆尺幅齊。七十二鱗空自杳，食前方丈半含啼。」《夏》詩曰：「百尺陰濃九曲溪，二三蟬噪四橋西。一從萬里懷征騎，半起重門感晝雞。鴛失兩雙羅帶結，蓮開十丈藕根齊。六張五角千愁迸，七八歸期暗自啼。」《秋》詩曰：「一規三五半烟溪，丈尺裁成畫閣西。心緒萬千愁緒佛，秋光九十聽莎雞。四弦六孔閒情嬾，七夕雙星別感齊。百兩不堪重憶候，方年二八那知啼。」《冬》詩曰：「七八山禽集凍溪，吹簫十四小樓西。重重翠掩雙釵鳳，九九寒消五夜雞。一二尺書占未準，淒涼丈室影誰齊。百年三萬六千日，半窗離愁兩兩啼。」』（十二月十六日）

又依前限字例，分詠古媛，得《西子》詩曰：『百丈春愁漲越溪，盈盈二七舊家溪。八臣策祕重門析，四境軍馳半夜雞。教舞十年雙袖惋，締歡一月九幽齊引王軒事。五湖三萬六千頃，咫尺吳宮兩淚啼。』《談藪》又有《秋閨》詩，韻同前，中順用『江流有聲，斷岸千足』、『山高月小〔一〕，水落石出』，共十六字。詩曰：『江流盡處有清溪，聲斷寒砧日又西。遠岸服窮千里雁，尺書夢繞五更雞。關山紫塞高秋感，歲月黃華小徑齊。水膩聚脂釵鳳落，石尤還記出門啼。』又：『江流飄轉過橫溪，有恨無聲畫閣西。斷岸千尋遺尺鯉，暗燈兩處愴寒雞。山高月小秋初冷，水遠天遙夢不齊。寥落只今形化石，自君之出萬行啼。』（以上二則，十二月十七日）

【校記】

〔一〕山高：底本作『高山』，據蘇軾《後赤壁賦》及下二詩改。

徐尚之限字詩，有閨秀之作，較尤渾雅者，吳學素字位貞，婁縣人。編修顧偉權室，有《蔭綠閣詩草》。相傳徐澹園尚書雅集東山，以閨怨命題，限溪、西、雞、齊、啼韻，中用一、二、三、四、五、六、七、八、

九、十、百、千、萬、兩、丈、尺、半、雙等十八字。一時名宿均多棘手，顧太史以語位貞。援筆伸紙，立就一律，藝林傳誦，詩云：『百尺樓頭花一溪，七香車斷五陵西。六橋遥望三湘水，八載空驚半夜雞。風急九秋雙燕去，雲開四面萬山齊。子規不解愁千丈，十二時中兩兩啼。』見《正始集》。又藍燕同題同體一首：『六七鴛鴦戲一溪，懷人二十四橋西。半生書斷三秋雁，萬里心懸五夜雞。蠶作百千絲已盡，烏生八九子初齊。誰憐方寸愁盈丈，刀尺抛殘雙玉啼。』（十二月十八日）

濟南歷山舜廟楹言：『高山仰止，景行行止。卿雲爛兮，糺縵縵兮。』武陵王夢湘以愍譔，漚尹述。下二句屬對，時代恰合，工巧無論。夢湘，同光間湘野後七子之一。（十二月十九日）

證璧集

四卷

《證璧集》，原名《祥福集》，凡四卷，此輯非一般選輯文字，皆古今人辨誣之作，多有況氏補證，亦有況氏獨立辨證的數篇。況氏託旨深摯，篇篇皆著其心意，故全錄於此。此據民國時刊《惜陰堂叢書》本錄入。

自序

況周頤

頤韶齔學爲文，先嚴嘗誡之曰：『語作吉祥，能載福。』頤服膺，弗敢忘。凡爲前人辨誣之文，皆吉祥文字也。時局狼疐，言妖競作，節義之風弁髦滋懼，當趨庭之日，誠意料不及此。信復雅之閎辯，寓救世之微權，尤爲當務之急矣。唯是殊鄉梗汎，藏弆無多，一鱗半甲，草之搗網，聊爲嚆矢云爾。若甄錄靡遺，則敬稯異日。光緒丙午小暑，臨桂況周頤自識於蕙風簃。

是集舊名《祥福》，越十八年，甲子五月授梓於滬濱，改名《證璧》，仍存舊序如左，周頤記。

證壁集卷一

辨夏啓失道之誣《新義錄》

太平孫壁文玉塘

朱蘭坡曰：姚氏鼐謂《墨子·非樂篇》引逸書《武觀篇》云『啓乃淫溢康樂』，因以啓爲失道之君。案：江氏聲、畢氏沅謂舊本《墨子》『乃』字作『子』字，謂啓子太康也。不然。啓敬承禹道，見於《孟子》。何至淫溢康樂乃爾？豈孟子不足據、墨子轉足據耶？今所傳《墨子》譌脱最多，觀畢氏校本自知。戴氏震又謂《竹書》於『啓巡狩舞招』後紀：『十五年，武觀以西河叛。』武觀，卽五子，五子作亂，實啓失道有以致之。夫以敬承禹道之啓，僅一巡狩舞招，遂斥爲淫溢康樂而致五子之亂耶？按：《史記·夏本紀》謂禹子啓賢，天下屬意。與《孟子》合。且啓立九年，而崩年九十一，初踐阼時年已八十有三矣，又何能爲淫溢康樂耶？

辨微子面縛銜璧之誣《蕉軒續錄》

定遠方濬師子嚴

『微子去之』，朱注：『微子見紂無道，去之，以存宗祀。』本何晏《集解·書我》。舊云：『刻子王子弗出，我乃顛隮。』孔安國傳：『今若不出逃難，我殷家宗廟乃隕墜無主。』故東坡先生於『人自獻於先王』句注云：『人各自以其意貢於先王，微子以去之爲續先王之國，箕子以爲之奴爲全先王之嗣，比干以諫而死爲不負先王。』蔡沈《集傳》據《左傳》逢伯答楚子問，許男面縛銜璧，衰絰輿櫬，以武王克商，微子啓如是，斷爲微子適周在克商之後。濬師按：成王既殺武庚，封微子於宋，以奉湯祀，是微子受封在成王時，安得有面縛銜璧等事？觀《武成》所載，釋箕子囚，封比干墓，式商容閭，並未語及微子，可知其早已行遯也。當紂之荒淫，微子痛殷將亡，謀於箕、比，其辭悱惻，千百世下，猶想見其忠君愛國之忱。得父師片言而其志始決，何則？前之數諫，既不聽從，今之民心，已成讐敵，惟有遯之一法，冀存殷家一線之遺。設當時民無離德，旅不倒戈，我知微子必能復煽王燼，聲周、武以不臣之罪，安九鼎而中興。夷、齊，何人乎？奮其孤忠，尚扣興王之馬，豈忠如微子，甘爲降虜，貽偷生隱忍之羞？蓋天時人事無可如何，至此實有不得不去之勢矣。陳同父曰：武庚之叛爲孝子，吾亦曰微子之去爲忠臣，迨其後作賓王家，宏乃烈祖。馬仍殷舊，鷺振西雝，作詩者固以客禮待之，而明其非周之臣子也。抑更有説者，《左傳》：『僖公六年，楚子圍許，許男面縛銜璧，大夫衰絰，士輿櫬。』微子，殷之宗室，位實子爵，無論不敢以君自居，即使面縛銜璧、而衰絰與輿櫬，孰爲其大夫士而相從以適周也？逢伯之説誣，蔡沈信逢伯之説，不愈誣耶？揖讓之局，變而爲征誅；虞賓之位，變而爲銜璧，竊恐後世亂臣賊子必有藉以爲口實者，故不得不辯。若司馬氏持祭器至軍門之辭，則更不足論矣。

辨孔氏三世出妻之誣《重論文齋筆錄》

蕭山王端履小穀

讀全謝山《先聖前母祀典》： 或問云孔氏三世出妻，稍有識者，無不知其妄也。古人固不諱出妻，然不應聖門獨如是之多。彼爲此語者，始於《檀弓》，《檀弓》之誣先聖及諸高弟，不一而足，而此爲甚。且鄭康成之解亦與王肅異。康成言： 先君喪，出母，是聖父出妻。伯魚之母死，期而猶哭，是先聖出妻。子上之母死而不喪，是子思出妻。而子思之母死於衛，則以爲伯魚死而嫁。是聖門四世三出一嫁，亦不幸之甚矣。王肅又變其說，謂聖父出妻，卽子思所言先君子喪出母也。伯魚出妻，卽子思之母死於衛也。子思出妻，卽子上之母死而不喪也。而於先聖之出妻，則爲之泯其事。乃後人之言又與康成、王肅異，謂子思所云先君子指伯魚，是先聖出妻，而伯魚、子思亦皆出妻，則聖父又幸免，不特其事之誣妄，又可見其說之倏移而上，倏移而下，初無定也。端履案： 出母云者，謂所出之母，卽今之所云生母也，若被出之母，則《喪服》明云出妻之子爲母，蓋出之名，夫可施之於妻，子不忍加諸其母，故變其文曰出妻之子爲母，係夫言，不係子言。聖人緣情制禮，其不得稱爲出母，明矣。若所生之母，則《喪服》曰『庶子爲父後者爲其母』，《傳》曰何以緦也，傳曰與尊者爲一體，不敢服其私親也。此指爲父後者，言也。又曰公子爲其母練冠麻，麻衣縓緣，既葬，除之。此指未爲父後者言也。若孔氏喪出母與不喪出母，則其義有別，蓋伯魚之母，對子思言。先君子是指伯魚而言。疏以爲謂孔子，孔子之母徵在未嘗被出，且是繼室，並非妾母。後升於嫡，故伯魚喪出母，所謂道隆則從而隆也。子上之母不升於嫡，故子上不喪出母，所謂道汙則從而汙也。觀子思言爲伋也妻者,是爲白也母,不爲伋也妻者,是不爲白也母,其義顯然。蓋子上之母於子思爲妾而不爲妻也。然則子思之母死於衛,何也?曰子思嘗仕於衛矣,當是奉其母以行,故死於衛也猶今之迎養。觀柳若之言與子思之答,則非伯魚死而改嫁,明矣。桉:曹寅谷云:子思當繆公初年,已七十五歲。孔子卒於哀十六年,凡七十一年,伯魚先孔子四年卒,子思僅生數月耳,伯魚安得出其妻?此說精碻。諸書謂孔子卒時,子思已二十餘歲,何以祖孫之間無一問對告語?且孔子之喪,皆門人治之,無一言及於子思,則孔子卒時,子思年幼無疑。

又

歸安沈□□畏堂

自古說經之謬,至害倫傷教誣聖,未有甚於孔氏三世出妻之說者也。謬始於《家語》,陳澔注《檀弓》因之,相沿而不敢易。後有辯者,並謂《檀弓》不足信,豈不過哉?《儀禮》七出之中無子、惡疾二端,先儒猶以爲疑,至曾子蒸梨不熟之出,則尤君子所不敢信者。出妻事大也,豈孔氏三世而皆有是事哉?且《檀弓》亦未嘗有三世出妻之文也。客難之曰:《檀弓》之文亦明矣,說者亦非無見矣,使伯魚之母出,非期而猶哭,常也,夫子何以嘻其甚乎?子思,魯人也,母非出,曷爲死於衛?出非嫁於庶氏,門人何以云庶氏之母不當哭於孔氏之廟乎?子思曷爲引過而哭於他室乎?柳若言四方觀禮,盍慎之?子思云無其時,曷慎乎!若子上之母爲出母,有明文矣,使非出,曷爲死而不喪?使非三世出,門人何以問子之先君子喪出母?子思何以云然乎?又何以云先君子無所失道,道隆則從而隆,道汙則從而汙,伋則安能乎?且何以云不爲伋也妻,是不爲白也母乎?此其說果盡誣乎?如曰誣,則《檀弓》已誣之矣。畏堂先生曰否否，《檀弓》，古之知禮者，詎誣耶？說者誣甚。《儀禮》云：父在，爲母期喪服。四制云：父在，爲母齊衰。期者，見無二尊也。夫父在，服母三年者，唐開元以後之禮。周禮只服期，踰期，故不得哭，詎以出而不得哭乎？且孔子年十九，娶宋亓官氏，期年而生伯魚，年六十六，亓官夫人卒，錯見《家語》及《闕里誌》、《素王事記》，不聞有出妻之事也。即曰《家語》不足信，《誌》、《記》不足信乎？《誌》、《記》不足信，《儀禮》與喪服『四制』不足信乎？此一誣也。夫伯魚之母非出母，子思、子上之母，出母也。出母者，今之生母也，與《爾雅》甥謂之出、《左傳》康公我之自出，出字同義，非《儀禮》出妻之出也。乃以出母之出，混出妻之出，不亦誣乎？且以子思之母論，《喪服小記》云：『爲父後者爲出母，無服。』朱子曰：『此尊祖敬宗、家無二主之義。』《小記》又云：『妾祔於妾祖姑。』《雜記》云：『主妾之喪，祭殯不於正室。』是子思惟爲父後，故曰無其時，詎出而無其時乎？子思之母，妾，故不得哭於廟。詎出而不得哭於廟乎？客曰：何居死於衛也？曰：子思居於衛，寇至不去，見《孟子》。子思居衛曰：吾無列於魯而祭在衛，見《孔叢子》，是子思仕衛，母就子養，固理之常。子思，魯人，往來於魯，亦事之常。如云嫁於衛，豈所嫁之國適仕國乎？如云嫁於庶氏，詎所嫁之族適曰庶氏乎？門人以爲庶氏之母者，蓋不敢慢稱妾母，亦不得混稱庶母，故云庶氏之母，詎庶氏與孔氏對舉，是亦爲族氏乎？果爾，經之稱氏者甚多，如君氏、夫人氏、伯氏、仲氏者不一，豈亦爲族氏之氏乎？此又誣也。若子上之母死而不喪，即爲父後者爲出母無服之義，而子思不云爾者，蓋有故矣。夫門人問子先君子，孰謂？謂孔子也，非謂伯魚。伯魚之母爲亓官夫人。道隆從隆，道汙從汙者，亦謂孔子也。按《禮緯》：嫡長稱伯，庶長稱孟，則伯魚之母爲嫡母，非出母也。且道隆從隆，道汙從汙，伯魚亦不足當所云。《家語》云：某娶施氏，生九女；妾生孟皮，有足病，乃求婚顔氏，則顔母之歸施母，殆無恙也。明李東陽修《闕里誌》，詳施氏終身與聖父相守，自注出《祖庭廣記》，則孔子之母亦庶矣。載考《檀弓》，孔子既祥，五日彈琴而不成聲，十日而成笙歌，是孔子固喪出母矣。孔子既喪出母，自不得援《小記》以爲對耳。如云出母爲被出之出，豈孔子之母亦被出乎？將不獨三世，而又四世乎？若所云伋則安能者，聖達節賢，守節之常，所云不爲伋也妻，即不爲白也母者。妻，嫡妻也；母，嫡母也。子上之母庶，故云然，詎以出而云然乎？此又誣也。客曰：如子言説，《檀弓》者誣矣。然以出母爲生母，亦有説耶？曰：徧考三《禮》，皆無生母之稱，豈生母竟不一及？凡言出母者，皆生母也。又《儀禮·期服》云：『夫爲妻，出妻之子爲其母。』如出母非生母，何不直言乎？子爲出母，而必曰出妻之子爲其母乎？蓋妻與夫對，可言出；母與子對，不可言出。故雷氏注云：無出母之義。故繼夫而言出妻之子，則出母非即所出之妻可知也。出母非即所出之妻，則出母之爲生母可知也。其門人曰庶氏之母，則其爲庶母也明甚。使子思、子上而非庶出也者，則出母不爲生母，子思、子上而爲庶出也者，則出母之爲生母，昭昭矣。今統觀《檀弓》數章，博考之於經傳，旁參之於他説，三世出妻之説，其然乎？其不然乎？嗟乎！聖人，人倫之至，禮教之宗，自説者一朝之誤，致孔氏三世闕人倫之一而滋千古之疑，在日月固何傷，而後之藉口者將視夫婦一倫在無足輕重之列，而修身齊家之道無聞焉，孰階之厲與？是不可以不辯。

辨孔子出妻之誣《鄉黨圖攷》

婺源江　永愼修

按《年譜》：哀公十年，夫人开官氏卒。昔人因《檀弓》記伯魚之母死，期而猶哭，夫子謂其已甚，因謂孔子出妻。近世豐城甘駇麟紱著《四書類典賦》，辨其無此事，云：《檀弓》載門人問子思曰：子之先君子喪出母乎？此殆指夫子之於施氏而言，非謂伯魚之於开官也。初叔梁公娶施氏，生九女，無子，此正所謂無子當出者，《家語後序》所謂叔梁公始出妻是也。此說甚有理，施氏無子而出，乃求婚於顔氏，事當有之。其後施氏卒，夫子爲之服期，蓋少時事。門人之問，明云子之先君子喪出母，是謂夫子自喪出母，非謂令伯魚爲出母服也。子思云：『昔者，吾先君子無所失道，道隆則從而隆。』此語尤可見孔子雖有兄孟皮，妾母所生，則孔子實爲父後之子。在禮，爲父後者爲出母，無服，聖人以義處禮，父既不在，施氏非有他故，不幸無子而出，實爲可傷，故寧從其隆而爲之服，設有他故被出，則『當從其污，不爲之服矣，所謂無所失道者也』。若伯魚之母死，當守，父在，爲母期之禮，過期，當除，故抑其過而止之，何得誣爲喪出母也？甘氏說有功聖門，特表出之，並補其所未盡之説。

辨叔姬歸酅事《蕉軒續録》

方濬師

紀文達《筆記》載：『《周書》：「昌記一人夢古妝女子謂曰：『我隱公七年歸紀莊公，二十年歸鄘。』」相距三十四年，已在五旬以外，以斑白嫠婦，何由知季必悅我越國相從』云云。案：叔姬歸鄘在莊公十二年，不應作『二十年』。隱公七年至十一年，共五年，中間桓公十八年，再加莊公十二年，共三十五年，不應作三十四年，文達一時忘檢也。

況周頤曰：文達筆記之意，特欲爲叔姬辨誣耳，年數顯然，自是正論，託諸夢幻，殊可不必。方氏攷訂尤碻，節錄如右。

辨以班處宮公穀之誤解《攷古錄》

孫璧文

《左傳》『定四年』：『吳入郢，以班處宮。』謂以尊卑班次居王與大夫之宮耳。《公》、《穀》誤以宮爲室，且以室爲妻，因責吳王不當妻楚王之母。《越絕書》並云『子胥妻楚王母』，均爲謬說。後儒謂昭王入睢時，尚能取其妹，豈轉自棄其母？駮訐頗正，究無實據。愚按：劉向《列女傳》曰：伯嬴者，楚平王之夫人，昭王之母也。吳入郢，昭王亡，吳王盡妻其後宮。次至伯嬴，伯嬴持刃曰：『妾聞生而辱，不若死而榮。若使君王棄其儀表，則無以臨國，妾有淫端，則無以生世。一舉而兩辱，妾以死守之，不敢承命。』於是吳王慚，遂退舍。君子謂伯嬴勇而精壹，據此知，吳王所妻者後宮，而非昭王之母也。昭王之母義烈如此，而《公》、《穀》誣之，設無《列女傳》，誰爲昭雪耶？

辨息夫人不言生子之誣《頤道堂文集·桃花夫人廟書事》

錢塘陳文述退庵

漢陽月湖郭公隄崇福寺有桃花夫人祠，卽息夫人也，前江西吳城同知徐君芝田所建，因其族弟楚北州牧閬齋有《桃花夫人贊》，兩淮都轉曾公又爲之書後也。閬齋之爲此贊，以大別山有桃花洞，省志本有此祠，久已頹廢，閬齋欲復之，未及而卒，芝田爲成其志也。論者或據《左傳》夫人入楚宫，生子堵敖及成王，有乖從一之義，爲不應祀。或援劉向《列女傳》夫人賦『穀則異室，死則同穴』之詩，以死殉息君爲應祀。按《韓詩外傳》：『楚伐息，虜其君，使守門，夫人賦《大車》之詩，要息君同死。』則韓《詩》又劉《傳》所本也。兩說並行，終以生子爲失節，同死爲晚蓋，議者迄無定論。余嘗就《春秋》、《世本》、《史記》諸書考之，知堵敖、成王非夫人所生也。何以言之？楚武王始僭王號十九年，爲魯隱公元年，始入春秋，在位五十一年。楚文王卽位，始都郢。文王卽位之年雖無明文，度非少壯未授室者。八年滅息，在位十三年卒，子熊囏立，是爲杜敖，卽堵敖也。以八年滅息計，假令逾年生堵敖，則九年也，十三年而卒，則堵敖五齡耳。成王，堵敖弟也，假令再逾年生成王，則堵敖卽位之年，成王四齡耳。堵敖在位三年，罹弟熊惲之難，熊惲自立，是爲成王，則是堵敖七齡見殺於弟，成王六齡，弑兄自立也，世恐無是理也。是堵敖之立不止五齡，成王之弑兄自立亦斷不止六齡也，則堵敖及成王均非夫人所生也。既非夫人所生，則無不言生子之事。無不言生子之事，則左氏不足信，而韓《詩》、劉《傳》爲可據矣。且楚文亦非甚愚闇也，既因夫人之美滅人之國而有之，不投息君於荒遠，而使之守門。夫人既相從生子矣，不置之於深宮燕寢，而使其夫婦相見賦詩，此情事之所未必有者，則夫人雖被擄，其不從楚王也明矣。既不從楚王，則仍使從息侯以居，古人仁厚於亡國之君，度必位置其孥，非必盡殲滅之也，義夫節婦，聽其從容畢命焉，此則情事所有也。守門者，使人守其門，防其逸耳，非使息侯守楚宫之門也。故《大車》之詩首章曰『畏子不奔』，次章曰『畏子不敢言』，未嘗無大車可行，而畏此毳衣守門之人，故寧不奔而同死耳。蓋夫人以美色致累，而潔清自矢，見於蔡侯勿賓之日。因美色而滅人之國，此楚王之無道，於夫人固無咎也。且楚方有薦食上國之勢，將圖陳、鄭以通北方，息與蔡實爲之障，固未能一日忘情，亦非必盡因夫人之故也。至以桃花之號爲疑，則又不然，『桃之夭夭，灼灼其華』，《周南》以美之。『子何彼穠矣，華如桃李』，《召南》以比王姬。三代以上，牡丹、芍藥未見重於世，則稱桃花者，亦美其顏色之豔耳，非有輕薄之見存也，桃花又何足爲夫人詬病乎？且出於他人之品題，夫人固不自以爲桃花也，卽自以爲桃花，而顏如渥丹，心如冰雪，亦何損於美人之嬋娟乎？《關雎》、《葛覃》，宫闈不皆嫫母，貞姬、烈女，與春蘭秋菊競芳也久矣。深宫事祕，不言生子，雖楚之廷臣有不及知，卽傳聞有此辭，亦俗語不實，流爲丹青耳，且安知不藉此爲口實以滅蔡也？僭王猾夏，不能加以斧鉞之誅，而但醜以帷薄之褻，左氏浮誇，昌黎已有是言。則不特不言生子，全屬子虛，卽子元之爲館振萬，亦未可信爲實事矣。

又《攷古録》

孫璧文

吾鄉朱蘭坡先生《桃花夫人廟辨》，謂生子不言之説，準之情理，殊不可通。大抵男女之合，必綢繆歡洽，然後陽施陰受，誕育可期。息嬀非泥人木偶，一索再索，衽席之横陳，業經久安，何既不惜體膚，轉瘖無一言？況宫闈深祕，枕上喁喁私語，誰知之者。數年來，果有人夕夕伺聽，無一刻之閒，故爲徵其實而播其名乎？且既不言矣，何楚子問之而又言，豈初時不可言而至此忽可言乎？抑此數年抱衾裯寂寂，當御楚子，絶不强之言，至此而始問之乎？自相矛盾，恐左氏無從置喙。魏默深《詩古微》曰：攷《列女傳》之用左氏者二十有七事，母儀二、賢明三、仁智六、貞順四、節義三、孽嬖九。果息夫人如左氏説不言而生二子，劉向豈肯掩其失節，列之貞順？當是向子歆憤嫉太常博士謂左氏不傳《春秋》之議，百計求申左氏，既藏於祕府，不在民間，遂得恣意改竄，凡唐宋來所藉爲攻左之口實者，類皆歆所附益。然則左氏原本所載息夫人事，當與《列女傳》同，特爲歆所竄亂耳。蘭坡先生又謂息夫人之不言，殆虜入楚宫，未死之前，早蓄死志，而欲乘閒與息君别，明其心迹，故堅忍以俟他國，傳聞遂籍籍以不言著，後竟莫詳死之狀何，若意其終不死也，左氏遂從而書之耳。如此解釋不言之故，雖系臆説，卻與情事相符，然終不若劉歆改竄之説較長也。

辨息夫人非息嬀

會稽陶方琦子縝

息夫人，非息嬀也。余閲《湖北通志》，於漢陽祠廟下載息夫人廟，云在大别桃花洞，卽桃花夫人也，近猶廟祀不改。竊謂廟顔息夫人，此古義之尚存也。當時楚子爲息嬀之故而滅息，是息君之身死國亡，息嬀爲之也。息嬀爲之，不能出一死以殉息君，而靦顔從楚文以歸，此失節之孽妃、傾城之哲婦，當時羞稱之，烏足以廟食百世下哉？不知所祀者，非息嬀，乃息夫人也。攷《列女傳》曰：夫人，息君之夫人也。楚伐息，破之，虜其君，使守門，將妻其夫人，而納之於宫。楚王出游，夫人遂出見息君，謂之曰：『人生要一死而已，何至自苦？妾無須臾而忘君也，終不以身更貳醮，生離於地上，豈如死歸於地下哉？』乃作詩曰：『穀則異室，死則同穴。謂予不信，有如皦日。』息君止之，夫人不聽，遂自殺，息君亦自殺，同日俱死。楚王賢其夫人守節有義，乃以諸侯之禮合而葬之。君子謂夫人説於行善，故序之於詩。夫義動君子，利動小人，息君夫人不爲利動矣。詩云：『德音莫違，及爾同死。』此之謂也，此《魯詩》之説也。劉更生頌云：『楚虜息君，納其適妃。夫人持固，彌久不衰。作詩同穴，思故忘新。遂死不顧，列於貞賢』云云。夫人之位亞於適妃，故更生以息嬀爲適妃者，是也。乃知被虜者爲息嬀，殉死者爲息夫人，合而一之，則誤也。故左氏言楚子滅息，以息嬀歸。先皆言息嬀，後乃言文夫人，而從無言息夫人者。《列女傳》曰：『夫人，息君之夫人也。』則亦標而出之，以别於息嬀。自後人不善讀古人書，每好以浮游無據之詞輕點名節，千百載後，有心尚論者往往慨之，息夫人事，亦其一也。況地近申息之舊壤，以息夫人之視死不奪，貞藾絕倫，褘鞠馨烈，流衍故里，其祀之於數千年下，而不湮其義節，亦人心之不死也。然徐嵩、曾燠所爲碑志，固誤讀左氏之文，以息嬀之事横加俳薄，皎皎如息夫人，豈容磨涅？特世無《列女傳》，將不得昭雪，豈不可慨哉？至近人能讀《列女傳》者，又不尋繹中壘之頌辭，而妄以息嬀謂卽息夫人，强爲解説而坿會之，微特左氏與魯詩古書相盭，抑亦息夫人所不受也。唐人宋之問《題桃花洞息夫人廟》詩云：『可憐楚破息，腸斷息夫人。仍爲泉下骨，不作楚王嬪。楚王寵莫盛，息君情更親。情親怨生别，一朝俱殺身。』此亦本之《列女傳》頌贊而已，知廟祀者乃息夫人，非息嬀矣。始信古人讀書不肯苟且，安能盡得左驗皆如息夫人者，一一而表襮之也？

辨西施從范蠡之誣《西溪叢語》

宋姚　寬令威

《吴越春秋》云吴國西子被殺。杜牧之詩云：『西子下姑蘇，一舸逐鴟夷。』東坡詞云：『五湖聞道，扁舟歸去，仍攜西子。』予問王性之，性之云：『西子自下姑蘇，一舸自逐范蠡，遂爲兩誼，不可云范蠡將西子去也。』

又《升庵外集》

明楊　慎

世傳西施隨范蠡去，不見所出，只因杜牧『西子下姑蘇，一舸逐鴟夷』之句而坿會也。予竊疑之，未有可證，以折其是非。一日讀《墨子》，曰：『吳起之裂，其功也；西施之沈，其美也。』喜曰：此吳亡之後西施亦死於水，不從范蠡去之一證。墨子去吳越之世甚近，所書得其真，然猶恐牧之別有見。後檢《修文御覽》，見引《吳越春秋》逸篇云：『吳王亡後，越浮西施於江，令隨鴟夷以終。』乃笑曰：此事正與墨子合，杜牧未精審，一時趁筆之過也。蓋吳既滅，卽沈西施於江，浮沈也，反言耳。隨鴟夷者，子胥之譖死，西施有力焉，胥死，盛以鴟夷。今沈西施，所以報子胥之忠，故云隨鴟夷以終。范蠡去越，亦號鴟夷子，杜牧遂以子胥鴟夷爲范蠡之鴟夷，乃影撰此事，此墮後人於疑網也。又皮日休《館娃宮懷古》云：『不知水葬歸何處，谿月彎彎欲效顰。』李商隱《景陽井》云：『惆悵吳王宮外水，濁泥猶得葬西施。』亦叶此意。

又《訂譌類編》　仁和杭世駿大宗

《西谿》載《吳越春秋》所云西施被殺，別無所考。意所謂被殺者，卽沈之於江，非刑殺也。陸廣微《吳地記》引《越絕書》曰：『西施亡吳國後，復歸范蠡，同泛五湖而去。』今本又無此條。升庵引《墨子》及皮、李詩以證沈江之說，確不可易，至杜牧詩有『一舸』字，明係誤用，不得爲之曲解也。

況周頤曰：升庵不能駁正魏端禮謬說，雪朱淑真《生查子》之誣，而於西施獨能破千載疑網，何也？其論淑真，誤於耳食端禮舊說。而西施事，則於讀《墨子》及檢《修文御覽》，竝有心得。耳食與心得，奚啻霄壤？又桉：王子年《拾遺記》：『越謀滅吳，蓄天下奇寶、美人、異味以進於吳，美人一名夷光，一名修明，夫差目之，若雙鸞之在輕霧，沚水之漾秋蕖，妖惑既深，怠於國政。及越兵入國，乃抱二人以逃吳苑。越軍既入，見二人在竹樹下，皆言神女，望而不侵，今吳城蚰門內有折株，尚爲祠神女處。』子年之書，時代在姚寬前，其記西施事，絕不言從范蠡，可知是說當時未盛傳也。又《樂府雅詞》董仲達《西子詞》第六歇拍云：『哀誠屢吐，甬東分賜。垂暮日，置荒隅，心知愧。寶鍔紅委。鸞存鳳去，辜負恩憐，情不似虞姬。尚望論功，榮還故里。降令日，吳亡赦汝，越與吳何異。吳正怨，越方疑。從公論，合去妖類。蛾眉宛轉，竟殞鮫綃，香骨委塵泥。渺渺姑蘇，荒蕪鹿戲。』此詞亦謂吳亡，越殺西施。其曰『鮫綃香骨委塵泥』，又曰『渺渺姑蘇』，亦有沈之於江之意，與升庵所引《墨子》及《吳越春秋》逸篇之言政合。仲達，宋人，如此云云，必有所本，則爲西子辨誣又益一證。

辨語兒亭舊說之非《訂譌類編·續補》

杭世駿

《居易錄》云：浙之石門有語兒亭，《國語》曰禦兒，野史謂句踐使范蠡獻西施於夫差，三年始達於吳，至此亭，生一子，因名語兒亭。案：由越達吳，路由嘉興，嘉本越之北境，非吳地，詳《地譌門》。夫當君臣臥薪嘗膽之日，而范蠡乃以兒女子之情，道路野合，不忠甚矣。何以爲伯佐聲施至今？且吳越相隔一江，信使頻數，三年始達，句踐豈土木偶耶？乃聽其淹留鄰國，置若罔聞，俗語不實，流爲丹青，可爲嘔噱。又案：《越絕》『內經九術』：『越飾美女西施，鄭旦使大夫種獻之於吳。』則又非少伯事矣。紀載之句踐夫人產女於此亭，後破吴，更名女陽，更就李案卽檇李，亦作醉里爲語兒鄉。不足信如此。《越絶·記地》又云：

辨秦始皇爲吕不韋子之誣《綱鑑輯略》

朱璘

秦以詐力兼併天下，論者必深惡痛絶，若有不解之仇焉。仇之不已，遂以暗昧之事互相傳述以實之，如婦人胎氣以十月爲滿，不韋進邯鄲姬於異人，期年而生子政，是納後兩月始受貽也，何得謂知其有娠而獻之？解者曰政生期年踰常期，故知爲不韋子。夫婦人有娠，必一二月而後知，又期年生政，是始皇之生上同堯、禹，下侔漢昭，何仁暴之相去若是耶？不韋以奇貨可居，因進姬以固其心，此小人之常態耳。迨莊襄薨，而不韋既通於太后，如政果係不韋子，何不於此時微露其隱乎？然猶曰懼禍也，其徙蜀自殺之際，尚何所畏忌而不一聲言其實乎？《吕氏春秋》懸之國門，子爲天子，其肯衣錦夜行乎？且假父二弟，始皇已直受茅焦之諫矣，不韋果爲其本生之父，而反甘受何親於秦之責耶？漢人惡其焚書坑儒，且不韋嘗通於太后，不無訛傳，後人遂欲於秦紀分嬴氏、吕氏。真西山謂始皇既立，宜曰後秦。夫秦，固伯益之後，神明之胄也，乃必曰吕，抑何厚於吕而薄於嬴也？《綱目》書秦王薨，子政立。張南軒、丁南湖皆曰嬴政斯爲得體，其事與晉瑯琊王妃通小吏牛金而生元帝，皆無實據，固不得挾李園而議之也。

辨揚子雲投閣美新之誣《焦氏筆乘》

江寧焦　竑弱侯

子雲，古以比孟、荀，自宋人始訾議之，介甫、子固皆有辯，然其《劇秦美新》之作，未有以解也。近泰和胡正甫辨證甚悉，吠聲者當無所置喙矣。正甫之言曰：往予閲揚雄仕莽投閣《劇秦美新》，而《綱目》書：莽大夫怪雄以彼其才而媚莽心，竊鄙之。後見程叔子取其『美厥靈根』之語，愕曰：『雄乃有是語乎？』又韓退之、邵堯夫、司馬君實諸君子咸稱引其説，往往怵予心已。乃取《法言》讀之，其紬六經，翊孔顔，義甚深。又嘗高餓顯，下禄隱，雖不韙屈原，而屢斥公孫弘之吝，且曰如詘道信身，雖天下不可爲也。予則嘆曰：世之論雄，其然？豈其然乎？終無以決於心。最後讀雄傳，稱雄有大度，自守泊如。仕成帝，哀、平間，未言仕莽，獨其贊謂雄仕莽，作符命，投閣，年七十一，天鳳五年卒。余考雄至京見成帝，年四十餘矣，自成帝建始改元，至天鳳五年，計五十有二歲，以五十二合四十餘，已近百年，則與所謂年七十一者，又相牴牾矣。又考雄至京，大司馬王音奇其文，而音薨永始初年，則雄來必在永始之前無疑。然則謂雄爲延於莽年者，妄也，其云媚莽，妄可知矣。蓋予懷此久矣，今年春，按部郫縣，而雄，郫人也。讀其邑志，得於鄉人簡公紹芳辨證，尤悉。簡引桓譚《新語》曰：雄作《甘泉賦》一首，夢腸出，收而内之，明日遂卒。而祠甘泉在永始四年，雄卒永始四年，去莽簒尚遠，而《劇秦美新》或出於谷子雲。以予校之，莽自平帝元始間始號安漢公，今《法言》稱漢公，且云漢興二百一十四載，爰自高帝至平帝末，蓋其數矣。而謂雄卒永始，亦未必然。計雄之終，或在平帝末，則其年正七十餘矣。

因雄歷成、哀、平，故稱三世，不徙官，若復仕莽，詎止三世哉？ 繇是知雄決無仕莽投閣美新之事，而簡公謂班孟堅早世，曹大家輩傳失其實，豈不然哉？ 當平帝末，莽已有都四海、代漢室之形矣，而雄猶稱漢道如日中天，力不能回莽，而假《法言》以諷切之，雄之意至矣。 雄其媚莽者乎？ 諒乎叔子之言曰閣百尺，未必能投。 曰然，則史不足信乎？ 曰太史公記子貢、宰我，一以爲游説，一以爲叛亂，是亦足信乎？ 而孔子主癰疽，百里奚自鬻身，在當時之言比比也，何獨雄哉？ 予悲守道君子蒙誣逮千載，故因簡公之言而畢其説。

又《有不爲齋隨筆》　　桐城光聰諧律元

揚雄箸述，班固敘之本傳甚詳，外此《樂》四篇增入『藝文志・儒家』，《酒箴》一篇附載陳遵傳後，獨不及《劇秦美新》之作。 前人有疑爲僞作者。 余意作此者當在當塗典午之世，蓋欲以譎刺操、炎，若曰事雖甚盛，其如亡也忽焉何？ 或曰： 蔚宗敘《班固傳》，於《典引》云以爲相如封禪，靡而不典；揚雄美新，典而不實，蓋自謂得其致焉。 是固之《典引》正因《美新》而作，安得謂雄無此文？ 不知曰，以爲曰，自謂而總言之曰，蓋皆蔚宗虛擬固意以形容其文，非實事也。 或又疑魏晉人不足擬西漢之作，不知僞古文書且上擬四代，何有於西漢哉！ 蔚宗蓋已莫辨《美新》之爲僞，至蕭氏又取入《文選》，而雄遂集矢千載矣。

辨焦仲卿妻非賢婦之誣《新義録》

孫璧文

張萱《疑耀》謂：『漢末焦仲卿妻劉氏，後人常悲其以嚴姑見逐，卒能守志殺身，予讀其詩，氏非賢婦也。姑雖呵責，姑未相逐，乃氏自請去耳。一還其家，爲弟兄所逼，遂適太守之郎君，此可謂守志不移耶？其舉身赴清池，乃遇仲卿於途，要之以死，恐非其志也。』愚謂此萱讀詩不熟而爲是誣妄之詞耳。今桉其詩云：『妾不堪驅使，徒留無所施。便可白公姥，及時相遣歸。』蓋知其姑不能容，因自求去，所以順姑之意，不詒姑以出婦之名也。果使含忿而去，何以出門時猶云『今日還家去，念母勞家裏』耶？且語小姑云『勤心養公姥，好自相扶將』耶？及府君下聘，明日來迎，果使願爲新婦，何以云『晻晻日欲暝，愁思出門嗁』耶？其出門也，特尋府吏以自明，故云『逼迫兼弟兄，以我應他人』，且自誓以死，故云『卿當日勝貴，吾獨向黄泉』，豈偶爾道遇其故夫耶？『攬裙脱絲履，舉身赴清池』，何嘗適太守之郎君哉？其序云：『氏爲仲卿母所遣，自誓不嫁，其家逼之，乃投水而死。』原自明白，萱從而誣之，不亦傎乎？桉：本詩劉氏名蘭芝。

辨陳思王感甄之誣《粟香四筆》

江陰金武祥淮笙

番禺徐子遠太守《洞淵餘録》云：《文選·洛神賦》注引記曰：『魏東阿王求甄逸女，不遂。後太祖與五官中郎將，植殊不平。黄初中入朝，帝示植甄后玉鏤金帶枕，植見之，不覺泣下。帝以枕賚植。還度洛水，忽見女來，遂作《感甄賦》。後明帝見之，改爲《洛神賦》云云。此事殊不足信，甄后本袁熙妻，當魏武取鄴時，植未從行，無緣見而求之。即謂求於未嫁之先，而既歸文帝，後復賜死，豈有於君前感戀泣下者？且文帝以故后遺物賜植，尤無此理。蓋「感甄」實「感鄄」之譌，植遭忌禁錮，兄弟之間素有怨憾。黄初二年，諸弟皆進爵爲公，獨植改封鄄城侯，故作《感鄄賦》，賦序云黄初三年，正在改封之後，是其明證。甄、鄄字形相似，傳寫致譌。《春秋》「莊十四年」：單伯會齊侯、宋公、衛侯、鄭伯於鄄。杜注：鄄，衛地，今東郡鄄城也。《校勘記》：淳熙本、閩本、纂圖本、監本、毛本，「鄄城」作「甄城」，《釋文》亦作「甄」，云或作「鄄」。灝按：此皆「鄄」之誤也。輕薄之徒繇此造爲邪説，遂成千古莫白之冤，亦可嘆矣。明帝改「感鄄」爲「洛神」，容或有之，蓋以其怨望非爲甄后也。

證壁集卷二

辨《書譜》記王大令事之誣《藝舟雙楫》

涇包世臣慎伯

《書譜》云：「羲之入都，臨行題壁，子敬密拭除之，書易其處，私爲不惡。羲之自都返，見曰：『吾去時，真大醉也。』敬乃内慚。」又言謝安素輕子敬之書，子敬嘗作佳書與安，謂必存録，安輒題後答之，敬深以爲恨。之二説者，不知所自出，大約俗傳，非事實。按：右軍癸亥生，當西晉惠帝太安二年，至甲辰生大令，爲東晉康帝建元二年，至穆帝永和九年，大令年十歲，會蘭亭，尚不能成詩。永和十一年春，右軍辭官誓墓，居會稽，是後斷無入都理。是右軍入都至遲亦永和十年，大令年始十一，焉得有拭除父書而别作之事乎？謝安長於大令二十四歲，大令始仕，係爲安衛軍長史。太元中建太極殿，安欲大令書其牓，爲百世光，卒以難言而不敢逼，是其極重大令，又焉得不存録大令佳書題後答之之事？況安爲大令父執已，又係其故吏，卽不存録其書，又何至深恨耶？大令臨命時，自言惟念及辭郗氏婚事，深爲疚心，則其他行檢無瑕可知，且南朝深重禮教，東山絲竹，尚貽譏議，以靈寶之悖逆，聞呼溫酒，遂伏地涕泣不可止，況自稱勝父如虔禮所述乎？恣意汙衊，是不可以不辨。

辨陶淵明受桓玄辟之誣《新義錄》

孫璧文

惲子居曰：《直齋書録解題》載蜀本《靖節先生集》，有吴斗南《年譜》一卷、張季長《辨正》一卷，今坊間本止存《年譜》一卷而已。疏謬甚多，而最悖理不可不辨者，則以先生爲受桓玄之辟，此先生出處大節，豈可誣之？桉：昭明太子序曰：『素愛其文，不能釋手，故加搜校，粗爲區目。』是先生之詩並無先後次第也。斗南見《始作鎮軍參軍經曲阿》一章在《庚子自都還阻風規林》、《辛丑赴假江陵夜行塗口》二詩之前，意先生庚子、辛丑起官，可謂固矣。又意其時桓玄方當事，乃以鎮軍歸之，而桓玄傳並未爲鎮軍將軍，遂意殺殷仲堪，後代其任。不知仲堪傳止進冠軍，又辭不受，並未加鎮軍也。是曲折求通而終於不可通也。況戊戌七月，桓玄反陷江州；己亥十月，桓玄反陷江陵，皆在庚子、辛丑前。庚子三月加督八州，辛丑十一月桓偉鎮夏口，明年桓玄大敗王師，遂入建康，豈先生而爲之參佐以奬逆哉？此必無之事也。然則庚子先生至都，何耶？曰：先生《飲酒》詩言遠遊，言飢驅，言營一飽，則非仕事矣。其言阻中途，卽阻風規林事也，是先生以遠遊至都耳，乃瞭然者也。先生辛丑赴假江陵，何耶？曰：先生本傳曰州召主簿，不就。先生既抱羸疾，召主簿，必以疾乞假，至滿則赴之，而終以疾辭，故本詩言投冠，言不縈好爵是也。先生，江州人，州召主簿，應赴江州，而赴江陵者，是時桓玄領江州刺史，駐南郡，是先生以辭主簿至江陵耳，亦瞭然者也。合前後觀之，先生不汙於玄，可信矣。而斗南於千餘載之後誣之，誠何心哉？是故先生爲鎮軍參軍，當以《文選》李善注元興三年甲辰參劉裕軍爲是。裕建義旗，先生從之，故自題『始作』，蓋幸之也，其經曲阿，則裕本始事丹徒，當更有收集之事耳。庚子、辛丑，先生未仕，則《辛丑遊斜川》、《癸卯懷古田舍》二詩俱可通，不必如斗南改辛丑爲辛酉、改癸卯爲辛卯矣。宋人讀書好武斷，斗南至改年歲以就之，可謂怪誕之甚者矣。季長辨正，不知所見同異何如也。

坿　謝康樂像拓本題識石刻在溫州江心寺，篆題：『晉謝康樂遺像。』　況周頤

康樂仕宋，非其志也，故其詩云：『韓亡子房奮，秦帝魯連恥。』好爲山澤游放，知其不可而爲之，寧無保身之明哲？其及於難，若有所弗避焉。五柳先生則書義熙而已矣，所處之地不同矣。康樂列傳《宋書》，屬缶廬題作『晉』，竝識其左方。

辨范蔚宗《宋書》本傳之誣《東塾集·申范》　番禺陳　澧蘭浦

自序

嗚呼！千古之至冤，未有如范蔚宗者也。殺其身，殺其子姪，誣以謀反，誣以不孝，誣以內

亂，備人世之大惡，當時之人誣之，後之史家載之，讀史者從而唾罵之千百餘年於兹矣。澧讀《宋書》、《南史》，而疑其冤，及讀王西莊氏《十七史商榷》，言蔚宗不反，歎爲先得我心，而以其説猶未盡也，復取《宋書》、《南史》讀之，平心考核，誣妄盡出。蓋蔚宗負材嫉俗，驟蒙恩寵，不自防檢。其甥謝綜與孔熙先謀反，蔚宗知之，輕其小兒，不以上聞，遂被誣害以死。乃爲書一卷，以暢西莊氏之説，辭繁而不殺，語質而不飾，如讞大獄，不可不詳且實也。夫三代以下，學術風俗莫如後漢，賴有范書以傳之，袁彦伯《後漢紀》不及也。其書大有益於世，而著書之人負千古奇冤，安得而不申之以告世之讀其書者哉？故是編者所以申范蔚宗也，即所以尊《後漢書》也。惜吾不及見西莊氏而就正之也，同治六年四月陳澧序。

《宋書·文帝本紀》

元嘉二十二年十二月乙未，太子詹事范蔚宗謀反，及黨與皆伏誅。《南史》同

當改云：丹楊尹徐湛之、員外散騎侍郎孔熙先等謀反，熙先與黨與伏誅，殺太子詹事范蔚宗，赦湛之。

范蔚宗聞孔熙先、謝綜謀反，不以上聞，而言彭城王義康釁蹟彰著，請正大逆之罰，宋文帝不納，何尚之遂誣害，以爲賊首而誅之，並誅其子姪。

《宋書·范蔚宗傳》：況周頤按：陳氏全録范傳，分段加以辨論，兹限於篇幅，各標記其起訖。范曄，字蔚宗，順陽人至

故以塼爲小字。

此傳立意，醜詆蔚宗，故首載此事。當時人多有小字，如彭城王義康小字車子，劉湛小字班虎，徐湛之小字仙童，何不載於其傳首耶？且太任溲於豕牢而生文王見《國語·晉語》；蔚宗生於廁，又何足爲醜耶？

出繼從伯弘之至左遷曄宣城太守。

太妃將葬，而舊僚飲酒，何罪耶？挽歌不許人聽，則何必歌耶？《檀弓》云：子夏問諸夫子，曰：『居君之母與妻之喪，居處言語飲食衎爾。』鄭注云：『衎爾，自得貌。爲小君惻隱，不能至。』酣飲，聽挽歌，衎爾，自得而已。江左放誕之風有遠過於此者，義康驕貴妄肆，其怒也。

不得志，乃删衆家，《後漢書》爲一家之作。

謂《後漢書》爲不得志而作，亦不然也。《後漢書》絕無憤激之語，沈休文彊坐以『不得志』三字，以爲謀反張本耳。《南史》又增二語云：『至於屈伸榮辱之際，未嘗不致意焉。』則又因沈休文所謂『不得志』者而傅會之也。王西莊曰：『沈約史才遠遜蔚宗，爲其傳，不極推崇，似猶有忌心。』又曰：『《後漢書》貴德義，抑勢利，進處士，黜姦雄。論儒學，則深美康成；褒黨錮，則推崇李杜。宰相多無述，而特表逸民；公卿不見采，而推尊獨行。立言若是，其人可知，犯上作亂，必不爲也。』澧案：《後漢書·周章傳》云：『殤帝崩，鄧太后立安帝，衆心不附。章密謀立平原王，事覺，章自殺。』蔚宗論之曰：『周章身非負圖之託，德乏萬夫之望，主無絕天之釁，地有既安之勢，而創慮於難圖希功，於理絕不已悖乎？　如令君器易以下議，卽斗筲必能叨天業，則狂夫豎臣亦自奮矣。　孟軻有言曰：「有伊尹之心則可，無伊尹之心則篡矣。」於戲！　方來之人戒之哉。』蔚宗以周章垂戒方來，諄切如此，西莊謂蔚宗必不爲，豈不愈可信哉？

在郡數年遷長沙王義欣鎮軍長史至不罪也。

嫡母亡，而兄報之以疾，非恐其哀痛迫切，何以如此？　既不知母亡，則雖不獨身星奔，本無罪也。劉損奏彈之，蓋誤以爲奔喪，不知其兄報以疾也。

服闋爲始興王濬後軍長史至肥黑禿眉鬚。

此欲詆蔚宗貌陋耳，貌陋，何足爲病邪？　子思性無鬚眉見《孔叢子》，豈可以病子思邪？　且此與上句遷左衛將軍太子詹事、下句善彈琵琶，皆不相屬，蓋徒欲醜詆，遂不顧文法也。

善彈琵琶至暐亦止弦。

王西莊曰：　其耿介如此。

初魯國孔熙先博學至欲引之。

何以云蔚宗意志不滿耶？《何尚之傳》云：劉湛誅時，左衛將軍范曄任參機密，上曰始誅劉湛等，方欲超昇後進。《徐湛之傳》云：劉湛伏誅，殷景仁卒，太祖委任沈演之、庾炳之、范曄等。《沈演之傳》云：以後軍將軍范曄爲左衛將軍，與演之對掌禁旅，同參機密。詔曰：侍中領右衛將軍演之清業貞審，器思沈濟；左衛將軍曄才應通敏，理懷清要，美彰出內，誠亮在公，能克懋厥猷，樹績所莅。演之可中領軍，曄可太子詹事。蔚宗方以後進超昇委任，優詔褒美如此，而云意志不滿，豈不誣乎？且沈休文載此詔於演之傳，而蔚宗傳無一語及之，蓋蔚宗有善可稱，則深沒之，不知其與蔚宗何讐而爲此也？

而熙先素不爲曄所重至其意乃定。

王西莊曰：『江左門戶高於蔚宗者多，豈皆連婚帝室者？而蔚宗獨以此爲怨，亦非情理。蔚宗始則執意不回，終則默然不答，其不從顯然，反謂其謀逆之意遂定，非誣之耶？』澧謂此段皆曖昧不明之語，其謂蔚宗與孔熙先賭博，利其財賨，鄙陋之語，不值一噱。所云閨庭論議，朝野共知，尤爲誣衊。蔚宗《獄中與甥姪書》云：『平生行已猶應可尋，若閨庭有論議，其能詿甥姪耶？』蔚宗之孫魯連爲吳興昭公主外孫，則是蔚宗之子娶天子之外孫女，非連姻帝室耶？且下文云『爲上所知待』，而此云『作犬豕相遇』，相去三十餘字，而矛盾至此耶？

時曄與沈演之並爲上所知待至曄又以此爲怨。

欲誣以謀反，必先誣以怨望，然方超昇知待，無可怨望，不得已，以此事誣之。然此小事，雖褊心之人亦未必遂怨，卽小怨，亦何至謀反耶？王西莊曰：『蔚宗未必以此爲怨，而沈演之則正是忌蔚宗才，妒蔚宗寵而殺之者，見《宋書》演之傳。』澧案：演之傳云：曄與演之對掌禁旅，同參機密，曄懷逆謀，演之覺其有異，言之太祖，曄尋事發伏誅，此沈演之讒害蔚宗之實據也。此事如載於蔚宗傳，則讀史者知蔚宗之死由於演之之讒害，乃沈休文則載此事於演之傳，而於蔚宗傳則深沒其文，使讀者不知蔚宗之死由於演之也，何其巧耶？

曄累經義康府佐見待素厚至上不納。

此蔚宗不反鐵案也。蔚宗請正義康大逆之罰，所謂解晚隙，敦往好，必不然矣。乃謂既有，既有逆謀，欲探時旨，不通之甚。蔚宗言義康姦釁彰著，至今無恙，將重階亂，危言悚聽如此，此必欲速殺之者。欲探時旨，當以微辭嘗試，何乃作此言乎？儻文帝納其言，立誅義康，豈不自敗其逆謀邪？自古未聞謀逆而先自請殺其所奉之人者也。且所謂探時旨者，何也？探得文帝欲殺義康則不反、不殺則反邪？蔚宗勸殺義康，卽蔚宗之不反明矣。探得文帝欲殺義康則反、不殺則不反邪？則文帝既不納矣，不殺義康矣，蔚宗之不反又明矣。試起沈休文而問之，二者將何辭以對？蓋蔚宗知熙先等謀反事，故勸文帝速殺義康以絕之也。

熙先素善天文至傍人爲之耳。

上文云孔熙先極辭譬說，蔚宗謀反乃定，又云謝綜申義康意於蔚宗，求解晚隙，此云仲承祖申義康意於蔚宗，此三事孰先孰後？如孔熙先之譬說在前邪，則蔚宗已定謀反歸心於義康矣，更有何隙當解、何意當申邪？若謝綜、仲承祖解隙申意在前邪，則孔熙先說蔚宗不煩言而合矣，何必待極辭譬說且以犬豕激之耶？處處矛盾如此，蓋徒欲多造誣詞，而不知虛造愈多，則牴牾愈多耳。且《蕭思話傳》絕無事發詰責之事，又何也？

有法略道人先爲義康所供養至並入死目。

太子詹事、中軍將軍同是第三品，蔚宗已爲左衛將軍，掌禁旅，參機密，遷太子詹事矣，豈肯貪爲中軍將軍、南徐州刺史而謀逆耶？蔚宗云：『一階兩級，自然必至。』如何以滅族易此？以理而察，不容有此，辨之已明。

熙先使弟休先爲檄文曰至勉之勉之。

休先檄文已不佳，義康與湛之書尤劣，而以爲蔚宗之筆，但有目者皆能辨其僞矣，沈休文不能辨邪？《南史》則以檄與書皆休先所作，且皆删其文不載，其識高於休文遠矣。徐湛之、仲承祖、法略道人等謀反事，皆當載於義康傳，或載於湛之傳，而沈休文載於蔚宗傳，以明其爲賊首也。

二十二年九月征北將軍至而差互不得發。

徐湛之、孔熙先等謀反，其期以此日爲亂否不可知。此但云差互不得發，而不言其故。《南史》則增數語云：『許曜侍上，扣刀以目曄，曄不敢視，俄而坐散。』按此以差互之故，亦歸之蔚宗，此必別有所本。既有所本，則亦當時誣詆之語，沈休文未必不見其説，而但含糊言之曰差互不得發，蓋以如《南史》之説，則是弑逆之事不成，轉由於蔚宗其罪可以未減也。抑或頗覺其誣詆，不可事事皆歸於蔚宗，不如以含糊了之歟？

於十一月徐湛之上表曰至荒情無措。

此表云范蔚宗怨望譏謗如此之事已具上簡，是湛之先有一簡也。又云孔熙先令仲承祖騰蔚宗及謝綜等意，蔚宗尋自來具陳，即以啓聞。是簡後復有一啓也，其簡但言蔚宗怨望譏謗，不言謀反，其啓則言謀反矣。啓聞之後，被敕使相酬引，乃上此表，封呈檄書選事及同惡人名也。湛之又有第二表，見湛之傳，云：『范曄等謀逆，湛之始與之同。後發其事，所陳多不盡，爲曄等款辭所連，乃詣廷尉歸罪，上慰遣令還郡，湛之上表曰：賊臣范曄、孔熙先等連結謀逆，備於鞫對伏。尋仲承祖始達熙先等意，便極言姦狀，而臣兒女近情，不識大體。上聞之，初不務指斥』，『及羣凶收擒，各有所列，曄等口辭多見誣謗，承祖醜言紛紜特甚，乃云臣與義康宿有密契，在省之言，期以爲定』。『熙先縣指必同，以誑於曄』，『即臣誘引之辭，以爲始謀之證』，『伏自探省，亦復有由。昔義康南出之始，敕臣入相伴慰，晨夕覲對，經踰旬日。逆圖成謀，雖無顯然，懟容異意，頗形言旨，遺臣利刃，期以際會』。『又令申情范曄，釋中間之憾，致懷蕭思話，恨婚意未申』。『又昔蒙眷顧，不容自絕，音翰信命，時相往來，或言少意多，旨深文淺，辭色之間往往難測』。『至於法靜所傳及熙先等謀，知實不早，見關之日，便卽以聞』。『姦謀所染，忠孝頓闕，士類未明其心，羣庶謂之同惡，朝野側目，衆議沸騰，專信讐隙之辭，不復稍相申理』，『誠以負戾灰滅，貽惡方來。貪及視息，少自披訴；冀幽誠丹款，儻或昭然』，『乞蒙隳放，伏待鈇鑕。上優詔不許。』按：此表言仲承祖以湛之與義康有密契，列爲始謀，湛之亦自認義康南出之始，遺以利刃，期以際會，其爲始謀，無可置辨。至於朝野側目，衆議沸騰，乃竟脫然無罪，且蒙優詔慰遣，殊出情理之外，非有奧援，必不能如此。當時何尚之、沈演之方用事，非尚之、演之援之而誰？尚之傳云：察曄意趣非常，以白太祖。演之傳云：覺曄有異，言之太祖。而湛之之簡亦云曄意態轉見。三人之言如出一口，非尚之、演之指使爲之邪？文帝素愛蔚宗，尚之、演之猶不能傾之，若不加以謀反之實事，則湛之之簡但云怨望譏謗，猶無益也，故以己之謀反移之於蔚宗，使尚之、演之得以去其忌，而明其先見，此尚之等所以力爲之援而脫其罪也。謝綜既是蔚宗之甥，蔚宗又愛熙先文藝，以熙先及綜之謀牽連蔚宗甚易；熙先等年少官卑，則誣蔚宗爲首又甚易。且文帝素愛蔚宗，若不誣以爲首，或蒙寬宥如蕭思話矣。王西莊云：『熙先主謀，乃稱爲蔚宗等，湛之告狀，亦稱賊臣范蔚宗，眞不可解。』澧今得而解之矣。史家據其誣辭，以蔚宗爲首，遂以諸人謀反之事盡載於蔚宗傳中，且湛之兩表，一載於蔚宗傳，一載於湛之傳，尤非史法，特以前表告蔚宗謀反載之蔚宗傳，以明其罪狀；後表，湛之自訴，載之湛之傳，以明其可免罪耳。沈休文與蔚宗何怨，與湛之何恩，何必如此？此必當時史官承何尚之等授意爲之，沈休文仍之而不改也。湛之自言『姦謀所染，忠孝頓闕，士類未明其心，羣庶謂之同惡，專信讐隙之辭，不復稍相申理，負戾灰滅，貽惡方來』，湛之安得爲此言？當移爲蔚宗訟冤於千古耳。

詔曰湛之表如此良可駭惋至如此抵蹋邪。

蔚宗對重遣問之語字字確實，無可駁詰，真不容有此也。檄文乃熙先使其弟休先所爲，而熙先乃云符檄書疏皆蔚宗所造，此誣引之明證也。王西莊曰：《宋書》猶詳載蔚宗自辯語，《南史》並此删之，則蔚宗寃真不白矣。

上示以墨迹曄乃具陳本末至分甘誅戮。

此何人墨迹邪？如蔚宗墨迹，則豈有自書墨迹而自欲上聞者耶？謂是蔚宗墨迹，既不通，謂是他人墨迹，又不能罪蔚宗，故但稱墨迹，而不言其人，誣枉之言，自不能不如此耳。且久欲上聞云云，亦祇史家所述，不知蔚宗所陳果如此否也。《南史》删去此數語。

其夜上使尚書僕射何尚之視之至照此心也。

此一段所敘問答獨真，《南史》删之，謬甚。蔚宗既具陳，久聞逆謀，分甘誅戮，則其獄已定。文帝猶必使何尚之視而問之，然則是夜文帝猶疑之也。尚之云『卿事何得至此者』，言何至被人告以謀反也。蔚宗云『君謂是何者』，言君謂是何人所誣也。尚之云『卿自應解者』，謂蔚宗自知其人也。若蔚宗實謀反，則尚之何乃爲此言邪？蔚宗云『外人傳庾尚書見憎，計與之無惡』，庾炳之知蔚宗謀反，自當上聞，豈論有惡無惡、見憎不見憎邪？因見憎而至此，其爲誣陷又明矣，然則蔚宗終未款服也。王西莊曰：

《徐湛之傳》云劉湛伏誅，殷景仁卒，太祖委任沈演之、庾炳之、范蔚宗等，然則爭權妒寵，炳之傾害蔚宗，事所必有。澧謂西莊之說是也，然觀下文蔚宗臨刑云：『寄語何僕射，鬼若有靈，自當相報。』而不云寄語庾尚書，則蔚宗知爲何尚之誣害，但對尚之乞命，故不直斥之，而云庾尚書耳。其謂尚之使天下無冤，死後猶望照此心，然則冤死明矣。此等語，史家所記，既深惡蔚宗，但有改竄，使重必無改竄，使輕者也。至云『謀逆之事聞孔熙先說，此輕其小兒不以經意』，此數語亦近真。上文云綜等年少，熙先素不爲蔚宗所重，以爲一小兒何能反逆，特妄言耳，故不上聞。蔚宗請正義康大逆之罰，且云釁跡彰著，卽是上聞矣。但未言孔熙先、謝綜耳。此則蔚宗之實情耳。其云今忽受責，方覺爲罪，可見蔚宗前者竟不覺也。尚之覆奏，不知其如何誣陷，故明日仗士送蔚宗，付廷尉入獄矣。

明日仗士送曄付廷尉至然後知爲湛之所發。

文帝重遣問云：『卿與謝綜、徐湛之、孔熙先謀逆，並已答款。』故蔚宗以爲湛之必入獄也，而湛之不入獄，故知爲湛之所告也。

熙先望風吐款至其言深切。

此亦不當載於蔚宗傳，《南史》刪熙先獄中上書，得之。

曄在獄與綜及熙先異處至小名仙童也。

此可見蔚宗不意爲徐湛之所告，以其素無嫌隙也。蔚宗但知何僕射、庾尚書耳，此又可見湛之之告非出於湛之也。

在獄爲詩曰禍福本無兆至此路行復卽。

此卽所謂『鬼若有靈，自當相報』也。

曄本意謂入獄便死至聞之驚喜。

此段之上，《南史》有云：上有白團扇甚佳，送曄，令書出詩賦美句，曄受旨，援筆而書曰：『去白日之炤炤，襲長夜之悠悠。』上循覽悽然。文帝愛蔚宗之才，不信其謀反，至此時猶然，故欲窮治其獄也。窮治而蔚宗更有生望，其爲被誣明矣。外人知其被誣，故傳說或當長繫也。乃又加以『獄吏戲之』四字，亦史筆之巧也。窮治二句，而蔚宗之冤卒無以上達，哀哉！

綜熙先笑之曰至何顏可以生存。

何謂疇事？若指蔚宗平日論事，則攘袂瞋目，自以爲一世之雄，固宜有之。若謂謀逆之事，則詭祕之不暇，所謂『攘袂瞋目，躍馬顧盼』者，又妄矣。

曄謂衛獄將曰惜哉薶如此人至大將言是也。

此蔚宗冤憤無可告訴，聊呼衛獄將而告之，真可哀也。大將言是也，憤極之辭，而史家以爲折服之語也。

將出市曄最在前至不能不悲耳。

此載蔚宗出市臨刑時語，覼縷數百言，諸史中伏誅之人多矣，從未見如此者，當時冤憤之狀，衆人皆見，不能掩沒，忌之者乃改頭換面，爲愚癡之狀，轉借以證成罪狀。沈休文遂據以作傳，然細讀之，則仍冤憤勃然也。所述蔚宗母妻之語，且罵之擊之，以爲母妻皆謂其真謀逆也。謝綜真謀逆者，猶云家人來，必當號泣。卽蔚宗真謀逆，其母妻斷無不號泣而但罵之擊之者。且其妻云罪人阿家莫念婦人，有此大義滅親者邪？蔚宗母妻大義既滅親，則如謝綜母以綜自蹈逆亂不出視矣，又何必來邪？蔚宗乾笑不怍，謂其不念其母妻，毫無人心者也。云妹來而加以妓妾，其語尤巧，所謂閨庭論議也。子藹取土擲之，呼爲別駕，謂其子不以爲父也。改頭換面之技，不過如此耳。細讀之，則母妻皆冤憤之詞，不敢言，天子信讒，濫殺無罪，但謂蔚宗上有老母，且受天子恩遇，足明其無逆謀也。蔚宗對母妻不悲涕，忍其悲涕耳，若以爲不念母妻，則上文明言家人已來，幸得相見，不又矛盾邪？對妹悲涕，對妓妾亦悲涕，豈必以妹等於妓妾邪？子藹取土而擲，悲之極也，明言非恚，不能不悲，豈無禮不認其父邪？述之愈詳，愈見其冤，改換愈巧，愈形其誣也。

曄嘗謂死者神滅欲著無鬼論至其謬亂如此。

蔚宗爲徐湛之誣告，故恨極，而爲此言。『相從』，《南史》作『相訟』，語意尤顯。史家於此無可措辭，則據其平日論著與之，駁難其人，方伏斧鑕，何駁難之有迂妄可笑如此？

又語人寄語何僕射至自當相報。

蔚宗知爲何尚之讒害，故臨死恨極，欲爲厲鬼以報讐，觀此三語，蔚宗之冤明白無疑矣。王西莊曰：『尚之亦正是與羣小朋比而陷蔚宗者，亦見《宋書》尚之傳。』澧案：《尚之傳》云：尚之爲丹陽尹，『劉湛欲領丹陽，乃徙尚之爲祠部尚書，領國子祭酒，尚之甚不平。湛誅，遷吏部尚書，時左衛將軍范曄任參機密，尚之察其意趣異常，白太祖，宜出爲廣州，若在內釁成，不得不加以鈇鉞。上曰：「始誅劉湛等，方欲超升後進，曄事跡未彰，便豫相黜斥，萬方將謂卿等不能容才，以我爲信受讒說。」曄後謀反伏誅，上嘉其先見。』又《庾炳之傳》云：太祖欲出炳之爲丹陽，以問尚之，尚之答曰：『臣昔啓范曄，當時亦懼犯觸之尤。』此皆何尚之讒害蔚宗實據也。此尤當載於蔚宗傳，沈休文則又載於尚之、炳之傳，而蔚宗傳深沒其文，若非蔚宗有寄語何僕射之語，則讀蔚宗傳終篇，絕無何尚之讒害之迹，可謂巧矣。觀尚之傳所云，則劉湛見殺，尚之亦有力焉。庾炳之傳所載尚之讒炳之幾至二千言，文帝優容炳之，而尚之爭之不已，竟免炳之官，蓋素以讒說忌才爲事者。及元凶弒立，尚之進位司空，領尚書令，此其從逆之罪，不知當加鈇鉞否也。

收曄家樂器服玩並皆珍麗至叔父單布衣。

蔚宗死後，猶種種誣毀如此，何尚之等深嫉蔚宗，何所不可誣毀邪？富貴家老婦人性好儉嗇者多矣，豈可遽以爲其子不孝邪？楊鐵厓樂府有《樵薪母》一首云：『樵薪母，悖逆兒，黷妻光妓肉成帷。悖逆兒，善文史，反書抵蹋將誰理，悖臣逆子兩當死。擊頸教，教曷施，妓妾語，涕漣洏，夏侯同色果誰欺。』史家誣毀之語，後世信之，著之詩文，不可勝數，此申范之書，所以不可不作也。

曄及子藹遙叔蔞至世祖卽位得還。

叔蔞，不知是蔚宗之子名，抑蔚宗叔名蔞也。兄弟子父已亡者，徙廣州，然則父在，亦被殺也，而又不載其名，此沈休文作史疏略也。魯連遠徙得還，蔚宗尚有一孫，寃極之中，亦有天幸耳。

曄性精微有思致至以自比也。

王西莊曰：『序香方，一時朝貴咸加刺譏，想平日恃才傲物，憎疾者多，共相傾陷。』澧謂：蔚宗此序，比類諸人與否，不可知。然當時相傳以爲比類，則蔚宗與諸人有隙久矣。故徐湛之之簡有云『攻伐朝士』也。

曄獄中與諸甥姪書至自序並實故存之。

狂釁者自言疏狂，與何尚之等有釁也。平生行己可尋，則必無謀反之事，尤必無閨庭論議也。沈休文云自序並實，則凡誣衊之言，皆不實也。休文此言可爲蔚宗雪寃矣，此乃良心不能滅盡也。

史臣曰古之人云利令智昏至亦何以異哉。

沈休文既以蔚宗傳與劉湛同卷，而其論則但譏劉湛，不斥蔚宗，是何體裁邪？《南史》之論則曰：「蔚宗藝用有過人之美，迹其行事，何利害之相傾。」則拾沈休文之唾餘耳。

辨《玉臺新詠》劉令嫺詩之誣《攷古錄》

孫璧文

梁僕射徐勉子悱官晉安內史，妻劉氏令嫺，孝綽之妹，盛有才名。悱卒，喪還京師，妻爲祭文，辭甚悽愴。勉本欲爲哀文，既睹此文，於是閣筆，《梁書》所載止此。徐陵《玉臺新詠》載令嫺《光宅寺》詩云：「長廓欣目送，廣殿悅逢迎。何當曲房裏，幽隱無人聲。」又有《期不至》云：「黃昏信使斷，銜怨心悽悽。迴燈向下榻，轉面暗中啼。」王漁洋《池北偶談》謂如高仲武所云「形質既雌，詞意亦蕩」，勉名臣，悱名士，何不幸得此才女。愚謂「待月西廂」之詩，乃元稹所作；「人約黃昏」之句，見歐公集中。從古側豔之詞，盡出名流寄託，斷未有名門才女私有所期，自製篇章，表揚祕密。攷《陳書·徐陵傳》：「陵爲上虞令，御史中丞劉孝儀與陵先有隙，風聞劾陵在縣贓汙，因坐免。」孝儀爲孝綽弟，當是陵恨孝儀，因造此詩，託令嫺名，編入《玉臺新詠》，以誣劉氏閨闈。漁洋未攷史書，信以爲實，未免爲陵所愚。又攷《梁書·孝綽傳》，孝綽自以才優於到洽，每於宴坐嗤鄙其文，洽銜之，及孝綽爲廷尉正，攜妾入官府，其母猶停私宅，洽尋爲御史中丞，遣令史案其事，遂劾奏之，云「攜少姝於華省，棄老母於下宅」云云，觀此，則孝綽兄弟恃才忤物，當時已有誣及令嫻者，足見南朝浮薄之習，然亦足爲女子之有才名者戒也。

辨《南史·梁元帝徐妃傳》之誣《蕙風簃隨筆》

況周頤

《南史·梁元帝徐妃傳》云：『帝製《金樓子》述其淫行。』桉：《金樓子》六卷，凡十四篇知不足齋本其《后妃篇》未載徐妃事，唯《志怪篇》言及徐妃，亦無所謂淫行，事涉宮闈，攸關風化，史氏何所據而云然？不可不辨。

證璧集卷三

辨李義山本傳之誣

吴江朱鶴齡長孺

玉谿生詩沈博絶麗，王介甫稱爲善學老杜，惜從前未有爲之注者。元遺山云：『詩家總愛西崑好，只恨無人作鄭箋。』予因繙覈新舊《唐書》本傳以及箋啓序狀諸作所載，於《英華》、《文粹》者反覆參考，乃喟然歎曰：嗟乎！義山蓋負才傲兀，抑塞於鉤黨之禍。而傳所云『放利偷合，詭薄無行』者，非其實也。夫令狐綯之惡義山，以其就王茂元、鄭亞之辟也，其惡茂元、亞，以其爲贊皇所善也。贊皇入相，薦自晉公，功流社稷。史家之論，每曲牛而直李，茂元諸人皆一時翹楚，綯安得以私恩之故牢籠義山，使終身不爲之用乎？綯特以仇怨贊皇，惡及其黨，因併惡及黨贊皇之黨者，非真有憾於義山也。太牢與正士爲讐，綯父楚比太牢而深結李宗閔、楊嗣復，綯之繼父，深險尤甚。會昌中，贊皇擢綯臺閣，一旦失勢，綯與不逞之徒竭力排陷之，此其人可附麗爲死黨乎？義山之就王、鄭，未必非擇木之智，渙丘之公；此而目爲『放利偷合，詭薄無行』，則必將朋比姦邪，擅朝亂政，如八關十六子之所爲，而後謂之非偷合非無行乎？且吾觀其活獄宏農則忤廉察，題詩九日則忤政府，於劉蕡之斥則抱痛巫咸，於乙卯之變則銜冤晉石。太和東討，懷積骸成莽之悲；党項興師，有窮兵禍胎之戒。以至《漢宮》、《瑤池》、《華清》、《馬嵬》諸作，無非諷方士爲不經，警色荒之覆國，此其指事懷忠，鬱紆激切，直可與曲江老人相視而笑，斷不得以『放利偷合，詭薄無行』嗤摘之者也。或曰義山之詩半及閨闥，讀者與《玉臺》、《香匳》例稱，荊公以爲善學老杜，何居？予曰：男女之情通於君臣朋友，國風之『螓首蛾眉』、『雲髮瓠齒』，其辭甚褻，聖人顧有取焉？《離騷》託芳草以怨王孫，借美人以喻君子，遂爲漢魏六朝樂府之祖。古人之不得志於君臣朋友者，往往寄遙情於婉孌，結深怨於蹇修，以抒其忠憤無聊、纏緜宕往之致。唐至太和以後，閹人暴橫，黨禍蔓延，義山阨塞當塗，沈淪記室，其身危則顯言，不可而曲言之，其思苦則莊語，不可而謾語之。計莫若瑤臺璚宇、歌筵舞榭之間，言之可無罪而聞之足以動。其《梓州吟》云『楚雨含情俱有託』，早已自下箋解矣，吾故曰義山之詩乃風人之緒音，屈宋之遺響，蓋得子美之深而變出之者也，豈徒以徵事奧博、擷采妍華與飛卿、柯古爭霸一時哉？學者不察本末，類以才人浪子目義山，卽愛其詩者，亦不過以爲帷房暱媟之詞而已，此不能論世知人之故也。予故博考時事，推求至隱，因箋成而發之，以爲世之讀義山集者告焉。

龍州黄定宜半溪

辨昌黎韓氏一女兩壻之誣《攷辨隨筆》

皇甫湜作《韓昌黎墓誌》有云：『夫人，高平郡君范陽盧氏；孤，前進士昶；壻，左拾遺李漢，登，集賢校理樊宗懿；次女許嫁陳氏，三女未笄。』林西仲有一女兩壻之問，毛西河答書作六不然之說，力辨其非。趙敬襄《竹岡筆記》引《女挐壙銘》云：女挐，韓愈退之第四女，以元和十四年卒，年十二。至昌黎葬時凡六年，女挐如在，年已十八，三女不得云未笄矣。又《乳母墓誌銘》作於中年，其時已有二男五女，知神道碑所謂次女者，第三女也。三女未笄，幼者三人也。特皇甫臨文未檢，有以啓後人之惑云云。余按：文公卒於長慶四年十二月，明年三月歸葬河陽。皇甫持正撰《誌銘》、《神道碑》，相距才三月餘耳，使長女前此有他故，則此碑不應仍列李漢之名，今李、樊並列，則爲長、次兩女兩壻明矣。李漢序昌黎先生集無年月，然蜀本列銜屯田員外郎史館修撰，是在文宗初立時，距文公之卒二年矣。序自稱辱知最厚且親，非韓氏壻之謂而何？文宗太和二年，詔改《順宗實錄》，李宗閔、牛僧孺謂今史官李漢、蔣系皆愈之子壻，不可參撰，路隋謂縱其密親，豈害公理？距文公之卒四年矣。武宗朝，李德裕用事，惡李漢，以蔣系與漢爲僚壻，連坐貶，距文公之卒又十六七年。見於史傳者曰子壻，曰密親，曰僚壻，漢猶然韓氏壻也。毛西河據《唐書》及公文爲六不然之說，以辨一女兩壻之非，最爲明快，然因誌文，次女、三女字，遂謂公止有三女，又因兩壻字複出，遂撰爲他女他壻之說，殊爲臆度。愚謂複出壻字，正可爲長、次兩女兩壻之證，或即爲次字之譌說，皆可通。攷唐人誌，子女多有疊出次字者，不必定屬第二。顔魯公《殷府君夫人碑》：六女，長適某，次適王元，次適蔡九言，次適顔昭粹，次適某，季適我兄，闕疑。李習之《故歙州長史隴西李府君墓誌銘》：『女子五人，長女壻禮部員外郎鄭錫，次女壻桂州觀察使杜式方，次女壻京兆韋放，次女壻滎陽鄭循禮，小女壻密縣尉鄭公瑜』云云。其見於唐人文集及碑刻者指不勝屈。趙竹岡謂三女未笄，幼者三人也，其解最確。惟公卒時，尚有未笄之女，故蔣系一壻不著於碑，蓋結婚在後也。洪慶善作《文公世譜》云：『女六人，壻李漢、樊宗懿、蔣系，第四女挐早卒，次適陳氏。』一人闕。宋人所見如此，則陳氏及蔣系之配，其爲第三、第五、第六女，皆不可知。然於長女並無兩壻之疑，豈宋時皇甫文尚未譌耶？又按持正文句奇崛，傳寫易誤，所作公《墓誌》、《神道碑》中，如十四年平汴州、三十有一而仕等語，朱子皆以爲不可據；又如方鎮反太原、三利取才等語，朱子皆以爲有誤。浦二田起龍謂『此次字』三字爲傳寫之誤。又李貺《燕喜亭後記》稱外王父昌黎文公，貺，漢子也，記作於會昌五年，距文公之卒二十一年矣。貺登進士第，咸通中官諫議大夫，韋保衡坐以于琮黨，貶蘄州刺史，見《舊唐書·懿宗紀》。蔣系子兆曙，《新書》附見系傳，皆文公外孫也。漢少事公，通古學，屬辭雄蔚，爲人剛略類公，公愛重，以子妻之。公卒後，漢編公集，收拾遺文，無所失墜。李貺侍父南遷，在貶謫中，乃興復外王父遺蹟，取家記本重刻之。父子敦外親之誼如此，安得如後人所疑哉？又西河引《李郱墓誌》爲證，最爲妙會。按誌云：夫人高明，遇子婦，有節法，進見侍側，肅如也。七男三女，及公之存，内外孫十有五人。又《祭李郱文》云：『子婦諸孫盈於室堂，公姑悦喜，五福具有。大夫士家，孰不榮羨。』李漢家閨門雍睦如此，必無棄婦之事。公爲李郱作文『兩及子婦』云云，是兒女親弗閒語。祭文末云：『愈以守官，不獲弔送，婚姻之好，以哀以悲。』合《墓誌》讀之，可以釋然矣。又公《與袁滋書》云：『前太子舍人樊宗師，孝友聰明，家故饒財，身居長嫡，悉推與諸弟，諸弟皆優贍有餘。』孫汝聽注：『宗師父澤，山南東道節度使，；宗師弟宗懿、宗憲。』按宗師爲公門人，故公以女妻其弟，此亦當日情事之可想見者。宗懿爲集賢校理，僅見此碑。又漢《仙人唐公房碑》有『聟谷聟鄉』，《隸釋》云：聟，卽壻字。壻之作聟、聓，今見於金石文字者尚多，《華嶽頌碑》第五琦題名有子聓虞當，《關中金石記》云壻作聓者，《干祿字書》云聟、聓、壻，上俗，中通，下正，壻一變爲揖，再變爲咠，三變爲聓，四變爲聟，皆由胥變爲胥致誤。又葺或亦寫作葺，故『月』、『耳』相溷云云。

皇甫文本疊出兩壻字，傳寫者偶從俗作別體耳，今本又脫下壻字，所以兩壻之疑亦起於近人也。

辨宋太宗燭影斧聲之誣《有不爲齋筆記》

光聰諧

自《續湘山野録》言藝祖上賓之夕，先引拄斧戳雪，顧太宗曰：『好做，好做。』是拄斧引自藝祖，非太宗也。然究有利器在旁之嫌，故辨之者但力斥《野録》之誣，其實未詳攷拄斧之制耳。拄斧之制得，則《野録》不必誣，毋庸斥也。桉：《隱居通議》云：宋太祖開基時，閲輿地圖，偶持玉斧，因以柄畫其分界。玉斧，非刀斧也，約長四五尺，以片玉冠其首，人主閒步則持之，猶今拄杖之類。神祠中素繪儀從，猶或存此。劉起潛之説如此，證以他處，悉與脗合。《五代史·王朴傳》：世宗臨其喪，以玉鉞叩地，大慟者數四。《聞見前録》：太祖幸西都，張齊賢獻十策，於馬前召至行宮，賜衛士郎餐，齊賢就大盤中以手取食，帝用拄斧擊其首，問所言十事，齊賢且食且對，略無懼色。又：仁宗幸張貴妃閣，見定州紅瓷器，問爲王拱辰所獻，因以所持拄斧碎之。《鐵圍山叢談》：太上謂徽宗命相在宣和殿，親札其姓名於小幅紙，緘封，垂於玉拄斧子上，俾小璫持之，導駕出。至小殿，見學士，始啓封。薛應旂《宋元通鑑》：雷德驤判大理寺，寺之官屬附會宰相趙普，擅減刑名，德驤求見，白其事，辭氣俱厲，帝怒叱之曰：『鼎鐺尚有耳，汝不聞趙普吾社稷臣乎？』引拄斧擊，折其上齶二齒，命曳出之。《讀書鏡》：宋太祖後苑彈雀，有稱急事請見，出見，乃常事。太祖曰：『此事何急？』對曰：『亦急於彈雀。』上怒，以鉞斧柄撞口，兩齒墜焉。此鉞斧卽拄斧也。諸書之言拄斧者如此，更何有燭影斧聲之嫌哉？昔東萊呂氏詳兩髦以雪衛武公之冤，余今亦詳拄斧以釋宋太宗之嫌。

《四庫存目》『史評類』載明程敏政《宋紀受終考》三卷云：《篁墩集》中有《宋太祖太宗授受辨》一篇，專辨僧文瑩《湘山野錄》誣太宗燭影斧聲之事，末自注云：『猶恐考核不精，故別成是書。』然觀文瑩所言，實無確指，徒以李燾《長編》誤解文瑩之言，遂成疑案。宋濂、黃溍始首辨其誣，敏政是書又博採諸書同異，一一辨證，然仍宋、黃二家之緒論也。謹按：《長編》、《受終考》、《篁墩集》皆未見，黃說載本集中，因《野錄》書真宗卽位之次年，賜李繼遷姓名，進封西平王，與《宋實錄》不合，斥其書未可盡據。因言李氏《續通鑑長編》及陳均《編年備要》書開寶九年十月壬子夜事，亦舍正史而取《野錄》，筆削之意，莫得而詳，黃之所辨僅此，宋說俟考《文憲集》。

按：《野錄》此條前後鋪敘，意止在表著道士前知之術耳，於太宗實冊無確指。迨《備要》取之，易引拄斧戳雪，顧太宗曰『好做，好做』爲引拄斧戳地，大聲曰『好爲之』，又引或云宋皇后使王繼恩召皇子德芳，繼恩徑召晉王后，見晉王愕然，呼曰：『吾母子之命皆託於官家。』則裝點甚矣，不知《長編》之誤解又何如也。

張東海云：元楊廉夫輩以拄斧戳地事爲宋太宗弑藝祖，近者劉文安公作《宋論》，則鍛鍊益精矣。

況周頤曰：宋龔明之《中吳紀聞》：『陸徽之，字彥猷，常熟人。徽宗卽位，下詔求直言，公因廷對，與雍孝開輩皆力陳時政闕失。喝名日，有旨駁放，孝開立殿下叩頭曰：「陛下求直言，有云言之者無罪，今詔墨未乾，奈何以直言罪人？」衛士怒孝開唐突，以拄斧撞其頰，數齒俱落，凡直言者盡捽出之。』光氏甄述玉斧事夥矣，獨遺漏此事，亟記之。

辨花蕊夫人宋宮寵幸之誣《蕙風簃二筆》

況周頤

《聞見近録》：金城夫人得幸太祖，頗恃寵。一日，宴射後苑，上酌巨觥以勸太宗，太宗顧庭下曰：『金城夫人親折此花來，乃飲。』上遂命之，太宗引射殺之。《鐵圍山叢談》亦載此事，謁『金城』作『花蕊』，而花蕊遂蒙不白之冤矣。余嘗謂花蕊才調冠時，非尋常不櫛者流，必無降志辱身之事。被擄北行，製《采桑子》詞題葭萌驛壁云：『初離蜀道心將碎，離恨緜緜。春日如年，馬上時時聞杜鵑。』甫就前段，而爲軍騎促行，後有無賴子足成之云：『三千宮女蓮花貌，妾最嬋娟。此去朝天，只恐君王恩愛偏。』《太平清話》謂花蕊至宋尚有『十四萬人齊解甲，更無一箇是男兒』之句，豈有隨晁行而書此敗節之語？此詞後段決非花蕊手筆，稍涉倚聲者能辨之。桉：《郡齋讀書志》云花蕊夫人俘輸織室，以罪賜死，烏得有宋宮寵幸事？鄉於《近録》、《叢談》所記互異，未定孰是孰非，及證以晁氏之說，始決知誤在《叢談》，而《采桑子》後段之誣尤不辨自明，而花蕊之冤雪矣。

辨康保裔降遼之誣《綴學堂初稾》

象山陳漢章

近人畢氏《續資治通鑑》亦仿溫公爲考異，而咸平三年正月癸未事，不取《宋史·忠義傳》文，徒以《遼史》云『以所俘宋將康昭裔爲昭義節度使』耳。予卽《宋史》參考之，而決其不然。《傅潛傳》：康保裔戰死。《葛霸傳》：咸平三年康保裔沒於河間。既與《真宗本紀》合。《夏守贇傳》又云：康保裔與賊戰沒，部曲畏誅，聲言保裔降賊，密詔守贇往察之，變服入營中，廉問得狀，還奏，詔恤保裔家。然則當時固有爲降遼之說者，詔令守贇察明之。保裔傳本云：其子繼英等奉命告謝曰：『臣父不能決勝而死。』蓋亦畏譏閒而云然。真宗詔左右曰：『保裔父祖死疆場，身復戰沒。』是已聞守贇察實之辭也。情事如見，不足爲疑。《李重貴傳》：咸平二年，契丹南侵，康保裔大陣爲敵所覆，重貴與張凝全軍還屯，曰大將陷沒，而吾曹計功，何面目也？二年卽三年之誤。《謝德權傳》：咸平六年，言前歲契丹入塞，傅潛閉壘自固，康保裔被擒，王師未有勝捷。擒之義同獲，如《春秋》魯獲齊國書、吳獲陳夏齧。是咸平六年亦無言保裔降遼者。《夏守贇傳》又云：劉平石元孫敗，人有以降賊誣告守贇，引康保裔事辨其誣。案：劉石陷於元昊，在康定元年，上距咸平三年，已三十九年矣，其間自景德二年以後，宋與遼使命往來，生辰正旦，歲不絕人。如保裔以咸平四年爲遼節鎮，統和十九年，當咸平四年。宋君臣豈不痛惡深羞？其人絕口不道，而守贇敢引其事以質劉石之降夏，則保裔當日降耶？死耶？《東都事略》、《續通鑑長編》並與《宋史》無異詞，《遼史》之康昭裔，蓋爲保裔兄弟行同俘者耳。孤文單證，豈可信從？子曰：『君子成人之美，小人反是。』嗚呼！此溫公所以不可及也夫。《陔餘叢考》亦誤。

辨歐陽公江南柳之誣《蕙風詞話》

況周頤

《詞苑叢談》卷十『辨證』有云：王銍《默記》載歐陽公《望江南》雙調：『江南柳，葉小未成陰。

人爲絲輕那忍折，鶯憐枝嫩不勝吟，留取待春深。十四五，閒抱琵琶尋。堂上簸錢堂下走，恁時相見已留心，何況到如今。』初歐公有盜甥之疑，上表自白云：『喪厥夫而無託，攜幼女以來歸。』張氏此時年方七歲，錢穆父素恨公，笑曰：『正是學簸錢時也。』愚桉：歐公詞出《錢氏私誌》，蓋錢世昭因公《五代史》中多毁吳越，故詆之，此詞不足信也。《叢談》止此。桉：周淙《輦下紀事》云：德壽宮劉妃，臨安人。入宮爲紅霞帔，後拜貴妃。又有小劉妃者，以紫霞帔轉宜春郡夫人，進婕妤，復封婉容。皆有寵宮中，號妃爲大劉孃子，婉容爲小劉孃子。婉容入宮時年尚幼，德壽賜以詞云：『江南柳，嫩綠未成陰。攀折尚憐枝葉小，黃鸝飛上力難禁，留取待春深。』《紀事》止此。德壽之詞與《默記》所傳歐公之作廑小異耳。錢世昭《私誌》稱彭城王錢景臻爲先王，景臻追封，當建炎二年，世昭爲景臻之孫，愐景臻第三子之猶子，以時代攷之，亦南宋中葉矣。《四庫全書提要》於錢世昭、王銍時代竝未考定詳碻。竊疑後人就德壽詞衍爲雙調以誣歐公，世昭遂錄入《私誌》，王銍因載之《默記》。唯錢穆父固與歐公同時，然公詞既可假託，卽自白之表，穆父之言，亦何不可造作之有？竊意歐陽文集中未必有此表也。

辨東坡私李方叔之誣《新義錄》

孫璧文

鮑廷博曰：《養痾漫筆》載元祐中東坡知貢舉，屬意於李方叔，命其子叔黨持一簡去，值方叔出，僕受簡，置几格間。俄而章惇子持、援來訪，取簡竊視，乃『劉向優於揚雄論』也，二子徑持去，場中果出此題，援第一人，持第十人，東坡爲之悵然。余桉：此蓋因坡公『日迷五色』一詩而附會之，非實錄也。

嘗讀公與方叔書，勉其信道自守，愛之深而期之遠，可謂盡忠告之道矣。何至職司衡鑑，遂自抉其藩籬耶？其送李下第詩云：『與君相知非一日，筆勢翩翩疑可識。平生漫詡古戰場，過眼終迷日五色。我慚不出君大笑，行止皆天子何責。』於以見公惓惓於故人者甚切，而終不敢以私害公，惟愧謝不敏，聊以天命慰藉之。其胷懷坦白，事無不可告人者如此，若誠作姦犯科如《漫筆》所云，方自晦匿不暇，何敢作爲詩歌以示人哉？

辨王履道叛蘇附蔡之誣《蕙風詞話》

況周頤

毛子晉跋《初寮詞》云：履道由東觀入掖垣，由烏府至鼇禁，皆天下第一。或謂其受知於蔡元長，密薦於上，故恩遇如此。又云：或云初爲東坡門下士，其後坿蔡叛蘇。又《幼老春秋》云：王安中以文章有時名，交結蔡攸，攸引入禁中，賜譔作《雙飛玉燕》詩。今就二說攷證之。毛跋一曰或謂，再曰或云，殆傳疑之詞，未可深信。賜譔賦詩事誠有之，詎必蔡攸引入耶？《宋史》安中本傳：有徐禋者，以增廣鼓鑄之說媚於蔡京，京奏遣禋措置東南九路銅事，且令搜訪寶貨。禋圖繪坑冶，增舊幾十倍，且請開洪州嚴陽山阬，迫有司承歲額數千兩，其所烹鍊，實得銖兩而已。禋術窮，乃妄請得希世珍異與古之寶器，乞歸書藝局。京主其言，安中獨論禋欺上擾下，宜令九路監司覆之，禋竟得罪。時上方鄉神仙之事，蔡京引方士王仔，昔以妖術見朝臣戚里，夤緣關通。安中疏請自今招延山林道術之事，當責所屬保任，宣召出入，必令察其所經由，仍申嚴臣庶往還之禁，并言京欺君僭上、蠹國害民數事，上悚然納之。

已而再疏京罪，上曰：『本欲卽行卿章，以近天寧節，俟過此，當爲卿罷京。』京伺知之，大懼，其子攸日夕侍禁中，泣拜懇祈。上爲遷安中翰林學士，又遷承旨云云。安中對於蔡京，屢持異議，再疏劾京，乃至京懼、攸泣，而謂坿京結攸者顧如是乎？二家之說何與史傳迥異如此？

辨陳潘同母之誣《徐氏筆精》

晉安徐　𤊹興公

《齊東野語》云：陳了翁之父尚書與潘良貴之父義榮情好甚密。潘一日謂陳曰：『吾二人官職年齒種種相似，獨有一事不如公，甚以爲恨。』陳問之，潘曰：『公有三子，我乃無之。』陳曰：『我有一婢，已生子矣，當以奉借，他日生子，卽見還。』既而遣至，卽了翁之母也。未幾，生良貴。後其母遂來往兩家焉。一母生二名儒，亦前所未有事。噫！此說荒謬不根之甚也。𤊹桉《了翁年譜》：父陳偁，仁宗朝爲吏部尚書，以嘉祐二年生了翁，年二十三，登進士，至宣和六年卒，享年六十八。又桉《朱子文集》：良貴父名祖仁，贈中奉大夫，未受宋官。所云官職相似，一謬也；了翁宣和六年卒，良貴宣和初始爲博士，歲月相遠，二謬也；朱子爲潘時作墓志銘，云良貴有兄良佐，以儒學教授諸弟，良貴從授學，是祖仁已有長子，安得言無子？三謬也；了翁，閩沙縣人；良貴，浙金華人，其母安能來往兩家？四謬也。欲誣名賢，刱爲不根之說，名曰『齊東野語』，豈虛也哉？

辨朱淑真《生查子》之誣《香海棠館詞話》

況周頤

歐陽永叔《生查子》元夕詞誤入朱淑真集，升庵引之，謂非良家婦所宜，《欽定四庫全書提要》辨之詳矣。魏端禮《斷腸集序》云：蚤歲父母失審，嫁爲市井民妻，一生抑鬱不得志。升庵之説實原於此，今據集中詩，余藏《斷腸集》鮑淥飲手校本，巴陵方氏碧琳瑯館景元鈔本，又從《宋元百家詩》、後邨《千家詩》、《名媛詩歸》暨各撰本輯補遺一卷。及他書攷之，淑真自號幽栖居士，錢塘人《四庫提要》，或曰海寧人，文公姪女《古今女史》，居寶康巷。《西湖游覽志》：在湧金門内，如意橋北。或曰錢塘下里人，世居桃邨《全浙詩話》。幼警慧，善讀書《游覽志》，文章幽豔《女史》，工繪事，杜東原集有《朱淑真梅竹圖題跋》，沈石田集有《題淑真畫竹詩》。曉音律。本詩答求譜云：『春醲釃處多傷感，那得心情事筦弦。』父官淛西，紹定三年二月淑真作《璿璣圖記》，有云家君宦游淛西，好拾清玩，凡可人意者，雖重購不惜也《池北偶談》。其家有東園、西園、西樓、水閣、桂堂、依緑亭諸勝，本詩《晚春會東園》云：『紅點苔痕緑滿枝，舉杯和淚送春歸。倉庚有意留殘景，杜宇無情戀晚暉。蝶趁落花盤地舞，燕隨柳絮入簾飛。醉中曾記題詩處，臨水人家半掩扉。』《春游西園》云：『閒步西園裏，春風明媚天。蝶疑莊叟夢，絮憶謝娘聯。踏草翠茵軟，看花紅錦鮮。徘徊林影下，欲去又依然。』《西樓納涼》云：『小閣對芙蕖，囂塵一點無。水風涼枕簟，雪葛爽肌膚。』《夏日遊水閣》云：『澹紅衫子透肌膚，夏日初長板閣虚。獨自凭闌無箇事，水風涼處讀殘書。』《納涼桂堂》云：『微涼待月畫樓西，風遞荷香拂面吹。先自桂堂無暑氣，那堪人唱雪堂詞。』《夜留依緑亭》云：『水鳥棲烟夜不喧，風傳宮漏到湖邊。三更好月十分魄，萬里無雲一樣天。』案：各詩所云如長日讀書，夜留待月，確是家園游賞情景。淑真他作，多思親念遠之意，此獨不然。《依緑亭》云『風傳宮漏到湖邊』，當是寓錢塘作，不在于歸後也。夫家姓氏失攷，似初應禮部試。本詩《賀人移學東軒》云：『一軒瀟灑正東偏，屏棄囂塵聚簡編。美璞莫辭雕作器，涓流終見積成淵。謝班難繼予慚甚，顏孟堪希子勉旃。鴻鵠羽儀當養就，飛騰早晚看沖天。』《送人赴禮部試》云：『春闈報罷已三年，又向西風促去鞭。屢鼓莫嫌非作氣，一飛當自卜沖天。賈生少達終何遇，馬援才高老更堅。大抵功名無早晚，平津今見起菑川。』案：二詩似贈外之作。其後宦江南者，本詩《春日書懷》云：『從宦東西不自由，親幃千里淚長流。』《寒食詠懷》云：『江南寒食更風流，絲管紛紛逐勝遊。春色眼前無限好，思親懷土自多愁。』案：二詩言親幃千里，思親懷土，當是于歸後作。淑真從宦，常往來吴越荆楚間。本詩《舟行即事》其六云：『歲暮天涯客異鄉，扁舟今又渡瀟湘。』《題斗野亭》云：『地分吴楚界，人在斗牛中。』案：《舟行即事》其二云『白雲遙望有親廬』，其四云『目斷親闈瞻不到』，其七云『庭闈獻壽阻傳盃』，又《秋日得書》云『已有歸寧約』，足爲于歸遠離之確證。與曾布妻魏氏爲詞友《御選歷代詩餘》『詞人姓氏』，嘗會魏，席上賦小鬟妙舞，以『飛雪滿羣山』爲韻作五絶句，又宴謝夫人堂，有詩，今竝載集中。淑真生平大略如此，舊說悠謬，其證有三：其父既曰宦游，又嘗留意清玩，東園諸作可想見其家世，何至下嫁庸夫？一證也；市井民妻，何得有從宦東西之事？二證也；案：本詩《江上阻風》云：『撥悶喜陪尊有酒，供庖不慮食無錢。』《酒醒》云：『夢回酒醒嚼盂冰，侍女貪眠喚不譍〔一〕。』《睡起》云：『侍兒全不知人意，猶把梅花插一枝。』淑真詩凡言起居服御，絶類大家口吻，不同市井民妻，若近日《西青散記》所載賀雙卿詩詞，則誠邨僻小家語矣。魏、謝大家，豈友駔婦？三證也。淑真之詩，其詞婉而意苦，委曲而難明，當時事跡別無記載可攷，以意揣之，或者其夫遠宦，淑真未必皆從，容有竇滔、陽臺之事，未可知也。本詩《恨春》云：『春光正好多風雨，恩愛方深奈別離。』《初夏》云：『待封一掬傷心淚，寄與南樓薄倖人。』《梅窗書事》云：『清香未寄江南夢，偏惱幽閨獨睡人。』《惜春》云：『願教青帝長爲主，莫遣紛紛點翠苔。』《愁懷》云：『鷗鷺鴛鴦作一池，須知羽翼不相宜。東君是與花爲主，一任多生連理枝。』案：《愁懷》一首大似諷夫納姬之作。近有才婦諷夫納姬詩云：『荷葉與荷花，紅綠兩相配。鴛鴦自有羣，鷗鷺莫入隊。』政與此詩闇合。《游覽志餘》改後二句作『東風不與花爲主，何似休生連理枝』，以爲淑真厭薄其夫之左證，何樂爲此？其心地，殆不可知。他如思親感舊諸什，意各有指，以證斷腸之名，案：淑真歿後，端禮輯其詩詞，名曰《斷腸集》，非淑真自名也。尤爲非是。《生查子》詞今載《廬陵集》第一百三十一卷《四庫提要》，宋曾慥《樂府雅詞》、明陳耀文《花草粹編》竝作永叔。慥錄歐詞特慎，《雅詞序》云：『當時或作豔曲，謬爲公詞，今悉刪除。』此闋適在選中，其爲歐詞明甚。余昔校刻汲古閣未刻本《斷腸詞》跋語中詳記之，茲復箸於篇。案：真州王西御僧保《詞林瑣著》引《名媛集》：朱秋娘，字希真，朱將仕女，徐必用妻。六一詞《生查子》元夕闋，世傳秋娘作，非也云云。此詞先譌希真，又譌淑真，以其字其名下一字同，致牽混耳。秋娘有詞四首，見《林下詞選》，無《生查子》調。

【校記】

〔一〕侍：底本作『待』，據《全宋詞》改。

又《蕙風簃隨筆》

況周頤

曩余譔詞話辨朱淑真《生查子》之誣，多據集中詩比勘事實。沈匏廬先生《瑟榭叢談》云：淑真《菊花》詩：『寧可抱香枝上老，不隨黃葉舞秋風。』實鄭所南《自題畫菊》『寧可枝頭抱香死，何曾吹落北風中』二語所本，志節皦然，卽此可見，其論亦據本詩，足補余所未備，亟記之。又《玉臺名翰帖》：檇李女史徐範所藏墨蹟上石自晉衛茂漪以下凡十二家，有朱淑真精楷摘錄《世說》『賢媛』一門，二十行，不全，字徑三分。涉筆成趣，無非懿行嘉言，其微尚所寄，加人一等矣。

況周頤曰：朱淑真詞，自來選家列之南宋，謂是文公姪女，或且以爲元人，其誤甚矣。淑真與曾布妻魏氏爲詞友，曾布貴盛，丁元祐以後、崇寧以前，以大觀元年卒。淑真爲布妻之友，則是北宋人無疑，李易安時代猶稍後於淑真。即以詞格論，淑真清空婉約，純乎北宋。易安筆情近濃至，意境較沈博，下開南宋風氣，非所詣不相若，則時會爲之也。《池北偶談》謂淑真《璿璣圖記》作於紹定三年，紹定當是紹聖之誤。紹定理宗改元，已近南宋末季，浙地隸輦轂久矣。記云家君宦遊浙西，臨安亦浙西，詎容有此稱耶？ 又曰： 余攷定淑真爲北宋人，證據如右。唯與本詩『風傳宮漏到湖邊』句稍稍矛盾，宋未南渡湖邊無宮漏也。竊意昔者朱淑真一人，朱秋娘字希真，別是一人，錢塘下里人，世居桃村，又別一人。希真有詞傳世，彼下里人，或亦通曉詞翰，致相牽混，三人之中必有一人早歲逝世，卻非淑真，淑真詩裒然成帙，不似蚤逝致力未深者。高宗定都臨安，上距崇寧改元僅三十稔，約計淑真是時亦祇中年，以後與李易安卜居金華之年等耳。『風傳宮漏』之句，或者作於是時，蓋從宦東西，晚復歸杭耳改前說。如謂淑真少日湖邊已有宮漏，則與曾布妻魏爲友非事實矣。

證璧集卷四

辨李易安再適之誣《癸巳類稿·易安居士事輯》

黟俞正燮理初

（正文略，詳見本編詞學卷《漱玉詞箋》坿錄）

又《儀顧堂題跋·〈癸巳類稿〉易安事輯書後》

歸安陸心源剛甫

（正文略，詳見本編詞學卷《漱玉詞箋》坿錄）

又《越縵堂乙集·書陸剛甫題跋後》

會稽李慈銘蒓客

（正文略，詳見本編詞學卷《漱玉詞箋》坿錄）

辨胡康侯附秦檜之誣《新義録》

孫璧文

《宋史·胡安國傳》稱安國初爲太學博士，足不躡權門，爲蔡京所惡。南渡初，又劾朱勝非、黄潛善、汪伯彦三人，謝良佐稱其人如大冬嚴雪百草萎死而松柏挺然獨秀者是也。然與秦檜交最深，吕頤浩當國，欲去異己者，安國遂落職，檜三上章乞留之。後儒頗以此爲安國病。余桉：安國卒於紹興八年，是年檜始同平章事，則與檜交在檜未秉政時，檜之姦未露也。當時名臣如趙鼎、張浚，皆爲檜所賣，不得獨以是責安國。如謂安國無知人之明，則可；謂爲黨附秦檜，則誣矣。且安國上高宗以《時政論》二十一篇乞帝施行，其論立志，謂當必志於恢復中原，祇奉陵寢；必志於埽平讐敵，迎復兩宫。臨終之歲，上所著《春秋傳》，大旨在尊中國，攘夷狄，借經以寓意。老死不附秦檜之和議，安得謂之黨乎？後其子宏、寅、寧三人，皆以不附秦檜被黜，其大節可嘉。然在秦檜當國時，目擊其姦，故痛絕之，不得謂爲幹父之蠱也。

辨姜白石不識錦瑟之誣《高梧筆學》

武進趙尊嶽叔雍

元張羽撰《白石道人傳》：夔知音，通陰陽律吕、古今南北樂部，凡管絃雜調，皆能以詞譜其音。嘗著《琴瑟考古圖》一卷、《大樂議》一卷。慶元三年，上書乞正雅樂，詔奉常與議。先是丞相謝深甫聞其書，使其子就謁。夔遇之無殊禮，銜之。會樂師出錦瑟，夔不能辨，其議不果用。越明年，復上《聖宋鐃歌鼓吹》十三章，詔免解，與試禮部，復不第。《宙合編》云：『詔赴太常，同寺官校正，見上錦瑟，問是何樂，衆官已有慢文。及謂語云鼓瑟，未聞彈之，衆官咸笑而散』云，殆即張羽作傳所本。白石精擘音律，琴瑟考古，尤有專書，斷無不識瑟之理。《周禮樂器圖》云：雅瑟二十三絃，頌瑟二十五絃，飾以寶玉者曰寶瑟，繪文如錦曰錦瑟。《緗素雜記》東坡引《古今樂志》云：『錦瑟之爲器也，其絃五十，其柱如之。』則錦瑟卽大瑟，白石烏得而不識之？《宙合編》云『見上錦瑟』，上，今上也，錦瑟，卽慶元時新製。竊疑其制作必有與古踈盭之處，白石一見而心知之，又不敢頌言之，託辭不識，其旨微婉，彼寺官輩先入謝深甫之言，遂因以爲罪，以爲真不識矣。其後譔進《鐃歌》，無可疵議，亦復僅得免解，可知其見嫉深矣。鄭元慶《湖録》云：令太常與議，不合，歸。不從《宙合編》之說，較有斟酌，唯是白石當時並未嘗與議耳。校：葉少蘊《避暑録話》：崇寧初，大樂闕徵調，有獻議請補者，蔡京命教坊樂工爲之，踰旬獻數曲，卽今《黄河清》之類，而終聲不諧，末音寄煞。丁仙現議其落韻。當時製曲不能無失，卽製器度亦有之，矧孝、光已後視汴京全盛時樂師精詣不無稍遜乎？又校：《琴瑟中論》曰：錦瑟卽箜篌形製，箜篌似瑟而小。大瑟安得似箜篌？卽其制作與《樂器圖》、《古今樂志》不合者。

辨陸放翁附韓侂胄之誣《甌北詩話》

陽湖趙　翼雲松

朱子嘗言放翁能太高，迹太近，恐爲有力者所牽挽。《宋史》本傳因之，輒謂其不能全晚節，此論未免過刻。桉：嘉泰二年，放翁起修孝宗、光宗兩朝實錄，其時韓侂胄當國，自係其力。然放翁自嚴州任滿東歸後，里居十二三年，年已七十七八，祠禄秩滿，亦不敢復請，是其絕意於進取，可知。侂胄特以其名高而起用之，職在文字，不及他務，且藉以報孝宗恩遇，原不必以辭職爲高。甫及一年，史事告成，卽力辭還山，不稍留戀，則其進退綽綽，本無可議。卽其爲侂胄作《南園記》、《閱古泉記》，一則勉以先忠獻之遺烈，一則諷其早退，此亦有何希榮附勢依傍門戶之意，而論者輒藉爲口實，以訾議之，真所謂小人好議論，不樂成人之美者也。今二記不載文集，僅於逸稿中見之，蓋子遹刻放翁文集時，侂胄被誅，未久爲世詬厲，故有所忌諱，不敢刻入，未必放翁在時手自削去也。詩集中仍有《韓太傅生日》詩，並未删除，則知二記本在文集中，蓋因其乞文而應酬之，原不必諱耳。

辨吳夢窗附賈似道之誣《通藝堂集·夢窗詞序》

真州劉毓崧伯山

汲古閣毛氏跋語，言其絕筆於淳祐十一年辛亥，今以詞中所述推之，知其壽不止於此。蓋夢窗嘗爲榮王府中上客，《丙稾》內《宴清都》一闋，題爲『餞嗣榮王仲享還京』，有『翠羽飛梁苑』之語；《埽花游》一闋，題爲『賦瑤圃萬象皆春堂』，有『正梁園未雪』之語。據周草窗《癸辛雜識》言榮邸瑤圃，則瑤圃卽榮王府中園名，故以梁王比榮王，而以鄒枚自比也。榮王爲理宗之母弟，度宗之本生父。夢窗詞中有壽榮王及壽榮王夫人之作，雖未注明年月，然必在景定元年六月以後，蓋理宗命度宗爲皇子，係寶祐元年正月之事，立度宗爲皇太子，係景定元年六月之事。寶祐元年干支係癸丑，後於辛亥二年；

景定元年干支係庚申，後於辛亥九年。今按《夢窗乙稾》內《燭影搖紅》一闋題爲『壽嗣榮王』，其詞云『掌上龍珠照眼』，又云『映蘿圖星暉海潤』。《丙稾》內《水龍吟》一闋題亦爲『壽嗣榮王』，其詞云『望中璇海波新』。《甲稾》內《宴清都》一闋題爲『壽榮王夫人』，其詞云：『長虹夢入仙懷，便洗日、銅華翠渚。』又云：『東周寶鼎，千秋鞏固。何時地拂龍衣，待迎入、玉京閬圃。』《齊天樂》一闋題亦爲『壽榮王夫人』，其詞云『鶴胎曾夢電繞』，又云『少海波新』。所用詞藻，皆係皇太子故實，不但未命度宗爲皇子之時萬不敢用，即已命爲皇子之後未立爲皇太子之前，亦萬不宜用。然則此四闋之作，斷不在景定元年五月以前，足證度宗冊立之時，夢窗固得躬逢其盛矣。據壽詞所言時令節候，榮王生辰當在八月初旬，《水龍吟》詞云『金風細裹』，又云『半涼生』，《燭影搖紅》詞云『寶月將弦』，又云『未須十日便中秋』。榮王夫人生辰當亦在於秋月，《宴清都》詞云『蟠桃正飽風露』，《齊天樂》詞云『萬象澄秋』，又云『涼入堂階綵戲』。《水龍吟》詞言『璇海波新』，《齊天樂》詞言『少海波新』，必在甫經冊立之際，則此兩闋當卽作於庚申秋間。若《燭影搖紅》、《宴清都》兩闋之作，至早亦在辛酉秋間，是時夢窗尚無恙也，況周草窗詞內《拜新月慢》一闋題爲『春暮寄夢窗』，《蘋洲漁笛譜》此詞有敘，謂作於癸亥春間，是時夢窗仍無恙也，安得謂辛亥之作爲絕筆乎？夢窗曳裾王門，而老於韋布，足見襟懷恬澹，不肯藉藩邸以攀援，其品概之高，固已超乎流俗。若夫與賈似道往還酬答之作，皆在似道未握重權之前，至似道聲勢熏灼之時，則竝無一闋投贈。試檢《丙稾》內《木蘭花慢》一闋題爲『壽秋壑』，其詞云『想漢影千年，荊江萬頃』，又云『訪武昌舊壘』，又云『倚樓黃鶴聲中』。《宴清都》一闋題亦爲『壽秋壑』，其詞云『翠市西門柳。荊州昔未來，時正春瘦』，又云『對小弦、月挂南樓』。就其中所用地名古迹推之，必作於似道制置京湖之日。《乙稾》內《金盞子》一闋題爲『秋壑西湖小築』，其詞云：『轉城處、他山小隊登臨，待西風起。』《丙稾》內《水龍吟》一闋題爲『過秋壑湖上舊居寄贈』，其詞云：『黄鶴樓頭月午。奏玉龍、江梅解舞。』亦均作於似道制置京湖之日，蓋《水龍吟》詞言『黄鶴樓頭』，固京湖之確證。《金盞子》詞言『登臨小隊』，亦制置之明徵，《金盞子》詞題言西湖小築，必作於落成之初。《水龍吟》詞題言湖上舊居，必作於既居之後，其次第固顯然也。似道官京湖制置使，在淳祐六年九月；其進京湖制置大使，在淳祐九年三月，迨十年三月改兩淮制置大使，始去京湖。夢窗此四闋之作，當不出此數年之中。或疑開慶元年正月，似道爲京湖南北、四川宣撫大使，次年四月還朝，此一年有餘，亦在京湖。夢窗之詞，安見其非作於此際？不知似道生辰係八月初八日，周草窗《齊東野語》言之甚詳。開慶元年正月以後，元兵分攻荊湖、四川，七八月閒正羽檄飛馳之際，似道膺專閫之任，身在軍中，而夢窗此四闋之詞皆係承平之語，無一字及於用兵，《木蘭花慢》詞云：『歲晚玉關長，不閉静邊鴻。』《宴清都》詞云：『正虎落、馬静晨嘶，連營夜沈刁斗。』《金盞子》詞云：『應多夢罷扃，冷雲空翠。』《水龍吟》詞云：『錦帆一箭，攜將春去，算歸期未卜。』豈得謂其作於此際乎？似道晚節誤國之罪，固不容誅，而早年任事之才，實有可取。觀於元世祖攻鄂之時，似道作木柵環城，一夕而就，世祖顧扈從諸臣曰：『吾安得如似道者用之？』其後廉希憲對世祖亦嘗稱述此言，是似道在彼時固曾見重於敵國君相，故周草窗雖深惡似道之擅權，而於前此措置合宜者未嘗不加節取。王魯齋爲講學名儒，生平不肯依附似道，而其致書似道，亦嘗稱其援鄂之功，則夢窗於似道未肆驕横之時贈以數詞，固不足以爲累，況淳祐十年歲在庚戌，下距景定庚申已及十年。此十年之中，似道之權勢日隆，而夢窗未嘗續有投贈，且庚申、辛酉正似道入居揆席之初，而夢窗但有壽榮邸之詞，更無壽似道之詞，不獨灼見似道專擅之跡日彰，是以早自疏遠，亦以疇昔受知於吴履齋，詞稾中有追陪游讌之作，最相親善。《丁稾》内《浣谿沙》一闋題爲『出迓履翁舟中卽興』，《補遺》内

《金縷歌》一闋題爲『陪履齋先生滄浪看梅』。是時履齋已爲似道誣譖罷相，將有嶺表之行，夢窗義不肯負履齋，故特顯絕似道耳，否則，似道當國之日，每歲生辰，四方獻頌者以數千計，悉俾翹館謄考，以第甲乙，就中曾膺首選者如陳惟善、廖瑩中等人，其詞備載於《齊東野語》，夢窗詞筆超越諸人，假令彼時果肯作詞，非第一人無以位置，勢必衆口喧傳，一時紙貴，焉有不在草窗所錄之內者乎？縱使草窗欲爲故人曲諱，又豈能以一人之手揜天下之目而禁使弗傳乎？然則夢窗始與似道曾相贈答，繼則惡其驕盈而漸相疏遠，較之薛西原始與嚴嵩曾相酬唱、繼則嫉其邪佞而不相往來，先後誠屬同揆。西原之集爲生前自定，故和嵩之作一字不存，夢窗之稾爲後人所編，故贈似道之詞四闋具在，然刪存雖異，而志趣無殊。夢窗之視西原，初無軒輊，則存此四闋，豈但不足爲夢窗人品之玷，且適足以見夢窗人品之高，此知人論世者所當識也。

辨文信黄國冠之請之誣《孜辨隨筆》

黄定宜

『黄冠歸故鄉』之對，前人曾辯其非信公語，以爲《宋史》之謬。《信公年譜》及龔開、劉岳申所作《文丞相傳》俱無此語。觀《鄧中甫傳》：欲奏請以公爲黄冠師，乃謝昌元、王積翁等十人之謀耳。《胡廣傳》亦因中甫舊文，謂王積翁諸人以公繫獄，謀奏請於世祖，釋爲黄冠師，冀得自便。留夢炎阻之，遂不果奏。後世祖欲付公大任，積翁以書諭意，公復書鮑叔管仲云云。積翁知不可屈，猶奏請釋公而禮之。夫曰釋而禮之，則又非黄冠師矣。《宋史》乃以積翁初謀與公復書合爲一說，而有『儻緣寬假』云云，此豈信公所肯出者？羅念庵《重修祠堂記》誤信《宋史》『黄冠歸故鄉』之語，遂謂信國以箕子之事自重，國不捄而重身，以重人之國不屑取，必於一死。此尤不可爲訓矣。

又《蠡勺編》　　番禺凌揚藻譽釗

鄭所南《文丞相敘》：忽必烈欲釋之，俾公爲僧，尊之曰國師；或爲道士，尊之曰天師，又欲縱之歸鄉。公曰：『三宫蒙塵，未還京師，我忍歸忍生耶？但求死而已。』且痛罵不止，諸酋咸勸殺之，毋致日後生事，忽必烈始令殺之。是安有『黄冠歸故鄉』語？作《宋史》者不識文山心，殆遷就其詞爲之爾。

附　信國子陞、弟璧璋行實《攷辨隨筆》　　文　晟

《廣西通志》：元集賢院學士文陞墓，在鬱林州城西十里。《粤西文載》：文陞，宋丞相天祥弟璧之子也，天祥死難，以陞爲嗣，後仕元海北廉訪使，卒葬鬱林之八疊岡，子孫遂家焉。子富，字益謙，至順間以薦舉官興文署丞。桉：陞於成宗大德中奉母歐陽夫人歸自豐州，過京師，有欲官之者輒辭。歷成宗、武宗世，至仁宗卽位，始官以集賢直學士。乞歸，得代祀南海，道卒，葬於鬱林。未嘗一日食元禄也。文載謂仕海北廉訪使，蓋道授此官而學士已先卒，故傳不著。《廣西通

志·職官表》亦無文陞名。陶九成《輟耕録》載：至元間，宋文丞相有子出爲郡教授，行數驛而卒，人皆作詩以悼之。閩人翁某一聯云：『地下修文同父子，人間讀史各君臣。』獨爲絶唱云云。此則傳聞之謬也，前人亦嘗辯之。

元劉岳申譔璧公墓誌，引丞相寄弟詩云：『親喪君自盡，猶子是吾兒。』又曰『三人生死各有意』，至爲文祭太師之墓則云：『有姪曰陞，我身是嗣。』公死，命其子後丞相，當丞相死生之際，所以爲人弟者備極人所難爲，而曲盡其至。余惟公之孝弟與天祥忠並傳世。從兄盡力兵間，易世盡心，遺民退歸，盡情倫紀，皆可書。孔子曰：『殷有三仁焉。』後有君子之論，而將曰宋有三仁，是宜銘。又元推官周志仁所書丞相季弟璋公壙志有云：公生八歲而孤，丞相教育之如子。仕至朝奉郎，帶行大理寺丞，知寧武州。至元庚辰，丞相從囚中書來，永訣，勉公以不仕。公崇篤孝弟，服膺訓飭，杜門卻掃，四十年如一日。或以爲從忠孝之後，竊比於殷三仁焉。管寧、陶潛，蓋其次也。頃者黄君半溪於信國公親屬多所攷證，晟因節録此二則，以轉質之。桉：信國公《哭母大祥》詩有云：『二郎已作門戶謀，江南葬母麥滿舟。』蓋以存祀葬親，屬其弟天璧公也。再攷元知制誥明善所撰陞公墓誌，無仕爲海北廉使，卒葬鬱林之語，又極稱其得母歸，養志不欲仕。迨母卒，既葬，復被徵求，授集賢直學士，辭歸，得代祀南海。皇慶三年六月二十五日至贛，以疾卒。與半溪所攷未食元禄之説相同。文晟附識。

辨周文襄黨附王振之誣《攷古録》

孫璧文

周文襄撫吳，吳民百姓尸祝。獨其與王振周旋，士林病之。近閲龔煒《巢林筆談》云：振宅新成，公遺以翦絨氈。一切地方事，宜令毋掣肘見明陸深《願豐堂漫書》。公之籠絡小人，理或有之，至謂錢御史昕抄沒振家金觀音像，背有『孝孫周忱拜奉』字樣見明楊夢羽《明良記》。無論必無是理，即有之，其中豈無委折？竊意公必有大母事佛，公爲鑄金祈福，其流入振家者，或振偵知，假宮闈旨取去耳。不然，天下寶物何限，而必遺以佛像？且孝孫何稱，而施之姦閹者，乃在不世出之名臣乎？愚深韙是說。攷《明史》忱本傳，公以宣德五年遷江南巡撫，垂二十年，當時朝臣多劾其變亂成法，而其法卒行者，則以大臣保持之力。又謂公以財賦充溢，贈遺中朝官，資餉過客，無稍吝惜，凡所以結納朝貴者，亦不獨一王振矣。如果黨振，振敗後，言官交章論，公何以不斥爲振黨，乃僅劾徵米一事耶？且景泰誅振，何以知公之賢，因金達言，即召還朝耶？然則公之心當時猶諒之，後人乃謂不顧名節，不亦誣乎？

辨秦良玉答朱壽宜語之誣《餐櫻廡隨筆》

況周頤

《棗林雜俎》云：『山陰朱燮元總督雲、貴、川、廣，石砫宣撫司女土官秦良玉雅度侃議，傔從俱美少年，朱公子壽宜訪之，酒間微諷良玉，笑引南宋山陰公主「陛下後宮百數，妾唯駙馬一人」云云以答。』蕙風按：此說誣也。竹垞《詩話野紀》亦謂良玉有男妾數十人。夔州李長祥力辯其誣，謂川撫嘗遣陸錦州遜之按行諸營，良玉冠帶，飾佩刀出見，設饗禮酒數行，論兵事，遜之誤曳其袖，良玉引佩刀亟斷之，其嚴肅若是。烏程董祝有《詠良玉》詩曰：『追奔一點繡紅旗，夜響刀環匹馬馳。製得鐃歌新樂府，姓名肯入玉臺詩。』良玉手握兵符，儼然嫭閫，誠如《雜俎》、《野紀》所云，則令不肅而氣且靡，何能捍賊立功乎？無論尊俎讌談之間，對於向少晉接之人，而爲蕘褻不經之語，良玉亦奇女子，斷乎不至如是。矧遐方閨秀雖有出類拔萃之才，亦決不能諳悉史事，至於倉卒之間，輒能舉似山陰公主之言也。竹垞時代距良玉已遠，《野紀》云云，殆沿明人記載之譌耳。

辨懿安皇后不殉節之誣《蠡勺編》

凌揚藻

甲申之變，朝野相傳懿安皇后不死。后惡魏璫，熹宗嘗至中宮，見后觀書，問何書，后曰《趙高傳》，帝默然。不死之說，皆閹黨謠言以誣后耳。桉：熹宗大漸，折忠賢逆謀，傳位信王者，后力也，后不誠賢乎哉？朱竹垞謂《世祖實錄》大書元年五月葬明天啓皇后張氏於昌平州，《明史》亦謂都城陷，后自縊，順治元年，世祖章皇帝命合葬熹宗德陵。而《東華錄》載順治五年閏四月，又有『天津妖婦假稱明天啓后，同黨王禮、張大保制王印、令旗，伏誅』之語。讀者疑之。嘗記丹陽人賀天士紀内侍王永壽言，熹宗時，有京師小家女任氏，貌麗而心狡，魏忠賢鬻之以進，立爲貴妃，素見惡於張后。甲申三月，后聞變，自經，永壽目睹其死。任氏盛妝見賊，紿曰：『我天啓后也。』賊信之，遂擁去，未幾賊遁，任潛挾金寶逸出宮，遇無賴少年，與之暱，懼京師不可留，乃攜之數百里外。據此，則天津妖婦，其爲任氏無疑。第亂離之際，野史所載傳聞多訛耳。崇禎十七年春，京師陷，思陵傳旨後宮令自裁。太監王永壽奔告於帝曰：『懿安皇后業自經矣。』帝乃起，赴煤山，殉社稷。見朱竹垞《題趙淑人宮門待漏圖》。

況周頤曰：乾隆庚子，河間紀昀得合肥龔鼎孳所作《聖后艱貞記》，鼎孳自序：素客太康伯張國紀幕，知其家事，後又遇明太監王永壽、陳啓榮等，談明季宮中事，述懿安皇后事尤詳。』記凡二萬餘言，分上下卷，昀爲正誤刪繁，博攷諸史之可信者，爲《懿安皇后外傳》，得五千餘言，其敘述懿安殉節事，摘錄如左：

十七年三月十八日，流寇陷京師外城。其夕更餘，周后自縊。帝至南宮，使人詣懿安皇后所，逼后自裁，倉卒不得達，后尚未知外閒消息。十九日，昧爽望見火光，宮人譁言内城已陷，沸哭如雷，皆走出宮門，無復禁限。后索劍欲自刎，手不能下，乃自縊，宮婢數人妄解后縊，勸后暫避出宮，后頓足曰：『汝輩誤我不淺。』乃移至側室中，宮人出走者，或言后已自盡，或言未見后尸。有一宮嬪青衣蒙頭，徒步走出，或誤指爲后，遂喧傳懿安皇后走入成國公朱純臣第矣。后初爲宮婢所阻，至巳午閒，始獲縊於側室。而賊已有入宮者，過后縊處，以劍斫繩，斷之墮地，瞑坐，忽聞有大呼張太后娘娘安在者，乃賊渠李巖也。初京師將破，諸璫爭出降賊，告以后妃宮人之數，具一冊，分其貌爲三等。闖議分賞賊酋各三十人，而李巖司其冊，巖以河南舉人降賊，好稱仁義，見后年貌在上等冊，嘆曰：『諸璫無良至此，此吾同鄉也，素有聖德，安可使受辱？』城破，亟馳入宮，專覓懿安皇后，使宮婢扶后坐殿上，具衣冠，九拜，自通姓名，勑其黨嚴衛宮門而去，后始得從容自縊，死年三十八。巖乃具棺殯諸殿上，拜哭而去。闖賊既爲崇禎帝后發喪，外人不知懿安皇后音耗，妄相揣度，謂爲賊所得矣。是時任容妃年三十五，盛妝出迎賊，曰：『我天啓皇后張氏也。』賊酋信之，擁之去，與之暱。於是浮議紛然，謂懿安皇后從賊矣，隨賊西去矣。客魏餘黨聞之，皆增飾其詞，爭相傳播。南都福王立，馬士英、阮大鋮起執朝權，皆魏黨。甲申六月，南都上崇禎帝后謚號，或欲爲懿安皇后發喪議謚，馬、阮陰尼之，由是浮言滋甚。順治元年十月，清世祖定鼎燕京，后尚未葬，太監曹化淳請於上，乃得合葬熹宗德陵。乙酉三月，南中始知后已殉節，福王特命議謚，始上謚曰孝哀慈靖恭惠溫貞偕天協聖哲皇后。方闖賊之西走也，任妃出宮，居京師數百里外，語人曰：『我先朝天啓皇后也。』居歲餘，鄉人白於有司，聞於朝，遞入都。世祖惡其行，賜之死。內監有識之者曰：『嘻，此非任妃邪？』衆疑始解。

辨黃朝宣納款之誣

闕　名

黃朝宣，上高人，《明史》附《何騰蛟傳》，略謂：弘光元年，騰蛟起兵長沙，而兵少不敷調，會章曠遣副將黃朝宣等以兵至，勢乃稍振。李自成既斃於九宮山，其將劉體仁以衆無主，議歸騰蛟，衆驟增至數十萬。騰蛟欲以舊軍參之，乃題授朝宣爲總兵官，與諸降將並開鎮湖南北，所謂十三鎮者也。諸鎮驕恣貪殘，朝宣尤甚，屠戮無虛日，騰蛟不能制。及清兵破衡州，朝宣出降，數其罪而支解之，遠近大快，其見於《明史》者如此。果爾，則亦劉澤清、劉良佐之徒耳。然以《東華錄》考之，順治四年，湖廣撫高士俊奏大兵攻拔衡山、安化等縣，常德、衡州二府，生擒僞總兵黃朝宣，逮至京，誅之。夫曰生擒，則非投降可知；曰逮至京誅之，則非殺於衡州可知。朝宣當戰敗時，主將必愛其勇壯，傳令必生擒之；其逮至京也，中間必幾經勸撫，而朝宣始終不肯變節，故不得已而誅之。《東華錄》據《實錄》而書，當得其實，《明史》或因傳聞之誤耳。

況周頤曰：《東華録》：順治四年十二月，孔有德奏僞平南伯黄朝選遁衡州，臣等進兵擒斬之，並其四子。朝選卽朝宣之誤，並四子亦見殺，必非納款軍前，可知如朝宣其人者，晚節不屈，尤爲難得，亟著之。

辨毛西河夫人悍妒之誣《蕙風簃二筆》

況周頤

嘗記某說部云毛西河夫人絕獷悍，西河藏宋元版書甚夥，摩挲不忍釋手。夫人病焉，謂：『此老不卹米鹽生計，而般弄此花花綠綠者，胡爲也？』一日，西河出，竟付之一炬。又云：西河五官竝用，嘗右手改門生課作，左手撥算珠，耳聽門生背誦，目視小僮澆花，口旋答門生問難，旋與夫人詬誶。夫人告門人曰：『汝輩謂毛奇齡博學乎？渠作二十八字詩，輒獺祭滿几，非出自心裁也。』又西河姬人曼殊，爲夫人淩虐致死，此事尤於記載中屢見之。比閱完顏惲珠《國朝閨秀正始續集》，乃有夫人詩二首，夫人既能詩，何至爲焚琴鬻鶴之事？各說部所云，殆未可盡信耶？抑西河不止一夫人，有元妃、繼室之殊耶？當再詳考。夫人姓陳，名何，蕭山人。《子夜歌》：『一去已十載，九夏隔千山。雙珥依然在，如何不得環。』『白露收荷葉，清明種藕枝。君行方歲暮，那有見蓮時。』《兩般秋雨盦隨筆》載五官竝用、作詩獺祭兩事，云其夫人陳氏，則是卽此能詩之夫人矣。

辨是鏡被告訐事《回風堂脞記》

慈谿馮　幵君木

江陰是鏡仲明，託名講學，築室聖柯山，聚門徒百十人，陳素庵、高東軒兩相國皆重之。尹健餘侍郎督學江左，因二公言，造門請謁，結布衣交。壬申、甲戌，保舉經學，一時大老交章薦之，高臥不就，名益高。常州守黄靜山永年亦與過從。後爲其胞弟告訐，共三十餘款，多闇昧不法事。時常守爲宋楚望，深惡之，毀其廬。鏡亡命，不知所終，見董潮《東皋雜鈔》及阮葵生《茶餘客話》。《客話》則謂爲鄉人告訐。伏閲乾隆諭旨，十二年六月諭軍機大臣等：『朕聞江蘇華亭縣生員姚培謙、江陰縣布衣是鏡，此二人皆力學有素，閉戶著書，不求聞達。尹繼善安寧既爲江蘇督撫，諒必知二人之梗概，可寄信詢問之。或其人才具可用，或學問可膺師儒之任，據實奏聞，候朕降旨。』此以見仲明當時享名之盛。然據當日告訐三十餘款，中多污穢，齷齪不堪，質問者蓋與明末烏程董羅織鄭崟陽之罪案相類。仲明以講學著名，縱或言行不揜，不應謬盭至此。因憶戴東原、袁子才並有與仲明書，甚推重之。袁書頗以講學及不應試二端爲規戒，而乾隆上諭亦稱爲江陰縣布衣，於是乃悟仲明蓋呂留良、曾靜一流人，其時經江浙兩大獄後，人民惴惴救過不暇，鄉黨懼株連及禍，又不敢直詞揭發，故託爲種種闇昧不可究詰之行，訐而逐之，以弭後禍也。蜚言流播，而仲明純白之志節，遂終古蒙垢而不得雪，亦可痛已。

跋

趙尊嶽

右《證璧集》五卷〔一〕，吾師臨桂況先生所輯録，皆爲古人辨誣之作也。慨自宗聖有投杼之疑，靈均致娥眉之嫉，厚誣賢者，於古不免，世風澆漓，益煽騰説，變白爲黑，飛短流長，寧復傳信之可期？抑亦謹厚者所勿道矣。夫所貴乎文章者，貴其載道而經世，有太上之立德不可無，其次之立言，所謂老成之典型，國人所矜式。非著其僞，莫由識其真。或原其心，不妨略其迹，爲之嚴同異之辨，别涇渭之流，寓彰癉之權，抉瑕瑜之揜，務俾古昔賢傑之潛德幽光，昭然大白於來世。而其究也，風俗之厚薄，世道之隆汙係焉，其託旨詎不重哉？夫古人之誣待辨於今人者，由於考訂之疏，沿襲之謬，什四五焉，非必皆文人輕薄而持論偏且苛也。獨惜世無邃學深思之士，精研而明辨之，其幸而得辨者，又或篇帙畸零，鱗爪隱見，尤非宅心忠厚、博問彊記者弗克引其緒而廣其傳焉。矧世路荊榛，風雅絶續，乃得吾師蹶起其間，導敭名論，力掃讆言，深恫鑠金之漸，一洗薏珠之冤，其所自爲，尤能確有據依，語殊鑿空，日月積纍，豈徒爲古人辨誣，足以維繫人心，總持風會，信乎狂瀾之砥砫，當務之至急矣。尊嶽得受而鍥行，且附以傳，寧非至可欣幸者耶？斠勘匇事，申臆説，爲之跋，並世賢達容有取乎？

丙寅天貺日受業武進趙尊嶽識。

【校記】

〔一〕此云五卷，實則四卷。第四卷篇幅最長，或其中辨李易安事輯爲一卷，餘則本擬爲第五卷者。又按：原目録題作『初編』，或有續編之作的計劃。

餐樱庑漫笔

十八卷

《餐櫻廡漫筆》，原連載於一九二四年八月十一日至一九二六年三月三十一日的《申報》，歷時十九個月，每月連載的次數並不統一，每次刊登的條目也不統一，或一則，或數則。本編以每月所載，合爲一卷，其中一九二五年六月所載僅一次，與是年五月所載合並爲一卷，全書共釐爲十八卷。原於一些詩句有著重號，意義不大，茲不復加。

餐櫻廡漫筆卷一《申報》一九二四年八月

光緒丁亥、戊子間，余客海上，謁何桂笙別號高昌寒食生、錢昕伯別號霧裏看花客兩先生於尊聞閣，素心晨夕，談藝樂甚。桂笙先生所箸《一二六室文集》，取痛哭者一，流涕者二，長太息者六，意當時得盡讀之，今不審鍥行否？

介昕伯先生謁天南遯叟，值遯叟夫人誕辰，得與捧觴之末。是日賓從甚盛，桂笙先生攜二雛姬至，曰陸孟劬，其妹曰仲勤。酒間告余曰：『其母氏劬勞可念也。』歌郎徐介玉玠亦簉座。翌日，桂老索賦小詞，贈之。

吴縣朱岳生榮棣，別號半人左臂以疾廢，與客揖，則右手執其袖而高下之。工玉筋篆書，及元人設色花卉。性温雅，深於情。余郎玉琴者，都門菊部翹楚也，半人與同里閈，夙契之於丱角。戊子以還，余棲屑春明，半人與玉琴時時通鄭重，輒介余傳達，垂十年如一日也。辛亥冬，余來滬濱，半人歸道山久矣。嗣君字硯塵，能亢其宗，倜儻穎邁，未易才也。

鄉人潘月舫嶽森游寓滬濱，與天南遯叟、高昌寒食生唱酬，有《意琴室詩詞》。《惜分飛・別情》云：『纔得逢春春又暮。一枕繁華夢悟。花落紛無數。杜鵑不住催春去。　未許重尋桃葉渡。腸斷蕭郎陌路。采艾詩空賦。天涯飛絮知何處。』《贈陸家二妙有序》，云：『高昌寒食生閱徧羣芳，情鍾兩小。藉陸氏如花姊妹，寄何郎傅粉情懷。以孟劬、仲勤命其名，性期返本；以夢蕖、詘琴別其字，樣巧翻新。莫道色卽是空，須知周元非蝶。傳來佳話，費幾多月旦閒評；紀以小詩，留一宗風流公案。共謫情天未染塵。漫論絮果與蘭因。蹁躚小鳥知親客，窈窕雛鬟總絕倫。有約待爲雙下管，無猜分作兩家春。品紅題翠渾忙煞，終日勞勞爲美人元注：二美姓勞。』月舫天分甚高，風流文采，不可一世，中年殂化，未竟其業，甚可惜也。（以上四則，八月十一日）

『牛女匹儷，聘錢責償』，是說也，六季以還，詞流多引用之，以爲七夕雅故。或責以汙衊星辰，自是正論。按：《太平御覽》卷四百十一引劉向《孝子傳》：『漢董永，千乘人，少失母，獨養父。父亡，無以葬，乃從人貸錢一萬，永謂錢主曰：「後若無錢還君，當以身作奴。」主甚愍之。永得錢，葬父畢，將往爲奴，於路忽逢一婦人，求爲永妻。永曰：「今貧若是，身爲奴，何敢屈夫人爲妻？」婦人曰：「願爲君婦，不恥貧賤。」永遂將婦人至，錢主曰：「本言一人，今何有二？」永曰：「言一得二，於理乖乎？」主問永妻曰：「何能？」妻曰：「能織耳。」主曰：「爲織千疋絹，則放爾夫妻。」於是索絲，十日之內，千疋絹足。主驚，遂放夫婦二人去。行至本相逢處，乃謂永曰：「我是天之織女，感君至孝，天使我償之。今君事了，不得久停。」語訖，雲霧四垂，忽飛而去。』此與世俗牛女之說稍涉影響，或卽所由仿歟？其言託旨教孝，非徒標豔異而已，則較可傳述矣。

世傳南唐後主生卒皆七月七日，其卒也，以牽機藥，事至慘酷。武進趙叔雍尊嶽劬學媚古，好深思高論，嘗謂『太宗之爲人，外英明而內仁厚，第降王何能爲？何怨毒至於是？甚惜別無確據糾正舊說之誣。』按：《玉海》：『宋太宗七月七日生，以是日爲乾明節。』則太宗與後主同日生，是日方當慶節，以恆情論，避忌不祥之不暇，寧肯施此奇慘之刑？後主仁柔才美，殞身羈紲，稗官外史者流宜哀矜悼惜之，未審據何傳聞，遂以殘忍之名加之當世之主。此説可□，叔雍聞之，爲之鼓舞蕺軒者也。（以上二則，八月十二日）

余藏有光緒二十四年《蜀學報》，其第六册『海外近事』，譯《彼得堡時報》一則：『亞美利加洲南境產一種藥材，名曰金雞納，專治瘧疾。初起時，該處人民只知此樹有用，恆剝其皮，而不知培其根本。後有智者至其國，移種各處，迄今二十餘載。枝葉榮盛，利濟無窮。又英屬荷蘭地有一種樹，名曰尤喀利葛，木高十餘丈，其葉寬長。美國新金山亦有一種樹，其樹身之高大相間，惟枝葉不甚榮盛。滋長時異，其木質最堅，堪爲舟楫棟梁，雕鏤篆刻，歷久不朽，蟲不能傷，火不能損。或種於低窪處，頗可收地之潮濕。現英人頗得其利。並與此樹爲鄰之民從無瘧疾，始知此樹之性，與金雞納同爲治瘧之妙品。近年俄國多購此樹，移種於齊業弗城鄉間，頗見發旺』云云。光緒戊戌距今又二十六年，尤喀利葛之名，新金山、齊業弗之樹猶未大顯於世，吾國人士知者卒尠，何耶？金雞納先出，其盛名足以掩之矣。《蜀學報》編纂諸君富順宋芸子育仁、仁壽楊範九道南、名山吳伯傑之英、井研廖季平平，皆名流碩彥，淹貫中西，留心當世之務者。

《蜀學報》云：『三十年前同治中蜀人西崑熊子著《藥世》三十萬言，力闢婦女裹足之非，其中引經以經之、據史以緯之，酌古準今，情理具足。其家女公子三，皆能稟承父訓，不屑以纖纖取容。熊子所著，富哉言乎，必有至精奇警之論，爲觸目之琳瑯。惜乎未經鍥行，時移地遠，不復可求矣。』

比歲閨人競尚革履。張衡《同聲歌》云：『洒掃清枕席，鞮芬以狄香。』《説文》：『鞮，革履也。』

言其芬則閨製，閨人革履，吾中國後漢時已盛行矣。狄香，外國之香，以香薰履也。當時所云外國，範圍不出少海以外，乃至擷歐美之精華，則古不今若矣。（以上三則，八月十三日）

《西京雜記》曰：『瞤得酒食，燈火花得錢財。』庾信《對燭賦》：『本知雪光能映紙，復訝燈花今得錢。』東坡詩：『愁侵硯滴初含凍，喜入燈花欲鬭妍。』何自明《浣溪沙》詞：『草草杯盤訪玉人。燈花呈喜座添春。遠郎覓句要清新。』燈花主吉祥，涉豔而彌韻，故詞流多用之。《占燈花經》，見《事林廣記》，序云：『燈乃一家照鑒之主，開花結蘂，吐燄噴光，可知人事之吉凶，占天時之晴雨。子細看玩，皆有徵驗。凡燈有花，任其自然開謝，不可翦棄吹滅。燈三吹不滅，便不可再吹，切宜戒之。』經云：『燈有花，至一更不滅，來日主有喜慶；至天明不滅不落，喜事五日不絕。燈開花向卯上，必於大人處得書；若七夜如此，君子則加官進祿，常人則倍有利宜。燈三吹不滅，卻便結花，慎護存之，必獲大吉。燈焰忽分作兩炬，主其人有奇遇，喜出望外。燈花雙頭並蒂，主嘉耦合諧。燈花如細珠攢簇，主遠道音書將至。燈花狀如靈芝，主有逸士高人相訪。燈花紅豔通明，主知音遇合，所謀咸遂。燈花向人欲笑，主來日得愜心之物。燈光先本黯淡，結花後忽大放光明，主遭逢由否而泰。燈之中心結一巨花，四旁細花環之，主家室團圞歡慶。燈中心結花如豆，四旁無花，主有酒食，孕則主貴子。燈花向上圓大，主所懸盼之人歸期在卽。燈花連珠下垂，主有遠行。燈花玲瓏剔透，主文心濬發。天時亢旱，忽燈焰紅花短小，頻頻點滴，則三日內有雨。天氣積陰，忽燈結紅花，光采奇麗，來日必晴。燈結花不成，紅焰搖曳不定，主來日大風。燈結小圓花，紅焰凝而不動，主久晴。燈花細碎，光色不搖，若有黑烟微動，則晴中有風矣。』《事林廣記》，西潁陳元靚編，鍥行

於日本，以其年號考之，蓋明初修補元版也。（八月十四日）

檇李沈子培先生曾植，一字乙盦，晚號寐叟，博學多通，尤熟精內典，時運用入詩文，往往脱落恆谿。填詞偶一爲之，近須溪翁風格，勿庸以聲律刻繩耳。晚歲僑寄滬西，以海日名其樓，始鬻字，所作疏雋勁逸，得南北碑帖意趣，似乎不甚經意，卻一筆一畫，確有理致，非深於字者不能知也。先生精繪事，則嚮所未聞。比者其公子慈護出山水冊徵題，款署東軒老人，取淵明《停雲》詩『靜寄東軒』句意。彊村朱先生壁間亦有山水小幀，寐叟自持贈也。凡學人、詞人、金石家、攷據家、無畫名者之畫，必有不可及處，當於畫外求之，彼固得之畫外者。缶廬老人年逾八秩，精神矍鑠，不啻馬文淵據鞍顧盼時也。閒值游讌，珍衛少疏，輒嬰小極。彊村朱先生集《易》爻辭爲楹言贈之：『不出戶庭无咎，困於酒食徵凶。』託旨箴規，語重心長，友誼之篤，晚近不數覯也。

客歲仲秋，缶翁八十初度，戲書聯自壽云：『壽已杖朝，驢背何妨跌我？誰爲拂袖，虬髯切莫笑人。』缶髯僅三數莖，非子細端相，不可得見，故對句云然。

彊村先生選《宋詞三百首》，蕙風爲之序，開版於金陵。比又選近人詞，自王薑齋以次，凡百名家，並皆鴻生鉅儒，家喻戶曉者。鄙意不如甄采遺佚，俾深林寂壑湮沒不彰之作，得以表□於世，不尤功德靡涯耶？

曩客吳門，與易中實、張子苾、鄭叔問同游虎丘，一葉青篷，烟波容與，聯句賦《鎖窗寒》詞。叔問得句云：『近黄昏，玉鬟史攜，粉香欲共蒼翠滴。』頗自喜。余曰：『句誠佳矣，此傅粉之面，無乃太大乎？』四座爲之軒渠。

或以『玉筍背臨懷素草』對『金蓮蹴損牡丹芽』，玉筍非成句，亦復工巧絶倫。懷素有《玉筍帖》，臨、損並卦名。（以上五則，八月十五日）

缶翁晚歲鬻畫，益奇崛奔放。某國人絶愛重之。有索畫蒲萄者，屬紹介者云：『蒲萄須畫向上，勿令下垂。』旨蓋有託也。翁曰：『蒲萄烏得不下垂？我用我法畫之，彼將去，倒裝倒挂，則皆向上矣。』斯語殊藴藉，可想見其風趣。

缶翁斷絃，年逾七十矣，不減奉倩神傷也。嘗談次，謂余曰：『傷哉！竟杳無回信耶？』斯語癡絶、痛絶，足當幾許悼亡詩。

缶翁戲自題扁曰『琴鐙慧管之廬』。琴者，滬姬某琴；慧者，某郎；鐙與管，美人之貽也。何詩孫先生畫不輕作，或以重值求之，經歲猶不能得。辛酉暮春，畹華南下，香南雅集，僅越日而圖成。付裝潢竟，圖後有餘紙，復爲作《雲山遠思圖》，寓惜别之意，並題《清平樂》一闋。先生與沈乙盦先生並齒尊望碩，深居簡出，連日爲畹華蒞歌場，深坐逾子夜，未嘗有倦容。陳伯嚴先生亦自金陵命駕來滬，伯嚴亦不常聽歌者也。

余爲畹華作詞近百闋，翰墨因緣，不知其所以然也。今年其大母逝世，製聯輓之云：『元君妙靈，雲迴鶴馭；　繼祖娟静，露泣蘭芽。』静、芽二字，庶幾用白描筆法爲畹華寫真。

丙申、丁酉間，寓秦淮水閣，賦《浣溪沙》句云：『儂在畫橋西畔住，畫橋東畔是天涯。』語頗淡而入情，於高格無當也，卽亦忘之久矣。叔雍遊金陵，柳君詒謨偶舉似之，叔雍爲余言之，影事重提，墜歎如夢，爲之悵惘無已。其上下句，亦不復省記也。

余於學佛，有志未逮，愧且悵矣。然每一妄念起，輒自警，曰：『余固有志學佛者，烏乎可？』而此妄念遂洗革於無形，未始非身心之益也。唯綺語，則知其非宜，而不能戒，第較有斟酌耳。（以上七則，八月十六日）

曩尊聞閣諸君子公餘清暇，仿聚珍版印行各種書籍，藉校勘遣晨夕，書式精雅，便於攜帶。每一種出，余輒購藏之，如《硯雲甲乙編》、《屑玉叢談》、《柳南隨筆》、《歷代陵寢備考》、《宮閨聯名譜》、《靈檀碎金》，尤所珍弆。雲萍流轉，垂三十年，乃至散佚殆盡。比年求之坊肆，不可復得，蓋稀如星鳳矣。《宮閨聯名譜》儷白妃青，稱引賅洽。參定者，上海蔡紫黻（爾康別號縷馨仙史），似聞此翁猶健在也，亦文林碩果矣。

疇人術，以天算爲最精。泰西多才，往往得之金閨之彥，如英倫侯氏，素稱西方羲和，自侯維廉，始馳名天算，創尋新星。其得力於賢妹者，正不少也。數十年前，美國之掌觀象臺者，爲提倪智爾氏，伊雖善在（察也）玉衡，而其藉助於賢妹者，實不啻侯氏之兄妹也。惠班續史，令暉賦茗，烏得專美於前耶？某翁八十八歲，稱米壽，徵詩文，『米壽』二字絕新，可與『金婚』屬對，海外國俗，結褵五十年爲金婚。

嘉祥漢畫石刻，老萊子父母在側，畫一雛鳥。《初學記》卷十七引《孝子傳》，馬驌《繹史》引《列女傳》，並云萊子弄雛鳥於親側，令親有懽，今人第知綵服斑連事。

《玉臺新詠》陸厥《中山孺子妾歌》：『子瑕矯後駕，安陵泣前魚。』注引韓子《衛國法》：『竊駕君車，罪跀（同刖）。彌子母病，人聞，夜告彌子，彌子矯駕君車以出。君聞，賢之曰：「孝哉！爲母故，犯跀罪。」』據此，則彌子盡孝之道，視仲氏負米爲尤難，相謂爲亞，何愧色焉？泣魚是龍陽君事，陸說獨異，未詳所本。阮籍《詠懷》詩：『昔日繁華子，安陵與龍陽。』注引《說苑》：『安陵君纏，得寵於楚恭王。』安陵、龍陽，固判然兩人也。（以上四則，八月十八日）

同治初元，曾文正克復江寧，布署□定。某日讌集昭忠祠，召梨園侑觴，部頭呈劇目，公點《賣臙脂》。斯劇以奇豔著聞，賓僚莫喻其指。公曰：『是邦苦兵革久矣，如天之福，得有今日，不當破顔一笑乎？』俄而綵袖紅氍，嬌鶯嚦燕，賣臙脂登場矣。公爲之掀髯，四座稱觴爲公壽，盡歡而散。

《事林廣記·癸集》卷十二，標題『玳筵行樂』，宋元人酒令也。《卜算子令》先取花一枝，然後行令，口唱其詞，逐句指點，誤卽罰酒，後詞並同：『我有一枝花指自身，指花，斟我些兒酒指自身，令斟酒。唯願花心似我心指花，指自身，歲歲長相守放下花枝，叉手。滿滿泛金杯指杯酒，重把花來嗅把花以鼻嗅。不願花枝在我旁把花向下座人，付與他人手把花付下座接去。』《浪淘沙令》：『今日綺筵中指席上。酒侶相逢指同席人。大家滿滿泛金鍾指眾賓，指酒盞。自起自斟還自飲自起身，自斟酒舉盞，一笑春風止可一笑。傳語主人翁執盞向主人。你且饒儂指主人，指自身。儂今沈醉眼矇矓指自身，復拭目。此酒可憐無伴飲指酒，付與諸公指酒，付鄰座。』《調笑令》：『花酒指花，指酒。滿筵有指席上。酒滿金杯花在手指酒，指花。頭上戴花方飲酒以花插頭上，舉盃飲，飲罷了放下盃，同叉手叉手。琵琶撥盡相思調作彈琵琶手勢，更向當筵迴舞袖起身舉兩袖舞。』《花酒令》：『花酒左手把花，右指酒。我平生、結底親朋友指自身及眾賓。十朵五枝花伸五指，反覆，應十朵；又舒五指，應五枝花，三盃兩盞酒伸三指，又伸二指，應三盃兩盞，指酒。休問南辰共北斗搖手，示休問，意指南北。任從他、烏飛兔走束手，作任從狀，以手仿飛走狀。酒滿金巵花在手指酒盞，指花。且戴花飲酒左手插花，右手持酒飲。』詞筆近質重，是元以前風格。（以上二則，八月二十日）

《占鵲喜經》曰：『朝暾甫上，鵲喧噪，主即日有歡慶事。　正午鵲噪中庭，主時運盛極，宜持盈保泰。　申酉閒鵲噪，主則貨增益五行金旺。　巳時鵲噪，主有酒食。　未時□曉夢方酣，因鵲噪驚覺，主有望外之喜。　向來罕聞鵲聲，忽連日鳴噪，主有良好消息。　鵲歸巢時，忽□歡噪，主家人遠出即將歸。　鵲噪不急如話，主遠人平安。　牆頭鵲噪，有官職者主陞遷。　屋角鵲噪，貨殖者利市三倍。　鵲立樹巔，延頸竦翊而□，主遠道音書將至。　枝頭一鵲鳴聲清脆，主文戰克捷。　雙鵲噪於綠陰深處，主同心欣愜〔一〕。　鵲向外，且飛且鳴，復飛回，噪愈急，主有佳客至。　花正開時如海棠、碧桃之類，有鵲噪於花間，主得所思者之緘札。　鵲入闌干，或近簾櫳而鳴，主有將命來餽遺者。　鵲且鬭且噪，主博進高詈。　鵲鳴楊柳陰中，主遠道有相思者。　鵲噪聲斷續如倦，主天將陰雨。』《禽經》曰：『靈鵲兆喜。』《墨客揮犀》曰：『鵲聲多吉。』故俗呼曰喜鵲，由來久矣。

【校記】

〔一〕主：底本作『中』，據文意改。

白骨觀法，見陳眉公《巖棲幽事》。方當軟紅塵土中，炎景流金，作如是觀，奚啻一服清涼散矣。其法，想右腳大指腫爛流惡水，漸漸至脛、至膝、至腰，左腳亦如此，漸漸爛過腰，至腹至胷，以至頸頂盡皆爛了，惟有白骨，須分明歷歷觀看。白骨一一盡見，靜心觀看良久，乃思觀白骨者是誰，白骨是誰，是知身體與我常爲二物矣。又漸漸離白骨觀看，先離一丈，以至五丈、十丈，乃至百丈、千丈，是知白骨與我了不相干也。常作此想，則我與形骸本爲二物，我轉寄於骸中，豈真謂此形骸終久不壞而我常住其中？如此便可齊死生矣。

某年，余客金陵，偶閲坊肆，得寫本《長隨論》，奇書也，關係掌故之書也。繆氏藝風堂、徐氏積學軒，並假録副本，珍弆甚至。是書又名《仕途軌範》，著者莊姓，廣東人，名未詳，書凡七十餘葉，密行細字，不分卷。前有同治戊辰北平劉炳麟序，附識云：『莊公諱友恭，乾隆己未狀元。未第時，父爲蘇州府署司閽。公及第，父職司如故，太守勸之，不肯歸。其後公督學江蘇，太守親送乃翁蒞江陰節轅，始爲封君，事亦奇矣。其自序有云：「宋太祖雪夜訪趙普，見有堂候官一人，隨侍左右，恭敬至誠，上嘉許之，賜名曰長隨，後爲指揮之職。」不知何所本也。又云：「凡我同人，宜格外謹慎，有始有終，不可因一時苟且，隳平生操守，須知官場中事何者當先，何者當後，何者有裨於民，何者有礙於官，凡憲綱輿圖，水陸路程，民情土產，驛遞差徭，宜壹是洞悉，隨問隨答。至上憲飭行，明文辦案，緩急限期，州縣治下，額徵錢糧，倉穀地丁，實存未解，該數若干，如何報銷，如何接收交代，凡經手事件，宜出入大明，先公後私，以稱職潔己，高尚其志。勿奴顔婢膝，相習成風。」其著書大旨如是。卷端有長隨、三等、三宗、十要、十不可；次司門總論、司稿案、司錢漕、司差門、司執帖、司簽押、司倉門、司坐省、管馬號、管人號、司外監、管廚、跟班、管花廳、司紅衣差等論；論之後各有子目，如簽押，則有送刑名核辦、送錢穀核辦、稿案簽押、發審簽押、值堂、用印、號件、書稟，各簽押之不同。錢漕則有收漕、漕總之不同。綱提領挈，條分縷析，根據則例，臚具形式，實事求是，皆閲歷有得之言。其或白屋之士，佔畢之儒，仕版甫登，未諳治體，得此亦周行之示矣。矧世易步改，舊章弁髦不惜，金科玉律，委之蔓草荒烟，存什一於千百。是書不無可采，如或稍加潤色，刻入叢書，後有四庫，存目史部政書之末，可也。寫本難期保存，藝

風移鈔之本，即已無從蹤跡矣。』（以上三則，八月二十二日）

宋柳耆卿永以詞得盛名，詩事殊僅見。《事林廣記》『花判公案』一則云：『柳耆卿宰華陰日，有不羈子挾僕從游曲院，張大聲勢。妓意其豪家，恣其讌飲，供具甚盛。僅旬日後，攜妓珍飾背走。妓不平，訴於柳，乞判，執照狀捕之。柳借古詩句爲花判云：「自入桃源路已深。仙郎去後暗傷心。離歌不待清聲唱，別酒寧勞素手斟。更沒一文酬半宿，聊將十疋當千金元注：『十疋』乃是『走』字也。想應只在秋江上，明月蘆花何處尋。」』《廣記》，元人編輯，所據舊籍較多，其所記述往往新穎可喜，此玉局翁所云『閒尋書册應多味』也。

《花閒集》前蜀薛昭藴《離別難》云：『搖袖立，春風急，櫻花楊柳雨凄凄。』中國櫻花入詞始此。此句楊柳上只著得櫻花，若著別樣花，便不稱。此等處消息可參。

宋王微《雜詩》：『朱火獨照人，抱景自愁怨。誰知心曲亂，所思不可論。』『怨』讀若『寃』。東坡《醉翁操》云：『醉翁嘯詠，聲和流泉。醉翁去後，空有朝吟夜怨。』『怨』叶平聲，與微詩合。

明弇州山人詞《臨江仙》後段云：『我笑殘花花笑我，此時頗頷休爭。來年春到便分明。五原無限綠，難染鬢千莖。』意足而筆能達出，語不涉尖。《春雲怨》歇拍云：『未舉尊前，乍停杯後。半晌儘堪白首。』極空靈沈著之妙。世俗以纖麗之筆作情語，視此，何止上下牀之別。

明女子楊宛，字宛叔，詞名《鍾山獻》。蕙心繡口，咳唾俱香。《長相思》云：『偏是相思相見難，無情自等閒。』《陽關引》云：『落葉分飛散，還有聚時節。』皆佳句。《洞天春》句『紅燭雨中靜悄』六字得神。『歡際餘情縹緲』，亦有形容不出之妙。（以上五則，八月二十三日）

京師西城崇效寺藏拙庵和尚《紅杏青松圖卷》，山門之鴻寶也。圖作於康熙庚午，王漁洋、朱竹垞、王昊廬、查他山、陳香泉、孫松坪俱有題句。桉：拙庵名智樸，盤山僧，常來崇效駐錫。《漁洋集》稱拙公手輯《盤山志》，雅有體裁，贈詩悉錄卷中。一說拙庵俗姓張氏，佚其名，銅山人。明末以知縣需次某省，洪承疇辟爲幕僚，國變後削髮爲僧。圖名『紅杏青松』，寓杏山、松山之役也。

叶娘者，東都妙姬也。嗜風雅，工琴。缶翁嘗游某氏園，值春暮櫻花盛開，叶娘奏琴於樓上，缶於樓下聽之，若有會心。或以告叶娘，則停琴下樓，掖缶上，爲彈一曲，竭生平之能事，缶益賞會之，贈以詩云：『海水如鏡天磨平，揭天排海飛長鯨。桑田幻出奔雷霆，麻姑數見吾何驚。春光如拭開林亭，花風凝白千樹櫻。琴聲入老風泠泠，鶴軀奏罷悽其鳴。年華坐失悲平生，似訴似泣傳幽情。長公詩筆高崢嶸，王宰畫竟促迫成。我畫我詩無庸名，老矣冰炭心胷橫。淚點泠合青衫青，句短卻笑琵琶行。王翁善睡諸善聽，謂琴不敵茶味清元注：臧姬有茶癖。何不罷彈試一烹，叶爾長技相兼并。談天口渴還談瀛，鄒衍失笑太白醒，招之使來吾吹笙。』越日，缶忽嬰小極，叶娘介某山人來省視，情意悃款，願留侍疾，繼此不旬日，輒臨存。缶書畫，得叶娘磨墨伸紙，精采勝常恆倍蓰，以書法畫理詔之，叶亦漸能領會，缶則曰：『是吾女弟子也。』叶娘今歸國久矣，蒼雁赬鱗，猶時傳尺素也。

余舊藏丁文誠葆楨墓誌銘拓本，失之久矣，僅記其銘首三句：『衆人自柳之浮萍，賢者自松之茯苓，鉅人自人之列星。』（以上三則，八月二十五日）

姜白石不識錦瑟，直笑談耳。高梧叔雍一號高梧《筆學》曰：『元張羽譔《白石道人傳》：「夔知音，通陰陽律呂〔一〕，古今南北樂部，凡管絃雜調〔二〕，皆能以詞譜其音。嘗著《琴瑟考古圖》一卷、《大樂議》一卷。慶元三年上書乞正雅樂，詔奉常與議。先是，丞相謝深甫聞其書，使其子就謁。夔遇之無殊禮，銜之，會樂師出錦瑟，夔不能辨，其議不果用。越明年，復上《聖宋鐃歌鼓吹》十三章，詔免解，與試禮部，復不第。」《宙合編》云：「詔赴太常，同寺官校正。見上錦瑟，問是何樂，衆官已有慢文，及謂語云：『鼓瑟，未聞彈之。』衆官咸笑而散云。」」殆卽張羽作傳所本。白石精擘音律，琴瑟考古，尤有專書，斷無不識瑟之理。《周禮・樂器圖》云：『雅瑟二十三絃，頌瑟二十五絃，飾以寶玉曰寶瑟，繪文如錦曰錦瑟。』《緗素雜記》：『東坡引《古今樂志》云：「錦瑟之爲器也，其絃五十，其柱如之。」』則錦瑟卽大瑟，白石烏得而不識之？《宙合編》云『見上錦瑟』。『上』，今上也。錦瑟卽慶元時新製，竊疑其制作必有與古踳盭之處，白石一見而心知之，又不敢頌言之，託辭不識，其旨微婉，彼寺官輩先入謝深甫之言，遂因以爲罪，以爲真不識矣。其後譔進《鐃歌》，無可疵議，亦復僅得免解，可知其見嫉深矣。鄭元慶《湖錄》云：『令太常與議，不合，歸。』不從《宙合編》之說，較有斟酌。唯是白石當時並未嘗與議耳。按：葉少蘊《避暑錄話》：『崇寧初，大樂闕徵調，有獻議請補者，蔡京命教坊樂工爲之。踰旬，獻數曲，卽今《黃河清》之類，而終聲不諧，末音寄煞，丁仙現譏其落韻。當時製曲不能無失，卽製器度亦有之。矧孝光已後，視汴京全盛時樂師精詣，不無稍遜乎？又按：琴瑟中論錦瑟，則箜篌形制，箜篌似瑟而小，大瑟安得似箜篌？卽其制作，與《樂器圖》、《古今樂志》不合者。此文入《證璧》蕙風輯錄，皆爲昔賢辨誣文字。（八月二十六日）

【校記】

〔一〕陰：底本作『陣』，據《證璧集》卷四改。

〔二〕調：底本漫漶，據《證璧集》卷四補。

《史記》謂孔子見衛靈公之寵姬南子，非也。《家語》曰：『孔子適衛，子驕爲僕，靈公與夫人南子同車出，令宦者雍梁驂乘，使孔子爲次乘，遊於市，孔子恥之。』夫孔子方以季桓子受齊女樂，而去魯適衛，至衛而恥爲靈公、南子之次乘，豈肯輕身往見之？南子者，蓋魯之南蒯耳。何以知之？以佛肸召，子欲往而知之也。佛肸以中牟叛，子路不欲其往，夫子有『吾豈匏瓜』之喻。南蒯以費畔，子路亦不悦其見。二事正同。昭公十四年，南蒯奔齊，侍飲於景公。公曰：『叛夫。』對曰：『臣欲張公室也。』南蒯欲弱李氏而張公室，夫子見之，將以興魯也。與見佛肸事不約而合。故知其非見衛之南子而見魯之南子必矣。明上元焦弱侯竑著《筆乘》十四卷，稱引賅博，此尤新奇可喜者。

明方于魯以製墨擅名，所製最夥，上自符璽圭璧，下至雜佩，凡三百八十五式，刻成圖譜行世，世遂以墨工目之。桉：于魯，初名大激，後以字行，改字建元。歙縣布衣，有《佳日樓詩集》十二卷續集一卷。汪伯玉道昆曾招之入豐干社。《靜志居詩話》錄其《送張山人歸越》絶句云：『雉子斑斑麥正齊，黄梅四月雨淒淒。新安江上攜尊酒，送爾看山到浙西。』嘗以百花香露和墨，自作長篇歌之。嚮來才藝之士往往爲一藝所掩，則元非墨工，知之者幾人乎？竹垞又云：『建元所造雲箋，匪止成都十様，世但知其製墨，並製箋無述焉。』

『陽春白雪，屬和者數十人而已』，宋玉對楚威王語。張華《博物志》：『《白雪》，是天帝使素女鼓五絃琴曲名，以其辭高，人和遂寡。』此説尤奇豔可喜。張衡《同聲歌》：『素女爲我師，綽態盈萬方。』即此鼓五絃之素女矣。（以上三則，八月二十七日）

太白詩：『徘徊映歌扇，似月雲中見。相見不相親，不如不相見。』司馬溫公《西江月》詞『相見爭如不見』用此。

李香君嬌小玲瓏，人呼香扇墜。元歌妓王玉梅身材短小，而聲韻清圓，當時有『聲似磬圓，身如磬槌』之謔。『磬槌』對『扇墜』，絕工。

陳蒙庵彰藏明媛張紅橋像硯拓本：硯高四寸三分弱，寬四寸二分，厚六分。像半身，高二寸七分，圓姿替月，手執如意，或靈芝也。像左方刻七言絕句：『摩挲賸劚紫雲根，一片瑤臺影尚存。我是洞天舊游客，春山深淺認眉痕。』林鴻行書，徑二分。左側『瑤臺僊景』四字，篆書，徑四分，下有『世發祕玩』朱文印。右側『洪武十五年二月望日王蓬昱觀』，行書，徑三分弱。趺刻『乾隆四十八年於弱中齋賞此研，嘉慶十九年香三臧墨卿記』，分書，徑三分。蒙庵絕珍弆之，付裝潢竟，題夢芙蓉詞云：『紅橋留韻事。記茗華刻玉，舊題小字。箇儂清課，長伴蘭閨裏。墨花香凝翠。年時多少吟思。喚徹真真，消鶯昏燕曉，潘鬢幾顛頷。 認取匳塵麝膩。曾寫回文，並巧蘇家蕙。小鸞標格，珍重到眉子。玉扃何處是。依稀月下環佩。省識春風，琉璃寶篋，不數平津祕。』按：紅橋，閩縣人，居於紅橋之西，因以爲號。恃才擇配，常曰：『欲得才如李青蓮者事之。』因林鴻投詩稱意，遂歸焉。後鴻有金陵之遊，作詞留別。紅橋亦以詞送之，別後，竟以念鴻而卒，有遺稿行於世。鴻字子羽，福清人，洪武中拜膳部員外郎，《召試龍池春曉》、《孤雁》二詩，名動京師，有《鳴盛集》。

曹植《種葛篇》：『下有交頸獸，仰見雙棲禽。』楊方《合歡》詩：『食共並根穗，飲共連理杯。衣用雙絲絹，寢共無縫裯。暑搖比翼扇，寒坐併肩氈。』皆長生誓詞所由仿也。（以上四則，八月二十八日）

左文襄未達時，精研輿地學，嗜淡巴菰。嘗拓一室，四壁懸地圖，當窗案一几一，自餘空諸所有。

竟日盤礴其中，手口其所嗜，而心目乎地圖也。有所得，則據案疾書，意得甚，而呼吸乃益恣，唯見繚繞烟雲自檽牖間出而已。如是者有年，故能足不逾閾，周知天下形勢，如指其掌。其後肅清關隴，勳業與胡、曾鼎足。得力於環堵之室，非淺鮮矣。

江浦丁菡生雄飛《古歡社約》：『還書不得託人轉致。』嘉善曹倦圃溶《流通古書約》亦以僮僕狼藉爲言。蓋慎重之至也。庚寅、辛卯間，余客五羊，集寫官十數人，假巴陵方氏碧琳瑯館藏書移鈔，並皆精祕之本。柳橋先生功惠愛惜甚至，輒命其文孫攜來。余還書時，亦不敢經伻從之手，則躬自送往。嘗戲語柳翁：『余未有孫，只好一身兼作孫，猶古人一身兼作僕耳。』當時諧笑樂甚。忽忽三十餘年來，似聞方氏藏書連檣北去，久已烟雲變滅，卽余移鈔之本亦泰半散佚，或竟以易米，可勝唧哉！

余藏江左右刻文編寫本凡二，一舊鈔，一覆寫。舊鈔之第四冊亦覆寫，較精耳。先是，友人某君假去移鈔，其閽人卽胥也。一夕，搦管未竟，覺微倦，就臥榻少憩。俄有物似狸奴而尾修，躡几而據其案，則驟起，以烟具狙擊，且詈之，倏忽不見。翌夕，閽人之室火，燬其臥具及衣，吾書亦熸焉。幸猶有第二本，則再覆償吾書，顧歉甚，飭加工精繕焉。或云狐鬼之說類皆嚮壁虛造；吾書四冊，乃三舊而一新，可覆勘也。

吳善慶，山陰人，商而有士行者也。某年，某國紙扇啚銷滬瀆，善慶思所以抵禦之，自製紙扇，名曰『蓋日牌』，製作精良，運赴巴拿瑪賽會，得優等獎，乃至啚銷彼國，以其物美而價廉也。善慶早孤食貧，固未嘗學問者，其『蓋日』之名，寓意之妙，論者尤爲之心折云。（以上四則，八月二十九日）

李研齋之繼室，別號鍾山秀才，常畫圜竹；婢名墨池，性亦明慧，輒令侍側，宜墨之淡，令以口受筆，退其墨。李詩云：『別有香在口，莫畏臙脂黑。』見《觚賸》。墨池事絕韻，閨媛稱秀才，亦僅見，故記之。畫人十九退墨以唇，缶翁之唇不墨時殆鮮。缶告余有欲得其淡墨畫圖者七月十八夜談次云云，則甚惜乎叶娘之別去矣。

『別來楊柳街頭樹，擺亂春風只自飛』，韓退之爲柳枝詠也。无咎翁有婢，亦竄去，翁曰：『余方情深，彼則一往，奈何？』兩者相傳以爲笑，語妙，非退之所及。

挈畫者，指頭畫之流亞。明屈翁山大均《道援堂詞·一斛珠·題林文木挈畫看竹圖》云：『蕭疏翠竹。美人手爪時相觸。枝枝葉葉如新沐。寫向鵝綾，看盡瀟湘綠。冰綃細摺成春服。鍼神更使人如玉。絲絲難繡文章腹。腹裏流光，照映篔簹谷。』《觚賸續編》云：『王秋山工爲挈畫，凡人物、樓臺、山水、花木俱於紙上用指甲及細鍼挈出，較紙高止分許，大劈小皴，吮粉研硃，設色濃淡，布境淺深，無不一一法古名繪，其技絕神，無有能傳之者。』紅豆詞人吳綺薗次賦《沁園春》贈之曰：『天壤王郎，具天下才，而巧若斯。向邊生腕裏，撇開綵筆，薛娘鍼下，碎襞靈絲。綴就成春，呼來欲活，展卷同驚未有奇。真奇也，比千秋圖畫，高一分兒。　相逢別具襟期。看湖海風流一笑時。愛談兵席上，公髯如戟。御觴燭底，人醉如泥。技至此乎，誰爲是者，長嘯翻疑不是伊。何疑爾，疑紅窗金剪，另有蛾眉。』按，鈕玉樵云：『斯技神妙，無能傳者。』然林文木後有王秋山，非傳而何？屈詞，鈕殆未見也。挈，居竦切，音拱。《說文》：『攤也。』與用指甲及細鍼挈出之義無涉。（以上三則，八月三十日）

餐櫻廡漫筆卷二《申報》一九二四年九月

余夙嗜種花，雖賃廡，庭院必有花，逾十數種。其大者山東月季宜興瓷盆種之，每年作花三四百朵，宮緋色，絕豔。其小者外國荳蔻，木本非日本產，高不及五寸，結實恆十數，玲瓏鮮翠可人意。又紅梔子色如紅繡毬，生平未見第二本，皆甚可念。其後皖南寓中種牡丹二十餘本，隔歲，高如人，鵝黃、朱砂兩色，尤珍異之品也。比年棲屑滬濱，僅矖臺餘地數尺許，位置三數盆供香櫞者，橘之屬，其樹穉也，花甚繁，結實二，幹弱不勝垂，則插竹搘拄之。一日，小女密文維理手其一葉示余，坌息而言曰：『蟲也，可愛哉！可畏哉！』蟲在葉背，長不逾寸，形扁闊，備諸采色，絢而緻。余詔之曰：『此橘蠹，當化蝶。慎護惜，毋令摧殘。』則置之案頭，有書來候覆者。覆已，亡其蟲，傭媪誤拂墮諸地，幸葉韌，蟲無傷，其黏著固也。庭則有梔子，葉密蔭深，置葉蟲其中，時時省視之。越五日，蟲化爲蝶，黑翎斜徑八九分，采章悅目，著於葉，未任飛。俄大風雨，蝶墜水中，值余省視，亟拯之，承以袖，懼凋其翎粉也。明日，甫試飛，劫於狸奴，殆且甚，余復拯之，當是時，余之疾狸奴甚矣。食頃，復試飛，殊翩翾有致，顧力弱，不能高。密文以扇揚風助之，高下疾徐，若猶弗克自主。俄得勢斜上，迴翔者再，稍奮迅，過鄰牆去矣。余爲之快慰，而吾密文則欲留之不得也。越日晴午，密文歡呼於庭曰：『蝴蝶又來矣。』審諦之，果然，其黑翎朱章，固藏寫余心目者。飛近故樹，若徘徊不忍去。蝶果有知乎哉？夫橘蠹化蝶不奇，三厄而余三拯之傭媪、風雨、狸奴，以謂不期而然可也，至蝶能再來，則匪夷所思，近於稍有因緣矣，此蟲天雅故也。余擬作《花午夢回圖》，題詠誌異，遷延未果。歲辛酉，譔《天春樓漫筆》，曾詳紀之，茲復著於篇。《天春樓漫筆》印行無多，前作未留稿，印本亦失之久矣。（九月一日）

彊村先生云：『曩寓都門，屢見太常仙蝶，花間尊前，每禱輒至，若夙契然。其後督學五羊，告歸苕霅，亦復如是。辛亥以還，賃廡滬瀆，戊午七月，薄游西泠，寓花港蔣氏湖樓。甫卸裝，過陳氏蒼虬閣，偶談次，及仙蝶。僅時許，報蝶至，集窗櫺間，黑質黃章，五采悉備。仙蝶凡二，采章略同，一翎微破損，一穿一小孔。』此翎微損者，彊村直故人視之，觴以酒，則就飲，殊從容。飲已，稍迴翔，復來集，咂且嚥，俯仰至再三。舒其翎者數，意微醺矣。復翔又集，以鬚微蘸染而已，客曰：『是非彊村之言，信立致仙蝶也。』仙蝶之靈，於其將至，默詔彊村以言也。明日值彊村初度，蝶見於蔣莊；又明日，彊村復詣陳，蝶亦與偕，自是不復見。彊村感其異，賦《太常引》云：『舊巢同掃十年痕。相望玉京塵。無恙夢中身。似存問、滄江故人。　蟲沙無刼，湖山有美，翩作幾家春。身世一靈均。忍杯酒，期君降辰。』蕙風和云：『翩然便出軟紅塵。來相伴，避秦人。幽路稱棲真。問能幾、高花淡筠。　天機栩栩，孤芳采采，卿月證前身。杯酒莫逡巡。與重話，春明舊春。』和者十數人，不具錄。彊村又云：『仙蝶態度與常蝶迴殊，其飛也，凝重沈著，非魏收輕蛺蝶可同年語也。』蕙風曰：『彊村詞筆亦凝重沈著，其感召非偶然矣。今無復太常矣。』或告余：『仙蝶移增壽寺中。』

彊村提學東粵，某屬歲試，方當臘鼓聲中，經藝題曰『爲改歲』。某卷破題云：『黯然消魂者，度歲而已矣。』僅七字，含意無盡，以下並皆悱惻侘傺之音，蓋捉刀人所作也。使者欲招之來，俾紓歲事，惜

無從蹤跡，爲之悵惋久之。（以上二則，九月二日）

戊午四月，挈琦兒入都，扶先慈遺柩南旋。時琦兒十五歲，初學畫山水。姜穎生先生筠別號大雄山民，時年七十有二見而賞之，以精箋見貽。一面畫樸茂樹石，款署：『幼韓世兄見訪，並問畫於余，索寫一樹一石，以爲效法。迺取此箋，倣盧浩然草堂圖意贈之，明知此種筆墨非初學所能措手，因見世兄資性甚高，欲其取法乎上耳。』一面書手批《芥子園畫譜》數則：『作畫者從樹起，凡枝葉根榦諸式，俱宜摹倣爛熟，再將其中反正濃淡、遠近聚散，遮掩穿插之法，講求盡致，筆端方有變化。大凡一幅畫，幾株樹，安置得法，濃淡合宜，則以後自易措手。若樹先不佳，無論如何喫力，不能出色矣。故畫家樹成，可抵過一半工程也。　畫樹密林易工，枯枝難工；　密林但知留空氣處，則聚散相攙，濃淡相間，便可悅目，故易工也；　枯枝必須筆筆見力量，柯柯有形勢，聚處不亂，散處不單，濃處不野，淡處不薄，非操之至熟，未可云得心應手，故難工也。　芥子園論黃子久樹法云：　樹固要轉，而枝不可繁。枝頭要斂不可放，樹頭要放不可緊。此語殊未曉暢，初學多所未解。要知樹就全樹言，枝就一枝言：　枝頭要斂，則前後上下不相雜也；　樹頭要放，則伸縮偃仰，可得勢也。一樹有一樹之形勢，不相擠礙，則不緊矣；　一枝有一枝之部位，互相照應，則不放矣。總之，即前所云須知留空氣之說也。石如先生有言「凡作畫，要伸手放脚，處處舒展，無拘攣之形是也。」悟得此言，則樹法思過半矣。』　穎公畫名，跐美王、吳四王、漁山，夫人知之，其書法遠紹北碑典型，近窺玉局庭奧，與夫論畫之精，合之爲三絕。藝林鴻寶，曷以加茲？　歲序匆匆，庚辛七易，穎公歸道山久矣。琦兒塗抹，略無進境可言，悵且愧矣。（九月三日）

蕙風論印泥曰：印泥有六弊：一曰枯澀。油未曝透，油不勝砂；砂未研細，砂不受油，二者不相融浹，一經染籀，色澤非不濃厚，神采難期發越。二曰淡薄。印泥第能濃厚，未臻極品。選砂不精，染砂不透，曝油不久，精華不出，臨用取材，又稍靳惜，乃至並濃厚而失之。能加工加料，染砂用西洋紅，斷無此弊。三曰散漫。印泥之作，貴有團結之精神。曷團結乎？爾砂與油與絮合而爲一，繇於選材精，致力勤也。泥不團結，捺印不能入紙，油沈砂浮，砂欲著紙，油不爲之注輸，譬若塗朱油素之表，易於揉損無論矣。偶一不慎，指尖觸之，紙角拂之，印文遽爾模黏，精神意趣無復存在。往往善本書之藏弆，法書名畫之題評，一中其弊，遂爲不磨之玷。四曰油滲。印文四周油浸出，作黄色，砂中無油，字無精采，失印之真，砂研極細，油能入砂，此弊可免。五曰色變。砂非上選，油不純粹，稍久色必變黑。又有涉夏患滋，方冬輒凍者，則未知油之爲用，有酌劑之道也。六曰黏印。研砂曝油揀絮，程功皆有未至，配合調和，未能一一得宜，此弊之所由來也。夫印泥之佳者，皆精華也；其黏印者，糟粕也。糟粕盡淨，則黏無可黏。精華之賦於物，天也；不使糟粕雜精華者，人也。印泥，其小焉者也。

烏程劉翰怡承幹藏書極富，平昔留心掌故，尤精斠勘之學。嘗冬夜斠書，口占小令，調《減字浣溪沙》云：『翦盡釭花坐夜闌。鈔書容易斠書難。異書贏得幾回看。已覺周詳渾未信，偶逢清暇得重翻。此中真味向誰言。』翰怡有《嘉業堂勘書圖卷》，徵題詠。（以上二則，九月四日）

海隅游樂之場，近有以宮名者，或詫爲未曾有。桉：宮之爲號，指建築鉅大者而言，不專屬帝王神仙之居也。《禮·儒行》：『儒有一畝之宮。』《初學記》：『自古士庶通謂之宮。』韓愈《送李愿歸盤谷序》：『盤之中，維子之宮。』是其證矣。殿與陵亦然。《漢書·霍光傳》〔一〕：『鴞數鳴殿前樹上。』師古注：『古者，室屋高大，則通呼爲殿耳，非止天子宫中。』《國語》：『管仲曰：「定民之居，成民之事，陵爲之終。」』是民之墓亦稱陵也。《國史補》：『董仲舒墓，門人過，皆下馬，謂之下馬陵，後人語譌爲蝦蟇陵。』又祝陵，卽祝英臺墓，在宜興善權山，見《毘陵志》。

【校記】

〔一〕霍：底本作『霞』，據《漢書》改。

明季名賢，有『歸奇顧怪』之目，而歸先生好奇尤甚。初名莊，崇禎中更名祚明，自後或稱歸妹，或稱歸乎來，字玄恭，或作玄功，或作園公，或作懸弓，別號恆軒，或稱埴軒，或稱普明頭陀，亦號鏖鏊鉅山人，而以改名歸妹爲最奇。嘗結廬墟墓間，蕭然數椽，與孺人相酬對。自題其草堂曰：『兩口寄安樂之窩，妻太聰明夫太怪；四鄰接幽冥之宅，人何寥落鬼何多。』一時有『歸癡』之目。然實不□也。顧亭林先生初名絳，又名圭年。

海虞沈石友有硯癖，所藏多且精，南宋名妓阿翠像硯尤所珍從，硯高六寸，寬四寸弱，厚一寸二分半。背鐫小像，側坐倚几，姿態明慧。左方署『咸淳辛未阿翠』，分書，徑一分弱淳弃享。右側馬湘蘭詩：『「綠玉宋洮河，池殘歷劫多。佳人留硯背，疑妾舊秋波。」己丑三月得此硯。墨池魚損，去之，背像眉目似妾，而右頰亦有一痣，妾前身耶？阿翠疑蘇翠，果爾，當祝髮空門，願來生不再入此孽海，守貞記。』行書，徑二分，陽文。『馬』字小橢圓印。己丑，萬曆十七年也。桉：《書史會要》：『蘇翠，建寧人，度宗時流落樂籍，能八分書。』《圖繪寶鑑》：『蘇翠供奉樂部，善寫梅蘭，頗自矜貴，每一圖成，必以八分書題之。墨竹扶疏，曲盡其致，題爲倚雲拂雲之類，頗不俗。』今以硯款年號及八分書證之，阿翠卽蘇翠明矣。馬云眉目似妾，並頰痣亦同，雲腴一匣，絜果三生，尤文房佳話已。（以上三則，九月五日）

張文襄督鄂日，某學堂高才生某以狂倨違犯學規，其爲已甚，有非可情恕理遣者。文襄盛怒，親蒞講堂，非責手心示懲不可，執界尺將下矣。俄復置之案，鄭重而言曰：『余官也，責手心雖界尺刑也，彼固佳士，烏可令受官刑？』顧提調某守，屬代行，曰：『亦官也。』以屬教員，曰：『扑作教刑，分師弟子，無傷也。』則羣起爲之緩頰，陳懇至再，威竟霽，嚴詞申斥而已。是日某生被革黜，僅越日，復收回成命，中間一日，適值休假，蓋並未缺一課也。其待士寬厚如此。

托活絡忠敏端方之言曰：『自余忝膺疆寄，未嘗劾罷一僚屬。一官一命，其人以半生精力得之，如其不才，吾置之不用可矣，在彼卽已難堪矣。彼之鞶帶虛榮，於人家國事亦復何傷，而必欲褫之以爲快？詎稍存忠厚者而爲是乎？』又曰：『人或開罪於余，決是無心之過，余決不計較之，何也？天下必無人焉有心開罪現任總督者也？』仁恕之言，是其心地慈祥之所表見。晚節罹禍慘酷，未審是何因緣矣。

鄂省某學堂，南皮相國興學之精神所寄，中國第一中西學堂也。英、法、俄、德、東五國方言，各以其國人爲教習。學生少不更事，輒緣憨嬉狎弄，與外國教習齟齬，屢誡弗爲悛也。一日復然，國文教習某君爲之顙解，彼曰：『吾國學校章程，學生開罪先生，必罰。』曰：『罰奚若？』曰：『其至輕者，一日或半日不予食。』曰：『貴國學生體氣强固，可以一日不食。敝國人孱弱，半日不食，則病，不能聽講矣。』曰：『非罰不可。』曰：『計無復之，酌中辨理，罰其半日之半，可乎？』彼頷其首，則亟呼校役，詔之曰：『某某學生等緣開罪某先生受罰，今日晚飯，嚮來兩盌者予一盌，四盌者予兩盌，切記，毋忘。』役諸而退。幸彼無言，顢解者亦遂出。詎窗外學生環而聽者十數人，皆拊掌縱笑。幸彼未聞，否則一經反顔，重費脣舌矣。（以上三則，九月六日）

水竹村人丁改革以還，猶供太保之職，月俸銀幣三千。既登峯造極矣，仍前具領狀，飭從官賫往，支月俸於所司。所司得狀，若爲躊躇久之，鄭重而言曰：『今日非昔比，太保俸銀，宜仍前致奉，其如名義上有所不敢何？』當是時，北都政以賄成，陜督閻相文以十三萬金賫緣得斯職，詎涖任之翌日，卽因病出缺，僅奉令飾終，卹銀如太保月俸之數，蓋得失相差遠矣。宋人詩『春宵一刻值千金』，此公督陜之光陰，何止千金一刻而已？

洪憲稱制以還，刻意摹仿形式，若粉墨場中般演者然。某日將濯足，飾傔從二，若爲內官侍巾者《唐書·百官志》：內官置侍巾三十人，燖湯視具，跪而稱曰：『請萬歲爺洗龍腳。』在昔漢之季年，華歆、管寧、邴原相友善，號爲一龍，歆龍頭，寧龍腹，原龍尾，論者謂歆爲龍頭，不稱彼腹尾，不圖千數百年後有此相稱之龍腳。

張懷芝之任參謀總長也，僚屬進見，張語之曰：『斯職殊重要，比者，黃陂、河間兩公均由此造峯極。難乎爲繼，輇才懼，弗克勝，尚冀羣公相助爲理。』語至此，遽肅退，其詞若爲撝抑，其爲怏然自足，自負不凡，有匣劍帷燈之妙。

漢壽易實甫順鼎蚤歲才名藉甚，酒邊燈下，珠玉揮毫，所箸《眉心室悔存稿》、《鬘天影事譜》、《戊己之間行卷》，所謂進而不已，未可限量者也。其《鳳凰臺上憶吹簫》換頭云：『烟輕。冪薇似帳，罥鸚鷓簾櫳，一碧無情。向綠波低照，憐我憐卿。』是何丰致乃爾。甫逾冠，由部郎改監司，分省廣東，與余晤於吳門。某夕畫舫醼集，履舄交錯，實甫玉山頹矣。偶過余前，余挽之使飲，則遽坐余膝。余曰：『此抱道在躬也。』四座爲之軒渠，侑觴者不知所謂，則亦相和以笑云。（以上四則，九月八日）

桐城吳摯甫撰《合肥李氏太夫人文忠之母夫人壽序》〔一〕，首言李氏之先出自許，故娶於李不爲嫌。湘鄉相國曾文正以子城分捷禮闈，其座主朱文定士彥夙精風鑒，謂之曰：『子他日必建立大勳，爲名宰相。唯「子城」名，稍欠矞皇，恐難邀館選，改之宜。』遂改『國藩』，取屏藩國家之義。鄉先輩陳蓮史先生繼昌，俗稱三元以守壡叡之古文名，舉鄉試第一。伏波山者，在吾廣右會垣東北隅，俯臨灕江。山下有還珠洞、狀元石，石上有讖詩，不知何時何人作也。詩有『繼昌』二字分見句中，先生既領解矣，有狀元之志，特更名以應之。當代元勳上第，其姓名異聞，談掌故者未必盡知。陳先生因讖改名，乃能如響斯應，是亦奇矣。

【校記】

〔一〕李氏：底本作『李李氏』，當衍一『李』字。

《湖上聯吟草》，丹徒謝公展、介子昆季唱酬之作，玉屑清言，與湖山宜稱也。《清平樂》聯句《訪雲棲過虎跑泉題壁》：『層巒迴抱。攬勝雲棲道。弄雨奇雲來縹緲。不許紅塵飛到。　碧山幾箇人來。幽泉洗淨秋懷。此境偶然拾得，仙山安問蓬萊。』前調介子《雨後泛舟湖上》：『湖山如洗。一片清涼意。水上孤舟渾不繫。最記藕花香裏。　蓮房甘苦何如。秋波渺渺愁予。小鳥因風驚起，背人飛過菰蘆。』《韶光觀海臺》公展：『登高一覽江湖海，千古奇觀畫不成。無數峯巒生足底，不知何處起松聲。』《冒雨泛舟荷花深處過葛蔭山莊展兄作畫賦此題之》介子：『雨絲風片浮瓜艇，山色湖光入草廬。人在畫中渾不覺，卻從波上寫芙蕖。』

石門沈醉愚明經焜聘室張女史遺翰，兼莊雅秀逸之長，醉愚夙珍弆之，精裝徵題。烏程劉翰怡承幹賦《法曲獻仙音》云：『高格簪花，淑靈棻蕙，秀奪金閨諸彥。咽鳳沈簫，汪鴛摧牒，藍橋舊游腸斷。甚絮果，三生恨，東陽帶圍緩。　世緣幻。問何如，麝塵珠字，珍重意，如見綠窗弱腕。故紙忒禁秋，祇曇雲，何事輕散。紫石淒迷，憶金鑾，空賸柔翰。早銀鉤鐵畫，占取茂漪牋管。』醉愚箸有《醉吟仙館詩集》〔一〕。（以上三則，九月九日）

【校記】

〔一〕醉愚：底本作『醉餘』，據首句改。

曩歲戊戌，余客揚州，寓東關街安定書院。院廣厦也，屋若干重，今忘之矣。舊有門者，居大門內之西偏。余之僕從居第二重，余居三重。眷屬無多，殊形寥廓。第二重樓上，相傳屢著靈跡，姑妄聽之而已。其前後廊當樓窗處，每晨有吐棄之果殼棗核，狼藉斑駁，則掃除之而已。某日，友人招飲，洎歸，逾丙夜矣，經行第二重院落，忽聞異香，使人精移神駴，余童角有知以來，所聞之香亦至不一，而唯此香則前乎此、後乎此並未之聞。卽使有人焉，自衆香國中來，吾敢決其未聞是香也。其爲虛靈清妙至極，斷無一話一言可形容擬議之，狎何敢？莊尤無當也。翌日，欲登樓加以研究，門者尼之再三。午橋張丈書來，亦謂非宜，遂乃中止。先是，自余移居院中，每逢朔望，門者輒於樓下東房肅修祀事，檀熏麝蠟，芳酌時珍，供侑具備，尤强要余拜之。既貺余以香矣，不辭旦旦而拜之，矧朔望而何庸强要余？所謂以香服人者，中心悦而誠服也。

在昔科舉時代，各直省三年大比，觀瞻所繫，務極嚴肅整齊。校士之所曰貢院，其門曰龍門，門以内東西文場，矮屋鱗次櫛比。吾廣右號稱邊遠小省，數逾萬間，或猶有人浮於屋之患，其中爲廣庭，有高樓峙焉，取便瞭望，扁曰明遠。其前楹聯云：『場列東西，兩道文光齊射斗；簾分内外，一毫關節不通風。』語近質而對工，至今尚能記之，不俗故也。

兩湖節署張文襄時大堂楹言：『蚡冒勤民，蓽路山林三代化；陶公講武，營門官柳四時春。』宅門聯云：『金鴨炷鑪熏，高閣戟枝縈寶篆；銀虯傳漏箭，重門鈴索綰春陰。』典雅華貴，並皆佳妙，偶憶記之。

閨媛丘氏，佚其名，夫納姬有期矣，作詩諷之：『荷葉與荷花，紅緑兩相配。鴛鴦自有羣，鷗鷺莫入隊。』其夫見詩，遂解成約。詩豔而質，如古藩錦。（以上四則，九月十日）

沈文肅葆楨夫人，林文忠則徐之女公子，以八月十五日生，八月十五日卒。其卒也，有某公輓聯云：『爲名臣女，爲名臣妻，江左佐元戎，錦繖夫人參偉業；以中秋生，以中秋逝，天邊圓皓魄，霓裳仙子證前身。』蓋房幃奇傑，非尋常珈服比也。咸豐丙辰，文肅守廣信，時賊氛甚惡，連陷貴谿等縣，郡城危如累卵。文肅以籌餉赴河口，歸恐弗及，夫人力持鎮靜，刺臂血作書，乞援於總兵饒廷選，城賴以全。夫人此書，即令幕府能文者爲之，其嚴正可及，其沈摯不可及也。『將軍漳江戰績嘖嘖人口，里曲婦孺莫不知海內有饒公矣。此將軍以援師得名於天下者也。此間太守聞吉安失守之信，豫備城守，偕廉侍郎往河口籌餉招募，但爲勢已迫，招募恐無及。縱倉卒得募而返，驅市人而戰之，尤爲難也。頃來探報，知昨日貴溪失守，人心皇皇，吏民鋪戶遷徙一空，署中僮僕紛紛告去，死守之義不足以責此輩，只得聽之。氏則倚劍與井爲命而已。太守明早歸郡，夫婦二人荷國厚恩，不得藉手以報，徒死負咎，將軍聞之，能無心惻乎？將軍以浙軍駐玉山，固浙防也。廣信爲玉山屏蔽，賊得廣信，乘勝以抵玉山，孫、吳不能爲謀，賁、育不能爲守，衢、嚴一帶，恐不可問。全廣信卽以保玉山，浙省大吏不能以越境咎將軍也。先宮保文忠公奉詔出師，中道齎志，至今以爲心痛。今得死此，爲厲殺賊，在天之靈，實式憑之。鄉間士人不喻其心，以輿來迎，赴封禁山避賊。指劍與井示之，皆泣而去。太守明晨得餉歸後，當再專牘奉迓，□拔隊確音，當執爨以犒前部，敢對使幾拜，爲七邑生靈請命。昔睢陽嬰城，許遠亦以不朽。太守忠肝鐵石，固將軍所不吝與同傳者也。否則賀蘭之師，千秋同恨。惟將軍擇利行之，刺血陳書，願聞明命』云云。相傳夫人歲未笄，侍父文忠兩江節署，所居一樓，樓前有樹，某日妝竟，失金耳環一，徧尋弗獲，夫人意弗措也。其後文肅開府江南，夫人之任所，偶登舊所居樓，時秋深葉脫，凭闌俯瞰，樹枝間金環在焉，則嚮者所失也。蓋環墮匜水，侍婢傾水，而環罥樹枝，至是夫人復自見之。中間閱歲幾何，他人無見之者，若爲爲之，孰爲祕之？是亦事之至奇者矣。（九月十二日）

宋慈雲式公《月桂詩序》：『天聖丁卯中秋，月有穠華，雲無纖迹。天降靈寶，其繁如雨，其大如豆，其圓如珠，其色白者、黃者、黑者，殼如芡實，味辛，識者曰：「此月中桂子也。」』舒岳祥《閬風集·月中桂子記》：『余丱童時，先祖拙齋翁夜課余讀書，會中秋，月色浩然，聞瓦上聲如撒雹，甚怪之。先祖曰：「此月中桂子也。我少時嘗得之天台山中。」呼童子就西廂天井燭之，得二升許，其大如豫章子，無皮，色如白玉，有紋如雀卵，其中有仁，嚼之，作脂麻氣味。余囊之，雜菊花作枕。其收拾不盡，散落磚罅甓縫者，旬日後輒出樹子。葉柔長，如荔支，其底粉青色，經冬猶在，便可尺餘。兒戲不甚愛惜，徙植盆斛，往往失其所在矣。是後未之見也。每遇中秋月明，輒憶此時事。今年五十九，對月悵然，此至清之精英也。今若有此，定汲井花水嚥下也元注：是歲爲丁丑，宋景炎二年，元至元十四年。』皆中秋桂子下，有年分可考者。唐白居易《憶江南》詞：『江南憶，最憶是杭州。山寺月中尋桂子，郡亭枕上看潮頭，何日更重遊〔一〕。』與看潮同賦，是中秋事無疑。《脞說》云：『張君房爲錢塘令，宿月輪山寺。僧報桂子下，遽登塔望之，紛紛如烟霧。回旋成穗，散墜如牽牛子，黄白相間。』此不詳其月日。《摭言》云：『垂拱四年三月，桂子降於台州臨縣界，十餘日乃止。司馬蓋誺、安撫使狄仁傑以聞，編之史册。』此於春夜見之，當是偶然一見，非若中秋常有，成爲故實者也。《南部新書》云：『杭州靈隱山多桂樹，僧曰「月中桂也」。至今中秋夜，往往子墜。』此亦云中秋，唯以山中桂樹爲月中桂，說又稍不同耳。（九月十七日）

【校記】

〔一〕『何日』句：底本脱，據《尊前集》補。

霧裏看花客錢昕伯，光緒中葉與王紫銓、何桂笙同任《申報》編輯《七夕篇》清麗千眠，雅近駿公長篇風格。曩年得見於《申報》中，錄入《筆記》，茲復著之：『玉階花妥葳蕤鑰，夜色空明噪靈鵲。淡月輕籠翠袖單，微雲細疊銀羅薄。淡月微雲隔絳河，絳河明滅瀉瀲波。斜通恨海平潮少，界破情天夢雨多。情天恨海添惆悵，織女牽牛兩相向。乍可相逢鵲起梁，俄驚惜別雞爭唱。別意茫茫共悄然，重尋舊約又明年。空勞錦段幾多巧，未抵金錢劇可憐。此時靈匹纔歡會，此夜何人能獨寐。少婦初當引鳳年，良人遠去盧龍塞。絕塞長征幾度秋，清宵望遠獨登樓。誰家錦字能緘恨，何處簫聲不助愁。小姑未解愁人苦，笑挽羅襦看秋浦。但勸偕穿七孔鍼，誰知默按雙聲譜。別有征夫去未還，年年空唱念家山。離魂夜入金閨悄，冷露宵傳玉帳寒。金閨玉帳三千里，不比紅牆隔無幾。料得今宵憶遠人，還防獨客思連理。始信無生勝有生，願諸檀越懺雙星。爭將世上無期別，換取天邊永夜情。』

咸豐壬子，張文襄以第一人捷北闈，次題中庸之爲德也，其至矣乎，民鮮能久矣；越八年，庚申會試首題大學之道，會元徐致祥首藝，全錄文襄鄉墨次藝，祇凡『中庸』字改作『大學』耳。有人譔聯云：『《大學》套《中庸》，先解元，後會元，始信文章真有價。』下聯別是一事，屬對巧合，談者失記是時致祥之尊人需次直隸，怒其子之剿說也，幾至與杖，跳而免。或且譏文襄：『公之文，只改去「中庸」字，便可冒「大學」題，所謂清真雅正之真，切理饜心之切，安在乎？』文襄亦無以自解也。(以上二則，九月十九日)

余仲姊月芬桂珊資性秀發，歲未笄，五經卒業，能爲小詩詞。仿歐陽率更楷法，勁逸端麗，嘗手寫《爾雅直音》授余讀。刺繡尤工。先中議公近衰蚤寢，夜逾午需茗飲，則姊氏烹進以爲常。一夕，秋高月皎，姊起，忽見綵雲，喜甚，亟呼先慈同觀，而綵雲遽散，比先慈出，唯見光氣氛氳而已。尋常所謂月華，大都繞月如輪，由狹而闊，由三色、五色乃至若干色，姊所見，若摺疊扇全舒者然，亦繞月而不逮月徑之半，蓋舒未及半也。其後，姊適同邑黃氏俊熙，庚辰庶常，改刑部主事，亦佳士，有才名。姊僅二十餘齡，嬰微疴，遂以不起。意者綵雲遽散，卽蘭摧之預兆乎？

某書專記滬瀆故事，近人所鈔撮也，有製造麝香之奇祕一則，略云：麝香爲瘍科要藥，暑藥亦用之，運銷蘇滬，歲值鉅金。比年日本雖有人造麝香，終不敵我國天產之佳。相傳產麝處所，業此者祇甲乙二姓。獵者得麝臍，則二姓分購之，製成殼子，經久不變，乃可輸販南來。其製法極祕，從不洩漏。其至滬也，駐在殷實牙行，夙所指定。所攜殼子，僅極小包裹而已。主者爲之特闢一室，關防嚴密，少罅隙，必慎封之。候磋商貨值定，某某若干，各書一紙授客，訂期交貨，唯客之命是聽。期將屆，飭牙行役者備沸水數十器，納諸室，遽揮役出，闔扉加鍵，誡衆毋窺，窺有罰。少選，遙聞室内灌水聲，水器互觸聲，百聲繁碎。逾炊許，聲止，扉啓，商品羅列滿室矣。乃權其重量，交納如約節錄某書止此。桉：蘇頌《圖經本草》：『麝香有二等：第一生香，乃麝自剔出者，名遺香。其次臍香，捕獲者剖取之。』又有一種水麝，奇品也，臍中皆水，瀝一滴斗水中，用灑衣物，其香倍於肉麝，說見《酉陽雜俎》。由來舊矣。滬上祕製麝香，疑卽水麝若干滴所爲，則一小瓶盛之足矣。然水非實質，香將安傅？密室之内，若干實質，從何得來？是又一疑問矣。倭人造麝香，其法亦不傳，與吾國闇合否耶？（以上二則，九月二十四日）

張文襄有僮，司短捧杖、揮扇等事，被待遇殊寬厚，他伻婢弗如也。文襄出，此僮無復約束，由活潑而跳踉，乃至樂極忘形，往往文襄至前，亦懵然不遽知也。一日，以鐵物起砌石，捕秋蟲，文襄見之，怒其好弄逾分，索界尺，自責其手心十數，若扑作教刑然。彼僮何知，得比於薄罰之學子，可云雖責猶榮。是亦文襄風趣之一事。

甲午中東之役，割地行成，李文忠赴馬關定約，其爲忍辱蒙垢，方之城下之盟，殆有甚焉。某日譏集，日相伊藤博文以聯語相屬：『内無相，外無將，不得已玉帛相將。』倉猝無以應也。翌日，貽書報之，下聯曰：『天難度，地難量，這纔是帝王度量。』少從浙人某君之筆（隨使出外國者，爲少從，見《漢書·張騫傳》，即今隨員。）『相將』、『度量』，平仄兩用，工巧絶倫。唯是徒爲大言，或重益强鄰齒冷，何如怨艾之旨、悱惻之音於事實較有當耶？其如屬辭不易何？

先師馬平王定甫拯《龍壁山房文集·計豢龍傳》云：『計豢龍，馬平人，先世山東，祖國選，從征粵西蠻，至柳州，以功授五都都亳鎮巡檢，卒。子仲政，貧不能以歸，家焉。而熟知猺獞情，知縣張霖薦其材，以諸生承父職。谿洞反者多所擒滅，諸蠻畏之。仲政卒，子永清業於農，日行龍谿隴上，拾巨卵，異之，歸翼以鵝，生龍子，畜以缽；缽盈，泳以池，將溢焉。乃縱之冲豪山潭間，日投飲以牛羊之血，人皆馴之。一日，女紅裳者過潭側，龍謂血也，起吞之。永清怒，僞爲投牛羊血者，龍出飲，而遽手刃猛斫之，斷其一爪，龍自是潛不出。或言大風雨晦冥之日，升天行矣。永清死，將出葬，龍降於庭。家人駭奔，徐悟其爲缽中物也。前而祝曰：「爾不忘豢者耶？」則往卜諸幽，將舁葬焉。龍蜿蜒，衆尾之。龍伏計東寨山之厓下，衆以永清窆焉。余幼聞諸父老言，與志傳小異。吁！亦神怪矣哉。嗣計氏子孫，爲馬平望族，天順、成化間，登甲乙科者不絶云。』因洪憲龍腳事，偶憶此文，移錄如右。龍腳罕聞，此云斷其一爪，未定爪即腳否？（以上三則，九月二十六日）

餐櫻廡漫筆卷三《申報》一九二四年十月

勝芳，鎮名，距津門四十里，與楊柳青接近。天上華鬘之市，北都毓秀之區，量珠者爭赴焉。匋齋尚書生平未嘗置姬侍。甲辰、乙巳間開府江南，其夫人至自京師，挈雛鬟二，物色自勝芳者，意以備釵行之選。余嘗作劉楨之平視，非甚姝麗，亦復娟靜入格。匋公意絕不屬，謂淹留不遣，非宜也。一以贈觀察任某，蓋髮如妾肌之白者。一以贈某參議，辭焉，則以儷某材官，較得所矣。匋公嘗言：『余於聲色狗馬，所嗜在色之次。』畜狗二，皆歐羅巴產，小如扇墮，肥如環，絕寵昵之，與共臥起。其一斃，則妙選以補充之。嘗笑指語人曰：『此西方美人，余之田田、錢錢也。』辛稼軒二妾，皆因姓名之，曰田田、錢錢。同時近畿督部某自譔輓聯，句云：『一生不聞綺羅香。』其詞若有憾然，與匋公趣異矣。

彊村先生未第時，某年，扶其太夫人靈櫬歸葬苕溪。夜泊，失足墮河，沿流數里，獲拯起。自言在水中無所苦，唯仰視月輪，大於尋常所見，幾至十倍，光景絕奇。曩年實華盦中有極大遠鏡，以測月徑，不能大至十倍。（同前）

南林張石銘鈞衡於所居南牐鷓鴣溪之濱，拓地爲適園，蕙風爲之記。園多水竹，湖石尤勝，蓋浙右三百年來，舊家名園所有，斯園兼收並蓄之。劉翰怡京卿秋日游適園，賦贈石銘兄《高陽臺》云：『畫筆紆迴，詩情淡引，塵涯小有仙蓬。平地樓臺，相參人巧天工。玉津金谷非吾意，儘勝他，巢父壺公。

最宜秋，鏡罨芳池，雲縐奇峯。　南村卜宅叨情話，幾素心晨夕，尊酒過從。照眼黃花，珠簾又捲西風。寒盟好在長相守，撫松筠，著意蔥蘢。憶南湖、舊約風流，玉照堂東元注：宋張鎡有園在南湖，玉照堂，其最勝處。』

作颯夫納姬詩之丘女史有新婚詩，句云『未換紅妝尚帶羞』。『紅妝』字如此用，奇豔無倫。（以上四則，十月一日）

古詩：『魚戲蓮葉東，魚戲蓮葉西。魚戲蓮葉南，魚戲蓮葉北。』奇格也，嚮未有仿之者。明上杭劉鼇石坊《天潮閣集》有《雲南曲》二首，序云：『自己亥平西入滇以來，迄今癸丑，一十五年矣。昆明三百里內爲芻牧之場，其外爲奉養之區者，又三百餘所。其道路之所費，歲時畋獵徵求，又不與焉。瀦其墳墓，廬其室家，役其妻孥，薦紳士庶及於農工商賈，惴惴焉唯旦夕之不保。嗚呼！痛深矣。而鬼神茫昧，復愈其烈，此理事之不可知者。僕本恨人，何堪纍欷。若使事果有成，吾當取二十一史盡焚之，毋爲堯、舜、周、孔所賣也。』『雲南好草場，萬里連山岡，青草油油光。東也有草場。西也有草場。南也有草場，北也有草場。』『雲南好畋獵，虎豹肥欲死，雉兔無踪跡。兵圍民屋東，兵圍民屋西，兵圍民屋南，兵圍民屋北。』附識云：『吳三桂出獵，必先令人擇獵場，務求三十里內不盡山林、有民居叢雜者，乃往獵。獵未竟，必移其兵圍民居，曰索逸獸云。』劉先生之詩及其序識所云，其爲殘民以逞，或猶不若今者之甚。移錄之，重有感矣。

洋紅與洋青俱出大西洋國，而洋紅特貴，白銀一金，易一兩元注：四兩爲一金，色殊鮮麗可久，歲以供內庫，見丘光任《澳門紀略》。桉：外國一種虫曰美麗紅，寄生一種植物上，曰仙人拳，西洋紅卽此物，外國亦不常有。故價值騰貴。製印泥，上等者用之，色濃厚，能入砂，砂得之，益鮮豔。

世俗譏懼內者，恆曰『季常宋陳慥之癖』。桉：東坡嘗醉中與陳季常書云『一絕乞秀英君』，秀英君當是陳姬人名。季常有姬，則亦不甚懼內矣。舊說云云，未可深信。

武昌銀元局門聯：『楚國以爲寶，天用莫如龍鑄造龍圓。』極典雅工切。（以上四則，十月三日）

匋齋尚書生平口過在所難免，蓋聰明誤之，非若澆薄者好雌黃，刻深者務挑剔也挑剔最可畏，可使宇內無完人，大都無謂之調侃，亦其人有以自召之，其得過亦末矣。宋劉原父敞晚年病，不復識字，至『日月』、『兒女』都不能辨。或謂知永興軍多發墓求古物所致。劉跂暇《日記》云：『匋公晚罹慘禍，律以因果之說，與公是先生敞私謚將毋同？嗜古者可以鑑矣。』因憶曩者某日，匋公嬰小極，召余輩入，晤於寢室之外間，深談至日晡。余欲溲，稍退出，商之某材官，導余循廊而西，廊盡得門。出門，得小院落，寂無人焉，則指牆角示余曰：『可。』牆之陰，石刻林立，近牆角，左右距纔尺許。南朝兩造象，並莊嚴瑰瑋，夙所服膺者。躊躇至再三，卒以迫甚，不復可忍，亦無復之，勉如其指，至今引爲罪仄，書此以當懺悔。

寶華盦所藏造象，有用强水斲鑿石求售者，石之四周强水之跡隱然。

劉永福，廣西南寧府上思州人，行二，人稱劉二。入越南爲軍官，累擢三宣副提督或云娶越故王之女。光緒九年四月十三日，與法人戰於河內，大敗之，斬其兵頭五畫一名、三畫一名、一畫五名，血戰三時之久，法兵死傷無算，奪獲大槍馬匹甚多。彼兵潰遁，追至河內城西，閉關不出。是年永福歸國，以驍勇聞於時，鄉曲婦孺咸稱道之。當軸不善用之，或且加以媢嫉，置之閒散以終，論者惜焉。永福軀幹不逾中人，貌黧黑不揚，語音甚低；不諳趨蹌酬對之節，尋常餽遺禮物，輒以擔與車計，意以多數爲恭敬也。或晤其所餽遺者，則面詢之曰：『余昨賞汝某物事，足用否？』彼蓋誤會『賞』字之義，與『贈送』字同也，聞者相傳以爲笑云。永福有討法蘭西檄，文筆遒勁，慨當以慷，意蓋其所授也，篇長不錄。（以上二則，十月十五日）

《紅樓夢》某回薛寶釵、李紈、惜春等整理榮府度支，力求撙節，裁撤各房中女使若干人，計較錙銖，及於園中果實。光緒丁亥、戊子間，張文襄與客讌談，偶及此事，謂是賈府寢衰之徵，若有唧乎言之。逮乎季年，國用不給，澤公等考察財政，壞流不擇，迹近類苛，罔關閎旨，卒無補於時艱，乃底失墜。文襄之言，若爲幾先之燭照焉。

文襄雅故，間涉風趣。一日，幕僚某君偶閱舊小說之以奇豔著聞者，至某卷某葉，值因事他出，未遑掩卷，則攤置案頭。文襄來，見是書，袖之去。翌日，殆閱竟矣，命小僮偵某君他出否，至再三。某喻其指，過鄰房少須之。有頃，文襄來，袖出書，仍攤置案頭如前式。某回房諦審之，卷數、葉數悉無譌。此瑣屑游戲事，亦寓縝密之精神，非晚近鉅公所及。

光緒壬辰，會試下策移寓東城根，門聯云：『劉蕡下第，潘岳面城。』偶憶記之。

某鉅公邸舍左爲馬號，右鄰曲院，門聯云：『老驥伏櫪，流鶯比鄰。』工切穩稱，尤妙造自然。

張玉娘，吳人，擅場南詞。年二十六，以不耐應徵顑頷死，蓋猶處子，其志節可嘉也。劉翰怡聽張五娘度曲賦《臨江仙》云：『白藕香中張好好，鶯吭一曲清圓。歌塵如霧綺筵前。未妨寒倚袖，長是倦調絃。　比玉無瑕珠有淚，忽忽錦瑟華年。葳蕤身世落花天。徐娘猶未嫁，姑射莫輕憐。』翰怡詞筆婉麗，《如夢令·秋雨》云：『莫道闌人情緒。秋雨不如春雨。梧葉滿閒階，也似飛花飛絮。安否，安否，涼夢玉籠鸚鵡。』《望江南·明湖曲》云：『明湖好，沽酒載花來。儘有微波能旖旎，斷無明月不清佳，烟景似秦淮。』又：『明湖好，詩思在餘霞。四面紋窗三面水，兩隄絲柳半隄花，何似便移家。』余喜誦之。（以上五則，十月十七日）

申江，一名舊江，前人譔箸罕見用之者。

近人記載之書，間涉《申報》雅故，瀏覽有獲，節錄如左：《申報》爲中國報紙之鼻祖，創始於同治十一年三月二十三日，是爲出版之第一號，至光緒二十六年十二月二十六日，滿一萬號。今人不拘何種報紙，皆呼曰『申報』，以期資格獨老故也。申報館樓上扁曰『尊聞閣』，書勢遒勁，似何蝯叟之筆。光緒間，在漢口路之東首，後移入望平街望平街，號稱報窟。十餘年前之《申報》皆用有光紙，其篇幅大小適與商店櫃臺二字从俗相若，商人就櫃臺展閱甚爲便利。當時新聞家之智識，專注重於商業云。當時《申報》字勻緻，墨沈細，紙色微黃，精雅悅目，非今之有光紙比。《申報》體例，時論要聞而外，餘幅多涉文學。編輯事簡，兼印書籍，所稱『申報館聚珍版』者是也。《新聞報》肇始數年間，亦有祥記書莊之設，蓋亦視此爲副業之出品也。偶閱同治十一年《申報》，載當時告白刊例，凡足五十字，或五十字以內者，每日取資二百五十文，第二日一百五十文，如多十字，照加五十文。一星期後，每字照第一日減價一半。西人之告白別議。當時登者寥寥，以視年來廣告之發達、刊資之騰貴，有霄壤之殊矣。王韜，字紫銓，號仲弢，晚號天南遯叟，長洲人。同治庚午歸自泰西，僑寓滬濱，閉戶箸述。光緒初，任《申報》主筆，月薪銀幣百二十，譔《論說》六篇；其箸作鍥行者，有《弢園詩文集》、《普法戰紀》、《瀛環雜誌》、《淞隱漫錄》、《甕牖餘談》諸書，旅滬日久，於舊聞軼事多所稱述。《申報》崛起於上海，莫爲之前。稍後有《字林滬報》與之對峙，達二十稔，卒以采訪多疏，銷數屢絀，難乎爲繼，淘汰於無形矣。《新聞報》託始

光緒癸巳，後於《申報》二十二年。（以上二則，十月二十二日）

張文襄黑頭開府，或以興居無節、號令不時、語言無味、面目可憎譏之。文襄聞之曰：『興居無節，習慣如是，無如何也。號令不時，容或有之。面目可憎，確當極矣。唯語言無味，余不任受，余固絕無無味之語言也。』胡文忠少時，或以品節詳明、德性堅定、事理通達、心氣和平四語相推許，文忠曰：『余之爲人，甚不和平，有自知之明，末語非定評也。』先是，文襄之尊人春潭先生鍈知貴州興義府，胡文忠知黎平府，以寅僚相友善，因而文襄及文忠之門，以其十三齡稿已刻古體、駢體文，詩詞，卷數未詳呈就鑒教。文忠頗裁抑之，勗以經世有用之學，謂夫文藝末之末也，文襄謹受教。其十三齡稿自是不復以示人。其師弟子淵源如此，宜其言論風采有如驂之靳不期而然者。淩仲瓛者，文襄獎進之士也，嘗爲文襄譔五十壽序，有云：『喜怒必形於色。』文襄尤契賞之。其生平天懷坦夷，絕無城府，祇句中一『必』字，能昭然若揭云。

《牙牌神數》一書，其先流傳未廣。咸豐四五年間，髮逆猖獗，湖湘雲擾，攻陷城邑，如摧枯拉朽，羽檄星馳，綦廑宵旰。一夕，以牙牌數占之，其繇辭曰：『七十二戰，戰無不利。忽聞楚歌，一敗塗地。』爲之怫然不怡，推牌墮地，殷憂溢於容表。時郭筠仙侍郎嵩燾直南書房，前席陳奏，謂：『此非咎徵也。逆賊自數月以還，與官軍交綏，倖勝者屢戰無不利，殆指前者賊軍而言；今茲犯楚，必一蹶不復振，下二句亦謂賊軍。』翌日，塔齊布克復湘潭之捷音至，嵩燾所奏，若有先見之明焉。茲事盛傳，都下相驚，以爲神奇。由是《牙牌神數》幾於家置一編，風行宇內，不脛而走。坊肆因緣射利，銀行之本多於憲書、蒙讀云。（以上二則，十月二十四日）

東齋居士《俗語試帖》，囊輯《說部擷華》，曾撰錄二十四首〔一〕。其可采之作不止此也。《『好漢不喫眼前虧』，得虧字》云：『漢既稱云好，無難竟喫虧。眼前形太迫，胯下辱奚辭。美譽人中傑，英謀象外窺。此身嚴退避，當境戒遲疑。後患冰淵凜，先機洞鑒知。缺應堅守口，災且杜然眉。弋慕曾何益，休徵早已隨。自令生意滿，明哲永無持。』《『賣龍賣龍車車，路上遇著爹爹。爹爹問我幾多歲。我有一百歲，我與爹爹一頭睡』，廣右鄉俗，三數童子推手連綴而行，口唱此詞，車、爹、歲、睡叶，音節入古。得龍字》云：『稚子褰裳戲，車車唱賣龍。期頤勞問答，父子慶遭逢。睡共頭曾並，□連語易重。攀麟思浪破，丱角喜雲從。首歷腰兼尾，聲諧□與容。呼爺遲去路，待價認來蹤。爪□工藏匿，珠環善折衝。頃開神物化，餘嚮足音跫。』《『老健方知妒婦賢』，得賢字》云：『婦既稱爲妒，何由贊以賢？老來身健□，方感□矜全。昔悵無休酷，今誇钁鑠年。梟羹欣未進，鶴骨藉彌堅。醋意誠閨範，頭□竟地仙。味回思諫果，心轉悟言筌。此態非酸也，當時只惘然。嗤他蒲柳質，壼教未能專。』《『不信老人言，饑荒在眼前』，得人字》云：『□眼饑荒在，言當信老人。愚蒙違指點，窘迫驗躬親。欲□豐盈樂，無忘誥誡諄。誨空先入耳，難卜早離身。彝訓非聰聽，時艱已薦臻。素心惟以實，黃髮尚猶詢。慎勿常談視，推之□運迍。中乎餘慶積，顧提凜遵循。』《『做一天和尚撞一天鐘』，得鐘字》云：『計日爲和尚，天天必撞鐘。應時鳴一一，隨願了重重。□夜纔停杵，來朝又擊縱。鯨鏗無間斷，駒隙敢疏慵。責豈沙彌貸，勞□古佛供。衲衣聊自補，檀越幾曾逢。鞺鞳尋常課，均勻百八椿。循規難少懈，送響度遙峯。』（十月二十九日）

張文襄好爲楹言，每多佳搆。某年開府山西，值舉行鄉試，試院各聯琳瑯觸目，宋人詩『總把新桃換舊符』，爲之借詠焉。至公堂聯：『風教溯堯都，實維帝與稽古三萬言，肇開文運；人材傳晉向，豈獨春秋甲車四千乘，雄長中原。』又：『晉國天下莫强焉，管涔之玉，大鹵之金，冀土之馬，龍門之桐，惟此邦表裏山河，發爲靈瑞；故家遺風有存者，林宗在漢，仲淹在隋，中立在唐，君實在宋，願多士經緯文武，無愧功名。』監臨堂云：『合書義律時經文策問諸卷爲三場，字字要經心，當念儒生辛苦；分考官監試謄錄對讀之筆作五色，人人有專責，莫干吏議森嚴。』明遠樓云：『秋色從西來，雁門紫塞；明月幾時有，玉宇瓊樓。』又：『飛狐上黨，天下之脊；玉佩瓊琚，大放厥辭。』内龍門云：『王國羽官，趁此時汾水秋風，雁飛雲路；人文鱗萃，待來歲禹門春濃，龍躍天衢。』主考内院門云：『三晉雲山皆北向門北向，滿城桃李屬春官。』主考堂云：『土厚水深，於此得文章正派；秋高氣爽，及時看毛羽豐飛。』衡鑑堂云：『魁斗七宿，文昌六星，烝我髦士；大行八陘，黄河一曲，拔爾奇才。』簾官東廳云：『海中瓏瑚得奇樹，汾水秋風陋漢才。』簾官西廳云：『晉祠流水如碧玉，青桂新香有紫泥。』又晉撫節署廳事云：『朝以聽政，晝以訪問，夕以修令；静在息役，可在利農，信在簡賢。』文案處云：『當官治辦仍開卷，草檄餘閒且種花。』文案東院集句云：『宣上德，抒下情《兩都賦》序，奏平徹以閒雅《文賦》；泛紅蓮，依緑水《南史》，人磊落而英多《世說》。』畿輔先哲祠神龕云：『三輔黄圖，先民有作；千秋金鑑，何代無賢。』北學堂云：『渴碣間，一都會，沐膏澤，泳聖涯，其俗有先王遺風，多厚重君子；軒轅下，至於兹，網佚聞，考行事，願賓攄懷舊蓄念，發思古幽情。』緑勝龕云：『河朔人才葛祿記，斜街花事竹垞詩。』桑大寇春榮八十壽聯云：『門前駟馬于廷尉，天外鸞皇白尚書。』輓吳柳堂侍御云：『殲良終痛秦黄鳥，直諫能卑衛史魚。』又薊州吳文節祠聯云：『維此鍼虎，直哉史魚。』輓張制府樹聲云：『代公慚武庫之才，峴首哀思，片石人懷羊太傅；報國示據鞍可用，壺頭瘴癘，明珠天監馬將軍。』輓李文正云：『元祐輔政，世推司馬純忠，再起無幾時，哀憤齊揮天下淚； 籌邊非才，我愧晉公諫疏，九原不可作，蒼茫空負大賢知。』（十月三十一日）

【校記】

〔一〕四：底本無，據《說部擷華》卷三補。

餐櫻廡漫筆卷四《申報》一九二四年十一月

《昆陵志》云：『祝陵，即祝英臺墓，在宜興善權山。』《鄞縣志・冢墓志》引《乾道圖經》云：『梁山伯、祝英臺墓在縣西十里接待院後，有廟。』又云：『俗傳以墓土置竈上，則蟲蟻不生。』又《職官表》：『晉梁處仁，鄞令。』《壇廟志》：『義忠王廟，一名梁聖君廟，在縣西十六里接待寺西，宋大觀中郡守李茂誠譔記。載梁祝事，皆信史，非虞初九百之言也。略云：神諱處仁，字山伯，姓梁氏，會稽人。母夢日貫，懷孕十二月，東晉穆帝永和壬子三月一日，分瑞而生。幼聰慧有奇，長就學，篤好墳典，嘗從名師。過錢塘，道逢一子，容止端偉，負笈擔簦渡航，相與坐而問曰：「子爲誰？」曰：「姓祝，名貞，字信齋。」曰：「奚自？」曰：「上虞之鄉。」曰〔一〕：「奚適？」曰：「師氏在邇。」從容與之討論旨奧，怡然相得。神乃曰：「家山相連，予不敏，攀鱗附翼，望不爲異。」於是樂然同往。肄業三年，祝思親而先返。後二年，山伯亦歸省，之上虞，訪信齋，舉無識者。一叟笑曰：「我知之矣，善屬文者，其祝氏九娘英臺乎？」踵門引見，詩酒而別。山伯悵然，始知其爲女子，慕其清白，告父母求姻。奈何已許鄮城廊頭馬氏，弗克如願。後簡文帝舉賢良，郡以神應召，詔爲鄮令。嬰疾弗瘳，囑侍人曰：『鄮西清道源九隴墟，爲葬之地。』瞑目而殂，寧康癸酉八月十六日晨時也。郡人不日爲之塋焉。明年乙亥暮春丙子，祝適馬氏，乘流西來，波濤勃興，舟航莫進，駭問篙師。指曰：「無他，乃山伯梁令新塚，得非怪與？」英臺遂臨塚奠，哀慟地裂，而埋璧焉。從者驚引其裙，風裂若雲，飛至董谿西嶼，而墜之。馬氏言官開槨，巨蛇護塚，不果。郡以事異聞於朝，丞相謝安奏請，封義婦塚，勒石江左。至安帝丁酉秋，孫恩寇會稽及鄮，妖黨棄碑於江。太尉劉裕討之，神乃夢裕以助，夜果烽燧熒煌，兵甲隱見，賊遁入海。裕嘉奏聞，帝以神功，褒封義忠神聖王，令有司立廟焉。越有梁王祠，西嶼有前後二黃裙會稽廟，民間旱澇疫癘，商旅不測，禱之輒應。宋大觀元年季春，詔集九域圖誌及十道四蕃誌，事實可考，以紀其傳不朽云。』梁祝故事，千古豔稱，善權山祝陵之説，要亦引以爲重耳。今上海貝勒路迤北有梁山伯廟。

（十一月七日）

【校記】

〔一〕曰：底本無，據前後文補。

唐名將薛仁貴，絳州龍門人，生平以戰功顯，官至邏娑道行軍大總管，封河東縣男。其姓名習見舊劇及演義書，乃至坊曲婦孺能稱道之。其能兼擅文事，淹貫經術，則知者尠矣。《新唐書·藝文志》：『《周易新注本義》十四卷，薛仁貴著。』比余得咸亨四年五月薛仁貴造阿彌陀像拓本，制作樸雅，未墜六季風格。南海康氏游存廬藏石。

皇后亦可自稱曰朕。遼景宗保寧八年二月壬寅，諭史館學士書皇后言，亦稱朕，著爲定式。

明石柱秦良玉，以閨房奇傑屢立戰功，世豔稱之。嘉靖時倭寇作亂，有田州土州，廣西思恩府屬瓦氏兵，甚驍勇，防禦得力，優詔嘉獎。瓦氏，土司岑彭妾也，將兵尤有紀律，所至秋豪犯，方之良玉，英勇相若，而謀略或過之，事見《粤西叢載》。瓦氏，佚其名者，邊俗質樸，閨人之名罕稱著於外也。

康熙三年，以八比文多剿襲，鄉、會試改良策論，甲辰會試，丙午直省鄉試，皆照改定章程行。至八年己酉科，復用八股。乾隆九年，兵部侍郎舒赫德上疏請廢科目，大學士鄂爾泰等議駁。晚季新政，方當盛時，而其機已動，或建議而未行，或雖行而不久，數典者弗及知耳。

孫淵如星衍、洪稚存亮吉微時同客陝撫畢公沅幕。有長安生員某揭咸陽生員某僞造妖書，陰結黨徒。捕置獄中，搜得妖書名册，刑幕某慫恿窮治之。二公聞有妖書，就請假觀，則皆剿襲佛氏福利之説，爲誘脅斂錢計，並無悖逆字樣，名册中乃編造牌底稿也。時方擁鑪對飲，悉投諸火。次日白之中丞，中丞坦然，意無拂也。嚮來學問之道，一「厚」字爲主旨，厚而後能雅，薄則俗矣。孫、洪二公所爲，甚盛德事，厚之至也。靈巖尚書，當代風雅總持，宜乎訢合於無形矣。（以上五則，十一月十二日）

楊太真，小字玉環，明皇亦號玉環天子，見《清異錄》。

『嫁』字可訓爲仕，《蔣子萬機論》：『主失於國，其臣再嫁。』

《齊語》：『齊王夫人死，有七孺子皆近注：孺子，幼艾美女也。薛公欲知王所欲立，乃獻七珥，美其一，明日視美珥所在，勸王立爲夫人。』則孺子非惟幼稚之稱。

武進趙叔雍尊嶽自學詞以還，未嘗涉獵明以後詞，故於宋賢氣息領略較易。曩辛酉、壬戌間，嘗偏和晏叔原《小山詞》，客歲夏日，開版於金陵，蕙風爲譔序云：『癸亥五月，叔雍和《小山詞》成，屬爲審定，並綴數言卷端：夫陶寫之事，言塗轍則已拘；而神明所通，必身世得其似。在昔臨淄公子，天才黄絹，地望烏衣。涪皤屬以人英，伊陽賞其鬼語。蓮鴻、雲蘋而外，孰託知音？《高唐》、《洛神》之流，庶幾合作。其瑰磊權奇如彼，粲姍勃窣如此。雖歷年垂八百，而解人無二三。豈不以神韻之間、性情之地，非鍼芥之有合，寧驂靳之可期？解道湖山晚翠，舊數斜川；消受藕葉香風，誰爲處度？叔雍瓊思内湛，瑋執旁流。得惜香之纏緜，方飲水之華貴。起雛鳳於丹穴，雖喈猶是元音；茁瑤草於閬風，沆瀣無非仙露。用能吹花嚼蘂，縫月裁雲。步距學於邯鄲，韻或險於競病。啚《補亡》之閎怡，換羽何用新聲；徵聊復之遺編，吟商尚存舊譜。綠贏屏底，寫周柳之情懷；朱雀橋邊〔一〕，識王謝之風度。同聲相應，有自來矣。彼西麓繼周，夢弢賡范。迂公《花間》之續，坐隱《草堂》之餘。以古方今，何遽多讓？此日移情海上，見觸目之琳瑯；當年連句城南，愧在前之珠玉。曩寓都門，與張子苾、王半唐連句《和珠玉詞》，近叔雍授梓覆鍥。』（以上四則，十一月十四日）

【校記】

〔一〕雀：底本無，據文意補。

明莆田學士陳公音終日誦讀，脫略世故。一日往謁故人，不告從者所之，竟策騎而去。從者素知其性，乃周迴街衢，復引入故舍。下馬升坐，曰：『此安得似我居？』其子因久候不入，出見之。曰：『渠亦請汝來耶？』乃告以故舍。曰：『我誤耳。』又嘗考滿，當造吏部，乃造戶部，見徵收錢糧，曰：『賄賂公行，仕途安得清？』司官見而揖之，曰：『先生來此何爲？』曰：『考滿來耳。』曰：『此戶部，非吏部也。』乃出。陳其年維崧於書内見一請宴小柬，恰是明日早集，詰朝，遂往赴宴。主人出，坐談良久，並無別客至。方問今日衆友何以不來，主人乃悟昨歲今日曾具柬招飲，遂留小酌而歸。杜于皇濬於前二日招客飲，已預令家人治具，至期，轉往所招之客所，先與下棋，繼與談詩。客方心訝之，于皇曰：『無過慮，觴酒豆肉足矣。』客應諾。而杜家人適至速客，杜始頓悟，與客同至小齋，而良朋已滿坐矣。兩人各有自嘲詩詞載集中。三君當日，其襟情別有遐寄，於世故不妨模棱，非淺人所能識也，故類記之。

《史記·項羽本紀》：『有美人名虞，常幸從注：一曰姓虞。』《後漢書·靈帝紀》：『熹平四年，拜沖帝母虞美人爲憲園貴人。』是又一虞美人。

王獻之妾名桃葉，有《桃葉辭》二首，桃葉有答王《團扇歌》三首，並見《玉臺新詠》。白香山妾亦名桃葉，香山詩葉字。

《倉頡篇》：『男女私合曰姘。』滬語謂男女私識曰『姘頭』，誼乃絕古。又，與妻婢奸曰姘，見漢律。

明鹽官談孺木遷《棗林雜俎》：『天台二仙女，宋景祐中□元缺一字明炤入山采藥，見金橋跨水，光華炫目。有二女戲於水上，翩若驚鴻，殆水仙洞府』云云。天台靈蹟不止劉晨、阮肇事。（以上五則，十一月十九日）

吾邑伏波巖，宋人題名，有『乙未元日端臣雙游』，見《廣西名勝志》。雙游，獨游也，此二字絕新。顧游必有侶，雙則非宜。以余所聞，得二事焉。邑城北隅某書院，據桂山之麓此山在疊綵山稍南，即因以爲城者，地甚勝也。山下有巖，虛敞窈深，人跡罕至。巖之陽距書院後門不數十武，山長某京卿夙嗜攬勝，得是巖榛莽中，校藝餘暇，輒雙游焉。某日循視巖壁，得石刻『味易』二字，款署山豐道人。曩以拓本示余，正書平列，徑約五寸，書勢遒勁，兼腴潤宕逸，雅近北碑風格，與山谷他書□殊，京卿絕賞會之。巖未有名，即以『味易』名之，並自號味易山人。自是游益數，且必隻。或以同游請，則曰：『若輩不耐岑寂，毋牽率老夫，游弗暢也。』一日，有假斯巖爲桑中者，不圖與京卿遇。京卿平昔質樸和易，嘗意行屏傔從，櫻鞵桐帽，與鄰曲接笑言。巖中之人並書院近鄰營商業者，京卿未必識之。彼□識京卿久，以謂京卿必識彼也，方愕眙戁竦間，其男子絕鹵莽，欲搤殺京卿以滅口。危機間不容髮，幸女雖佚，而性較馴，爲之頤解，至於再四，僅乃得免，卒令京卿跪而矢之，苟洩此祕密者如何如何，設詞詛厲，如委巷駔婦之云。京卿萬不得已，唯命是從，仍被嘑蹴，踉蹌而歸。他日，遇男子者於途，則相視而笑，夷然無愧色焉。又江寧端木子疇埰同治中以薦舉奇才異能，授內閣中書，洎陞任侍讀，年逾七十矣。性不諧俗，簡傲孤峭，無眷屬，寡交游，獨居南下窪某寺中，附近多梵剎，林泉花木之勝，無俚則隻游焉。一日晨興，散步至某寺，欲入少憩。甫踰閾，驀見門次一人頭，血跡尚新，若被誅未久者。疇翁駴甚，亟反奔還寓，是夕詣四印齋，以語王半塘鵬運。時半塘以御史巡視中城，南下窪屬西城，顧重案亦必與知。蓋自是乃至匝月，未聞以命案報司坊者，可知輦轂之下無奇不有，未可以常理測矣。此二事並足爲隻游者戒，故類記之。（十一月二十一日）

縣志體例與省志、府志略殊，事加詳，文較繁，攷雅故者資之。如《梁山伯廟記》，見《鄞・壇廟志》，蓋據刻石，他書未之載也。比閱四川《巴州志》，有《紅梅閣記》，尤豔異可喜，移錄如左以下《巴州志》元文：

巴州，隨之恩陽縣也。縣治有恩陽山，山有高低三峯，其最高峯上建一閣，環閣植梅，因名曰紅梅閣。巴州刺史王有子名鶚，讀書山下，每課餘游覽，步至閣前。忽見閣上窗櫺悉啓，有一紅衣女郎，俛眺山下，蓋絕代姝也。鶚以此閣終年扃鐍，四無居人，心頗異之。潛謀移居閣中，了無所見，唯閒步山坳，回時，每於窗畔見女郎在焉，及入室，則闃其無人。值梅盛開，鶚流連樹下，見梅一樹，花獨繁密，鶚因折取插於瓶中。一日，偶自外歸，見案上素紙題句云：『南枝向暖北枝寒，一樣春風有兩般。頻上高樓莫吹笛，大家留取倚闌干。』下署款張笑桃，墨瀋未乾，袖香猶裛。鶚諷誦再三，極意豔羨，爇香禱之。越日薄暮，鶚自外歸，躡跡登樓，果見女郎拈豪伏案，鶚突前抱持，極道愛慕。女郎亦不避匿，自道姓名爲張笑桃。由是兩情歡洽，再易庚蟄。某日，鶚與笑桃攜手游行，晚眂山下，笑桃神色忽異，顧謂鶚曰：『君知黑霧瀰漫者，何也？』鶚謂：『此或雲氣使然。』笑桃曰：『嘻！吾兩人情緣殆將盡矣。』鶚亟問其故。笑桃曰：『此山有洞，名爲巴洞，蛇精名巴潛者居之，修鍊數百年矣，能幻形爲人。覬覦妾貌，彊委禽焉。以彼蘊毒之尤，純陰之類，實生深山大澤，習居豐草長林。妾誠蒲柳之姿，亦何至爲蔦蘿之託。巴潛涎甚滋恚，必欲得妾而甘心。今知侍君巾櫛，益復妒媢，以故噴薄妖氛，冀墮君五里霧中，因而攝妾。君以血肉文弱之軀，萬不能當其狂燗，宜速下山謹避。明年大比，君必連捷成進士，外授峨嵋縣令。儻不忘故劍，抵峨嵋時，暫緩赴官，迂道峨嵋山下，見鐵冠道人趺坐蒲團，君以情哀告，當得援手，或使我兩人破鏡重圓也。』數十步間，回首瞻戀，猶見笑桃淩顰竚立，淒黯如霧中花也。逾日再至，則林壑依然，人面不知何處去矣。懊喪垂絕，爰謝絕人事，閉幃攻苦，翌歲登第授官，悉如笑桃言。往訪峨嵋山下，果道人鐵冠者在焉。鶚陳意款懇，道人曰：『巴潛何敢乃爾？吾念汝至誠，今付汝寶劍一、靈符三，汝卽至恩陽山下，斬荊闢萊，覓得巴洞，以一符寘洞門，又一符焚化吞之，仗劍入洞，必得與意中人相見也。』鶚如其教，入其洞，綿亙數里，豁然闓朗，有屋舍華美，珠簾四垂，則笑桃在焉。相見之下，悲喜交集，問知巴潛外出，亟挈笑桃以行。之官四年，燕好綦篤。一日晨興，笑桃忽謂鶚曰：『妾近屢心悸，若有奇警，恐巴潛詗知所在，未能漠然於懷也。』屬鶚劍勿去身，戒閽人：『有巴潛來者，務拒勿納。』無何，鶚在典室，有投刺者，未及置詞，而客已闖然入，厲聲語鶚曰：『吾巴潛也，王鶚何人？敓人之室，而據爲己有，久而不歸，有是理乎？』鶚急起，索劍與鬬，而巴潛已入內室，指顧腥霾四合，只赤不辨面目，雖傔衛畢集，舉徨惑無能爲力。頃之，霧消客去，而笑桃亦杳矣。鶚竟棄官，再訪峨嵋，則空山無人，曩道人鐵冠者亦無復蹤跡。雖真真萬喚，唯有空谷應聲，泉咽雲荒，悵惋而已。

（十一月二十八日）

餐櫻廡漫筆卷五《申報》一九二四年十二月

王石谷受畫學於王烟客，以巨瓠四枚爲贄。或議其薄，石谷笑曰：『昔侯芭從揚子雲問奇字，載酒一壺而已，今三倍之，而云薄乎？』張芭堂少時受金石學於丁敬身，初及門，囊南瓜重十餘斤者二枚爲贄，丁先生爲烹瓜具膳，談笑竟日。日本福田千代作，比受業於吾友元和孫隘菴德謙，以脡脯籠荈爲贄，清風高致，跐美昔賢。隘菴微尚清遠，精礱周秦諸子，尤工麗辭，陳義甚高，六季以降弗屑也。

丁輔之多藏名人尺牘，嘗得查東山繼佐示子書，略云：『汝曹年逾弱冠，已非童稚，而學殖荒落，了不長進。清夜自思，寧無愧怍？亟宜立志發奮，改紘易轍，刻苦用功。業師某君，誠篤博洽，循循善誘，宜時常親近，多受教益。』其下乃云：『余離家瞬匝歲矣，家中演戲幾次？婢某名，從某教師學某戲，某從某學某戲，有無長進，能否登場？屬教師等督繩之，毋令荒嬉。歲晚余返里門，當卽開科遴選謂拔置釵行也，若曹有志上進，千萬不可自誤。』此書前後詞意莊諧迴殊〔一〕，老輩風趣，令人想望，他日當假歸移錄之。

【校記】

〔一〕迴：底本作『迴』，據文意改。

梁山伯、祝英臺之魂化爲蝴蝶，相傳自昔婦孺皆知。唯《常昭合志稿·物産志》『蟲豸之屬·白蝶』注云：『大而具五色者，俗呼梁山伯。』曰『蜻蜓』，注云：『黑而小者，俗名爲祝英臺，卽北方黑琉璃。』以蝶與蜻蜓分隸梁、祝，與舊說異。又《山堂肆考》以大蝶成雙者爲韓憑夫婦之魂，説亦僅見，不知所本。

曩歲辛酉，蕙風寓廬春聯云：『大富亦壽考，日利宜子孫。』壬戌聯云：『九五福曰壽富，八千歲爲春秋。』癸亥聯云：『六十宿肉七十貳膳，百萬黃榜千萬紫標。』（以上四則，十二月五日）

友人告余：數年前，滬上某校書談者能舉其名，頃忘之矣，甫逾笄年，忽翹心淨土，矢志皈依，屏棄鉛華，賃屋一椽，於虹口某里奉母以居。校書雖識字，不能多於經卷受持，有志未逮，唯虔誠誦佛號，昕夕靡間而已。平昔喜購置佛像，壞者雕者，古造像石刻者，金容月面，莊嚴四壁。時花名香，作禮供養。入其室者如入耆闍窟也。先是，校書少有蓄積，銀蚨不逮千翼。有粤東梁君者爲某書局執事似是廣智書局，並□校書諗客，僅識□問，一再覿面。校書亟禮重之，詳詢住址，意□殷懇，梁未喻其指也。至是謝客移居，部署粗定，屬傭嫗要梁至，以禮延見，爲言：『風塵淪落，絃柱屢更。竊見軟紅人海中，無誠篤如先生者。料檢筐篋，幸稍贏餘，不揣微賤，冀叨蔭樾。爲審擇處所存貯之，藉孳息給樵米。』梁辭不獲，可其請。其後某年，梁有日本之行，行前詣校書，以提還存款請。曰：『勿庸，唯來歲首春，先生能返滬否？』曰：『□杪必抵滬，局務綦重，匪異人任也。』期屆，梁如約，校書□慰甚。明年二月上旬，傭嫗將命詣梁，屬左顧，則鄭重而言曰：『修行未久，幸得解脫。某日當大去，某處存款，以若干爲母氏養老貲，若干爲喪葬費，若干營齋懺，若干助善舉，幸先生爲處分之。』梁曰：『方當茂齡，何遽言此？』

校書默然，無復言說，梁亦姑妄聽之。詎是日，傭媪來，以涅槃滅度告，梁嗟歎久之，亟往經紀其喪，並處分存款，如所屬焉。夫校書，一尋常弱女子耳，而能契真如，了生死，得阿耨多羅三藐三菩提，可知醴泉無源，芝草無根，發菩薩心，靈臺在方寸也。而能識梁某於庸眾中，尤奇，所謂有慧眼者，非歟？校書自寓虹口以還，一傭媪給役久，又一鄉媪鬻薪芻者，時時往來，爲演說所感化，信心皈嚮，爲善女人，其成就弗具詳云。（十二月十日）

美國人林樂知精研中國文字，同治初年游寓滬上，倡廣學會，以溝通中西學術爲主旨，嘗撰譯海外各國政要，名曰《西國近事彙編》，月出一帙，爲吾中國文章之權輿。當時風氣未開，士夫留心時務者少，彙編每月行銷，數不逾萬，距今五十餘年，傳本稀如星鳳矣。廣學會主者，林樂知之後爲李提摩太。《廣仁報》，每來復出一冊，光緒丁酉、戊戌間創辦於臨桂吾廣右省會，與《時務報》體例略同。比歲以還，知其名者僅矣。外國蠟人館製蠟人絕精，機括輪軸，備極繁密，臟腑脈絡窾竅與人體無少異。或云凡人身中所有，繁與簡之殊，卽智慧愚魯所由判，則夫構造之所仿，殆必智慧之尤者。蠟人嘗與客弈，往往能操勝算。或謂機器使然，雖然，是亦奇矣。尤能與人筆談，答問無誤。中國某星使投以寸箋，問：『余何時回國？』答云：『明年春夏間。』時星使甫蒞任，瓜代須及五年，所答不符事實，一笑置之而已。詎改歲暮春，星使聞訃，丁內艱；四月初旬，受代歸國。蠟人竟能前知，可云神奇之至，難以常理測矣。見近人某筆記箸人及書名並失記。

莫愁湖之濱有石刻柳如是書『駐鶴』二字。曩寓金陵，訪求弗獲，悵惘無已，賦《木蘭花慢》，後段云：『南都花月太平時，風雅屬蛾眉。問龍虎銷沈，傷心何似，斷碣殘碑。天涯又逢春暮，便尋芳弔古不成悲。花外一襟，疏雨玉驄，香徑歸遲。』《玉臺名翰》有河東君書《宮詞》九首，精楷凝秀，近褚登善風格。

菱湖在歸安縣東南四十五里，唐崔元亮開，即淩波塘也，德清縣永和鄉管。有雅詞里、南嶼山，在安吉縣西南一百二十里。《太平寰宇記》：『昔西施種香處，上有蘭畹，一作蘭茝畹。』凡地名騷雅者，往往屬吾吳興，何耶？

梁吳均《吳城賦》：『不見春荷夏槿，唯聞秋蟬冬蝶。』以荷屬春，於此僅見。（以上五則，十二月十二日）

種痘之術，吾中國自古有之，唯牛痘託始於外國，精益求精，爲幼稚造福，其功不可沒也。《北湖小志》江都焦循箸《程翁傳》云：『程翁，名維章，其先泰州人。世爲小兒醫，尤精種痘之術。與先君子交最深，結廬湖中，居相近，每與相對，默坐終日，不發一語，室中若無人也。翁通儒書，善歌，時吹笛作甘、涼之聲，令聽者泣。自翁居湖，湖中人不知有痘之害。山西某令不遠三千里，以騾車迎翁去，見其子曰：「聞翁之技，然不敢試也，能預以狀語我乎？」翁撫兒良久，曰：「當得二十九粒，見某某部。」已而果然。翁之跡，唯往來邵伯鎮，主孝廉張容堂家。乾隆乙巳，先君子棄世，翁乃去爲海上游，迄今不知所終。余嘗閱《顱顖經》，其下篇言治丹之法極詳，疑古人於痘概謂之丹耳。錢乙始詳治法，陳文中繼之，而治法相反。汪機本魏桂巖作理辨，以參論錢、陳兩家之得失，此術乃以漸而精，然未有如種法之善者也。相傳宋王旦得諸蜀中老媪者，不可考，然非神聖之妙不能爲此。余幼時出痘，即翁所種。後見翁治諸弟妹，始以痂入鼻，七日項下痛，壅起如瘰癧。翁曰：「萃於此矣。」於是創著而壅失。凡痘家所忌，此則視爲常。譬之荊楚，虎狼之國也；晉文公伐曹、衛而致之於城濮，故大挫之。而莫予毒。爲此術者，誠通乎微，合於聖人治未病之義。而愚者必不肯爲此，以待其毒之自發，必挾寒暑，乘疫癘，兼鬼物。其勢既熾，然後議攻議補，幸而勝之，吾氣已奪。何如消之於未萌而逐之於所及防也？傳言種痘之法傳自宋王旦，惜未詳所本。

《莊子·齊物論》故有儒、墨之是非句，唐成玄英疏云：『昔有鄭人名緩，學於裘氏之地，三年藝成而化爲儒〔一〕。儒者，祖述堯舜，憲章文武，行仁義之道，辨尊卑之位，故謂之儒也。緩弟名翟，緩化其弟，遂成於墨。墨者，禹道也，尚賢崇禮，儉以兼愛，摩頂至踵，以救蒼生，此謂之墨也。而緩、翟二人親則兄弟，各執一教，更相是非。緩恨其弟，感激而死。』此別是一墨翟，非宋人箸《墨子》十篇者。（以上二則，十二月十九日）

【校記】

〔一〕裘：底本作『求』，據《莊子·漁父》改。年：底本作『成』，據《莊子·齊物論》疏改。

得手寫詞一冊於坊間，小行書，頗精雅，惜不具書者誰氏。錄乾、嘉時人作，豔體十居八九，殆其所好。卷尾《水調歌頭》二闋，署業師黃仲薌遺墨（名籍無考），意若甚鄭重者。此寫本爲余收得，是亦墨緣。兩詞雖未臻高詣，未忍聽其湮沒，移錄如左，冀廣其傳云。《賦恨》云：『釃酒不能飲，壘塊塞心胷。坐對江山清瘦，容易又秋風。世態白衣蒼狗，人事黃鐘瓦缶，顛倒出無窮。呵壁語神鬼，舉首問天公。或擊壺，或斫地，或書空。畢竟古來豪傑，幾箇慶遭逢。得意蝸名蠅利，失意蛄啼蛩訴，何必說窮通。一笑俗人見，瞎叟判盲童。』《賦愁》云：『乾淚滴盈把，薄鬢漸成蒼。客懷花飛酒醒，此味卻難嘗。莫道絲連藕斷，幾見水流石轉，終古爲誰忙。醒傚屈平哭，醉作阮公狂。五更鐘，三月雨，九秋霜。疊疊重重密密，歷碌九迴腸。回首青燈黄卷，瞥眼朱顏翠袖，事事耐思量。願我化蝴蝶，隨夢暫相忘。』

（十二月二十四日）

詞冊附閨媛陳雲貞寄外書，最一千八百餘言，連情發藻，麗而有則，全篇分若干段落，每收束之筆尤凝勁秀峭，非夙昔工文者不辦。書中多至情語，尤有卓識，乃至纏綿悃款，讀之，令人增伉儷之重。丁茲夫婦道苦，視離異若泛常，此等文字庶幾維世道，挽澆俗，以篇幅道長，未便移錄。摘其尤精警者，如云：『遠塞風烟，寒帷歲月，個中滋味，領略互同。然侍慈母之晨昏，撫兒女之歡笑，貞雖殷憂耿耿，尚有片晌寬慰。獨念我夫子隻身孤戍，依人作計，誰與言歡？問暖噓寒，窺飢探渴，涼涼踽踽，不知消受幾許淒其。』又云：『去歲四爺自伊犂來，傳述夫子敗檢之事，並云一年若肯節省，尚可餘二三百金。幸負心人未將此語上聞，而貞初亦不信也。細思夫子天資機警，賦性疏狂，未能一展才華，輒復遭此大難。一朝失足，萬念俱灰，復有何心矜持名節？而且棲身異域，舉目誰親？回首家山，柔腸欲斷。故於花晨月夕，燈炧酒闌，或擁妓消愁，呼盧排悶。三生石上，五百年前，遇解渴之文君，多情之倩女，書生結習，彼美憐才，諒亦未能免俗，聊復爾爾。貞聞之，方痛憫之不暇，又焉敢效妒婦口吻，引筆寄勸耶？惟念夫子身非康健，情復過癡，彼若果以心傾，君亦何妨情熱？特念心餳齒蜜，腹劍腸冰，徒耗有用之精神，反受無窮之魔障，可惜！可傷！況麯蘗迷心，兼能致病；樗蒲爲戲，更喪聲名。些小儻來之財，更不足計。貞酸鹹苦辣，色色備嘗，釜蟻餘生，尚知自愛。豈夫子有爲之體，甘自頹靡，反待巾幗之箴規哉？』又云：『每念弱草微塵，百年一瞬，夢幻泡影，豈能久留？生死兩途，久已思之爛熟，別來況味，不減夜臺；現在光陰，幾同羅刹，何難一揮慧劍，超入清涼。奈緣業如絲，牢牢縛定，不得不留此軀殼，鬼混排場。冀了一面之緣，不負數年之苦。他年白頭無恙，孺子有成。大事一肩，雙手交卸，貞心方爲安帖，可報結於我夫子。今日者，夫子一日未回，此擔一日不容放下也。』又云：『遙計書到開函，當在黄梅個個，想夫子閲之，心與俱酸也。』附詩六首，其六云：『未曾蘸墨意先癡，一字剛成淚幾絲。淚縱能乾終有跡，語多難寄反無詞。十年別緒春蠶老，萬里羈愁塞雁遲。封罷小窗人靜悄，斷烟冷露阿誰知。』（十二月三十一日）

餐櫻廡漫筆卷六《申報》一九二五年一月

文字之禍慘酷，莫如明初高季迪以作上梁文、王常宗以作文、孫西菴以題藍玉家觀畫、蘇平仲以表箋忤旨、陶凱以致仕後號耐久道人，並受誅戮。王弇州云：『洪武間，三司衛所進表箋，皆令教官爲之，當時以嫌疑見法者不少。浙江府學教授林元亮，爲海門衛譔《增官吏俸謝表》，用「作則垂憲」誅；北平府學訓導趙伯寧，爲都司譔《賀萬壽表》，用「垂子孫而作則」誅；福州府學訓導林伯璟，爲按察司譔《賀冬至節表》，用「作則天下」誅；桂林府學訓導蔣質，爲布、按二司作《正旦賀表》，用「建中作則」誅；常州府學訓導蔣鎮，爲本府作《正旦賀表》，用「睿性生知」誅；澧州學正孟清，爲本府作《賀冬至節表》，用「聖德在秋」誅；陳州學訓導周冕，爲本府作《萬壽賀表》，用「壽域千秋」誅；懷慶府學訓導呂睿，爲本府作《謝欽賜馬匹表》，用「遙瞻帝扉」誅；祥符縣學教諭賈翥，爲本縣作《正旦賀表》，用「取法象魏」誅；亳州學訓導林雲，爲本府作《賜燕謝東宮箋》，用「式君父以班爵祿」誅；尉氏縣學教諭許元，爲本府作《萬壽賀表》，用「雷震天下」誅；德安府學訓導汲登，爲本府作《賀冊立太孫表》，用「永紹億年」，德安府學訓導吳憲，作《賀冊立表》用「永紹億年」，並誅。又有以「天下有道」及「望拜青門」誅者見《雙槐歲鈔》。「則」，嫌於「賊」也；「生知」，嫌於「僧」也；「帝扉」，嫌於「帝非」也；「有道」，嫌於「有盜」也。其他則不可曉矣。有張翰林者，以直諫謫蒲州學正，表詞有『天下有道，萬壽無疆』句，上怒曰：『謗我是强盜。』卽嚴逮殿鞫。張仰首曰：『陛下有旨，表文不許杜撰，務出經典，「天下有道」，乃《四書》聖言；「萬壽無疆」，乃國風頌語，何云誹謗？』上良久曰：『還嘴强。』釋之。左右相謂曰：『數年以來，惟容此一人。』見李文達《日錄》當時有廣文御囚譔表誌墓之謠：『哀哉！洎乎末季，士流殉國雖獨多，詎施之薄而報之厚耶？』蓋自萬曆、天啓以還，東南社集提倡氣節，有以激勸於無形也。（一月七日）

前所記海上某校書皈淨土得解脫者，茲訪獲其姓名，曰薛飛雲；粤人代飛雲儲貯者曰何君澄一，廣智書局執事，蓋長厚君子也。飛雲平昔事母至孝，其得力有在受持奉誦外者，一切如來心祕密全身舍利寶篋印《陁羅尼經》，天下兵馬大元帥吳越國王錢俶造此經八萬四千卷，捨入西關塼塔，永充供養，乙亥八月日紀。西關塼塔，卽雷峯塔，甲子九月塔圮經出，虞山周左季收得一本，完整無闕，精裝徵題，有題《八聲甘州》詞者，蕙風依調繼賦云：『坐南屏、烟翠晚鐘前，摩挲劫餘灰。問金塗幾塔吳越王俶造金塗塔四萬八千，余曾見拓本，瓊雕萬軸，肯付沈薶。綵鳳無端掣搦「綵鳳欲飛遭掣搦，情脈脈，行卽玉樓雲雨隔。」吳越後王詞，見《後山詩話》，往事總堪哀。不盡興亡感，窣堵波穨。我亦傷心學佛，演珠林梵說，隨分清齋。掩新亭涕淚，何物不荒萊。儘消磨、藥鑪經卷，忍斷蓬、身世老風埃。湖山夢，散諸香處，圍繞千回《金剛經》：『當知此處，卽爲是塔，皆應恭敬，作禮圍繞，以諸華香而散其處』。』趙叔雍尊嶽繼賦云：『澹斜陽、無語暝烟深，雀離失崔嵬塔一名雀離，見《洛陽伽藍記》。譒花拈諦妙，檀薰業淨，總付蒿萊。諸法本無空相，生滅不須哀。貝葉靈文在，翠涴荒苔。我亦湖山舊主，等蹉跎賢劫，八百年來。俛晴漪澄碧，明鏡亦無臺。儘能消、琅函寶軸，算眼中、一字一瓊瑰。興亡感，問金塗塔，幾許沈薶。』

南海康壽曼同籛、道孺同凝昆季〔一〕，比從蕙風受金石、麗辭、詩詞學。壽曼《詠寒月》云：『釭花翦盡未成眠，起步中庭月在天。誰與蕚華伴清寂，滿身香影夢胎仙。』《游半淞園》云：『半淞園築淞江畔，塵遠由來地自偏。最好山亭一凭眺，海雲飛到吟邊〔二〕。』（以上二則，一月九日）

【校記】

〔一〕康壽曼：康，底本作『贛』，康有爲三子，名同籛。

〔二〕按：此句底本原六字，『飛』字前當脫一字。

甲子冬日，與慈谿朱君炎復威明結鄰。因紹介，獲交其同縣馮君君木幵，聲氣之雅，傾蓋如故，飄燈隔巷，風雪過從，良用慰藉。君木劬學媚古，唾洟世法，風趣略似半唐老人。文筆典重遒上，得力於班、范兩書。詩入宋名家之室，《論詩示天嬰》云：『微尚愔愔苦未宣，誰能慘澹徹中邊。一從會得無絃旨，不近琵琶已十年。』『落木空山獨鼓琴，天風縹渺秋陰陰。沈思忽到無人處，未要時流識此心。』『人間颯沓有餘哀，坐負嶔奇絕代才。七寶莊嚴彈指現，可堪無地起樓臺。』『太羹至味謝醯鹽，玄箸超超眾妙兼。不解品詩鍾記室，卻將潘陸壓陶潛。』『刻骨清言轉益深，苦將微意洩幽沈。天吳紫鳳渾顛倒，未稱年年壓線心。』『鉛華久已薄楊劉，但有霜聲接素秋。鶴背瓌瓏鉤鎖骨，不煩露地載癡牛。』『振采猶愁骨不飛，中來燕瘦勝環肥。平生無限蕭寥想，流派何關呂紫微。』『窈窕孤吟發大哀，上天下地一低徊。虛荒誕幻《離騷》意，錯被人呼作鬼才。』『盡取纏綿迴澹宕，要收戌削入風華。燕支十斛從渠買，不寫徐熙沒骨花。』『象外冥搜徹九天，眼前景色赴沈綿。嵯峨蕭瑟詩人意，合在平陵積水邊。』『中聲臺閣備宫商，山澤微吟敢抗行。遺世羊裘甘寂寞，不從龍袞較低昂。』『嶙峋白雪號奇才，落日西風字字哀。《諸將》、《詠懷》皮骨盡，可須吞到杜陵灰。』『宛陵清峭異廬陵，萬古歐梅各著稱。冷抱熱腸蘄嚮别，那將赤炭置曾冰。』『漁洋意盡邢石臼，甫草情深謝茂秦。自古詩流例相念，《談龍》嫚罵又何人。』『索索絃聲十指乾，自尋商調背人彈。微茫意思君能解，招取空山共歲寒。』《贈錢太希》云：『愔愔高致故難最，寂處生涯有樂康。天茁韭崧充鼎俎，人紉荷芰作衣裳。深微且可窮孤詣，衰歇何心問眾芳。吾事寧愁霜雪落，竢看畏壘祝庚桑。』其高弟子沙孟海文若詩古文辭能紹述師法，尤工刻印，虚和秀整，饒有書卷清氣，於近世印人，神似陳秋堂豫鍾，篆法尤極研究，無羼雜遷就之失，缶翁絕契賞之，謂後來之秀，罕其倫比。製白文印貽余，曰『背塵乃能合覺』，擬漢將軍印，漸近蒼勁，日進不已，所詣未可量也。（一月十四日）

炎復語余，鄞縣治南二里天封寺僧伽塔，唐通天登封間建，高十有八丈，明李堂詩所云『笑指雲霄逼，星辰手可拈』者是也。其制：明暗爲層各七，每層六角，玲瓏秀拔，巧甲天下。歲久，無復闌楯梯級，不可以登。塔之最上層，舊皮物如缸，自下望之，若尋常巨缸，然設即而察之，不知其倍蓰幾何矣。光緒初某年月，每夕聞擊撞聲，韃韃若洪鐘，知缸爲金鑄矣。鎮將某飭軍隊環塔守之，凡數夕，聲始止；顧擊撞者不可得見，乃邏之益密。洎兼旬，卒無人自塔下，疑飛行絕跡者所爲，相傳爲異聞云。

王一亭言：某氏女幼鞠於乳媪，比其長也，媪相從不復去。媪之夫某老矣，恃近習略分，時詣女晤媪，則徑趨女臥闥，坐談以爲常。女子歸，媪隨往，某鄉愚不審今昔時地之異，則亦趨女青廬，坐談若昔者。女微不懌，未形諸詞色也。適宛若報搴帷入，意益窘，麾手促令出。某恚甚，謂夫何薄我至於此極也，則醉飽於沽市，饜足逾其量，於時邪不無觸忤。返所寓，遽嬰疾，翌日竟不起。女聞之，內不自安，意謂伯仁由我而死，即日發心爲誦彌陀佛號，以誌懺悔，釋寃愆，昕夕無間者久之。女幼時偶折花，毛蟲螫其指，自是畏毛蟲甚。一夕，夢牆壁簾帳毛蟲徧焉，方慄懼間，而某適至，則亟自引咎，且告之悔。問誦佛能解釋否？某曰：『茲事誠不能無鞅鞅，顧汝能如是，余亦釋然矣。』言畢，某與毛蟲皆不見。晨興，一毛蟲蜷屈鏡匳之側，斃焉，巨於尋常毛蟲數倍。女曰：『微佛力，曷至是？』益虔誠奉持，又久之，於家事漸能前知，以問所皈依某比丘尼，尼曰：『是未爲可恃也，第勤言佛號可耳。』其後女能自知逝期，屆期順化，略無疾苦云。

某年都門商燈一謎面云『雲峯古木無人徑』，雙加冠對聯格句首連上句一字曰加冠格，二字曰雙加冠。有人射得之，曰『風岸危檣獨夜舟』，此謎工巧，不能有二。（以上三則，一月十六日）

馮君木以其同縣葉君同春《霓仙遺稿》印本貽余。葉君，光緒己卯舉人，官國子監學正。其《遺稿》，君木爲之序，稱其平生微尚，雅擅填詞，取徑姜、張，分刌悉協。《憶秦娥·春明思歸》云：『何時了，飄零書劍長安道。長安道。紅塵如海，醉吟潦倒。　月明鄉思添多少。銀箏又把離愁攪。離愁攪。江南芳訊，白蘋秋老。』《玉蝴蝶·丁亥重九夜》云：『夢覺被池微冷，階蟲淒切，似報霜寒。猛憶去年重九，人在長安。對金樽、花嫣月媚，聽玉笛、酒醒燈闌。念家山。西風無恙，一雁南還。　堪嘆別來幾許，淚痕塵涴，怕檢征衫。依舊零箋斷筆，落拓江關。便江南、紅衣吟盡，奈洛下、青鬢彫殘。起盤桓。星斜漢轉，拍徧闌干。』《浪淘沙·曉泊甬江口占》云：『曉市郡城東。烟水迷濛。浮橋鐵索纜江中。橋外帆檣無數影，橋上闌紅。　楊柳道頭風。吹散萍蹤。輕輕艇子小島篷。歸信何如潮信準，試問飛鴻。』前調《落花》云：『昨夜小樓中。簷溜丁東。曉來剗地委殘紅。一瞥濃春烟景盡，雨雨風風。　綺夢太匆匆。香徑苔封。綠陰和霧作冥濛。芳草天涯殘醉醒，莫捲簾櫳。』《買陂塘·落葉》云：『怨清霜，幾番寒信，催成顦顇如許。天涯芳草都哀歇，何況綠陰庭宇。游冶處。指波面樓頭，頻寄相思句。愁心日暮。只一曲哀蟬，紅殘黃褪，秋恨向誰訴？　平原望，斜照亂鴉無數。吳江潮冷誰渡？庾郎已自悲搖落，更奈茂陵風雨。休歸去。怕辭卻高枝，易化塵和土。繁華無據。看水驛山程，荒臺廢苑，蕭摵甚情緒。』《踏莎行·題友人別業》云：『笠澤溪山，輞川烟雨。碧雲依約蘭皋暮。世間何地有紅塵，柳陰自築藏春塢。　飲啄生涯，登臨佳處。東風綠到門前樹。卷簾花影夕陽低，酒醒好聽黃鸝語。』《蘇幕遮·詠螢》云：『小庭空，良夜靜。閃爍依稀，幾度穿芳徑。飛近牆陰還細認，零露花梢，風颭星初定。　月將沈，香乍燼。記得紅閨，簾捲釵鬟冷。團扇輕紈涼掩映。點上銀屏，微見蟬娟影。』霓仙詞意境沈著，間近質樸，得力於南渡羣賢，於常州詞派爲近。撰錄卷中佳勝如右，質之君木，未卜當否？（一月三十日）

餐櫻廡漫筆卷七《申報》一九二五年二月

余嘗語炎復：『惜君木不填詞，設與余同嗜者，則雨窗翦燭，何異四印齋夜話時矣？』彊村朱先生近四十始爲詞，半唐老人實染濡之，比者，以詞名冠絕當世矣。《蘭荃》徑香，引人易入，它日之君木，安知不爲今日之彊村耶？《霓仙遺稿》卷端有君木題詞，調《玲瓏四犯》，亟錄如左，亦威鳳之一苞也：『篁孔引悽，桐絲流恨，秋聲綿眇無際。吹花彈淚澀，滴粉搓愁細。沈吟酒邊心事。甚華年、祇成憔悴。玉筍雲韶，石牀月冷，寂寞舊風味。　天涯杜陵兄弟。念京華冠蓋，飄泊非計。微官歸不得，息影車塵底。俊游轉眼餘蕭瑟，怕低唱、淺斟都廢。空賸涕。斜陽外，暮鴉啼起。』

士生今日，丁運會遷流至極，耳目之所聞見，月異而歲不同。有如新建設，新製造，郵電報章、輪船汽車之屬，往往關係事實，其名目不能不以入文。善屬文者，題不妨涉俗，而文不失雅馴，非澤古功深不辦。君木貽余《寒莊文編》，其鄉人虞桐峯輝祖遺箸，《漢口興業銀行記》云：『飛券鈔引始於唐，交子會子始於宋，二者皆有銀行之一體。馬貴與氏《錢幣考》顧又致慨乎是，是未知九府圜法，雖以聖人爲之，而於今猶莫能周民用者，俗變然也。興業起於浙，而盛於漢。漢誠上游一都會也。辛亥之變，造端於斯。兵氣不息，廛市爲墟。公私作業以盡，而彼乃獲自解免，幸已。顧吾以爲銀行非古有也，深目高準之儔，操陰權而與吾人爲市，蚩蚩者氓，得其一紙，輕齎而遠颺，其引重有過於國家制幣者，可慨也。憂時之士，奮於浙中，今十餘年，儼有名氏，駸駸與爭一日之長，聞者用自增氣，此其功爲大。若軍興以來，迄無震撼之虞，巋然獨存於江漢之上，是其有基之弗拔，固然無疑。卽以爲當此者，其功反小可也。今新字聿成，憂患之餘，日益光大矣。夫銀行之法之燦然者，西人之子也，而吾尤幸興業爲國家便民用也。』此文典雅簡潔，未墜高格，作此等題者，當楷模奉之，馭題有識，題不爲文病也。（以上二則，二月一日）

廣東澳門自嘉、道間卽有報紙，邵陽魏默深源撰《海國圖志》，引據中西邸鈔，殆卽此類。出版在林樂知《西國近事彙編》之前。

宋人詞有云『素奈同心』，卽並蒂茉莉也，《南方草木狀》作『末利』，《洛陽名園記》作『抹厲』，《王梅溪集》作『沒利』，李時珍《本草釋名》作『柰花』。

浙江《道光縉雲志》『藝文錄·碑碣下』元儒學題名碑有虞如愚，姓名三字同音，最爲罕見。十數年前，有湖南廩生樂樂樂取『與寡樂樂，與眾樂樂』句義，曾屬缶廬刻印。安吉有張之銃音充，去聲貢生，壽逾八秩，行輩在南皮相國前。亦缶廬言，與缶同縣。

日本和文名詞，如：東雲，天曉也；殊霰，雹也；年玉，新年餽贈之物也；裙野，山腳也；裙分，分配也；雪隱，厠也；言葉，言語也；米壽，八十八歲也；金持，富翁也；花娵，新婦也；步銀，行商所得利也；蒔繪，金漆也；猿松，多言也；淺猿，愚拙也；淺暮，無智也；豬武，過猛而野也；餃肌，麤皮膚也；玉代，纏頭金也；姿見，大鏡也；玉垂，繩線也；竹流，錢也；立花，養於瓶內之花也；徒花，華而不實也；花守，守花園之人也；青立，發芽也；韓紅，大紅也；若綠，新綠也；　萌黃，淡青色也；　鶯茶，合綠色、櫻色、灰色而爲色也；　粟散國，小國也；　箱人娘，不出戶之少女也。皆新雋可喜。而其國人姓氏有新僻已甚、兼涉鄙俚者，如單姓曰狗，覆姓曰犬飼，曰犬養，曰牛窪，曰豬子，曰魚角，曰老馬，曰生駒，曰池尻，曰股野，曰九鬼，曰鬼越，曰草薙，曰鵜飼，曰手洗，曰目黑，曰肝付，曰小花，曰望月，曰可兒，曰兒玉，曰哥枕，曰妻太，曰妹尾，曰酒匂，曰玉蟲，曰一色，曰有動；　三字姓，曰田麥股，曰林間口，曰夫婦木，曰甲乙女，曰四十伍，曰十八女；　四字、五字姓，曰四月朔日，曰七寸五个，曰萬里姊小路。皆不知其受姓之始，何所取義矣。（以上四則，二月四日）

乙丑首春二日，彊村詒缶廬，譔聯書其門云：『老子不爲陳列品，聾丞敢忘太平聲。』書勢視平昔尤莊樸，古誼深情，晚近不多覯也。

君木貽余《天嬰室集》，凡詩四卷，慈谿陳訓正無邪所作。應啓墀曰：『天嬰詩，五古最有功夫，樂府亦炯炯出光氣，奇警而幾於自然，皆足以虎視一時。』馮幵曰：『天嬰詩，不患其不奇，而患其不馴。昌黎云「文從字順各識職」，「識職」二字，即「馴」字注腳。凡詩文，無論清奇濃淡，必須臻「馴」字境界，方爲成就，天嬰似猶有待也。』蓋皆定評云。《過大寶山》云：『是何感慨悲涼地，六十年前問劫灰。行路至今有餘痛，談兵從古失奇才。荒荒歲月天俱老，歷歷山川我獨來。一角叢祠遺恨在，夕陽無語下蒿萊。』《見寄禪佛矢題君木逃空圖有感》云：『磊磊洪巢林，叱咤譚佛理。强火燒濕薪，癡霧塞五里。吃衲寄禪口吃，嘗號吃衲老更頑，吟腹夙成痞。一字未生天，維誦百終始。髡侶念吾黨，異哉木居士。自謂能逃空，臢想吾停滓。邇來薙塵根，趺坐荒山趾。猖狂蹈大方，神斂口則哆。清音墜空谷，似聞呼起起。前喁後唱于，大塊洩噫氣。我亦心出家，黃塵填腑胋。踽踽行路難，寶劍啼欲死。安得血髑髏，綴成百八子。一日千摩挲，光明生我指。』《觀猴子戲》云：『大猴毛綏綏，小猴足趯趯。銅鉦聲倉琅，旁觀立成壁。白日開廣場，大猴坐中央。大猴儼若神，小猴走且僵。大猴有轉側，小猴奉顔色。小猴何勤勤，大猴怒不測。有時大猴舞，小猴旁擊鼓。大猴舞不止，小猴鼓聲苦。大猴跨小猴，小猴俯作牛。大猴執箠笞，繞場恣遨游。忽焉思爲王，大猴著冕裳。小猴充侍從，屈體能趨蹌。薄莫風瀏瀏，猴狀演益醜。主人麾以肱，帖耳隨之走。赫濯萬尊嚴，頃刻復何有。吁嗟世態奇，猴也能得之。作戲聊自娱，汝猴真可兒。』猴戲詩作於丙辰冬，意蓋有指云。（以上二則，二月六日）

俗語『事至不可收拾曰糟』，非俗字也。《大戴禮記·少閒第七十六》：『糟者猶糟，實者猶實注：糟以諭惡，實以諭善。玉者猶玉玉者，諭善人。血者猶血，酒者猶酒血，憂色也；酒以諭樂。猶憂其可憂，而樂其所樂。』

悴、醉，古通。《大戴禮記·文王觀人第七十二》：『自事其親，好以告人，乞言勞醉注：醉，言悴也。』

曾子之去妻也，以蒸黎不熟。後人引此事入文，『黎』誤作『梨』。

江都汪容甫明經中經術通深，文采炤爛，並世寡儔。其尊人及閣中並工詩，則世罕知者。父舸，字可舟，性不諧物，偃蹇貧病。杭堇浦與沈沃田書，盛稱其《和丁隱君貝葉經歌》、《長春觀老子像》絕句。有《嶍峿山人集》八卷。夫人孫氏有句云：『人意好如秋後葉，一回相見一回疏。』並見阮文達《廣陵詩事》。

玉壺山人改七薌琦所書楹聯有云：『楊柳樓臺，春風人面；蘭苕翡翠，秋水夫容。』『人面』、『夫容』，屬對工巧。蕙風屬缶廬書之，改『秋水』作『初日』，尤有精采，映發楮墨之表。

君木自譔楹言：『寶愛後生若珠玉，吐棄世法等唾洟。』可想見其襟抱。

蕙風題雷峯塔經卷，調《八聲甘州》，叔雍繼賦。陳蒙庵彰亦繼聲云：『近幡風，珠鐸不成鳴，滄桑劇堪哀。賸摩挲寶篋，循環貝葉，妙偈蜂臺佛誦經臺也，見《山堂肆考》。不盡興亡遺恨，惜起劫餘灰。莫到南屏路，俯仰傷懷。　幾許湖山金粉，付酒中蘇晉，繡佛長齋《飲中八仙歌》「蘇晉長齋繡佛前」。舊花香散處，陳跡等蒿萊。問金塗、雀離安在，費晚鐘、聲裏一低徊。珍珠字，浣紅薇露，洛誦千回。』又采蓮曲調《攤破浣溪沙》云：『紅妒綃衣翠映眉。鴛鴦驚起背人飛。底事箇儂偏采得，並頭枝。　記取停橈休傍柳，千絲萬縷是相思。生怕夜涼花睡去，月來時。』過拍、換頭，並有思致。（以上七則，二月八日）

開歲隆寒作雪，友人甘君璧生啓元寓公安里，有魚降於中庭，長一尺弱，撥剌雪中。畜之盆池，越數日，益活潑。璧生爲誦往生真言，攜至黃浦放之。璧生繡佛長齋，夙耽淨業，其致此非偶然矣。先是，璧生之兄翰臣作藩居外虹橋迤東，曩歲癸亥某月，其庖人網得巨鯉，長逾五尺，重數十斤，亦畜之數日，放之浦江。放時，方當日晡，悠然而逝之，頃烟波杳靄中，若有所感應，景象絕異。非耶？是耶？不可瞬而存也。長公放魚詞，卯君固宜續和。唯彼魚自人得之，而此則降自天，尤足異耳。

開歲無俚，兒輩案頭有《東周列國演義》，偶一幡帋，是書起周幽，迄秦政，臚具事實，與《左》、《國》、《史》、《鑑》十九符合，絕無嚮壁虛造之言。其第八十三回有云：『句踐班師回越，載西施以歸，越夫人潛使人引出，負以大石，沈於江中，曰：「此亡國之物，留之何爲？」後人不知其事，譌傳范蠡載入五湖，遂有「載去西施豈無意，恐留傾國誤君王」之句。桉：范蠡扁舟獨往，妻子且棄之，況吳宮寵妃，何敢私載乎？又有言范蠡恐越王復迷其色，乃以計沈之於江。此亦謬也。』節《義》止此。曩余輯《證璧集》元名《祥福集》，取『語作吉祥能載福』句義，凡爲昔人辨誣之文，皆吉祥文字也，辨西施隨范蠡之誣，語兒亭舊說之非，並極詳確。唯西施負石沈江，越夫人實主之，則僅見於是書，是亦證璧之一說，惜未詳其所本耳。

甲子八月，羅癭公逝世於都門，醫藥喪葬，費約萬金，程郎豔秋獨力任之，哭之甚哀，並爲持服，斯人斯誼，可以風矣。游存先生賫之以詩，屬蕙風寄玉霜簃，以愧並世士夫反覆靡常、孤恩負德者：『落井至交甘下石，反顏同室倒操戈。近人翻覆聞猶畏，如汝懷恩見豈多。驚夢前塵思玉茗，撫琴舊感聽雲和。萬金報德持喪服，將相如慚菊部何。』豔秋爲吾畹華高足弟子，梅氏之先以俠義著聞，其染濡爲有自矣。（以上三則，二月十一日）

彊村朱先生選《宋詞三百首》，取便初學，誠金鍼之度也。蕙風爲之序云：『詞學極盛於兩宋，讀宋人詞，當於體格神致間求之，而體格尤重於神致。以渾成之一境，爲學人必赴之程，境更有進於渾成者，要非可躐而至。此關係學力者也。神致由性靈出，卽體格之至美，積發而爲清暉芳氣，而不可掩者也。近世以小慧側豔爲詞，致斯道爲之不尊，往往塗抹半生，未窺宋賢門徑，何論堂奥？未聞有人焉，以神明與古會，而抉擇其至精，爲來學周行之示也。彊村先生嘗選《宋詞三百首》，爲小阮逸馨誦習之資，大要求之體格神致，以渾成爲主旨。夫渾成未遽詣極也，能循塗守轍於三百首之中，必能取精用閎於三百首之外，益神明變化於詞外求之，則夫體格、神致間，尤有無形之訢合，自然之妙造。卽更進於渾成，要亦未爲止境。夫無止境之學，可不有端其始基乎？則彊村兹選，倚聲者宜人置一編矣。』蕙風欲評選十四家詞，便深造者，與《三百首》相輔而行。甫選定須溪一集，猝遘家難，精力驟衰，恐竟成虛願矣。十四家之目：曰溫飛卿，曰李後主，曰晏氏父子，曰歐陽文忠，曰蘇文忠，曰柳耆卿，曰周清真，曰李易安，曰辛稼軒，曰姜白石，曰吳夢窗，曰劉須溪，曰元遺山。備選三家：曰馮正中，曰秦少游，曰賀方回。蓋從嚴格，故如右三家，猶爲備選云。

小橋墓，前明重修，在漢陽城外，陳蒙庵得斷甎，絕珍弆之。文曰『小橋之墓』，篆書樸雅入古。其上段闕文，當是修墓年月。蒙庵賦《滿江紅》題其拓本云：『一片苔華，猶未滅、當時名字。更想像、雄姿英發，金龜夫壻。玉筋香銘芳草路，銅臺往事東風裏。付浪淘、人物儘風流，今誰是。摹遺跡，何年製。尋短碣，銷沈未。賸殘珪碎璧，香魂憑寄。赤壁祇今餘水月，黃昏應見歸環佩。佇鸚洲、一例感前塵，蒼茫意。』歇拍美人名士，關合有情，全闋爲之增色。（以上二則，二月十三日）

會稽顧鼎梅燮光奉其尊人鄭卿先生家相《勵堂文集》見貽，其雜作書某瞽者事極可笑，略云：術士某以揣骨技名，瞽人也，而談相多奇中，人由是趨之。所居室崇閎深曲，客至坐聽事，閽者入報，良久乃扶掖以出，草草數語而已。某中堂公子年十五六，美丰姿，服麗都，喜施粉澤。郭生者，武孝廉，與公子善，則偕詣術士。閽者遽白：『有客挾優至。』瞽出，請相，公子與郭謙讓莫肯前，顧郭終不敢先公子。瞽意先相者必客也，譽以貴官，公子雖成童，以廕故，當得官，弗置辯也。比相郭，略一撫摩，咄曰：『異哉，若男子而婦人，何也？』郭乍聞莫解所謂，請問之，曰：『是不可明言，君自知之耳。』請益力，則曰：『子非隱於伶官者歟？』公子悟其語，悤悤走出。孝廉怒，毀其室，裂其牌而去，自是無問津者。曩光緒中葉，某太史癖狎優，其夫人妒且悍，積怨怒久矣。其翰林前輩某，夙自負曰金僮有分書朱文長方印，常用之，少年科第，風度翩翩，奇服曠世。某日驅車過訪，適夫人窺客屏後，以謂優也，遽訶逐之。前輩跳，事乃糟甚。兩太史皆吳人，翌日，鄉先生出爲媾解，斡旋至於再三。前輩者，僅一笑而罷。茲事盛傳日下，庶幾爲瞽者解嘲。

《勵堂詩集》後附楹言，頗多佳構。其河南農工商局一聯尤渾雅可誦：『天地生財，止有此數；公家之利，知無不爲。』自識云：『司馬溫公此言，乃爲聚斂者做，或遂以此不思開財之源，大誤。癸丑冬，大府設商務農工局於汴，余適承其乏，輒援荀大夫語以自勗，欲題諸座右。而艱於屬對，繼思生財之數，固未可限量，而生財之人與事，要不外農工商三者。斷章取義，卽以涑水之言配之，於義亦無所不包也，爰集而題諸楹。』（以上二則，二月十五日）

寧鄉程子大頌萬自號十髮居士，與余投分，垂三古稔。壬子、癸丑間，淞濱捧袂，觴詠甚樂。俄復別去，游寓武昌。癸亥秋，以《鹿川近稿》寄貽近又號鹿川翁，則手書付剞氏者。《抱冰堂桃花》云：『渡江春風如國狂，嚮夕載酒臨山堂。桃花敷天間紅白，不許林隙攻斜陽。赬霞礩面山如綺，拾級重重出堂戺。當年閣老此停輿，一縱高觀城市裏。高觀宴罷玄都去，歲歲邦人種桃樹。插江山赭似秦時，肯約谿風入庭戶。江邊笑桃能幾春，堂前看花今幾人。我來揮涕折桃去，不見餘芳空委塵。』《自漢上移家武昌鹿川閣》云：『江城樓舍望中收，再入憂兵卻倦游。償得平生茆一把，可容圍種橘千頭。除堂取次申僮約，藏酒從容與婦謀。四載獨栖過梅雨，計踈隨在有菟裘。』十髮癖石，工畫石，舊所居曰石巢。近稿《移石》云：『黃鵠一擊江東奔，飛樓插江詩所吞。誰歟專構拱樓北，鼎峙晴鶴猶三分。歌聲穿雲石盡裂，酒杯拭漏天有痕。昔營詩巢隔里許，門掩落日如荒村。巢中何有但奇石，支離高下蟠雲根。舊圖曾摹七曜勢，飲池半落烟黃昏。朅來熢燧猶未冷，百夫毀致十幾存。昂然君子奉靈璧，或若象罣偕獅蹲〔一〕。吾衰貪寶世所戒，喜識數峯猶故人。連娟空洞不盡妙，賸四石鼓兼芝盆。持山夜半走不寐，換劫一枰從討論。何虞趙弱璧可返，矧覩秦赭山猶溫。平生石交僅逮此，安得盡徙來吾墩。陰陽可鞭閣可古，日與洗石羅清罇自注：舊居七曜石，惟三星岩及嵐石尚完，不得移。移君子石、靈岩、靈璧、象罼、獅蹲，及芝盆、棋枰、四石鼓。』《繞佛閣·寄蕙風海上用清真韻》云：『楚眉乍斂。風挂巘碧，迴畫江館。繩畏烏短。繫魂暗掣，烟騷斷雲幔。濺箋淚滿。書破浪草，幽信魚遠。分櫂歌婉。夜鱸記取，瀛壖判君岸。和闋舊歡夕，絳淚穿珠通蟻綫。爭負素樽，垂燈羞粉面。際未了鵑春，儼夢風箭。十年誰見？共鬢抵榆霜，多恨撩亂。幾酣吟，怨蕉同展。』蕙風疏嬾性成，十髮損書，輒稽裁答。客臘馳寄寸椷，以家難赴告，而還雲不至，意者不欲作泛常語，而又無一語可爲慰藉耶？（二月十八日）

【校記】

〔一〕象罼偕獅樽：底本『偕』在『罼』后，據下文改。

《事林廣記·壬集》卷之二標目曰『婚姻燕喜』，蓋宋、元間婚禮也。其開篇總敘，自起草帖子，迄媛女洗頭，節文繁縟，甄采羣書，最千餘言。限於篇幅，兹不具述。末綴樂語六闋，蕃而近質樸，於元曲爲上駟，移錄如左：《迎仙客·入席》云：『小登科，好時節。合座欣欣皆喜色。醉又歌，手須拍。且請大家，齊唱迎仙客。麝蘭香，綺羅側。燭影搖紅月華白。引新郎，離綺席。步入桃源，尋訪神仙宅。』前調《出席》云：『人間世，歡娛地。玳筵珠躄三千履。語聲喧，簫韻止。拍手高歌，齊唱哩囉哩。少年郎，逡巡起。酒紅微襯眉間喜。逞容姿，縱佳麗。兩行絳蠟，引入蓬壺裏。』前調《開門》云：『繡簾垂，同心結。祥烟靄靄迷仙闕。送芳音，憑巧舌。一簇笙歌，賓客都排闥。請開門，莫宅說。劉郎進步多歡悅。腳兒輕，心兒熱。綺羅叢裏，儘放些乖劣。』前調《門開》云：『門已開，怎奈向。彩霧祥雲遮絳帳。也須知，莫惆悵。但借清風，千里來開放。　仙郎來，是雄壯。得見姮娥欲偎傍。惱情懷，莫相放。眼去眉來，做盡些模樣。』前調《開帳》云：『頸交鴛，苞舞鳳。芙蓉繡遍紅羅幌。鬢雲低，花霧重。子細看來，便是桃源洞。　好郎君，真出衆。玉蝴蝶戀花心動。未身低，先目送，看看合歡，不數襄王夢。』前調《下牀》云：『夜將深，催玉漏。新郎帳外專祇候。倩雙娥，扶窈窕。款下牙牀，步步金蓮小。　鞋兒弓，裙兒鈎。這箇新人誠要俏。玉能行，花解笑。便是真妃，乍出蓬萊島。』其第五闋以幌韻叶東董、第六闋以漏、候叶蕭篠。按：鄭庠《古音辨》東冬鍾、江陽唐、庚耕清、青蒸登，皆叶陽音。宋曾覿《釵頭鳳》詞，照、透同押；劉過《轆轤金井》，溜、倒同押，則兩叶皆有所本，非誤字也。（二月二十日）

樂語六闋後，唱拜致語：『竊以禮有大婚，已重粢盛之奉；義無先配，合輸榛栗之虔。慶二姓之姻親，兆百年之眷愛。大哉齊偶，樂矣韓邦。笙歌遞奏咽寒空，錦繡高張浮瑞氣。葭灰度管，長紅日於簷楹；梅萼傳春，散清香於簾幕。折躬百拜，式展婦宜。』請主人拜香案，請邊娘拜香案，請新人拜東王公、西王母香火祖先，請新人拜在堂公姑及親戚佳賓。拜畢致語：『伏以香銷寶篆，祥烟輕裊於蘭堂；簾捲瓊鉤，星女言旋於絳闕。升降而珠璣燦爛，折旋而錦繡光輝。此日宜家，行詠有費其實；他年流慶，佇聞載弄之璋[一]。拜禮已與，請歸香閣。』《闌門詩》：『一簇笙歌列戶庭，喜迎仙客下蓬瀛。已知弄玉期簫史，利市何妨賜滿籯。』《答闌門》：『洞府都來咫尺間，門前何事苦遮闌。尋思利物都無計，欲退無因進又難。』《儐相》云：『銀臺紅燭影交光，嘹喨笙歌列畫堂。爲報筵中高客道，同聲齊唱賀新郎〔二〕。』《迎請新郎》：『今宵牛女會佳期，夜久情濃怎忍時。合請新郎臨綺席，高歌同送入鸞帷。』《請壽帶花》：『仙郎今夕小登科，一簇紅妝豔綺羅。請出百年長壽帶，簪歸香閣會嫦娥。』《新郎簪花》：『合歡壽帶一雙纓，綴上花枝一樣新。付與粉郎頭上簪《廣韻》：作紺切，今宵分外長精神。』《勸酒催歸》：『三杯既罷醉歌闌，仙女羅幃望復還。儐相暫離公子宴，仙郎歸結萬年歡。』《迎壻入房》：『銅壺玉漏正遲遲，好是新郎入帳時。便請細吹五雲曲，一齊同送入羅幃。』《揭帳》云：『捲上羅幃露玉容，兩情默默意沖沖。而今相見心相美，不結同心心也同。』《拔花》云：『英姿不與衆花同，妙奪乾坤造化工。盡道滿頭春色媚，檀郎認取一枝紅。』《解襟》云：『斗轉星移夜已深，仙郎玉女意沈吟。鴛幃欲展風流事，織手何妨與解襟。』《交杯》云：『五綵同心繫玉觴，綠波微動送清香。且容半飲相交換，莫把朱唇戲玉郎。』（二月二十二日）

【校記】

〔一〕璋：底本作『瑋』，據《事林廣記》改。

〔二〕賀：底本作『和』，據《事林廣記》改。

《撒帳詞》在致語及各詩後：『竊以滿堂歡洽，正鵲橋仙下降之辰；夜半樂濃，乃風流子佳期之夕。幾歲相思會，今日喜相逢。天仙子初下瑤臺，虞美人乍歸香閣。訴衷情而雙心款密，合歡帶而兩意綢繆。蘇幕遮中，象鴛鴦之交頸；綺羅香裏，如魚水之同歡。繫裙腰解而百媚生，點絳唇偎而千嬌集。款款抱柳腰輕細，時時看殢人嬌羞〔一〕。既遂永同歡，宜歌長壽樂。是夜一派安公子，盡欲賀新郎。幸對帳前，敢呈五撒：「風流子，撒帳前。紅娘子是洞中仙。玉山枕上相偎處，深惜潘郎正少年。風流子，撒帳後。枕屏兒畔偎檀口。兩同心處鳳棲梧，福壽必應天長久。　風流子，撒帳左。粉郎似蝶戀花朵。徘徊更懶剔銀燈，更漏子催愁夜過。　風流子，撒帳右。佳人腰裊江南柳。吳國西施貌未妍，漢宮戚氏顏猶醜。　風流子，撒帳中。一叢花占世間紅。自此常宜晝夜樂，佇看佳壻步蟾宮。」伏願撒帳已後，永保千秋歲，同抵萬年歡。夢入熊羆，個個定應宜男子；福齊海岳，時時管取稱人心已上集詞曲名。幸對帳前，敢求利市。　撒帳畢，求利市：『燭搖紅影月揚波，撒帳周回意若何。從此公侯生袞袞，花紅利市也須多。』致語後各詩最二十八首，限於篇幅，撰錄僅十二首，其全目如左：曰《闌門》二首、《答闌門》二首、曰《儐相》、曰《須索津遣》、曰《篸儐相花》、曰《右爲左篸》、曰《左爲右篸》、曰《合席篸花》、曰《迎請新郎》、曰《請壽帶花》、曰《新郎篸花》、曰《拜了入席》、曰《勸酒催歸》、曰《迎壻入房》、曰《詩請開門》、曰《嘲不開門》二首。曰《門開》〔二〕、曰《捲幔》、曰《揭帳》、曰《下牀》、曰《交拜》、曰《拔花》、曰《解襟》、曰《交杯》二首。詩中篸字凡五見，並作去聲。按：《篇海》：『篸，去聲，以鍼篸物也。』合〔三〕席篸花並用鍼，昔人審定字音精確如是。（二月二十五日）

【校記】

〔一〕款款、時時：底本分別作『款』、『時』，據《事林廣記》補改。

〔二〕門開：底本作『開門』，據《事林廣記》改。

〔三〕合席：底本作『吉席』，據上文改。

《婦學齋遺稿》，君木元室俞夫人著，詩詞各如干首。君木爲之跋，謂詞勝於詩。《蝶戀花·戊戌八月感事和君木》云：『匝地春陰簾不捲。舊恨新愁，惻惻難排遣。天氣乍寒還乍暖。吳棉纔試羅衣換。　十二闌干空倚遍。滿眼蘼蕪，莫問春深淺。祇有蕙蘭香不變。亭亭空谷無人見。』《念奴嬌·寄君木處州》云：『鶯癡蝶老，悶沈沈、病過清明時節。擘別東風，無幾日、彈指緗桃如雪。夜帳燈昏，春屏花落，顦顇無人識。別時情緒，玳梁飛燕能說。　日暮獨上高樓，他鄉何處，望望堪愁絕。一自樓中人去後，日日雨斜烟直。篷背青山，馬頭芳草，莫也添悽惻。碧雲天際，苕苕瑺札消息。』《清平樂·寄君木》云：『金鳧烟直，月弄疏篁碧。湛湛明河天一尺，苦憶他鄉今夕。　笛聲隱約誰家，夜凉獨掩窗紗。一昔畫屏無寐，淚絲彈上秋花。』《菩薩蠻》云：『繡簾纖押敲雙玉。玉階風細吹蘭燭。燭影碧冥冥。扶花上畫屏。　半鉤殘月小。鉤起愁多少。單袷倚紅闌。露華生夜寒。』《病中讀先君遺詩悽然有作》云：『倚牀檢殘帙，深哀忽來觸。先人有手澤，宛宛照心目。迴環三復之，涕淚紛相續。孤女昔九齡，阿父棄之促。一訣十四年，思之增慘酷。可憐琳瑯海，所存祇片玉。餘芬雖未沫，隱痛在心曲。掩卷不復誦，淒風吹零燭。』《憶弟揚州》云：『應聲搖落不成行，渺渺江南道路長。遙望天涯忽惆悵，家貧累爾早離鄉。』君木以詩見寄，即次其韻云四首錄二：『墨痕愁寫一窗花，六曲屏山掩絲紗。應是秋江風浪惡，夢魂夜夜不歸家。』『寂寥無語倚香篝，憶著前塵總是愁。玄鳥蹋枝棲不穩，涼雲吹散一簾秋。』《暮游北湖》云：『細風吹透薄羅裳，青草湖堤一道長。遠樹雲昏歸鳥速，遙峯日落暮烟蒼。背山樓閣孤鐘出，隔水簾櫳一笛涼。去去不知天欲暝，深林新月露微黃。』夫人名因，字季則，慈谿人。君木長君翁須貞胥年甫逾冠，博學多通，工古文辭，□辭亦肆，□□得力於鯉對矣。（二月二十七日）

餐櫻廡漫筆卷八《申報》一九二五年三月

俞夫人《清平樂》，爲君木製客枕，繡此詞其端，云：『爲君裁綺，料理他鄉睡。想得淒凉郵館裏，諳盡孤眠滋味。　合歡心事空賒，連枝繡出雙花。更繡一雙蝴蝶，好扶殘夢還家。』此詞情深一往，昔人『寒到君邊衣到無』之句，未足以喻，歇拍尤見慧心。

《婦學齋遺稿》後附輓聯，應啓墀云：『病十九不治，亡之命矣夫，豈足爲醫罪，獨愁故人并，已爾許奇窮，全賴内助賢，又復摧折之，將胡由善厥後；　死萬一有知，生者寄而已，當能作達觀，惟念小子胥，所恃以存活，僅此病父在，多可顧慮者，則難免恫其靈。』外甥徐文俌云：『世變亟矣，病勢篤矣，一了百了，在阿母未始非福；　内政賴之，外事咨之，而今而後，我舅氏何以爲情。』弟子羅明宜云：『受業一二年，讀書四五本，先生教我，我猶能憶；　抱病十餘載，撒手片時間，弟子哭師，師竟不聞。』應作奇格，明宜當屬童幼，語樸而摯，可存也。

君木集毛公鼎字爲楹言云：『天横匹雁入高晝，家有玉人能小詞。』

慈谿梅友竹調鼎善作破題，其『愚』題云：『觀衛大夫之愚，衛大夫之愚也。』下句只覆述，其字躍然紙上。君木説。

璧生來書云：『放魚瑣事，謬荷采入筆記。並有長公放魚詞、卯君宜續和等語。閱之有感，率成七絕四首，乞賜和，或以長短句張之。』甚愧無以應也。璧生詩録左：『竹院春寒羃曉烟，忽看撥刺近堂前。天風本有包魚象，疑是乘風隕自天。』『幾輩龍門競暴顋，胡然失水獨徘徊。江南江北城門火，逃命知從何處來。』『關西嘉話紀三鱣，物可徵祥理或然。亂世公卿成底事，耐寒還自守青氈。』『人間火宅知難住，放汝江湖自在行。此去龍宫應不遠，好依法寶悟無生。』（以上五則，三月一日）

君本持示舊箸《回風堂脞記》，擇其新奇可喜者移録如左。《脞記》云：『族弟空石全琪刻《青珍館詩》一卷。空石詩理致深窈，多不可解。其可解者，則固精微奇古，與道大適者也。以可解揆不可解，要不得盡謂之誕矣。空石寂漻辟世，罕與人通，余間一就之，所談罔非詩者。其詩多玄理，又多奇字，顧其室中臚陳淩雜，太半斷爛醫書及猥鄙小説耳。初無《蒼》、《雅》小學、《參同》、《内景》等書也，不知其所讀何等書，其奇詭真有不可測者。空石有心疾，疾作，閉匿一室中，危坐喃喃，若與人語。嘗從容語余：「病中心靈湛然，覺古昔先民左右森列，韓柳李杜時來詔我，耳根清澈，一一聞之，論文説詩，其樂無藝。人以我爲癲，我即自癲之，實則我何癲邪？」空石少余三歲，三十以前，亦常流耳。得心疾後，所詣乃奇進。』是卷蓋其近箸，未刻者，不啻倍蓰，大都非人間語也卷中佳語，摘録於左：『理海合紛流，一蕩隨清湛。千思理業明三世，一笑風光裂九天。天蒼不憶之，爲誰計飛沈。硜硜石能聲，堅中得千古。憂天天未墜，我生固長生。切愛成險慮，得失因枯榮。動静非草草，自然見芳新。異哉有世竟可無，今來又復如昔初。茂紀律聲化事工，以笻撥開飛埃紅。陽霜肅嚴老而童，閒世那復有奇窮。淨宇疏燈凝夕慍，危堂病筆數秋燐。』閲元遺山《中州集》王南雲予可詩傳云云，空石事絶類之。傳亦摘附南雲奇句，《中州集》録其七絕七首，大都《金荃》豔語也。

《脞記》又云：『亡婦俞因嘗鈔《飛燕外傳》，見其中有侍郎馮無方，吹笙長歎，爲后持履事，戲余曰：「盛族中乃有此風流人物，固不獨子都孌童、小憐豔姬之淖約千古矣。」余笑曰：「較之君家靈韻何如？」俞靈韻，齊東昏侯幸臣，東昏呼茹法珍爲阿丈，梅蟲兒、俞靈韻爲阿兄。因曰：「吾聞高力士本馮姓，是宦者也。」余曰：「梁武帝時有俞三副者，獨非宦者耶？」遂相與大笑。今日讀《飛燕傳》，追憶往事，爲之腹痛，輒拾而書之。』（以上二則，三月四日）

《脞記》又云：『族兄汲蒙孝廉，客死京華，追念舊情，心骨俱痛。汲蒙滑稽翫世，賓坐燕集，觸物造端，排調遣出，聽者絕倒。戲謔爲虐，恆不擇人而施，其致怨亦以此。嘗與葉君德之等會飲，酒次，相約作諧談。汲蒙凝思良久，乃曰：「請爲諸君述一故事可乎？有書生四人結侶旅行，舟抵蕪湖，泊焉，登岸縱眺，見道周伏一石贔屭，上負巨碑，碑文陊駁殆盡。四人摩挲尋索，乃無一語得讀。唯末行近尾處隱隱得一『路』字、一『德』字，介二字間，尚有一字則不可復辨矣。四人者，一爲宗教家，一爲八股家，一爲史學家，一爲金石家，停舟無事，則共探討此二字，以測是碑所由來。宗教家曰：『此改革新教偉人馬丁·路德之碑也。』八股家曰：『君不見路下德上尚有一字耶？吾意此乃諱字，蓋仁在堂制藝名家路閏先生之碑也，若曰君姓路諱德云爾。』史學家曰：『不然。路德乃陝西人，與是地渺不相涉。以吾測之，殆漢伏波將軍路博德之紀功碑也。史稱伏波伐破南越，或班師時，道出是間，暫駐襜帷，其部曲爲之立石以頌功伐耳。』金石家曰：『如君言，則漢碑矣。西漢去今二千餘年，石質寧能完好如是？且漢碑罔非隸者，此二字又明明真楷也，君之謬見，不摧自破矣。吾意末行爲撰書人署名之處，德字之上當爲『廣』字，宋時廣德軍屬江南路，其文殆爲江南路廣德軍某官某人撰書云云，或有當乎？』四人辯論方酣，一老者旁聽微笑，四人乃就詢之。老者曰：『諸君所測，蓋無一中者。是乃本地人士爲某善士所立紀念碑也。蓋是地當商舶繁盛處，估客往來，百貨上下，皆集中於是。數十年前，道路犖确，行旅之子，負戴之力人，皆以爲苦。某善士出資興造，闢爲通衢，延袤數里，無陂不平。遠近頌德，遂爲立石。以碑文書法精美，拓者不絕，故漫漶剝落，類數百年物耳。碑文載於方志，「路德」二字，正屬於末二語，蓋篇尾頌德之詞也。』四人曰：『其詞云何？』老者曰：『行路者德之，負重者亦德之。』」「亦」音諧「葉」，蓋以石贔屭戲葉君也。語雖俳偕，正復名貴可傳，因著之。』（三月八日）

《脞記》又云：『《後漢書》「五行志」：「建安中，女子好爲長裾，而上甚短，以爲服妖。」此與今日婦女所謂時世妝者政同。』

又云：『俗流僞託風雅，易招笑侮。杜于皇在揚州，與豪家讌集，席間舉唐律月字飛觴。有紈袴子，初不解詩，口譔一語云：「白月照詩人。」衆問上句云何，杜曰：「是『黑風吹酒鬼』也。」龔定庵在揚州，鹺賈讌之。酒半，鹺賈請連上句，占語云：『柳綠桃紅二月天。』龔連接云：『太夫人移步出堂前。』可謂謔而虐矣。惟金冬心爲鹺賈解圍，柳絮之紅，以夕陽桃花斡旋之，遂成絕妙好詞。其雅度在杜、龔之右爾。鹺賈飛觴，舉紅字云：『柳絮飛來點點紅。』合坐大笑，詰其出句。金在座，遽曰：『此元人某詩出句，爲夕陽反照桃花岸也。』衆乃服。其夕，鹺賈饋之千金。

又云：『《華嚴經音義》：「女人志弱，故藉三護：幼小，父母護；適人，夫壻護；老邁，兒子護。」儒書謂之三從《禮記》注：「婦人幼從父，嫁從夫，夫死從子，有三從之義。」佛書謂之三護，同是物也。』

又云：『近時日本章牘文字涉於斡旋者，輒於條文下附加一則，必以「但」字發端，名曰《但書》。

因思宋初進士所試，有《何論》一首。何論者，如「三傑佐漢，何人爲優」、「四科取士，何者宜先」之類，以《但書》對《何論》，可謂天造地設。』

又云：『洪稺存取汪墨莊緄「棗花簾外初圓月，一度消魂便白頭」二句，以爲足與張夢晉「高樓明月清歌夜，知是人生第幾回」相頡頏。頃讀阮亭《感舊集》，有徐伯調緘《流螢篇》云：「井幹新螢數點流，美人腰細不禁秋。水精簾外梧桐月，幾度黄昏便白頭。」汪詩殆奪胎於此，然而青勝於藍矣。伯調，山陰人，著《歲星堂集》，宋琬、施閏章皆有序。』（以上五則，三月十一日）

曩歲辛酉撰《天春樓漫筆》，有云：夜來香，閩廣產，每歲春初，估客捆載其藤至，長六七尺許，色紺，近本處壯如指，春分前植之盎，圈篾爲架，盤摶其上，約十日，勿經日曬。洎見日，輒萌動。四月半後作花，花亦不必以夜，香較茉莉韻也。方萌動間，必有一二小螳螂棲集葉底，僅如蚁之巨者，與葉同色。迨花時，則長數分矣，玲瓏纖碧，絕可愛玩。雜置夜來香於眾花之間，他花殊茂密，夜來香蔭疏，而螳螂不集他花也。夜涷，香性畏寒，八九月間，螳螂長及二寸，則飛去，不知所之，夜來香亦凋零垂盡，一經霜降，並葉而無之矣。留其藤，未久輒枯槁，調護不得法也。螳螂之與夜來香爲緣，其殆綠毛幺鳳、桐花鳳之流亞乎？十年前余寓金陵，每年必購夜來香，每年必有螳螂，花可愛，螳螂尤可愛。螳螂者，夜來香之寄生也，是說未經記載。試種夜來香，當知余非謬言。前《漫筆》止此，不具錄。君木見而喜之，得『妾是夜來香，郎是螳螂』二句，因成《浪淘沙》後段，屬蕙風補前段，成全闋如左：『風雨黯橫塘。著意悲涼。殘荷身世誤鴛鴦。花國蟲天回首憶，猶說情芳蕙風。妾是夜來香。郎是螳螂。花花葉葉自相當。容易秋邊尋夢去，點鬢繁霜君木。』

與君木談楹言，因憶王夢湘以憖歷山舜廟之作：『高山仰止，景行行止；卿雲爛兮，糺縵縵兮。』時代恰合，工巧不能有二。唯是文章本天成，妙手偶得之，前後乎夢湘，保無與夢湘闇合者。曩嘗論製謎，不取底而成語者或美之曰玉合子。亦同斯旨。夢湘，武陵人，詞格在夢、草二窗之間，湘野後七子之一。（以上二則，三月十三日）

評文家遇佳句，輒加密圈。詞有無一句不可加密圈者，亦有無一句可加密圈者。南宋名賢不經意之作，間一見之，此境至不易到，非渾成而淡不可。雖非宋人佳詞，卻確是宋人詞也。俞夫人《點絳脣》用林君復韻詠草闋，庶幾近之：『春淺春深，離亭一片渾無主。故人何處，日日風和雨。　行色匆匆，又是春將暮。征車去，閒愁無數，綠徧天涯路。』

《朏記》名言雅故，美不勝收，如云：『黃山谷送謝公定詩醇樸，乃器師。史氏注疑「器師」是「吾師」之誤，斯不然也。「器師」字見《荀子》：「工精於器，而不可以爲器師。」殆有大巧若拙之意，故曰醇樸也。』此證古精確者。

《朏記》又云：『羅昭諫《廣陵妖亂志》：「高駢從呂用之言，置察子。」卽今之偵探隊也。』『察子』字絕新。

西湖山水明秀窈深，詞境也。叔雍築高梧軒於湖上，繪圖徵題。漚尹《清平樂》云：『龍門百尺，罨畫明秋色。南北兩峯相映碧，看取朝陽鳳立。　開軒滿目烟霞。軟紅不到雲涯。著箇仙源居士，湖山起恁清嘉。』伯嚴詩云：『誓卜幽居傍湖曲，畫手設施無不足。挺立長梧涼壓屋，旁羅矮細千竿竹。層層都活石氣中，夜卷秋聲入吟腹。樓臺窈窕出晴雨，山水氤氳界邊幅。應帶坡公葑草隄，怳接逋仙梅花麓。英妙少年亦癡絕，要令夢染靈峯綠。異時朱況兩禿翁漚尹、蕙風，攜訪賡歌任沈陸。』蕙風《百字令》云：『倚雲撐碧，蔭茜紗青玉，圖書彝鼎。畫罨壺天塵不到，何似結廬人境。公子烏衣，詞仙黄絹，標格同清夐。桐花奇豔，衍波消得名盛王文簡有《衍波詞》。佳氣鳴鳳朝陽，舒榮鬱秀，長共椿暉永。不數龍門高百尺，看取孫枝英挺，大好秋容。最宜商調，《蝶戀花》重詠趙德麟有商調《蝶戀花》。鑪熏琴趣，翠陰簾幙深靜。』（以上四則，三月十五日）

君木戊戌已前舊箸曰《秋辛詞》，卷中佳勝，雅近南渡羣賢風格，間亦涉筆《花間》。比歲專力於詞，不常填詞，詞固卓然名家也。《鷓鴣天》云：『惻惻輕風到鬢殘。青春憔悴百花殘。鶯啼燕語渾無賴，種得幽蘭祇自看。　羅帶減，酒杯寬。參差吹罷倚闌干。美人環佩無消息，暮雨空江生薄寒。』《菩薩蠻》云：『黄蜂紫蟾前庭院。闌干寂莫蘼蕪滿。不惜卷羅幃。東風舞是非。　馨香懷袖裏。珍野千金意。落日碧天雲。高樓思殺人。』又：『東西日暮飛勞燕。門前烏桕陰陰見。脈脈惜芳華。横塘雨又斜。　鈿車南陌路。蘼苢同心侶。欲贈繡羅襦。羅敷自有夫。』又：『綿綿遠道生青草。別君三歲朱顏老。無語憶華年。秋風九月天。　夫容天未遠。采采愁深淺。木落洞庭波。嬋媛太息多。』又：『華燈紅壁聞簫鼓。雄龍雌鳳遙相語。抱得七絃琴。無人知此心。　髮絲憐曲局。無意調膏沐。溝水日西東。君心同不同。』又：『桑根三宿渾無據。春時秋月尋常度。單枕不成雙。夢爲金鳳皇。　真成瓶落井。消息年年冷。蕙草自芳菲。悅君君不知。』《河傳》云：『遙望。塘上。藕花秋。花外盈，盈畫樓。美人似花樓上頭。箜篌。隔簾生暮愁。　簾底容光天樣遠。長不捲。肯許游人見。倚花枝。明月時。相思。知君知不知。』《蘭陵王·送厲虞卿同年玉夔南歸用片玉韻》

云：『野烟直。疏柳依依弄碧。長亭路，尊酒送君，席帽黃塵黯行色。回頭念故國。蕉萃。長安倦客。蘆花外，秋水自生，一夜愁心抵千尺。　前歡墜無迹。祇舊日斜陽，紅上離席。一聲珍重調眠食。看玉琖未釂，錦車何在，漫天烟草失故驛。隔形影南北。　心惻。淚痕積。嘆送客天涯，如此岑寂。飄零俊侶愁無極。賸日暮窮蒼，幾聲風笛。黃昏殘雨，卻又向、夢裏滴。』《浪淘沙》云：『風雨自年年。春夢闌珊。星星愁鬢欲吹殘。一夜高樓花落盡，如此人間。　兀自掩重關。涕泗無端。更無人處一凭闌。紙閣蘆簾依舊是，祇是荒寒。』前調《泊舟之罘，烟水合沓，甚有遠思，賦視王伯諧韶九、柴予平正衡兩同年》云：『岸闊暮潮寒。畫角初殘。天涯光景一凭闌。衰柳昏鴉斜日裏，滿目江山。　風緊客衣單。秋思闌珊。北來鴻雁指君看。烟水荒荒天四合，何處長安？』（三月十八日）

瀋陽曾望生遯游寓太原，客歲賦詞《寄貽壽陽道中，憶吳門近游》，調《高陽臺》云：『歇浦飆輪，山塘畫槳，西風微綻征袍。兩月淹留，愁邊慣吳簫。客船漁火仍相對，怕鐘聲、夢斷楓橋。賸蕭條、滿目鶯花，回首雲霄。　壺天小隱神仙侶，憶香南詞客，久謝金貂。遺世高風，芳涇幾駐輕橈。蜚聲更有雙雛鳳，待清吟、磊塊能消。路苕苕、鯉訊遙傳，鶴夢重招。』望生，北方學者，微尚清遠，來游滬濱，以先集屬彊村審定。余□望生，彊村爲之紹介，嘗以泰西攝影法，貌余及琦、璟兩兒，多情好事，晚近未易得也。

賀人新婚詞宜莊雅溫麗，涉俳便俗。陳蒙庵賀林郅君新婚，調《五綵結同心》云：『凰占宜室，燕賀升堂，穠桃詠叶風詩。冰泮佳期屆，秦臺路、紅紫越恁芳菲。華筵緋燭籠香霧，屏舒錦、玉樹交枝。臨鸞鏡、芙蓉蒂並，綵豪與畫新眉。　席棻舊家和靖，恰仙人萼綠，比似瓊姿。清課琅玕竹，雕華手、苕玉漫擬才思新人工刻竹。花風妍暖花朝近，春如海，月正圓時。珠履集，雲璈曲裏，好斟緑醑盈巵。』曩四十年前余集唐王子安文爲聯，賀友人字芝眉者新婚云：『花島蘂紅，萍魚漾碧九成宮，《東臺山池賦》；芝房疊翠，桂廡流丹《乾元殿頌》，其寓齋有叢桂。』工麗殊絶，政復不佻。

慈谿陳瑤圃侍郎邦瑞歿於滬濱，君木譔聯輓之云：『惟先生風節，恨不令李杲堂、全謝山見之，問何人集仿《中州》，再爲吾鄉續耆舊；雖後死須臾，恩已追瞿善化、陸元和去也，待他日亭開野史，好從故國贊名臣。』又代人譔聯云：『故山松菊，莫忘義熙年，千里賦歸去來，每念君恩，烈士壯心猶未已；大地兵戈，何殊永嘉末，一死謝人間世，克全晚節，祝宗私願不須祈。』又：『已矣斯哭斯歌，汐社蕭條，不憖遺一老；免夫而今而後，孤臣節概，乃獨有千秋。』又：『廟朝已改，何以家爲，世有陶先生，定許遺詩編甲子；魂魄從亡，亦欲東耳，下見景皇帝，應將外史述庚申。』（以上四則，三月二十日）

宋元人婚禮吉席賦詩，『篸』字並作去聲見前。按吳融《箇人》詩：『粉薄塗雲母，簪寒篸水晶。』簪、篸作兩字用，篸亦作紺切。婚禮賦詩近於通俗文字，乃能辨析字音，與唐賢符合。《事林廣記》中多珍聞雅故，此類是已。

《山城曲》云：『十七八正少，二次明少年。年少如春草，草榮一霎然。』又：『遏遏武藏州，四圍無山島。月出惟青草，月沒還青草。』山城者，日本也，好事有譯其曲者，見明鹽官談孺木遷《棗林雜俎》。日本一稱山城，近罕知者。

灌陽唐維卿先生景崧晚歲歸隱，卜居桂林，跌宕湖山，消磨絲竹，藉陶寫其抑塞磊落之趣。嘗自編新劇二十齣，劇情皆豔異可喜，託旨尤關係勸懲，雖行腔沿用皮簧，而語多雅馴，迥殊凡響。客歲滬上，某名伶得其一二，練習久之，將演唱於某劇場，惟恐知音甚希。白雪陽春之奏，非庸俗耳目所能賞會耳。二十齣之目：曰《可中亭》張船山事、曰《張仙圖》、曰《虬髯傳》、曰《芙蓉誄》、曰《游園驚夢》、曰《絳珠歸真》、曰《中鄉魁》寶玉事、曰《占花魁》、曰《百寶箱》、曰《高坐寺》傳狀元以漸事、曰《曹娥投江》、曰《一縷髮》楊太真事、曰《燕子樓》、曰《桃花扇》、曰《圓圓記》、曰《馬嵬坡》、曰《桃花庵》、曰《九華驚夢》、曰《沙星驛》即惡餞、曰《救命香》次第悉依元刻，劇本當辛亥已前曾開版於桂林，當時印行無多，傳本艱致，鄉人張君惠叔出所藏示余，因得瀏覽竟卷。比歲辛壬已還，京滬間盛行新劇，大都迎合俗好，絕無理想。矛盾瑕疵，不勝指摘，並舊劇弗若，何新之足云。維翁之作，庶幾新劇之典型，唯是爲劇擇人，亦戛戛乎其難哉！

沙孟海作白文印貽余，文曰『有殷勤之意者好麗』，刺韓嬰《傳》語，謂宜詞後用之。此印深入漢法，得勁、潤、韻、靜、靓五字之妙，合作也。（以上四則，三月二十二日）

禊節瑣談

上巳之說見於載籍者互異。謂古人用日例以十干，恐上旬無巳日，『上巳』當作『上己』。周公謹《癸辛雜志》之說也〔一〕。吳才老謂古人卜日用干，數日用支，故三正建月，爰定子丑；四時分日，乃用甲乙。《禮》：上丁習舞，仲丁習樂，《傳》：上辛大雩，季辛又雩，皆其證也。主『上己』之說者也。謝在杭《五雜組》云：『《西京雜記》：「正月以上辰，三月以上巳」，其文甚明。』顧亭林《日知録》

云：『辰爲建，巳爲除，故三月上巳祓除不祥。三代以上重干，如《易》稱「先庚先甲」、《詩》稱「吉日惟戊」是也。三代以下重支，如《漢書》之「吉日剛卯」、《蘭亭》之「上月上巳」是也。』《齊書·禮志》：『或云漢世有郭虞者，以三月上辰生二女，上巳又生一女，皆死，時俗以爲大忌。每至其日，皆適東流水，祈祓自潔濯。』皆從上巳之說，而《齊志》別爲一解云。

昔人修禊不必重三。《漢書》：『八月，帝與羣下祓於灞上。』劉楨《魯都賦》：『素秋二七，天漢指隅，人胥祓除。』蓋七月十四日。

自劉宋以還，祓禊但用三日，不必巳日。以常常上旬，朔在午、未，則此一旬無辰、巳故也。一說但用巳日，不必重三。《蘭亭序》只云『暮春之初』，《潛丘劄記》謂永和癸丑三月三日乃丙辰，次日丁巳，是晉時用三日無明文也。唐文宗改三月十三日爲上巳，亦其一證。

上巳詩，事莫豔於《麗人行》：『態濃意遠淑且真，肌理細膩骨肉勻。』恰是詠春日美人佳句；『楊花雪落覆白蘋』，寫景只一句已足，是老杜不可及處。

鄭俗，三月三日於溱洧水上執蘭詠騷，祓除不祥《四民月令》；上巳上踏青鞋，爲鬬百草之戲《荊楚歲時記》；上巳，閩人以薺花油灑水中祝之，若成龍鳳花草狀者吉，謂之油花卜《洛陽圖經》。明時，蜀王府例以三月三日取薛濤井水製浣花箋箋譜。皆上巳雅故也。

《武林舊事》：三月三日於二聖宮觀前開十四社，曰繪華社，影戲也，此中國最古之影戲。（以上六則，三月二十五日）

【校記】

〔一〕周：底本作『輿』，據人名改。

曩譔《天春樓漫筆》，記夜來香螳螂事，君木見而憙之，得『妾是夜來香，郎是螳螂』二句，與漁洋山人『妾是桐花，郎是桐花鳳』句政同。因與蕙風連詠，成《浪淘沙》一闋見前。蕙風觸類興感，復占《如夢令》云：『已忽前塵如夢。猶說三生情種。妾是玉梅花，郎是綠毛幺鳳。寒重。寒重。明月一窗誰共。』老去傷春，不能爲歡娛之言矣。

仁和譚仲修獻爲西湖某畫舫集宋詞爲聯云：『雙槳來時，有人似桃根桃葉姜夔《琵琶仙》；畫船歸去，餘情在湖水湖烟俞國寶《風入松》〔一〕。』上聯節姜詞『舊曲』二字，下節于詞『載取春』三字，亦相稱。

【校記】

〔一〕俞國寶：俞，底本作『于』，據《宋詩紀事》卷五十六改。

近人某集詞句爲楹言，下二句云：『更能消幾番風雨，最可惜一片江山。』上二句失記。兩聯並君木說。

君木集宋詞爲楹言云：『芳草有情張文潛，但暗憶江南江北姜白石；俊才都減王中仙，消幾番花落花開周草窗。』

易大厂居士爲粵東四才子之一，博極羣書，精研佛乘。書法得南北碑神髓，繢事兼王惲之長山水花卉，詩及長短句並皆黃絹幼婦。和甘璧生《放魚》詩云：『長公寧匪是前魚，咄咄終緘尺素書。熟誦雲棲文萬偏，一時淨土有龍舒。』『不將書異讀《春秋》，四大從茲海水游。但惜吾民念微禹，依依羣戀浦灘頭。』『如此魚魚任爾來，桃花春浪脱淵纔。散齋未羨南屏鯽，風雪人間又一回。』『飽颸肯辨誌公嘗，居士慈悲化十方。我亦正思從此逝，怕看魚爛詁《公羊》。』

因憶粵東人詩，三十年前黃芑香所傳誦，七律一章，韶令可喜，作者姓名失記：『珠兒珠女正韶年，花埭花開集畫船。近水柳條增嫵媚，入春人意更纏綿。相逢鬭草湔裙地，最好清明穀雨天。歸去莫愁江路暗，海珠明月似珠圓。』（以上六則，三月二十七日）

王文敏懿榮《正讀亭》詩《萊山尚書索題王黃鶴畫山水長幅》云：『漁山傾倒山居勝，那識山居是葉龍。能下金剛一段杵，香光前後兩仙宗。』自注：『黃鶴山樵，自號香光居士，明董文敏適與之同。』按：會稽魯東山駿輯《宋元以來畫人姓氏錄》，於畫家別號甄采靡遺，而黃鶴此號弗著，甚惜文敏詩注未詳所本。

文敏詩《某公妾殉嫡而死，徵詩美之，即步某公自悼原韻》云：『肅肅衾裯迴絕塵，焚香和藥見天真。一心愛嫡如依母，愧煞倉庚療妒人。』『自結浮提一段塵，天親無著此心真。即看書首四言偈，表表循良傳裏人。』妾殉嫡室，情事絕奇，曠古以還，殆不能有二。

菱湖姚勁秋洪淦夙耽吟事，嘗結鳴社於滬濱，其外祖母鄭太夫人《壽筠簃詩稿》近甫梓行，有句云：『每到此心愁絕處，別無排遣祇吟哦。』

天嬰自滬之杭，賦詞寄貽，調《蝶戀花》云：『寥落天涯人自去。偏又東風，吹綠天涯樹。燕子迎人頻送語。無端聽徹聲聲住。　野色苕苕愁日暮。燈火江南，漸墮空濛處。客裏看春如坐霧。回頭不辨來時路。』君木次韻云：『畫閣怡怡春已去。一寸斜陽，猶挂屏山樹。苦憶翦燈深夜雨。梨花門巷尋常住。　徙倚闌干愁日暮。中酒情懷，欲遣渾無處。珍重夕熏香作霧。爲誰縈徧相思路。』蕙風次韻云：『少日年芳何處去。極目江潭，總是傷心樹。愁到今年誰與語。十年飄泊愁邊住。杜宇聲聲朝復暮。未必天涯，只有春歸處。往事如塵吹作霧。漂搖獨活悲歧路。』

君木夢中字余曰曲瓊，以告余。曲瓊，簾鉤也，見《楚辭·招魂》，爲賦《蝶戀花》云：『庭院陰陰風雨過。人去簾垂，生受淒涼我。欲斷旌懸何日可。輸他銀押偏寧妥。　牽挂早知成課。瘦影寒宵，愁共纖蟾墮。更戛花風驚夢破。吉丁當是招魂些。』心搖搖如懸旌，簾旌也，去簾額。（以上五則，三月二十九日）

餐櫻廡漫筆卷九《申報》一九二五年四月

君木曩譔某小説，綺組繽紛，通於諷諭，其形容盡致處，尤語妙天下。余嘗會之，摘録如左。吳天量小説假名立鏡前，徘徊自顧影，若練習其媚狀者，蓋媚妓女與媚上官，爲狀正復相反。媚上官，體當俯；媚妓女，則體俯將形龍鐘態，妓女且生厭。媚上官，當步小而行疾，作趨蹌奉命唯謹之狀；媚妓女，則舉趾須略高，行步不宜太速，步時須略搖其身，俾有翩翩顧盼神情。媚上官，立時兩手須下垂，與股齊；媚妓女，則宜時時下上其手，或整衣，或理帶，或攏髮，必使伶俐活潑，無絲毫滯機。媚上官，雙瞳當適居目眶正中，目光宜於下注；媚妓女，則目光以灼灼流轉爲上，眸子勿常置眶中，宜偏注左右眥。媚上官，頭項宜直，不直，上官將疑爲不恭而慢己；媚妓女，則不妨時側其首，作延頸凝佇狀，以逼取深憐曲注情態。媚上官，宜肅，色宜莊；媚妓女，則佯瞋淺笑，靡所不宜，惟不宜以整穆嚴重之面目對之。此其不同也。天量居節署久，卑下巽順，已成習慣，稍不矜持，或者對妝臺而屈膝，誤雛爲鉅公乎？其習之宜也。

君木所譔小説中，有《弔花塚曲》云：『花吓，你是我生命的明星，你是我肉體的魂靈方言可入曲，明星、肉體字，作海上方言用。心坎兒溫馨，手掌兒奇擎。説甚麼千紅萬紫放光明。我只是整頓全神注定卿。不奈何落紅萬點淅零零。黄沙如雨淒風緊，娉娉婷婷，杳杳冥冥。你把華年荳蔻粒粒和情殉，卻教我咽淚搓腸過一生。是你無情，是我無情？花呀，你排愁超出清虛境。我還是帶水拖泥不肯行。空悲哽，一任你黄泉碧落冷冷清清等。花呀，畢竟不是卿卿負我，是我負卿卿。』帶水拖泥，其今日之蕙風乎？非不肯行，直是不放行耳。天厄我以生，我如天何哉？（以上二則，四月一日）

傳燭醼談

《歲華紀麗》云：『禁火之辰，游春之月，寒食是仲春之末，清明當三月之初。』據此，則寒食、清明相距不定幾日，非必先清明一日爲寒食也。《乾道歲時記》：『清明前三日爲寒食節，都城人家皆插柳滿檐，雖小坊幽曲亦青青可愛。』則南宋時以清明前三日爲寒食矣。《鄴中記》：『介之推以三月三日自燔。鄴俗冬至一百五日爲之推斷火，冷食三日作乾粥，』則寒食須三日，非一日。南宋以清明前三日爲寒食，或仿鄴中舊俗，非謂由清明逆數至三之一日也。

《閩小紀》：『閩人以三月爲小清明，八月爲大清明，展墓無或廢者。』歐陽公《秋聲賦》云：『其容清明，天高日晶。』以八月爲清明，亦宜。

《香東漫筆》：『賀東山詞：「揭簾飛瓦雹聲焦。」宋氏寒食有抛墒音陀之戲，蓋兒童飛瓦石也。下云：「九曲池邊楊柳陌，香輪軋軋馬蕭蕭。」亦寒食風景。』

《蕙風詞話》：『吴俗，清明節兒童放紙鳶，故斷線，令颺去，以爲祓除。元王秋澗惲賦柳圈《合歡曲》云：「暖烟飄。綠楊橋。旋結柔圈折細條。都把發春閒懊惱，碧波深處一時抛。」又：「野溪邊。

麗人天。金縷歌聲碧玉圈。解袚不祥隨水去，盡回春色到尊前。」又：「問春工。二分空。流水桃花颺曉風。欲送春愁何處去，一環清影到湘東。」所賦與紙鳶故事略同，當增入《歲華紀麗》。』

曩趨庭時，先通議公詔余：道光之季某年，余家方當鼎盛，先大父母具慶，先世父、先公昆季四人，在官者三。先長兄、仲兄已蜚聲庠序。是年清明值上巳，園中牡丹作四十花，爲亭覆之。大母朱太夫人譔聯題亭柱云：『清明恰值重三節，富貴新開四十花。』是日吾家開酒旗詩社，得三十餘卷，並閨秀之作，大母爲之評定甲乙，有原唱七絶二首，刻入《澹如軒詩》，此吾家清明雅故也。

杜牧之《清明》詩，或讀作長短句：『清明時節雨句，紛紛路上行人句，欲斷魂句。借問酒家何處句，有牧童句，遙指杏花村。』劉方平《春怨》詩亦可作長短句：『紗窗日落句，漸黄昏句叶。金屋無人句叶。見淚痕句叶。寂寞空庭春句叶。欲晚梨花滿地句，不開門。』蕙風以意爲之，音節亦復鏗麗，牽連記此。（以上六則，四月二日）

戲謔無益，甚且怨毒隨之。光緒某年，某侍御記似殷姓，佚其名觀荷南湖一曰南泊，俗呼南河泡子賦七言長篇，有句云：『一路盡是蓮花塘，種花老人太原王。』箋示同人，頗自鳴得意。時臨桂王佑遐給諫鵬運官内閣侍讀，某日赴南湖讌集，值雨後道濘，輪蹄顛頓殊苦，戲屬和云：『一路盡是爛泥塘，坐車老人内閣王佑遐自號半塘老人。』於席次誦言之。侍御聞之，銜王次骨，則摭拾細故劾王，會京察，王得一等。故事，每屆京察，内閣衙門開列最前，列一等者，又衹侍讀一員，嚮無不記名者。王坐言者，竟不獲記名，怨毒之於人甚矣哉！是宜引以爲誡也。清制，有五品京官經升轉七次，需以歲月，而官仍五品者，由實缺員外郎升郎中，補某道監察御史，轉掌某道監察御史，升某科給事中，轉某科掌印給事中，升光禄寺或鴻臚寺少卿，其爲五品如故也。唯資望較崇，再經三轉可到侍郎，不得謂爲沈滯耳。

吾廣右會城西南隅有榕樹樓，以古榕樹得名，蓋數百年物也。樓前千頃翠奩，遙罨山畫，所謂榕湖。一曰榕湖地甚勝也，瀕湖有歌臺，臺相聯。余幼時喜誦之：『俯蓮蕩一灣，楊柳蕭疏湖上曲；坐榕陰半畝，枌榆歌舞鏡中人。』

鄉俗有寄名榕樹之説，謂童稚易育。榕陰袤延，輒數里許；其木合抱，不計如干人也。寄名者，以寸版署姓名，揭櫫於榕之本，名必以榕。蕙風寄名榕樹，年十餘矣，名曰榕久。寄名之日，侍先嫡母往，焚香酌禮，母先拜，命榕久拜，曰必肅。所寄榕樹，樓前最古之榕樹也。五十餘年前事，俯仰之間，直一彈指頃耳，思之惘然。

鄉俗又有轉花之説轉，讀若賺，曩蕙風亦與焉，先嫡母命之也。轉花之期，每歲天貺節六月六日。轉花者之年齡，一歲至十六歲。曷轉乎爾？一道士手紙花，旋轉之而不止，有所唪誦，非經非咒，不可得而詳也。紅男綠女膜拜於其後，嬰嬰婉婉，乃至數十人。道士曰：『禮成，然後可以去。』亟拜而不疲，視拜榕樹佳也。先大母朱太夫人《澹如軒詩》有云：『鐘聲鄰廟藹朝暉，六月香烟護錦幃。九子母前齊獻拜，兒童歡説轉花歸。』（以上四則，四月八日）

臨桂南關外，青碧上方即開元寺有唐顯慶舍利塔銘刻石，撫部某或云梁茝林以雁石易去，久矣。鄉先輩某公譔聯云：『靈塔空存，無碑無舍利；風幡不動，一樹一菩提。』

曩歲舟次巴陵，岳陽樓未燬也。有楹言集詞句云：『檐牙飛翠，檻曲縈紅，此地宜有神仙，教人立盡梧桐影；平楚南來，大江東去，一時多少豪傑，醉餘扶上木蘭舟。』譔人姓名失記。

岳陽樓下本不可泊船，余因游眺久之，回船時已逾晡，解維亦復無及。幸天氣晴和，商之長年，謂保無風雨，遂强泊焉。是夕月明如晝，丙夜欲溲，立船頭，殊兢業。結束甫竟，引領瞻望，見岳陽樓火珠上，有短衣者翹一足作鷺立，余絕異之，亟呼舟人出觀舟人宿船頭，以板自覆，略一迴顧，再舉者，則杳然矣。其獨立神態，至今宛然心目，其殆四明天封塔鏦金者見前之流亞乎？可知昔人所云劍俠，非必烏有無是也。

京都北柳巷廣西會館一曰新館，別於鑾慶胡同之老館，先師馬平王定甫通政拯譔聯云：『修德有天知，願吾曹自檢身心，莫負舟車來萬里；讀書爲世用，特底事堪榮鄉井，豈徒科第到三元。』臨桂陳蓮史繼昌鄉、會試、廷試皆第一。

都門如兩湖、閩浙、山陝、雲貴，皆有會館，唯兩廣獨無江寧、蘇州有之，鄉先達清夐介立，不事聯絡，或以爲隘，亦復無辭自解也。

戲謔爲虐，半塘往往蹈之，然如『一路盡是爛泥塘』之類，大都肆口而發，絕無容心，視刻深者有間矣。曩見其《四印齋筆記》裒然巨帙，詳於同、光兩朝軼聞雅故，偶憶一則，略云：翰林院衙門在前門內迤東，世所稱木天冰署也。大門外有壘培，高不踰尋。相傳中有土彈，能自爲增減，適符闔署史公之數。或有損壞其一，則必有一史公赴天上修文者。是說流傳已久，至於土彈之有無，有之究作何狀，要亦未經目驗。唯是環柵以衞之，置隸以守之，則固慎之又慎也。某年伏陰，大雨破塊，竟有數土彈被衝決而出。余詢之往觀者，其形蓋如卵云。（以上六則，四月十日）

曩歲景風閣讌集，狂歌縱酒，有號稱封王者，下層併列方卓三卓，俗下增木，遞上而二，而一。一之上設王位焉，指派左輔右弼各一人，立中層之兩旁，左監酒，右傳爵。爭王者拇戰，三勝三登，更勝則就王位；負者面王立，而半跪，而跪，而奉爵，口稱『臣某，誠歡誠忭，稽首頓首，進爵於王，願王萬盛』。右弼爲之傳達，王受爵，坐而飲焉。或已就王位而負，則起立，更負遞降，乃至跪而奉爵稱臣者有之每負，仍飲一小杯，四座爲之拊掌。欒乃無藝，不知人世有坎壈憂患也。『當年酒賤何妨醉，今日時難不易狂』，讀韓冬郎詩，能無感慨係之耶？

桂林城内稍東北，舊有明朝靖江王邸，規模閎闊，其前爲正貢，左東華門，右西華門，俗呼王城。科舉之年，以爲貢院，院前石級降門，石路左迤至東華門，右至西華門，形如『人』字，更左右益寥廓，積拉颯成丘阜。同、光已還，桂城多火災，有爲青烏家言者，謂拉颯堆積如兩點並列，在『人』字兩旁，適成『火』字，是爲咎徵。某大吏然其説，飭役夫事畚挶，月牙池在獨秀峯下，以拉颯填平之。《蕪城賦》云『通池既已夷』，有同嘅焉。池上有五詠堂，宋孫覽爲之記，刻顔延之《五君詠》於内，亦勝蹟，不知尚存否矣。

附蕙風集外詞

八聲甘州題許奏雲雲亭垂釣圖

足平生、青笠綠蓑衣，披裘笑嚴光。莽塵涯回首，目迷蒼狗，劫趕紅羊。誰識直鉤心事，磯斷古苔荒。岸幘凭闌處，一角殘陽。　　瑪瑙坡名證取，悄雲根拂拭，遺恨滄桑。更梅癯鶴怨，金粉恁淒涼。撼秋聲，挂瓢無樹，算釣游、能得幾鷗鄉。烟波路，覓玄真子，說與疏狂。（以上三則，四月十二日）

世所稱東坡肉，列食單者，以肥穠爲貴。某君嗜吟事，自命規仿髯蘇，而體貌豐碩，有張蒼如瓠、王萬食糠之風。或戲之曰：『詩似東坡，人似東坡肉。』仿漁洋《蝶戀花》句，與桐花鳳並傳，何其幸也！

《蝶戀花》有序：『暮春之初，餘寒猶峭，麋仲招同君木、君誨，夜集玉暉樓，口占此解。自來比方玉容，輒曰如花，若夫娟靜成韻，令人一見生憐，花亦未易克辦。不圖得之海市泱漭中，而無一言通吾鄭重，則好麗之謂，何矣？水韻二句是否妙肖其人，還以質之木公。』『簾幙殘寒春擁髻。靜若紅蕖，無語顰烟水。婉婉情文生茂美。苕華珍重鐫名字。　　幾許尊前憐惜意。作箇花旛，拚與分顛顇。老鬢蕭疏無復理。花天苦憶年時醉。』蕙風君木賦《鷓鴣天》云：『粉檻零香殢壁衣。尊前無語感芳菲。攏花小髻春能妥，帖鬢纖蛾俊欲飛。　　扶薄醉，惜將離。畫樓彈指夢依稀。難忘星月無人夜，曲巷迴燈問玉暉。』玉儂含諷至再，謂日內必有報章君木說。雲羅只赤，青鳥傳箋，跂予望之矣。

曩年十四歲，詠邛州甎茶長姊自蜀中寄貽，《滿庭芳》後段云：『早疏烟一抹，淡著春痕。約略碧紗窗裏，無多隔、淺笑輕顰。』以茶烟形容美人笑顰，可謂匪夷所思，妙笑在筌象之表，然而知者亦不易矣。

趙叔雍和《六一詞·蝶戀花》二十二首，琳瑯珠玉，美不勝收。撰錄二首如左：『杏雨新晴春晼晚。柳外樓高，樓外花深淺。又是薔薇開一院。如何春在人難見。　　雲影迷離花影亂。極目遙天，不到江南岸。廿四番風容易換。天涯付與驄嘶斷。』又：『乍暖還寒春意早。載榼尋芳，香徑啼鶯小。萬一流光輕負了。少年能否年年少。　　不解酬春應自笑。飛絮飛花，猶有晴絲繞。未必蓬山無夢

到。逢花且拚青尊倒。』此叔雍最近之作也。（以上四則，四月十五日）

君木持示慈谿童竹珊《賢已詞》手稿，屬采入《漫筆》，藉存其人。竹珊名春，光緒丙戌進士，官主事。詞凡三冊，逾二百首，蓋於此道致力甚深者。《臨江仙》云：『又是重陽佳節了，異鄉風景淒其。不知何日賦歸兮。蒓香鱸膾脆，薑嫩蟹螯肥。　曉角霜天秋氣肅，數行北雁南飛。清尊誰伴小樓西。登臨遙縱目，野樹壓雲低。』《洞仙歌·柳屯田體》云：『鑪火留香篆。怕酒縷蕩漾，因風飄散。倩低垂繡幕，別安銀蒜。周遮檻外聲無筭。道礙著、于飛雙乳燕。頻頻喚。被喚起春情，平地心撩亂。　輾轉。暖風習習，暖水溶溶，好個時光，底事寂寞齋頭，卻把彩靈遮斷。安排密訪如花面。乍起去、重重簾盡捲。還自按。爲終難結打，同心笑相綰。枉顧盼。反不若、休相見。免歸來時候，恨眉牢鎖難舒展。』《戀繡衾·上巳日雪已霽矣，然寒氣未散，譜此以迓和風》云：『侵晨推出日淡黃。雪初收，寒氣未降。看曲水，人都集，願和風、成就泛觴。　烟花三月時能幾，舊游人、愁鬢漸霜。聽鶻鳩，聲聲喚，已無多、明媚景光。』《河傳·春草》云：『原隰。凝碧。望中無極。席地濃陰。故鄉歸路渺難尋。予心。愁隨盤馬深。　謝家空索池塘影。吟魂醒。依舊飄萍梗。嘆芊緜。年復年。今年。行人猶未旋。』《憶少年》云：『風波頓起，風流飄散，風情收拾。紅牆望難見，似銀河遙隔。隔斷紅牆休苦憶。趁華年、好生將息。終當再攜手，忍今宵岑寂。』《滿江紅·僧王挽詞》云：『志決身殘，夜半落，大星如斗。驚帳外、風聲嗚咽，雨聲馳驟。中土未消螻蟻劫，將軍竟入豺狼彀。悵從今、收拾莽乾坤，憑誰手。　英勇略，天生授。忠憤氣，誰儕偶。趁的盧飛快，不甘回首。熱血一腔真可飲，威名千載終無負。小丈夫，成敗論英雄，何荒謬。』《唐多令》云：『潦倒客天涯。蹉跎馬齒加。倦游踪、翻怕還家。不怕入門交謫徧，怕慰藉，意偏佳。豪氣未全差。心期尚自賒。不饒人、爭奈霜華。愁煞他時鍼線理，手生棘，眼添花。』《賢己詞》頗規仿《樂章集》。《樂章》至不易學，無論學之未必能至，即敢學《樂章》者，吾見亦僅矣。（四月十七日）

東齋居士戲作《偷酒賦》，有句云：『《魯論》曰則民不，《毛詩》曰惟我無。』兩歇後語信手拈來，自然妙造。

孔有德家廟俗呼大寺在臨桂就日門內即舊北門，歲久傾圮泰半，唯佛殿僅存。同治庚午、辛未間，殿之梁，經雷擊斷而墜。時外王舅趙子繩先生準官臨桂知縣，撰良木，敬易之。其壞梁，桐也，斲爲琴，得如干張，發音醇厚而清越。先生語余：『斯琴具四美。桐可爲梁，非凡材矣，歷年復逾二百，美一；爲佛殿之梁，託清嚴之地，美二；方其爲梁，有鐘鼓之音，晨夕震盪之，美三；木經雷擊，性益定靜，美四。』曩室人歛贈中，新舊琴各一，新即取材於梁，地以梓，佳製也。余自斷絃，不復操縵，甲申離家，琴書散佚，久已無從問訊矣。

蟑蜋，臭惡之蟲，生殖極繁，煬竈間尤多有之；顧無毒，可以已小兒驚風熱證者。或醵飲於市樓，皆少年選事者，割烹中乃有蟑蜋，則呼侍役詰難之，役知若曹非易與也，亟納諸口而噍之，曰茄皮耳。四座勢洶洶，以無復證據不得逞。微侍役機警者，恐隳突叫囂，譁然而駭，未易言寧息矣。

魚生爲吾鄉美味，粵東人優爲之，弗逮也。通成川者，魚生館也，其魚生，美中之美者也。西商匯兌業，有百川通、天成亨，通成川蓋竊取之。時會城方大水，知縣姓何，一日過其門，拘主者至輿前，扑之百，諭之曰：『水菑如此其甚，汝尚欲通成川乎？其速改「通」成「歡」，毋違。』蕙風曰：改通成歡，可也，彼主者何知？扑之百，不亦可以已乎？儻值吏計之年，斯令宜填浮躁。

附蕙風集外詞〔一〕

念奴嬌題程君姬人儷青墓志後

情天忉利，説蘭因悽斷，坤靈鴛牒。最憶垂楊芳草渡，春水初迎桃葉。綵袖添香，紅窗問字，婉孌人如月。承歡色笑，北堂飴堇馨潔。　高致巾幗誰儔，未荒三徑，歸計關情切。早是江山搖落後，禁得玉容長別。畫舫空波，書舟怨曲宋程垓《書舟詞》，事往堪華髮。鸞驂何許，莫愁湖畔愁絕。（以上五則，四月二十二日）

【校記】

〔一〕風：底本作『連』，參照前後有關條目改。

修撰某謁座師某公，談次，師之助曰：『足下春秋富，天分高。前乎此，無已俛首詣帖括；今者得至美之科名矣，宜從事樸學，多讀有用之書，毋負詞曹清暇也。』則瞿然請問，宜先讀何書，曰：『羣經計卒業久矣，曷於史鑑加之意乎？』曰：『門生舍間舊有鳳洲《綱鑑》一部，當郎函告舍弟，攜帶來京，藉資誦習。』其介弟方以行優充貢，騰裝北上有期也。某公默爾，少頃，稍迴顧僕從，徐徐言曰：『連日驕陽如熏，正襟束帶殊苦，今年伏熱，視客歲有加也。』某唯唯，則傳呼送客矣。

蕙風少作《登疊綵山放歌》有云：『洞旁得小亭，可以安尊鼎。此時凭闌一望遠，忽覺樂事都可哀。』當是時，年甫十五六歲，何可哀之足云。天倪之所觸發，烏知其爲今日之讖耶？

唐李陽冰書《三墳記》，篆勢凝勁，得籀斯典型。君木集字爲楹言，麗句與深采並流，偶意共逸韻俱發，所謂契機入巧、聯璧其章者也。七言云：『海國沙明朝見雁，林堂風轉夜聞烏。』又：『老子骨相比靈石，天人風標若名花。』又：『古調得聞安世樂，新詞爲述少年游。』八言云：『遷固之文，信爲良史；斯冰而下，直到小生。』又：『名花標格，若逢宜主；小詞腴朗，不思韋郎。』又：『少年游戲，得無上樂；故人珍重，述長相思。』又：『新詞腴朗，若《花間集》；天人標格，有林下風。』

附蕙風集外詞

水龍吟 爲鄧爾雅題鄺湛若綠綺琴拓本

故宮遺恨休論，孤桐碧沁萇弘血。甄奇赤雅，解音雲犨，斯人卓絕。世事悠悠，霓裳羽換，玉笙簧熱。祇名材爨下，英風絃外，堪繞指，成冰雪。　守闕裒殘何憾，數完人、無多清物。情移海上，高山

比峻，猗蘭方潔。仙尉梅花，暗香三弄，古懷千結。信陽春能和，同聲相應，似蕤賓鐵。（以上四則，四月二十四日）

桂林榕樹樓外，瀕湖淤淺處，漁家者流率割據爲私產。此疆兩界，鄭重分明，而縱酒馳馬之蕙風不知也。烏乎界，界以埂，春夏之交，埂出於水，不數寸許。蕙風偕友人汎小艇，遇埂止焉。艇人亦少年，號解事，則稍稍溝通之，僅乃得達。而隔埂兩家之魚遂混合爲一，不復可標識，尤無從計數。兩家者，夙仇也，以魚故，譁而駭，勢洶洶，若備械鬬，殊無暇歸咎蕙風。蕙風跳，友人者亦風流雲散，而事不獲已。翌日，聞於通議公，幾至與杖。當是時，雖神龍天馬，不得不謹受羈勒，旬日不敢出戶庭，月餘不敢問湖濱。顧茲事若何覯解，則至今不知也。此往事之最可笑者也。

君木錄示新詩，洛誦再四，其秀在骨，忍俊不禁。是亦時花美女，唯深於詩者能知之，何止情文婉至，方駕宋賢而已。憶昔一首寄楊石蠶云：『我昔十二齡，君生才九歲。戚屬有牽連，意氣合章穉。翦紙爲傀儡，放學恣嬉戲。捉筆施眉目，自詡負絕藝。塗成方相面，君見輒心悸。有時聚諸兒，列坐作都試。我爲主試官，君文每落第。怫然掉首去，交頤紛泗涕。啗以果若餅，歡喜不復恚。轉瞬四十年，惝怳如隔世。我衰君亦艾，念之發悲欷。憶昔始見君，綠衣綰雙髻。曾是玉雪兒，蝟毛繞口鼻。兒女各長大，刺眼生憎畏。此輩促我老，欲避苦無計。流光若渣滓，咀嚼有何味。歲月落吾手，尺寸皆浪費。小時都了了，至今了不異。文章難療飢，口腹坐爲累。平生敷成就，所得是頹廢。寥寥天壤間，忽忽憺相對。浮生能幾何，且結有涯契。』

附蕙風集外詞

水龍吟題寒泉閣校碑圖

可無清事消磨，春歸何況多風雨。天涯心目，劫餘文物，斷縑殘楮。觸撥閒愁，絕思已忍，高辭何補『絕思』，『高辭』，所校碑之殘字。。幾摩挲翠墨，循環珠字，知拚卷，消凝否。　中有銅仙清淚，近闌干、泉聲如訴。前塵懷雅，風流不作，歠歌誰與？苦憶承平，金風亭畔，銜杯論古。且焚香閉閣，真傳綵筆，最禁寒處。（以上三則，四月二十九日）

餐櫻廡漫筆卷十《申報》一九二五年五月——六月

君木夢中字余曰曲瓊，余賦《蝶戀花》云云見前，君木和答，調《浣溪沙》云：『聽到瓊鉤亦斷腸。疏疏風片作淒涼。夢魂吹墜吉丁當。　珠箔飄燈成惝怳，畫蘭垂雨正昏黃。不知今夜爲誰長。』换頭『垂』字精鍊，闋合曲瓊，得不粘不脱之妙。

試體詩，賦得『蓬萊文章建安骨』，得『安』字，句云：『碧落題碑易，黄初下筆難。』下句屬對工巧，妙造自然。曩余嘗集句爲楹言：『蓬萊文章建安骨，龍馬精神海鶴姿。』偶憶牽連記之。

象州鄭小谷獻甫弱冠釋褐授主事，一日，謁某座師，其閽人傳達者，屬少待於客座。頃間，某鉅公昂然來，問對僅數語，知鄭爲新進士，其所占籍廣右，夙以僻陋聞，意頗輕之。問：『經書卒業否？』曰：『未能徧也。』『諸史寓目否？』曰：『有志未逮也，願先生進而教之。』因請問某經何人注、何人疏，某史何人譔、何人注，遷《史》尤乙部要領，注者共有幾家。鉅公者不能答，顔爲之赭，汗出如漿。幸某座師出，睹其狀，語之曰：『鄭君西南名士，博學多通，蜚聲日下，公未聞知耶？』復笑謂鄭：『毋復滑稽作劇。』相將入座，談次漸洽，圍乃解。此可爲鳳洲《綱鑑》解嘲。鄭所箸書刻行者，《補學軒文集》、《愚一録》。

附蕙風集外詞

喜鶯遷游存先生新居落成索賦

徙溟鵬息。正樓倚望京，門題通德。榦國瓌材，填胷傑構，無那眼暈革。乾坤草亭歌歗，天地蘧廬幕席。共尊酒，對山河風影，凭闌今昔。　真逸。今幾見，青瑣綠墀，太半揚雄宅。陶令南窗，謝公北頂，高臥不驚潮汐。湖山更聞割據，占取一天澄碧丁家山，又名一天山。近南斗，恁壯懷不分，閒居消得。

（以上四則，五月一日）

書家臨川某氏，晚寓滬濱，酷嗜鼻烟。烟不求精，唯求多聞，無須臾之頃不染指。或因事促迫，則傾布於案之沿，就而嗅之。彊村先生謂其鼻觀宜題扁曰『浩如烟海』。

同治壬申，余年十三歲，從先兄仲幹受學於家塾。兄之坐位與余相向，相距數尺許。某夕，漏逾三商，余未輟讀，兄則假寐於隔房，聞鼾聲焉。余雖讀，約略口到而已，亦昏昏欲睡矣。忽然驚覺，一剎那間，若有人，癯而鬑，踞坐於兄座上，面目不甚可辨。余驚呼，則如輕烟散矣。明年，兄赴平南教諭任，以疾告歸，卒於平樂舟次，年僅逾四旬耳。或曰：余所見，是其衰氣之徵，理或然歟？

屬沙孟海先生作朱文印，文曰：『受天雅性，生不雜玩。』唐李渤語，見臨桂中隱山磨崖。

君木錄示舊作，《題梅郎畹華瘗花小像》云：『甕甕蘭啼兼蕙嘆，茫茫雨橫更風斜。名都風景餘秋色，亂世人才比落花。荷鍤相從紛涕淚，褰裳俄惜竭菁華。佳人别有纏綿意，不爲芳春發怨嗟。』余近善哭，讀至『亂世人才比落花』句，爲之涕洟不已。悲哉落花！余復何言？

又：《海上觀伶樂贈賈郎》云：『窈窕佳人絕可哀，自攜娟步獨登臺。清宵宛孌生朝采，造物玲瓏見異才。眉黛都將諸色聚，眼波能攝萬形來。蕭蕭金雁櫻桃館，一夕愁心爲汝開。』自注：第三聯上句用《禮》注『柳爲諸色所聚』語，下句用《世説》。對於二十年前之賈郎，庶幾可謂善言德行乎？

附蕙風集外詞

臺城路題戴錫三《春帆入蜀圖》

大江瓴建山盤錯。扁舟舊經行處。激石鳴榔，乘風挂席，别有緑波南浦。來時細雨。問野館濃花，者回開否？樹老雲荒，拜鵑依約見臣甫。　瞿塘西上更遠，莫黄牛極目，朝暮如故。聚鶴尋峯，啼猿度峽，消得韶華如許。天涯倦旅。待著意酬春，錦官城路。畫裏前塵，放翁曾記取。（以上五則，五月三日）

《鷓鴣天·仿元遺山宫體》八首，彊村先生最近之作也，感事撫時，情文婉至，雖遺山復起，無以尚之：『生小仙娥只自憐。玉臺金屋誤嬋娟。那能宛轉酬雙珥，已忍伶俜過十年。蚪箭水，鵲鑪烟。無端仙會散金錢。簾櫳蚤是愁時候，爭遣春寒到外邊。』又：『金斗殘薰向夕涼，撲簾真有倒飛霜。竊香鳳子紛成隊，撼局猧兒太作狂。　三嘆息，百思量。迴腸斷盡也尋常。鏡前新學拋家髻，何事狂花妒淺妝。』又：『微步塵波避洛袖，玉顔團扇與溫存。牽牛夜殿聞私語，騎馬宮門拜主恩。　翻復雨，去來雲。經年纔雪舊啼痕。清狂一往寧無悔，卻繡長幡禮世尊。』又：『罷轉歌喉道勝常。多生爭忍不疏狂。直饒在髮爲薌澤，未願將身作枕囊。　蟾齧鏁，鵲橫梁。東家著意在王昌。情知薄倖青樓夢，且坐佳人錦瑟旁。』又：『聞道嬋媛北渚游。東風連苑冷於秋。無多裝綴花宮體，禁斷排當菊部頭。　歡易墜，夢難留。女牀鸞樹向人愁。紅蠶憔悴同功繭，抽盡春絲未放休。』又：『臨鏡朦朧嬾卸釵。無聊啼笑亦多才。探看青鳥迷歸路，橫臥烏龍本妨媒。　筆字合，錦梭回。肯將心力事妝臺。初三下九知無準，且疊紅牋寄恨來。』又：『未必芳期未有期。等閒蜂蝶底嬌癡。側商小令翻新水，撲地狂香發故枝。　風雨裏，苦禁持。有人低唱比紅兒。纔知滿樹金鈴繫，未省長年落葉悲。』又：『歷卻相思信不磨。親將雙帶綰香羅。未灰蠟苣拚成淚，垂絕鵾絃忍倦歌。　休蹀躞，已蹉跎。金鞭拗折負恩多。人間會有相逢事，奈此青春悵望何。』

沙孟海先生以近製印譜就正缶翁，缶題其卷耑云：『浙人不學趙撝叔，偏師獨出殊英雄。文何陋習一滌蕩，不似之似傳讓翁。我思投筆一鏖戰，笳鼓不競還藏鋒。』

附蕙風集外詞

百字令某夫人輓詞

金幢西指，到涅柈彼岸，蓮華涌地。靈照云何鋒恁捷，放下漉籬而已。來也無生，冤哉誰說，了了如如諦。祇園接引，淨居何似龍子。　刲股一再殫誠，療親應笑，闍夜多無計。感逝傷神香山老，合是佛光法嗣。明女瞿夷，初禪自在，慧業餘文字。尼陀那竟，導師猶說根利。（以上三則，五月六日）

黄公度《日本雜事詩》注云：『有賣櫻飯者，以櫻花和飯；賣櫻餅者，團花爲餡，或煎或蒸，有「團子貴於花」之謠。』余賦櫻花詞《浣溪沙》云：『風味似聞櫻飯好，花時容易戀胡麻。』《戚氏》云：『餐英侶，飯抄霞起，餅擘脂融。』此餐櫻廡所由名也。日本之櫻花可餐，中國之櫻桃不宜食，童稚尤在禁例。凡種牛痘者，三年之內如食櫻桃，即作爲未種論；三年之外多食櫻桃，亦甚非宜。曩光緒中葉，江西朱孝廉計偕入都，年未逾冠，翩翩顧影少年也。江西無櫻桃，而都門所出色味絕佳，孝廉屢飽啖之，不翅日三百顆。未幾，竟染天花之疾，以齒長危殆萬狀，幸獲保全，而痂痕陷落，面貌變易，非復從前美如冠玉矣。孝廉與半唐有連，其未出天花以前，既出天花以後，余皆親見之。櫻桃不宜食，是其鐵證矣。《山家清供》云：『櫻桃經雨則蟲自內生，人莫之見。用水浸良久，蟲皆出，乃可食。』是亦食櫻桃者所宜知也。

慈谿錢太希先生罕藏山谷道人真蹟十二幀，七律二首，恭和御製元韻：『昨歲恩敷敞壽筵，今春又見百祥駢。皇心夙夜殷繩武，景福重申仰上元。道恊建行新日日，仁覃海宇祝年年。顯承謨烈欽無斁，□錫箕疇紀五全。』『瑞光晴靄上崢嶸，玉陛春融粲玉霙。帝室堂基從昔煥，天家麟鳳應時生。向明而治慶逢午，撰日以迎欣叶庚。桐秀颸繇徵百世，昊蒼篤祜永神京。』『元祐元年正月元日茶宴，臣黃庭堅奉勑敬書於續熙殿中。』蓋集外詩也。太希先生工書，自籀斯迄褚、顔，咸能得其神髓。國朝翁正三學士書法備具各體，不名一家，得吾太希，信罔俾嫥美矣。蕙風大兒維琦今春締姻，爲太希門壻；同日以小女維理許字君木先生之次公子貞用。自惟弇陋，得附兩先生光塵之末，欣幸何如矣。

附蕙風集外詞

鷓鴣天 袁母唐太夫人八十壽詞

愛日庭闈景福遐。山河雅度肅笄珈。詞壇牛耳推袁日，荻畫親承憶幔紗。　娥絢采，婺舒華。南枝蕚綠汎流霞。壽人合奏房中曲，記省唐山屬外家。（以上三則，五月十三日）

君木壽厦門某翁八秩，句云：『簪纓世胄丁無白，蠻貊官聲甲必丹。』屬對工巧絶倫。甲必丹者，首領之義，有權以管理所屬之衆者，如軍艦商舶之船主、陸海軍之將校等，皆用此稱。荷蘭國屬南洋羣島，華僑眾多處，亦設有此職。凡華人爭訟，先由甲必丹審理，故必擇華人深通律例、得商民同意者充之。

君木戲拈《石頭記》人物比方清代詩家：漁洋似寶釵，竹垞似探春，茘裳似寶琴，梅村似元春，愚山似李紈，樊榭似惜春，初白似湘雲，覃溪似岫烟，心餘似熙鳳，甌北似周瑞家的，蘭雪似智能兒，太初似妙玉，定庵似尤三姐，雲伯似平兒，稚存似襲人，頻伽似香菱，仲則似晴雯，陋軒似賈母，隨園似劉老老，歸愚似迎春，船山似多姑娘。或問誰可比黛玉者，則思索久之，無詞以對也。

君木之次公子貞用，字仲足，年甫十二，能爲文章，言明且清，如秋水一泓，纖塵不染，進而愈上，其成就未可量也。《書龔橙事》云：『龔橙，字孝拱，仁和人，定盦先生自珍子也。橙跅弛自放，飲於肆，醉輒侮人。邵陽魏默深源以父執，恆誡儆之，橙頗厭苦。一日言於魏曰：「橙新交一友，曠世才也。簡重不輕見人，甚願見先生，敢以爲請。」魏稱善。則又曰：「友居無定所，橙先調其所在，然後與長者期。」魏亦曰：「善。」越數日，魏得橙書，謂：「審其所在矣，某日某酒肆，先生幸垂教焉。」期屆，魏前往，少須，橙至，鄭重而言曰：「友之來不易，先生幸禮貌之。」魏唯唯。則一人自外至，衣短褐，首臺笠，睅目皤腹，魏念：「此人卽所謂曠世才者非歟？」趨而揖至。其人殊不顧，自入門迄造座，若故爲傲睨者。與談藝，置不答，周旋至再三，益落落難合，魏固心異之矣。其人健啖，肉如干器，酒數十觥，若猶未爲饜足。飲次，託詞遽出，橙亦告歸不少留。魏問傭保：「若知短褐者誰也？」曰：「公之友之御者，顧不識耶？」魏至是方知受紿於橙，甚恨恨，無如何也。』仲足此文雅潔可喜。龔橙事詼詭突兀，亦復不俗，不失其爲名父之子也。（以上三則，五月十五日）

君木之長公子翁須貞胥年甫逾冠，工古文辭，家學淵源，如顏測得父之文也。《北斗河月夜泛舟記》云：『敖游眺望，勝事也。君子所以恬神澄慮，卻煩蘇困，胥是資矣。高明遐曠之境，稱文人之意量者，實惟山水。或處窮不數覯，一丘一壑之專，亦自以爲可樂，嗟歎焉，咏歌焉，低回而不忍去矣。所縈迴而往復者，罔非情也。故獨樂與共樂，其趣又往往不同。北斗河在鄞北鄙，雖稚水濛流，亦城居者之佳勝也，稍具清窈之致，尤於月夜泛舟爲宜。庚申六月十七夕，約友挐棹以往。時月色瑩徹，水面棹下，水波湯漾，乃有無數月夾舟行，宛宛如可捉者，浮沈烟際，空水澄渟，微風起蘆葦間，颯颯漸有秋意。舟抵無人處泊焉，出所載酒共飲；不能飲者，則談諧以助興。夜深月午，四顧益寥寂，岸上草樹被月，皆作雪色，靜極感生，不能不致嘆於良會之不常。余笑曰：「不常之遭，要須盡量承之，以極其趣，當歡而悲，奚爲耶？」皆默然。同遊者六人，俞亢次曳、葛暘夷谷、沙文若僧孚、徐可飆公起、陳訓恕行叔、馮貞胥翁須。明日貞胥作記。』

又《記鄰犬》云：『吾舊鄰某家所畜犬，徧體皆黑，短足蜷尾，狀彪彪然。某羅自申，豢以警朝夕。犬始至，獷悍不受制，狂嘷搏躍，屢圖奔逸。其家縶而幽之暗室，擾半月乃定。犬効職惟力，羣丐相戒不敢至其門。某家固寒窶，所入微，日無以饜犬腹。坐是漸憊，則時時外出覓食，吾父憐之，見則投以食，犬亦暱就父，依戀左右，若深知感者。自後家人稍稍與犬習，每食餘，輒以飼之。無何，某家日落，益贅犬，窺吾父意憐犬，卽以畀我，遂絕犬食。犬卽就吾家食，然每日晡，必跳踉出，走保其家，百誘之勿肯至。某欲使犬遠己，乃日楚箠之，夜復不敢入，犬卽守其門外達旦，終不止吾家宿也。吾父度犬意不可奪，乃反之，而日豐其飼如故。尋吾家徙甬上，吾父猶時時念犬。其後余歸里，道故居，犬望見余，必搖尾隨余行，里許乃去。然每見輒加瘠，未幾，竟以失飼死。』虞含章曰：『序法妥洽，有吳南屏《義猴記》意味。』蹇叟曰：『有言外之味，足以愧當世之朝秦暮楚、惟利是趨者。』（以上二則，五月十六日）

宋真文忠公德秀集聖賢論心格言，名曰《心經》，采諸儒議論爲之注，自爲贊，此儒門之心經也。

君木《回風堂詩・無題八首》云：『金堂脈脈思無端，鏡裏容光祇自看。豈有同聲歌宛轉，苦將細步學邯鄲。香車擲果稱都念，粉檻排花祝燕歡。合詈鶯嘲渾莫問〔一〕，獨愁易事春闌珊。』又：『金珠綷綴發明光，儀態真能盈萬方。玉貌漸愁消慘綠，佳期無奈誤昏黃。笑顰暗妒東家子，窈窕生憐西曲娘。會得矜嚴無語意，不妨顛倒寫鴛鴦。』又：『迢迢清夜洞房徂，百轉回腸太鬱紆。夢裏粉紅兼駭綠，眼中看碧忽成朱。小家碧玉能攀貴，絕代羅敷自有夫。一夕汝南偷嫁去，可還山上憶蘼蕪。』又：『日出東南照路衢，明妝猶記故人姝。玲瓏畫檝歌迎汝，宛孌紅牙拍念奴。芳訊難憑潮下上，舊歡空憶夢須臾。雄龍雌鳳紛填咽，那有閒情聽鷓鴣。』又：『左招瓊姊右蘭姨，眾嫭潮娟蹀座時。妙飾金釭居合德，自題團扇媚芳姿。三挑忍負抽觴意，十索俄成蹋臂詞。不是蹇脩通眼語，丹心的的有誰知。』又：『停辛佇苦總關情，歷歷星辰昨夜明。誤遺千金□鄭袖，似聞一笑惑陽城。頩顏暫作投梭拒，白首終寒割臂盟。從此東西溝水斷，更無人唱麗人行。』又：『北方絕世擅佳名，叩叩香囊賦定情。可但胡天又胡帝，果然傾國復傾城。蟾蜍淚盡銅龍滴，嬰鳴魂驚銕馬聲。玉碎珠啼成決絕，悔將密約負平生。』又：『大道朱樓百尺高，璚簫金琯咽嗷嘈。乍看弄玉升天去，忽報嫦娥入月逃。玳瑁雙珠灰縹眇，苕華小印字堅牢。上清祕錄分明憶，自爇都梁續諾皋。』君木詩嘗自爲跋，謂：『辛亥已還，夙昔才華，剝摧略盡，形消肌落，血不華色，詩中有我，此其徵也。』蓋取徑於王介甫、陳后山，益駕而上之矣。

《無題八首》非其至者，以體豔入時，錄之。（以上二則，五月十九日）

【校記】

〔一〕歡合：底本作『合歡』，不韻，據詩意并韻改乙。

大梁周坦然先生觀宅四十吉祥相，先民高矩，純粹以精，唯其中各條有無庸爲吾輩誡儆者，亦有吾曹萬難遵守者，姑勿具述。嘗戲語君木：『余於吉祥相，得四十之一，曰不呼句，優伶同坐。嚮畹華來，必促坐深談移晷，不俟余之召呼。』唯以『優伶』字樣唐突畹華爲非宜耳。

翁須近文《書朱渠彌事》，與畹華所編新劇名《鄧霞姑》者，情節政合，可入《綴玉軒劇話》，移錄如左：『張叔之女劇託鄧霞姑名美，受聘於何，未適也，寇至，滅何氏，何氏子出奔，三年而不復。叔意其死也。謀改適女。朱渠彌，豪族也，聞女美，爲其子委禽焉。婚有日而何至，叔遇諸塗懼，邀至家而止之宿，入告於婦。婦曰：「朱氏張，不與女，必涉訟，涉訟，吾家毁矣。」其子圖之，叔曰：「何圖而可？」曰：「何生之來，人未知也。及其寢而殺之，夫何患焉？與其毁家而速禍也。」叔曰：「善。」女聞之，以告何，遂相亡也。叔求何若女，弗得，病之。叔有長女，嬪於李敬賢，殺何之謀也，敬賢與知之，乃謂叔曰：「妹弱，行將焉往？其在吾家乎？盍往索之？必可得也。」叔從之，以衆行，至則無所得。敬賢之婦，扃櫝而坐焉，迫之啓，不可。叔呼曰：「在是矣。」嗾衆舁櫝以歸，啓而視之，則一僧也，死矣。敬賢怒而遁。叔命斂僧於棺，而以女死赴告朱。明日，渠彌來弔，叔迎謂曰：「君舅也，而辱臨婦喪，毋乃過乎？」渠彌曰：「而女之賢，夙審之矣。不幸早世，他日必歸骨於朱氏之藏。此行也，將啓棺一識婦面也，敢請？」叔曰：「棺已封，毀之非禮。吾子意良厚，某實未敢承命。」渠彌曰：「毀而易之，不亦可乎？」使從者築棺，棺啓，僧屍見焉。渠彌呼曰：「吾婦安往乎？殺人以詐人，子罪大矣，吾必訟之。」叔不能隱，以實告，且哀之曰：「幸無訟，他惟所命。」渠彌責賂於叔，叔以三千金私焉，許之。既而渠彌召女若婿至，叔大駭。初，女與何之亡也，過巨室，入而丐宿焉。主人問，不能對也，謬以兄妹稱。主人疑之，曰：「夜深矣，兄妹行何之？不實對，必致之官。」何恐，告之，主人色驟變，曰：「我朱渠彌也。彼張叔乃非人，吾受其欺矣。奪人之婦不義，受欺於人不勇，不義不勇，恥莫大焉。不雪之，非夫也。」明日，遂有毀棺之舉。女既歸，渠彌數張叔曰：「女受聘而復以字人，而罪一也；誘婿而欲致之死，而罪二也；女亡而謬云死以愚余，而罪三也。苟徵而女，庸但已乎？今茲女若婿，我有之矣。」即以三千金畀何，俾成婚禮焉。張叔割田十雙爲女媵，曰：「以贖吾過，且旌朱公之德。」」』（以上二則，五月二十一日）

以羽毛之美爲冠飾，自明代已有之，貴者三翎，次二翎。兵部尚書王瓊得錫一翎，自謂榮遇。江彬等承日紅笠卽遮陽帽之上，植靛染天鵝翎爲貴飾。謂之植者，蓋植立於笠上，與辛亥以後官弁飾冠者政同。

北漢鴻臚卿劉融，於柏谷置銀冶，募民鑿山取鑛烹銀。北漢主取其銀，以輸契丹，歲千斤。因卽其冶，建寶興軍，見《太平治蹟統類》宋彭百川箸。此卽銀鑛也。乾隆丙戌，甘肅高臺縣民胡煖、楊決得等，於武威縣山中掘得金山一座，經山西民任天喜引驗繳官，見縣志。此卽金鑛也。『烹銀』字絕新。

明與清皆禁烟，皆倡行於末季。設令天假之年，其收效當復奚若？明王逋《蚓菴瑣語》：『烟葉出自閩中，邊上人寒疾，非此不治，關外人至以馬一匹易烟一斤。崇禎癸未，下禁烟之令，民間私種者問徒，法輕利重，民不奉詔，尋令犯者斬，然不久因邊軍病寒，別無治法，遂停是禁』云云。

吳孫休時，烏程人。有得困病，及瘥，能以響言者，言於此而聞於彼，自其所聽之，不覺其聲之大也；自遠聽之，如與對言，不覺其聲之自遠來也。聲之所往，隨其所向，遠者至數十百里。其鄰有責息於外，歷年不還，乃假之使責讓，懼以禍福。負物者以爲鬼神，卽畀還之。其人亦不自知所以然也。事見《晉史》。『響言』字亦絕新，與今之無線電話約略近似。其人得之困病愈後，竊疑當日所用藥物，必有振奮之劑，爲之盪激，適觸發其機緘。他日電學推闡，至於詣極，能發人身中之電，或者人人皆能響言，未可知也。（以上四則，五月二十二日）

標前人冷僻詩句一，隱句中一字，規以爲鵠，而別書五字於左，卽以所隱之字，羼雜其中，覆鵠下方，徵人射之，命曰詩謎。甲乙之際，此事盛行，鄞縣陳器伯有詩賦其事，曰：『詩文雖小道，宇宙亦大謎。寥寥五字中，所孕絕深邃。或以奇制勝，或以平爲貴。或銖兩悉稱，使人意難會。字義多奧窔，匠心工狡獪。明眼發其覆，與子共經緯。徹上復徹下，知己先知彼。此語索解人，豁然破其匭。』器伯名道量，君木之弟子也。

光緒庚子五月，北京義和拳匪，妖燄方張，不可嚮邇。精藍梵刹，徧設神壇，未幾敗衂。無名氏譔楹言紀其事云：『五百石糧儲，助來壇裏，登名造冊，亂紛紛香火無邊，看師尊孫藁，祖託洪鈞，神上太公，單傳大士，伸拳閉目，總言靈爽憑依，趁古刹平臺，安排些蘆棚臏薦，便書符念咒，遮蔽那鉛彈鋼鋒，莫辜負腰纏黃布，首裹紅巾，背繞赤繩，手持白刃；萬千人性命，付與團頭，濃夢酣眠，明晃晃刀槍何用，想焚燬教堂，圍攻使館，摧殘民舍，蹂躪官衙，張膽喪心，那得天良發現，矧殺人越貨，直自同猘犬貪狼，縱作怪興妖，今已化沙蟲腐鼠，只贏得臺偃龍旗，門瘞魚鑰，宮屯虎旅，道走翠華。』蓋仿滇南大觀樓長聯也。

西儒言腦主智慧，凡屬文構思，吾人云用心。彼云用腦，腦於人之一身，其關係視臟腑尤重。乾隆朝，天台齊次風召南性强記，讀書一過，卽終身不忘。試宏詞高等，授編修，以文學被知遇，官至禮部侍郎。某年扈蹕木蘭，墮馬傷腦，腦迸出。蒙古醫以牛腦劑珍藥治之，數月竟瘉，唯此後讀書，越日輒忘，字亦不復徧識。蓋腦損則神智衰，西人之言不爲無據矣。（以上三則，五月二十五日）

《天方夜譚》爲回教國最古之說部，所列故事多涉俶詭奇幻，近於《搜神》、《述異》之流，譯者姓名弗著。其《龍穴合窆記》尤多情至語，非深於情不能道，其旨可通於填詞。如：妃謂宰侯：『子慧心人，當知予意，勿辜所託。苟棄予命，以爲予憂，則怨將終其身，誓不復與子見。』其言徑情直遂，視情外如無物，詞之質筆似之。又，比客呼妃名，自語曰：『予念卽不見諒於卿，亦終不能釋，雖形銷骨化，此區區之忱，不與俱泯。』詞有不嫌說盡者，斯語似之。又，比客謂宰侯：『余之戀戀，實彼有以召之，一望其神光離合，卽心搖搖不自主。』遂自呼名而懟曰：『比客子何妄？獨不慮如膏之煎，徒自苦耶？』又懟宰侯曰：『君誤我，偕余至此，非紓我繾綣，直益我磨折耳。』復舉手謝曰：『此行實自至，昏瞀中誣君爲道引，余過矣，余過矣。』語未畢，淚墜如雨，哀抑不自勝，若癡若狂，百態交作。其言胡天胡帝，愈轉愈深，詞筆之變化，或流於怨懟激發，而不可以爲訓。如昔賢之論靈均書辭，其斯旨乎？又，妃就坐，目專注比客，與比客言，輒託興於物而隱寓其心愫，脈脈然相通無間也。既互睫遞意，妃益信比客爲深於情者，雖耳目衆，未能罄所懷，而方寸間蹲蹲歡舞，自流露於眉宇，覺人生之樂無有踰於此者。又，妃顧比客，頳頰而言曰：『余方寸已亂，口不能掬余懷。君之見愛於余，余深信君用意之篤。第君雖情重莫與匹，余以意度君，知君當不疑余之鍾情於君，不如君之甚也。』又，比客欷歔而對曰：『卽使卿不亮予衷，不列余於沒齒不二之臣，是予不足以感動高深，亦惟自恐自艾，矧卿之於予乃固結若此耶？予自念一見顏色，卽不復自知有生命。利劍之刃，能斷百重甲，而不能斷予一縷之愛絲。』皆以至曲之筆，傳至深之情。生命不自知，利劍不能斷。作詞有三要，曰重、拙、大，斯其所謂重乎？又，妃默呼比客之名，曰：『比客乎，使斯時予膝爲君而屈，固禱祀以求。』無幾微怨意也。又，比客甫入船，左手遙指妃，右捧其心，顫聲曰：『卿乎？余相愛之情，凝於掌。』其將去，語以質而近拙，而情彌真。求之詞中，唯清真間有之，而未易多覯也。小說可通於詞，《天方夜譚》而外〔一〕，殆不能有二也。（五月二十七日）

【校記】

〔一〕天方夜譚：底本作『天方夜談譚』，衍一『談』字，刪。

明相國徐文定光啓，上海縣西鄉人，徐家匯鎮，其故里也。嘗從西洋人利瑪竇傳天文、曆算諸術，並皆精能，作自鳴鐘，以銅爲之，高數寸許，一日十二次鳴，子時一聲，丑時二聲，至亥則十二聲，其徒龐迪峨、龍華民、郭仰鳳皆能仿造，華人造時鐘之初祖也。按《鄞縣志》云：『明毛來賓，字岐陽，生而慧巧絕倫，凡事無師自悟，不學而能。嘗製自然漏，大者高數尺，小或數寸，定節氣，報時刻，無豪髮爽。』亦自鳴鐘之濫觴，時代稍前於文定。《五雜組》明謝肇淛譔云：『元順帝自製宮漏，藏壺匱中，運水上下。匱上設三聖殿，腰立玉女，按時捧籌，二金甲神擊鼓撞鐘，分豪無爽。鐘鼓鳴時，獅鳳在側，飛舞應節。匱兩旁有日月宮，宮前飛六仙人，子午之交，仙自耦進，度橋進三聖殿，已復退立於常。神工巧思，千古一人而已。』據此，則又託始於元。《朝野僉載》唐張鷟譔言：『武后如意中，海州進一匠，能造十二辰車，回轅正南，則午門開，有一人騎馬出，手持一牌，上書「午時」二字，十二時循環不爽。』則又在元以前。《五雜組》又云：『諸葛武侯有報時枕。』更進而上溯，則璇璣玉衡制作之精神，非晚近所能企及矣。

《神異經》漢東方朔譔云：『西方日宮之外有山焉，其長十餘里，廣二三里，高百餘丈，皆大黃之金，其色殊美，不雜土石，不生草木。上有金人，高五丈餘，皆純金，名曰金犀。入山下一丈，有銀，又一丈有錫，又一丈有鉛，又入一丈有丹陽銅，似金，可鍛以作錯塗之器。』此絕大佳礦也，求之五大洲，庶幾得未曾有。（以上二則，五月二十八日）

世人喜讀《紅綃》、《隱娘》等傳，其事跡俠而豔也。虞山周翁嘗拯河東君柳如是於難，昭文顧虞東鎮爲作傳，事絕瑰偉。近人譔述有名《絳雲樓俊遇》者，專記河東君雅故。顧茲事弗詳，亟節錄如左：翁字伯甫，姓周氏，芝塘里人。形體魁碩，修八尺餘，不持寸鐵，以徒手搏人，出入千百羣中如無人也。然翁自謂：「以手攫搏，非無者事。」嘗拱手鶴立，而侮之者倏忽顛躓，頭腫鼻豁，若有鬼神呵之，未知何術也。又嘗謂：「以力駕人，無力者當坐受困乎？因力於敵，而我無所用其力，斯至爾。」邑中大將某者，號萬人敵，聞翁名，延致之，願與角技。翁固遜。彊之，笑曰：「請以數十氍毹藉地。」問何用，曰：

「恐公仆爾。」大將怒發。一擊不中，翁復笑曰：「公毋再擊，再擊，仆矣。」大將者愈怒，再擊翁，翁大呼曰：「倒。」應口伏地，然未見翁之舉手也。由是延爲上客，欲盡其技，顧弗能，乃厚贈遣之。時錢宗伯受之負海內望，卜居紅豆莊，客翁，翁止其莊者數歲。河東君者，宗伯之愛姬也，才名甚噪。宗伯故豪侈，重以文章致厚賄，投遺無虛日，所受金悉貯河東所。會宗伯適邑居，劇盜數十輩，謀劫河東，因致其貲。夜圍莊，勢張甚，顧重畏翁，欲先制之。翁方浴，聞變遽起，右足入褌中，左未遑也。浴所仄，門半掩，盜數人挺槍入。翁攜尺許布捲其槍，數槍並落，徐約衣結帶，持槍奮呼出。盜震聾失氣，兔脫鼠竄。翁尾之，連刺數盜，中要害。宅遼闊，盜眾，家人伏匿不敢動，盜益猖，或抉垣毀戶，直闖其室，凡四五處所，詬囂室中，索河東急。翁舍前所追盜，還擊室中盜。盜紛藉，殺一二人不止。後至益眾，翁計河東儻被劫，雖彊力者無能役矣，遂排闥負河東決圍出，匿之善所，還逐盜。盜失河東，莫能發所藏金，胠囊衣數十篋去。值翁還，爭棄道際，泅水脫命。盜既去，徐呼其家人收葬之。迎河東還，實不失一物。宗伯捐館，河東縊，翁去錢氏，浮沈里閭，最後客虞東大父所，年九十餘矣。兩目盡盲，猶倔彊不扶杖，每飯盡升粟。翁言初得異僧指授，積二十年乃成，嘗屬虞東錄其法爲《拳譜》一卷，後失去。又數年，卒於家。虞東論曰：錢宗伯以文章毀譽人，顧不一及翁。或謂宗伯欲祕其盜劫之事者，近是。余爲表之，無使沒沒焉。』（五月二十九日）

寒山問拾得曰：『世人謗我，欺我，妒我，笑我，害我，輕我，騙我，辱我，如何處之？』拾得曰：『我只是忍他，讓他，耐他，由他，避他，敬他，不要理他。』蕙風屬太希書作座右銘『不要理他下，有你且看他』句，從君木之言省。

《爾雅》：『杜鵑一名巂周，甌越間曰怨鳥，夜啼達旦，血漬草木，凡啼皆北向。』前人詩如：『子規夜半猶啼血，不信東風喚不回。』詞如：『惱煞行人，東風裏、爲誰啼血。』皆絕韻之句。張華《禽經》注云：『子規莫肯先鳴，每旦必推一鳥，使啼不歇，歇卻羣啄之，必流血乃已。』據此，則其啼血，乃同類迫之使然，不得入詩詞，號韻事矣。

宋車若水云：『杜鵑，鷂屬，梟之徒也。飛入鳥巢，鳥見而去，因生子於其巢。鳥歸，不知是別子也，遂爲育之。既長，乃欲噉母。』是說絕奇，事尤非韻。張茂先《禽經》注：『子規生子，百鳥爲哺。』豈其有神靈寓託爲之耶？《說文》：『蜀王望帝化爲子規。』據此，則若水之言非事實矣。

《閱微草堂筆記》《姑妄聽之》四云：『有狐居人家空屋中，與主人相安若比鄰。一日，狐告主人：「君別院空屋有鬼多年矣。君近拆是屋，鬼無所棲託，乃來爭我屋，時時現惡狀，恐怖小兒女。又作祟，使患寒熱，不復可忍。某觀道流能劾鬼，君盍求之，除此害？」主人果求得一符，焚院中。俄風霆大作，屋瓦格格亂鳴，如數十人奔走蹴踏者，屋上呼曰：「吾計左，悔無及。頃神將下擊，鬼縛，吾亦被驅，今別君去矣。」蓋不忍其憤，急於一逞，未有不兩敗俱傷者。』昔宋理宗許蒙古夾攻金，未幾金亡，宋亦不臘，其爲失計，與此狐將毋同？

《蕙風詞話》云：『宇內無情物，莫如山水。眼前循山一徑，行水片帆，乃至目極不到，卽是天涯。古今別離人，何一非山水爲之間阻。』數語警徹，非深於情者，沈頓情中數十年，未易道得。卽令山水有知，度亦無詞自解免。蕙風生平不好游山水，曩寓都門，以不赴西山之約，半塘詈之曰俗人，直受之不辭也。（以上五則，五月三十日）

都門春聯每年必有新奇可喜之作，如云：『且將酩酊酬佳節，辜負香衾事早朝。』某年，余於某胡同見之，越日再過其門，則易而去之矣。

曩譔述《陳圓圓事輯》，最八千八百餘言，圓圓事實甄采略備，唯沙定峯所譔《圓圓傳》三千五百餘言，未經采錄。又，圓圓本姓邢，父邢三，業驚閨所售物絕煩碎，並閨人所需。貨郎手鼗鼓，徑六七寸許，有小銅鉦聯屬其上，鼓與鉦兩旁各有耳，執其柄而搖之，則旁耳各自擊，金革齊鳴，聲徹連闠，名曰驚閨。俗呼曰陳貨郎。尤西堂少時猶及見圓圓，見《艮齋雜說》。語並脫漏，應增入，亟記之。

《紫桃軒雜綴》明檇李李日華箸云：『柳之爲物，根折之生，枝插之生；長插之生，短插之生；橫插之生，倒插之生。絮飛漫天，著沙土，無不生，卽浮水亦化爲萍。是得木精之盛，而到處暢遂其生理者也。送行之人，豈無他可折而必於柳者？非謂津亭所便，亦以人之去鄉，正如木之離土，必如柳隨處可活，爲之祝願耳。』是說未經人道。昔人贈芍貽椒，旨皆有託，觸類而引伸之，在卽物而窮其理耳。

《雜綴》又云：『有號通玄子者，授余《服餌法》一編，其極簡易者，春時服薔薇嫩頭一月卽可，每日服信三釐，漸增至一分，卽可入水，坐臥不病。如是經年，卽可蠟塗身體，挾利刃，潛游江湖，劫睡龍之珠，得珠而行空自如，觸石無碍，三界八寰可縱浪矣。庶幾飛仙之業而始於嚙薔薇嫩頭。』亦猶離婁公之竹汁，陸天隨之《杞菊》云爾。是說亦絕奇，未經人道。（以上四則，六月一日）

餐櫻廡漫筆卷十一《申報》一九二五年八月

余伯姊適周，長余十七歲。甥女佩訓，字吟華，與余同歲。生余之日九月初，甥女臘月杪耳。憶昔五六歲時，某日值姊歸寧，余與甥女劇嬉於堂後，俄見一神人自屏門外堂前後以屏門界之，側身入，睨余輩而笑，烏紗綠袍，袍寬博，赤面雪髯，修與門相若也。余亟問甥女，則彼亦見之，余二人者並無有恐怖。余聞之長者，是爲吉祥，主見者福慧，惜未得見全身耳。其後甥女年未笄，亦穎悟絶倫，讀書過目成誦，工玉筯篆，精繪事，兼擅詩詞，唯殂化年不逮三十。曩神人爲之兆者，未審在當時彼所得見，視余所見，同異奚若矣？

余生平目睹奇蹟，唯此綠衣神與岳陽樓火珠上鷺立者見前，至今懸注心目。嚮嘗舉似清姒，敂以異聞，則唯幼時曾見最昭晰之龍挂耳。清姒云：『蘇州閶門某處有銀杏樹成精，幻形爲白鬚老叟，坐立樹頭。』惜乎未嘗得見也。

馬仲塗求蔡君謨書，以精婢潤筆，見《紫桃軒又綴》。蕙風鬻文久矣，近欲得細直婢，顧無解事如扶風翁者，信乎今人不古若也。

《紫桃軒又綴》云：『劉宗道畫照盆孩兒，以手指影，影亦相指，形影分明。』近西人作水彩畫、油畫，並以繪影爲工，與宗道畫法政同，則吾中國古亦有之矣。

又云：『瑞香花有紫、白、黄三種，紫者香酷烈，白、黄不甚香，人亦不知貴。又別一種較尋常者稍作蜜色，生籬落間。廣客某見之，曰：「此紙材也，花時連皮剝之，舂碓入櫃，卽成佳紙，光滑堅緻，且有香氣。」』桉：稽含《南方草木疏》：『晉太康五年，大秦國獻蜜香紙三萬幅。』卽此材所製。近世講求製造，得此法而試驗之，不亦可云新發明乎？

又云：『久血爲燐，積灰生蠅。蠅溺水者，置之灰中輒活，以蠅之生，原本灰氣也。』近日滬上講求滅蠅之法，而積灰又庖廚所恆有，是宜加之意矣。（以上六則，八月五日）

吳缶翁生於道光甲辰，自刻印曰『雄甲辰』，對雌甲辰而言。《雞蹠集》：『裴度有遺以槐癭者。郎中庾威曰：「此是雌樹生者。」度問威年，云：「與公同甲辰。」度笑曰：「郎中便是雌甲辰。」』漚尹刻朱文印贈缶翁，文曰『西吳精』，對東吳精而言。杜甫《示張旭草書圖詩》：『嗚呼東吳精，逸氣感清識。』旭字伯高，吳人；漚尹工鐵書，不輕爲人作，人亦不甚知之。湖州，宋已前爲西吳太湖東北爲東吳，其西南爲西吳。

《山海經》曰：『夏后開卽啓上三嬪於天，得《九辨》與《九歌》』以下，郭景純注引《歸藏開筮》曰：『昔彼九真，是曰《九辨》；圖宮之序，是爲《九歌》。』考此，則《九歌》、《九辨》皆天帝樂名，屈原、宋玉特用其音節，以詞填之。晚唐五季已還，填詞之法導源於此。

《匏廬詩話》：『唐人有十言詩，長孫無忌《新曲》云：「阿儂家住朝歌下早傳名，結伴來游淇水上舊長情。」又云：「迴雪淩波游洛浦遇陳王，婉約娉婷工笑語倚蘭房。」余謂每十言二句，極似韻令半闋，每句分上七下三二句宋人稱小詞爲韻令，蓋是時，詩變爲詞，風會已開，體格變遷，有不期然而然者。』

君木寫示謝絸園近詞《蝶戀花·贈歌者梨雲》云：『聽得聲聲珠絡鼓。越袷吴妝，洛水淩波步。爲是纏頭邀一顧。不辭銀鶻翻空舞。　豆蔻梢頭年十五。貌比蓮花，心比蓮心苦。未必芳姿天亦妒。雲涯怕有藏春隖。』絸園名掄元，餘姚人。

今人以物質錢爲『當』。《後漢書·劉虞傳》：『以賞賚典當胡夷。』注：『丁浪反。』則斯字亦已古矣。宋蜀僧《湖中漁翁》詩：『幾回欲脱蓑衣當，又恐明朝是雨天。』（以上六則，八月七日）

沙孟海拓其近所刻印，呈政於吴缶廬。缶語孟海：『余小時亦曾刻印。』斯言中有無限媚嫵，非缶翁不能道。卽其鐵書之佳妙，超出漢法之外者，亦可從此悟入，蓋藴藉之至矣。

君木好命人以名，或未愜者，改之。其郡邑後來之秀乃至今閨諸彦，出其名字，往往典重雅馴，則君木所命也。余謂君木誠好名之士矣，充其量可以名世。

吴縣曹靖陶熙宇雅好作詩，積稿盈尺。寄示近箸《田家》云：『濃陰排緑樹，深處有人家。竹笠挂高壁，紫扉繞野花。插秧朝露潤，驅犢夕陽斜。一雨新畦足，田歌興自賒。』

《景德傳燈録》：涿州紙衣和尚唐人章次云：『初問臨濟：「如何是奪人不奪境？」臨濟曰：「春煦發生鋪地錦，嬰兒垂髮白如絲。」』《紫桃軒又綴》：『孫知微畫大慈寺壁，流彩所至，一院盡生草如錦罽，剗去復生。卽鋪地錦也。』竹嬾之云：『近於花瑞之説矣。』曩寓都門，於江蘇會館讌集，時見之。其前庭絶修廣，敷以石，草出石罅，暮春作花，彩翠彌望，蔓延逾庭之半，其色不可殫陳也。時吴縣潘文勤師方提倡樸學，佳日觴詠，才儁涌雲，是花其文盛之徵乎？江蘇館在宣武門外北半截胡同路東。

明方于魯以製墨名於時，其實非墨工也。于魯初名大激，後以字行，改字建元，歙縣布衣，有《佳日樓詩集》。汪伯玉曾招之入豐干社。《送張山人歸越中》云：『雉子斑斑麥正齊，黄梅四月雨淒淒。新安江上攜尊酒，送爾看山到浙西。』嘗以百花香露和墨自作長歌，亦工長短句。《明詞綜》箸錄。所製墨最夥，上自符璽圭璧，下至雜佩之屬，凡三百八十五式，刻成圖譜，鉤勒絕精，曾上呈乙覽，而名遂爲墨掩矣。《靜志居詩話》云：『所造雲箋，匪止成都十樣。』于魯又工造紙，世亦罕有知者。（以上五則，八月九日）

太原氏需次五羊，補廣州通判，後至監司，以理財聞於時。其言曰：『吾人生平最得力有四字，曰「也是好的」不以文言代，存其真也。』最禁忌亦四字，曰『不算甚麽』。蓋鉅萬者，錙銖之積，而涓涓不塞，將成江河，一入一出，數雖綦微，毋容忽置忽視也。

學僮某作五言聯，師出上句云：『征雁穿檐去。』對云：『燒鷄帶醬飛。』蓋誤『征』爲『蒸』，誤『檐』爲『鹽』，而句法跳脱，是可與言詩者。

蔡邕無嗣，止一女琰，沒胡。曹操與邕善，贖還，嫁陳留董祀。《後漢書》之説也。《晉書·羊祜傳》：『母蔡氏，漢中郎將邕之女，景獻皇后同產弟。祜討吴有功，將進爵士，乞以與舅子蔡襲。』據此，則邕女非止文姬一人。襲爲邕孫，尤不得云無嗣。高平載筆，闕有閒矣。

杜預攻吴江陵，江陵人以匏繫狗頸，臨城示之，蓋元凱患癭故也。此事絕可笑，癭之雅故，政復未易得多。《漢書·郊祀志》：『祭郊疇宗廟，用僞飾女伎。』乃裝旦之始。一説『旦』本作『妲』，後省

『女』。

露香園，在上海九畝地或曰城西北隅，誤。明時邑紳顧氏兄弟二人，長名儒，官道州守；次名世，字應夫，尚寶司丞。園爲名世所闢，其姬人某工刺繡，其法得自内院，選色配絲，獨臻精妙。山水、人物、禽魚、花卉，著手如生。曾繡《停鍼圖》，尤極工緻。以是『顧繡』之名喧噪江浙間。其後又有顧會海之妾，亦工繡，以繡字見長，一筆一畫，並有神味。又自浦東東行里許，有小村落名繡花坡，相傳顧繡實始於此。邑人黄協塤式權有詩賦之云：『鴛鴦繡出色絲工，自昔傳聞歇浦東。今日繡花坡上過，胭脂零落野花紅。』檢上海縣志，言顧繡弗詳，亟彙記之。比歲吳中余女士『霞光連烟』馳譽鍼絶，顧繡之名取而代之，可矣。（以上六則，八月十一日）

黄山谷云：『我提養生之四印：「百戰百勝，不如一忍；萬言萬當，不如一默；無可揀擇眼界平；不藏秋豪心地直。」』半唐老人以四印名齋本此，或疑其藏漢印四矣。其少房妾稱少房，見宋人文集名抱賢，則所本未詳，嚮嘗問之，半唐笑而不答，唯曰：『所謂賢者，卽我而已。』『五嶺花明看駐馬，四山雲霽聽鳴鳩』，臨桂東郭外賜恩樓楹言，先通議公譔並書。半唐詞自注作『四望亭聯』，誤。賜恩樓外徧種桃花，景與聯合。稍東北，卽酒壺山，有雷酒人亮工墓，蕙風有『壺山書庫』印。

桻子，卽荷竹槖而販者，見《宣室志》自注僧契虚條。俚語謂坐肆賣術爲鉤司，游市爲盤術，見《夷堅志》自注華陽洞門條。『桻子』、『鉤司』、『盤術』字，入文絶古雅。

人之對待於我者，無論爲怨惡，爲笑駡，總不如嫉忌之可懼。凡論人論事論文，好一挑半剔者，其人必刻深；外和易而内刻深，其爲可懼，蔑以加矣。

王文敏詩自注：『黄鶴山樵自號香光居士。』見前，惜未詳所本。比閲《拜經樓詩話》：『明明秀上人號雪江，嗣法於海鹽天寧寺，嘗與朱西村、陳句溪諸老結社唱和。予嘗得其手蹟《蘿壁山房圖》詩並記，略云：「《蘿壁山房圖》迺香光居士爲元津濟公所繪，筆法精妙，國初諸老宿皆賦詠之。若干年爲西宗意公所得，亦有紀識。復若干年，傳於大雲慶公。今歸東啓昕公，昕因號之曰蘿壁，蓋有慕於昔人者也。嗚呼！未百五十年，此卷不知幾易主，嘅夫時異世殊，而人生猶夢幻也。然則此卷閲人，誠一傳舍耳。東啓聊亦坐香光之境，觀諸老之言，而進於清淨法性中，則斯卷之功不爲少矣。嘉靖七年三月題於嘉會堂。」』記中所謂『香光居士者，王叔明也』云云，可爲文敏詩注佐證。（以上四則，八月十三日）

在昔同、光盛時，都門名伶寓所，謂之下處，梅巧玲曰景龢堂，朱靄芬曰雲龢堂龢，和本字。當時某朝貴之名或云於二子有取焉，故曰同也。

『恨夜短。夜長卻在，者邊庭院』，項蓮生廷紀《憶雲詞》句隔牆聞按歌聲，調失記，余二十歲時極喜誦之，後乃知其絕無佳處，而詞境稍稍進矣。

前月下旬，缶翁赴友人之招，車覆傾跌，戲語人曰：『幸吾老缶練質堅，顛撲不破，得缶无咎。設缶而非老，何以任矣。』舊有白文印曰『缶无咎』也。

君木自甬上來書，云：『偶與友人評品果實，比方人物。客去，草成十餘條，以器之之評詩，效叔庠之説餅，亦消夏之一策也。水蜜桃如金屋阿嬌，豐豔穠粹，絕世無雙在《石頭記》中人物，擬之薛寶釵；天津梨如妙年才媛，吐屬俊快，傾靡四座《石頭記》中擬之賈探春；荔支如珠江女郎，柔情俠骨，沈俊絕倫尤三姐；櫻桃如依人稚女，嬌小玲瓏巧姐；紫蒲桃如知心青衣，趨事如飛，眉目流盼，動多蕩逸花襲人；橄欖如才媛新寡，韻味高俊，而都含秋氣林黛玉； 栗如鹿門媸屬，釵荊裙布，適於偕隱李紈； 蓮子如舊家閨秀，舉止矜持，了無意趣迎春； 香蕉如中年村嫗，喋喋多言，自謂深通世故周瑞家的； 羅匐如村姬出浴，肌膚非不白皙，而舉體傖停，無復有動人處吳貴家的； 藕如姑射仙子，淖約仌雪妙玉； 楊梅如秀才家姬，宛麗之中微帶酸氣邢岫烟； 蘋婆果如深閨弱質，天然明麗，柔靚有餘，機警不足賈惜春； 枇杷如名門淑媛，德性溫和，而差少風情李紋、李綺； 蜜橘如大家主婦，才麗寡雙，幹練精能，時帶辣氣王熙鳳； 山茶果如鄉下十四五女郎，戴紅披綠，自詡絕色小紅。（以上四則，八月十五日）

缶翁告余，缶幼時，其尊人絕鍾愛之，小名曰香阿嬌。當時玉雪可念，與斯名宜稱也。

陳圓圓，本崑山人，住蘇州桃花塢三板廠，有梳妝樓一角，今歸入袁順興水木作，主者名袁土保，見吳縣陸璇卿鴻賓所編《旅蘇必讀》。言之確鑿，惜未詳所本。曩余編《陳圓圓事輯》，未載，應補入。

安徽祁門縣，一稱閶門。

乙丑五月旅寓吳門，汪甘卿鍾霖奉其太夫人《佩秋閣遺稿》見貽，詩二卷，詞、駢文各一卷，其《紅葉》、《黃葉》兩詞尤爲卷中佳勝。《紅葉》調《臺城路》云：『楓林坐晚霜痕染，嫣然酒顔新醉。驛路魂消，吳江夢冷，都是者般風味。詩情漫擬。似付與寒姿，冶春爭麗。半壁殘山，斷霞横抹夕陽外。 長亭多少送客。數程如畫本，鞭影遙指。豔卻非花，鮮宜著雨，攪作去聲離人紅淚。休隨逝水。便吹去閒階，海棠秋比。樂府吟來，恐餘愁未洗。』《黃葉》調《霜葉飛》云：『夕陽路、詩筇瘦村，平林秋意如許。天涯可奈感飄零，恁打頭飛處。向晚菊籬邊認誤。漫教倦客吟愁句。只一夜霜華，頓減了濃陰，儘西風便吹去。 何況畫裏江南，幾人家、在此時歸棹無主。那禁搖落好年光，散似摶沙聚。向穲穊村頭且住，柴扉亂逐昏鴉舞。剩有著書身，摵摵蕭蕭，閉門聽雨。』《臺城路》闋『漫擬』、『逝水』、『未洗』字，並用去上，守律謹嚴。《霜葉飛》換頭固佳，過拍尤語淡意深，是善學清真者。太夫人姓吳氏，名茝，字佩纕，吳縣人。詩詞古文外，畫花卉，宗沒骨法，兼工山水，有卷冊行世，鑒藏家多重之。爲吳縣許鶴巢前輩玉璩女弟子，其遺稿，許先生爲之序。

蘇州胥門內西貫橋，在東美巷迄南。『貫』當作『館』，卽館娃之館，古時貯嬌處。橋洞中有唐人題名石刻數段，府志未經箸錄，人亦絕無知者。汪甘卿說。（以上五則，八月十七日）

晚唐五季之間，詞流喜借字屬對，如楊凝式帖：『當一葉報秋之初，乃韭花騁味之始。』借『韭花』作『九花』，對『一葉』之類是。客歲孟秋，滬西富商某某園主人生日，蓋雙壽也。或集《漢史晟碑》字爲文，書箋稱祝。吳音『史』讀若『徙』。『史晟』對『生日』，猶『九花』對『一葉』，屬辭工巧，寓意深隱，詎亦虐矣哉！而彼昏不知，方且以爲榮，而津津樂道，抑亦甚可憐矣。

鸞糞中有金剛鑽，見《紫桃軒又綴》，惜未詳所本。鸞糞亦世不經見之物。

今日不學，而謂有來日，學者之大患也。荊公《字說》：『姑息，且止也。天下事未有不害於且止。』此解甚精。舊說婦姑相惜，殊淺陋牽彊。

近世考辨家有謂武陵桃源乃靖節寓言，實無其地者，其說殆未必然。《紫桃軒雜綴》：『趙白雲，不知何許人，年九十餘，談終南之勝云：其中多不死者，山有大楮樹，剝取皮漚之，毛茸茸然，細厚類氈罽，夏服之涼，冬披之溫。從春至夏，有七葉蕓薹菜，秋冬有九葉蕓薹菜，二種香美甘腴，不煩五味。亦有稻穀豆麥，就澗旁沮洳處，播之自生，不藉耕蓘。熟則競以筐籃手擷之，不分爾我。』又：『以機器運飛瀑爲轉輪，或碓或磑，盡日爲用。以故，人皆不勞，而資用裕如。深山既少有往來，亦無異巧奇玩、滋味伐生之具，故人耳目閒曠，腑臟清虚。』又：『上古異人傳有接氣之術，人有少疾，則入室坐閤，噓吸吐納，多至旬日，則健爽如故。山中最壽者，堯碧天道人，自黄巢亂時人；銅帽道人，自宋末時人，今皆在。餘纍纍皆數百歲人。白雲抵其中，留二十年，以思家復出，今迷不可復往。』白雲之言，是又一桃源矣。宙合之大，亙古以還，亦復何奇不有？而顧以常理測之，至乃以《閑情賦》爲『防閑』之『閑』，則尤理障甚深之言矣。（以上四則，八月十九日）

蘇州胥門内東美巷北頭、柳巷東頭其後曰花街，市廟一楹，丹其垣，額題吴縣麗娃鄉。廟前有井。元時吴王張士誠公主，爲江浙行省左丞滎陽潘公元紹夫人，士誠敗，元紹戰歿，夫人投井殉焉，卽此井也。元紹七姬，程、翟、徐、羅、卞、彭、段，亦同日投環殉。尋陽張羽撰權厝志，東吴宋克書，婁江盧熊篆蓋。檢府志，得其概略。再過，停車憑弔久之，俯瞰澄匳，鑒人心骨，怳然以思，悁然以悲，不知其所以然也。廟稍南，隔河爲西美巷，余先世明循吏況公專祠在焉公諱鍾，字伯律，新建人。嘉靖間蘇州知府，其影壁題『青天猶在』字。是日挈次兒維環詣祠瞻謁。歸值甚雨，炎景退舍，旅窗清寂，命環刻印曰『麗娃鄉循吏祠奉祀生』白文。

惲壽平，以字行，武進人，名格，一字正叔。好畫山水，及見虞山王石谷翬，自以材質不能出其右，則謂石谷曰：『是道讓兄獨步矣。』格妄恥爲天下第二手，於是舍山水而學花卉；山水亦間爲之，皆超逸名貴，深得元人冷淡幽雋之致。然虚懷自抑，終不敢多作也，見《畫徵錄》。又虞山顧雪坡文淵、徐鐵山方少時與石谷同畫山水，後石谷從太倉烟客、圓照兩王公游，得多見宋元人真蹟，學識日進。雪坡、鐵山度不能勝之，遂一去而畫竹，一去而畫馬，兩人亦並臻極詣。雪坡寫竹，尤妙在水與石之間，蓋此二端，專事畫竹者，多不能工，雪坡從山水入手，故獨擅場耳。見《柳南隨筆》虞山王東漵應奎譔。正叔事，稍涉畫家雅故者知之；顧、徐則罕知者，其畫竹畫馬，異曲同工，亦僅恃王氏《隨筆》以傳耳。

明江陰女子洪夢梨，字蕊仙，自號白雲道人，才色雙絶。與諸名士唱酬，和孫陶庵鎔中字韻云：『妝罷桃笙尋獨見，夢回茉莉入通中。』自注：卧履名玉香獨見，枕名通中。（以上三則，八月二十一日）

吾廣右瘠區也，某鉅公者，起家豪客之尤，竊枋元戎之重，不恤千人所指，據爲一姓之私。方當草木皆兵，則遵海而處；敢爲梓桑造禍，則捲土重來。負嵎之虎莫攖，起陸之蛇孰禦。所謂爭城以戰，殺人盈城。某年春夏間事也。邦人士夫惸辦膏秣，則散而之四方，其不克爲樂郊之適者，日回皇風聲鶴唳中，計無復之，唯以吟弄自排遣，當時有連琴詩社之設。粵諺有之：『黄連樹下彈琴，苦中作樂也。』偶閲近人筆記，有云：『咸豐辛酉夏，苟里上海地名有詩社之舉。時禾中諸詩人亦以避寇來浦東，詩虎酒龍頗極一時之盛，裒成一帙，不下數百餘首。』吾因之有感焉，恐吾鄉連琴社集以視苟里，不可同年而語也。

缶廬近詩《一跌》七絶三首：『須眉齒頰血模糊，何物幺魔祟老夫。一跌儻教談意外，髑髏認得子章無。』又：『太平消息聽闌刪，別苦無家住大難。底事跌餘陪一笑，拍肩尋著睡陳摶。』又：『跌時幸不瓦學士，諧處同爲石敢當。妙語不須人共解，滑稽除卻讚東方。』甫脱稿，疑『讚』字稍未安。余曰：『一跌無恙，大可自讚。』稿遂定。

劉翰怡近詞《蝶戀花》三首，爲三蘭畫蘭三枝並題，藻思綺合，芊綿温麗，讀之齒頰俱香：『影事鬘天時記省。點檢離襟，猶有餘香凝。回首江皋仙路迥。素心珍重雙珠贈。試問小名羞不應。玉刻茗華，看取瓊支並。畫裏芳姿娟更靜。三生乞與蘭因證。』『眼底羣芳齊俛首。天與娉婷，不數芝三秀。幾話同心攜素手。濃香未澣襟痕舊。　儘意相思從別後。九畹而今，卻種雙紅豆。紉佩情芳君念否。一年容易秋風又。』『願傍蘭苕爲翡翠。璧月瓊筵，曾幾瞢騰醉。珠樹三花明赤水。芬芳未抵千金意。　自昔國香稱服媚。畫裏真真，消得人顛顇。甚日凭肩呼小字。碧紗烟語喁喁地。』三蘭姓錢氏，越國妙姬，容翰雙絕，妝閣在錢塘江上，非俗客所能到也。（以上三則，八月二十三日）

集宋人詞句爲楹言，吳門顧氏怡園外，以南潯劉氏藏書樓翰怡京卿近築，佳構爲多：『佳節若爲酬蘇軾《南鄉子》，縹簡雲籤李彭老《高陽臺》，細憑商略黃機《沁園春》；層闌幾回凭周密《瑞鶴仙》，青溪翠麓劉克莊《滿江紅》，正好登臨史達祖《齊天樂》。』又：『琅函聯璧陳師道《滿庭芳》，藜閣翻芸姚勉《沁園春》，元龍豪氣橫秋詹正《臨江仙》，共嬉遨李昴英《水調歌頭》，歲寒伴侶周密《繡鸞鳳花犯》；天上玉堂張翥《沁園春》人間福地盧祖皐《沁園春》，新棟晴暈淩漢吳文英《水龍吟》，面屏障吳文英《鶯啼序》，神仙畫圖劉過《沁園春》。』又：『是家傳辛棄疾《聲聲慢》，太乙青藜劉克莊《滿江紅》，儒館英游京鏜《念奴嬌》，伴莊椿壽辛棄疾《水龍吟》；更小隱辛棄疾《滿江紅》，苕溪漁艇劉克莊《沁園春》，烟霏空翠丘崈《漢宮春》，作歲寒圖陳草閣《沁園春》。』又：『汗青蠹簡劉克莊《水龍吟》，罨畫簾櫳吳文英《聲聲慢》，懷抱向誰開方岳《水調歌頭》，對嬋娟辛棄疾《滿江紅》，香尋古字張炎《八聲甘州》；霧閣雲窗京鏜《瑞鶴仙》，爭輝金碧京鏜《滿江紅》，俗塵飛不到曹冠《小重山》，勝絲竹劉子寰《滿江紅》，風響牙籤吳文英《江南春》。』又：『璇題寶字張先《喜朝天》，繡水雕闌曹冠《喜朝天》，風月試追陪辛棄疾《水調歌頭》，我亦低窗翻蠹紙朱文公《念奴嬌》；芸帙披香曹冠《滿庭芳》，湘屏展翠周密《霓裳中序第一》，珠玉霏談笑辛棄疾《千秋歲》，天開圖畫肖瀛洲朱文公《水調歌頭》。』此聯蕙風署名又：『不盡古今情呂勝己《臨江仙》，閣上藜光劉克莊《沁園春》，劉郎清歗劉克莊

《沁園春》； 雅飾繁華地吳文英《鶯啼序》，江南圖畫周邦彥《蕙蘭芳引》，王謝風流辛棄疾《八聲甘州》。』樓聯須切藏書，較園聯隨意寫景爲難。宋詞句意與書樓關切者，殊不多覯，集句聯中尤多切劉姓及湖郡之句，允推工巧絕倫。（八月二十五日）

某年月，某鉅公巡幸廣右，供張極一時之盛。主辦者，起家翰林之太守某公，年近古稀，精力稍稍遜矣。以舊貢院爲行在獨秀峯前故明靖江王邸，結構絕閎麗，其前曰龍門，額題『天開文運』，太守命以『元首明哉』易之，輾轉傳達，誤『明哉』爲『民災』，太守未及視察，他人有知之者不敢言。越日，鉅公者乘顯轎入盡去襜帷，俾民瞻仰，俗稱顯轎，六十四人舁之，志得意滿，左顧右盼，恰未嘗仰觀，觀者或知之矣。於是他人愈不敢言，尤斷斷不敢更正。比其出也，寧復知有不堪回首者，自太守以次竟得免於罪戾，詫爲天幸，且謂聖抱寬宏，或知之而若爲不知，雖高厚覆載，未可同日語。事後，與人言及，猶爲之舌撟不下云。

劉翰怡題《吳丈缶廬詩存》詞，是真能知缶詩之妙者。調《沁園春》云：『詩人之詩，其心則騷，而筆近韓。似老樹著花，杈枒媚嫵，奇峯拔地，突兀孱顏。節制之師，懈無可擊，當得長城尤五言。論風格，祇東陽乙盦尚書高密太夷方伯，方駕吟壇。 須知天帝胡然。凡淩亂之言皆肺肝。念獨立蒼茫，所遺何世，悲歌慨慷，欲問無天。疊稿如融，長愁如質，略舉家風非等閒。陽春曲，問十年滄海，幾見成連。』換頭『肝』韻二句，筆遒而意徹，非功力甚深不辦，非缶翁之詩，不足以當之。

劉氏藏書樓楹言集宋詞句，又云：『石渠天祿姚勉《沁園春》，潤納璇題吳文英《鶯啼序》，笑談問韓元吉《水調歌頭》，引客登臨吳文英《鶯啼序》，得意春風羣五府管鑑《滿江紅》； 古簡蟫篇吳文英《掃花游》，香深屏翠李彭老

《壺中天》，圖畫裏劉過《沁園春》，有人瀟灑周密《龍吟曲》，云是清都山水郎朱敦儒《鷓鴣天》。』又：『檐牙飛翠，檻曲縈紅姜夔《翠樓吟》，應是瓊斧修成張樞《壺中天》，星躔斗柄皆回互京鏜《賀新郎》；山秀藏書，池香洗硯周密《八聲甘州》，且由醉帽欹側吳潛《念奴嬌》，清風明月解相留曹冠《宴桃源》〔一〕。』並雅可誦。（以上三則，八月二十七日）

【校記】

〔一〕曹冠：底本下衍『稱』字，據《全宋詞》删。

宋潘閬《逍遥詞·酒泉子》『最憶錢塘』闋換頭云：『弄潮兒向潮頭立，手弄紅旂旂不溼。』蓋絕技矣。吳兒有擅飛叉之技者。胥門外，舟行十五里，至月盛橋，一名行春橋，在石湖之濱，即越來溪也。隄岸綿亙，約八九十丈，中有湖心亭，爲宋范文穆成大所建。橋隄之右，爲上方山，即楞伽山，浮圖七級，倒影波心。每歲中秋節後，香會甚盛，畫舫麕集。有打拳船者，船頭摐金擊鼓，駕雙艑，疾如飛，健兒四人肩荷柏木扁擔二，一人赤足立扁擔上，手鋼叉飛舞，作種種姿勢；抵月盛橋，橋上行人亟左右避，而其人手中叉卽脱手從橋上飛去，船卽由橋洞穿過，而橋上之叉落下，仍入船人舞叉者手中，間不容髮。兩岸喝彩聲如雷；船上金鼓鞺鞳，益自鳴其得意。此所謂南方之强，弄潮兒之旂，打拳船之叉，恃巧而不恃力者也。袁籜庵于令，字令昭《西樓記》院本，爲姑蘇袁鳧公白賓作。于叔夜者，鳧公託名也。鳧公短身赤鼻，長於詞曲；穆素徽僅中人姿，面微麻，所云絕代佳人者，妄也。性耽筆墨，故兩人交好，爲趙萊所忌，因假趙不將以刺之。此康熙中葉事，見梁廷枏《曲話》。蘇州城內通和坊湖南會館戲臺之西北，有小園，不及一畝，中有池，四面疊石爲山，迤北最高處，倚牆作六角亭之半，上懸楹聯：『南部親張洞庭樂，西樓舊詠楚江情。』並識云：『今湖南會館大仙亭之東，小樓三楹，相傳卽傳奇中所稱西樓舊址。辛未正月，李質堂軍門招集潘季玉曾瑋、顧子山文彬兩方伯及諸同人讌飲於此。季玉卽席口占楹言，下句方思屬對，而子山遽成上句，咸歎其工切，遂屬吳膚雨雲書之』云云。《曲話》云：『吳梅村有贈荊州太守袁大韞玉卽籜庵句「彈絲法曲楚江情」，蓋《西樓記》中之一闋也。』（八月二十九日）

劉氏藏書樓長聯集《文選》句云：『頤情志於典墳《文賦》，鴻生鉅儒《羽獵賦》，方軌並跡《東都賦》；游文章之林府《文賦》，金版玉匱《王文憲集序》，流耀含英《西都賦》。』又：『高會君子堂王粲《公讌》詩，文采璘班《景福殿賦》，僑肹是與王粲《贈文叔良》詩；朝集金張館左思《詠史》詩，博覽典雅《長笛賦》，圖書之淵《東都賦》。』又：『發祕府，覽書林《劇秦美新》，蘭臺金馬《西京賦》，天祿石渠《西都賦》，兼其所有同上；度宏規《西都賦》，掎羣雅《上林賦》，六藝百家，九流七略《天監三年策秀才文》，不可殫論《西都賦》。』又：『文昌鬱雲興曹植《贈徐幹》詩，揆日粲圖史顔延之《侍宴》詩；朗鑒豈遠假陸機《君子行》，委懷在琴書陶潛《經曲阿》詩。』又：『林園無世情陶潛《夜行塗口》詩，乃有祕書《西京賦》，怡顔高覽《漢高祖功臣頌》；圭璋既文府王僧達《答顔延年》詩，尚哉君子王粲《贈文叔良》詩，雅性内融《三國名臣序贊》。』

又長聯集《焦氏易林》云：『藏閣蘭臺豫之蒙，仁哲權輿比之訟，美哉輪奐損之夬；金梁鐵柱旅之咸，文德淵府豐之大有，居之寵光剝之觀。』又：『典冊法書豫之蒙，少鮮希有否之漸，君子所居困之頤，盛滿匣匱復之艮；玉盃文案同人之豫，逍遥徙倚旅之需，高樓之處師本卦，照覽星辰同人之咸。』『六藝之門蹇之否，麟麐鳳雛恒之坎，多受福祉師之既濟；百流歸德蒙之乾，瓊英朱草噬嗑之中孚，共保歲寒剝之履。』

又集《文心雕龍》句云：『修容乎禮園，翺翔乎書圃。』《麗辭》『含章之玉牒，秉文之金科。』《徵聖》又：『《七略》藝文《章表》，先博覽以精閲《通變》；《新序》該練《才略》，唯藻耀而高翔《風骨》。』又：『七略芬菲《諸子》，自開窗牖同上；百家騰躍《宗經》，有助文章《正緯》。』又：『方冊紛綸《練字》，鬱若崑鄧《事類贊》；詞翰鱗萃《才略》，豔溢錙毫《辨騷贊》。』又：『仲援博古《議對》，篇章雜沓《知音》；石渠論藝《論説》，經典沈深《事類》。』（以上三則，八月三十一日）

餐櫻廡漫筆卷十二《申報》一九二五年九月

乙丑五六月間，蕙風賃廡於吳門。或告余慕家花園街名有空屋，且有花園。花園，余所欲也，挈璟兒往觀之。屋主人畢姓，臨街大門五楹，其内聽事三楹，彫敝不可以居。院落廣闊，草長於人，荒蕪特甚。徑聽事，經幾曲折，若廊若榭，略約其遺址。臺宜牡丹芍藥，牆宜藤本花，砌宜書帶草，牆陰屋角宜秋海棠、鳳仙等花。宜蠁者皆有之。久之，得屋三楹，彫敝視聽事尤甚。導者語余，此上房也，其實園中之一閣云爾。閣之外，一石如朶雲，當門矗立。荷池偃翠，因假山爲繚曲。閣之四圍，樹石環之，奇石天成，非人工克辦者，殆不止一二。草深未便涉足，遙矚而已。余之眷屬，僅童幼四人，是屋是園，烏可卜居者？距屋數十步，曰遂園。近傳閶門外某村落某日大風雨，鄉人於草間捕獲一穿山甲，長逾二尺許，蓋介族山居者，盆覆之，鉅石壓之，則穴地遁去，至數里外某氏之居出焉。仍見獲，置之遂園，游客因而雲涌。余倦，且頹絶無游興，璟兒泥余行，以觀穿山甲爲主旨，勉徇其請，納訾入園。亟首詢是物，則化去久矣。園之勝，荷池假山，縈帶成趣，略同畢氏園。花皆重臺，映夕照作慘紅色，風裳零亂芳事闌珊，更無人處一凭闌，令人神傷目斷矣。遂園假山皆人工締造，雖玲瓏皺秀，視畢園天成者不可同日語。考慕家花園，康熙間巡撫慕天顔所築，後爲畢秋帆尚書分其半，餘爲雲南布政使董國華住宅，當時稱東園主人、西園主人。今遂園卽西園，二百餘年不知幾易主。畢園，卽東園主人，猶畢姓未改，可不謂難乎？余詢導者，主人何作，以讀書對。導者，蓋畢氏僕。讀書之云，隨問卽答，非有所受之也，微是主而能有是僕乎？余得之載記，尚書恤士憐才，當時名輩如孫淵如、程魚門皆蒙其禮重，風雅之流澤孔長矣。（九月二日）

在昔科舉時代，蘇郡號多狀元。順治己亥陸元文，卽徐立齋相國，及第後復姓徐。康熙癸丑陳成，卽韓慕廬宗伯菼，亦及第，後歸宗，復姓名。其最初兩狀元姓名均經變易，亦異聞也。

偶於故紙堆中得《南歸感事》七律八首，末署『灘水隱漁稿』，蓋庚子亂後，吾鄉人宦京脫歸者之作也。詩云：『板蕩中原客甫歸，無邊好月對清暉。首從直北空迴望，翼縱圖南亦倦飛。萬里江山餘素淚，一身烽火突重圍。殘軀幸脫紅羊劫，細讀春秋辨是非。』又：『莽莽乾坤萬古開，雨雲翻覆足堪哀。此時欲正高皇統，在昔何須景泰來。臣死九原忠有憾，民無二日禍先胎。盈廷輔弼誰伊霍，一木能爲大廈材。』又：『兔犬迷離錯認真，不堪禁闕蔽烟塵。公侯竟與推心腹，丞相何妨拜鬼神。催起風波橫海國，直教天地盡荊榛。可憐白骨沙場裏，更有哀嗷億萬民。』又：『荷蘭珠劍久銷沈，和虜曾輸百萬金。計拙固宜非魏絳，文高惜已少陳琳。越裳海雉虛朝貢，黑水蒼崖就削侵。大事豈堪重破壞，追維曩昔倍傷今。』又：『太息勤王空誓師，炎天烈日効驅馳。縱教死戰甘殉國，亦屬愚忠附黨私。蠡見豈能窺海大，鴻名終玷蓋棺遲。東山胡有投閒意，江上娛情寄竹絲。』又：『半壁山河一炬中，鑾輪西幸鳳城空。采旌輕擁雙龍赤，焦土狂奔萬馬紅。掃地冠裳駢受戮，指天戈戟果誰忠。何人見虜揮單騎，能使羣酋拜令公。』又：『保障東南倖苟安，脣亡要識齒能寒。豺狼成性無厭足，龍虎爭强恐踞蟠。三輔竭忠謀畫策，一棋先著在迴鑾。請須載誦周任語，事到顛危莫畏難。』又：『倣吏身閒欲隱名，敢談世局掌孤鳴。漢廷既薄匡衡疏，楚澤難亡屈子心。一水蒹葭思故國，百年槐柳望神京。迴翔聽語南來雁，願作和聲頌太平。』（以上二則，九月四日）

近見書畫家輒以口咀墨，蓋取其便。偶閲《觚賸》，得兩事焉。馨玉之山，有麗人焉，姓宋，小字粟兒。隴西刺史典其州，工於子墨，署爲侍硯青衣，放衙而歸，闢扉而入，粟脣恆沾墨瀋。又李研齋之繼室曰鍾山秀才，其婢墨池，性亦明慧，常侍秀才畫蘭竹，宜墨之淡，令口受筆退其墨。李詩云：『別有香在口，莫畏胭脂墨。』此墨池所由名也。若斯雅故，竟能有二，而書畫家之脣之墨，可以愧矣。

余嗜好多，錢癖尤甚，自虞夏贖金迄歷代大小圓錢，而擴充至外國舊幣，其銅幣精品罕見者，亦不惜重價購之。客歲憯遭家禍，歡事去心，在昔瓌寶視之，卽亦聽其散佚，不復措意。考外國幣制，以銀錢爲通行幣，而輔以銅鎳雜錢，行之境中。英制金錢曰磅，銀曰先令，銅曰本士。凡磅一易先令二十，先令一易本士十有二。行於印度之銀錢，曰羅比。法則銀錢曰佛郎，銅曰生丁，金磅一值佛郎二十，佛郎一值生丁十。行於越南之銀錢，曰比阿斯德。德之銀錢曰馬克，銅曰弗尼。俄之金銀錢皆曰羅般，銅曰古貝。奧金錢曰喀郎，銀曰福祿林，銅曰紐扣而哲，其值大都小異而略同。此各大國三品鑄幣之略也。此外，意曰賴兒，荷曰結利特，葡與巴曰密勒，丹麥與瑞典曰列斯大拉，班曰祕西笡，祕曰沙而勒，皆銀圓也。美利堅、智利、科侖比亞等國，皆行墨西哥之祕瑣，亦銀圓也。其他小國或自鑄幣，或奉大國之制，銀錢輕重之差，較之中權，自一錢餘至七錢有奇不同，然最以墨西哥之祕瑣，重七錢有二爲中制，卽中國通用之鷹洋也。此各國錢幣大略。二十年前翦存某種報紙，偶得之故紙堆中，棖觸前塵，略同隔世，節而存之，爲之□□而已。（以上二則，九月六日）

明方正學先生《題米南宮畫真蹟》句云：『別來幾點青山影，付與寒鷗一笛風。』抑何疏俊乃爾。

虎丘山門内鴛鴦塚，吳人記載之書略云：『倪士義，長洲蠡口人，明崇禎十四年被誣死；妻楊氏，絕食七日而亡。築墓虎丘，大吏聞於朝，敕賜「鴛鴦」二字，故曰鴛鴦塚。』桉《觚賸》云：『長洲倪士義與婦楊氏伉儷甚篤，有同穴之誓。崇禎末，士義年未三十而卒。楊親詣虎丘，相地葬之，復營一穴於旁，命工鑿「鴛鴦」兩字壙上，歸卽自刭，遂合葬焉。吳人稱爲鴛鴦壙。』番禺屈大均題詩曰：『血濺良人墓，嬋娟事可傷。闔廬無此劍，紫玉不成香。俠烈光吳岳，流傳自野王。千秋蓮沼上，人見紫鴛鴦。』據此，則『鴛鴦』二字係烈婦生前命工所鑿，非出朝廷之賜。翁山詩云：『血濺良人墓。』又云：『闔廬無此劍。』則烈婦之亡，實自刭，非絕食，自相葬地，命鑿壙字，就義尤極從容。據前說，稍失其真矣。

吳漢槎騫之子振臣譔《寧古塔紀略》一卷，言其父賜環事，同社諸公如宋右之相國、徐健庵司寇、立齋相國、顧梁汾舍人、納蘭容若侍衛，固不忘故舊。而其中足跰舌敝、以成茲舉者，則大馮三兄之力居多，唯大馮三兄，振臣但言壬子拔貢，在京考選教習，迄未詳其里籍名字《蕙風簃隨筆》。偶閱鈕玉樵琇《觚賸續編》卷三『事觚·丙辰會狀』條：『吳門彭修撰定求，幼奉乩仙甚謹，籙練既久，遂能通神。廢乩運腕，不假思索，始爲詩文；繼爲制藝，隨筆疾書，悉成佳構。康熙丙辰歲計入都，余友吳大馮與彭有舊，得其經義祕本示余』云云。據此，則振臣所云『大馮三兄』卽『吳大馮』，漢槎之猶子也。丙辰上距壬子四年，大馮是時在京考選教習，情事脗合，亟記之，俟詳考焉。（以上三則，九月八日）

鴛湖某先生嗜□□字从竹，其具蓋以竹爲之，文言之曰看竹，多忌諱。一日，方將登場，興會飈舉。其年家子來謁，以『老世叔』稱之，則怒甚。蓋『世』聲諧『是』，『叔』音近『輸』，『老』則語首助詞，尤有常義，適觸其所忌也。

先世父雨人公澍輯《雜體詩鈔》，有十一言詩一首，孫麟紱《題宜山縣民藍祥年百四十二畫像》云：『康熙八年己酉孟春壬子夜，釋迦牟尼五老二龍同日下。齊聲祝曰加洞明晨降壽星，歌詠四朝太平聖德延洪化。今年先生百四十二華筵開，鶴髮鮐背童顔兒齒如嬰孩。我聞太行王屋綿亙七百里，愚公耄年移之精神何壯哉。又聞尹雄左鬢生角長寸半，濟南伏生口授《尚書》等珠貫。二君生長通都大邑皆百齡，千秋史冊標奇紀盛偏璀璨。未若僻處山隅五萬二千日，安期羨門彭鏗壅伯爲儔匹。始信帝澤涵濡普護偏猺獞，不是先生別有金丹養生術。』見《慶遠府志》，附識云：『一時題像讚、贈歌詩甚夥，邑宰周冕編爲《希聞圖集》一卷。厥後藍祥於嘉慶十八年無疾而逝，年一百四十有四。』

《雜體詩鈔》又有全平全仄七絕各一首，明閨秀劉如珠作，亦異格也。全平云：『思親頻年無書來，明珠惟愁沾塵埃。終朝看雲心徘徊，悠悠蒼天何人哉？』全仄云：『日入樹杪作暮色，水面似鏡又似織〔一〕。倦鳥遂伴忽去盡，淡月已挂北斗北。』附按：『如珠，河南河陽縣人。父與忠，崇禎間宰南昌，如珠隨侍。闖賊之亂，南昌失守，劉舉家離散，如珠遇表兄馮滸，偕往姑蘇，馮暗鬻之於青樓，如珠屢欲自盡，以未得父母音耗，或冀重逢，惟矢貞潔自守。次歲年十四，鴇母令媚客，不從，屢被鞭撻，令服井竈苦賤之事。歷三年仍無親耗，遂自經以全名節。曾檢生平雜作成帙，自序簡端，至乾隆壬子夏，朱則亭得其遺稿，屬孫紹坦作序以傳。（以上三則，九月十日）

【校記】

〔一〕水：底本作『水水』，衍一『水』字，删其一。

訪吴癯菴梅於蒲菱巷，商榷詞曲宫調之説，深談逾子夜，僅有簡當精徹之言入《蕙風續詞話》。雖余二人同談，亦未易多得也。癯菴近譔雜劇《湖州守乾作風月司》，計二折，卽緑葉成陰詩事，兹限於篇幅，不能具録，録其卷尾數曲如左，尤爲悱惻纏緜、迴腸盪氣者也。《伴讀書》：『他花朶般容色原嬌好，笄條般年紀還輕少。便算俺十四載青春多耽閣也，須似耐冬花牢守冰霜操。郤生生的黑罡風吹散迦陵島，一似平地波濤。』《笑和尚》：『你你你言詞太絮叨，俺俺俺受了貪花報，他他他天鵝硬作蝦蟇料。空空空空築起翡翠巢，偏偏偏偏成就他鳳鴉交，倒倒倒倒説俺活脱的薄倖王魁調。』《雙鴛鴦》：『手握著錦環緌，止不住清淚拋。還記得苕上嬉春隔水邀，忽變做斷線風筝沒收梢。俺待碎瓊瑤，問根苗。既然是美滿良緣，似幻泡，爲甚的石上三生輕留笑，孤負他玲瓏剔透的玉雙條。』《蠻姑兒》梧桐兩格：『懊惱喑約俺捱盡了馬頭日月，雁底關河，你倒有領頭鳳史，接腳牛星，使這般脱殼金蟬計兒高。方信道情場多缺陷，香國有風潮，莽天公作弄的文人不少。』《塞鴻秋》：『呀，武陵源用不著漁郎棹，錦香亭緊接著祆神廟，孫汝權先納了扶頭鈔。董秀英甘上卷辭婚表，由他故劍招。但結新郎好，反惹得老虔婆嘴禿速的花言妙。』《二煞》：『俺從今連城璧去誰歸趙，你縱有弄玉簫吹郤不姓蕭。那裏有鬥草題香，年年歲歲，綰燕調鶯，暮暮朝朝。枉説俺文章有價，畢竟是風月無聊。反輪他齷齪兒曹，也是金釵十二衡一味少年豪。』《一煞》：『説甚麼銀燈夢影迴雙照，玉樹歌塵記六么。便雲想衣裳花留顔色，早風翦芙蓉，雪打芭蕉。都是他招蜂惹蝶，作怪裝妖，弄這虛囂。只恨俺西施網得，卻是替別人勞。』《尾聲》：『稱心人未逢傷心事正巧，只辦得鬢絲禪榻向空王告，量這些入骨的愁根如何去得了。』（九月十二日）

蘇州坊巷等名，多有本極雅馴，傳譌作俗字者。《吳地記》：『織里，今織里橋織里橋南街，今司前街，在麗娃鄉。俗呼失履橋、利娃鄉，譌也吳縣二十都，其二曰利娃。』《吳郡志》：『織里橋，今譌爲吉利橋。又游墨圃巷，今譌游馬坡巷。』

《洪武蘇州志》云：『企鴻軒，在昇平橋，越人賀方回鑄所居。前志云：「在醋坊橋」，誤。又有水軒。其親題書籍賀氏藏書萬餘卷云：「升平地，虎丘蓮花池中，有賀方回題名。嘗作《吳趨曲》，能道吳中景物。又別墅在盤門之南十餘里，地名橫塘，常扁舟往來其間，有《青玉案》詞「淩波不過橫塘路」』云云。按，昇平橋，在吳縣學西，《祥符圖經》、《吳地記》並作『升平』，與賀自題書籍字政合。

北禪寺門左，《紹興三十年寶積院井闌題記》：『吳縣永定鄉，太平橋南，富郎中巷口街東，而居住尚氏八娘』云云。是刻未經箸錄，近人朱錫果始訪得之。

閶門內宋仙洲巷，陸廣文沅宅內，井闌石刻文曰：『紹興二年□□二字泐義井，願百一娘子早生淨土。』附陸準案語：『宋時民家產亡者，必開井以資冥福。』是亦異聞，雖金石廣例，殆未曾有。

南潯劉氏藏書樓楹聯集陶靖節詩集單句者不錄有云：『戶庭無塵雜《歸園田居》，詩書敦夙好《還江陵夜行塗中》；賢聖留餘迹《贈羊長史》，瑾瑜發奇光《讀山海經》。』又：『歷覽千載書《與從弟敬遠》，靜念園林好《阻風規林》；或有數斗酒《答龐參軍》，而無車馬喧《飲酒》。』又：『校書亦已勤《示周掾祖謝》，勉勵從茲役《經錢溪》；疑義相與析《移居》，栖遲固多娱《九日閒居》。』又：『介然安其業《詠貧士》，試攜子姪輩《歸園田居》；何以稱我情《己酉九月九日》，上賴古今書《贈羊長史》。』（以上五則，九月十四日）

癯菴示余《宋平江城坊考》，補『臨頓里』條下云：『吴雲公雅善詩詞，居城東之臨頓里，箸有《香天雪海集》，傳誦一時。靖康國難後，披髮佯狂，更號中興野人，厭棄城市，時往來於吴江李山民家。李卽忠愍公諱若水之猶子，避寇來吴，就館吴江，與雲公爲僚壻，且同爲歲寒社詩友者也。按，宋胡仔《苕溪漁隱叢話》：「有稱中興野人和東坡詞題吴江橋上，車駕巡師江表，過而睹之，詔物色其人，不復見矣。詞云：『炎精中否，嘆人才委靡，都無英物。戎馬良驅三犯闕，誰作長城堅壁。萬里奔騰，兩宫幽隔，此恨何時雪？草廬三顧，豈無高臥賢傑。天意眷我中興，吾皇神武，踵曾孫周發。海嶽封疆俱效順，狂虜曾須灰滅。翠羽南巡，叩閽無路，徒有衝冠髮。孤忠耿耿，劍芒冷浸秋月。』」近人詞話有考出中興野人爲吴雲公者，其身世弗克具詳。』《城坊考》凡六卷，郡人王佩諍謇近箸。王君年甫三十，劬學媚古，淹貫雅故。是書體例精審，稱引賅博。在昔大興徐氏《唐兩京城坊考》、江陰繆氏《京師坊巷志》，勿容專美於前矣。

又云：紅梅閣，在小市橋，天聖中殿中丞吴感所居。感字應之，有姬曰紅梅，因以名閣。又作《折紅梅》詞，傳於一時。王琪知歙州，應之以此詞寄之，末句云：『有花堪折，勸君須折。』琪答詩云：『山花冷落何堪折，一曲紅梅字字香。』蔣希曾亦有《吴殿丞新葺》兩詩，有云：『深鎖烟光在樓閣，旋移易色入門牆。』其後，閣爲林少卿家所得。按，吴感《折紅梅》詞云：『喜輕澌初泮，微和漸入，芳郊時節。春消息，夜來覺、紅梅數枝爭發。玉溪仙館，不是箇、尋常標格。化工別與，一種風情，似匀點胭脂，染成香雪。重吟細閱，比繁杏夭桃，品流真別。只愁共、彩雲易散，冷落謝池風月。憑誰向說，三弄處、龍吟休咽。大家留取，時倚闌干，聞有花堪折，勸君須折。』見《中吳紀聞》。今吳殿直巷，即感所居，在吳縣西，小市橋北。（以上二則，九月十六日）

大石巷頭在護龍街西，《洪武蘇州志》作『平權坊巷』，『平權』新字，不圖數百年前地名用之。

吳郡號稱名勝，其坊巷等名多雅誼麗字，摘尤錄左：曰丁香巷、柳貞巷以柳姓貞女得名、女冠子橋、水仙街、水潑粉橋、采蓮巷、花駁岸、幽蘭巷、胡相思巷、宜多賓巷、桃花塢、柳巷、烏鵲橋衖、海紅坊、紫蘭巷、滾繡坊、黃鸝坊橋、愛河橋、斟酌橋、清嘉坊陸士衡詩『風土清且嘉』、碧鳳坊、蓮目巷、慧珠弄、麗姬巷、瓣蓮巷、蘋花橋。亦有陋劣可笑者，曰糞箕兜、痢疾司堂前、野貓弄、殺猪弄、臭馬路、狗厠弄、犬家弄。

彊村朱先生云：『宋詞人之僑吳者，世但稱賀方回、吳應之諸賢。叔問謂吳夢窗《鷓鴣天》「楊柳閶門」之句，蓋有老屋相近臯橋，其《點絳脣·懷蘇州》詞，所云南橋，殆指此。又兩寓化度寺詞，皆有懷吳之思，豈垂老菟裘固以此邦爲可榮耶？』《彊村語業·霜花腴題》按：王氏《城坊考》於兩宋詞人賀方回鑄、吳應之感、張質夫楶，有《水龍吟·詠楊花》，東坡和其韻、元厚之絳，有《映山紅慢·詠牡丹》，見《全芳備祖》、顧淡雲歲寒社友，別號夢粱詞人，箸有《夢粱集》，有詞見陶氏《詞綜補遺》、曹西士豳，有詞見宋人說部，均詳記其所居，唯夢窗未見箸錄，似宜考補。

乙丑七月，左湖、天嬰、君木薄游姑蘇，集閶門旅邸。蕙風來會，即席徵歌，寶琴索詞，君木、蕙風連句賦《浣溪沙》贈之，每句嵌座中人字，小美玉磨墨，冶葉老四捧硯。詞云：『左顧餘情到酒邊。湖山佳處嚲吟鞭是日左湖冒雨騎驢游虎丘。蓮。嬰伊軟說嫩涼天木。風雨茜窗消寶篆，蕙蘭芳意託琴絃蕙，憑君木石亦纏綿木。』又：『風滿雕櫳月滿樓。玉容清美蕙蘭秋蕙。紅嬰消息遠天浮木。切莫四絃悲老大，湖波左計比情柔蕙。鄂君悵望木蘭舟木。』（以上四則，九月十八日）

蘇州第一師範學校在護龍街南頭，滄浪亭西北，有紫陽鄉公園，拓地廣袤，以研究種植學爲主旨，一木一花一果，咸揭櫫其名，綴以西國文字。其植物自舶來者，什之一二云爾。荷塘逾十數畝，花事已闌，田田彌望，因憶白石詞：『日暮青蓋亭亭，情人不見，爭忍淩波去。』爲之悵惋久之。沿荷塘迤西行，高樹障其左，折而南岸，盡得塲圃。臨水置桔槔，則學稼處也。有大田嘉禾，青穎油油，珍實離離，乃亦有秋，安在不如老農耶？蘇城固多土阜，此則因勢成勝，通以略彴，爲亭翼然，芳樹環之，若梅，若緗桃，若海棠、紫荊之屬，未易僂指計。曩余臨桂舊居，有茂樹及檐際，秋日作花似珠蘭疑即木本珠蘭，名曰樹蘭，入茗飲，絕芬馥，非茉莉、玫瑰可同日語。阜之麓，亦有此樹，樹大於吾家所有，方作花，尤極繁密。余適筋力已疲，弗克登陟審諦，顧遠而望之，其枝幹花葉，什之九樹蘭也。此花不常有，曩余金陵客次，曾見小樹作盆供者。江南多芳物，其信然耶？踰土阜迤東，折而北，曲徑通幽，蒼翠匼匝，如往而復，非余游蹤所及矣。斯園饒有野趣，與劉、顧等園人工雕繪者迥殊，誠莘莘蒨蒨者，息游之勝地矣。訪校長王君飲鶴朝陽不遇。飲鶴工倚聲，有《忘我詞丙稿》。《徵招》云：『嫩晴枝上翻紅影，度春去將過半。麗日正遲遲，倚曲闌人倦。吟魂淒欲斷，況門外、風花淩亂。破碎湖山，更誰追問，酒裙歌扇。淚眼閱滄桑，閒情緒、并入作平玉龍哀怨。恨賦寫江南，怕題襟塵滿。流鶯渾不管，慣偏向、愁邊低喚。卜消息、鏡裏年華，訝鬢絲青換。』近作《聲聲慢·過復成橋倉園》云：『如龍車馬，似水樓臺，芳華無恙新亭。舉目河山，滄桑一霎曾經。銅仙暗傷亡國，費移盤、鉛淚如傾。忍重聽、風前殘笛，水曲哀箏。還我承平江左，望復成橋下，船火星星。裙屐當年，紅蘭花底問凭。依稀眼前影事，已登場、人物全更。憐舊月，照秦淮、誰與送迎。』（九月二十日）

吴夢窗曾寓蘇州，不徒《鷓鴣天》詞『楊柳閶門』之句堪爲左證也。其《四稿》中《探芳信》小序：『丙申歲，吴燈市盛常年，余借宅幽坊，一時名勝遇合，置杯酒，接殷勤之懽，甚盛事也』云云。又《六醜·壬寅歲吴門元夕風雨》，又《甲辰歲盤門外寓居過重午》，丙申距壬寅六年，距甲辰九年，此九年中或先寓閶門，後寓盤門，惜坊巷之名不可得而詳耳。又《應天長·吴門元夕》句云：『向暮巷空人絶，殘燈耿塵壁。』極似老屋數間景色。《浣溪沙·觀吴人歲旦游承天》句云：『街頭多認舊年人。』《點絳脣》前段云：『明月茫茫，夜來應照南橋路。夢游熟處，一枕啼秋雨。』曰『多認』，曰『游熟』，與《探芳信》序云『吴燈市盛常年』，皆足爲久寓蘇州之證。又《齊天樂·賦齊雲樓》、《木蘭花慢·陪倉幕游虎丘》，又《重游虎丘》、《探芳信·吴中元日承天寺游人》等闋，皆寓蘇時所作。夢窗所云南橋，即指皐橋，今蕙風卜居，適在皐橋稍北，俯仰興懷，荃香未沫，素雲黄鶴，跂予望之矣。

《城坊考》：百口橋下又名試飲橋，今迎春坊。引《燼餘錄》：『簾影詞人，某氏女，工詞曲，爲諸社冠，家富孤生，又苛擇壻，因是年二十未有家也。庚戌城陷被掠，以病見遺，爲軍卒所得，鬻入青樓。班頭利其黠慧，居爲奇貨，不肯輕脫。遺黎慕其名者窘於貲，乃爲嘉興李嬾皮所贖。嬾皮不識一丁，贅於李，業米豆。至是內家被毁，室人病痱，遂擁婦貲，買屋百口橋，實簾影故居，爲尤姓軍官所鬻也。簾影入門，見瘞藏無恙，祕不言。久之，大婦益悍，嬾皮益嬾，乃與對天要約，發所藏四萬五千金歸嬾皮，自取三千金，別嫁劉仲高。劉亦名士，踰年死。李不一月，大婦死，別買姬妾十餘人，氣燄益豪。才命相

尅如是哉！』蕙風曰：簾影詞人，其遇可悲，其所得傳止此，尚何才命之足云。（以上二則，九月二十二日）

妾稱少房，曩校南宋人文集，屢見之，惜未記出。元黃溍爲義門鄭氏譔《青樵居士鄭君墓銘》云：『娶傅福，字昌世。少房徐偉，字妙英。皆前君卒，同葬縣東金村。』又宋濂所譔《宣政院照磨鄭府君墓志》云：『越四年，夫人吳氏卒；越一十五日，少房勞氏又卒，祔葬府君之穴。』是其證也。

《城坊考》引《燼餘錄》：『章莊簡有妻之喪，殯於栴檀庵。庵後有五畮園舊址、漢張平子衣冠墓，皆梅校理修復者。柳堤花塢，風物一新。西南卽章氏膏腴地，阡陌交通，溪流縈帶，廣七百畝，諸公子顧而樂之，廣開池沼，旁植桃李，曲折凡十餘里。仍桃塢舊名。又築走馬樓於五畮園西，俯瞰園景，歷歷在目。暮春三月，菜花油油，黃金布地，一望無垠。其西卽申公功德祠，曲室洞房，環列左右，極幽雅之趣。其後章公子詠華遂藏嬌其中，長曰碧桃，工詩詞，著有《微波集》；次曰紅豆，擅絲竹。兀朮陷城時，碧桃隨章子殉難，有婢春雪檢章子、碧桃之骨，歸葬於西崦山』云云。碧桃才媛當與簾影詞人並傳，惜所著《微波集》不可得見，近人談塢雅故，輒舉似唐六如，不知六如之前有碧桃，尤才以節重，非尋常韻事可同日語矣。

玄妙觀石畫拓本凡四幅，第一幅畫蕃人屈一膝，首戴一盤，盤盛珠三，上有隸書『太元八年癸未八月造』九字；第二幅畫樹一、猿二，一猿在地作人立，一猿升樹，樹綴蜂窩，俗稱封侯挂印圖；第三幅畫樹一、鳥二，下有坡陀大石，稍夷漫；第四幅畫亭一，一人席地凭闌坐，衣角露亭外，下有池，鯉魚躍出水面，旁有隸書『像一區』三字，餘三行約十餘字，不可辨。四幅字畫皆陽文。按，太元爲晉孝武帝年號。吳郡石墨，此爲最古可寶也。（以上三則，九月二十四日）

偶閲徐興公𤊹《筆精》，吴門沈從先《采蓮曲》云：『解道芙蓉勝妾容，故來江上采芙蓉。檀郎何事偏無賴，不看芙蓉卻看儂。』顧仲韓《贈秦淮小姬》云：『一片春山乍學描，纏頭初試紫霞綃。章臺無數青青柳，最惹東風是嫩條。』此等詩雖非高格，卻有風致，能令人喜。新安吴兆詩云：『釜裏生魚甑裏塵，非關久病卻關貧。案頭但有梁鴻傳，閒誘荊妻學古人。』此又別是一種風致，漸近高格。

滬濱鶯花藪澤，歌塵匼匝，人氣熅馨，入夜電炬星羅，煜爲紅烟紫霧，飈輪戾止，十數里外輒望見之。往往隆冬沍寒，雪不積，積亦不久。昔人詠梅句云『清極不知寒』，惜於『清』之一字適得其反耳。王百谷《曲中》詩：『鳳凰城裏家家雪，但是紅樓凍不成。』情景恰合，非身歷不知也。

嘗謂：學夢窗詞，須面目不似夢窗，細按之，卻有與夢窗相合處。此中消息甚微，叔雍近作《鶯啼序》似乎微會斯旨，雖不能至，庶幾近道。詞云：『涼蟬乍驚倦枕，黯年時綺緒。鬧紅晚、雙槳淩波，酒消隨分歸去。度輕暝、嬌雲罨畫，林陰宛宛蘅皋路。隔花深，誰最多情，玉容知否。　明鏡匳漪，絳淺翠婉，感芳期迅羽。儘絲柳、猶繫斑騅，怨曲吹斷金縷。話春愁、紅襟舊壘，幾消受、落花風雨。更何堪，昨夢重尋，舊移尊處。　衣看臉色，粉怨珠嚬，畫中自媚嫵。甚側帽、汝南心事，篋稿珍重，解佩誰要，佇琴愁撫。寒蟾照徹，征鴻過盡，玉璫緘札無消息，戛簾鉤、萬一西風妒。秋心暗警，憑渠藕玲瓏，誤人可奈絃柱。　窺妝影事，記曲閒情，賸去塵凝竚。漫記省、無邊香色，似水年華，鬢影低徊，櫂歌容與。微波脈斷，遥山眉樣，入時深淺莫更問，早紅衣、零落鴛鴦浦。凭闌點檢相思，鳳紙題殘，墜歡慵絮。』（以上三則，九月二十六日）

虎丘真娘墓有集詞句聯云：『半丘殘日孤雲，寒食相思陌上路；西山橫黛瞰碧，青門頻返月中魂。』『半丘』句，見夢窗陪倉幕游虎丘《木蘭花慢》；『西山』句，見夢窗賦齊雲樓《齊天樂》，皆本地風光，甄采恰合。又真娘墓右爲擁翠山莊，有聯云：『香草美人心，百代豔名齊小小；茅亭花影宿，一泓清味問憨憨。』梁時憨憨尊者遺跡，有泉清潔異常，在山莊下。聯亦清婉可誦。印度摩伽陀國宋明道建塔碑，金石書未經箸錄，誠異品可寶也。碑額圓式，正中高二尺二寸營造尺，兩旁各高一尺八寸、寬一尺三寸，額題『大宋皇帝皇太后爲太宗皇帝建塔臺座』四行，行四字，篆書，字徑一寸五分。兩旁佛像，陽文凸起，高各三寸。碑文十行，正書，字徑七分：『大宋首行聖文睿武仁明孝德皇帝二行，應元崇德仁壽慈聖皇太后，謹遣僧懷問詣摩伽陀三行國，奉爲資薦四行。太宗至仁應道神功聖德文武睿烈大明廣孝皇帝五行，於金剛座側建塔一座六行，太宗皇帝伏願高步天宮，親承七行佛記，聿證八行釋梵之尊，誕錫威靈，永隆九行基業，時明道二年歲次癸酉正月十九日記十行。』蹇叟跋云節：『摩伽佗國在中印度，其城名王舍，或譯作摩竭提，見《西域記》。』按，《翻譯名義集》卷七『諸國篇』云：『摩竭提，此云善勝，又云無惱。』此碑蓋宋仁宗奉太后命爲太宗建塔祈福，時宋建國七十四年，正全盛時代，故威信及於中印度。傅君硯雲自南洋歸，出示拓本，紙墨黯淡，謂得之小西天雷音寺，足爲金石史增一故實云云，慈谿葛夷谷暘藏拓本。（九月二十八日）

唐朱慶餘《近試上張水部》詞：『洞房昨夜停紅燭，待曉堂前拜舅姑。妝罷低聲問夫壻，畫眉深淺入時無。』相傳某才媛結褵之夕，華筵肆設，賀客霑醉，沿鄉俗鬧新房，喧聒無已。夜稍深矣，非得新娘立就新詩一首不肯退出，則亟呼侍婢進澆花箋，振筆直書，得五言四句，持示衆客，則就慶餘詩每句刪其上二字耳，衆皆賞其慧黠，極口稱佩，歡忻而出，里閈之間傳爲佳話云。

滬瀆無山，蕙風詞《鷓鴣天》云：『匝地嬌雷殷畫輪。疏鐘無力破黄昏。總然明月都如夢，也有青山解辟塵。』蕙風曩謚山水曰無情物見《詞話》卷五，此曰解辟塵，奚翅華衮榮褒，由何修而得此？

嘉興朱大可先生奇爲鄭海藏入室弟子，詩學冠時，於彊村先生處得見其近作，洛誦再三，欽佩無已。《題刁遵墓志拓本》云：『北碑出土無幾日，遠數乾嘉近同光。搜尋甫乃脱朽壞，摩寫俄已遍遐荒。向來學子抱閣帖，面目酸寒舉止僵。風氣不變始完白，微以篆隸掩所長。廉卿自言師比干，瘦硬時復近龍藏。曾李晚出氣尤盛，下筆直欲無二王。道人初學鄭文公，髯以黑女窺元常。諸碑名字挂人口，一紙往往兼金强。獨餘此石荊棘叢，百年無人爲表彰。安吴論書首源流，謂出乙瑛殊渺茫。便以茂密許兹碑，神理諦觀亦未當。鯫生獲此自何所，山公元注：劉山農母舅之篋多琳瑯。久假不歸我豈敢，題詩聊復付裝潢。』《東沈復戡》云：『疾雷破屋雨翻堦，一洗歊蒸氣便佳。天意炎涼原反覆，吾曹出處費安排。亂頭麤服終成達，淡飯黄虀久似齋。寄問城南沈夫子，可能有酒更如淮。』《徐園》云：『鬢上新霜衣上塵，羈愁老盡看花人。絕憐一樹酴醿雪，猶占江南四月春。』（以上三則，九月三十日）

餐櫻廡漫筆卷十三《申報》一九二五年十月

月夕漫筆(一)

八月十五日爲月夕，見《提要録》，與二月十五日爲花朝，舉而對言。又是日爲牡丹生日，宜分移，見《花譜》。一稱八月端午，唐玄宗是日生，宋璟表：『月惟仲秋，日在端午。』張説《上大衍歷》誤以開元十六年八月端午，又名端正月。韓退之詩：『三秋端正月，今夜出東溟。』

《仙釋傳奇》：鍾陵西山有游帷觀，每至中秋，車馬喧闐，十里若闤闠，豪家貴游多召名姝善謳者，夜與丈夫閒立握臂，連踏而唱，以應答敏捷爲勝。太和末，有書生文簫往觀，睹一姝甚麗。其詞曰：『若能相伴陟仙壇，應得文簫駕綵鸞。自有繡襦并甲帳，瓊臺不怕雪霜寒。』閒立握臂，連踏而唱近日西，人跳舞似之，唯綵鸞未易多觀耳。

《月令廣義》：『北方中秋，饋遺月餅西瓜之屬，名看月會。』『月餅』字著録始此。

《吴志》：『蘇州風俗，中秋駢集虎丘，酣會達旦，笙歌雜沓，一年勝事之最。』桉《臨安志》：『吴王賜伍子胥八月十五日死，以其屍盛鴟夷之革浮之江。』子胥有大功於吴，例以湘人弔屈故事，似乎游樂非所宜也。

中秋佳節，雅故累牘，其尤足紀者以下節舊作《眉廬叢話》：富陽董文恪邦達少年以優貢留滯京師，爲某侍郎記室，侍郎夫人有細直婢，性慧敏，略通詞翰，及笄矣，將嫁之，婢不可，彊之，則曰：『身雖賤，匹輿隸非所堪，乃所願必如董先生，又安可得？寧終侍夫人耳。』侍郎聞之，听然曰：『癡婢，董先生籋雲驥騄，指顧騰上，寧妻婢者？』會中秋，侍郎與董飲月下，酒酣，從容述婢言，且願作小紅之贈，勸納爲簉室，董慨然曰：『鯫生落魄，盡京師，不獲一青睞，見拔於明公，殊非望。彼弱女子能憐才，甚非碌碌者，焉敢妾之？正位也可。』侍郎益重之，謀於夫人，女婢而壻董焉。踰年，董連捷成進士，官至禮部尚書。生子，卽富陽相國，相國登庸時，太夫人猶健在。知其事者，傳爲彤管美談云。（以上五則，十月三日）

【校記】

〔一〕『月夕漫筆』五則，未列『餐櫻廡漫筆』之題，因刊在《申報》此系列之間，故錄于此。

《道書》：『八月十六日，天曹掠刷真君降。』按《搜神記》：『掠刷神，掌財蓄之有餘者，咸刷而掠之，謂生人貧富有定分，勿越命以强求。』蕙風曰：吾因之有感焉，今之奪攘矯虔，獲罪於天，殘民以逞，取財於地者，其能封殖自固，至千萬世，傳之無窮否乎？吾欲呼刷掠之神而敬問之。曩歲辛酉首春，缶廬爲蕙風作《唯利是圖》，畫折枝荔支，精麗凝勁，神采奕奕，蓋極得意之筆。蕙風自題詞並識，缶廬書之云：『夔笙屬作是圖，以玩世之滑稽，寓傷心之懷抱，可爲知者道耳。爲設色畫荔支，取「荔」、「利」同聲字。夔笙自題五詞，調《好事近》：「荔與利諧聲，藕偶蓮連爲例。便作吾家果論，拜缶翁佳惠。多情爲我買胭脂，豔奪紫標紫。風味銅山更好，問阿環知未。」又：「風骨信傾城，何止千金當得。十八娘殊媚嫵，帶寶山春色。　小廉吾欲笑髯蘇，日啖僅三百。蘭畹近邊寒峭，問何時挺出。」又：「雙蒂水晶丸劉攽詩：「相見任誇雙蒂美，多情莫唱水晶丸」，得似同心金斷。便擬移根金穴，惜冰肌無汗。　垂條疏密亦尋常，不道見寒暖。總被藍紅江綠，把朱顔輕換。」又：「荔下有三刀荔或書作荔，利則一刀而已。刀作泉刀解詁，以多多爲貴。　甘如醴酪沁心脾，和嶠最知味。照眼紅雲絳雪，是天然美利。」又：「何必狀元紅，老矣名心倦矣。安得珠懸寶錯，似側生連理。　缶翁之缶絶神奇，金合貯爪子。萬一蘭因證果，在先生筆底。」辛酉燕九日，安吉吳昌碩並書於缶廬之一角樓，時年七十有八。』按：蕙風作《唯利是圖》，越五年於兹矣。顧賣書鬻文，清不知飢如故昔人詠梅句云：『清極不知寒。』蕙風食最少，嘗自謂『清極不知飢』。設遇刷掠神者，將刷掠其所刷掠，神誠聰明，得無望塵卻步耶？（十月四日）

『攬鏡忽咨嗟，鬚眉皆白矣。當年父母心，惟恐不如此。』杜王世《攬鏡》詩也。點鬢繁霜，青銅誤我，日月其邁，面目可憎，讀此詩稍復慰藉。

吳縣詹湘亭應甲中秋夜，闈中望月，作北雙調散套，膾炙人口。科舉停廢久矣，當年棘闈風物，席帽生涯，更二三十年，殆無復能言概略者，湘亭游戲之作，卽云藉存掌故可也。《新水令》：『瞭高臺上月輪高。悄無聲、酸風滿號。碧油帘不捲，紅蠟燭停燒。銀漢迢迢。空隔著土泥牆，望不到。』《駐馬聽》：『木板三條。覆鹿藏蕉何處找。策題五道。塗鴉滿卷未曾交。珠光劍氣已全消。青天碧海勞相照。誰喧笑。隔牆老卒聲聲叫。』《沈醉東風》：『猛聽得，錯華燈遊龍夾道。汲新泉、渴馬騰槽。號官兒意氣消號，軍兒語言妙。檢筠籃、冷炙殘膏。我輩三年共此宵。博一個團圞醉飽。』《折桂令》：

『憶秋閨、獨坐深宵。瓜果中庭，爛燼香燒。有花氣濛濛，釵光裊裊，簾影蕭蕭。　盼雲階、蘭芳信杳。臥風簷、棘院人遥。望斷紅綃。夢斷藍橋。只落得數更籌，至公堂、静聽鼓吹，明遠樓高。』《沽美酒》：『俺想那，跨山塘，花市遙。泛秦淮，燈船早。竹西歌吹千家鬧。同盼上瓊樓瑤島。爭一刻，是今宵。』《太平令》：『堪笑的，譜霓裳，擲杖成橋。駕星槎，析木爲瓢。莫須有、月斧親操。想當然、玄霜空搗。一種種、雲翹翠翹，被罡風吹掉，都散做花枝壓帽。』《離亭燕帶歇拍煞》：『素娥掩面何須笑，朱衣點首何曾惱。君不見、世上兒曹，有多少玉樓文、有多少金鑾草。有多少孫山康了洗愁腸，一尊綠澆。粲花心、三條紅照，脱不盡書魔舊套。若不是廣寒梯，跌了腳；蓬瀛路，迷了道；《鬱輪袍》，走了調。因甚價、年年矮屋中，喚不醒、才子英雄覺。擔誤著、青衫易老。謅一套棘闈秋，要和那吹角聲寒唱到曉。』（以上二則，十月六日）

某先生酷嗜看竹看竹誼見前，或以詩二句贈之曰：『竹深留客處，荷淨納涼時。』上句誼甚顯，下句不知其旨，曰：『荷囊中之所有，淨盡無餘，乃是納涼時矣。否則，身手尚無暇也。』

昔人有以謎體爲詩者見《雜體詩鈔》，爲詞者不經見。宋陳德武《浣溪沙》云：『山上安山「出」字經幾歲，口中添口「回」字又何時。』是以謎體爲詞也。

《徐氏筆精》云：『吳中有夫差女瓊姬墓，高季迪詩云：「夢别芙蓉殿頭，墮釵零落誰收。土昏青鏡忘曉，月冷珠襦恨秋。麋鹿昔來廢苑，牛羊今上荒丘。香魂若怨亡國，莫與西施共游。」』六言最難佳，此篇警策雋永，求之古今人集中，不多見也。按《元和縣志》：瓊姬墩在北斜塘，或謂夫差女墓，非也。夫差女葬處在陽山，與夫差墓相近。

動物以九尾聞者，曰狐九尾狐見《春秋運斗》；稱曰虎通，《酉陽雜俎》，曰象，或曰是亦有神靈焉。明吳郡陸粲《庚巳編》：海寧百姓王屠，與其子出行，遇漁父持巨象，徑可尺餘，買歸係著柱下，將羹之。鄰居有江右商人見之，告其邸翁，請以千錢贖焉。翁怪其厚，商曰：「此九尾龜，神物也。欲買放去，君從臾成此〔一〕，功德一半，是君領取。因借往驗之，商踏龜背，其尾之兩旁，露小尾各四。便持錢乞王，王不肯，遂烹作羹，父子共啖。是夕，大水自海中來，平地高三尺許，牀榻盡浮，十餘刻始退。明日及午，翁怪王屠父子不起，壞戶入視之，但見衣衾在牀，父子卻不知去向。人咸云：「害神龜，爲水府攝去殺卻也。」吳人仇寧客彼中，親見其事」云云。比年滬上坊肆間有新小說，名《九尾龜》，蓋託旨罕譬。據《庚巳編》，則是物固確有矣。又龜百歲一尾，千歲十尾，見《六帖》。華亭夏椿義士家嘗蓄一龜，尾有十三支，云是一百年生一支，見《農田餘話》。則是異龜之尾，關係年歲久長，有加無已，九猶非其至者。（以上四則，十月八日）

【校記】

〔一〕從臾：底本作『蹤臾』，據《庚巳編》卷十改。

蕙風少時有小印，文曰『綠珠紅玉』，是鄉親。綠珠軼聞甄□如左：《奚囊手鏡》云：『綠珠姓梁，白州博白縣人。境有博白山、石盤龍洞、房山、雙角山、大荒山，山上有池，池中有婢妾魚。綠珠生雙角山下，美而豔。越俗以珠爲上寶，生女爲珠娘，男爲珠兒，綠珠之字，由此而稱。《娜嬛記》云：「綠珠爲梁伯女，生而奕傑好音。伯嘗至山中，聞吹笛異於常聲，覓之弗得，忽聞空中語云：『汝女好音，欲傳一曲遠歸乎？』伯以爲神仙，遂下拜。因語曰：『汝卽歸，芟取西北方草，結一人形，被以袿服珠翠，設杯酒盂飯，命女呼我名曰茵于，至三更我當至。』伯歸，如法，至時果至，空中吹笛，音極要眇，綠珠聽之，得十五曲，一字不差，因名笛曰茵于，又曰遠歸。遠歸，仙笛名。」』《梧州府志》云：『綠珠墜樓殉，大學士丘文莊有《綠珠行》曰：「交州使者洛陽客，白日劫商富財帛。金鞍寶馬擁旌旗，萬里南行日南國。征車晚過博白州，江山秀麗多嬌柔。不惜明珠三十斗，買得佳人如莫愁。歸來金谷園中住，鎮日張筵盛歌舞。手心擎出夜光珠，回視羣姬等泥土。四時行樂春復春，歡笑不知天有晨。豈知我愛人亦愛，側邊已有窺伺人。鷄生地底中台折，白晝中原行鬼蜮。黄金無權錢不神，欲庇嬋娟苦無策。高樓重重舞且歌，樂思何如憂思多。按圖索驥期必得，珠兮珠兮奈爾何。奈何奈何爲爾死，恩愛誰知止於此。忍教白璧屬他人，注目相看淚如洗。君以貌愛妾，妾以心事君。寧在君前死爲鬼，不向賊邊生作人。百尺高樓不見地，奮身一躍翻空墜。三斛明珠易一珠，一旦紛紛如粉碎。誰知荒僻山海涯，天亦生此明媚姿。不獨貌妍心亦正，嗚呼！但恨不似後來金源氏之葛王妃。」』近某伶編綠珠事爲新劇，茵于授笛，入節目絕豔異。文莊詩亦多雋警之句。紅玉，桂林人，海寧陳文簡元龍侍姬，端麗明慧，墓在臨桂棲霞山聽月亭前，先大父花矼公有句云：『聽月亭前葬阿紅。』（十月十二日）

調雞子和麥粉、蔗餹，火焙，合胞爲片，闊約寸半，長二寸半，厚二分弱。或加入雜果擣碎者，曰果片。疊挆整齊，筠籃貯之，行鬻於茶寮廣座中。業此者某甲，觀前吳苑蘇人稱玄妙觀，街曰觀前，吳苑茗飲絕精，士女雲集。無日不爪雪留痕焉。友人霜厓先生見之，輒餉以小銀錢，則受之夷然不言謝。蕙風稍疑訝之，霜厓曰：『是有雅故，當采入吳觚者也。』先是，有校書名金鳳者，闔閭城中人也劉長卿詩：『春風倚棹闔閭城』，瓜字初分，苕顏罕媲，搓酥琢玉，煞費幾許春工。是何蘭因，甲則新探花路者也。鴛盟締結，燕溺寖深，家庭束縛，有所不受。則摽而出諸大門，甲遂狂蕩無歸，未幾典盡鷫裘，難乎爲繼矣。幸鳳羽毛豐滿，日振清聲，出其闤闠，遂冠北里，『五陵年少爭纏頭，一曲紅綃不知數』，『契闊談讌，心念舊恩。』黄榜紫標，甲猶不難沾丐膏馥。迨後青樓一去，綵翼雙飛，從此蕭郎，真成陌路。玉璫緘札，眽斷雲羅，在鳳成陰結子，得其所矣。如甲飄萍斷梗，奚足惜焉？甲家本素封，曩雖揮霍頻年，流之不節云爾，未遽拔本源也。家不見容，敝屣棄之，亦無復面目見江東父兄，爲逐利於蠅頭，勉晞蹤於牛後。霜厓之鄭重解囊鄭重，頻煩也，恤甲乎？重鳳也？甲受之不言謝，或者窺見霜厓之隱，作美人之貽覵，未可知也。蕙風曰：惜乎！甲竟體無雅骨，而又盡室皆娽娽者流也，設非然者，甲雖落魄矣乎？曩白石道人《鷓鴣天》云：『東風歷歷紅樓下，誰識三生杜牧之。』何嘗不可爲甲借詠？因憶某説部有云：『某富室子溺情坊曲，飄泊數年，裘敝金盡。比歸，其父蓄怒未發也。檢其行篋，得詩一帙，有句云：「可憐病骨輕如葉，扶上雕鞍馬不知。」吟諷再四，欣慰無已，則亟獎藉之，謂：「能得此二句，卽令揮金有加，固所願也。」』噫嘻！可以愧某甲之父若兄，而甲更無論矣。（十月十四日）

偶檢書簏，得李文鳳《月山叢談》寫本，是書流傳絶少，刻本未見。所記多軼聞奇事，録其《長人》、《短人》各一則如左：『河池州近山地，牧童十餘人聚而戲，或歌或舞，或吹笛，情方洽，忽見山半一人，約長二丈，面闊三尺餘，長倍之。披髮鳥喙，背有二翼，俯觀羣童爲樂，嬉然而笑。少間，垂舌長過腹，羣童大驚，皆反走。其人能夷語，連呼曰：「合合合音各，勿驚，勿去！」仍歌舞吹笛以樂，令羣童復聚，吹笛歌舞焉。其人喜，拊手大笑，聲震林樾，已而復垂舌如故，久之乃去，遂不復見。正德中，張吉山方伯烜爲庠生時，親見其事。』『慶遠衛都指揮戚鋼守河池所日，嘗語人云：「思恩縣近村山林中，樹杪有二人，約長一尺五寸，武人裝束，白行纏，芒履。度枝過樹，如履平地。村民觀者，相去僅丈許。容色甚和，若有意捕之，則在樹杪不下，急之，即行如飛，去而復來者數月。又趙村一日有二人牽一蛇入人家，繫於樓下，登樓索食。主人見其服飾異常，炊食之，食畢下樓，解蛇叱而鞭之，化爲龍，各乘其一，騰空而去。」』

近見西國圖籍，凡畫神女，必傅以翼，殆以意爲之。河池州長人背有二翼，乃有人親見之，誠異聞矣。惜乎！烏喙垂舌，不韻特甚耳。

以銀質或銅器鍍金，曩蕙風能爲之，以爲戲耳。耗金多，則所鍍之物，色澤濃厚，光采煥發。唯所需藥物，輒取給於舶來，是亦闕憾。按《百粵風土記》明謝肇淛撰：『南寧人，善作器物，鐵質鈒花紋，而鍍銀其上，謂之鍍銀。自盃鼎鏇合，以及刀劍戈戟皆能爲之，殊亦堅麗』云云。鐵質鍍銀，視銀與銅鍍金尤難，吾中國數百年前，僻在邊陲之人優爲之，制作之精，何遽不如海邦殊俗耶？

比歲已還，滬市盛行鴨絨被褥。按《北戶錄》云：『邕之南，溪洞酋長以鵝毛爲被，取頭頸細毛，軟如畦稻，衲之，暖甚如綿。』《嶺表錄異》云：『南蠻之酋豪，多選鵝之細毛，夾以布帛，絮而爲被，復縱橫衲之，其溫柔不下於挾纊也。』鴨鵝之毛，未審軟溫孰勝。其爲制作，則近似矣。（以上四則，十月十六日）

中秋後六日，同鄭讓于、趙叔雍集李氏南墅。日將夕矣，霜欲侵鬢，風來襲裙，皆曰：『蘇州城裏，何其寒也？』蕙風曰：『城外亦何嘗不寒。唐張繼《楓橋夜泊》句云：「姑蘇城外寒」是其證矣，其「山寺」字，衍文耳。』四座爲之軒渠。李先生字蕁樓，平樂邵旅，近與蕙風有連。叔雍語余，先生微尚清遠，問學賅博，工書法，精鑒藏，別墅占地幽勝，有高梧深竹，曲闌延佇，川原軟繡，蔥蒨彌目。比方都下江亭景物，其清曠似之，其溫麗弗如也。

近見友人壁間有楹言集宋詞句：『一月垂天，餘山窺牖；十眉捧硯，雙髻吹笙。』語兼清豔二妙，亟記之。

西人制器之法，吾中國舊亦有之。《乾隆蘇州府志》：『水龍，蘇州程封君肇泰始仿西法爲之，冶錫爲筒，屈其頸若鶴喙，鼓之以橐籥，扼其機，躍水數十丈，從空而下，所向火易撲滅。初成，會城昇平里火，封君自率僕從，賫水龍救熄之，由是蘇人競傳其制。乾隆十一年，知府傅椿令城内外每圖必製一具，以備倉猝，甚爲民利』云云。此中國水龍之嚆矢。當時海禁未開，西法猶未盛行，中國有西人水龍，要亦無多而未久，程氏烏得而仿之？西人技巧之名貫徹俗耳已久，觀於程氏制作之精，輒曰仿自西法，程亦不以自慊，置不與辨云爾。

曹靖陶熙宇錄示近作二律，《秋柳》云：『萬縷千絲不自持，灞橋細雨最相思。那堪白下銷魂處，猶憶陽關送別時。夜月祇今餘瘦影，春風曾與圖腰肢。怕聽玉笛三聲弄，回首長亭有夢知。』《秋草》云：『東風芳草滿柴門，賸得秋來綠一痕。瘦蝶縈香還弄影，疏螢帶火最銷魂。都成往日池塘夢，難報春暉雨露恩。縱目郊原游子路，不知何處覓王孫。』靖陶刻意吟事，欲以神韻擅勝，蓋規仿漁洋山人云。（以上四則，十月二十日）

李氏南墅名鯙廬壁間有眉綠老人顧子山文彬集玉田、稼軒詞句長聯：『生意又園林，穿花省路，撥葉通池，傍竹尋鄰，攜歌占地，把芳心徐說，老去卻願春遲，多準備水西船，山北酒，樹底行吟，足可幽棲，書冊琴棋清隊仗；　我志在寥闊，舊雨常來，臨風一笑，乘雲共語，對月相思，與造物同游，天也只教吾嬾，賸安排溪上枕，水邊亭，桐陰閒道，不妨高臥，茶甌香篆小簾櫳。』墅在葑盤二門之間，葑溪迤西，木杏橋南，爲古南園故址。園爲吳越廣陵王錢元璙鎮吳時所築，廣袤十里，而遙墅占地僅三弓，而全園佳勝在是矣。登樓一望，田塍縵衍，水木明瑟，茶磨、棱伽諸山如對屏障。牆外方塘半畝，據郡志，爲長洲彭二林先生放生池。先生曾於此地，集放生會，築庵曰流水禪居。今圮久矣。李氏之得是墅也，贖自米利堅人巴克蒙，爲之委折斡旋，克底於成者，閨秀王季玉也，而其始事之導師引之入勝，則圓通寺僧棲谷。僧善鼓琴，翛然有出塵之致。寺爲宋淳熙間古剎云。節李氏自爲記。

蘇州有五人墓在虎丘山塘，墓基卽普惠生祠，毛一鷺建以媚璫者，五人者，當蓼洲周公被逮，激於義而死者也。人皆知之。又有七人墓，則罕知者。據《五畮園小志》：　墓在小桃源、采香亭之間，光緒十五年築。謝家福誌其墓云：『庚申城陷，七人者死於井。越三十年，浚井得骨，遂瘞之。銘曰：「乾坤正氣，萃於一門，千秋萬古七人墳。」』姚孟起書丹勒石，井在墓之東。

蘇州有七姬墓在郡城東北隅潘氏後圃，七姬事見前，人皆知之。又有三姬墓，則罕知者，墓在虎丘千頃雲。《虎丘志》：　『黔孝廉高梁楹，字明柱，客死吳下。有姬敖十三娘，年十八，相繼死。又前郡司理某公二姬，柩寓禪室有年，太史陳仁錫爲合葬而係以銘，時萬曆四十四年七月也。』（以上四則，十月二十二日）

《雞窗叢話》蔡澄練江撰引蕭吉《五行大義》論『水』字，謂乂是兩人字，一男一女也。亅是絪緼化醇之所浸淫，卽天一生水也。舉誼奇褻，近於鄙書母字之解詁矣。

《蕙櫋雜記》歸安嚴元照修能撰引《柳崖外編》徐昆撰載傳青主先生山一帖云：『老人家是甚不待動，書兩三行，眵如膠矣。倒是那里有唱三倒腔的，和村老漢都坐在板櫈上，聽甚麼《飛龍鬧勾欄》，消遣時光，倒還使得。姚大哥說，十九日請看唱，割肉二斤，燒餅煮茄，儘足受用。不知真个請不請，若到眼前無動靜，便過紅土溝，喫兩盌大鍋粥也好。』近日盛行白話文。此帖若始作俑，豈青主先生所及料乎？

西湖岳廟有嚴嵩和鄂王《滿江紅》詞石刻甚宏壯，詞既慷慨，書亦瘦勁可觀。末題銜華蓋殿大學士，後人磨去姓名，改題『夏言』，見《蕙櫋雜記》。亦猶馬士英畫改閨人『馮玉瑛』耳。夏言和鄂王詞，見《蘭皐明詞彙選》：『南渡偏安，瞻王氣、中原銷歇。嘆諸公、經綸顛倒，可憐忠烈。曾見淒涼亡國事，而今惟有西湖月。睹祠官、梓木尚南枝，傷心切。人生易，頭如雪。竹汗簡，青難滅。整乾坤要使，金甌無缺。后土漫藏遺臭骨，龍泉恥飲姦臣血。恨當時、無奈小人朋，盈朝闕。』《桂洲詞》不載此闋，疑卽嵩詞改名之作。

曆日建除之名，見於古史書者，《漢書·王莽傳》『以戊辰直定御王冠，卽真天子位。』師古曰：『建除之次，其日直定。』《高貴鄉公集》載《自敘》：『始生禎祥，曰惟正始二年九月辛未朔二十五日乙未直成，予生。』《蕙風簃二筆》。按：寅爲建，卯爲除，辰爲滿，巳爲平，主生；午爲定，未爲執，主陷世俗以定執爲吉日，據此則非是矣。唯據曆日，午未亦不必直定執。申爲破，主衡；酉爲危，主杓。戌爲成，主少德；亥爲收，主大德。子爲開，主太歲；丑爲閉，主太陰。見《淮南子·天文訓》，在王莽、曹髦之前。（以上四則，十月二十四日）

萸觴瑣話（一）

《唐紀》：李後主九月九日登高，賜玉醴澄醪、金盤繡餻。爲糕題名，莫新豔於斯矣。

重九不必九月。《合璧事類》：東坡云：嶺南氣候不常，菊花開時卽重陽，涼天佳月卽中秋。今年十月九日，菊始盛開，乃與客泛酒，作重九詩，詩曰：『今日我重九，誰謂秋冬交。黄花與我期，草中實後凋。香餘白露乾，色映青松高。』

重九不必九日。《容齋續筆》：『唐文宗曰：去年重陽，取九月十九日，未失重陽之意。』休寧吳宗信與周櫟園亮工書：『宋人亦以九月十九日爲重陽，偶得「花寒今十日，酒泠占重陽」句，先生幸和之。』

登高不必重九。《荊楚歲時記》：『正月七日爲人日，以七種菜爲羹，剪綵爲人，登高賦詩。』晉李充正月七日登剡山寺有詩，桓溫參軍張望有人日登高詩，元魏東平王翕人日登壽張縣安仁山，刻銘於壁。隋文帝正月十五日與近臣登高，七月與羣臣登高。又韓退之有寒夢登高詩，是不必重九也。

重九一曰上九對下九而言，正月九日爲下九見《風土記》。碧虛亭龍躍等題名，紹興丙辰上九日在臨桂。《遼史》：『九日，契丹國王射罷登高，飲菊花酒。呼此節爲必里遲離，譯云九月九日也。』《歲時記》云：『重陽後一日再會，謂之小重陽。』

魏文帝與鍾繇書：『歲往月來，忽復九月九日。九爲陽數，而日月並應。』故曰重陽。李白詩：

『菊花何太苦，遭此兩重陽。』據此，則重陽並非好語，亦猶陽九云爾。故仙書云：茱萸爲辟邪翁，菊花爲延壽客。九月九日，假此二物，以消陽九之厄。

《山堂肆考》：宋康伯可與之在翰林，重陽日遇雨，奉勅譔詩，伯可口占雙調《望江南》云：『重陽日，陰雨四郊垂。戲馬臺前泥拍肚，龍山會上水平臍。直浸到東籬。茱萸胖，菊蕊濕滋滋。落帽孟嘉尋篛笠，休官陶令覓蓑衣。兩箇一身泥。』〔二〕詼諧之作，略似近人白話詩，嫌其尚近典雅耳。

節候之名，重九而外，有重三、重五，六月六日，亦稱重六。玉皇宮四帝御押，宣和乙巳重六日在博山。（以上八則，十月二十六日）

【校記】

〔一〕『萸觴瑣話』八則，未列『餐櫻廡漫筆』之題，因刊在《申報》此系列之間，故錄于此。

〔二〕此詞，宋周必大《二老堂詩話》『康與之重九詞』條云：『慶元丙辰重九，風雨中，七兄約登高於神岡西喜。因記康與之在高宗時謔詞云：「重陽日，四面雨垂垂。戲馬臺前泥拍肚，龍山路上水平臍。渰浸倒東籬。茱萸胖，黃菊濕蘁蘁。落帽孟嘉尋篛笠，漉巾陶令買蓑衣。都道不如歸。」爲之一笑。與之自語人云末句或傳「兩個一身泥」，非也。』

仁和許季仁善長《碧聲吟館談麈》多載雅謔。言有劉子湘者，嘗雨中泛舟秦淮，見一妙姬凭闌凝睇，烟鬟霧鬢，若不勝情。劉心慕之，高詠太白詩曰：『桃花帶雨濃。』聲未盡，聞闌畔微吟曰：『犬吠水聲中。』同舟無不撫掌大譁。蕙風曰：『此姝慧韻雙絕，其標格在海棠、文杏之間。桃花粗俗，烏可同日語？宜其甚不謂然矣。』虎丘有劉仙史墓，距真孃墓不遠，游人憑弔者尠矣。《蘇州府志》云：『江蘇都御史行臺來鶴樓上屢見靈怪。乾隆十二年，安撫幕客宋晟扶乩叩之，云：「爲某中丞姬冢墓志云慕天顔之妾，劉姓，碧鬟字，苕年賣玉，遺骨東牆下。作詩有：『玉碎珠沉事可憐，忍將名姓說人前。《羣芳譜》裏無雙女，來鶴樓中第一仙。』又：『我家原住隋堤曲，阿父相攜戍鴨綠。亭亭二八入侯門，可憐匝地塵埋玉。』」因迹之，果得白骨於樓東。郡人朱宏業瘞之虎丘西麓，金兆燕誌其墓。又彭績序云：「予與吳介祉訪虎丘仙史墓，歸途，介祉爲誦其詩，至『惟有杜鵑啼』句，予曰：『蘇州無杜鵑。』夜宿介祉家，夢如在墓間，聞人曰：『杜鵑花也。』覺奇之，作詩一首：『一徑行來日影斜，真孃相近葬烟霞。冠雲佩月編仙籍，吸露餐風駐歲華。林下酒澆蘭麝土，夢中人語杜鵑花。亦知愁絕樊籠裏，指點虛無別有家。』」』蕙風曰：『說詩者，毋失之固，若高叟之爲詩也。杜鵑之有無，何庸深考？如涪、萬、雲、安之云。杜甫詩：『涪萬有杜鵑，雲安無杜鵑。』余謂仙史之詩即啼月之鵑聲也。』仙史箸有《檜鐵詞》、《瘦蘭集》。

顧氏怡園在護龍街尚書里，爲子山方伯文彬所築。按《蘇州府志》：『怡園在木瀆下塘，乾隆初，邑人陶篠別墅，陶正靖爲之記。篠字葦齋，築園爲娛親計，園分水陸，有舞綵堂、環山閣、蕉綠軒、湘竹亭諸勝。』則蘇州有二怡園矣。（以上二則，十月二十八日）

《蕙櫋雜記》述閨秀詞兩語云：『關山夜半斷人行，有來往征人夢。』句誠佳矣，卻去兩宋名家尚遠，入元《草堂詩餘》，其庶幾乎？

陳圓圓父邢三住四畝田，在後板廠，今建寶藏寺見《五畮園小志》。曩譔《圓圓事輯》失載。古歙吳修月女史卯，汪君允中定執元配，箸有遺稿一卷。外子歸來，以《西湖十景》詩見示，即題其後云：『得見西湖十景圖，何時偕隱到西湖。雙峯雲影三潭月，縱住孤山也不孤。』《雙魚》云：『何處貽來雙鯉魚，如何不見腹中書。杏花春雨空惆悵，盼斷江南二月初。』又《寄外》云：『知否雙親日倚扉，何須衣錦始言歸。阿儂不似蘇秦婦，那有君來不下機。』旨尤敦厚，唯是蘇婦何人，烏足與女史同年語耶？

汪君允中《俞樓尋夢圖》，誌安仁之痛也。自題二絕句云：『俞樓樓外獨追思，夢到重尋出夢遲。同夢無人空有我，夢中人寫夢中詩。』又：『已無窈窕對嶙峋，空有笙歌起水濱。海上成連仙去久，知音誰復繼伶倫。』悱惻纏綿，於非深情不辦。

九娘墓者，傳稱唐六如姬人，葬桃花庵後。金雲門女士禮瀛《桃花庵》詩〔一〕：『大羅天上竟無名，浪飲何分酒濁清。龍虎榜高遭鬼擊，鴛鴦塚小被人平。碑留死友胡中議，情迫窮交祝允明。踢盡繡鞋尖上土，踏青時節拜先生。』自注鴛鴦句云：『九娘墓，爲土人所佔佔，俗字，仍元文。』蕙風讀此詩，至平韻，爲之霣涕，鞵尖香土，何其豔而韻也。此等雅故，唯吳下爲最多。滬濱塵莽之墟，能得其一二否乎？所爲敝屣棄之也。

舊藏雨人世父家信，中一則云：『聞說某某表弟已下集詞曲名好事近，不日賀新郎。從此做好郎君，與好姐姐稱並頭蓮。八節長歡可也，但須識得端正好，休再脫布衫，沽美酒，學那耍孩兒，走的不是路，以致嬾畫眉，不知念奴嬌，致稱爲薄倖郎也。』蓋寓箴勸之意，某表弟者五陵年少之流以也。（以上五則，十月二十日）

【校記】

〔一〕禮瀛：底本作『禮嬴』，據金雲門字改。

餐櫻廡漫筆卷十四《申報》一九二五年十一月

趙叔雍《高梧軒圖》，同時名輩題詠殆徧。馮君木詩云：『塵居苦坱莽，討幽到人外。風軒開遠空，大坐得清快。亭亭梧之樹，離立互向背。參天見直性，蕭然宜嘿對。蘿薜紛在眼，玆意無人會。畫圖發高致，窈窕竚含睇。』蕙風不知詩，讀君木此詩，但覺其自然不俗。

吳夢窗詞《鷓鴣天·化度寺作》後段云：『鄉夢窄，水天寬。小窗愁黛澹眉山。吳鴻好爲傳歸信，楊柳閶門屋數間。』蓋直以蘇州爲故鄉，何止曾寓是邦而已？『小窗愁黛』即左與言之『盈盈秋水，淡淡春山』。是時筠塘內子夢窗有《天香》詞壽筠塘內子，猶寓吳閶也。其《夜行船》後段云：『畫扇青山吳苑路。傍懷袖夢飛不去。憶別西池，紅綃盛淚，腸斷粉蓮啼露。』亦復芬芳悱惻，文生於情，令人增伉儷之重。

林君復謚和靖，宋人說部如《苕溪漁隱叢話》、《癸辛雜志》等書，皆寫『靖』作『靜』。夢窗《齊天樂》云：『畫船應不載，坡靜詩卷。』《木蘭花慢》云：『爭似湖山歲晚，靜梅花底同斟。』亦皆指和靖，不知何據。

《聽秋聲館詞話》載：有閨秀浦合仙青廬對鏡《臨江仙》云：『記得儷笄侵曉起，畫眉初試螺丸。春痕淡淡上春山。乍驚新樣窄，較似昨宵彎。一樣敷來仙杏粉，難勻怪煞今番。傳聞郎貌玉珊珊。妝成嬌不起，偷向鏡中看。』今番杏粉怪煞難勻，決非吾曹作豔語者所能道。

作黄鶴樓楹言，能穩稱卽不易。托活絡尚書忠敏集句聯云：『我輩復登臨，昔人已乘黄鶴去；大江流日夜，此心吾與白鷗盟。』氣象懷抱，兼而有之，允推佳構。

《陝西通志》：『黄種，隆德人，永樂中貢士，除戶科給事中。性鯁介不苟合，久居清要。及歸，行李蕭然。』按，此人命名之『種』字，當是去聲之用切，或取《大雅》『種之黄茂』，誼必非近人所云『黄種』，上聲之隴切之『種』字也。（以上六則，十一月一日）

《柏梘山房集》上元梅曾亮伯言箸有標題曰《記聞》者，節錄如左：『杜奎熾，昌黎狂生也，以狂死。嘉慶戊辰應鄉試，書策後千餘言，言直隸官吏，不能奉宣德意。旂人買漢人田，免租；漢人買旂人田，沒其田，且治罪，非普天下王臣、王士之意。又言後之人君，不以一權與人，大小事必從中覆。臣下皆無所爲作，委成敗於天子；不能給，則委之律例。故權之名出於天子，而其實則出於吏；與其權出於吏，無寧分其權於臣。』杜生之論，實爲近人排滿及主張立憲者之隍引。梅氏謚之曰狂，丁梅氏之時，則亦唯有狂之云爾。

李林甫有女六人，各擅姿態，雨露之家求之，不允。於廳事壁間拓一窗櫺，障以茜紗，日使六女戲於窗下。每有貴族子弟來謁，卽使諸女於窗中自擇當意者，託蹇修焉。見唐人某說部。林甫家法介在新舊之間，自擇當意，新也；猶煩蹇修，舊也。不拂情，不蔑禮。後世婚姻之故，頹風所極，林甫若預知之，故雖破觚爲園，猶爲之稍存古意，立其大防。窗櫺茜紗之設，其在於今有不詫爲迂闊者乎？

西醫某工諛且佞，某日，與余同在某鉅公所。鉅公曰：『日來頗患鼻梁骨痛，何也？』醫瞿然曰：

『此病非常人所能有也。即在非常之人，亦復未易數覯。據西籍，紀元已還，歐洲名人中，唯哲學及政治大家某某兩氏曾患此證彼舉其名，余未之記。某名醫自稱名自出洋求學，迄懸壺問世，垂三十年，得侍中外名賢，曷勝僂指？未聞鼻梁骨痛者。我公斯疾，爲世所希，有可爲醫學研究之資，與西籍相印證，唯西醫能言之耳。』鉅公爲之色喜，余亦甚佩其口才敏妙，蓋生今之世，而以爲不堪屬耳者，固矣。當是時，某醫爲擴充醫院計，欲求助於毘陵某巨室，而某公爲之道地云。（以上三則，十一月三日）

明之季年，中國節義之儒避地日本者，有朱舜水先生之瑜，字魯璵，私謚文恭，人皆知之。又有陳元贇，亦浙人，則世罕知者。北總原善念齋公道撰《先哲叢談》，述元贇事行，略云：『元贇，字義都，號既白山人。生於萬曆十五年，崇禎進士弗第。及其國亂，逃來此邦，應徵至尾張，乃後時時入京。又來江戶，與諸名人爲文字交。初萬治二年桉：當順治十六年，於名古屋城中與僧元政始相識，契分尤厚。其平生所唱酬者，彙爲《元元唱和集》行於世。』又云：『元贇能嫺此邦語，故常不用唐語。元政詩有「人無世事交常澹，客慣方言譚每諧」句。』又云：『元贇善拳法，當時世未有此技，元贇創傳之，故此邦拳法以元贇爲開祖矣。正保中，於江戶城南西久保國正寺教授生徒。盡其道者，爲福野七郎充衛門、三浦與次右衛門、儀貝次郎左衛門。國正寺後徙麻布二本榎，多藏元贇筆蹟，燬於火，無復存者。』元贇生平風節與舜水先生伯仲，而尤兼擅文武才，彼都以武士道鳴於時，不圖其武術乃創傳自我，尤吾國故之不可不知者。又舜水先生二子：長大成，字集之；次大咸，字咸一。明鼎革，皆殉節，先舜水卒，見《叢談》，亟記之。

《蚓庵瑣語》明王逋撰云：『崇禎甲申，有吴江薛生號君亮者，能李少翁追魂之術，又善寫照。其法：書亡者生歿忌日，結壇密室，懸大鑑於案，南設胡牀於案下，牀粘素紙，持咒焚符七七日，視鑪中烟起，則魂從案下冉冉而升，容貌如平生。對魂寫照畢，魂復冉冉而下。亡四十年外者，不能追矣。近人用西法攝影，或有鬼影錯出其間。」蕙風寓滬十數年，所聞見者非一，欲求其故，則《瑣語》可爲參互之資。唯是一則召之使來，一則不期而自至。《易·繫辭》：『精氣爲物，游魂爲變。』是故知鬼神之情狀。二者之説，其爲鬼猶有狀，則一也。（以上二則，十一月五日）

宋人稱他人妻曰閤中。孫覿《鴻慶集·與惠次山帖》云：『忽聞中閤臥病，何爲遽至此也？伉儷之重，追慟奈何？』又：『玉姥尊穉』稱他人妻及其子女，見楊慎《丹鉛總錄》。又稱他人故妻曰德宮，潘岳誄楊仲武曰：『德宮之喪。』謂喪妻也。

曩年有以『樹已半空休用斧』七字徵對者，比及揭曉，甲卷云『果然一點不相干』，乙卷云『蕭何三傑竟安劉』。劉，兵器。《書·顧命》：『一人冕執劉』。相傳甲卷爲南皮張相國文襄作，極空靈渾脱之妙；乙亦工巧，出人意表。

君木好改人名字，必雅馴而後止。余嘗爲賽金花改名曰賽今花，賽氏名刺，有從之者，余猶保存一二。改『金』爲『今』，庶幾點鐵成金，質之君木，以爲然否？

王昭平先生《寄内書》見吳騫槎客《拜經樓詩話》云：『深秋離家，今又入夏，京中酷暑，五月如伏。每出門，灰汗相併，兩鼻如烟，黏塗滿面。冷官苦守，殊可嘆，殊可笑。屈指歸期，尚須半載。日望一日，月望一月，身在北地，夢則家鄉。言之，則又可悲也。你第二封書久已收，第一封目下纔到，寄物尚未收。每欲寄你書，動筆增淒楚。勉彊數字，真不知愁腸幾迴，故不多寄，非忙也，非忘也。你當家辛苦，不必言，況未足支費。我一日未歸，遺你一日焦心耳。新兒安否？善視之，計我歸已周歲，可想離別之感。老娘常接過，庶慰我念，祇簡慢不安。夜間失被，且念及新兒之母，何況于兒？不能相顧，奈何？我自拜客應酬，彊親書籍之外，唯有對天凝思，仰屋浩嘆而已。近來索書者甚多，案頭堆積，總心事不舒，皆成煩擾。幸我身如舊，不必念我。唯願你善攝平安，勝於念我。八姑好否？常隨你身伴。勿嬉笑無度，勿看無益唱本。』書止此此書語多質樸，愈樸愈雅，造句尤峭勁，非今人白話文可比。（以上四則，十一月七日）

偶閱放翁集，《封渭南伯》詩：『虛名定作陳驚座，佳句真慚趙倚樓。』喜其屬對工巧，亟記之。

以楝樹接梅花，開時即作墨色，見《羣芳譜》。接花之技，蕙風少時優爲之，如以楝樹接梅花，則先植小楝樹於盆，其本必蟠倔有姿致，僅留一二枝條，壯約指許，屆清明前，當梅花含苞未放時，接亦易活。則就梅花撰其枝氣王者，壯相若者，與楝樹之本姿致宜稱者，審定長短距離，削去其半，約寸許，同時於楝樹枝近本處亦削去其半，亦寸許，速就兩枝受削處密切粘合，以苧皮緊束之，外用梅花根畔土，調融塗護，勿露削口。若所接梅花枝距地較高，則植木爲架，擡楝樹盆務與梅花高下相若，無稍拗屈彊附，迨至夏初，兩枝必合而爲一。苧皮暫不必解，於梅花削口稍下，徐徐鋸斷，俾與花身脫離，即將削口稍上之楝樹枝鋸棄，則本楝樹而花葉皆梅花矣。梅作墨花，花有雋於是、韻於是者乎？《羣芳譜》之說，亟思一試其驗否，安得心暇手嫺如少年時？矧賃廡棲遲，蝸角蝨睫，尤無研究之餘地，令人徒喚奈何耳。

有人傳誦宗室瑞臣寶熙詩鐘句云『高帝子孫龍有種，舊時王謝燕無家』，帝時燕頷。寥寥十四字，值得幾許慷慨悲歌？又彊村近作《黃山谷蠹魚分詠》云：『詩派縱橫不羈馬，書叢生死可憐蟲。』亦佳句。

陳質庵彬屬題《閒軒深坐圖》，爲賦《清平樂》云：『斷無塵涴。人境成清可。何必閒雲來伴我。早是天空雲過。　君家嗜睡圖南。一般道味醰醰。斯旨也通禪定，便如彌勒同龕。』

曩余十三四歲卽已癖詞，詩猶偶一爲之，有云：『自君之出矣，不復畫長眉。眉長似遠山，山遠君歸遲。』明張迂公杞詞《醉公子·和薛昭蘊韻》云：『怕展曉屏開，關山入眼來。』旨與吾詩略同，故記之。（以上五則，十一月九日）

吳江許盥孚家，庭前梅花，忽於八月晦日放花一朵，與春初所開無異。越二日而謝，許氏並將落花緘寄滬上，以爲異聞見前月本報。偶閱章氏學誠遺書，有《秋梅唱和小引》，略云：『東山胡君，家世文學，尤工聲詩。乾隆乙卯秋，始識君於耶溪，仲冬復相遇於邗上。因出《吟香館詩集》示余，蓋詠秋日梅花，偶賦所見，一時同志諸君互相酬和，不覺裒然成集，將刊以貽好事者，而屬余引其端。余惟大化生物，初無容心；草木榮落，皆有定候，而萬千之中偶有一二不如常數，此亦殆猶人事不齊，如童年早慧及髦耋猶强之類。出於常數者，未必非常理也』云云。據此，則秋日梅花前此固嘗有之，當時所開，殆猶不止一朵。

君木之高弟，奉化俞次曳亢寄示近詩，得如干首。蕙風不知詩久矣，以題取詩，滋吾怍矣。《聽歌贈晚香玉》云：『瞢騰人海驕陽天，肺腑熱血紛熬煎。排遣長晝苦無術，歌樓一晌相留連。齊右歌者晚香玉，俊秀天然出眉目。鼓聲如雨不曾停，天上人間聞此曲。游絲嫋嫋澹以清，微風飄下三兩聲。撥絃妙緒橫空出，脫口新涼接座生。從容意態空流輩，肯以浮聲逞姿媚。人生爲歡能幾何，我獨無言生感慨。此豸娟娟真可惜，曲終但有三嘆息。徘徊欲去不忍去，耿耿疏星照遙夕。』《觀伶樂贈譚郎紅梅》云：『譚郎生具絕世姿，聲聲色色無常師。掎摭衆長爲己用，功夫漸臻精熟時。秋來我意忽不適，木葉蕭蕭鳴蟲悲。陶寫樂哀到絲竹，一昔相看情稍移。妙舞婆娑天花墜，珠喉宛轉行雲遲。當前萬形紛來眼，江上遠山青入眉。象憂亦憂喜亦喜，辨此聰明無不宜。但聞座人皆稱善，吁嗟譚郎真可兒。』

（以上二則，十一月十一日）

君木持示鄞閨秀孫碧依嫣近作文稿，筆致娟雋，求之梱闉中，未易多得。《書陳蓉館先生事》云：『吾寧波人旅泊上海者至夥也，自名士學子，乃至碩賈巧工，下逮行販走卒之流，無不有。生聚既日繁，則爲會合之，而被以同鄉名。會有長，長已下，設主事如干人，分部任能，爲鄉人緩急地而謀其不協。鄉人爭論不決，得赴會陳愬，主事者爲之平亭當否，事往往獲已。以是鄉人有訴訟，多不之官而之會。會之材人陳蓉館聖佐，練達明幹，將以誠敬，凡所調度，罔不犁然當人人意。鄉有甲乙二人，客滬久，家焉。甲死，其婦以貧，故不自存，再醮於乙爲繼室，挈前夫子與俱。乙薄有資，撫甲子至成立。婦歸乙，復先後生二子，比長而婦卒。於是兩家子爭母櫬。甲子曰：「母先嬪吾父，櫬歸我當。」乙子曰：「母終於吾家，烏得以櫬歸爾？」內閧不得直，則質之同鄉會，會人躊躇莫能決。陳曰：「易與耳。」麾二家子退，期翌日會四明公所，當有以塞若望。旁人愕然曰：「然則兩許之乎？」陳笑，不答。明日果會四明公所，四明公所者，所以權殯旅櫬者也。陳至，詔二氏子，庭謂曰：「子爭母櫬，誼均也。婦再醮乙，櫬當歸乙。乙有前婦櫬，甲子不能無母。議以婦合葬甲，乙子情可矜，當爲別置櫬，納木主其中，俾任葬，毋向隅，亦委曲求全之道也。」因請同鄉會長某徵君爲壽主，授乙子，而二家之爭遂息。自是陳氏排難解紛之名，益籍籍人口。』（十一月十三日）

乾隆三十九年六月二十四日，杭州織造寅著奉傳諭：『寧波范懋柱家藏書處曰天一閣，自前明相傳至今，不畏火燭，並無損壞，著寅著親往該處，看其房間制造之法若何，是否專用磚石，不用木植，並其書架款式若何，詳細詢察，燙具準樣，開明丈尺呈覽。』燙樣之法未詳。偶閱《紅樓夢》說部卷二十三敘大觀園工程，有燙蠟釘硃之文，知燙樣以蠟爲之。舊小說中若《紅樓夢》、《聊齋志異》多雋字雅詁，此類是已。

蕙風近詞，《鷓鴣天・題畫丐丐畫圖》云：『慘綠韶年付酒杯。江關蕭瑟庾郎才。無聲詩筆憑誰識，只合髯蘇作伴來。東坡居士云：「上可以陪玉皇大帝游，下可以伴卑田院乞兒。」腰帶緩，鬢霜催。吹簫我亦老風埃。勸君莫唱《蓮花落》，水逝風飄太可哀。』前調《題王星泉顧影自憐圖》云：『返舍羲輪不可期。昔游都付玉簫吹。左徒惆悵餘騷辯，《九辯》：「惆悵兮私自憐。」張緒風流感鬢絲。驚夢蝶，惜駒馳。暫裴回處幾矜持。《漢書》：「昭君豐容靚飾，裴回顧影。」舉杯容易邀明月，與我周旋更阿誰？』

《花當閣叢談》多記吳中故事，往往雋異可喜，移錄一則如左節：吳都憲訥少時負氣剛介，章御史珪於都憲差後，亦豪邁有膽略，不相下。釜山東嶽神祠塑酆都諸獄，狀甚獰惡。又爲關楔，設伏地下，人不知，躡之，則有羣偶鬼萃而搶焉。殿堂閴寂，卽白晝，非挈伴侶不敢獨入。二公相約以月黑天陰之時獨往，以散餅爲驗，每鬼前必留一餅。約既定，章先往，匿神帳中。吳持餅詣鬼前，每至一鬼，輒云：『與汝一個。』散至章所匿處，章伸手，出捉吳手，吳云：『勿忙也，與汝一個。』殊無驚異。巡按雲南時，騶從簡約，雖出遠道，亦止肩輿，侍衛不過十數人。一日過山岡，有虎自林中突出，侍衛舍而奔逸。虎方繞帳咆哮，先生乃引手下帳，坐不動，虎環帳數匝去。於是從者遙見之，則又徐徐來集，復擁衛以行，先生無言也。明日，前塗官廉其事，執囚諸役，待罪庭下。先生笑曰：『人各愛性命，此不當得罪。』悉縱舍之。（以上三則，十一月十五日）

今年五月某日，本報有云：『江西景德鎮於四月二十三日夜半，忽聞天空飛禽撲撲，自遠而近，倚枕聽之，其聲如鵲，如燕，如杜鵑、畫眉、黃鸝、白頭翁、竹葉青、芙蓉鳥等，不勝舉似。百鳥和鳴，宛如八音諧奏，頗悦人耳。時則烏雲四合，星月俱死，推窗遥望，唯隱隱見中天黑影幢幢，盤旋如蓋。俄而暴雨狂風一時並作，銀索飛空，雷聲隆隆然，萬籟隨之，如馬嘶，如虎嘯，令人魂驚魄落。顧鳥聲猶未息。轉瞬雨止，鳴聲如初，自子正逾丑正乃止。再後，復聞一怪鳥聲，如神嚎鬼哭，聽之毛髮爲戴。約兩刻許，遂不復聞矣。節本報止此。』按：《東觀漢記》：『建津十七年，鳳皇至，高八尺九寸，毛羽五采，集潁川，羣鳥從之，蓋地數頃，留十七日乃去。』《癸辛雜志》：『金泰和四年六月，磁州武安縣南、鼓山北，石聖臺鳳皇見。鳳從東南來，衆鳥周圍之，大者近內，小者在外，以萬計。』兩事約略相似，皆因鳳至而百鳥咸集。今無鳳而鳥集，孰爲百鳥主者？古詩：『吾聞鳳皇百鳥主。』其殆神嚎鬼哭之怪鳥歟？嗚呼噫嘻！

陳蒙庵彰屬琦兒作《雲窗授律圖》，蕙風爲題《洞仙歌》云：『塵飛不度。甚雲閒如我。放鶴歸來見深坐。有松聲合併，幽澗鳴泉，風動處、依約宮商迭和。　一丘聊復爾，桐帽椶鞵，隨分商量到清課。遠致屬聲家，淡墨谿山，君知否、箇中薪火。早點檢、秋期記蘭荃，便裊盡鑪烟，付它寒鎖。』附識云：『陳生蒙庵有志聲律家之學，就余商榷，素心晨夕，此圖得其彷彿。』漚尹題云：『又韓琦字世講，續事孟晉，漸近蒼勁，鍥而不舍，以規彷石田爲宜。』缶翁題云：『修學以熟精爲至，唯畫筆貴生忌熟。

所謂神明乎規矩之外。又韓世講勉之。』君木題云：『況生二十負才名，畫筆蒼茫入老成。慘綠華年正英絕，已能滿紙作秋聲。』缶翁云云，寥寥二十餘字，深得畫家三昧，琦兒宜服膺勿失。（以上二則，十一月十七日）

領略菊花香氣，宜雨後，宜斜陽時。

諸花之香，淡者彌永；菊花之香，不必淡而亦永。

靜坐聞菊花香，如與金石專家深談有得。

夏之菡萏，秋之芙蓉，冬春間之梅花、水仙，設令作花於濃春妍暖時，亦復宜稱。唯菊花則斷不相宜，是生成與霜爲緣者，故唐花亦無菊花。

蕙風未癖詞時，詠海棠句云：『妙氣清微別有香。』海棠之香，若爲我所獨有，何以故，他人未必領會得到。又有句云：『頗覺黄花比我肥。』

蘇州周宣靈王廟，在閶門内專諸巷（今譌穿珠巷）稍東南寶林寺前，創建無考。《吳門表隱》云：『神姓周，名雄，新城人。一作姓繆，名宣，宋淳祐元年始封王爵。相傳爲古之孝子，乃至治玉之工、函珠懷寶之商，奉爲先師開祖，則尤未詳所本矣。每歲九月之望，值王誕辰，檀熏麝蠟，豐犧華樂（吳人士工崑曲者率會唱以侑神，分庭接席，絲竹盈耳。）式表虔襟，洗爵奠斝，卷韝扶服，先後奔奏，璘璘玢玢如也，庭楹堂廡之間，瓌貨山積，懸黎垂棘，玫瑰碧琳，琅玕珕珋，藏山隱海之靈物，駢坒雜臿，士女佇眙，不可得而名焉。王冠之珠鉅如龍眼，摩尼宵朗，殆蔑以加，其直以萬億計矣。尤有神船，締造精絕，外而檣帆麾蓋，内而屏箔巵匜，靡不具備。其屈靈均所云「蓀橈蘭枻，騁鶩江臯」者乎？』按《常熟縣志》：『嘉靖間，海邊有人貢租入京，貲盡不得還，日伺張家灣，謀附舟。一晚，見官舫南下，乃竊語長年求附。長年曰：「但匿後艙，毋令上官知也。」二人市酒脯，下船啖之，纔就睡，長年遽促之起，云：「家近矣。」時天未犁明，强之登岸，蓋閶門也。抵家，心疑是周神，詣祠下拜謝。梁間所懸畫舫猶溼，其長年卽所見者，所餘肉骨尚在艙中」云云。據此，則神船之設由來已久，其昭昭之靈，皆其庸德之行，貫古今而不敝者也。（以上六則，十一月十九日）

近人蒔菊有號稱細種者，其說謬甚。菊之佳處，一細字烏足盡之？菊花之隱逸者也，宜有泉石烟霞氣味，不衫不履，疏雋奇恣之致。傲霜不如弄霜，以言乎傲，猶有霜之見存，弄則視霜若無物矣。亦不必曰寒瘦，方之美人，燕可也，環亦何不可之有？方之詩人，何必皆郊與島也。花難知，菊尤不易知，宜乎菊之愛，陶後鮮有聞也。

《學圃雜疏》明王世懋撰：『菊至江陰、上海、吾州太倉，而變態極矣。有長丈許者，有花大如盌者，有作異色、二色者，皆名粗種，各色翦絨，各色幢，各色西施，各色狼牙，乃謂之細種最貴，花須少而大，葉須密而鮮，不爾，便非上乘。』此細種之說之所本也。花身丈許，花大如盌，是亦異種，甚可貴矣。一言以蔽之，曰粗，可乎？以花之多少大小、葉之疏密爲等差，甚似花傭之言，非癖花甚深、知花之真者也。

菊一名女花，其近似美人處，在標格與精神。菊花五色，有本之文，是謂秋錦，舊家庭院宜之。

花之以影勝者，曰梅，曰菊。梅影疏，菊影密。疏之趣，娟靜而遠；密之趣，隱秀而深。

李易安詞：『莫道不消魂，簾捲西風，人比黃花瘦。』脫口輕圓，閨人聰明語耳。細審之，實無佳處可言。易安其人，丁易安之時，作此等語便佳，我輩不可作，尤不必學。

明臨宋本易安居士三十一歲照立軸，易安手幽蘭一枝；半唐所藏臨本，改畫菊花，取易安《醉花陰》歇拍意，爲菊花增一雅故矣。

《夷堅志》：『成都府學有神曰菊花仙，相傳爲漢宮女，在漢宮飲菊花酒得仙。』又云：『漢文翁石室壁間畫一仕女，手持菊花，號菊花娘子，此菊故絕豔異者。』

當筵擘蟹，摘菊葉拭手，俗子駔夫之所爲也。西子羅衣，宓妃修袖，吾手觸之，滋慙塵涴。而顧鹵莽滅裂若是乎？罰再世爲赤足婢，給中梱薄澣之役。（以上八則，十一月二十一日）

彊村近箸《望江南》詞，雜題諸家詞集後，移錄如左：『湘真老，斷代殿朱明。禁本道援堂晚出，江南哀怨不勝情。愁絕庾蘭成。』屈翁山『蒼梧帳，竹淚已平沈。萬古湖南清絕地，靈山韶濩入悽音。字字楚騷心。』王船山『爭一字，鵝鴨惱春江。樂府幾篇還跳出，斬新機杼蛻齊梁。餘論惜猖狂。』毛大可『雲海約，明鏡已秋霜。但願生還吳季子，何曾形穢漢田郎田紫綸詞序有「自顧形穢語」，梁汾詞：「休教看殺，風流京兆漢田郎」。歸老有鱸塘。』顧梁汾『迦陵韻，哀樂過人多。跋扈頗參青兕意，清揚恰稱紫雲歌。不管秀師訶。』陳其年『江湖夢，載酒一年年。《靜志》微嫌耽綺語，貪多寧獨是詩篇。宗派浙河先。』朱竹垞『蘭綺閥，肯作稱家兒。解道紅羅亭上語，人間寧止小山詞。冷煖自家知。』納蘭容若『銷魂極，絕代阮亭詩。見說綠楊城郭畔，游人齊唱冶春詞。把筆儘淒迷。』王貽上『研韻律，紅友翠薇俱。翻譜《竹枝》歸刌度，重雕菉斐賴爬梳。驂靳足相於。』萬紅友、戈寶士『留客住，絕調鷓鴣篇。脫盡綺羅薌澤習，相高秋氣對南山。寖度衍波前。』曹升六『長水畔，二隱比龜溪。不分詩名叨一飯武曾斷句：「兒童莫笑詩名賤，已博君王一飯來」，居然詞派有連枝。人道好塤篪。』李武曾、分虎『南湖隱，心折小長蘆。拈出空中傳恨語，不知探得頷珠無。神悟亦區區。」厲太鴻『回瀾力，標舉選家能。自是詞中疏鑿手，橫流一別見淄澠。異議四農生。』張臯文『金鍼度，《詞辨》止庵精。截斷衆流窮正變，一燈樂苑此長明。推演四家評。』周保緒『舟一葉，著岸是君恩。一夢金梁餘舊月，千年玉筍有歸雲。片席蛻巖分。』周稚圭『無益事，能遣有涯生。自是傷心成結習，不辭累德爲閒情。茲意了生平。』項蓮生『娛親暇九能著《娛親雅言》，餘事作詞人。廿載柯家山下客，空齋畫扇亦前因。成就苦吟身。』嚴九能『甄詩格，淩沈幾家卷。若舉經儒長短句李蒓客論經譬四家詩，謂淩次仲、沈沃田、王述庵、洪稚存，巋然高館憶江南。綽有雅音涵。』陳蘭甫（十一月二十三日）

彊村《望江南》詞題諸家詞集後最二十四首，自陳蘭甫已下並時代較近者續錄如左：『人天夢，《秋醒》發遐心王壬秋有《秋醒詞序》。生長茝蘭工雜佩，較量台鼎讓清吟，《哀碧》契靈襟。』王壬秋、陳伯弢『臯文後，私淑有莊譚。感遇霜飛憐鏡子，會心衣潤費鑪烟。妙不著言詮。』莊中白、譚復堂『窮途恨，斫地放歌哀。幾許傷春家國淚，聲家天挺杜陵才。辛苦賊中來。』蔣鹿潭『香一瓣，長爲半塘翁。抗志直希天水旨，起孱差較茗柯雄。嶺表此宗風。』王佑遐『招隱處，大鶴洞天開。避客過江成旅逸，哀時無地費仙才。天放一閒來。』鄭叔問『閒金粉，曹鄶不成邦。拔戟異軍能特起，非關詞派有西江。傲兀故難雙。』文道希《前調意有未盡，再綴一章，海南謂陳述敘，臨桂謂況蕙風也》：『文章事，得失信心難。新拜海南爲上將，敢要臨桂角中原。來者孰登壇？』

吳夢窗云《夜游宮》詞題：『竹窗聽雨，坐久隱几就睡，既覺，見水仙娟娟於燈影中。』此詞境絕清妙。宋詞句云：『睡起兩眸清炯炯。』此『娟娟』從『炯炯』中來。

楊廉夫以鞋杯行酒，命瞿宗吉詠之，宗吉卽席作《沁園春》以呈，廉夫大喜，卽命侍妓歌以侑觴。詞云：『一掬嬌春，弓樣新裁，蓮步未移。笑書生量窄，愛渠儘小，主人情重，酌我休遲。醞釀朝雲，斟量暮雨，能使麴生風味奇。何須去，向花塵留蹟，月地偷期。　風流到手偏宜。便豪吸雄吞不用辭。任淩波南浦，惟誇羅襪，賞花上苑，祇勸金巵。羅帕高擎，銀瓶低注，絕勝翠裙深掩時。華筵散、奈此心先醉，此恨誰知。』廉夫事，詞流豔稱，人皆知之。又隆慶間何元朗覓得南院王賽玉紅鞋，每出以觴客，坐中多因之酩酊，王弇州至，作長歌以紀之，此別一鞋杯事。元朗名良俊，華亭人。賽玉字儒卿，小名玉兒，有詞三首，見《衆香集》。（以上三則，十一月二十五日）

花氣能補益人，較勝拂曉之清氣，清氣中時或挾有側寒輕冷，中人於不覺。花氣中所寓，唯是純和之淑氣。造物畢獻其靈秀，而抉擇其精華，爲之醞釀，人之受之者如飲醇醪，如逢素心，不自知其浹髓而淪肌也。清氣益人神宇，在外者也；花氣益人性靈，在内者也。蕙風耽夜坐，取便幡帘，乃至興居無節，往往滿窗紅日猶戀衾裯，甚覺清氣可惜，則取償於花氣云。

蕙風十三歲已前尚未癖詞，學作近體詩，詠蘭花句云：『偶來應是有緣香。』又云：『一夜西風暗轉廊。』兩上句並遜又有句云：『盥罷神清無箇事，梅邊小立待香來。』詩不入格，是可與言花氣者。又詠海棠句：『綠肥紅瘦李清照，鬢亂釵橫楊太真。』李、楊屬對，當時頗自喜。

以花比詞，菊花似白石，其標韻雋而遒。

芙蕖之香似口脂，玉梅之香似頰粉，茉莉之香似鬢雲，牡丹、芍藥之香似綺羅，夜合之香似麝熏，幽蘭之香似肌理，唯菊花之香，其書卷之清氣乎！非求之歸來堂、依綠亭朱淑真家有西樓、水閣、桂堂、依綠亭諸勝，不可得也。

某鉅公官京朝，其女公子嫁有日矣，匳贈所需，自金玉錦繡，爰及纖屑，予取予求，絮聒無已。某公病焉，謂其友曰：『余甚悔曩年多此一舉。』其友略一存想，爲之軒渠。不數日，旗亭坊曲間，遂徧傳此雅謔。

王飲鶴詞學孟晉，錄示近作《霜花腴·偕童伯章、蔣青莚、汪鼎丞諸公游天平山，依夢窗自度曲四聲》云：『紺雲暮合，望遠天、斜行雁字排空。霜冷烟郊，石荒苔徑，樓臺亂倚西風。歲華轉蓬。話舊游、零落歡悰。悵投林倦翼，難飛壯懷，消盡酒杯中。　京洛暗塵如霧，換伊涼一曲，瘦損秋容。蕭瑟江關，凋年詞賦，銷魂舊日文通。更攜瘦筇，側醉巾、同上吳峯。又登高，過了重陽，晚楓翻錦紅。』

（以上六則，十一月二十七日）

鄞忻紹如譔《梅占春傳序》云：『余自遯荒後，落寞寡歡。今春讌某氏園，客有善飲者，談明季復社故事，聞妓梅占春工《牡丹亭》諸曲，則遣致之來，羞澀可憐，良家子也。詢問家世，棖觸余懷，作《梅占春傳》。梅占春，剡城人，年十六七，纖小儇麗，不著意修飾，而姿致天然。家故中貲，其父賈人也。薄女紅不爲，使就鄰家讀，顧善病，作輟無時，師愛其慧，恆即家授之，漸通句讀，最後乃之縣之省，求所謂女校者，而肄業焉，未幾亦棄去。桑海之際，邑遭蹂躪，父有肆在里中，盜瞯其貲，挾以去，勒贖千金，家人驚且憤。既贖父出，死喪枕藉，貲遂罄。占春年既長，侘傺無聊，則雜取《牡丹亭》、《石頭記》諸小說而日浸淫之，爲鄰所紿暱焉。母不知閑檢，家日落。比來甬上，媒瞯女慧，說之隸樂籍，母惑之，占春執不從，則以死要之，曰：「寧忍吾爲道僅耶？」始居北里，愧憤不自勝，獨與吾友某善，書問往還，情詞悽惋。席次，語及身世，輒烏邑泣下。一日中酒，迺戟指罵其曹偶曰：「若何爲者？若倡耳，我豈與若儔哉？」嗟乎！人生處喪亂之際，所遭不幸，顧此則失彼，千迴百折，不惜自裂其名，如李陵陷身匈奴，思欲得當報其主；王右丞以遺世高致而汙於僞命，豈非賢者哉？一日委蛇，終身蒙恥。士夫好持苛論，而悠悠之口，狎侮横加，且夷之與噲等伍。如斯類者，蓋大可悲也。雖然，寧爲玉碎，毋爲瓦全。古今弱女子且然，何況士夫？獨其中有甚不得已者，其身雖辱，其名既裂，而充其羞與噲伍之心，重諒其所遭之不幸，則如陵之忠義、右丞之高尚，寧當以辱身而掩耶？君子觀人於其晚節，占春其慎以圖終矣。占春工書牘，自署劍眉，諱其姓，故不著，著其可感觸者。』紹如名江明，光緒末進士，安樂知縣，其人文筆雅絜，品詣絕高，君木云。（十一月二十九日）

餐櫻廡漫筆卷十五《申報》一九二五年十二月

幡帑郡邑志乘，其所記載，多豔異可喜之事。《常熟志》云：『福山曹氏盛時，私租至三十六萬石。當時善誠、南金輩剏院修學，頗務名義。他事亦有近於風流者。嘗招雲林倪瓚看樓前荷花，倪至，登樓，惟樓旁佳樹與真珠簾掩映耳。倪飯別館，復登樓，則俯瞰方池可半畝，菡萏鮮妍，鴛鴦鸂鶒，萍藻淪漪。倪大驚。蓋預蓄盆荷數百，移置空庭，庭深四五尺，以小渠通別池，花滿方決水灌之，水滿復入珍禽野草，若固有之。復招楊鐵崖看海棠，楊欣然造筵，不見花朵，請徙席，意花前矣。至則鼎彝與觴罍錯布，寂然無花。楊始怪問，曹曰：『夜半移燈看海棠，請須之。』俄而月午，曹復徙席層軒，出紅妝一隊，約二十四姝，悉茜裙衫，上下一色，類海棠，各執銀絲燈，容光相照，環侍綺席。曰：『此真解語花邪！』楊極歡，竟夕而罷。

《明史·刑法志》云：『太祖時，蘇州人才姚潤、王謨被徵不至，皆誅而籍其家。「寰中士夫不爲君用之科」所由設也。』此等科條，非慘刻如明祖不辦。

昔賢懿行，有愈模棱愈卓絕者。孫西川艾既以子貴受封矣，一日，游金閶，有賈人忽把其袖，且笞且詈，幾至折頤。公曰：『余常熟孫氏，非君所憤某人也，貌或相似耳。』郡守與其子同榜，家僮欲赴愬，賈人惕息，公笑曰：『負恩如某，笞之最是，偶誤何傷？』引酒而別。見《柳南隨筆》。此事似甚可笑，而實夐乎不可及。

虎丘之勝，有石井泉，卽張又新所品第三泉也，歲久湮没榛莽中。正德間，西蜀高第，爲長洲令，始作亭於泉之上，立石爲坊，碑以表之。嘉靖間，天水胡纘宗爲郡守，以尹和靖嘗寓居於茲山，乃因佛廬更作和靖讀書堂，形勢宏敞；又作仰蘇樓於東嵎。見《吴門補乘》。今無復尋其遺蹟者。（以上四則，十二月一日）

明海寧查伊璜孝廉繼佐識吴順恪六奇於窮途風雪中，以國士相期許。迨後伊璜因史案連繫，順恪爲之昭雪，僅乃得免。事見《觚賸》。然據伊璜所作《敬修堂同舉出處偶記》，則《觚賸》云云似非事實，豈伊璜故爲之諱耶？記云：『己亥，余客長樂，潮鎮吴葛如以厚幣邀余至其軍，爲語南鄙夙昔艱難諸狀。方在席，無所指顧，而境内不軌猝縛至階下，告余曰：「吾徵發而彼遁矣，吾密行内閒，不失一矢。」未幾，而不軌之所恃豪，爲戢他不靖幾圍，奉飛符報命。葛如曰：「是又内閒之轉行也，吾左右尚不知之。」葛如能詩，自比武侯，故以六奇爲名，大率用兵以計勝，顧名知之矣。令其長君啓晉、晉弟啓豐，偕侍余座。晉字長源，豐字文源。長源登丁酉賢書，生而韶秀玉立，工詩，所至輒流連，興懷古昔，疾行五指，篇什繁富，不勝舉也。余嘗敘其爲文有關戢安之大者，嗣余《詩可》之選。凡仕宦游歷所賦無不及之，專帙東粵，遂入葛如《湞陽峽》一詩。别久之，投余遠問，則葛如病，而長君晉已修文去矣。葛如隨物故。世傳余初有一飯之德，葛如方布衣野走，懷之而思厚報，其實無是事也。』《偶記》止此。又按：某説部譔人姓名失記云：『吴興莊某作《明史》，以查伊璜列入校閲姓氏，伊璜知，卽檢舉，學道發查存案。次年七月，歸安知縣吴某持書出首，累及伊璜。伊璜辨曰：「查繼佐係杭州舉人，不幸薄有微名，莊某將繼佐列入校閲，繼佐一聞，卽出檢舉，事在庚子十月。吳令爲莊某本縣父母，其出首在辛丑七月，若以出首早爲功，則繼佐前而吳某後，繼佐之功當在吳某上；若以檢舉遲爲罪，則繼佐早而吳某遲，吳某之罪不應在繼佐下。今吳某以罪受賞，而繼佐以功受戮，是非顛倒極矣。諸法臺幸爲參詳。』各衙門俱以查言爲是，到部對理，竟得昭雪，遂與吳某同列賞格，分莊氏籍產之半。據此，則伊璜罹禍，緣庭辯得解，無順恪爲力之説，與《偶記》合。順恪字葛如，爲他書所未見；繼佐《雪中人》傳奇作培繼。（十二月三日）

忻紹如工古文辭，近譔《寧波錢業會館碑記》，尤雅馴。甬俗所稱過帳俗从貝从長步頭者，『過帳』字不易入文，紹如以典雅之筆出之，誠後學之楷模也。以限於篇幅，節錄如左：『《記》曰：「大信不約。」約謂約劑也。《周禮·地官》：「司市以質劑結信而止訟」，凡市易必有劑，自古然已。錢幣，市易之券也，圜法變遷，人趨儇利，若唐之飛錢，宋之交子、會子，今之紙幣，以輕齎稱便，風行海內，其爲信，亦約劑類也，此所謂市道也，市道而幾於大信者有之。今寧波錢肆通行之法，殆庶幾焉。海通以來，寧波爲中外互市之一，地當海口，外貨之轉輸，鄰境物產之銷售，率取道於是。廛肆星羅，輪舶月日至，儼然稱都會矣。顧去閉關時不遠，市中行用以錢不以銀，問富數錢以對。自墨西哥銀幣流入內地，始稍變其習，然不用銀如故。卽有需，則準他路銀虛立一名，以錢若銀幣易之，日有市，市有贏縮，通行省內外以爲常。吾聞之故老，距今百年前，俗纖儉工廢著擁巨資者，率起家於商。人習踔遠，營運徧諸路，錢重不可齎，有錢肆以爲周轉，肆必財力雄厚者主之，郡中稱是者可一二數，而其行於市，匪直無銀，乃亦不專用錢，蓋有計簿流轉之一法，大抵內力充諸肆，互相爲用，則信於人人，一登簿錄，卽視爲左券不啻。其始，數肆比而爲之，要會有時，既乃著爲程式，行於全市。其法：錢肆凡若干，互通聲氣，掌銀錢出入之成，羣商各以計簿書所出入，出畀某肆，入由某肆，就肆中彙記之，明日諸肆出一紙，互爲簡稽，數符卽準以行。應輸應納，如親授受，都一日中所輸納之數爲日成，彼此贏絀相通，轉而計息焉。次日復如之，或用券挈取曰畀某肆，司計者以墨圍之，則爲承諾，如所期不爽。無運輸之勞，要約之數行之百餘年，未聞有用此爲欺紿者，雖深目高準之儔，居是邦，與吾人爲市，亦不虞其有他。儻所謂大信者，非耶？（十二月五日）

閶門外劉氏園有交柯古樹，一柏樹，一冬青，皆數百年物，蔥蒨疏秀，高出檐際。兩樹之本，相合併糾結，逾十數尺，有天然意趣，決非人力所爲。以抱質貞勁言，兩樹尤相得益彰，非尋常詞流豔稱珊瑚玉樹以瑰麗勝，乃至其他連理並蒂者可同日語，方之昔賢道義、金石之交，其庶幾乎！惜未聞作爲篇什，爲之賦詠者。

曩集六朝人句爲楹言：『生平一顧重，夙昔千金賤謝朓；爭先萬里塗，各事百年身鮑照。』偶憶記之。

明朱柏廬先生家訓：『黎明卽起，灑掃庭除』云云，世頗傳誦，稱《朱子家訓》，遂誤爲文公作。金壇于鶴泉振《清漣文鈔》有《柏廬先生傳》，略云：『柏廬先生者，崑山人，朱氏名用純，字致一。父集璜，明末貢生，國變殉難。柏廬性堅挺，於書無所不讀，以父故，終身不求仕進。結廬山中，授徒自給，高巾寬服，猶守舊制。邑中重之，以子弟受業者幾五百人。會舉賢良方正，邑人有貴顯者，以先生名首列上之。先生時方集徒講《易》，或以告且賀，諸生請斂貲爲束裝具。先生笑曰：『甚善。』講罷入室，久之不出，排闥眂之，則已自經矣。諸生大驚，解之，中夜始蘇，嘆曰：『吾薑桂之性已決，必無生也。』諸生乃致語邑令，追還所上姓名。令高其節，命駕見之者三，固辭弗見。一日風雪抵暮，令度先生在室，輕騎詣之。甫登堂，先生已踰垣遁。或怪其迂，先生曰：『吾冠服如此，詎可見當事乎？必欲易之，吾不忍也。』以四月十三日生，及卒，亦以此日，年八十餘，里人稱爲節孝先生。

奇童某，隨師遠游，日暮抵某關，關閉不得入，徐行詣旅邸。途次，師出對云：『開關遲，關關早，阻過客過關。』某應聲曰：『出對易，對對難，請先生先對。』此聯肆口而成，工巧無匹。此童後以才藝名於時。（以上四則，十二月七日）

與彊村過君木齋中，彊村說一雞一犬事，君木因令其公子貞用說雞，其徒嚴表說犬，文成，爲略潤色之。其事甚奇，輒拾而書之。馮貞用《記孝雞》云：『歸安朱古微先生視學廣東時，其家人使母雞伏卵，無何，成雛矣。母雞日則飼之，夜則煦覆之。雛稍長，母雞又翼他卵，既得雛，屏舊雛勿令近，已則煦育新雛如前。舊雛中有雄雛一，獨依依母側，欲入又不敢，懼母雞之啄也。夜伏窠隅，與母雞同處，既又爲母雞導新雛行，拾庭中蟲蟻以食新雛，他舊雛欲爭食，雄雛必啄之，若相翼護者。古人所謂雞有五德，孝友不與焉。徵諸是雞之行，顧非所謂孝友也耶？今人陳義，頗有以孝友爲不足道者，而雞乃寖寖乎欲幾於是，此雞之所以終不伴於人歟？』嚴表《記犬異》云：『某生設教某氏，一日晝寢，有一犬臥其旁。庖人市肉歸，懸於柱杙而去。犬見肉欲食，顧杙高，不能得；適旁有一櫈，犬負至柱下，登而食之。既盡，乃下，又置櫈於原所。生見之，異而不聲。既而庖人取肉，尋不可得，犬搖尾隨之，狀若無事者。生愈異之，姑閟其事。將夕，生徘徊庭中，見犬銜蘆桿長尺許，徑入寢室。生覺有異，潛尾其後，就窗隙內窺，則犬方銜桿度榻，縱橫量測，狀至陰詭。度畢，趨出，向後園去。生大驚，恐犬害及己，乃飾枕爲人，覆之以衾。已，則匿於榻後以伺。人定後，犬至，一躍登榻，力嚙被中枕，齒齒有聲。生駭絕，猝出，以被蒙犬，大呼僕人。僕人至而殺之。生遂告以日間事，乃相與至後園，一坎在焉，四週壅土，小大適與榻類，棄蘆桿其側，始悟犬所爲。蓋犬欲殺己滅口，又圖埋屍以滅跡也。嗚呼！犬之毒甚矣哉！』（十二月九日）

填詞有三要，曰重、拙、大，非於此道致力甚深不辨。山陽閨秀顧伯彤翊徽，泗州楊毓瓚室所箸《熙春閣詞》，莊雅不佻，於重字爲近，得之梱閫中，信未易才也。《瑞鶴仙·對月》云：『流螢侵砌碧。正秋澄如水，涼懷吟得。遲花鎖嬌色。試減新半臂，縫羅雲窄。初生桂魄，鏡屏前柔光幾尺。最多情、小幌風烟，鄰架舊芸今夕。　遙姮娥，天上未必嬋娟憶。更嫌寥寂。藤蘿繞石，人影瘦、井梧直。聽寒蛩欲語，凭闌心事。江冷波濤夢隔。夜厭厭、銀漢無聲，玉階露白。』《青玉案·游愚園》云：『鈿車寶馬重游地。正秋晚、遙天霽。迴步園林苔蘚翠。亭前尋到，踏青痕細。女伴今春事。　粉牆迢遞鞦韆戲。雲外朱樓沸歌吹。併入凭高無限意。愁邊記取，斷零詩思。化作飛鴻字。』《浣溪沙·九日登韓臺》云：『風雨重陽載酒游。韓臺霜□伴人愁。築壇勳業嘆浮漚。　又見雁行思遠道，故飛燕子自清秋。茱萸斜插玉搔頭。』前調《病中》云：『朱閣層陰夢未通。丁香長晝結成叢。退飛蝴蝶怨東風。　深巷□簫吹漸遠，疏簾藥鼎沸初濃。抛書人倦繡衾中。』《熙春閣詞》，南陵徐氏輯《閨秀詞鈔》箸錄數首，署名作顧翊，落『徽』字。

偶閱近人說部，稱述中國巧工，能製造奇器。因憶一事。乾隆某年，值萬壽祝釐，各疆圻津要，咸羅致瑰異充貢珍。有人以舶來奇器求售於兩淮運使某，賈直鉅萬，有成議矣。其器爲一銅人，能搦管濡墨，寫『萬壽無疆』四字，而自揭櫫之。運使之閽人，索貲於售者不得，則於伺應之頃，若爲蹙頞不懌者。運使怪而問之，曰：『僕有隱，不敢白。』曰：『白之可。』曰：『僕見主人購西洋銅人入貢，竊思銅人寫字，恃機器使之。然機器常有損壞之虞，萬一貢入之後，方當試驗該銅人者，寫至「萬壽無疆」之「無」字，機忽停頓，不寫「疆」字，其爲害，尚可言哉？』運使憬然，遽寢成議。此器機巧，略如某說部所云，而運使某之閽人，所謂才能濟其貪者也。（以上二則，十二月十一日）

菜花有黄白二種，其黄者爲園蔬雋味。相傳乾隆年間，每逢南巡近畿一帶，輦路兩旁，老圃者流輒於春初偏種白菜花，而以黄者參錯其間，俾令開時適成『萬壽無疆，普天同慶』等字，大逾尋丈，鮮豔分明。蓋巡游啓蹕，每屆春夏之交，取其天時和暖，方當菜花齊放，黄白相映，知爲美觀。此等心思，殊覺巧而近雅。蚩蚩之氓，未信克辦，容或有爲之導師者。

明陸粲《説聽》云：『洞庭葉某商於大梁，眷妓馮蝶翠，罄其貲，迨凍餒爲磨傭。一日，在街頭曬麥，馮適騎驢過，下驢走小巷中，使驢夫招葉。葉辭以無顔相見，强而後至。馮對之流涕曰：「君爲妾至此乎？」出白金二兩授葉，屬更衣來訪。如期而往，馮以五十兩贈之，曰：「行矣，勉爲生計。」葉戀戀不舍，隨罄其貲，仍傭於磨家。久之，藭苫如初。馮謂葉：「汝豈人耶？」要之抵家，重與十鎰，且曰：「速作行計！儻更留，必以一死絶君念。」葉遂將金去，貿易三載，貲贏數千，以其千取馮歸老焉。』《花當閣叢談》云：『閶門有妓姓陸，頗有姿，性慧黠，名籍籍儕偶中。後病瘵，其假母厭惡之，度不復有生理，乃不俟其絶，藁而置之城下。有丐者，日棹一舟丐河滸，適見藁中蠕蠕動，啓視，則陸也，氣尚屬。抱之入舟，詢其故。曰：「吾以瘵，見棄於假母。若能憐我，置舟中，瞑則埋之城下，即九泉不忘若德。幸而生，則願終身事若。」丐如言，納之舟中，日飼之，不半載而瘵愈，乃日坐舟尾佐丐操舟，若夫婦然。一日，有舟泊河干，客未集，丐就求食。客見陸，大驚曰：「若非陸氏姬乎？胡在此？」陸訴其故。須臾客集，邀之過舟，不應。乃相與謀，召其假母來，語之故。母謂陸曰：「兒勿執迷，諸公願以金償丐，兒即不願再入青樓，諸公有外宅，逸汝終身，顧不勝作丐婦乎？」陸曰：「丐貧而娼賤，與其娼也，寧丐！」急棹去。客令人迹之，見其泊舟無人處，淅米炊飯，歡然與丐對食，此天啓三年事。』此二妓並殊，特可傳，非近世號稱魁桀，不恤朝秦暮楚、負義反戈者比，故類記之。（以上二則，十二月十三日）

偶於陳蒙庵案頭見南海陳元孝恭尹《獨漉堂集》有《啞虎詞》，題目絕新，調《水龍吟》云：『宵來萬籟刁調，阿誰清嘯風生苑。仙都仁獸，爪牙空利，肝腸偏善。夜目如燈，斑毛如刺，不驚林犬。但泥沙路上，兒童笑指，蹄痕處、看深淺。　浪說騶虞不踐。草青青，經行何損，霽威勿用，忍飢忘食，古今應鮮。負子弘農，乳兒荊楚，化機潛轉。待龍從九五，氣求聲應，大人利見。』以詞意審之，啞虎殆虎而不虎者，可以愧世之不虎而虎，虎猶不食其餘者。元孝，明季布衣，自號羅浮山人。東坡詩：『雲溪夜逢瘖虎伏。』注：『羅浮向有瘂同啞虎巡山』，殆即元孝之所賦歟？

五羊方言，閩人拜手謂之扶扶。查韜荒容《珠江即事詞》：『珠簾捲，羞羞蹬蹬，阿母勸扶扶。』

按：扶扶當作扶服。扶服，叩頭，見《漢書》。

黔俗云：『清平豆腐楊老酒，黃絲姐兒家家有。』黔故罕聞，亟記之。查韜荒《浣花詞》過黃絲《殢人嬌》云：『前度劉郎，盼到黃絲地面。髣髴認、舊時庭院。牆頭馬上，更桃花千片。誰得似、撩人那枝留戀。　弱態輕盈，柔情宛轉。真不枉色絲黃絹。生拚世世，作金蠶銀繭。配著你、合成鴛鴦一線。』

丁眄庭先生箸《切夢刀》一書，稱引詳確，辨析精審，斟酌於義蘊術數之間，濟之以多見而識，知微知彰，寓牖民覺世之閎旨，求之近人譔述中，得未曾有。陳蒙庵彰題詞，調《金縷曲》云：『訂韻諧宮徵先生精均學，撰述甚富，更精孿、神交六候，異書料平聲理。不待三更風力勁，悟徹春婆妙諦。長柳傍、微言誰繼。處世原來如大夢，阿誰窺幻影真如意。先覺者，破玄祕。　一編好作南鍼指。恁紛紛、蕉隍覆鹿，槐柯封蟻。底事黃粱猶未熟，大可及鋒而試。便指顧、華胥醒矣。舊籍張劉牙慧耳坊間張三丰、劉誠意《解夢書》自云得諸祕藏，實襲君書以售欺者，笑廣徽瑣語體輕比。應紙貴，雒陽市。』（以上四則，十二月十五日）

近人小說喜談武俠，偶閱《陔南池館遺集》上海喬鷺洲重禧譔有《除蟒公傳》，事絕奇偉，節其略如左，可爲茶半香初，消遣長日之一助也。『除蟒公，姓氏里居不傳，少年任俠，好擊刺，父爲人陷死，公年十六七，逃去，學於少林僧，十年而成，歸，手揕仇人，抉其首，告父墓，遁居吳會山中。久之，徙居松之峯泖間，築草屋兩楹，傭山民之田以自食。郡之南朱涇者，巨鎮也，屬華亭轄。時天久旱，不雨者七閱月。天馬、橫佘之間，深山大澤，故有巨蟒一，數百年伏處，未嘗爲人害。至是，一蟒忽自山中出，至鎮之野，戕鷄犬嬰兒無算。蟒巨甚，盤伏農田，禾苗盡偃。鳥槍擊之不能中，反爲蟒斃，官民惶窘無所計。邑令懸千金，募力者斬之。鄰以公告，令乃具禮詣公。公年已六十餘，髮禿盡，見人不知寒暄，口訥訥若無所能者。次日，手一杖以出，至蟒所，蟒方仰首噴毒樹間，鳥皆墜落。公伺其不備，擊其首，不中，急躍至百步外，蟒已及兩肘間，肘後衣寸寸裂矣。又回擊之，中其背，而蟒已繞公身六七匝，縛若巨絙。幸一手向外，亟搤其頸。有頃，公狂呼一聲，手足劃然開，蟒骨節皆裂，殲矣。令具千金爲壽，造其廬，而公已不知所往，於是人始相傳誦爲除蟒公云。後二十年，雌蟒出求其雄，復至故所，噬人畜尤多，人爭思除蟒公，顧慮公年愈高，當不復在人間，或龍鍾，非蟒敵。會有販湖綿者，言湖州山中客狀，偵之，果公，聘不至。時涇民數百詣山中，環其居，日夕號，若申包胥之泣秦庭者。公曰：「吾服氣鍊形，無求人世，冀百齡從赤松子游，今若此，不復歸矣。」乃出，手不持寸鐵，詢蟒所在，遽躍近蟒，蟒盤旋纏縛如前，仍以手握其頷，騰躍去地尋有咫。居民皆閉戶，惕息不敢出。但聞砰訇跳擲一晝夜，視之，人與蟒皆死。居民感其德，醵金肖公像，立祠祀之，題曰除蟒公祠云。』有贊不錄。（十二月十七日）

高郵蚊盛，有女子隨嫂夜行，其嫂借宿耕夫田舍。女曰：『吾寧死，不失節。』獨宿草莽中，以蚊死，其筋見焉。人爲立祠曰露筋。見《廣輿記》。宋米海嶽書《露筋祠碑》，余舊藏拓本，絕精整。茲事勒之貞石，久矣請。崑山朱以載厚章《多師集·楊九娘廟歌》，自序略云：『《嘉定縣志》：「楊九娘性至孝，父命守桔槔，苦爲蚊嘬，不易其處，竟以羸死，土人立廟祀之。」』按：此與露筋祠事絕類，彼以貞，此以孝，後先輝映矣。吳槎客騫《拜經樓詩話》引初白盦主云：『高郵露筋祠，本名鹿筋梁，相傳有鹿至此，一夕爲白鳥所嘬，至曉見筋，故名。事見《酉陽雜俎》及江德藻《聘北道記》。』初白詩曰：『古驛殘碑幼婦詞〔一〕，飛蚊爭聚水邊祠。人間多少傳譌事，河伯年年娶拾遺。』詩見《敬業堂手稿》。據此，則以爲女郎祠者，非事實矣。嘅自坤順道消，懿稱闕響，政不妨存此一說，爲趾美貞姬者勸，毋庸斤斤置辨也。

近人製謎，以『一箇一樣，一箇一樣』云云，隱宋詩七言絶句全首：『獨上江樓思悄然一箇，月光如水水如天一樣。同來玩月人何處一箇，風景依稀似去年一樣。』底面天然巧合，不能有二。

妓之假母，俗呼爲爆炭；老妓退院，私蓄侍寢者，不以夫禮待，號爲廟容；曲中諸妓多富豪輩，日輸一緡於母，謂之買斷。見《北里志》注。又宋時平江里衖傳習呼營妓之首曰丁魁、朱魁，見陳藏一《話腴》；妓之管領者名瑟長，見《霞箋記》傳奇元無名氏譔。已上各稱謂並甚新。又《桐陰清話》臨桂倪雲癯鴻譔云：『《秦淮舊院教坊規條碑》，余嘗見其拓本，略云：「入教坊者，準爲官妓。另報丁口賦稅，凡報明脱籍過三代者，準其捐考。官妓之夫，綠巾綠帶，著豬皮靴，出行路側，至路心，被撻勿論。老病不準乘輿馬，跨一木，令二人肩之」』云云。此碑尤絶新，可入金石餘話。（以上三則，十二月十九日）

【校記】

〔一〕驛：底本作『鐸』，據《敬業堂詩集》改。

古人命名，間涉猥怪陋劣，匪夷所思，稽諸載籍，不勝僂指。《左傳》：衛有史狗，鄭有堵狗。《史記》：韓有公子蟣蝨。《漢書·古今人表》中中有司馬狗師古曰：衛宣公臣也，見魯連子，又下上有榮駕鵝師古曰：駕，音加，又酈食其子名疥，梁冀子名胡狗。魏元叉名夜叉，弟羅本名羅剎。北齊有顏惡頭。南唐有馮見鬼。《宋史》：劉繼元子名三豬。遼皇族西郡王名驢糞。《金史·海陵紀》有刑部郎中海狗，《宣宗紀》有李瘸驢、唐括狗兒，《哀宗紀》有完顏豬兒，又兀朮之孫名羊蹄，胡沙虎之子名豬糞，封濮王。《忠義傳》有郭蝦蟆。又紇石烈豬狗，見《西夏傳》。耶律赤狗兒，見《盧彥倫傳》。《元史》有郭狗狗、石抹狗狗、寧豬狗，又伯答沙次子名潑皮。皇慶中有駙馬醜漢，江浙行省黑驢。如右人名，唯是鄙俚不韻而已，尚無不祥觸諱之字。乃至兩宋宗室，其命名所用字，則尤離奇光怪，得未曾有，微時無當於雅訓，抑且大拂乎世情。如希塋、希怨、希僞、希吝、希褥，伯迫，師仆、師裙、師臬、師槍、師辱、師崽，與駝、與擠、與拚、與謚，善詛、善訃、善眚、善俘、善拐、善尨、善斫、善終，孟逝，崇俘、崇埡、崇扒、崇掠，必跛、必扯、必滚、必埡，汝坑、汝惛、汝花、汝堯、汝臭、汝懟、汝扑，儓夫、鄙夫、否夫、鬧夫、誑夫、怒夫、溷夫、詛夫、莠夫，若溲、若逃，並見《宋史·宗室世系表》。一説當時玉牒，宗親子生則入告於宮府，詔所司錫之名，則隨檢字書中之一字命之，或遂索取陋規，而疏胄多寒畯，其不辦者，往往得奇劣之字，終其身不可更易。茲所臚舉，不具十之二三也。

清有兩張國樑，見《法謚考》。一雍正朝，官雲南提督，贈右都督，謚勤果；一咸豐朝，官江南提督，幫辦軍務，謚忠武。兩公之名並用俗『梁』字增『木』作『樑』。（以上二則，十二月二十一日）

吴江金松岑先生天羽，原名天翮，寄貽《天放樓詩集》，寒窗洛誦，如逢素心。葉奂彬德輝譔序，稱其格調近高、岑，骨氣兼李、杜，皆千錘百鍊而成，讀之極妥帖，造之極艱辛，能道其概略矣。《題武梁祠畫像唐拓殘本》有序，略云：『如皋鄧璞君丈爲濟寧李一山索題唐拓武梁祠畫像殘本，乾隆丙午黄小松司馬搜剔武梁石室於嘉祥紫雲山麓，較唐人多二十四石。此拓同時亦由汪雪礓移贈小松。小松女公子爲一山高祖妣，小松殁，不能歸櫬，書畫多由李氏承受，獨此拓流轉人間五十年，不見著録。丙辰春，一山復得之京師，因自爲記，徵當世題詠』云云。漢刻唐拓，流傳至今，誠瑰寶矣，亟記之，以諗並世癖金石者。天放樓詩《題梅芬撫劍圖》有序，略云：『寶山舒少卿抱關吴門，屢爲余言蜀奇女子梅芬事。梅芬，郫人，姓吳氏。幼遭盜掠，鬻山左賣解家，遂嫺技擊，工超距。隨假父母，流轉江湖間，經燕、趙、湘、鄂，而至吳門，以色藝爲人傾倒。梅芬非獨精武事，廣場奏技之餘，引吭歌謳，緣雲清切，聽者神靡。或以利餂假母，遂淪樂籍。乙未春，梅芬探梅鄧尉山，與少卿邂逅通悃款，旋入都。值義和拳之變，假父母入匪籍，被刑。梅芬得某閨俠助，以劍斬邏者，脱身南下，復來金閶。與少卿遇，蹤蹟遂密，暇輒載酒徜徉虎丘、石湖間。已，聞母尚在郫，私議蓄纏頭金歸養。壬寅夏，誤傳母喪，遂涕泣上道。是時，川中有匪警，少卿尼之不可，遂行。越五載，復遇之寧滬車中，述别後行止，則已入勞山上清宫爲女冠，比歸省墓，將復往卽墨，以了餘生。少卿嘆息，爲泣數行下。抵滬啓笥，出寫真，珍重别去，遂不復見。少卿倩畫工爲是圖，豐頤秀眉，長身玉立，作隱娘紅線裝。自是鳥啼花落，少卿淒然，輒有吟詠，成《本事詩》一卷，因自號問梅云。』梅芬不愧奇女子之目，其事行可傳，其晚節尤高絶清絶，故記之。（十二月二十三日）

《史記》：韓有公子蟣蝨。其命名之義殊難索解，意者或託旨微末示謙下耶？何其猥且蔑也。《拜經樓詩話》云：『唐詩人李蠙，本名虯，將赴舉，夢名上添一畫，成「虱」字。及寤，曰：「虱者，蠙也。」乃更名，果登第。』李更名不曰虱，假借與虱同訓字，其爲質樸近古，不逮韓公子遠矣。

《閨秀正始集》周瑤小傳云：『瑤字蘂卿，浙江嘉善人，尚書姚文田室。文田嘉慶己未狀元。蘂卿未笄時，嘗夢柳汁染衣袂，于歸後，姚果大魁。』此與《三峯集》所記唐人李固言事政合。蘂卿《寄外》詩云：『香撥金猊冷，春深子夜中。一襟楊柳月，雙鬢杏花風。鴛繡此時倦，魚箋幾日通。嬌兒方睡穩，緘意託飛鴻。』婉麗中寓華貴之致，末聯尤情景逼真。

殘雪未融，同雲靉靆，佇滕六之降臨，吳諺謂之雪等伴，天放樓詩記之。

蕙風旅蘇四閱月矣，欲佳韻語，輒復不果，甚愧負此名區。《天放樓詩》有《中秋歷游靈巖天平支硎虎丘石湖》絕句八首，移錄如左：『行過香溪溪上村，霸圖消歇畫圖存。湖山蒼翠無人管，仙眷相攜躡寺門。』『破禪門對太湖開，響屧廊空沒草萊。壞塔久支行殿廢，夕陽無語下琴臺。』『靈巖峯背接天平，萬笏擎天萬壑晴。更憶胷中萬兵甲，當年小范有聲名。』元注：『文正墓在偃師，此其祖墓也，勿以詞害意。』『峭壁中開一線天，上方靈雨下方泉。山川雅近中唐勢，劉蛻孫樵一比肩。』『石瀨松湍磵谷深，觀音巖上刻觀音。游人競拜輪王殿，不記當年支道林。』『楓橋橋下水流東，臥聽寒山夜寺鐘。更弔顏楊忠義骨，山塘來訊賣花翁。』五人墓，今爲花圃。『海湧高峯劍入潭，問泉亭子識憨憨。我來欲說生公法，頑石多於箔上蠶。』『畫舫笙歌沸石湖，上方山下走神巫。西河若得西門豹，還我青山好畫圖。』（以上四則，十二月二十五日）

陳蒙盦與兄質盦運闓，原名彬，一字伯懌競爽詞壇，有二難之目。晉江丁昞庭成勳，一字欽堯所著《切夢刀》，質盦題詞，調《減字浣溪沙》云：『武庫青霜試及鋒。頓教殘醉失惺忪。趾離退舍脫光雄趾離，夢神名，見《致虛閣雜俎》。脫光，刀神名，見《齊太公兵法》。蝶栩定應迴夜枕，鯨鏗須不待晨鐘。邯鄲歸騎莫從容。』質盦樂道好靜，書法尤工，得晉帖神髓，不輕爲人作也。

明歌者張麗人墓志，弘光元年刻石，在廣東白雲山。黎節愍遂球撰文，見《蓮須閣集》；鈕玉樹撰傳，見《觚賸》。麗人名二喬，麗質貞操，卓越千古。武進趙叔雍尊嶽有詞題此志拓本，調《月下笛》云：『石以文貞，花倖質麗，豔塵千古。披蒼蘚、遙憶三城舊眉嫵。闋歛壁月成雙影，早慧業人天徹悟。儘梅坳春寂，能消鐵石，廣平一賦。　芳緒。蓮香句。更綵筆鐫苕，百花深護。棠梨怨雨。杜鵑猶作吴語。白雲已分紅桑後，算那日、蘿香有土。撫斷碣，義熙年，栗里閒情幾許。』

《六研齋筆記》云：『西蜀道士張素卿因孟昶生日，進《八仙圖》。八仙者，李耳、容成、董仲舒、張道陵、嚴君平、李八百、范長壽、葛永璝也。』此與世俗所傳八仙不同。《居易錄》云此條出黄休復《茅亭客話》。

高梧嘗見告，謂常州有何君克明者能懲鬼，凡一切邪祟均聽其禁勒。而何初不能自見鬼形，以治病者，但由病者口中申述詳盡，謂所見爲金甲神，背有丁甲值日者嚴衛之，故不得逞，但有受法而已。祟作，何至，即股慄求恕，或縱或懲，無不如意。重者且斬之，邪鬼謂：『一斬，非五百年不能復鬼，再求輪迴，俟之無日。』言次泫然。其斬鬼但具一饅首，令斬，則鬼已呈附；飭人劈之爲二，而祟絕。蓋於相術中稱劍牙，言出即法隨，無得少忤也。何嘗扶乩，叩前世事，則曰雷部上將，握法權者，不幸少謫落耳，故所治必效。余或未敢深信，而高梧謂曾目擊其事，故又不能遽謂之傳疑。（以上四則，十二月二十七日）

陳眉公負肥遯重名，湯若士素輕之，不與款洽。太倉王相國喪，湯往弔，陳作陪賓。湯大聲曰：『吾以爲陳山人當在山之巔、水之涯，名可聞而面不可見者，而今乃在此會耶？』陳慚赧無地。見《懷秋集》。則知明習之薄，其相輕乃一至於此。

吴縣吴湖帆爲窓齋中丞文孫，翰墨自娱，尤工丹青。嘗得粤東嶽雪樓孔氏所藏北宋趙令穰《水邨蘆雁圖卷》，爲橅寫一過，疏秀麗則，别具蹊徑。趙叔雍爲題《鷓鴣天》：『天末寒凶帶落暉。西風荻雪欲成堆。故園喬木無多戀，只穰閒鷗宿釣磯。心事遠，夢雲低。仙源粉本淺深宜。情懷不盡人人字，詩筆無聲聖得知。』令穰，有宋宗室，仙源漁隱，爲天水起運開基之所自，宋牒具載之，故叔雍用其事云。

湖帆又藏宋刻本《梅花喜神譜》，蓋黄蕘圃舊物，古芬麗澤，開卷醉人，款識金華雙桂堂。時景定辛酉重鋟，則知原刊宋本固不止一種者矣。蕘圃手跋謂得之京都文粹堂，故錢遵王述古堂藏本。湖帆跋云：『自南宋理宗景定二年，至今歷十二辛酉，凡六百六十年。後蕘翁所得二周甲，歲次辛酉元日，吴湖帆靜讀一過。』又跋云：『歲在甲子元旦立春，數千年奇遇也。外舅潘公復出此冊見示，讀罷，給予夫婦，以爲年年春色，歲歲芳華，欣喜無量，當永鎮清祕。吴湖帆、潘靜淑並讀同珍之寶。』按：宋伯仁，字器之，號雪巖，苕川人。舉宏詞科，歷監淮場鹽課，鋭意功名，有擊檝之概，而禄位不顯。事已難爲，故語多慷慨，然能出之以和易，自謂隨口應聲，低昂自然，因勢而出，蓋實錄云。器之有詩一卷，曰《雪巖吟草》，讀畫齋《南宋羣賢小集》中刊之。原書復有包慎伯、錢竹汀、孫淵如、洪稚存、潘星齋、于昌遂、龔少卿諸手跋，其名貴爲可知。《知不足齋叢書》本想卽蕘翁之本，今鮑刻尚有流傳，則觀此書者，當亦欣譒其祖本之猶存天壤間也。（以上三則，十二月二十九日）

明李太僕《六研齋筆記》云：『周公謹名密，字草窗，又號弁陽老人、泗水潛夫，殘元時流寓吴中，目見僞吴張氏狂圖不遂，城破國亡，皆由任用非人，淫樂自恣，竟殲天戈，有足嗤者』云云。《三筆》附周詩，謂皆追悼之作，不具錄。孟心史先生以爲非是，見其致趙叔雍書，辯證之云：『按：草窗生於宋紹定壬辰，至德祐丙子臨安陷，已四十五歲。若至元至正丁未，明太祖克平江南之年，當爲一百三十七歲，後再作詩慨之，則草窗爲百四十許人矣，恐不可恃。但草窗入元後，隱居不仕，年齒甚高。《癸辛雜識》中跋高炳如七十七歲所書云：「余年及炳如之歲。」是在英宗大德十一年丁未歲矣。從李筆記，當再閱甲子一周以後尚健在，豈非異聞也耶？』心史先生精於考據，所撰《叢刊》一二三集，多證訂古人傳疑之事，草窗此節例以年事，不攻自破。嘗因叔雍屬余博采補考，以正其說。粟碌鮮暇，苦未有以應之也。（十二月三十一日）

餐櫻廡漫筆卷十六《申報》一九二六年一月

集名詠作游戲文章，亦儘有巧意工勝者。宋人之藥名詩，傳詠久遍無論矣。夜靜，閲沈南渟《黑蝶齋詞·菩薩鬘·集調名咏梅》：『春風嬝娜春光好。南浦尋芳草。疏影一痕沙。行香滿路花。笛家曲玉管。側犯清商怨。飛雪滿羣山。箇儂愁倚闌。』原名除《行香子》，減一『子』字，全文絕無襯字，自然神會，裁雲縫月之妙，信手拈來，亦詞中之別裁也。

又李分虎《末邊詞·好女兒·集侍兒小名》〔一〕：『掌上團兒。懷裏心兒。歌一縷、蘭聲細配錦兒。調瑟金鶯兒。囀拍按紅兒。　風颭鸞兒。交帶楚兒。舞學帥兒。立花前當兒。行酒喚香兒。去折玉蓮兒。比勝一分兒。』此通首用兒韻，爲獨木橋體，以視前作，已不免斧鑿之跡象矣。

【校記】

〔一〕末：　底本作『來』，據詞集名改。

《蓬軒別記》：『采石山頭，李太白墓在焉，往來之人題詠殆遍。有客書一絕云：「采石江邊一抔土，李白詩名耀千古。來的去的寫兩行，魯般門前掉大斧。」』詩雖俚，實足以鍼砭惡俗。往見名山勝蹟，必有蕪詞犿壁，絕可笑者，安得以此君詩率爲榜之也？

《湧幢小品》：『王佐字廷輔，山西遼州和順縣人。父義，爲譚城驛丞。有中貴駐驛久，不肯去，人厭苦之。佐方幼，夜密令人取庭樹巢鴉，黑身朱喙，而縱之，中貴見之驚詰〔一〕，館人皆驚，以爲不祥，遂去。』逐客之妙，莫過於是，寄園列爲智術，宜矣。

祁忠惠夫人商媚生《錦囊詩餘》，傳本不多。比惜陰堂彙刊明詞，因得足本，屬爲校定，浣誦一過，尤愛其《青玉案・言別》：『一簾蕭颯梧桐雨。秋色與人歸去。花底雙尊留薄暮。雲深千里，雁來寒度。客有愁無數。　片帆明日東皋路。送別恨重重烟樹。越水吴山知甚處？舞移燈影，箏調絃柱。且盡杯中趣。』此詞融景入情，不黏不脫，適得宋人法度。（以上五則，一月七日）

【校記】

〔一〕詰：底本作『請』，據《湧幢小品》卷二十四改。

倚聲之學傳遍宇內，詞集流行已復不少，然徵之箸錄，則作者尤多。比讀《蘇州府志》『詞集』一門：『宋仲殊《寶月集》，明楊基《眉庵詞》、王行《半軒詞》、周永言《晚香齋詞》，清崑山方應龍《來玉堂詞》、長洲徐晟《陶園詞》、吴江沈永禋《聆缶詞》、羅康濟室陸瑛女士《賞奇樓詞》、沈世璜《楓江戀影詞》、沈起鳳《紅心詞》、袁棟《玉田樂府》、吴翌鳳《詞約》、葉舒崇《謝齋詞》、常熟龔大潛《蕉雪樓詩餘》、長洲林蕃鐘《蘭葉詞》、尤侗《百末詞》、徐釚《菊莊詞》、翁誥《杏雨詞》、沈時棟《瘦吟樓詞》、徐葆光詞。』『流寓』：『清休寧朱昂《秋潭漁老詞》。』『總集』：『清崑山葉奕苞《續花間集》〔一〕、吴江周銘《林下詞選》。』據此，則匪特輯選不易，即按索亦復至難，況有未經箸錄者在耶？

宋人類書多及倚聲，武進趙叔雍嘗自涵芬樓藏本毛鈔《全芳備祖》中，最錄其詞爲《詞鈔》一卷，雖僅花木題咏之作，然已多不甚經見之作。既從余假劉應李《翰墨大全》，拙藏不備，未有以應。此書載逸詞甚多，各家輯本多或□及□得爲之鈔刊，俾益於詞學者，實深深望海內藏家有以惠我，俾付叔雍授梓也。

陳蒙庵近得朱希真《樵歌》三卷，而不詳其板本，以較四印齋、彊邨諸本，間有同異。嘗憶鄭叔問藏無錫士人刻本，吳伯宛爲之箸錄《詞集存目》中。夫謂之無錫士人而不名，必亦不詳刻者之姓氏，未諳卽此本否？叔問往矣，遺集零落，固何所得而一爲校之耶？

古人芸籤之說，謂以芸草爲籤，夾之書帙，俾可辟蠹也。芸香草，俗或謂之七里香，葉類豌豆，作小叢，曬乾之，猶有餘芬。《澄懷錄》云：『南人採置席下，並去蚤虱。』則不僅辟蠹，且可辟蝨；不僅籤書，且可懷袖矣。此他家記載，言博物之所未及者。（以上四則，一月九日）

【校記】

〔一〕苞：底本脫，據人名補。

淳安邵次公瑞彭諳政術，擅詞章，風骨騫舉，世人多識其事也。近客京師，暇輒填詞，頃寄積稿成帙，示叔雍，相與欣賞，千里素心，燈窗晨夕，天涯情味，當復相同。茲移錄數首。《華胥引·和陳小樹》：『寒燈媚夜，殘葉迎風，漏壺初急。恨促鸞弦，啼沾寶枕，人未識。不道孤客無眠，滯水西雲北。松柏依然，爲誰凝想油壁。　胡雁傳箋，話如今、舊歡難擲。錦屏雙扇，猶堪重題象筆。滿眼江山沈醉，待夢魂相覓。閒攤羅衾，怨蛾淒挂林隙。』《永遇樂・遼東懷古》：『驚夢鶯啼，摩霜鶻奮，絶塞無際。照眼烟塵，羽書馳處，萬古興亡地。長河暮水，平沙秋草，迸入亂笳聲裏。甚悤悤、樓船橫海，不敵破空胡騎。　玉龍吹怨，江南春盡，誰灑冰天殘淚。卑帽辭家，白翎換劫，悵望英雄起。月明依舊，美人歌舞，渺渺荷花十里。東風轉、桃根寸札，鶴歸能寄。』《霜葉飛・十一月十五日約葪盦同賦》：『夜堂歡短，霜風外，南飛驚墜孤鴈。浸痕滄海認明珠，付絳綃同泫。記昨日、疏簾半卷。愁妝吟鏡春無限。念故國捐璫，舊恨不分重見。　江上素月絃空，平林燈火，望極前度人面。鳳城秋去，晚鴉啼、夢紫臺天遠。想落葉宮門閉斷。蛾眉催老閒恩怨。試共吟橫汾賦，簫鼓歸來，茂陵年晚。』《清商怨》：『虛廊啼罷絡緯。又玉簫吹起。遠樹飄燈，涼花垂熱淚。　江南千里萬里。烟水深、樓爲誰倚。閉了重門，關山明鏡裏。』《采桑子》：『紅梅偎向愁鸞泣，花霧溟溟。濃睡初醒。明月當樓夜四更。　吳魂輕逐車輪去，銀漢無聲。幽怨難平。明日烟波路幾程。』（一月十一日）

叔雍謂次公近作多指事詞，意内而言外，寄托遙深，固其宜也。持此以讀次公詞，庶幾得之。然其婉約端豔，正不爲事所拘。細加體會，自得其妙。《玉樓春》：『行雲不合西樓住。遙夜繁紅飛似雨。鏡中潮信有來期，屏上春帆無去路。　錦衾四角絲千縷。飄盡柳綿難作絮。君如瑟柱妾如絃，自古一絃安一柱。』又：『長干波浪連天闊。日日吳船乘浪發。來如春夢去如雲，昨夜星辰今夜月。　夜堂攜手芳菲節。不信花開人又別。胡桐著雨淚難乾，密苣偎鑪心易爇。』又：『羅衣不怨秋風早。時世梳妝工且巧。泠泠湘女五條絃，彈裂哀雲人未曉。　遠山隱約雙蛾小。應有千金酬一笑。遙遙夜夜滯愁眠，坐對菱花慵自照。』又：『黃鶯二月棲難定。三月楊花飛滿徑。一春無雨到清明，殘醉天涯猶未醒。　妾如桃李開金井。君似銅瓶辭短綆。墜瓶出水不空回，中有夭桃紅淚影。』又：『紅樓只在斜陽裏。不抵關山千萬里。游絲傳語訊平安，說與相逢渾不似。　鏡鸞照影殷勤寄。貯得方諸千點淚。欲憑環珮領春愁，除是寒裯尋晚睡。』《相見歡·贈歸客》：『西樓驚雁飛還。錦書殘。昨夜何人獵火照狼山。　千萬里。錯相倚。玉闌干。回首江南不見見長安。』

余囊好側豔之詞，或爲秀鐵面所訶。近來投老，意緒闌珊，固卻去不爲；爲之，亦未必能工也。讀次公《玲瓏四犯》，輒爲神往。《四犯》自序：『十月晦夜，獨坐假寐，得高丘云云十四字，度其音律，頗合石帚自製曲。感念離居，情意宛結，因足成之。』『柘館露濃，簫臺風緊，明蟾低挂林表。畫闌凝望久，亙亙星河悄〔一〕。今宵夢魂未到。滯歡期、亂烟荒草。翠被溫愁，玉璫傳淚，腸斷幾時了。　橫塘水、桃根櫂。想殘盟易踐，歸計難早。滿街寒柝起，竟夕羣鴉鬧。高丘萬古春無恨，問誰說、蛾眉不好。天欲曉。思量罷、朱顏暗老。』（以上二則，一月十三日）

【校記】

〔一〕河：底本作『可』，據詞意改。

流連風物之作，視之似易，工之實難。蓋山水招邀，各具其勝，而會心所托，又各異其情。且崔灝題詩，前人往往已盡其長，尤在作者之能契理入神，自探妙緒。次公《西山旅舍》之作，殊其至者：『秋思透巖扉。楓葉千林掩夕暉。未必山靈真怨我，來遲且伴紅妝看翠微。　倦羽隔窗啼。眼底烟雲故故飛。莫畫黛螺愁樣上雙眉。山色何曾解入時。』又《靈光寺題名絕句五首》：『秋盡幽州氣漸寒，嬾人每覺出城難。誰知千變西山色，今日真從近處看。』『西苑垂楊綠似春，長街蹋馬不生塵。休將搖落江潭意，來作靈和殿裏人。』『促坐嬋娟悄自憐，眉痕黱色定誰妍。人人相保原難必，他日重來儻惘然。』『八年不到靈光寺，淺水疏林又此時。親手題名崖隙裏，不曾一個涴胭脂。』『射眼樓臺倚夕陽，盧師遼女兩荒唐。須臾野寺疏鐘起，欲爲名山作道場。』又《曲玉管·金陵懷古》：『蔣阜青山，秦淮碧水，游人苦憶江南好。十里垂楊城郭，空打寒潮。儘魂銷。野草花開，瓊枝歌冷，月明滿地啼烏老。王氣潛收，酒醒何處吹簫。夜迢迢。　故壘蒼茫，忽終古、傷心東望，可憐燕子無家，都隨紫蓋辭巢。遠難招。感興亡揮塵〔一〕，荏苒紅樓秋夢，白門春雨，舉目新亭，莫問前朝。』又《玲瓏四犯·危城索居，終夜不揚，感物懷人，黯然有作并有本事》：『依舊銷寒，好時節、玉笛愔愔。重簾寂寞，亂塵繞遍荒林。此夜凭高望遠，念彌天烽火，何地堪臨。沈吟。知離人腸斷不禁。　故國平居怨別，對闌干千里，一片傷心。海樣啼痕。漬羅衾比似誰深。南樓還聞哀鴈，便憶起、金梁欲月，有夢難尋。擁書臥，背孤鐙惆悵到今。』

北來者言畹華《太真外傳》妙緒環生，鳳城士女相率賞音。近又有花蕊夫人之製。摩訶清淺，玉骨冰肌，一代韻事，微畹華，胡以傳？極盼其定場點拍，早付新聲。實則本事詞之可以作曲者，正復不少。但得慧心爲之選訂，鰕生固亦願預斯役者也。（以上二則，一月十五日）

【校記】

〔一〕感：底本作『盛』，據詞意改。

騰衝李印泉將軍根源習政治，工文學，尤好金石收藏，恂恂如儒者，辟地以還，卜築吳閶，拓地蒔花，焚香斗室，日事讀書，所學益進，望之似神仙中人也。與余投契尤深，結鄰之約，恨不能償耳。所撰《如寬法師行略》，簡古有則，茲錄之，藉廣傳誦：『師諱如寬，字傳廣，系出開封郭氏。父文，母王，生師兄弟三人。師少慕大法，受薙染於桐柏太白山白雲寺。逾年，受具於武昌相國寺。民國二年秋八月，歸省其親，挂單開封大相國寺。三年，歲在甲寅十二月二十三日，日辰加申，結跏趺坐，玉筯雙垂，汩然而化。師生清光緒四年戊寅十二月二十七日，世壽三十有六，僧臘九齡而已。入滅之日，異香滿室，四眾悲仰。既殁之三年，寺僧啓缸，師容如生。緇素讚歎，設龕供養。今年春，余游大梁，與故河南督辦富平胡笠僧上將，隨喜茲寺，獲睹師真，訪之寺僧，爲述靈跡大略如此。惟師得法機緣，不少概見，無得而述。然來去超然，戒體不壞，非宿世修持，何以致茲？卽師行果可知矣。住持空朗，請記其事，刻石示後，故具師之家世生卒年月，備世之治釋史者采焉。』按：象教高僧，往往持解脱法，或歸禪淨，或由頓悟，或操頭陀行，其揆一也。如寬皈依之志既深，一行之守必篤，來去自如，庶幾以轉劫應法，正不必多著文字跡相。將軍《行略》所謂『得法機緣，不少概見，無得而述』者，正卽師悟入之處可斷言，而亦正所以不可言傳者，將軍其庶幾得之乎？

近年高僧行蹟之見於世者，若寄禪以詩名，月霞以説法名，均已度涅槃矣。巍然靈光，諦閑、印光而已，一事天台宗，一依淨土，均以隨緣利導，大唱宗風。諦閑於止觀宗尤深入，凡其升座演法，援證譬解，如水瀉谷，左右逢源，真復辯才無礙；印光於釋外兼通儒義，輒以聖賢立身心法示人，而持淨土至嚴，一主淡泊，絕不以山林架子示人，所撰文集，每多精義，爲可取也。（以上二則，一月十七日）

先德明循吏公，事在國史，并有畫像刻石蘇州，傳之於今日，漸剝蝕。申笙詩廳長振剛昨年治蘇，重付拓治，誠盛舉也，并跋詩以志其事，用復初齋郡廟殘碑原韻：『有明傳循吏，千古足矜式。吾郡賢太守，佳話留石刻。少小聞青天況青天名，婦孺傳誦，父老同慨息。豈期三十年後，來司守土職。嗟余不逢時，桑梓遍荊棘。軍書正旁午，躊躇步階城。忽睹公像在，下士今拜識。吉光片石存，古香又古色。肅然動遐思，圖象新拓泐。公蹟播傳奇，頌聲唱南國。俎豆猶餘事，一紙懲貪墨。鋤姦而植善，家訓懷先德先文定公嘗以「作官勿畏强禦」，著爲家訓，公治吳郡，設施正復相同。廉吏敢勉旃，小心惟翼翼先府君感懷詩有「薄宦餘生無補國，廉吏可爲誤子孫」句。遺愛四百年，今茲重拂拭。神明倘鑒諸，絃歌化兵革。』跋云：『按，公像石刻存蘇州警察廳園側，卽郡署木蘭堂東偏舊趾也。幾經剝蝕，歷劫不磨，殆有神靈呵護者。左列題贊二十餘人，僉屬名筆，若孫淵如、陳曼生、張船山諸先輩，千秋遺墨，後先輝映。里中鄉先賢亦代有題咏，均堪寶貴。振剛不敏，思有以揚潛德而闡幽光，亟付拓勒，繫以歌詞，藉志景仰云。』余今夏流寓吳閶，仰止前徽，欲追遺蹟，苦不得果。申君者又悤悤未獲識荊，乍承寄示拓本，慚感交迫矣。

原碑題記者，孫星衍；　摹像者，孔繼堯，蓋自長洲顧氏景賢閣本出也；　題跋者，潘奕雋、董國琛、顧震、顧時雷、張景江、陳鴻慶、戴延介、吳雲、張問陶、陳鴻壽、韓是升、黃丕烈、石韞玉、郭麐、史炳、陳文述、鈕樹玉、陳裴之、王嘉祿、徐元潤、吳信中、徐鳳采、平翰，并申君而二十四人。（以上二則，一月十九日）

騰越李印泉將軍示余所刻明永昌張愈光詩文選。愈光名含，字禺山，爲南園張志淳後。幼承家學，弱冠領解，入京師，一時師友楊用修、何仲默諸公，既以事無可爲，遂浩然歸田，以山水翰墨自娛。集中之作與升庵酬答者尤多，師空同而精勝過之，全集凡八卷，蓋將軍得明刻原本於大理府，而爲任覆鍥者也。升庵原序謂：『雄辯邃古，神搜霆擊，上獵漢、魏，下汲李、杜，其愈光之詩乎！萬卷之富，聚若囊括，一經之士，不能獨詁，其愈光之文乎！』將軍序謂：『詩雖出空同門，以其才力自成一家，其格蓋與升庵近，文多艱深，當時體也。』並爲篤論，滇雖邊遠，而歷世以還，才人輩出，中州士夫或以無自多得，遂致闕佚，良足慨矣。將軍横槊之餘，劬學媚古，邇年以來已刊五名臣合稿，李中溪全集，文貞道、雷石庵、胡二峯、陳翼叔、劉毅庵、浦荷、孫南村、尹虞農、劉桐軒諸殘稿矣，又得楊弘山及禺山集而并傳之。斯其爲鄉邦長老之傳及藝林徵獻之盛，爲何如也！期以十年，潛德畢章，文囿增盛，於是乎祝之。

《禺山集·陶情樂府序》：『博南山人酒，所倚聲爲樂府，傳詠滿滇雲，而人莫知其興攸寄也。予嘗贈之詩云：「事到東都須節義，地當西晉且風流。」故知山人者，莫如予矣。昔人云「吃井水處皆唱柳詞」，觸情匪陶也；昔人云「東坡詞爲曲詩，稼軒詞爲曲論」，若博南之詞，本山川，詠風物，託閨房，喻巖廊，謂之曲史可也。昔人云：「以世眼觀無真不俗。」推此意也，雖與《九歌》併傳可也。按謂之曲史，必緯事以緣情，非若無疾而呻之作；謂之《九歌》，必哀感頑豔，涉筆托於楚詞。今讀升庵樂府，雖才情特勝，正恐不足當此譽耳。』（以上二則，一月二十一日）

張志淳《南園漫錄》，亦李印泉將軍刊本。志淳卽禺山父，立朝正色，排斥姦黨，汲引幽滯，風節凜凜。退歸田里，著書自娱。《漫錄》兼考據、論史之長，旁及市井瑣語，有可采者，爲移錄數條：

大理府出魚，細鱗而纖長，長不盈尺，多腹腴而味美，名曰工魚。《雲南志》載之，謂『土人不識江字，因誤爲工』，其說非是。蓋古人江有工音，如陶詩『時雨濛濛，平陸成江』，李翺《別山神文》：『我亦何功，路沿大江。』滇人正用古音，寧昧一『江』字？非土人不識字，實修志者不知耳。

明制：翰林學士一人，多或五六人。自洛陽劉健修《會典》成，欲得翰林，一時陞學士者十人，因以濫進。又時餘姚謝公遷以禮書爲大學士，在內閣；而同時禮侍崔志端，本神樂觀道士，無室家，京師爲之偶語曰：『禮部六尚書，一員黄老；翰林十學士，五個白丁。』

成化丁酉，王恕巡撫雲南，不挈僮僕，唯行竈一，竹食籮一，服無紗羅，日給惟豬肉一斤、豆腐二塊、菜一把，醬醋水皆取主家給狀，再無所供。其告示云：『欲攜家童隨行，恐致子民嗟怨。是以不恤衰老，單身自來，意在潔己奉公，豈肯縱人壞事』云云。人皆錄其詞，而焚香禮之。

金木工構屋交會之處，鑿爲榫卯〔一〕，殊不曉其意。偶見《金史》：『張中孚製小舟數寸，不假膠漆，而首尾相鉤帶，謂之鼓子卯。』則『卯』字固載於史矣。但二字名義終不可解。

桂有桂樹之桂，有桂花之桂。桂樹則《楚辭》桂酒、菌桂之類，卽今醫家所用，取其氣味辛甘，乃用其皮也；桂花之桂，則詩詞所言，取其香氣，乃尚其花也。今類書載桂通不別。按：桂樹卽玉桂也。

《輟耕錄》言『田一雙爲四畝』。近見《唐書·南詔傳》言『田一雙爲五畝，官給田四十雙，則爲二百畝』，且與『招客先開四十雙』之句合，恐陶偶未之見耳。（以上七則，一月二十三日）

【校記】

〔一〕榫：底本作『損』，據文意改。

《靈哥記》：『幼聞靈哥者居濟寧之魯橋，能預言禍福。本猴也，因竊陳希夷所鍊丹藥食之，遂靈通至今，所居必擇人妻少有色者，以其夫爲香通而居其家。問事者踵至香通家，爲設絳帳居之，於絳帳前傳話。時來兩京，京師則多居鮮魚巷。問事者瞻拜，先自索錢，曰：「不可輕易，我香通要高錢足數。」方告之。正德間，家因會女客，失一銀物，遣老婢往問之，既多與香錢，只曰：「其物已爲人竊毀用矣。」問其人姓名，只曰：「我說其名，人來怪我。」香通因不說。老婢回言：「家人不平，遣再問之。」索多如前。始曰：「物是孫少卿家劍童毀用了，再不可得矣。」老婢恐再問而猶不得，則起立於旁，侍之至久。問事者盡去。帳中問：「還有人否？」其香通不知老婢之侍於後也，答曰：『無有。』卽揭帳，老婢見帳中一猴，據牀而坐，隨聞空中傳呼聲，遂不見矣。出，只見香通之妻，豔妝盛飾，年可二十餘，自看裁青紗袍，里婦敬禮，夫希夷今尚不存，而猴竊其丹藥，反靈通久長如此，一不可曉；仙家鍊神離形，謂之脫胎，今聚則故形，散則無見，雖仙家莫兼，此二不可曉；仙之術曰出神之後，再無嗜欲，今孜孜求錢，盛爲妝飾，此三不可曉；仙家丹成升舉之後，再無男女之慾，今日依少婦擇色宣淫，此四不可曉；仙家采鍊皆用童男女，今只用有夫之婦人以長生，此五不可曉；仙家丹成，則不食烟火之食，今日食魚雞燒酒，又能變化不測，此六不可曉；仙家絕世，今時與人爲猜枚賭酒之戲，爲戲謔人世之談，此七不可曉；既通靈變化矣，不知老婢之在旁，而誤見其故形，此八不可曉；既能人言矣，又不能爲人形，此九不可曉；夫有形體則不能不病，有嗜欲則不能超世，今於飲食財色之好，皆與人同而加甚，於形體、於嗜好皆與猴同，而通靈過之，此十不可曉也。』（一月二十五日）

今擲骰子而博者曰神擲，亦有本。慕容寶與韓黃、李根等因讌樗蒲，寶危坐整容，誓之曰：『世云樗蒲有神，豈虛也哉！若富貴可期，頻得三盧。』於是三擲盡盧，寶拜而受賜。故後寶勸垂殺苻堅曰：『五木之祥，今其至矣。』又劉毅於東府聚樗蒲，大擲，一判應至數百萬。餘人並黑犢以還，唯劉裕及毅在後。毅次擲得雉，大喜，褰衣繞牀，叫謂同座曰：『非不能盧，不事此耳。』裕惡之，因按五木久之，曰：『老兄試爲卿答。』既而四子俱黑，一子轉躍未定，厲聲喝之，即成盧。毅意殊不快也。又宋玉《招魂》：『箟蔽象棋有六博。』朱子注曰：『箟竹，名蔽，簙箸也。投六箸，行六棋，故爲六博也。言設六博以箟簬作箸，象牙爲棋也。』『曹，偶也；遒，迫也。投箸行棋，轉遒迫使，不得擇行也。』『倍勝爲牟。五白，博齒也，言已棋已梟當成牟勝，故呼五白以助投也。』按，曹植制雙陸，用投子二。至唐以重四爲堂印，則投子猶用二，然前已有雉梟盧之采，則投子不止用二矣。五白五木，五木爲投子五，五白豈投而無雉盧梟者之名，故呼以屬敵爲助乎？然今博惟雲陸用二，而大投或用六用十，其取采定勝負又不同矣。疑古樗蒲彈棋之用，投子者別有制也。觀裕挼五木，則時用五投子，竇三擲盡盧，以爲五木之祥，則其時惟以木爲投子，而數止用五。又不知用六用象用骨用玉，始於何時。觀朱子以用象牙爲棋，釋楚詞，則用象牙，始戰國矣，但以五白爲博齒，又與裕、竇之用爲異焉。

著書，古人道有諸己，不得見諸用，故不得已而爲此，若幸遇明時，道有可行，又何著書？然亦有感事與時而著，若朱子爲趙汝愚見害於韓侂胄〔一〕，而注楚詞是矣，然序楚詞者通不及此。（以上二則，一月二十九日）

【校記】

〔一〕侂：底本作『俿』，據人名改。

《高起居傳》：『高起居者，名莘，山東人也。洪武中，以起居注充軍於永昌。始至，掌印指揮欲延之爲西賓，高固辭，由是發左千戶所，俾守昇陽門以苦之。久而千戶意其倦也，乃使人代其役而教其子，高又固辭。乃復遣人誘之，高曰：「吾既不爲指揮教子，顧爲千戶教子乎？執役守門，分也。」千戶怒，俾日持槍，不使代。高安之，千戶益怒。適大雨彌旬，高妻孥皆居城旁之官舍，千戶遣人雨中逐出，不使居，衣衾皆狼藉於雨中。妻孥對泣。予先伯禾齋從高學，因率同學往請，曰：「某等俱有屋，請移去，何至自苦於雨中如此？」請益勤，因語先伯曰：「彼怒至此，而吾卽有所歸，是甚之也。」遂處雨中，至昏乃徙。嘗告先伯曰：「吾爲起居注，同羅法者三十餘人，刑部尚書開濟引奏。上閉目不答，久之，開目，濟又敷奏如前。上又閉目不答，如是者三，始曰：『某人并山東大鼻子生員似的，著去充軍，其餘的都殺了。』當初引奏時，自分必死，只跪於後，俟得旨，卽撞死陛下，以免此一刀。不意獨蒙免死之命，因自思之：『同羅法者，每見上意喜，皆先進言；一值上怒，皆縮恧失措。惟某與吾，喜亦不敢肆言，怒亦不敢惴默，所以遂蒙天監，而獨貸此命也。』」志淳聞此而恨生晚，不及見之。嘗以問先君云：「高惟一子一孫，今皆湮滅矣，不識天道竟何如也。」志淳竊謂此足以見高廟慎罰之一端，而不止起居之一節，恐久復無所考也，因復備述之。昔居京師，見進士減年歲益甚，每思宋寇萊公準，不肯減年以應，舉者矯之而無對者。後讀司馬朗傳，乃知伯達志不損年以求成，正可爲對，只當時恨見書不多耳。』（一月三十一日）

餐櫻廡漫筆卷十七《申報》一九二六年二月

乙丑歲暮薄游吳閶，得晤張仲仁先生一麐。先生經濟文章冠絕並世，常日尤熟聞掌故，頃以項城戊戌日記見貽，殊多攷鑒，爲移錄於左：『光緒二十四年七月二十九日，予奉召由天津乘第一次火車抵京，租寓法華寺。上駐蹕頤和園，卽託友代辦安摺膳牌，定於八月朔請安。次日早起，檢點衣冠各件，先派人赴海淘，覓租寓所，午後至裕盛軒，遂宿焉。初一日四鼓，詣宮門伺候，黎明在毓蘭堂召見，上垂詢軍事甚詳，均據實對。候間，卽奏曰：「九月有巡幸大典，督臣榮祿飭臣督率修理操場，並先期商演陳圖，亟須回津料理，倘無垂詢事所擬，卽請訓奉。」上諭「候四日，後請訓，可無大耽擱」等語。退下，回軒少食就寢，忽有蘇拉來報，已以侍郎候補，並有軍機處交片，奉旨令初五日請訓。自知非分，汗流浹背，立意疏辭。旋有郭友琴諸友來賀。備告以無寸功受重賞，決不爲福，焉用賀？卽商擬疏稿，將力辭，諸友均力阻，遂託友人代辦謝恩摺。午後謁禮邸不遇，謁剛相國，王、裕兩尚書均晤，備述無功受賞，萬不克當，並商王尚書擬上疏辭。尚書謂「出自特恩，辭亦無益，反著痕跡，甚謂不可。」然此心怦怦，殊不自安。次早謝恩召見，復陳無尺寸之功，受破格之賞，慚悚萬狀，上笑諭：「人人都說你練的兵，辦的學堂，甚好，此後可與榮祿各辦各事等語。退下，在宮門外候見慶邸，匆匆數語，卽回寓。會大雨，正午始回法華寺。憊甚，酣睡至晚，食復睡。次日初三晨，謁合肥相國，久談兵事。飯後赴慶邸府，邸在圓，閽人囑稍候，即在回事處候。將暮，得營中靈信，謂有英兵船多只，游弋大沽海口。接榮相傳令，飭各營整備聽調，即回寓作復電。適有榮相專弁遺書，亦謂英船游弋，已調聶士成帶兵十營來津駐紮陳家溝，盼即日回防，當以請訓奉旨有期，未便擅行。因囑幕友辦摺敘明緣由，擬先一日詣宮遞摺，請訓後，即回津。正在內室秉燭擬疏稿，忽聞外室有人聲，閽人持名片來，稱有譚軍機大人有要公來見，不候傳請，已下車至客堂。急索片視，乃譚嗣同也』本節未完。（二月二日）

『余知其爲新貴近臣，突如夜訪，或有應商事件，停筆出迎，渠便服稱賀，謂有密語，請入內，至屏去僕丁，心甚訝之。延入內室，敘寒暄，各伸久仰，見晚周旋等議。譚以相法，譚子有大將格局，繼而忽言：「公初五請調耶？」告以現有英船游弋海上，擬具摺明日請訓，即回津。譚云：「外侮不足憂，大可憂者，內患耳。」急詢其故，乃云：「公受此破格特恩，必將有以圖報。上方有大難，非公莫能救。」予聞失色，謂：「予世受國恩，本應力圖報稱，況己身又受不次之賞，敢不肝腦塗地、圖報天恩？但不知難在何處？」譚云：「榮某近日獻策，將廢立弒君，公知之否？」予答以「在津時常與榮相晤談，察其詞意，頗有忠義，毫無此項意思，必係謠言，斷不足信」。譚云：「公磊落人物，不知此人極其狡詐，外面與公甚好，心內甚多猜忌。公辛苦多年，中外欽佩，去年僅升一階，實榮某抑之也。康先生曾先在上前保公，上曰：『聞諸慈聖，榮某常謂公跋扈不可用等語。』此言甚確，知之者亦甚多。我亦在上前迭次力保，均爲榮某所格。上常謂：『袁世凱甚明白，但有人說他不可用耳。』此次超升，甚費大力。公如真以救上，我有一策，與公商之。」因出一草稿，如香片式，內開「榮某謀廢立弒君，大逆不道，若不速除，上位不能保，即性命亦不能保。袁世凱初五請訓，請面付硃諭一道，令其帶本部兵赴津，見榮某，出硃諭宣讀，立即正法。即以袁某代爲直督，傳諭僚屬，張挂告示，布告榮某大逆罪狀，即封禁電局鐵路，迅速載袁某部兵入京，派一半圍頤和園，一半守宮，大事可定。如不聽臣策，即死在上前，各等語。予聞之，魂飛天外，因詰以圍頤和園欲何爲，譚云：「不除此老朽，國不能保。此事在我，公不必問。」予謂：「皇太后聽政三十餘年，迭平大難，深得人心。我之部下，常以忠義爲訓戒，如令以作亂，必不可行。」譚云：「有僱有好漢數十人，並電湖南招集好將多人，不日可到。去此老朽，在我而已，無須用公，但要公以二事，誅榮某，圍頤和園耳。如不許我，即死在公前。公之性命在我手，我之性命亦在公手，必須今晚定議，我即詣宮請旨辦理。」予謂：「此事關係太重，斷非草率所能定，今晚即殺我，亦決不能定，且你今夜請旨，上亦未必允准也。」譚云：「我有挾制之法，必不能不准。初五日，定有硃諭一道面交公。」予見其氣燄凶狠，類似瘋狂，然伊爲天子近臣，又未知有何來歷，如顯拒變臉，恐激生他變，所損必多。只好設詞推宕，因謂：「天津爲各國聚處之地，若忽殺總督，中外官民必將大訌，國勢即將瓜分，且北洋有宋、董、聶各軍四五萬人，淮練各軍又有七十多營，京內旗兵亦不下數萬，本軍只七千人，出兵至多不過六千，如何能辦此事？恐在外一動兵，而京內必即設防，上已先危。」』本節未完。（二月四日）

『譚云：「公可給以迅雷不及掩耳，俟動兵時，即分給諸軍硃諭，並照會各國，誰敢亂動？」予又謂：「本軍糧械子彈均在天津營內，存者極少，必須先將糧彈領運足用，方可用兵。」譚云：「可請上先將硃諭交給存收，俟布置妥當，一面密告我日期，一面動手。」予謂：「我萬不敢惜死，恐或洩露，必將累及皇上，臣子死有餘辜。一經紙筆，便不慎密，切不可先交硃諭。你先回，容我熟思，布置半月二十日，方可覆告你如何辦法。」譚云：「上意甚急，我有硃諭在手，必須卽刻定准一個辦法，方可覆命。」及出示硃諭，乃墨筆所書，字甚工，亦彷彿上之口氣，大概謂：「朕銳意變法，諸老臣均不順手，如操之太急，又恐慈聖不悅，飭楊銳、劉光第、林旭、譚嗣同另議良法」等語，大概語意，一若四人請急變法，上設婉詞以卻之者。予因詰以「此非硃諭，且無誅榮相、圍頤和園之說」。譚云：「硃諭在林旭手，此爲楊銳抄給我看，的確有此硃諭，在三日前所發交者。林旭等極可惡，不立卽交我，幾誤大事。諭內另議良法者，卽有二事在其內。」予更知其挾制捏造，不足與辯，因答以「青天在上，袁世凱斷不敢辜負天恩，但恐累及皇上，必須妥籌詳商，以期萬全。我無此膽量，決不敢造次，爲天下罪人。」譚再三催促，立卽會議，以待入奏，幾至聲色俱厲，腰間衣襟高起，似有凶器。予知其必不空回，因告以「九月卽將巡幸天津，待至伊時，軍隊咸集，皇上下一寸紙條，誰敢不遵？又何事不成？」譚云：「等不到九月，卽將廢弑，勢甚迫急。」予謂：「既有上巡幸之命，必不至遽有意外，必須至下月，方可萬全。」譚云：「如九月不出巡幸，將奈之何？」予謂：「現已預備妥當，計費數十萬金，我可請榮相力求慈聖必將出巡，保可不至中止。此事在我，你可放心。」譚云：「報君恩，救君難，立奇功大業，天下事入公掌握，在於公。如貪圖富貴，告變封侯，害及天子，亦在公，惟公自裁。」予謂：「你以我爲何如人？我三世受國恩深重，斷不至喪心病狂，貽誤大局，但能有益於君國，必當死生以之。」譚似信，起爲揖，稱予爲奇男子。予又說以「我二人素不相識，你夤夜突來，我隨帶員弁必生疑心，設或漏洩於外人，將謂我們有密謀，因你爲近臣，我有兵權，最易招疑。你可從此稱病多日，不可入內，亦不可再來。」譚甚爲然，又詰以「兩宮不和，究由何起？」」』本節未完。（二月六日）

論詞絶句〔一〕，作者頗多，武進趙叔雍近擬彙録一編，俾廣其傳，甚盛事也。昨見海南譚玉生瑩《樂志堂論詞百首》，又專論國朝人四十首，粤東人三十六首，旁徵博引，評隲精至，可謂大成矣。兹録數首：『章臺折柳太多情，寒食東風句未精。若使君王知此曲，曲兼詩並署韓翃。』韓翃『唤柘枝顛亦自娱，能稱曲子相公無。柔情不斷如春水，認作唐音恐太諛。』寇準『大范勳華有定名，小詞傳唱御街行。至言酒化相思淚，轉覺專門浪得名。』范仲淹『空傳飲水處能歌，誰使言翻太液波。詩學杜詩詞學柳，千秋論定卻如何。』柳永『訶憑法秀浪相誇，迥脱恆蹊玉有瑕。黄九定非秦七比，后山仍未算詞家。』黄庭堅『亭皋木葉正悲秋，元祐詞家得宛丘。著墨無多風格最，綺懷不獨少年游。』張耒『敢説流蘇百寶裝，唐人詩語總無妨。移宫换羽關神解，似此宜開顧曲堂。』周邦彦『小晏秦郎實正聲，詞詩詞論亦佳評。此才變態真横絶，多恐端明轉讓卿。』辛棄疾『玉照堂開夜不扃，海鹽腔衍與誰聽。滿身花影詞工絶，將種何須蟋蟀經。』張鎡『石帚詞工兩宋稀，去留無跡野雲飛。舊時月色人何在，戛玉敲金擬恐非。』姜夔『悲涼激楚不勝情，秀貫江東擅倚聲。詞格若將詩格例，玉溪生讓玉田生。』張炎『舊選中興絶妙詞，更名絶妙好詞爲。效顰十解人人擬，直比文通雜體詩。』周密

夜長無俚，校讀《國策》。其時游士抗詞，君臣風偃。縱横之説，以片言爲從違；盟戰之勢，逾晷刻而千變。大致國自爲政，務其近至，味於遠大，以利相結，則姦人得盡其結納之歡，藉爲推度。若時之紛更離異，有千百倍於後來者。迨蘇、張泥首，衛鞅以嚴法峻治，而秦得其鹿，用成其治。久分則合，亦由人心之厭亂，有以致之。援證取譬，又固將烏自而爲之解耶？（以上二則，二月十七日）

【校記】

〔一〕絕：底本作『紀』，據句意改。

吳縣費仲深樹蔚寄貽近詩，序云：『乙丑消寒四集，曲石李印泉先生見周君迦陵所藏字冊，知爲恭肅公後人，云有恭肅遺笏，不知尚在篋中否？歸後以話機告我，已得矣。卽馳騎賫至，屬迦陵稍待，俄笏至，有恭肅五世孫日藻題刻之字，卽迦陵六世祖也。迦陵狂喜，作詩謝曲石並誇示社友。予謂此事絕似常熟趙氏兕觥歸來，而予爲周、李居間，儼然覃溪之於顏、趙也。因次復初堂兕觥歸趙詩韻，廛印翁、迦兄兼示諸社友。』『欲寒不寒將盡年，一巵强醉扶朱顏。雄饕俊謔等閒過，頗憶前歲詩成編癸亥消寒，每集必有詩，今則寥寥。周生乍來興不淺，是何文書銜袖卷。卷中尚書謚法見，坐上李公劍眉展。細質階動默忖論，信然祖笏當貽孫。歸家檢篋先語我，我告周郎喜欲奔。方曛坐待開銀電，豈謂因緣成一飯。尺書傳致持贈周，以我居郵愜其願。書語深嚴可率由印翁書，屬迦陵永寳守之，明朝誇客高歌酬明日怡園有公讌，傳示此笏，客多能歌者。告身完好玉章佚忠毅公告身爲董文敏書，今尚在，又所佩季侯玉印，得而復失。忠孝家風五百秋。周生歸隱江之麓，破樓寳笏森眉目迦陵欲於所居樓供此笏，名曰寳笏樓。饗堂上祭再拜陳，日光玉潔摩挲熟。李公龍虎四海知，年來斂退風雲奇。古歡邂逅風義重，社集政可張以詩。勢家珍玩安足說，天水冰山俄沃雪恭肅立朝，不附嚴介溪。陛端山立想見之，風景真愁老顛裂。從來瓌癖徒騰笑，此情何物能爲報。笏乎公乎舍則藏，棲穩山林莫廊廟。中吳舊事思瞿然，兕觥歸趙先此傳。春融我與周生約，載酒候公江上船。』余既讀仲深先生詩，越日，印泉先生書來，別椾云：『吳江周恭肅公用暨其曾孫忠毅公宗建，《明史》並有傳。余居開封時，得象笏二，一爲恭肅物，一爲永昌張侍郎志淳物。今年冬，吳門耆碩有消寒吟社之集，余因得識恭肅裔孫迦陵君，奉恭肅笏歸之。迦陵擬於家祠中，構堂尊藏，桂林況蕙風爲題扁曰傳笏堂，屬余書之，並識崖略於此。』（二月十九日）

淳安邵次公歲暮渡遼，以詞翰遣離憂。見其近作，風骨媚峭，爲錄存之。詩：『已憑海水諭天寒，肯向風波感路難。睡醒才知宵未午，月明獨自倚舷看。』『雪後微風浪不生，孤舟直似鏡中行。短書遼鶴桃根淚，別樣傷心周美成。』『幾人鼠子罵公孫，横海楊荀迹入淪。終古營州衣帶水，青山飛鶻看中原。』『水國殘年見曉霞，女郎攧笛客思家。年來了了無歸夢，容我行吟便是家。』詞《夢玉人引》：『舊經過地，行雲散，渺無迹。臘鼓催年，回首可憐輕別。横海孤舟，怕離魂難度，不成相憶。一夜同看，只青天明月。　故衣休換，數啼痕、添了滿衣雪。塞北春遲，玉梅何處攀折。望裏關山，苕苕飛鴻翼。料伊到曉懨懨，暗卜歸來時日。』

閩縣黄公渚春秋方富，工詩古文詞，已卓然名世，尤長駢儷。爲武進趙叔雍序所作《近知詞》云：『居滬瀆之二年，晤趙君叔雍於臨桂況夔生先生座上，嚶鳴軫慕，相賞撫塵；古歡惠綏，宛然翕羽。萍波既契，弦韋互宣。暇出是編，屬爲弁首，含毫敻孑，寄思要紹。圭臬於騷雅，杼軸乎悲愉。澄江喻潔，風引晚漪；秋山共超，夕生空翠。服姑䔄之草，香可悦魂；御羅軿之衣，光能駴世。溢目致歡，抗手無輩。夫心聲攸寄，貴在性情；胎息所區，必明雅鄭。要氤氲於素藴，明得失於寸心。以述景者，表裏空靈；以言情者，曲突殫盡。玄解之宰，眕鑾於古人；獨運之匠，揮斥於六合。意内言外，斯爲美耳。君家世方雅，春秋綺富，怡情鉛槧，屏絕聲華。到門盡長者之車，置驛悉高塵之侶。造公差之座，有書千卷；讀子敬之文，其才一石。既晤攸之窮達之旨，彌適仲郢名教之娛。鬻辰索句，博循陔之歡；蝶硯渲豪，索中閨而和。夕簾籀月，高樹答響；風笛尋羽，涼籟瀉春。閒居之樂，足備人倫；傳歌之詞，無忝作者。爲之三復，悠然意遠。涼月窺戶，花儆儆以競舞；微風在樹，葉蟄蟄而炫涼。敻乎雅唱，麗矣難能。自曰近知，猶謙志也。昔君里張皐文先生，載憑經席，兼總詞林；迦葉文宗，遂操選政。篇章豔於當時，流派衍於江左。幽賞代綿，靈契有賴。玩春華而有思，啓秋實於未振。異日者，子長絕業，副在名山；耆卿樂章，傳歌井水。繯橐羣雅，領袖風騷。吾當爲君勉焉而已。（以上二則，二月二十一）

質庵近詞《合歡帶·賀黄佩蘅新婚》云：『恰新春、景淑辰良。叶鳳卜，儷作璋。並蒂花開人似玉，錦屏閒、子細平章。雲嬌月媚，紅深翠婉，初試梅妝。倚奩晶、乍可鸞窺暈淺，蛾鬭眉長。蘭因鴛牒，玉貌羊車，襟懷叔度汪洋。屈指蟾圓三五夜，二分春、蚤付仙郎。花明酒滿，椒紅柏綠，乞與穠香。有情仙、豔說藍橋，料量玉杵瓊漿。』江夏燕爾之期，爲正月初十日。郎韻雅切婉麗，允推冰雪聰明。

上海顧景炎樹炘年少澹泊，雅好書畫，嘗屬錫山吳觀岱繪《晴窗讀書圖》以寄其志。甃垣一角，花柳縈拂，牆內一敞軒，四周環以蕉竹，窗欞簾檻，盡染碧色；軒中玉軸牙籤，琳琅滿目。一少年當窗據案，手披圖卷，意極閒適。階下一小奚持蕉扇，爲之煮茗。迤東方池一泓，繚以朱闌，芰荷萬柄。池邊湖石矗立，極嶙峋皺秀之觀。乃至蔽日之桐槐，礙路之藤篠，在在均含深致。遠峯數點，明媚可愛。此圖之大略也。吳昌碩書首，沈乙盦題云：『借問子平仙躅，何如少文壁圖。事理分明不二，丹青自在相須。』『峨眉汶領眇然，青鞋布韈無緣。老僧休去歌去，少年莫負當年。』朱彊村題云：『高館停雲不可求，□頭精鑒劇風流。夢回簾幕涼於水，便是滄江虹月舟。』『宗派分曹見別裁，摩挲並几亦多才。桓家寒具何嘗涴，莫惜懺廚爲客開。』蕙風題《百字令》云：『虎頭三絶，證畫禪金粟，宗風能繼。玉躞瓊題多妙蹟，不數倪迂清閟。觸目琳瑯，羅胷丘壑，尺幅堪千里。無聲詩筆，野王高矩遺世《宣和譜》以顧野王畫爲無聲詩。　何止寄傲南窗，清芬洛誦，別有蘭臺祕。宗炳臥游奇勝處，看取牙籤標識。上揖荊關，間評吳惲，茶熟香溫地。移來花影，素娥應見深致。』趙叔雍題《浣溪沙》云：『照檻山光拭黛眉。茜紗青玉好棲遲。幼輿丘壑自相宜。　詩到無聲都入妙，書如未見肯停披。韶光消得少年時。』（以上二則，二月二十三日）

蕙風近繢緗梅作連理枝，自題《如夢令》云：『明月一窗誰共。證取羅浮香夢。絲鬢耐吳霜，來作守花幺鳳。珍重。珍重。端合瑤臺移種。』

四明周湘雲鴻孫屬題《九石圖》之一，曰遠浦涵星，此景殊難著筆，並非真景，乃是形容奇石，兼顧尤難恰切。爲賦詞，調《南浦·用張玉田體》云：『秀極信能奇，乍凝眸、烟水迷離如許。波路舊歸帆，遙情在、落月霜天籠曙。瑤光歷歷，種榆合傍雲深處。江影平分秋佇雁，依約在、東三五。　仙源誰識支機，恰教人、臥看牽牛織女。望極似涔陽，依南斗、不轉楚騷心苦。貞姿雪濯，聚星消得髯翁句。丘壑胷中堪列宿，骨傲未須憐汝。』

金松岑天羽寄貽近詞《洞仙歌》：『龍堪設酒，招莫君伯衡、畢丈勳閣、亢宙民、李鄂樓，觀青陽地扶桑邸後櫻花，春色惱人，感成此闋云：「隔城花好。騁游韁芳甸，醉擫仙雲媚晴昊。幻霞裾雪帔，魔舞蹁躚，妝抹勝、海國春寒料峭。　百狂拚泥酒，處子牆東，倚俊佯憨背人笑。蓬島別經年，回首家山，山影受、萬花圍繞。恁便說、麻姑海揚塵，要戲弄壺天，折花春惱。』《掃花游・爲印濂題葉小鸞遺影手卷》云：『仙凡路隔。天上聰明，墮紅塵劫。吹花唾葉。怕人閒綺障，返生兜率。瞥眼驚鴻，笙鶴雲中寫得。重淒咽。一證無生，再生無術。　晚春悉脈脈。嘆薺麥荒墳，試花寒食。冷楓江驛。又疏香閣圮，莽生荊棘。大地山河，換了江南草色。剩留得、硯痕青，小顰眉窄。』

陳質庵運闓錄示近詞，《清平樂・題徐仲可真如室圖》云：『神樓畫裏。山水清空地。隔斷西湖紅十里。領取如如真諦。　西來大意云何。先生笑指烟蘿。懺到文人慧業，真成丈室維摩。』質庵一字伯懌，近有志於聲律家之學，所造甚深，與蒙庵塤篪迭奏，今之龜溪二李也。『襄陽回望不勝悲』詩一句，即《四書》人名六，妙造自然，殆不能有二。『離家人漸損豐頤』亦成句，即卦名六，皆奇句。（以上三則，二月二十五日）

騰衝李印泉先生根源，修學好古，鑒別精審，攷藏金石拓本近萬餘種，編目成帙。書畫尤金題玉躞，觸目琳瑯。有明華亭沈學士度字民則，《明史・文苑》有傳《瑞應麒麟圖頌》立軸。吾中國古時畫家，圖寫麒麟，多失其真。沈圖所繪，其形狀略具頌中，而神致修偉，態度超軼，方之於人，有顧視清高之概，信足爲毛蟲之長矣。印翁云：『香港及日本上野、安南、東京博物院並有麒麟，皆生致者。唯號稱麒麟，中外人士未經斷定其是否，今以此圖證之，與博物院所有形狀政同，而麟之爲麟昭昭矣。其有關於格致之學，與夫中朝雅故，豈淺尠哉？』沈氏《圖頌序》云：『欽惟皇帝陛下，嗣承太祖高皇帝洪基，德化流行，協和萬邦。三光順序，百靈效職，由是騶虞至，嘉禾生，甘露降，黃河清，醴泉溢，諸福之物莫不畢至。永樂甲午秋九月，麒麟出榜葛剌國〔一〕，表進於朝，臣民聚觀，欣喜倍萬。臣聞聖人有至仁之德，通乎幽明，則麒麟出，斯皆皇帝陛下與天同德，恩澤廣被，草木昆蟲飛潛動植之物，皆得生遂，故和氣融結，降生麒麟，以爲國家萬萬年太平之徵。臣度忝列侍從，恭睹嘉瑞，百拜稽首，謹獻頌曰：於赫聖皇，乃文乃武。嗣登寶位，致治法古。萬方底定，三辰順序。雨暘時若，歲稔黍稌〔二〕。民俗熙熙，無間遐阻。鬼神百靈〔三〕，亦得其所。和氣薰蒸，溢于寰宇。乃降禎祥，澤被鱗羽。嘉禾穰穰，河清湑湑。騶虞寔來，醴泉甘露。諸福畢臻，維天之助。維天之助，申命眷顧。維十二年，歲在甲午。西南之陬，大海之滸。寔生麒麟，形高丈五。麕身馬蹄，肉角膴膴。文彩焜燿〔四〕，紅雲紫霧〔五〕。趾不踐物，游必擇土。舒舒徐徐，動循矩度。聆其和鳴，音叶鐘呂。仁哉茲獸，曠古一遇。昭其神靈，登于天府。羣臣歡慶，爭先快睹。岐鳳鳴周，洛龜呈禹。百萬斯年，合符同矩。臣職詞林，謬明紀著。詠詩以陳，頌歌聖主。翰林院侍講學士、奉訓大夫臣沈度謹譔。』按《五雜組》：『永樂中曾獲麟，命工圖畫，傳賜大臣，余嘗於一故家見之，其身全似鹿，但頸甚長，可三四尺，所謂麕身牛尾馬蹄者近之，與今世所畫不類』云云。印翁所得，卽當時傳賜大臣之一也。（二月二十七日）

【校記】

〔一〕葛剌國：底本作『萬剌圖』，據臺北故宫博物院藏沈度《瑞應麒麟頌》原件改。

〔二〕黍：底本作『甲』，據沈度頌今本改。

〔三〕鬼：沈度頌今本作『思』。

〔四〕焜燿：沈度頌今本作『煒煜』。蓋避清帝諱改。

〔五〕紅：沈度頌今本作『玄』。蓋避清帝諱改。

餐櫻廡漫筆卷十八《申報》一九二六年三月

《朱漚尹彊村校詞圖》，吳缶老筆也。缶老作此圖時，年已八十。蒼勁渾肅，精力彌滿，自言擬奚蒙泉，政恐蒙泉無此氣魄爾。又題《減蘭》，其上亦極俊逸，詞云：『金風嫡派。一世詞流甘下拜。餘事丹黃。遠接虞山近半塘。　故山浮玉。夢裏消磨文字福。何日歸篷。和爾樵歌一笛風。』諸真長宗元題詞云：『論詩兩宋本堂堂，汲古刊成閱海桑。天水厓山供痛哭，累公清淚助丹黃。』『缶翁晚筆健如何，能狀詞靈共不磨。持擬此圖猶仿佛，聽楓園屋舊經過。』陳子言詩題云：『鈞游舊地公持節，百粵山川共繫思。直接東坡寥落意，天涯亭上看梅時。』『越賢老作吳門客，七寶樓臺字字工。閒向詞壇纂遺逸，聽楓園裏燭搖紅。』『回眸猶記玉簾前，荊棘銅駝總惘然。黃浦牽船伴鷗鷺，桃花蒓菜過年年。』『上彊村接竹墩村，藻繪歌謠筆有神。借問當年沈司馬，丹青今日幾傳人。』周梅泉達題云：『遠祧浙派近毘陵，七子吳中詡審音。不廢江河流自在，同光詞客邁元金。』『夢月空青異幟張，北詞支派啓文襄。能探星宿源頭水，終讓歸安老侍郎。』『近代詞壇數二文，蘇辛豪宕異清真。寧知七寶樓臺手，散外傳燈別有人。』『善本難求四印齋，半塘心血已成堆。虞山功自先河在，百宋精刊讓後來。』『簾影橫波惜別時，銷魂絕代冶秋詞。遺臣老作聽楓客，更耐長年落葉悲。』『缶叟支離擅寫生，空中傳恨又圖成。忍翻天水傷心局，一角殘山分外明。』馮君木幵題云：『侍郎窈窕人，虛襟納遠思。餘事及聲律，叩心發深摯。宇縣入太霄，疏燈耿無睡。下上苦求索，旁皇到一字。深深抉內揵，力欲洩其祕。鶴聲出篋飛，彌天鼓清吹。小雅久廢絕，赤手造風氣。缶翁老好事，畫筆見殊致。蕭寥水石外，人間此何世。夢中校夢龕，惝怳在天際。定有古衣冠，呻吟通寤寐。』此圖此題，數百年後，亦足爲詞苑增一故實矣。（三月一日）

明陳留謝在杭肇淛《五雜組》云：『米氏《畫史》所言賞鑒、好事二家，可謂切中世人之病。其爲賞鑒家者，必其篤好，偏閱記錄，又復心得，或自能畫，故所收皆精品。近世人或有貲力，元非酷好，意作標韻，至假耳目於人，或置錦囊玉軸，以爲珍祕，開之，令人笑倒，此之謂好事家。』曩余爲定海方藥雨若譔《校碑隨筆跋》代，謂：『自乾嘉已還，金石家有二派，一曰賞鑒家，覃谿派，原出《宋人法帖考異》、《蘭亭考》等書，凡所藏弆，斷自明拓。上溯元宋迄唐，明已下弗屑也，尤必有名家題跋及其印記：無之，其爲寶，未至也。其位置在商彝周鼎、法書名畫、古玉舊瓷之間，其書人必遠而冰斯近，而褚、薛之傳，間有箸述。大都句櫫金石文字之屬，其於拓本求精不求備。一曰攷據家，蘭泉派，原出宋人《金石錄釋》等書，嫥注意小學、輿地、職官、氏族、事實之類，高者證羣經之異同，補史傳之闕略，糾志乘之舛謬；次亦盛稱曲鬯，廣學者之見聞。或有甄采遺佚，則搜巖尋壑，從事氈錐而不以爲勞，雖遠在數千里外，必輾轉求索得之而後快，其所箸錄，或分時代，或分地，或嫥攷一器一碑，必窮源竟委，句櫛字比，靡數千百言，窮日夜之力而不稍厭倦。或一誼未研，一聞未達，則寢饋不能以自安。其引據賅博，往往後人突過前人，而猶未遽爲止境。其於拓本，求備不求精。之二派者，皆見重於藝林。然而賞鑒其外焉者也，考據其內焉者也。賞鑒而矜創獲，不如考據之裨實用也』云云。書畫以賞鑒爲高詣，而金石則居其次焉，蓋金石家言，視書畫於學爲樸矣。

婦人呼夫兄爲伯，於誼非宜。伯者，男子之美稱，古人婦稱夫多用之，《詩》『伯也執殳』是也，見《五雜組》。一說夫姊妹既可稱姑，則夫兄稱伯亦宜。（以上二則，三月三日）

《五雜組》多載異聞：『明初山東新城王氏方鰥居，一日天大風，晦冥良久，既霽，於塵坌中，得一好女子，年十八九。云外國人也，乘車遇風，欻然飄墜，遂爲夫婦。今王氏百年，科名貴盛無比，皆天女之後也。』此事在明初絕豔異可喜，其後新城王氏漁洋、西樵昆季，清才軼世，靈秀所鍾，殆卽仙女之苗裔歟？

《五雜組》云：『唐范陽盧母瑯琊王氏，於景龍中譔《天寶迴文詩》，凡八百一十二字，誡其子曰：「吾沒之後，爾密記之。若逢大道之朝，遇非常之主，當以真圖上獻。」至玄宗朝，東平太守始上之。高適代爲之表，言其「性合希夷，體於靜默，精微道本，馳騖玄關。旁通天地之心，預記休徵之盛。循環有數，若寒暑之遞遷；應變無窮，類陰陽之莫測」云云。』此與蘇若蘭蕙迴文詩事絕類。王氏不但詞華巧思，且能未事先知，又高若蘭一著。而後人罕見稱述，豈非有幸不幸耶？

又云：『趙合德爲卷髮，號新興髻。是時禍水未成，而已兆新室之讖矣。』是說前人記載中，未經見及。

又云：『自晉、唐及宋、元，善書畫者往往出於搢紳士大夫，而山林隱逸之蹤，百不得一，此其故有不可曉者，豈技藝亦附青雲以顯耶？抑名譽或因富貴而彰耶？抑或貧賤隱約，寡交罕援，老死牖下，雖有絕世之技，而人不及知耶？然則富貴不如貧賤，徒虛語耳。』曩蕙風譔詞話，有云：『考宋興百年已還，凡著名之詞人，十九《宋史》有傳，或附見父若兄傳，大都黄閣鉅公，烏衣華胄；即名位稍遜者，亦不獲二三焉。當時詞稱極盛，乃至青樓之妙姬、秋墳之靈鬼，亦有名章俊語，載之囊籍，流爲美談。萬不至章甫縫掖之士、尺板斗食者流，獨無含咀宫商、規橅秦柳者，矧天子右文，羣公操雅，提倡甚非無人，而卒無補於湮沒不彰，何耶？錫山顧梁汾貞觀有言「燠涼之態，浸淫而入於風雅」，良可浩嘆，即北宋詞人以觀，蓋此風由來舊矣。』與謝在杭氏論畫之言有同慨焉。（以上四則，三月五日）

閩縣黄秋岳濬詩人，素負盛名，抗手無輩。比自京來，薄游海上，溯江浮海，觸景抒情，近作益見精警。頃叔雍示余《甲乙賸稿》，蓋次第兩年以來所作，繫年定名者也。舊詩傳播白下，無待詮次。《南游》諸作，聊掇一二，藉示賞音云。《乙丑除夕》：『天道如張弓，易暴亡愈速。吾言非幸中，駭機自滿目。浩然去國志，殘局羞屢覆。南風殊未競，三戶亦碌碌。歸爲堂防拜，身與雪霜逐。家書要海澨，一發若遇伏。燹深凶沴急，弱妹不我禄。棲棲覯離亂，怏怏念骨肉。海風夜犯牖，作意助幽獨。沈吟慰遠道，援筆語諄複。計當謀露車，萬一避沈陸。徂年置勿論，人事有往復。書成更寄弟，努力慎自淑。』又：『七十行强半，后山言可思。人生雖苦相，肯爲長年悲。餞臘舊有例，西山辦一詩。去歲忽墐戶，今晨意尤奇。嶔崎數州間，絕海居江湄。高樓若蜂房，目笑裹妍皮。那知獨往人，百憂歸怒嬉。鸞腸賀萬迴，巾車來何遲。胷中岃崱峯，雲衣方四垂。真宜賦梅花，一舸呼姜夔。椒花不登盤，我自忘爲誰。』《十二月二十四夜作》：『還家去國意縱横，撼屋霜風欲四更。遠札那堪傷骨肉，癡兒疇可共功名。兵深北地終無雪，春入滄波不放晴。人事天時兩如此，所哀何必讓蘭成。』《與吷庵拔可真士觀龍華水泥廠和吷庵韻》（二）：『地於水火風，成壞等一瞥。駒隙此營居，所蝨益瑣屑。奈何造至堅，妄補天意缺〔二〕。計仍揑泥水，用始平凹凸。功成大無畏，可禦灼與鬵。睹物孰狃之，莫格所自出。晚謀夏屋望，始嘆焦原熱。輥雷欲訇耳，吹火甚吐舌。上緣無窮梯，下轉不破鐍。吸江亦亙筧，鑄石以勝鐵〔三〕。往來雜邪許，瞻想忘巧拙。君寧縻多金，買土摶使結。我貧行東歸，往矣鶴鳴垤。物情終不齊，佯揣孰愿譎〔四〕。』（三月七日）

【校記】

〔一〕吷庵：底本作『映庵』，此指夏敬觀，據其號改。

〔二〕妄：底本作『忘』，據黃濬《聆風簃詩》改。

〔三〕石：底本作『歹』，據黃濬《聆風簃詩》改。

〔四〕揣：底本作『傉』，據黃濬《聆風簃詩》改。

秋岳絕句，雅令可誦，能於平淡之中見其風致，蓋非功深力致者不足語也。《福州雜詩》：『馬頭江上始維舟，十七年間又此游。一塔負洲迎棹立，兩山凝黛鬬波柔。』『揚子歸來又泝江，江心壘石刷奔瀧。泥沙未下漁梁淺，閒聽舟人話曉窗。』『不遺老子何所匹，坐擁匹園千帙書。結夢十秋今始到，過牆梧竹影蕭疏。』『廿年不到舊吟臺〔一〕，伐竹髡崖事可哀。只有沁泉山館月，破雲重見我歸來。』『偃蓋孤松表故青，雨中重看舊池亭。難忘日夕佳樓畔，睨盡斜陽默《孝經》。』『眼底殘冬似早秋，韓園無樹不青虯。年時觸熱翻新樣，買斷山居便枕流。』『溪光映紫嶺拖藍，霜柏微丹柳半黲。終古耿王莊北路，七橋秋色似江南。』『嶕嶢石坼一百尺，趵突泉支三十年。八十老翁長捧日，夢迴泉石定芳妍。』『朱亭占斷水雲西，抹勒蒼崖照徑蹊。左卽元豐右淳祐，興衰都付壁間題。』『大頂峯如覆釜然，洞天戴笠白雲懸。昔賢取譬皆深肖，不是親來莫浪傳。』『一逕松風引磬音，寺門端似岫雲深。年來可惜魁梧盡，只有龍孫細細吟。』『雙巖釣渚水如油，側臥籃輿看放舟。喚起富春黄子久，冬山更著茘陰稠。』『文山半面瞰洪塘，誰擘蒼巖貯水光。隱者卽今無鄭育，路人那解喚黄裳。』『茶棚午憩粗蘆店，松塢危過竹仔山。至竟盛朝饒物力，子孫釃酒掃碑還。』『人欲横流世可傷，吾家猶峙表貞坊。千秋節孝留宗法，綽楔宜爲里乘光。』『方塘二畝水痕青，虧有屏山作畫屏。我愛釣艫橋畔地，桄榔茘竹亂冥冥。』尚有數首，未具録。

義寧陳散原先生，騷壇盟主，於秋岳詩彌相推重，於其赴杭，爲詩贈之：『白傅隄頭峯影微，過樓雁影與依依。十年盼到尋詩腳，只跨浮屠看雪飛是日冒雪游六和塔，故云。』『騷場溢瀝向殘微，龍荀傳聲有據依。收拾精靈出鐙底，旁嗔寃魄挾之飛。』

諸貞壯題秋岳詩：『君詩獨好潔，機杼能自新。亦若居京師，不受京師塵。湖游今過我，同此浩蕩春。甲乙一篇詩，投示尤殷勤。掊擊無可言，胷臆爲嶙峋。此豈文字間，往往埋天真。喪亂今何似，有語皆愁呻。江山可助君，快意今爲陳。紛紛錦詞貌，何如角岸巾。』（以上三則，三月九日）

【校記】

〔一〕廿：底本作『二十』，則此句爲八字，與絶句不符，故改。

唐泉男生墓志，比歲洛陽出土，歐陽蘭臺通正書，書勢峻整遒逸，出《道因禪師碑》上。唐朝墓志，瑰瑋之作，殆無逾此。志石並蓋四周花紋絶精，印泉先生所藏拓本有之，蕙風所得弗具也。印翁又得其壙中陶馬，高約尺許，矯首昆蹄，繁鬣兩被，竟體塗朱，鞍韉、障泥悉具。昔昭陵《六駿圖贊》，琢石爲之，至今猶有剝蝕；此馬陶製，獨能完整如新，而意態權奇，有非畫筆所能到，宜印翁絕珍弄之。

無錫嚴藕漁（繩孫）所箸《秋水詞》，風格在梁汾、容若之間。《浣溪沙》云：『盡日風吹到大羅。金堂消息見橫波。暖雲香霧奈伊何。猶是不曾輕一笑，問誰堪與畫雙蛾。一般愁緒在心窩。』填詞有三要，曰重、拙、大，此詞換頭二句可以語大，惜末句遠遜。

《秋水詞》句：『一生真得幾回眸。』蕙風絕喜之，知遇之感，讀此爲之增重。歌媛潘雪豔，占籍吳中，生長滬上，明慧溫麗，卓越輩流，缶廬、漚尹、蕙風，並以嬌女待之。缶讓楹言見貽云：『雪晴小帖論風格，豔色先施比笑顰。』篆書絕精美，以泥金箋書之，尤爲難得。

蕙風新詞《八聲甘州》序云：『蕙風生平最憐女，潘女士雪豔，惠然肯爲吾女，快且慰矣。蕙風有兩女，雪豔明慧殆有過之，昔人所謂女中之王也。爲製詞以張之。』『向天涯、能得幾情親，誰知更娉婷。見盈盈一拜，便如真箇，掌上珠擎。念汝人天絕豔，冰雪淨聰明。爲我萊衣舞，宛宛嬰嬰。準擬香詞按拍，待趨庭付與，不櫛書生。聽珠歌一曲，嬌囀似新鶯（蕙風少作有《新鶯詞》）。好相貽、信芳蘭芰，要萬千、珍重慰余情。千金意、佇嬋娟月，來證深盟。』《高陽臺·正月十六夕聽歌爲雪豔賦》云：『碧玉年芳，紅牙曲麗，當壚妒煞文君（是夕雪豔飾酒家女）。遺世仙姿，萼華姑射同論。海棠文杏寰中秀，總輸他、玉雪精神。倚新妝、如此韶年，如此初春。劇憐紈素吾嬌女，度珠聲清歷，皓齒丹脣（左思《嬌女詩》：「小字爲紈素，口齒自清歷。」又「濃朱衍丹脣」。）解駐歌前，吳雲依約聞身。寄生芳草金莖豔，說鍾靈、占斷乾坤（劇場以乾坤名。）爲誰消、庾信平生，無限酸辛。』（以上四則，三月十一日）

丙寅正月二十九日，吳門宿老作消寒九集，主人爲王丹揆。彭子嘉、李印泉二先生，集新造橋李氏闞園，園爲印翁讀書奉母之所，其太夫人姓闞氏，因以闞名園。有梅花二百餘樹，丹桂數十叢，桃如干樹，深春作花，有蕡其實，號稱水蜜桃云。其最勝處曰葑上草堂，印翁自爲記云：『辛酉十二月偕弟武誠奉慈輿移居葑門新宅，西南隅有隙地一區，四面開朗，據南園之勝，菜花放時，如黄金鋪地，老母愛之，命購治小園，以爲游息之所，題曰闞園。工未竣，去北京，今歲暮乞假歸省，侍老親度歲。適是堂落成，因書堂額，並識緣記如右。壬戌除夕根源。』又《洗馬池記》云：『吾母以闞園狹小，續購韓氏地二畝益之，就西北隅增築彝香室三楹。工將竣，鄰居彭子嘉先生來觀，指池示曰：「此范文穆志所載之洗馬池也。」適余新濬池，得雍正二年《新安程氏祠堂記》刻石一方，云「祠在洗馬池東」，證以彭先生言，則此爲古洗馬池。吾園在池東，卽程氏祠趾無疑。馮志紀宋楊備《題洗馬池》詩曰：「一一牽來總是龍，臨深欲下更嘶風。金鞍玉勒拋何處，騰踏渥洼寒影中。」並錄刊之，以存斯池故事。』此園經始於客歲秋冬間，開歲落成，占地清夐。太夫人策杖來游，往往顧而樂之，印翁承歡永日，色思其柔，爲吳中之美談云。

江寧第一女子師範胡君汾來函，附丙寅歲首賀詞，調《沁園春》：『南極丙星，東作寅賓，鳳律始更。喜春生江管，烟雲五色，詩吟宋豔，冰雪雙清。頌栢銘椒，歌鶯舞燕，卻羨門庭瑞靄盈。新年樂、有梅花索笑，竹葉多情。　年來已厭言兵。願從此、銷爲日月明。幸金尊同醉，玉簫共奏，虎毋耽視，鳳有和音。君展鵬程，我慚蠖屈，莫被浮名誤此生。遙飛柬，祝朝朝如意，歲歲承平。』詞頗華整，具徵工力甚深，而書法娟秀，雅近簪花高格，意者其爲校中之才雋云。（以上二則，三月十三日）

晉石崇作《王昭君辭》並序：『王明君者本爲王昭君，以文帝諱昭，故改。匈奴盛，請婚於漢，元帝詔以後宮良家女子明君配焉。昔公主嫁烏孫，令琵琶馬上作樂，以慰其道路之思，其送明君，亦必爾也。其新造之曲多哀聲』云云。後人畫昭君於馬上自彈琵琶，與事實不合，蓋傳譌久矣。

《畫史會要》：『趙子固孟堅號彝齋居士，東西游適，一舟橫陳雅玩，意到吟弄，至忘寢食。過者望而知爲趙子固書畫船也。嘗與周公謹諸好事家，各攜書畫，放舟湖上，相與評賞。子固脫帽晞髮，箕踞歌《離騷》，旁若無人』云云。此晞髮可與謝皋羽並傳。

宋宣和中，上元張燈，許士女縱觀，各賜酒一杯。有夫婦同游而相失者，婦至端門，飲賜酒，竊懷金杯，衛士見之，押至御前。婦口占《鷓鴣天》詞云：『月滿蓬壺燦爛燈，與郎攜手至端門。貪觀鶴陣笙簫舉，不覺鴛鴦失卻羣。　天漸曉，感皇恩。傳宣賜酒飲杯巡。歸家惟恐公姑責，竊取金杯作照憑。』道君大喜，遂以金杯賜之，令衛士送歸。此元夕故事絶韻者。

丙寅元日，白龍山人爲缶廬繪小像，缶自題云：『挂瓢風已讐雙耳，依佛文難成反身[二]。未是清空未塵土，長裾搖曳爾何人。』漚尹題詞，調《虞美人》云：『平生三絶詩書畫。占斷閒聲價。江南一月宰官身。拂袖歸來真作義熙人。　醉中無復逃名地。薇葛餘清淚。本來身命甲辰雄。纔信江山塵土爾清空。』

呂韻清女史逸，晚村後裔題缶廬畫冊云：『潑墨臨池逸興賒，偏從樸茂見風華。筆端自有金剛杵，畫作人間不謝花。』『三絶名高薄海傾，不徒鐵筆寄遙情。最難一事無人會，熟筆揮來總似生。』『一卷吟紅帶露鈔，爲花寫照不辭勞元注：先生近編題畫詩。要求藝苑千秋譽，可少先生一字褒。』花韻、生韻，並警

句。（以上五則，三月十五日）

【校記】

〔一〕文：吳昌碩行書件作『篆』。

論詞以兩宋爲集大成，而北宋尤多高手，以凝重寫端莊。國初浙西諸派但事結藻韻致，已落下乘。論者多謂爲南宋開其源，實則東山樂府，鬆俊處固不可及，然已失拙、大、重之三要。莩甲有自，未可卽歸之南宋。其《小重山》：『枕上閶門報五更。蠟鐙香灺冷、恨天明。青蘋風轉移帆旌。橋頭燕、多謝伴人行。　臨鏡想傾城。兩尖眉黛淺、淚波橫。豔歌重記遣離羣。纏綿處、翻是斷腸聲』；又：『月月相逢衹舊圓。迢迢三十夜、夜如年。傷心不照綺羅筵。孤舟裏、單枕若爲眠。　茂苑想依然〔一〕。花樓連苑起、壓漪漣。玉人千里共嬋娟。清琴怨、腸斷亦如絃』等，尤具面目。後來學者以周、柳之不可倖至，而取徑於秦、賀，其至者容似飲水，而凝重之體態遂不易復得矣。起衰振靡，此中之消息，正不可不知。

歐陽修《六一詞·蝶戀花》『庭院深深深幾許』，三字聯用，詞中以爲創見。實則詩中固嘗有之，劉駕『樹樹樹梢啼曉鶯，夜夜夜深聞子規。』又有一句疊三字者，吳融：『一聲南雁已先紅，摵摵淒淒葉葉。』歐公正可方駕劉、吳。實則文人狡獪，固復無所不可。惟張顛作草，忽覺神來，則語意自然，情致婉約；若出之湊作，則自有捉襟露肘之弊。不特造句，卽獨木橋體、迴文體等詞，又何獨不然。學者既不可以詞損意，又不可强意造詞也。

宋僧多工詞翰，仲殊其尤，蓋一時風氣所被，緇素同流，澤溉聲施，有不期然而然者。然仲殊固有托而逃者也，姓張氏，安州進士，棄家杭州，居吴山寶月寺。其時時事日非，憤慨絶俗，拔剃世外，而又未能忘情。則一以孤憤之旨寓之翰墨，其詞言婉而諷，而又不失忠厚之旨，緣情緯事，寄托遥深。宋僧蓋少與頡頏者。（以上三則，三月十七日）

【校記】

〔一〕然：底本作『照』，不韻，據賀鑄詞改。

胡應麟《筆叢》，考據名實，辯章得失，雖或不脫明人習氣，而自是可傳之書，略舉華林博議一二則，要爲精審者云。『古今博洽之士有稱府者傅昭、劉顯俱稱學府，有稱庫者杜預號武庫，房暉遠號五經庫，谷那律號九經庫，有稱廚者王儉稱陸澄書櫥，陳濟號兩腳書廚，有稱簏者李善，又傅迪，有稱笥者許懋號經史笥，任昉號五經笥，有稱篋者柳篋子，有稱神者鄭康成號經神，有稱師者曹曾弟子稱曾曰曹師，有稱聖者劉臻精《漢書》，稱漢聖，有稱癖者杜預，有稱淫者皇甫謐、劉峻，有稱癡者竇威，有稱志者虞世南呼李守爲人物志，有稱譜者李守又號肉譜，有稱祕書者虞世南，有稱總龜者殷踐猷號五經總龜，有稱海者何休號學海，有稱苑者任末號經苑，有稱倉者曹曾號書倉，有稱樓者李磎號李書樓。

《宣和遺事》爲章回小說之祖，胡氏考據云：『世所傳《宣和遺事》極鄙俚，然亦自勝國時閭閻俗說，中有「南儒」及「省元」等字面。又所記宋江三十六人，盧俊義作李俊義、楊雄作王雄、關勝作關必勝，自餘俱小不同。并花石綱等事，皆似是《水滸》中事本。倘出《水滸》後，必不更創新名，又郎瑛《類稿》記《點鬼簿》中亦具有諸人事蹟，是元人鍾繼仙所編。然則施氏此書所謂三十六人者，大概各本前人，獨此外則附會耳。郎謂「此書及《三國》並羅貫中撰」，大謬。二書淺深工拙，若霄壤之懸，詎有出一手理？世傳施耐庵，名字竟不可考。友人王承甫嘗戲謂是編南華、太史合成；余以非猾胥之魁，則劇盜之靡耳。』

楊用修《詞品》云：『《甕天脞語》載宋江潛至李師師家，題一詞於壁云：「天南地北，問乾坤何處，可容狂客。借得山東烟水寨，來買鳳城春色。翠袖圍香，鮫綃籠玉，一笑千金值。神仙體態，薄倖如何銷得。　遙想蘆葉灘頭，蓼花汀畔，皓月空凝碧。六六雁行連八九，只得金鷄消息。義膽包天，忠肝蓋地，四海無人識。閒愁萬種，醉鄉一夜頭白。」按：此卽《水滸》詞，楊謂《甕天》，或別有據。第以江嘗入洛，太憒憒矣。』余按：楊好僞托古人之作，塘水初成，謂爲後主，則此或亦所自弄狡獪耳。

（以上三則，三月十九日）

《筆叢》：『唐人《初登第絕句》云「楚潤相看別有情」，注但以楚潤爲妓之尤者，而不詳所出。按孫棨《北里志》：「楚兒者，素爲三曲之尤，晚以色衰，嫁捕盜官郭鍛，以挑鄭光業。爲郭曳箠數十，因貽鄭詩云：「蛾眉常被巨靈掌，雞肋難勝子路拳。」良可笑也。潤娘字子美，本名小潤，王團兒女。少時聲譽籍籍，崔垂休狎之，題記於潤髀上，爲同年某人見之，因戲贈一絕：「慈恩塔上新泥壁，滑膩光華玉不如。何事博陵崔四十，金陵腿上逞歐書。」俱可資笑云。』

『世所傳張仙像，張弓挾彈，若貴游公子；以爲卽梓潼之神，文昌主宿。然梓潼自有像，氅衣紗帽，與張仙殊不類。且道家言梓潼出處，謂文昌尚近之，祈嗣絕無干也。偶閱陸文裕《金臺記聞》云：

「張仙像，是蜀主孟昶挾彈圖，初花蕊夫人入宋宮，念其故主，偶攜此圖，遂懸於壁，謹祀之。一日，太祖幸而見之，詰焉。花蕊跪答曰：『此蜀中張仙神也，祀之，能令人有子。』非實有所謂張仙也。」余按：《記聞》以此說得之蜀中一士夫，或頗近實，蓋以張弓爲張仙，挾彈爲誕子。而梓潼之神本蜀人且張姓，因謬相傳，今又以梓潼化身傳文昌耳。王長公《勘書圖》跋云：「宋初諸降王中，獨孟昶有天人相，見於花蕊夫人所供。其童子爲玄喆，武士爲趙廷隱。當時進御者以勝國故，不敢具其實，故目爲文皇耳。」然則孟昶之像，一譌而爲梓潼，又再訛而爲太宗，皆可笑也。又世俗謂張星之神曰張仙。按《酉陽雜俎》：「天翁姓張，名堅，又曰姓張，名表。則天與日與星皆姓張，宜海内張姓獨多也。」聞者莫不絕倒。按竈神亦姓張，名單，字子郭，見《雜俎》。梓潼神姓張，名惡子，見《太平廣記》。

『世所祀天、地、水三官，祠宇幾遍海内，然其顯跡，前代傳記殊未聞。考《通志》惟《三元醮儀》一卷，而不題撰人，疑當起於宋世。然《宣和畫譜》，大曆中名畫，周昉有《三官圖》。唐末范瓊、孫位、張素卿皆有之，五代左禮、朱繇、曹仲元，遂不可勝數。推原實始漢末。張道陵散法，凡祈禱服罪之人，以三符授之，一著山上，一地下，一水中。詳載《後漢書》〔一〕。』其嚆矢也。（以上三則，三月二十一日）

【校記】

〔一〕後：底本無，據《少室山房筆叢》卷四〇補。

辛幼安建康壽史致道《千秋歲》一詞：『塞垣秋草，又報平安道。』人爭傳誦，嘗箋者曰：『按《宋史》：高宗紹興三十二年，立建王爲太子，時史浩爲王府教授。是年，金人略邊，高宗親征，而江淮失守。廷臣爭陳退避計，太子請率師爲前驅。史浩言太子不宜將兵，乃草奏，請扈蹕以供子職。上亦欲令太子徧識諸將，遂扈蹕如建康，太子受禪於建康，是爲孝宗。隆興元年，以史浩參知政事。是年，山東忠義耿京起兵，復東平府，遣其將賈瑞及掌書記辛棄疾來奏事。召見，授棄疾承務郎弁，以節度使印告召京，會張安國殺京降金，棄疾至海州，聞變，乃約統制王世隆徑赴金營。安國方與金將酣飲，即衆中縛之以歸，金將遣之不及。獻俘行在，斬於市。棄疾改判建康，年纔二十三，此詞當作於是時。』又沈際飛以閔刻本『抹鳳詔，看看到』及『從今盡是中書考』二語，謂其近俚。是并未讀史，蓋僅以尋常壽詞目之者也。是時戎馬倥傯，終日播遷，幼安一見史浩，而即以汾陽恢復規勵之，義勇之氣溢於言表。史浩相孝宗，雖未能全行恢復，而得以安然，史稱其忠，謚文惠，則此詞亦未爲失言也。

劉健之《蜀石經齋圖卷》，一時名流，題詠殆遍，杭縣徐仲可詩尤矯健可喜：『焚書坑儒今孰使，抱殘守闕乃有子。新舊交訌徒紛紜，妄人習非遂勝是。』『君曰爾曹毋相尤，六經默與造化侔。經術良足治天下，江河不廢萬古流。』『書城巍巍異陵谷，蜀中石經見箸錄。延津劍合幸矣哉，天意特使伴幽獨。榜齋作圖志勿諼，願君世保文字福。』

目錄之學，素傳絕業蓋微，特徒存考據，實兼簿書治學之能事，爲學者所必不可忽也。然大抵藏書之人，就其所得，而重之以校刊源流，竊謂書囊無底，藏者難遍求。其屢見箸錄之高文典冊，則展轉訂證，精審日加；其不易經見，或久佚不傳之作，亦每日就湮沒。間嘗有志，欲彙古今目錄爲一總目，以未見失傳者，列之待訪，貴在存目，俾免散佚，亦盛事也。因循莫副，海內賢者幸有以教之。（以上三則，三月二十三日）

夢窗詞詠湯《杏花天》：『蠻薑豆蔻相思味。算卻在、春風舌底。江清愛與消殘醉。蕉萃文園病起。

停嘶騎、歌眉送意。記曉色、東城夢裏。紫檀暈淺香波細。腸斷垂楊小市。』詠湯之作，絕所僅見，細按詞語，湯中有薑有豆蔻，故色澤似紫檀。夫以薑作湯，近或以愈寒疾，而加入豆蔻，則殊罕有。豆蔻味亦辛溫，與薑同嗜，未爲不可。其曰『文園病起』者，容亦以爲卻寒之助乎？而換頭『停嘶騎』下云云，又似困酒之疾。近治醉或用醬油作湯，未聲以薑作湯。然豆蔻則固醒酒之需，夢窗此咏，其爲卻疾醒醉，不可得考，要爲尊前韻事矣。朱校本謂集中《瑞龍吟》詞，有『蠻江豆蔻』句，用韓偓『蠻江豆蔻連生』語也，『薑』爲『江』訛。則此爲豆蔻湯，無蠻薑，必爲解醒之飲，然豆蔻湯不當作紫色。二說論定，容俟知者。

叔雍自常州來，具道其鄉天寧寺之勝，僧衆數百，擁田萬畝，香積所供，日以五石計，占地至百餘畝；凡倉房船舶供應之具，無不盡備；殿宇尤宏麗，視靈隱或加偉。輒語之曰：『毘陵故多僧，且與君家有緣。』汪大有《水雲詞·洞仙歌·毘陵趙府，兵後僧多，占作佛屋》，寧非華宗雅故耶？詞云：『西園春暮。亂草迷行路。風卷殘花墮紅雨。念舊巢燕子，飛傍誰家，斜陽外、長笛一聲千古。繁華流水去，舞歇歌沈，忍見遺細種鄉土。漸橘樹方生，桑枝纔長，都付與、沙門爲主。便關防不放貴游來，又突兀梯空，梵王宮宇。』

地方志乘，最足搜討，微特有功文獻，卽於物產風俗，方域沿革，均盡其長。而奕葉重修，又每有增減之處，宜並得而校存之。近藏書之家，頗有專集志乘者，猶患不得其全，而窮鄉邊邑，益難逼求。倘得有志之士，率讀而分合卷次，就門類以重爲之纂注，則裨益學者，容有涯涘。其文字之抉幽顯晦，考據之援證古今，固人所習知，而就物產製中求之，亦復足以策富源，發地利，爲治經濟者所不可忽也。

（以上三則，三月二十五日）

瞿安近詞《減字木蘭花》序云：『蘇州第二女師範學校畢業生毛杏秀，字慧雲，數年前偕孟祿博士參觀陸軍工藝場，過北仙涇橋，車覆墮水死。頃將改仙涇橋名曰杏秀，並築慧雲亭，徵詩文辭刻石。余占此解應之。』『風波咫尺。身逐胥濤留不得。漁火江楓。行客愁聽半夜鐘。　西郊款段。陌上歸時須緩緩。楚魄重招。應踏楊花過此橋。』此題絕淒豔，詞亦婉至雅令，允推絕唱。

宋時江西詞流極盛，《蘭畹》、《金荃》，流風餘韻，至今猶有存者。蔡松筠楨錄示近詞，《翠樓吟·依石帚四聲次瞿安韻》云：『鶴警遼東，鴻飛楚北，聲聲送來霄際。高寒秋宇潔，但彌目、淒清霜氣。江楓遙睇。又染出愁紅，征夫紅淚。生如寄。冷芳垂暮，看隨秋悴。　忍記。新柳當年，也望春、京國五陵馳騎。劫餘歸臥久，甚情緒、商量文理。風雲斯世。慨碌落人豪，沈冥天意。金甌碎。海禽難補，獨醒知未。』《拜星月慢·某氏園見敗荷感賦，和清真韻並倚四聲》云：『雁足音沈，虹腰秋暮，小立遙天欲暗。一往愁心，著芙蓉荒院。憶初過，但覺、淩波洛豔堪擬，曉日朱華明爛。水佩烟裳，恍三生曾見。　夢魂中，慣識迎人面。重來處，怕近危闌畔。悵恨冷露驚，飈捲紅香飛散。賸淒涼、舊月臨池館。殘蛩病、竟夕誰吟嘆。忍念那、七孔冰絲，獨絲連不斷。』《水龍吟·金陵懷古次伯秋韻》云：『蔣山依舊嵯峨，碧隨秋盡衰容露。東南故國，幾番經歷，勝時歌舞。金粉灰飛，綺羅雲散，板橋秋樹。問珠簾十里，遺蹤覓徧，分明是、青溪路。　休說興亡千古，泣新亭、後先人去。銷沈王氣，江山如此，英雄誰數。遙想當年，菜傭烟水，只今奚取。怕登樓放眼，斜陽巷陌，總傷心處。』

漚尹書聯贈潘雪豔云：『雪月清暉臨寶鏡，豔陽妍暖試羅衣。』君木贈聯云：『色肌雪膚花淖約，豔歌口齒玉玲瓏。』（以上三則，三月二十七日）

吳江金松岑天羽譔《杏秀橋碑記》云：『自覓渡橋背郭行三里，爲江蘇陸軍第二師六團營壁，未至團營一里，有橋曰北仙涇，舊爲江浙漕艘輓曳孔道，甃石爲塘，石久崩剝。蓋胥江釃太湖之脈，環城一匝，分波入運。與北來寶帶橋、澹臺湖之水會，長瀾委輸，浸嚙原陸，流潦被道，欹危窘窄，塗吟旅嘆，恆用蹎覆。歲辛酉季秋之月，美利堅孟禄博士問禮來華，博士之在彼土，庠斆序績，立聞遐裔。一日稅駕於吳，弦歌之聲盈耳，學校士女親塵捧袂，所至景從。已聞六團軍工教育，則投刺於師長朱君申甫之廬。朱君治兵蘇地有年，誦偃伯之大誼，凜戰危之閎訓，乃以考工之法，寄之束伍，冀異日投戈弛甲，得用藝巧，編列齊民，俯仰有所贍給。既與博士約，翌日會於轅門。博士驅車而往，後車四乘，省立第二女子師範教習曾以莊、蔣蓉鏡、黄敏之、毛慧雲四女士從。既至北仙涇橋，馬盤辟不上，馭者威以箠策，馬怒，遂僨於河。前行者四乘，皆回轡拯三人，而毛女士慧雲占滅頂焉，施救不逮。舉殯之日，校長楊達權揮涕而言曰：「女士弱而才，質敏而行嘉。蘭芬菊茂，琬琰有章，學於吾校有成，遂爲都講。其籍毘陵，其字曰杏秀，許嫁於同邑王氏。王氏之子曰冲，肄業交通大學，施巾未有日也。奔車無情，長流不返。鼓胥潮之雷怒，抱娥恨於江涘。荇藻自碧，斯人安往？傷哉！」吳之人聞是言也，氣菀結而不揚，心慘慘而增傷，蓋三月而未寧焉。於是朱君及吳之賢士大夫感女士以韶令之年，摧折非命，津吏失職，儆道未夷，僉議拓新茲橋，更字曰杏秀。寒暑三易，司空奏勳。砥平象穹，疵垢礲滌。碕岸束溜，以楗以涵。波臣不驕，騎傳坦坦。登橋四望，楞伽青峙，窣堵聳峭。城雉倒水，葩華瀲鮮。馳飆宿鷁，既謳且棹。吳之士女，裙屐都雅，簪花挈榼。時來憑弔，會於橋下。而女校師生，復鳩貲築亭於橋南道右，且植杏以誌哀慕。亭有碑焉，皆曰貞珉之事，傳世行遠，摛文抒藻，子宜不讓。因緝綜顛委，敬告後之人，使毋隳厥蹟。』（三月二十九日）

曲石李印泉先生卽吳閶城南拓地築園，爲奉母讀書之所，其太夫人姓闕氏，因以闕名其園，彊村先生爲題額刻石。園有梅花百餘株、桂數十叢，自餘嘉卉稱是。凭闌一望，靈巖、楞伽諸山亙其西，報恩塔峙其北。雲嵐匼帀，如對屏障。園外畦町繡錯，菜花開時，如黃金布地，昔人所稱麗矚，殆無逾此。近攷藏魏誌石十、唐石一，舞綵餘閒，摩挲翠墨，至足樂也。蕙風爲譔楹言云：『山光照檻，塔影黏雲，永日足清娛，繞膝觴稱金谷酒；紅萼詞新白石道人《一萼紅》詞「古城蔭、有官梅幾樹」云云，墨華誌古，遙琴託高詠，題襟人試老萊衣。』彊村譔聯云：『佳日此追游，佇梅深瑣闥，柳蔭清池，是王母朱房翠水《西王母傳》：所居朱房琳宇，翠水環之。；春暉正和煦，看露裛緗桃，徑徊芳草，似仙源紅樹青谿。』

胡藕萼汾自江寧來函，附《花朝四詠》，頗多工麗之句。《酒旗》云：『酒國稱雄不計年，別張綵幟舞風前。麴塵捲起春如海，柳絮吹殘浪拂烟。金旆影搖金谷地，玉壺香醉玉堂仙。杏花村外歸來晚，折取花枝插鬢邊。』《花旛》云：『剪成旛勝倩扶持，上苑春風次第吹。綵繫金鈴憐玉蕊，錦纏珠絡護瓊枝。輭紅送暖花翻影，嫩碧含烟柳拂絲。寄語東皇勤愛惜，莫教搖落負芳時。』《茶鼓》云：『湖上風光引興長，鼓聲喧處正茶香。吟窗敲韻詩人飲，禪院談經學士嘗。響共松濤烹石鼎，點隨花雨鬥旗槍。行來靈鷲祠前路，裊裊春烟趁夕陽。』《餳簫》云：『巧製爭傳寒食餳，短簫吹徹喜新晴。和同玉糝膠牙膩，譜罷紅幺信口成。一曲香風排菜節，二分春色賣花聲。聽從巷陌音柔軟，雋味嘗來更有情。』其函略云：『汾肄業白門，虚過駒隙，偶耽吟咏，愧未能工。近有拙作《花朝四咏》，録奉誨正。今歲暑假時，準返杭州，道過滬江，當趨前受教。則湖樓請業之韻事，未必媿美於前。想先生聞之，當亦欣然樂許也。』湖樓之集，至以爲盼，唯請業愧不敢當，而於藕蓴，則固以孫雲鶴、嚴蕊珠期之矣。（以上二則，三月三十一日）